近代报刊与中国文学转型

赵利民 主编

中国社会科学出版社

图书在版编目(CIP)数据

近代报刊与中国文学转型/赵利民主编. —北京:中国社会科学出版社,2020.5

ISBN 978-7-5203-4951-2

Ⅰ.①近… Ⅱ.①赵… Ⅲ.①中国文学—文学研究 Ⅳ.①I206

中国版本图书馆 CIP 数据核字(2019)第 200442 号

出 版 人	赵剑英
责任编辑	张 潜
责任校对	赵雪姣
责任印制	王 超

出 版	中国社会科学出版社
社 址	北京鼓楼西大街甲158号
邮 编	100720
网 址	http://www.csspw.cn
发行部	010-84083685
门市部	010-84029450
经 销	新华书店及其他书店
印 刷	北京明恒达印务有限公司
装 订	廊坊市广阳区广增装订厂
版 次	2020年5月第1版
印 次	2020年5月第1次印刷
开 本	710×1000 1/16
印 张	29.5
插 页	2
字 数	455千字
定 价	168.00元

凡购买中国社会科学出版社图书,如有质量问题请与本社营销中心联系调换
电话:010-84083683
版权所有 侵权必究

前　言

　　近代报刊数量巨大、种类丰富。关于近代报刊与文学关系的研究，可以说从报刊诞生初期就开始了，如众所熟悉的严复的《本馆附印说部缘起》、梁启超的《译印政治小说序》都初涉这一话题。"五四"至三四十年代，随着新文化运动的展开，报刊对社会变革和文化转型的推进愈加明显，与之相适应，思想家与学者们对近代报刊研究的意识也有了明显的自觉，如胡适的《五十年来中国之文学》、陈子展的《中国近代文学之变迁》、阿英的《晚清小说史》等都或多或少地涉及报刊的兴起对近代文学乃至近代文化所产生的影响。中华人民共和国成立后的50年代至80年代，随着个别报刊研究著作的问世及报刊资料的编辑出版，该领域的研究出现了新的气象。阿英编写的《晚清文艺报刊述略》（1958年）的出版，可称得上开创了文艺报刊研究的先河，同时也建构出报刊与文学关系研究的早期模式。

　　近代文学在很长的一段时间内是作为古代文学的"尾巴"或现代文学的"萌芽"，被看作"过渡"阶段，其独立的价值与意义没有受到重视。20世纪80年代中后期，改革开放的国策首先带来的是国人对现代化的强烈追求，近代社会作为中国迈入"现代"的初始阶段引起研究者的特别关注。"中国与西方""传统与现代""新与旧"等是近代的问题，也是20世纪80年代要解决的时代课题，它们所出现的语境虽大大不同，但近代人对"现代性"的初步探索对后来者具有重要的借鉴意义是毋庸置疑的。近代文学研究就是在此大背景下引起高度重视并逐渐走向高潮的。从90年代开始，随着近代文学研究的深入及研究视野的开阔特别是跨学科方法的介入，近代报刊与文学关系的研究形成了一个热潮，涌现出一批研究成果。非常可喜的是，一批年轻的生力军加入近代文学研究的行列，他们思维敏捷、视野开阔，定会推进该领域的研究。

但也必须承认，已有的研究还存在很多不足，研究的空间依然有待拓展。从报刊本身的角度看，一些影响较大的报刊受到重视，研究者较多，但在当时不太知名现在看来其意义不可小觑的一些报刊，如女性报刊并没有受到足够的关注，上海、北京、天津、广州等大城市之外的一些地方报刊由于搜集的困难等原因，还有不少没有进入研究者的视野。从报载文体的角度看，小说杂志特别是"四大小说"杂志——《新小说》《小说林》《绣像小说》《月月小说》关注者众，但与学界初步统计的300多种文艺报刊的数量比，显然还有一些文艺报刊仍藏在"深闺"未见其真实面目，或即使被注意到但未得到深入全面的研究。就报刊与文学关系的角度言，既有研究多侧重于对报刊所载文学作品如小说、戏曲、诗歌、散文的分析探讨，但围绕报刊与文学的互动关系揭示近代报刊价值的研究空间仍需拓展。另外，相关理论的研究如对近代的"文学转型"的理解也有待深入。

2015年，本人主持的"晚清报刊文献与中国文学转型研究"获批国家社科基金重大项目，该项目力图在近代报刊文献收集与整理的基础上，从文学观念、文体、语言、传播等维度对近代报刊在推动中国文学近代转型过程中所发挥的作用做全面研究。2016年3月在天津师范大学召开项目开题论证会，与会的前辈学者对该项目充分肯定的同时，也提出了宝贵的意见和建议。30多位中青年专家围绕中国近代文学的相关问题尤其是近代报刊与中国文学转型的关系展开热烈的讨论，切磋琢磨、相互激荡，当时的场景令人难忘，给课题组很大启发。收入论文集的文章既是学界同仁所贡献出的学术智慧，也是近年来中国近代文学研究最新进展的体现。近30篇文章，或从宏观的角度对近代文学进行总体把握和理论阐释，或将报刊作为方法论析近代报刊对中国文学转型的意义，多篇文章选取近代报刊之个案，研究近代报刊与诗歌、小说戏曲、文学批评的双向互动关系，进而呈现报刊与文学的共生性繁荣景观。

概括多年来的思考，我认为近代报刊对中国文学转型的意义，主要体现在以下方面。

首先，在立足于原始报刊文献的基础上，汲取文学报刊文献研究方面的最新研究成果，将会给中国近代文学研究与学科发展提供新的视角、新的研究方法及新的研究领域。对报刊与近代文学近现代化的关系做较全面的研究，对中国文学转型做全方位考察，最终说明报刊在文学观念、文体演变、白话文产生、接受与传播等方面走向近现代化的具体体现以及报刊这种传播媒介出现后给古典文学带来的变革，进而获得对近代文学生存实际状况比较深入和全面的认识。

其次，从原始报刊文献入手，可以通过对原初文献的发掘与整理，回到中国近代文学产生发展的原初语境，发现其中所蕴含的在社会转型期国人所特有的复杂而丰富的生存体验。必须承认，对文学史的理解与阐释过程中存在"仁者见仁、智者见智"是正常现象，但如果不是"论从史出"，不尊重基本史实的文学史书写将是贻害无穷的，这点已被历史所证明。从报刊文献入手，借鉴文化学、媒介学等学科研究方法，立足于报刊所载文学作品，能够更加立体全面地探索近代文学史发展演变的内外动因，进而尽可能地绘制出文学发展演变的真实图景。

再次，近代报刊与中国文学转型的关系研究在学术思想上将对近代文学思想史中一些理论问题进行反思。将报刊文献与文学转型结合起来，立足于文献的梳理、分析与研究，从新的视角对中国文学自晚清开始的转型历程做出深入探讨，有助于纠正在该领域长期以来所出现的某些偏差。

感谢论文集中各位作者朋友的支持，感谢责任编辑张潜博士的辛苦付出。

赵利民
2019 年 2 月 28 日

目　　录

清末报刊与文学的共生性繁荣与世界的"图像化" ……… 耿传明(1)
论中国近代文学观念的文化生态及其意义 ……………… 赵利民(17)
作为方法的报刊
　　——晚清报刊文献与中国小说转型研究的可能性 …… 鲍国华(36)
清末民初小说与报刊业之关系探略 ……………………… 郭浩帆(48)
晚清小说杂志上的翻译文本：传统与现代之间 ………… 胡翠娥(61)
《时务报》与中国近代翻译小说的现代进程 ……………… 郝　岚(80)
19世纪传教士报刊刊载中译伊索寓言的流传与
　　影响 ………………………………………… 吴淳邦　高　飞(93)
从《大公报》(1902—1911)看中国文学转型 ……………… 杨爱芹(126)
民初(1912—1919)小说界女性作者群体的生成
　　研究及中西比较研究
　　——以报刊业文化生态为视野 ……………………… 薛海燕(138)
性别媒介与现代家庭小说的兴起
　　——以《中华妇女界》家庭小说专栏为中心 ………… 刘　钊(148)
晚清报刊摘录转载的实践与中国现代版权制度的
　　建立 …………………………………………………… 张天星(165)
风俗·学术·制度：19世纪后期关于"富强"的本末观
　　——以郭嵩焘和严复为中心 ………………………… 郭道平(174)
从"杂歌谣"到"俗曲新唱"
　　——近代歌词改良的启蒙意义 ……………………… 李　静(198)

《小说时报》的整理再版与学术考察 …………………… 王　燕(213)

集历史文献与文学镜像于一身的民初期刊《中华
　小说界》 …………………………………………… 王国伟(226)

近代报刊语言词汇、句法的趋俗化
　——以报刊剧评为例 ……………………………… 赵海霞(236)

明清之际西语专名汉译中特用汉字的"造"和"用" …… 李　洁(242)

论王韬的报刊编辑思想 ………………………………… 郭长保(253)

梁启超传记体散文的文体意识与创作心理 …………… 邓菀莛(263)

廖恩焘：诗界革命一骁将 ……………………………… 胡全章(274)

清末民初阅读与批评中的散原诗歌 …………………… 李开军(286)

"剧评"的兴起
　——现代话剧史"剧评"问题研究 ………… 张　潜　龚　元(320)

汪石青戏曲创作考论 …………………………………… 左鹏军(339)

小说与笑话的联姻：以吴趼人的小说为例 …………… 杜新艳(365)

《世界繁华报》语境中的《官场现形记》写作 ………… 何宏玲(382)

陈衡哲早年史迹考索 …………………………………… 黄湘金(407)

《中国近代小说编年史》补遗 …………………………… 李　云(427)

法螺生三变化 …………………………………………… 卢兆勋(452)

清末报刊与文学的共生性繁荣与世界的"图像化"

耿传明[*]

近现代文学不同于古典文学的一个重要差异在于其传播媒介的变化,即以传统版籍传播为主的方式向以现代报刊传播为主的方式的转变。这种转变带来的优势突出表现为印刷品价格的低廉,以通俗小说为例,据相关研究,明代万历年间出的一套《封神演义》售价为纹银二两,而"万历时期的米价,平均约为每石七钱二分七厘,这样一本《封神演义》约值米2.75石,竟相当于一名知县月俸的三分之一强"[①]。这种高价位一直延续到清代中期,也就是说要购买这类无关紧要、消遣性的"闲书",不是一般家庭能够轻松支付的,而用西方引进的印刷机大批量印刷的《申报》的价格则只有"每份八文钱,外地十文钱",图书价格也有大幅降低,使报刊书籍开始成为一种大众消费品。现代印刷技术为文化知识的生产、普及、走入大众起到了巨大的推动作用。美国学者爱森斯坦·伊丽莎白认为印刷机的出现给欧洲人的生活带来了迅速而深远的变化:"在15世纪末和16世纪,印刷术的扩散撕裂了西欧的社会生活结构,并用新的方式将它重新组合,从而形成了近现代模式的雏形。印刷材料的使用促成了社会、文化、家庭和工业的变革,从而推动了文艺复兴、宗教改革和科学革

---

[*] 耿传明,南开大学文学院中文系教授,博士生导师,主要从事中国近现代文学与思想研究。

① 潘建国:《明清时期通俗小说的读者与传播方式》,《复旦学报》2001年第1期。

命。"① 报纸作为印刷机制造出来的一大新型产品，兼具新闻和娱乐功能，这使其成为传播新思想、新知识，推动社会和政治变革的一大利器。由此，报纸的兴盛也就推动了文学的兴盛，二者具有一种共生关系，两者相互需要，报纸需要文学来吸引读者，而文学需要报纸来为其插上翅膀，报纸取代文学的传统传播模式担负起了催生现代文学的"孵化器"的作用，非牟利的文学也由此开始具有了可直接流通、交换的商业价值，从而推动了稿费制度的出现，催生出现代的职业作家群体。报刊与文学的结缘也使文学走出了个人狭小的周遭经验世界，关注更为开阔的外部世界，营造出一种超出个人直接经验之上的共有的现实，从而推动了人与世界的关系及生存态度的变化。报纸和文学在整体性的现代性社会改造进程中担负起了举足轻重的作用，海德格尔将"世界成为图像"和"人成为主体"视为代表现代性本质的两大进程，也就是说，现代性就体现为人之于世界的主客体关系的确立，它意味着人不再是在"世界"之中，而是跃出世界之外，将自我之外的一切界定为客体，从而确立起自己的主体性，人就此成为客体化、物质化世界的认识者、主宰者、改造者，要实现如此重大的文化转换，没有现代报刊传媒的出现和与其共生的文学、文化的繁荣是不可想象的。

一

若要谈论文学转型的原因，从根本上来说还是在于人与世界关系的变化，人看待世界的方式、态度的变化，改变了世界呈现于人眼前的方式和形态，如此，"人心之变"也就成为"世界之变"的重要推动力。"世界图像"指的就是世界在人的心灵中的呈现形态，从哲学上讲，它是关于世界相互联系及其动态发展的总体画面，是作为主体的人为世界描绘的图景，也可以说是世界在人的心中的模型和框架，主体的内在思维机制和观察世界的不同方法对于世界图像的形成具有

---

① 转引自〔美〕埃德温·埃默里、〔美〕迈克尔·埃默里《美国新闻史》，中国人民大学出版社2009年版，第4页。

重要影响，它是一种主客双方互动的产物，不是由单方面决定的。海德格尔认为只有到了现代，才出现了"世界图像"这回事，在古代并没有这类"世界图像"，因为古代不存在将世界作为一个客观性对象来把握的主体，"世界图像"只有当主体跃出世界之外，成为一个外在于世界的观察者才能产生，而古人都是被嵌入世界之中、与世界共在的存在者，"说到图像一词，我们首先想到的是关于某物的画像。据此，世界图像大约就是关于存在者整体的一幅图画了。但实际上，世界图像的意思要多得多。我们用世界图像一词意指世界本身，即存在者整体，恰如它对我们来说是决定性的和约束性的那样。图像在这里并不是指某个摹本，而是指我们在'我们对某物了如指掌'这个习语中可以听出的东西。这个习语要说的是：事情本身就像它为我们所了解的情形那样站立在我们面前。'去了解某物'，意味着：把存在者本身如其所处情形那样摆在自身面前来，并持久地在自身面前具有如此这般被摆置的存在者"①。也就是说，世界之所以成为如此的图像，是为人所设置、"摆置"的结果，它与人自身的主观目的、要求、动机、欲望等直接相关。因此，海德格尔认为："从本质上看来，世界图像并非意指一幅关于世界的图像，而是指世界被把握为图像时，存在者整体便以下述方式被看待，即唯就存在者被具有表象和制造作用的人摆置而言，存在者才是存在着的。在出现世界图像的地方，实现着一种关于存在者整体的本质性决断。存在者的存在是在存在者之被表象状态中被寻求和发现的。"② 这也就是说，只有在医生的解剖刀之下，世界才呈现为待解剖的躯体，而在审美者眼中，世界则曼妙如美人，对于不同的人、处于不同的动机世界就会呈现出不同的样貌，所以海德格尔强调："世界图像并非从一个以前的中世纪的世界图像演变为一个现代的世界图像；毋宁说，世界根本上成为图像，这样一回事情标志着现代之本质。"③ 总的来说，现代世界图景的出现是现代性的理性主义对传统信仰祛魅的结果，它是一种从人出

---

① 《海德格尔选集》，孙周兴译，上海三联书店1996年版，第898—899页。
② 同上。
③ 同上。

发并以人为归趣,来说明和评估存在者整体的人类中心主义的文化。这种现代性的看待世界的方式显然是与传统"神本主义"或"天道信仰"大相径庭的,因为在传统思维中,作为"被造者"的人是不具备这种自外于世界并洞悉世界全部奥秘的资格和能力的,只有作为创造者的"上帝"和"神"才能如此,所以神秘主义是传统信仰的必备要素,随之而来的处世态度也是"谋事在人,成事在天",也就是在人与世界的关系中为天与神预留了空间,而现代性则将这种预留的空间用人来填充了,人也由此取得了以往天与神的地位和能力。所以海德格尔指出:"对于现代之本质具有决定性意义的两大进程——亦即世界成为图像和人成为主体——的相互交叉,同时也照亮了初看起来近乎荒谬的现代历史的基本进程。这也就是说,对世界作为被征服的世界的支配越是广泛和深入,客体之显现越是客观,则主体也就越主观地,亦即越迫切地凸现出来,世界观和世界学说也就越无保留地变成一种关于人的学说,变成人类学。"① 海德格尔这里所说的"人类学"和"人道主义"指的就是现在通常所说的"人类中心主义",海德格尔所要强调的是当人把自己置于高于世上万物的主宰者位置时,这种将世界作为纯粹客体而出现的世界图像才得以诞生,与此相伴而生的是一种世界尽在作为主体的"我"掌握之中的自信、豪情和乐观。这种变化在中西都是相通的,正如谭嗣同在《金陵听说法》中所抒发的"大地山河今领取,庵摩罗果掌中论"的豪情,西方也将现代性的精神称为一种普—浮精神,即普罗米修斯和浮士德精神的结合,一种盗天火以救世的牺牲、奉献情怀和"与上帝比伟大"的无限追求精神。康德说过:"大自然的历史是由善开始的,因为它是上帝的创作;自由的历史则是由恶而开始的,因为它是人的创作。"② 简而言之便是上帝的事业,从善开始,人的事业,从恶开始。这里的"恶"体现为人超出上帝成为存在的立法者,由此,超验性的客观的善的标准被瓦解,现代性通过把世界转换为单纯的物质材料或事实的聚合体,实现了价值与世界的剥离,价值由此成为主观性的

---

① 《海德格尔选集》,孙周兴译,上海三联书店1996年版,第902页。
② [德]康德:《历史理性批判文集》,商务印书馆1997年版,第68页。

价值，丧失了客观属性，"上帝死了，一切皆被容许""有用即真理"的观念开始流行，自我中心具有了文化合法性，人被确立为意义的创造者与生产者乃至意义的授予者。创造与生产成了人的最深层的存在本质，创造活动和生产活动，也因此被构想为人的自我确证的基本方式，自是其是的价值的主观化成为文化的常态。

传统信仰中的人是以对世界的敬畏和惊羡来追求天与人的契合的，"人定胜天"① 这句古话也并不是被现代人所普遍误解成的那种"人一定会战胜天"的意思，因为它是与"天定而胜人"同一语境的，据今人的考证这里的"定"并非是"一定""必定"或"肯定"这样的副词构成的状语，而是动词构成的谓语即"尘埃落定"的意思，亦即一种长远的、永恒的、超验的标准，苏轼在其《三槐堂铭》做过这样的阐发："吾闻之申包胥曰：'人定者胜天，天定亦能胜人。'世之论天者，皆不待其定而求之，故以天为茫茫。善者以怠，恶者以肆。盗跖之寿，孔、颜之厄，此皆天之未定者也。松柏生于山林，其始也，困于蓬蒿，厄于牛羊；而其终也，贯四时，阅千岁而不改者，其天定也。善恶之报，至于子孙，则其定也久矣。吾以所见所闻考之，而其可必也审矣。"② 也就是说苏轼对此的理解与现代人的一般理解相反，他表达的是一种对真正的、超验的伦理之天的敬畏和虔信。当人作为主宰者根据万物对于人的功用来为万物命名时，万物存在自身的价值和意义就被遮蔽、消失了，而从传统天道的眼光来看，万物都是自居自为、自有目的的，所谓"自得天机自生成"，并不需要依赖他物才能获得存在的价值和意义。庄子的万物一体的齐物论讲的正是这个道理，他在《秋水》篇中这样强调："以道观之，物无贵贱；以物观之，自贵而相贱；以俗观之，贵贱不在己。"③ 也就是说，从道的角度看万物，并无贵贱之分，从物自身的角度来看他物，都是抬高自己而贬低他者的；而从世俗的功利的角度来看万物，万物的贵贱都不能由自身来决定，而被他者所决定。由此，现代性的

---

① 该语出自（南宋）刘过《龙洲集·襄央歌》，"人定兮胜天，半壁久无胡日月"。
② 《苏轼文集》第6卷，中华书局1986年版，第26—27页。
③ 庄子：《南华经》，安徽人民出版社2005年版，第165页。

人类中心主义的价值界定方式就表现为"以物观之"和"以俗观之"这两种看待事物的方式的兴盛，前者推动了科学的发达，后者推动了功利主义的勃兴，而"以道观之"的视角则被遗忘，从而迎来了一个由科学主义和人本主义主导的追逐效率和实利的功利主义时代。由此，古代文学中的所载之道、所言之志、所缘之情在进入现代之后都发生了根本性的变化，以"志"而言《尚书·尧典》是这样说的："帝曰：夔！命女典乐，教胄子。直而温，宽而栗，刚而无虐，简而无傲。诗言志，歌永言，声依永，律和声。八音克谐，无相夺伦，神人以和。夔曰：於！予击石拊石，百兽率舞。"它所抒发的是一种天地万物、一体共在的温煦、和谐的志意和感情，其中正体现着海德格尔所谓"天地人神的四重整体"构成的"神人以和"式的存在的基本结构，而非现代性的人本主义君临天下的自我狂欢。这是一种从"在世"到"创世"的人的自我确证方式的变化，人由"天人合德"的对天道的顺应和共存，转向世界的立法者，改变世界、创造世界成为人确证自我价值的根本方式，由此带来的是影响深远的划时代的变化。

如果从精神气象、审美气质上言，古典小说与现代小说的差异可以清乾隆年间出现的夏敬渠的《野叟曝言》和刘鹗的《老残游记》为代表。《野叟曝言》类似于欧洲中世纪的"骑士传奇"小说，该小说以明代成化、弘治两朝为背景，以传奇笔法书写作为道学家、通才、名士的文白一生的英雄传奇，小说以奋、武、揆、文、天、下、无、双、正、士、熔、经、铸、史、人、间、第、一、奇、书20字，分为20卷。小说开篇就对主人公作了如此介绍："这人是铮铮铁汉，落落奇才，吟遍江山，胸罗星斗。说他不求宦达，却是见理如漆雕；说他不会风流，却是多情如宋玉。挥毫作赋，则颉颃相如；抵掌谈兵，则伯仲诸葛。力能扛鼎，退然如不胜衣；勇可屠龙，凛然若将陨谷。旁通历数，下视一行；间涉岐黄，肩随仲景。以朋友为性命，奉名教若神明，真是极有血性的真儒，不识炎凉的名士。他平生有一段大本领，是止崇正学，不信异端；有一副大手眼，是解人所不能解，言人所不能言。"如此的文素臣纵横天下，做出一系列惊天动地的壮举：包括除暴安良、济困扶危，英雄救美、平定叛乱；妙手回春，治愈皇帝的沉疴；东破日本，北平蒙古，南服印度，使拜佛之国皆崇儒术；等等。文素臣最后两妻四妾、位极人臣、子孙繁衍，皆得高官厚禄。小说结尾写除夕之夜，素臣四世同做一梦，意谓素臣当列于圣贤行列，地位当不在韩昌黎之下。文素臣形象虽有不第文人炫耀才学、自恋自大、做白日梦之嫌，但也是传统时代正统读书人、"道学家"理想和抱负的极致体现，是儒家文化修齐治平、内圣外王理想的化身，作为一个慨然以澄清天下为己任的入世主义的文化英雄，他具有一种"万物皆备于我"的参天地、赞化育、内圣外王一体、上天下地同流的恢宏气象和牢不可破的文化自信，而这正是进入以西方文化为主导的现代世界之后中国文学首先被消解掉的精神气场。出现于晚清刘鹗的《老残游记》中的老残虽与文素臣一样行走天下、纵横江湖、扶危济困，但其精神气质、情怀抱负与前者已大相径庭，他虽然才智出众，为人钦敬，但不愿为官，只愿帮忙，以置身官场之外的江湖郎中的身份出现；与捍卫"正学"、力排佛老、道学头巾气逼人的文素臣不同，他主张的是"三教合流"，而且最厌恶的就是不通人情、不明时事却以道学自居、刚愎自用、残民以逞的"清廉得格登登"的"清官"，他的"清官比贪官更可恶"的高论，虽有点惊世骇俗，但也正代表着进入衰世、面临3000年未有的变局，来自传统内部的一种反省、批判精神。刘鹗已经意识到光靠"诚心正意""修身齐家"之类的古丹已无法救治身染沉疴的"黄大户"，世界并不是光靠道德高调就能治理的，必须讲究实学、发展经济、以养民为本，富而后教，所以他不惜冒"汉奸"之名，去做洋人的买办。当然有这种超前思维的人，往往会遭遇一种悲剧性的命运，所以他的《老残游记》又是一部忧患之书、伤感之书，正如其在小说自叙所言："棋局已残，吾人将老，欲不哭泣也，得乎？""四海变秋气，一室难为春"（龚自珍诗）。刘鹗虽同样秉承了以天下为己任的救世理想，但他已充分意识到了实现这种理想的阻力与艰难，他对于自己作为先行者的悲剧命运的体认与文素臣的那种自负与乐观、自得与自恋已不可同日而语。就人与世界的关系而言，古今也发生了明显的变化，由一种如鱼得水式的契合与互信转向疏离、对抗，一种遗世独立的观察者、剖析者、批判者开始出现，'代表着世界已成为一个在其审视者和改造者眼中才会出现的对象化、问题化的世界,"世界的图像化"催生出来的认识世界、改造世界的要求开始成为文学的最为重要的驱动力,剖析、批判、否定现实的"写实主义"开始成为文学的主流。

二

学界论及中国现代文学、文化的开端一般是从1840年鸦片战争开始的,认为是西方的军事入侵打开了中国的大门,由此开始了一个新的历史阶段。这一认识问题在于鸦片战争只是一个影响有限的局部战争,对整个国家的撼动有限,真正撼动国人心灵的是1860年的"庚申之变"即第二次鸦片战争,英法联军攻陷北京、火烧圆明园,咸丰帝仓皇逃亡热河。陈寅恪对此有这么一个记述:"咸丰之世,先祖(陈保箴)亦应进士举,居京师。亲见圆明园干霄之火,痛哭南归。其后治军治民,益知中国旧法之不可不变。"① 由此催生出像郭嵩焘、陈保箴这样的试图借镜西法、进行变法维新的渐进主义的改革者。近代中国人"心念"的普遍性变化可从19世纪60—70年代说起,如果更为具体的话,我认为1872年这个时间节点比较关键。这一年发生了不少具有象征性的历史事件,主要有徐家汇观象台设立,这是一座由法国天主教耶稣会传教士建立的现代科学意义上的观象台,这是一座集气象、天文、地磁等于一体的观象台,它主要对南海做出气象观察,并进行地磁记录以及提供报时服务。1879年它成功发布了中国第一个台风警报,曾被誉为远东气象第一台。除了实际用途之外,它的象征意义也很巨大,那就是"天—自然"不但是可以认识的,而且可以掌控之,使其为人所用。由此"天有不测风云"的老话开始被颠覆,"风云"的可测性以及相对于人的被动性开始为人们所接受;进而"天"的传统含义开始被重写、改造,传统之"天"至少包含有自然之天、神灵之天和伦理之天三个层面,而现代性的理性主义只留下了"自然之天"这一物理现象作为"天"的内涵,将

---

① 陈寅恪:《读吴其昌撰〈梁启超传〉书后》,《陈寅恪集·寒柳堂集》,生活·读书·新知三联书店2001年版,第167页。

"神秘之天"和"伦理之天"予以祛魅、解构,剥夺了其存在的合理性,至此,"天道"信仰、传统伦理观念也就被掏空了赖以立足的基础,摇摇欲坠,由此引发了"三千年未有的"持续性的崩解。该年度出现的第二个重大事件就是《申报》的创办,该报于1872年4月30日由英国商人美查同伍华特、普莱亚、麦洛基合资创办,它是一份以赢利为主要目的的商业报纸,它虽然由洋人出资,但它是第一份"学了中国人口气"、中国人做主笔并写给中国人看的报纸。《申报》的首任主笔蒋芷湘,被聘任时已是举人,1877年又考中进士,也属士林中人。与当时外国人在中国办的一般报纸相比,《申报》的独特性还在于它是一份纯粹的商业性报纸,在宗教和政治问题上保持中立。这使它与当时传教士所办的宗教性报纸,如1886年英国人在天津创办的《时报》和1901年日本人创办的带有政治目的的《顺天时报》区别开来。《时报》的主笔是英国著名的传教士李提摩太,而《顺天时报》则是日本外务省在华办的中文报纸,这种宗教和官方背景显然会影响其办报立场的公正性和独立性,而《申报》不同,投资者只是为了牟利而办报纸,那么增加报纸销路成为他的主要目的,因此也就成了它的"上帝",考虑读者的需要、满足读者的意愿成为其办报原则,如此他就为中国主笔提供了充分的自主权。而针对市民阶层的读者定位,也使它具有了某种非政治化的包容性。

在由传统的基于文化信仰的共同性形成的宗教共同体向现代的世俗社会的转变中,报纸具有其不可替代的作用,它将人们的眼光由过去"三代"的"美好世界"转向了现实的世界,《申报》创办的目的就是要做"华人之耳目"①,报纸可以打破一己见闻的局限,将人的耳目扩大,以千里眼、顺风耳的方式将世界上所发生的一切汇集到案前,从而使人可以更充分地把握、了解其所置身于其中的世界,其所要起到的社会作用是"开人之智慧、广人之见闻、揭上下蒙蔽之情、通内外隔阂之弊",所以它的内容无所不包。"凡国家之政治、风俗之变迁、中外交涉、商贾贸易之弊端、与夫一切可惊可愕可喜之事,

---

① 《申报》1872年12月13日。

是所以新人听闻者，靡不毕载"①，如此，它也就为改良社会提供了一个公共平台。信息传播方式这种由传统的"街谈巷议""道听途说"的自然方式向现代的专业化、商品化、公益化的方式转换，因应的正是现代世俗社会的需要。资本主义的现代性意味着人的合作领域的扩大，资本的扩张将人类由狭小、封闭、区域性的熟人社会带入了广阔、开放、普世性的陌生人对陌生人的契约社会，而报纸从根底上讲，也来自这种资本扩张的冲动。这种现代性的冲动以资本的性格重塑了世界，改变了人们对于世界的认识和态度。由此，现代性的精神气质的形成就表现为现代性的价值秩序的确立，具体表现为由传统的道学——形而上学气质向现代的务实、功利、质化的世界观、价值观转换，这是一种世俗化的、人本主义的、工商社会的精神气质对基于农业文明、追求超越性的天道信仰的传统精神气质的取代和置换。

美国社会学家阿尔弗莱德·舒茨将我们身处其中的社会世界根据行动者亲疏距离和行动者对它的控制能力划分为四个领域："（1）面对面的世界；（2）间接经验的当代社会世界；（3）未来世界；（4）已经发生的过去世界。"② 所谓面对面的世界就是我们的周遭世界，直接经验可及的世界，它是一个范围有限的狭小世界；其次就是间接经验的当代社会世界，也就是我们通过他人间接经验了解的世界。而现代新闻报纸的兴起，填补、扩大的恰恰就是这个间接世界，它将及时性地报道世界作为自己的职责，从而使人们对身处其中的共同世界有了充分的感知，并将其纳入自己的思虑之中，由此报纸作为一种现代性的发明，将人从受传统主导的过去世界和受个人经历制约的身边世界中解放出来，将人引向了一个广阔的社会世界。德国社会学家舍勒认为由现代传媒推动的现代社会世界的兴起，使人们得以与同时代的匿名者"互相思考、互相盼望、互相爱慕、互相痛恨"，而"这种'互相'正是群体灵魂和群体精神这两个范畴的基础"③。人与上帝或天道的垂直精神交流方式为社会—他人导向的人际交流方式取

---

① 《申报》1872年12月13日。
② 转引自何雪松《迈向日常生活世界的现象学社会学——舒茨引论》，《华东理工大学学报》（社会科学版）2000年第1期。
③ ［德］舍勒：《知识社会学问题》，华夏出版社1999年版，第61页。

代,近代中国由天下主义的传统帝国向现代民族国家的转换,也正需要这种想象的政治共同体作为国家民族认同的基础,报纸在此历史过程中发挥了不可替代的作用。清末报刊上的流行语"四万万同胞""睡狮"等都与民族国家意识的建构密切相关。"同胞"一词原是指一母所生的兄弟姐妹,梁启超从日本作家东海散士(柴四郎)的政治小说《佳人奇遇记》借来,引入中国,将其作为一国之民的称谓,他在《清议报》的创刊号上这样呼吁:"呜呼!此正我国民竭忠尽虑,扶持国体之时也,是以联合同志,共兴《清议报》为国民之耳目,作维新之喉舌。呜呼!我支那四万万同胞之国民,当共鉴之。"睡狮一词也与梁启超密切相关,他从曾纪泽那里听到这个将中国比喻为"先睡后醒之巨物"的说法,写入文章,将其推广开来,借以表达中国必将从昏睡中醒来,复兴崛起,腾飞于世界的信心。由此,因应时代的现实需要而产生的意识形态主张开始取代传统"以不变应万变"的天道信仰,占据人们的精神空间中的核心位置。

现代性表现为一种"以时间消灭空间"(马克思语)的无限发展的趋势,建立在现代科技基础上的传播媒介在消灭空间上可以说是厥功至伟。举例来说,在出生于云南昆明的缪云台的自传中有这样一个记忆:"我于7岁(1900年)开始进私塾读书。那年正值八国联军进攻北京,当时虽然我的年纪还小,但也从大人那里听说太后和皇帝逃离北京的事情。记得有这样一件有趣的事:有一天,我放学回家时,看见街上过着一队人马,士兵们身着号褂,抬着大旗,胸前还缀有一个'勇'字,前面吹着号,后面敲着锣,队伍虽不大,但也使我感到有点浩浩荡荡的气象……这支浩浩荡荡的队伍是跟随蔡老将军去陕西勤王的,那时离开八国联军进北京已差不多快半年了,这位老将军才从西南这个边陲地方去勤王,可见当时交通之阻滞,通信之不便。"[①] 可见,在传统中国,要形成这种现代意义上的民族国家的技术条件也是欠缺的。而现代传媒的兴起则弥补了这种缺陷,英国社会学家吉登斯这样说道,报纸使"某个边远乡村的居民对当时所发生事件的知晓程度,超过了一百年前的首相。阅读某份报纸的村民自己就

---

① 缪云台:《缪云台回忆录》,中国文史出版社1991年版,第1—2页。

同时关心着发生在智利的革命、东非的丛林战争、中国北方的屠杀和发生在俄国的饥荒";而"如果不是铺天盖地而来的'新闻'所传达的共享知识,现代性制度的全球性扩张本来是不可能的"①。舒茨所讲的第三个世界、未来世界和第四个世界已经发生的过去世界的重要性在进入现实社会之后发生了颠倒,也就是说现代性的面向未来的生存态度取代了传统已过去为导向的生存方向,开始占据主导位置,清末大量的乌托邦和科幻小说的出现正表明了这一点,传统的"慎终追远""彝伦攸序""好古敏求""回向三代"以求"复古更化"的文化理想开始为面向未来的对现实世界的理想主义的改造所取代。

三

现代报纸的出现并不以报道新闻为唯一使命,它还要全方位地满足读者的文化需要,以吸引更多的读者,由此报纸开设文艺副刊也就成为比较普遍的举措,像《申报》在创办不久就开设了文艺副刊《瀛寰琐纪》,并连载由《申报》主笔蒋芷湘用笔名蠡勺居士翻译的西方小说《昕夕闲谈》,可见其一开始就意识到了文学所特有的寓教于乐的特性,会使其在现代化的社会动员中起到事半功倍之效。从本质上讲,新闻报纸与文学的联姻,表现为一种实然的世界与应然的世界的结合,新闻关注的是客观的事实,而文学关注的则是对事实的价值判断。进入现代之后,事实与价值开始出现分化,价值判断不能扭曲事实,而事实又不能决定价值判断,由此,事实与价值之间就出现了裂缝,而文学就是游弋于这个缝隙之间的产物。它一方面以新发现的现实动摇僵化了的现实观,表现为一种对客观性的追求;同时其又赋予客观性的现实以主观性的理解,以自己的尺度去丈量世界,这标志着一个现代性的意义自主性时代的到来。这也正是现代纯文学的真意所在,它以个人性的方式表达其对世界的感受和体验,并赋予世界以价值和意义。正如米兰·昆德拉所言:"'认识'开始成为小说唯

---

① [英]吉登斯:《现代性的后果》,田禾译,译林出版社2000年版,第67—68页。

一的道德"①，米兰·昆德拉认为现代性精神意味着在上帝死了之后，把整体的世界理解为一个有待解决的问题的时代来临，文学对世界提出疑问，不是为了满足某种实际需要，而是出于一种纯粹的认识的激情。由此在传统宗教性的真理退席之后，人们开始从个人性的感受、体验出发去重新理解现实、寻找意义，这也就成为文学现代性的基本动机和起源。而在清末文学中，比较充分地表现出这种认识世界的纯文学旨趣的作品是韩邦庆的《海上花列传》，纯文学的所谓"纯"者即不为非文学的需要来利用文学，是"自适其适"而非"适人之适"，即以审美的、认识的需要而不是政治的、道德的需要为创作的主宰。

首先，韩邦庆的《海上花列传》与近代报刊的关系非常密切，光绪十八年（1892）初，韩邦庆自办《海上奇书》杂志，随《申报》发送，成为中国第一部小说期刊。该刊内容大部分为韩邦庆个人的作品，如自撰的文言小说和吴语小说《海上花列传》长篇连载，这开创了报刊连载长篇章回体小说，且每回自成起讫的先例。在清末诸多小说中，《海上花列传》堪称一部别出心裁之作，其独特性首先表现在与后来的"谴责小说"不同，没有明显的社会功利性，不属于社会热点性写作，这也是其在文学史上长期被忽视的原因之一，他没有用牺牲文学寿命的方式来追求短期的轰动效应。

其次，与其同时代的众多"狭邪小说"相比，他不但在小说创作技术上高出一筹，而且在创作心态上更表现出一种"平常心"，由此进入了一种"平淡而近自然"的创作境界；这一点将他与同时代的孙家振专门为"警醒世人痴梦"而作的《海上繁华梦》相比就特别明显，他是在将个人道德义愤、先入之见等搁置起来之后，才得以让洋场生活以其自身的面貌呈现出来的，也就是说在自我与他者之间，他没有让自我吞噬他者，而是给予他者自我表现的空间，从而使"洋场生活"的异质性得以充分展现。所以他的这部《海上花列传》虽然也是为"劝戒"而作，但是他首先要做的是"尽形尽象"呈现

---

① ［法］米兰·昆德拉：《被诋毁的塞万提斯的遗产》，载何尚主编《窥探魔桶内的秘密：20世纪文学大师创作随笔》，广东经济出版社1999年版，第272页。

现实，使人如临其境，这才是作家首先要尽的责任，读者在读完此书后可以自行判断"自当厌弃嫉恶之不暇矣"，由此他也就跳出了狭邪小说"溢美"或"溢恶"的一般模式，将强烈的情感和个人的成见、道德优越感以及老生常谈的陈词滥调撇在一边，将自己置于一个观察者、接纳者而非谴责者、裁决者的位置，这样小说的认识功能才能充分发挥出来，让生活固有的多面性、复杂性自行呈现，而这也正是《海上花列传》的主要价值所在。《海上花列传》选取洋场租界的"长三书寓"高级妓院里的男女情爱纠葛作为表现对象，也表现出作家对现代情境下两性亲密关系即将发生的巨变的敏感。租界妓院是当时唯一可以允许男女进行公开社交的场所，租界外清政府是禁止官吏嫖妓的，所以洋场妓院就成为"情种"们追逐情爱的特区，催生浪漫之爱的福地，然而一旦他们陷身其中，又会感到一种新的幻灭，在这里虽然摆脱了宗法社会的控制，但又增加了金钱的羁绊，爱情又开始面临被商品化的威胁。在这个情场上谁要是过分认真往往就会受伤害，像赵二宝之于史三公子、周双玉之于朱淑人，等等。虽然它也产生了陶玉甫与李漱芳这样的生死相依的爱情佳话，但更多的还是处于像王莲生和沈小红式的情中有利、利中有情、欲说还休、欲罢不能的状态，他们是现代性的五味杂陈的"自由恋爱"滋味的第一代品尝者，虽并不尽如人意，但其毕竟给予了男女两性自主选择相爱的权利，为"大观园"里的情爱乌托邦提供了现实的可能。韩邦庆以"过来人"的身份谈情说爱，有助于消解人们对爱情所抱持的浪漫幻想。

再次，《海上花列传》在结构上采用了穿插藏闪之法，也是出于对描写对象的忠实，"描写"的重要性开始超出了"讲述"，讲述表达的是讲述者眼中的世界，而描写追求的则是一种去主观性的拟真效果，力图让世界以自身的方式自然呈现出来，它具有一种不动声色的客观性。该作品的中心主题可以用一句话来表达，那就是"遭遇现代性"。小说以乡下人赵朴斋一闯进光怪陆离的十里洋场，就被撞了个四仰八叉，弄脏了大褂为开端，而撞倒赵朴斋的正是小说的作者"花也怜侬"，由此拟作者也就成为小说中人物事件的见证人，自然地进入了作品之中，但小说讲述的并不是他的个人经历，小说真正的主角不再是某人某事，而是光怪陆离的"洋场"以及"洋场"中人的众生相。要表现这样一个完全不同于传统中国的"奇异空间"的众生相，就需要有新的艺术形式，而小说结构上的穿插藏闪之法，显然比单一人物的线性叙事更适宜表现这种空间性和众生相，它表明了在现代性叙事中空间开始与时间分庭抗礼，讲述故事的重要性开始受到展示场景空间的重要性的挑战，而这也正是世界被"图像化"理解的现代性特征之一。洋场作为一个奇异的空间的确有其文化异质性，典型如小说中第二十三章写一个官员姚季莼的太太气势汹汹地打到妓女卫霞仙的门上，指责其勾引了她丈夫，结果卫霞仙毫不畏惧，反而理直气壮地对她说："老实跟你说了罢，二少爷在你府上，那是你丈夫；到了此地来，就是我们的客人了。你有本事，你拿丈夫看牢了，为什么放他到堂子里来玩，在此地堂子里，你再要想拉了去，你去问声看，上海租界上可有这种规矩？这时候不要说二少爷没来，就来了，你可敢骂他一声，打他一下？你欺负你丈夫，不关我们事，要欺负我们的客人，你当心点！二少爷嚜怕你，我们是不认得你这位奶奶嚜！"① 作为租界的合法经营者，她受到租界法律的保护，因此可以无视传统宗法社会的身份等级制度。韩邦庆的敏锐性就在于他率先捕捉到了这种外来"新文明"的特质，写出了由传统的礼俗社会一步跨入现代法理社会中的人的生存方式的变化，《海上花列传》的开篇即讲述作者的一个梦境，写他在梦中看到一大片漂浮于海上的浩渺苍茫、无边无际的花海。这个"无根之花"的隐喻即是现代性作为一种"拔根"文化所带给人的普遍处境，人开始脱离家庭、宗族、乡土、地域、礼俗的吸附力，四处流动、自谋生计，由此进入了一个陌生人对陌生人的生存环境，要维持这样一个陌生人社会的有序运转，就不能再单纯依赖人情这样的私人性道德和传统习俗，而要依赖公共伦理和六亲不认的法律制度。"洋场生活"正代表着这样一个不同于传统中国的一个新型社会的出现。

最后，韩邦庆在该小说的语言上也做了大胆的探索，他自觉地以

---

① 韩邦庆：《海上花开·海上花列传1》，张爱玲注译，北京十月文艺出版社2009年版，第255页。

一种"自我作古"以求"别面生开"的创新意识采用吴方言写作，使得该小说成为中国第一部方言小说。全书由文言和苏白写成，其中对话皆用吴语（苏州话），固然使得人物形象的鲜明生动性得到极大的提高，在其背后也隐藏着一种作为新文明的发源地的洋场文化隐然与传统正统文化分庭抗礼的文化自信，正如陆士谔在他的小说《新上海》中所言："各种新事业、新笑话都是上海人发起，说他文明，便是文明，人做不出的上海人都能做出，上海的人的文明比文明还要文明；说他野蛮，便是野蛮，人做不到上海人都能做到，上海人的野蛮比野蛮还要野蛮，并且在别处，'文明''野蛮'都是决然相反的，文明不野蛮，野蛮弗文明，上海人则不然，野蛮的人霎时间可化为文明的人，文明的人霎时间可变为野蛮。不极文明的人不会做极野蛮的事情。"①"上海人"的这种创新性和多面性、矛盾性和暧昧性也正代表了现代性文化的特性，它在道德秩序之外更关注开放和自由、活力与创新。韩邦庆能于传统对于人心风俗的道德焦虑之外，聚焦于世界自身的琳琅满目、多姿多彩，这种胸襟、格局的敞开，也是《海上花列传》得以产生的重要条件。

---

① 《海上文学百家文库·陆士谔、徐卓呆卷》19，上海文艺出版社2016年版，第6页。

论中国近代文学观念的
文化生态及其意义

赵利民*

现代生态学将生态系统分为自然生态与人类生态两大类型，认为自然环境与人类社会发展中的物质生产与精神文化生产本身具备自身的"生态"关系，自然、社会和文化都有着自己的生态系统，它们之间又构成相互依存、对立统一的整体关系。在生态理论影响下，形成了生态伦理学、生态经济学、生态文化学、生态美学、生态批评等多种学科或研究方法，它们把研究的视野扩大到了人类的精神文化领域。研究实践表明，借鉴"生态学"的视角观照并审视人类精神文化发生发展的现象，探究其深层规律，有助于加深对某些问题的认识和理解。将中国近代文学观念的发生与发展演变置于生态学的视野之中，我们会发现其生存状态的深层内涵及所显示出的独特文化意义。

中国近代社会是一个饱尝内忧外患、充满矛盾冲突的时代。从精神文化的层面看，它作为一个特殊的社会转型期，又为不同的、甚至是相互对立的各种思想文化观念的共生共存提供了宽阔的舞台，形成了"众声喧哗"的人文景观。生态理论认为："在生命个体和种群进化的过程中，个体、种群和环境之间并不只存在着竞争，而更重要的是相互依赖、共存、共生，即使存在生存竞争，通常是存在于广泛合作的更大智慧之中，这是竞争与合作的互补。"[①] 由于长期受二元对

---

* 赵利民，天津师范大学文学院教授，博士生导师，主要从事文艺理论与中国近代文学思想研究。

① 余正荣：《生态智慧论》，中国社会科学出版社1996年版，第94页。

立思维模式的影响，学界在对包括文学观念在内的近代思想文化进行研究的过程中，往往是强调对立多于互补，突出斗争胜于融合。但从中国近代文学发生发展的实际状况看，其中既有对立斗争，又有互补融合，中国近代诸种文学观念在对立与互补中形成的多元化格局构成了近代文学发展过程中的生态系统。

检讨中国近代文学观念的生态状况，我们会发现，"新"与"旧"、"中"与"西"、激进与保守、审美与功利等观念对立而又互补，形成了梁启超所说的"启蒙期之思想界，极复杂而极绚烂"① 的文化与文学观念的特有局面。

一

晚清文学观念的"新"与"旧"的对峙与互补。在外来文化的强烈冲击下，近代有识之士怀抱着前所未有的忧患意识和变革意识。对现状的不满往往表现为要么复古要么寄希望于未来社会，这两种情况在近代都是存在的，但由于中国近代社会特有的政治、经济、文化状况决定了社会的主流文化倾向是趋"新"，至"五四"前后甚至形成了激进主义的文化思潮。费正清曾非常深刻地指出："在中国，'现代性'不但表示对当前的关注，同时也表示向未来的'新'事物和西方的'新奇'事物的追求。"② 近代所谓"新学"与"西学"是具有同样内涵的概念。本部分对与近代文学中所谓"新"观念相关的几个问题略作探讨。

其一，过去的研究过分强调近代作为转型期的"新变""断裂"特征，在一定意义上割断了新文学与传统的关联，也忽视了近代文学观念复杂而丰富的"生态"状况。众所周知，中国文学观念之"新变"的发生首先是受到西方新思潮的影响。尽管传统文化也会生发出新的思想萌芽，但在近代，要实现中国文化的新生，使中国走向现代化发展之路，仅仅依靠传统的思想武器显然是不可能的，必然"别求

---

① 梁启超：《清代学术概论》，上海古籍出版社1998年版，第26页。
② 参见费正清《剑桥中华民国史》上册，中国社会科学出版社1993年版，第295页。

新声于异邦"①。以西方思想作为社会改革的"参照系"在新派思想家如严复、梁启超等看来是顺应中国社会发展必然规律的。在此背景下，近代新文学观念也就被深深地烙上了西方进化论、唯意志论、人道主义等思想潮流的印痕。在近代思想家的视野中，进化论强调"物竞天择""适者生存""优胜劣汰"，认为自然与社会的发展呈现出由低级到高级的趋势。进化论思想之所以能在中国近代以至于现代社会发展中产生较大影响，是与近代人追求现代化的过程密切相关的，它为建立未来的"理想"世界提供了坚实的思想基础。近代的思想大师如严复、康有为、梁启超、谭嗣同、王国维、胡适、陈独秀、鲁迅、周作人无一不受过进化论思潮的洗礼。严复认为"人道所为，皆背苦趋乐"，坚信"世道必进，后胜于今"②。梁启超坚信新的思想、新的观念符合社会进步发展的规律，将进化论引入文学研究，指出："盖生存竞争，天下万物之公理也，既竞争则优者必胜，劣者必败。此又有生以来不可避之公例也。"③ 他们从进化的观点出发深刻地意识到传统文学观念中存在糟粕的成分，它们被淘汰的命运已经不可避免，要实现文学的新生就必须革除保守、陈旧的思想，寻求文学向前发展的出路。

在所谓"进步"甚至激进主义的视域下对近代文化、文学状况的研究，得出的结论自然是晚清以来中国文化与文学的发展主流是新的必然战胜旧的，对近代文学状况的估计也是尽力突出甚至放大了"新"的成分。

其二，对科学化、系统化知识和思想体系的诉求是晚清至现代学习西方的主要目标。这里以康德哲学的影响为例。康德、叔本华的人本主义哲学思想经王国维、蔡元培等的译介并引入哲学、美学与文学研究领域之后，其影响已远远超出了原有范围，为晚清的思想和学术提供了前所未有的思想资源。王国维的《红楼梦评论》为红学研究提供了全新的视角，其《人间词话》也如钱锺书先生所言"时时流

---

① 《鲁迅全集》第1卷，人民文学出版社2005年版，第68页。
② 《严复集》第5册，中华书局1986年版，第1359—1360页。
③ 梁启超：《自由书·豪杰之公脑》，《梁启超全集》第1册，张品兴主编，北京出版社1999年版，第354页。

露西学义谛"。蔡元培美学思想所受康德哲学与美学的影响当然是不争的事实，但需要特别深思的是，康德在"五四"前后的中国产生较大影响的原因是什么？在晚清至新文化运动前后向西方学习科学精神的背景下，康德的认识论哲学、自由意志思想及其哲学思想的"体系性"成为当时中国思想界的重要外来资源，贺麟先生曾极其准确地指出："这情形大概是和科学相关的，要讲科学的认识论就要涉及康德的知识论。另外康德的意志自由，讲实践理性，这就必然同民主自由相关。因此，这时期传播和介绍康德哲学是学术理论界的中心内容。"[①] 借助康德的美学体系，蔡元培初步建立了中国现代美学的基本框架，这一框架是有别于传统美学的新体系，也是一个科学化的体系，这样的体系与研究思路正是晚清以来国人向西方学习的最重要的追求和最根本的成果。蔡元培在20世纪中国美学史上的地位比王国维高的原因也正在于此，而不是如有些学者所认为的主要是因为他北京大学校长的身份。

其三，对晚清文学观念的文化生态产生影响的重要因素之一是传教士在中西文化交流中发挥的作用。传教士在文学方面的影响在一定程度上改变了固有的生态平衡，对新的文学观念的诞生起到了催化作用。据统计，晚清所引外国人著述中，明末清初传教士的文字占20%，19世纪传教士的著作和翻译文字占80%，由此可看出传教士的翻译活动和成果对中国思想文化变革的影响之大。真正最早从文化上打开中国大门的是西方来华的传教士。他们从事翻译活动的初衷虽是传播上帝福音，但在客观上推动了西方科学文化和制度文化传入中国的进程，进而加快了中国走向现代化的步伐，最终对中国人的思维方式产生了较大影响。

文学是语言的艺术。晚清文学语言的变革是学界长期以来讨论最多的一个问题，但很少注意到晚清至"五四"新文化运动的白话文变革过程中传教士所起到的作用。近年来，学界关注到这一点，新文学的白话语言虽然不可能不受到古典白话的影响，但所用的主要是欧

---

① 贺麟：《康德黑格尔哲学东渐记》，《中国哲学》第2辑，生活·读书·新知三联书店1980年版，第366页。

化了的白话。欧化的白话语言的直接创造者是近代来华传教士。① 传教士为达到其传教的目的,就必须将体现基督教教义的经典进行翻译,传教翻译活动大量运用欧化的白话语言以使教义能够在民间传播,这些欧化式的白话语言对最初的中国现代白话文运动和语言变革产生了重要影响。著名学者王治心先生在其名著《中国基督教史纲》中曾明确指出:"现在我们所提倡的白话文,以为是文学革命的产物,是空前的,却不知道太平天国的时候,早有过一番改革。我们且看一看他们所用的经典与文告,有好几处很通俗的东西,这些东西是很浅近的,与现在的白话差不多。想不到在贵族文学极盛的时候,竟有这种平民文学出现。"②

为将基督教教义及其他知识传播到民间,能为百姓接受,选择通俗易懂的白话是最好的手段,在传教士影响下的太平天国如此,其他时期的传教士其实也是这样做的,他们将《圣经》用俗语进行翻译,初期所用是古白话,至18世纪70年代,已开始出现欧化的语言。所编教材也都是用浅近的白话文字写成。传教士的创作在语言方面对中国文学也产生了影响,主要表现在语法方面。在词汇方面,传教士的翻译和创作大量引进西方新词,丰富了中国文学的词汇。另外,传教士所办报刊及其翻译活动在文学观念、文体变革等方面对晚清文学乃至新文学也产生了很大的影响,不再赘述。③

正如自然界的生态规律一样,人类社会的精神文化生态同样有着自己的规律,有学者指出:"生态哲学与生态美学的合理因素就是人与自然、社会处于一种动态的平衡状态,这种动态平衡就是生态哲学与生态美学最基本的理论。"④ 中国近代多种新的文化、文学观念打破了传统的思想文化的生态平衡,对于文学的发展起到了巨大的推进作用。但与此同时,我们也不能不注意到文学观念的发展有其自身的调节系统,当新的东西大量出现,甚至几乎占主流地位的时候,

---

① 袁进:《重新审视欧化白话文的起源》,《文学评论》2007年第1期。
② 王治心:《中国基督教史纲》,上海古籍出版社2004年版,第152—153页。
③ 赵利民:《关于中国文学与世界文化对话交流的几个问题的思考》,《湖南社会科学》2012年第2期。
④ 曾繁仁:《生态存在论美学论稿》,吉林人民出版社2003年版,第57页。

"旧"的观念并不像人们所想象的那样会马上消失,而事实往往是,它们的存在构成对所谓"新"观念的制衡力量,不至于使文化的发展走向另一个极端,而是保持"动态平衡"。

二

如上所述,在长期以来"趋新"作为主流思潮的背景下,近代文学中那些"旧"的文学观念自然而然地被作为"新"的或"革命"的对立面被否定被批判。如果从努力回到近代文学原生态的角度看,我们对待旧的文学观念就应有正确态度。首先正视他们存在的意义而不是简单地对其冠以封建保守、反对变革或反对革命的罪名加以否定。

任何时代的意识形态与精神文化不是所有的部分都随着社会经济、政治体制的变化而立刻发生改变。

以曾国藩及其弟子为代表的湘乡派主张"崇古",把孔孟、程朱理学之"道统"与"文统"从先秦两汉至唐宋八大家再到桐城派的"文统"作为讨论文艺问题的根本出发点。曾国藩将"义理"置于文章各要素的中心地位:"文之醇驳,一视乎道之多寡以为差。见道尤多者,文尤醇焉,孟轲是也。次多者,醇次焉;见少者,文驳焉;自荀扬庄列屈贾而下,次第等差略可指数。""取司马迁、班固、杜甫、韩愈、欧阳修、曾巩、王安石及方苞之作悉心而读之……然后知古之知道者,未有不明于文字者。"[①]"道"决定"文","道统"与"文统"一致。

以王闿运为代表的汉魏六朝诗派出现在清末民初,堪与"同光体"相抗衡,为此,他被奉为"诗坛的首领",主张"乐必依声,诗必法古,自然之理也"[②],"词不追古,则意必循今;率意以言,纬经

[①] 《致刘孟容》,(清)李翰章编纂,(清)李鸿章校勘:《曾文正公全集》第四部《书札》,吉林人民出版社2005年版,第2035页。
[②] 《湘绮楼说诗》,1922年中华书局石印本《新古文辞类纂稿本》卷二十三,郭绍虞主编:《中国历代文论选》第4册,上海古籍出版社2001年版,第108页。

益远"。① 他认为宋诗不如唐诗，唐诗不如汉魏六朝诗歌，因此主张写诗必须宗汉魏六朝。而以樊增祥、易顺鼎为代表的中晚唐诗派，则主张师法中晚唐诗人，由此可见，近代复古主义文论家所言之"古"的含义是有较大区别的。

总之，旧的文学理论流派在文学观念上都是持复古态度的，作为晚清文学观念的一部分，它的存在既是历史的延续，也有其一定的合理性。随着其赖于存在的封建统治力量的衰落，其中不能跟上时代发展的部分逐渐消亡也是大势所趋。

其次，要看到他们在新时代下的调整和变化。近代带有旧的色彩的文学观念在逐渐发生变化的时代面前，也并非一成不变，在外来观念的冲击之下做出了一定程度的调整，尽管他们更多的还是在传统中寻找改变的依据。"经世致用"在鸦片战争前后成为重要的思想潮流，魏源、龚自珍、林则徐、姚莹、包世臣、汤鹏、徐继畬等是其代表人物。经世派主张社会改革，要求以改良的方式求得社会的进步。面对清王朝的腐败统治，那些较为开明的地主阶级经世派虽然不可能提出彻底推翻封建统治的主张，但他们具有强烈的批判意识。龚自珍曾激烈地发表过这样的言论："左无才相，右无才史，阃无才将，庠序无才士，陇无才民，廛无才工，衢无才商。"② 他们对社会积弊的揭露涉及政治、经济、军事、文化等各个方面。鸦片战争之后，林则徐、魏源、姚莹等开始向西方学习先进的科学文化知识，这直接影响了洋务运动和早期维新运动的诞生。具体到文学观念方面，经世致用思潮对守旧的复古主义文学观念产生了直接影响。

在经世观念的影响下，封建文人主张文学要有用于世。作为桐城派继承者的姚（莹）门弟子坚持封建"道统"和"文统"，但在时代变革的刺激之下，特别是在经世致用思潮的影响下，他们更加关注文学对现实的影响作用，主张为文要有用于社会。方东树说："文不能

---

① 《八代文粹序》，"词不追古，则意必徇今；率意以言，纬经益远"。光绪庚子年间忞阳刊本《王湘绮先生文集》卷三，郭绍虞主编：《中国历代文论选》第4册，上海古籍出版社2001年版，第109页。

② 《乙丙之际箸议第九》，钱仲联主编：《龚自珍文选》，苏州大学出版社2001年版，第57页。

经世者,皆无用之言,大雅君子所弗为也。"① 他在《辨道论》中阐明了文章要"救乎时"的道理,"君子之言为足以救乎时而已!故同一言也,失其所以言之心,则言虽是而不足传矣"。又说:"人第供当时驱役不能为法后世,耻也;钻故纸著书作文翼传后世而不足膺世之用,亦耻也。必也才当用世,卓乎实能济世;不幸不用,而修身立言足为天下后世法,古之君子未有不如此厉志力学者也。"尽管方东树论文不能抛开儒家之"道",但他所言之"道"已不再仅仅是孔孟之道或程朱理学,认为"文章"应同"道德""政事"统一起来,而统一的基础是"通于世物",强调要"救时""济世",这确是对桐城派的一个较大发展。梅曾亮、管同也明确提出那些关注现实社会、有益于人心教化的诗文才是好的。

曾国藩及其弟子抱着中兴桐城派的愿望,对其理论主张在坚持的基础上也做了一些发展。曾氏对姚鼐"经济天下"、梅曾亮文章"随时而变"的思想进行了吸收和丰富,提出了"文章与世变相因"② 的主张,强调文学与时代变革的关系。同时,曾国藩为了使文学能更直接地为现实(在他那里当然主要还是为封建统治)服务,去除桐城派的空疏之病,他在桐城派的"义理""考据""辞章"之上又加上"经济"一项,认为"此四者缺一不可"③,明确将"经济之学"纳入文学的范畴,从中可见经世致用思潮对他的影响。由于鼓吹"经济之学",他们在作文与论文时都注重文学是否关涉时事、世情,其中的不少人都是洋务派的中坚力量。

再次,必须充分认识晚清文化的复杂性,重视新派思想家思想中的传统因素及他们后期大多走向保守甚至复古的倾向。如此,才会尽可能地恢复近代文学观念的原生态,而不是以某种思想的先入之见割裂歪曲当时真实的文学状况。

---

① 《复罗月川太守书》,方东树:《仪卫轩文集》,清同治七年(1868)刻本,卷七,第118页。
② 《欧阳生文集序》,(清)李翰章编纂,(清)李鸿章校勘:《曾文正公全集》第三部《文集》,吉林人民出版社2005年版,第1762页。
③ 《求阙斋日记类钞》,(清)李翰章编纂,(清)李鸿章校勘:《曾文正公全集》第八部《求阙斋日记类钞·卷上》,吉林人民出版社2005年版,第5451页。

任何新观念的产生都会经历一个极为复杂而艰难的过程。在这一过程中与新观念形成对立的旧观念还会不同程度地存在,并且常常会出现以"旧"观念解释"新"观念的情形,其目的当然是为新观念产生的合理性寻求传统上的依据。

近代持新观念的文论家在其思想深处往往存在着诸多矛盾,"新"与"旧"的矛盾显得最为明显。如严复曾用类似于现代"为艺术而艺术"的文学价值观反对传统的"文以载道"论,① 但另一方面,他又认为:"窃尝究观哲理,以为耐久无弊,尚是孔子之书。"② 梁启超等人借鉴西方观念特别是在受到日本明治小说的影响之下,提倡"新小说",从而大大提高了小说的地位,与贬低小说的传统观念相比,无疑是一种新的文学观念。但也必须看到,梁启超等的小说理论也透露出不少旧观念的痕迹。林纾翻译西方小说用的仍是文言,并认为西方小说的一些特点能在中国传统小说中找到,如他说:"西人文体何乃甚类我史迁也"③,还强调西方小说"往往于伏线、接笋、变调过脉处,大类吾古文家言"④。他还将中国儒家的传统理论比附西方小说所表现的人情纠葛与社会关系。"以中化西"是近代文学观念形成过程中的一个重要现象,但在"化"的过程中常常会出现用旧观念解释新观念的情况。周作人曾指出:"中国近方以说部教道德为桀,举世靡然……顾说部曼衍自诗,泰西诗多私制,主美,故能出自由之意,舒其文心。而中国则以典章视诗,演至说部,亦立劝惩为皋极,文章与教训,漫无畛畦。画最隘之界,使忽驰其神智,否者或群逼搃之。所意不同,成果斯异。然世之现为文辞者,实不外学与文二事;学以益智,文以移情,能移人情,文责以尽,他有所益,客而已。而说部者,文之属也。读泰西之书,当并涵泰西之意。以古目观新制,

---

① 严复曾提出:"诗之于人,若草木花英,若鸟兽之鸣啸,发于自然,达于至深,而莫能自已。盖至无用矣,而又不可无如此。"(《诗庐说》)
② 严复:《与熊纯如书札》,《严复集》第3册,中华书局1986年版,第603页。
③ 《斐州烟水愁城录序》,商务印书馆1905年版,《二十世纪中国小说理论资料》第1卷,陈平原、夏晓虹主编,北京大学出版社1989年版,第141页。
④ 《撒克逊劫后英雄略序》,商务印书馆1905年版,《二十世纪中国小说理论资料》第1卷,陈平原、夏晓虹主编,北京大学出版社1989年版,第145页。

适自蔽耳。"①"以古目观新制"实质上揭示出近代知识分子在对待"中西"与"新旧"方面所存在的不可克服的矛盾性，在他们的新观念中仍然存在着与之相悖的旧观念。

近代文学新观念的代表人物基本是在甲午战争之后走向对中国传统美学及文学观念变革道路的。但是，当辛亥革命失败之后，大多数的"新潮"理论家又表现出向传统回归的现象。

梁启超的思想道路及文学道路具有代表性。他后期向传统回归的一个最直接的原因在于他的欧洲之行。思想上的大转折也直接影响了他的文学观念的变化，他对待小说的态度即可见一斑。梁启超在开始提倡小说时，其目的在于"开启民智"，可当他后来不再是一个叱咤风云的政治家，尤其是传统观念在其心目中的地位得以重新确立时，"小说为文学之最上乘"的观念在梁氏心中已不复存在，他对作为文学正宗的诗、文又给予特别关注。在为《清华周刊》撰写的《国学入门书要及其读法》中，认为诗歌是"最有价值的文学"，专门用来课余"讽诵"的文学作品全都包括在"韵文书类"，它们与"修养应用及思想史关系书类""政治史及其他文献书类""小学书及文法书类""随意阅览书类"构成了国学书的主要组成部分，而对小说所谈较少，甚至说"吾以为苟非作文学专家，则无专读小说之必要"②。前后两个时期对小说的态度可谓是判若两人。总之，梁启超放弃对小说的重视转而青睐诗歌，表明他在文体观念上向传统观念的"复归"，当然这一回归不是简单的"回去"，其方法等必然会打上新的烙印。另外，严复、王国维等理论家也表现出向传统回归的倾向。

近代文学观念在其发生与发展过程中，既有旧观念急遽裂变、新观念迅速萌生的一面，又有新观念在产生和发展过程中所表现出的曲折性、复杂性的一面。鲁迅在讨论中国思想文化及美学思潮的演进时精辟地指出："有两种特别的现象，一种是新的来了好久之后，而旧的又回复过来，即是反复。一种是新的来了好久之后，而旧的仍不废

---

① 《周逴〈红星佚史〉序》，《红星佚史》，商务印书馆 1907 年版，《二十世纪中国小说理论资料》第 1 卷，陈平原、夏晓虹主编，北京大学出版社 1989 年版，第 232 页。

② 夏晓虹：《觉世与传世：梁启超的文学道路》，上海人民出版社 1992 年版，第 166 页。

去，而是羼杂。"① 这一论断对于近代文学观念而言尤其适用。把握文学观念发展的曲折性与复杂性具有十分重要的意义，可以防止在理解近代文学观念演变时常常出现的简单化弊病。从文化生态的意义上讲，近代文学观念中的传统与现代、旧中之"新"、新中之"旧"、"新"向"旧"的回归等都是非常正常的现象，我们应该客观地对待，必须改变以往总是以各种有色眼镜对之过滤使其失去本来面目的倾向。杜维明先生曾指出："儒家传统在现代中国的发展过程中，真正的第一流的自由主义者甚至革命者，包括鲁迅、陈独秀、李大钊、胡适他们对儒家进行的批评，事实上有利于儒家创造新的生命力，开拓新的空间。"② 文艺观念的生态平衡不是大一统的表面的"平衡"，而是对立的平衡，互相制约的平衡，是"和而不同"。

三

既有的研究对于"五四"前后的激进主义思潮往往给予过多的肯定，而文化保守主义基本上被否定，这是有欠公允的。梁启超说过："豪杰之士，欲创新必先推旧，遂以彼为破坏之目标。"③ 其所代表的思维方式至五四前后达到了极致。自20世纪80年代末90年代初以来，有学者对激进主义开始进行反思，注意到它所带来的负面效应，对文化保守主义的思想观念也努力开始给予实事求是的评价。从文化生态的角度讲，与激进主义相对立相抗衡而存在的文化保守主义同样有其生态学意义。另外，在激进与保守之间常常会出现带有折中主义的观点，这更有利于形成文化观的多元化形态。

以康有为、章太炎等为代表的文化保守主义者坚守传统文化立场、主张保存国粹，对西学在接受的同时持保留态度，总体的文化观是以中为主、调和中西，反对激进主义。研究近代文化生态，汲取文

---

① 鲁迅：《中国小说的历史的变迁》，《鲁迅全集》第9卷，人民文学出版社2005年版，第311页。

② 杜维明：《儒学与文化保守主义——杜维明教授访谈录》，载《原道》，北京大学出版社2005年版，第11页。

③ 梁启超：《清代学术概论》，上海古籍出版社1998年版，第3页。

化保守主义文化观中的合理成分甚至重新评价其某些主张，对于我们重回近代文化的现场是有意义的。

如前所述，晚清以来进化论对中国思想的影响怎样估量也许都不会过分，但问题的严重性在于，我们并没有认真检讨过进化论被接受的过程中所存在的诸多误读现象。以上所提到的新派思想家出于变革社会现实的需要，更多地接受了生物界与社会发展的弱肉强食、适者生存的观念，结合中国当时的需要，进化论提供的是"进步"观念，是社会发展推陈出新的"必然规律"。其实，作为社会达尔文主义者的英国思想家斯宾塞就曾提出社会进化中的"均衡论"观点，"运动进化本身就是按均衡的方式进行的。对立力量的普遍共存必然导致普遍和谐，最终导致平衡的建立"。[①] 他举例说："社会的发展就是通过人口与物质方式之间、出生率与分配之间、供与求之间、生产与分配之间、迁移和定居之间，激进主义和保守主义之间、个人主义和社会主义之间以及进步和稳定之间不断保持平衡而实现。"[②] 斯宾塞关于社会进化的"均衡论"与生态文化理论有着一致之处，对于我们理解中国近代文学观念中的新与旧、激进与保守等的冲突与平衡有着重要的借鉴意义。这些"对立力量"的"普遍共存"所构成的文学观念的多元格局，一方面是冲突、对抗、斗争；另一方面冲突、对抗、斗争的双方如斯宾塞所说又构成一种"均衡"之势，这样，各种文学观念在斗争中发展，在对立中又相互制约。适应时代需要的观念得以发展，而某些不符合时代精神的观念自然也就被淘汰。但激进主义者由于当时的功利需要，不可能注意到以上斯宾塞的观点。恩格斯指出社会达尔文主义者"想把历史的发展和错综的全部多种多样的内容都总括在贫乏而片面的公式'生存斗争'中"，并认为这是"社会的永恒的自然规律"，并对之嘲讽说"那不过是十足的童稚之见，这简直是什么也没有说"[③]。如果联系斯宾塞的社会进化的"均衡论"思想，也许我们会发现对进化论的误读在西方和东方都是存在的。新文

[①] 侯鸿勋、郑涌：《西方著名哲学家评传》第1卷，山东人民出版社1985年版，第298页。

[②] 同上书，第298—299页。

[③] 《马克思恩格斯选集》第3卷，人民出版社1972年版，第572页。

化运动前后的激进主义思想对社会发展的理解也与恩格斯所批评的非常一致。

梁启超将进化观念作为社会变革的"公理""公例"看待，在其早期的思想中，他把进化、进步、破坏与保守、守旧等对立起来，"新民子曰：吾不欲复作门面语，吾请以古今万国求进步者独一无二、不可逃避之公例，正告我国民。其例维何？曰破坏而已"。① 实现社会和人类文明的进步必须进行破坏，破坏不仅具有合理性而且符合道德，甚至是"今日第一美德"。不难看出梁启超的激进的进化论思想对后来的五四新文化运动中的进步观念及一切革命思潮的深刻而巨大的影响。

但作为文化保守主义者的章太炎、刘师培在对进化论的理解上突出了社会进化过程中的复杂性一面。文化保守主义者把"进步"不是简单看作线性的、完全斗争式的模式，而是视为一个复杂的过程，在越来越强大的激进主义思潮占主导地位的形势下，保守主义者的进化思想不但没有引起当时思想界的注意，而且被视作落后、反动，甚至受到打击和批判。以生态文化的观点看，它们的意义在思想史的发展中是极有价值的，这些价值随着思想界对激进主义的反思越来越彰显出来。

章太炎力图修正社会达尔文主义把"生存斗争"作为社会进化与进步的唯一动力的观点，带有明显反进化的色彩，他提出了著名的"俱分进化"论，反对将自然"进化"的规则简单地硬套到对社会发展的研究中去，主张天道和人道的区分，"凡所谓是非者，以侵越人为规则为非，不以侵越自然规则为非。人为规则，固反抗自然规则者也。……且黠之者必能诈愚，勇者之必能陵弱，此自然规则也。循乎自然规则，则人道将穷。于是有人为规则以对治之，然后烝民有立。若别有自然规则，必不可抗，而人有妄抗之者，此亦任其自为尔"②。对作为"公理""公例"的线性的、乐观主义的历史进化观，章太炎

---

① 梁启超：《新民说》，《梁启超全集》第3卷，北京出版社1999年版，第685页。
② 章太炎：《四惑论》，《章太炎全集》第4册，上海人民出版社1985年版，第455—456页。

持明确的反对态度,他对当时在进化论思想影响下所普遍存在的社会历史发展的乐观主义表示出深刻的怀疑,认为善与恶作为正反两方面是同时并进的,所谓"善亦进化、恶亦进化","若云进化终极,必能达于醇善之区,则随举一事,无不可以反唇相稽。彼不悟进化之所以为进化者,非由一方直进,而必由双方并进。专举一方,惟言智识进化可尔。若以道德言,则善亦进化,恶亦进化;若以生计言,则乐亦进化,苦亦进化"①。在激进思想逐渐占主导地位的背景下,他以深厚的学养和对社会发展的洞见敏锐地指出了人类社会发展的复杂性,正如有学者所指出的:"他第一个向'进化主义'、向'历史进步主义''历史目的论'和'决定论'发起了挑战。现实和理想的冲突,来自内部和外部的各种'不幸',促成了章太炎的'否定'和'怀疑'性格;从儒道释特别是佛教和道家中,他获得了对抗'进化'和'竞争'的普遍价值立场。章太炎是复杂的,他的独特立场是多重因素促成的。"② 章太炎的文化保守主义立场如放到现代中国的激进主义发展中看它的意义是巨大的,对于我们反思20世纪思想史中所发生的诸多问题也具有明显的启发性。

激进主义、文化保守主义还有持中立态度者涉及的人物与问题很多,本文以一个个案为例来说明它们之间对立而又互补的文化生态关系。这是一次并不十分显赫但意义重大的争论。作为文化保守主义者的林纾曾针对陈独秀、胡适等的激进思想致信时任北京大学校长的蔡元培,对二人提出批评,认为传统道德不可抛弃,"大学为全国师表,五常之所系属……或且有恶乎阘茸之徒,因生过激之论,不知救世之道,必度人所能行;补偏之言,必使人以可信。晚清之末造,慨世者恒曰:去科举,停资格,废八股,斩豚尾,复天足,逐满人,扑专制,整军备,则中国必强。今百凡皆遂矣,强又安在?于是一进一解,必覆孔孟,铲伦常为快"③。在给蔡元培的这封信中,林纾痛陈

---

① 章太炎:《俱分进化论》,《章太炎全集》第4册,上海人民出版社1985年版,第386—387页。
② 王中江:《进化主义在中国的兴起》,中国人民大学出版社2010年版,第197页。
③ 林纾:《答大学堂校长蔡鹤卿太史书》,《林纾文选》,徐桂亮选注,百花文艺出版社2006年版,第106页。

陈独秀、胡适"尽废古书,行用土语为文字"观点的错误。针对林纾的诘难,蔡元培在《致公言报并答林琴南君函》一文中阐述了他的观点。对于林纾批评的"覆孔孟",蔡元培指出:"大学讲义,涉及孔孟者,惟哲学门中之中国哲学史。已出版者,为胡适之君之《中国上古哲学史大纲》,请详阅一过,果有'覆孔孟'之说乎?特别演讲之出版者,有崔怀瑾君之《论语足征记》、《春秋复始》。哲学研究会中,有梁漱溟提出'孔子与孟子异同'问题,与胡默青君提出孔子伦常之研究问题。尊孔者多矣,宁曰覆孔?"① 针对林纾反对白话文的观点,蔡元培的意见很是中庸,他指出:"白话与文言,形式不同,内容一也。"② 从蔡元培的这封信中可以看出,他对待传统文化的观点既不同于林纾之保守,也有别于胡适、陈独秀之激进,其持论是较为公允的,这与他所主张的"兼容并包"的思想有着内在的联系。

陈独秀、胡适、蔡元培作为新文化运动的代表为中国现代思想的产生开辟了道路,林纾对传统文化的坚守也不是没有意义,"在生态环保上有一个观念,保守叫conversation,但是生态环境的保守,叫conservationist……认为保守就是不激进、不革命、不自由,这是对文化的政治化曲解"③。综观近代文化保守主义者章太炎、刘师培、林纾等的文学观点,其中有很多与时代发展和文学发展不合拍之处,但他们对传统思想观念的强调,对包括传统文学在内的文化资源的传承有着积极意义的一面。

四

以上重点对新与旧、激进与保守的晚清文学观念共生共存、竞争互补的文化生态及其意义做出了分析。如果说新与旧、中与西等更多的是从时间和空间上来划分的话,那么,从对文学功能理解的角度而

---

① 蔡元培:《蔡孑民先生言行录》,广西师范大学出版社2005年版,第162页。
② 同上书,第164页。
③ 杜维明:《儒学与文化保守主义——杜维明教授访谈录》,《原道》,北京大学出版社2005年版,第11页。

言，还存在着功利主义与非功利主义的对峙与互补，这也是晚清文学观念文化生态的一个重要表现。

关于文学功能之功利主义与非功利主义的争论一直是中国古代文学观念中的一个重要问题，儒家与道家文艺观的重要区别之一在于对待文艺功能上的功利主义与非功利主义之分，两种文艺功能观的对峙与互补构成了古代文学观念发展的相对均衡状态。功利主义与非功利主义在近代又有不同的内涵和表现，本文主要结合梁启超与王国维的具体观点展开论述。

为改变长期以来中国社会积贫积弱及内忧外患的现实状况，中国近代知识分子分别从科技发展、制度变革、文化改造甚至社会革命的角度寻找救国的道路。梁启超等代表的改良派主要立足于制度与文化改良探讨中国走向富强的途径，他们的主张当然会带有较强的功用色彩，其中的文学观念自然也不例外。

国家主义在梁启超的思想中占有十分重要的地位，他的理想是建设独立的近代意义上的民族国家，他对公德、自由、平等观念的引进也是基于对中国的社会改革和进步有促进作用的认识之上的。戊戌变法后，梁启超一方面致力于中国人精神领域的改造工作；另一方面对西方功利主义学说产生了浓厚兴趣。在国家功利主义思想的影响下，形成了近代社会尚功利、言经济的风气，中国近代文学自然而然地被赋予诸多现实的社会功能，它必须承担崇高的历史使命，必须为"救亡"与"启蒙"而呐喊。就近代作家的创作而言，他们自觉投入极大的热情参与到社会的现实斗争中去，甚至热衷于办实业、经商、办学、办报纸、编杂志、开书店等活动。处于文学改良运动高潮时期的梁启超等文学价值观之功利主义取向的凸显是在情理之中的。

王国维与梁启超的文学思想同样具有现代性特质，但不同的是，梁启超的文学观更多的是建立在理性、科学、社会进步等观念基础上的，王国维文学与美学思想的现代性则重在突出艺术与审美的自主与自律。如果说前者是功利主义的，后者对艺术自律与审美独立价值的强调显然具有极强的非功利主义色彩，两种文学价值观呈对立互补之势。王国维推崇文学与审美的非功利主义，鄙薄学术与文艺上的功利主义。对于鸦片战争以来过分重视物质利益、科学技术的功利主义观点，王国维曾尖锐地指出："夫同治及光绪初年之留学欧美者，皆以海军制造为主，其次法律而已，以纯粹科学专其家者，独无所闻。其稍有哲学之兴味如严复氏者，亦只以余力及之，其能接欧人深邃伟大之思想者，吾决其必无也……况近数年之留学界，或抱政治之野心，或怀实力之目的，其肯研究冷淡干燥无益于世之思想问题哉！"[①] 显然，王国维的非功利主义价值观是立足于更深刻的精神层面来思考现实问题的，其思想指向是对中国人精神状况的改造。王国维在《去毒篇》《人间嗜好之研究》《文学与教育——〈教育杂感〉》等文章中对国人精神的颓落，旧道德对人的戕害、社会的腐败现象给予深刻揭示，指出中国人吸食鸦片的深层原因在于精神上的无所寄托。他把艺术与审美教育作为重塑中国人精神素质的基本手段。王国维开创的近代非功利主义美学观在后来的美学发展过程中仍然可以找到一条清晰的线索，蔡元培、宗白华、郭沫若等近现代一批理论家与文学艺术家都程度不同地主张过艺术与审美的非功利性。不过，作为足以与功利主义文艺美学思想形成对峙的这一思潮往往处于被批判否定的地位。

近代的功利主义与非功利主义的文学价值观虽不像激进主义与文化保守主义之间存在着明显的激烈交锋，但二者的对立以及相互的影响对近代文学观念与美学思想的发展是有着积极意义的。梁启超在后期从政治舞台转向学术研究之后，曾从学术史的角度对功利主义思想进行了深刻的反思："一切所谓'新学家'者，其所以失败，更有一种根源。曰不以学问为目的而以为手段……殊不知凡学问之为物，实应离'致用'之意而独立生存。"[②] 这对于我们理解功利主义与非功利主义的不同价值与意义是有帮助的。

功利主义与非功利主义文学价值观由对立走向融合，这一点在鲁迅与周作人早期的文学思想中体现得最为明显。周氏兄弟在日本期间倡导文学价值在于"不用之用"。"不用"所强调的是文学的非功利性一面，所重视的是文学对人的精神世界的表现，他们主张的"不

---

① 王国维：《论近年之学术界》，《王国维文集》第3卷，中国文史出版社1997年版，第38页。
② 梁启超：《清代学术概论》，上海古籍出版社1998年版，第14页。

用"与王国维的非功利主义有相似之处，但二者存在着根本的差异。王国维从文学的超越性出发得出了其价值最终表现为对人生痛苦之"解脱"的结论，有其思想上的局限性。鲁迅与周作人既重视文学的"不用"，同时还强调其"用"，即主张文艺对社会现实的关注。这个"用"是说文艺影响社会必须首先作用于人的精神领域才能实现其功用价值。从周氏兄弟编译的《域外小说集》对外国作家作品的选择可以明显看出，他们介绍外国文学是要实现用文艺来"转移性情"，改造社会的理想，发展到后来便成为鲁迅改造国民性的思想。在这个集子中，鲁迅选择了俄国作家安特莱夫的两篇小说，原因在于他的作品将19世纪末俄国人"心理的烦闷与生活的暗淡"都描写了出来。鲁迅认为，这类"神秘幽深"的作品可以达到"涵养吾人之精神"的目的。鲁迅在后来的文学实践中，继续翻译安特莱夫的小说，进一步肯定他在表现人的心灵方面所作的努力，认为他的创作"使象征印象主义与写实主义相调和。俄国作家中，没有一个人能够如他的创作一般，消融了内面世界与外面世界表现之差，而现出灵肉一致的境地。他的著作虽是很有象征印象气息，而仍然不失其现实性的"[①]。对安特莱夫的选择代表了鲁迅早期的文学眼光，体现出他对文学之"用"与"不用"的深刻理解。

近代文学价值观从功利主义与非功利主义的对立走向互补与融合，正体现出文学的文化生态规律，显示出各种观念共同生长的平衡发展状态。没有梁启超、王国维的不同取向的文学价值观之间所存在的张力，也就没有鲁迅、周作人"不用之用"的文学思想。"不用之用"是近代文学生态发展的重要产物。

中国近代文学观念处于社会转型期，按梁启超的说法是社会的"过渡时代"，过渡时代有过渡时代的特点。过渡时代的文学与文学观念同样具有转型期的特征。它没有统一的成熟的体系，但充满青春的活力和朝气。梁启超生动地描述过"启蒙期"思想的特质，"其条理未确立，其研究方法正在间错试验中，弃取未定，故此期之著作，

[①] 《鲁迅全集》第10卷，人民文学出版社1989年版，第185页。

恒驳而不纯，但在淆乱粗糙之中，自有一种元气淋漓之象"①。梁氏所概括的"启蒙期"的思想文化特质同样适合近代转型期的文化观念的发展状况。近代诸多学术大师的出现是近代各种思想文化观念相互碰撞、相互竞争的必然结果，也是近代文化生态所结出的硕果。梁启超在总结晚清学术时有精彩的文字，"学问非一派可尽。凡属学问，其性质皆为有益无害，万不可求思想统一，如两千年来所谓'表章某某，罢黜某某'者。学问不厌辩难，然一面申自己所学，一面仍尊人所学，庶不至入主出奴，蹈前代学风之弊"②。这段话也正可以看作对近代文学观念多元化的文化生态状况的最好注脚。

从文化生态的角度审视中国近代文学观念，对于重新反思近代文学发展过程中的诸多问题，对于纠正过去的某些错误认识都是大有裨益的，对建构我国当前文学批评的文化生态也具有不可忽视的现实意义。

---

① 梁启超：《清代学术概论》，上海古籍出版社 1998 年版，第 92 页。
② 同上书，第 108 页。

作为方法的报刊

——晚清报刊文献与中国小说转型研究的可能性

鲍国华[*]

一 从一种研究范式说起

对于晚清小说较为系统全面的研究，始于鲁迅《中国小说史略》。[①]该书第二十六篇《清之狭邪小说》、第二十七篇《清之侠义小说及公案》、第二十八篇《清末之谴责小说》涉及晚清小说。由于前两者是对有清一代某种小说类型的整体考察，晚清小说仅仅占据部分篇幅，后者则是对戊戌变法以来某一小说类型的专门论述，因此更为研究晚清小说的后世学人所关注。《中国小说史略》的开创性和鲁迅在现代中国思想文化领域的巨大影响力，使"谴责小说"作为一种定论为学界广泛接受，甚至被一些研究者视为对于 1897—1910 年小说的整

---

[*] 鲍国华，天津师范大学文学院教授，文学博士，研究方向为中国近现代文学。

[①] 该书初版本上、下册分别于 1923 年 12 月和 1924 年 6 月由北京大学第一院新潮社出版。此前涉及晚清小说的著述，多为评论性文章，以"史"命名者，仅王钟麒《中国历代小说史论》（《月月小说》1907 年第十一号，署名"天僇生"）和张静庐《中国小说史大纲》（泰东图书局 1920 年版）两种。但前者其实是一篇论文，鲜有正面论及晚清小说的文字，其中仅"今试问萃新小说数十种，能有一焉如《水浒传》《三国演义》影响之大者乎？曰无有也"有涉（标点为引者所加），但寥寥数语，难称研究。后者则史论结合，体例近乎概论与史之间，分别讨论小说的定义与性质、小说的沿革、现代的小说思潮、小说的派别与种类、传奇与弹词等内容，间有涉及晚清小说者，也散见于各章节之中，缺乏整体性。可见，对于晚清小说全面系统的研究，自鲁迅《中国小说史略》始。

体概括。① 加之后世学人不断地承继推演,逐渐确立了一种广受遵从并实践的研究范式。② 在鲁迅《中国小说史略》之后问世的小说通史,如范烟桥《中国小说史》(苏州:秋叶社,1927 年)、胡怀琛《中国小说的起源及其演变》(上海:正中书局,1934 年)、谭正璧《中国小说发达史》(上海:光明书局,1935 年),以及郭箴一《中国小说史》(长沙:商务印书馆,1939 年)等,在体例和观点上各具特色,在史料层面也有所拓展,但整体上未能超越鲁迅确立的研究范式,谭著和郭著更是沿用"谴责小说"概念。第一部晚清小说专史——阿英《晚清小说史》(上海:商务印书馆,1937 年)首倡以"晚清"作为小说史断代的命名,作为一部专史,较之《中国小说史略》这类通史,自然涉及更多作品和史料,论述也更为详尽丰赡,但在研究思路和论述体例上,仍处处彰显鲁迅著作之余荫。《晚清小说史》以作品题材为分类标准,将其凝聚于各章节的命名之中,尤其注重小说产生的社会背景及其展现的社会生活,延续了《中国小说史略》的一个维度,但鲁迅根据小说审美价值定义类型的思路和眼光则未获承续。从鲁迅的通史到阿英的专史,晚清小说的一种研究范式经历了由确立到遵从并延续的过程。唯《晚清小说史》较多使用报刊史料,为《中国小说史略》所未及,于史料上有显著推进。

---

① 捷克汉学家米列娜(Milena Dolezelova-Velingerova)曾指出:"1897 年至 1910 年间的中国晚清小说,传统上称为'谴责小说'。这个专称是鲁迅在本世纪二十年代初赋予这一时期小说的。"[捷] 米列娜编:《从传统到现代——世纪转折时期的中国小说》,伍晓明译,北京大学出版社 1991 年版,第 1 页。中国学者杨联芬在《从"谴责小说"看文学研究的亟待突破》一文中也认为"'谴责小说'概念在获得它特有的含义、被用于指称晚清社会讽刺小说之后,也渐渐获得一种整体性质,几乎成为晚清小说的代称"。《河北大学学报》(哲学社会科学版)2003 年第 4 期。

② 这里借用了美国学者托马斯·库恩(Thomas Kuhn)的理论。范式(paradigm)理论是托马斯·库恩在《科学革命的结构》(The Structure of Scientific Revolutions)一书中提出的,它指的是一个科学共同体成员所共享的信仰、价值、技术等的集合,即常规科学所赖以运作的理论基础和实践规范,是从事某一科学的研究者群体所共同遵从的世界观和行为方式。库恩认为研究范式"主要是为以后将参与实践而成为特定科学共同体成员的学生准备的。因为他将要加入的共同体,其成员都是从相同的模型中学到这一学科领域的基础的,他尔后的实践将很少会在基本前提上发生争议。以共同范式为基础进行研究的人,都承诺同样的规则和标准从事科学实践"。[美] 托马斯·库恩:《科学革命的结构》,金吾伦、胡新和译,北京大学出版社 2003 年版,第 10 页。

虽然确立了一种研究范式，但鲁迅从未将"谴责小说"作为对戊戌变法至辛亥革命时期全部小说的整体概括，而只是以此命名其间存在的诸多小说类型之一。《中国小说史略》的学术思路在于，从类型角度对中国小说进行历史观照和艺术考察，对于晚清小说亦如是。在鲁迅看来，所谓狭邪、侠义公案和谴责小说是在戊戌至辛亥期间同时存在的三种小说类型，在《中国小说史略》的不同篇章中分别予以论述，从中可见一斑。因此，认为鲁迅以"谴责小说"概括清朝覆灭前10余年间小说之整体，实出于误解。且因鲁迅在《清末之谴责小说》一篇中论述了《官场现形记》《二十年目睹之怪现状》《老残游记》和《孽海花》四部小说，后世又有"四大谴责小说"之称谓，甚至成为常识和讨论以上作品无须辨析的基本前提，则更是建立在误解之上的误解，却因此引发旨在正本清源的种种新见，力图将后两部小说从"谴责小说"概念中剥离。① 近年来，随着学术理念与方法的日益更新和史料挖掘的不断深入，研究者对于"谴责小说"概念提出种种质疑与辨正，试图对鲁迅确立的研究范式提出挑战。② 然而，这些质疑与挑战或旨在用另一种类型命名方式替代"谴责小说"，或力图对于"谴责小说"概念所辐射的具体作品予以增减更替，做出的仅仅是局部的修正，难以实现对于这一范式的真正超越。能否突破鲁迅确立的研究范式，关键在于理念与方法的创新。前述阿英《晚清小说史》对于报刊史料的使用，为鲁迅所未及，有可能成为一个突破口。

---

① 代表性论著有尚慧萍：《〈孽海花〉"谴责小说"之异见》，《阴山学刊》1998年第1期；王学钧：《〈老残游记〉非谴责小说论》，《南京理工大学学报》（社会科学版）2004年第4期；王学钧：《鲁迅对〈老残游记〉的误解》，《南京师范大学文学院学报》2007年第2期；高旭东：《论〈老残游记〉〈孽海花〉并非谴责小说》，《山东师范大学学报》（人文社会科学版）2015年第2期；等等。有趣的是，以上论著只是认为《老残游记》和《孽海花》不属于"谴责小说"，却并未否定这一概念，也未否定《官场现形记》和《二十年目睹之怪现状》与"谴责小说"概念的隶属关系。

② 除前述尚惠萍、王学钧、高旭东等学人的论著外，相关研究还有赵艳：《论"谴责小说"宜称"社会小说"》，《社会科学战线》2015年第3期；江曙：《论鲁迅"谴责小说"概念的建构及其局限》，《暨南学报》（哲学社会科学版）2016年第9期；等等。

二　作为史料、媒介与方法的报刊

晚清以降的中国文学经历了由传统到现代的转型。在这一转型过程中，报刊无疑起到了至关重要的作用。晚清至民国初年出版的各类报刊，不仅数量众多，而且自成体系，为中国文学带来了新的风貌，其资本运作、人员构成、办刊宗旨和文化趣味本身也具有重要的研究价值。特别是对于中国文学转型这一文学史大趋势而言，报刊既起到关键性作用，又在整体上形成合力，而不同立场和派别的报刊之间又具有明显的差异性，使中国文学在转型过程中，呈现出众水分流、众声喧哗的局面，形成了晚清以来中国文学的丰富性与复杂性。晚清时期的期刊如《瀛寰琐记》、"新小说"运动中诞生的诸多杂志，报纸如《申报》《循环日报》《大公报》等，都在一定时期内引领文学创作与批评之风潮。一些报刊的影响力甚至辐射至今，而彼此间基于改良与革命、激进与保守、新与旧、雅与俗等不同立场的对话关系，尤其值得关注。

同时，报刊是晚清文学异于此前的古代文学的重要标志之一，也是晚清文学史料异于此前的古代文学的独特领域。可以说，对于报刊史料的收集、整理与研究是晚清文学研究的题中应有之义。报刊保存了晚清文学的原生态：晚清文人的创作，特别是在世纪交替期间，往往最先在报刊发表（连载），之后才收录于作品集（或单独刊行）。因此，某一文本的最初形态尤其是能够体现其创作真实背景的最初形态，往往出现在报刊之中，考察报刊才能还原文本发生的历史现场。报刊的出现，使中国文学的生产、传播与接受的过程发生了根本性的改变。文学作品首先在报刊上发表，而不再是作家藏之名山、传之后世的珍存，也不再限于三五知己的小范围流通，而是大大加快的传播速度，提高了作品的时效性，同时又扩大了受众面，提高了作品的影响力。报刊出现并成为文学作品的载体，不仅促成以稿费为生的职业作家的出现，也使文学作品的基本形态发生显著的变化。以上种种，较之晚清以前的古代文学都是新观念和新现象，体现出文学进入"现代"的新特征。何况，报刊自身的资本背景、市场意识、办刊理念、文学趣味,以及版式设计等因素,除具有文学史意义外,还能彰显思想史、传播史、出版史和艺术史的价值。总之,报刊在晚清的出现,及其依托的出版制度,实现了古代文人向现代作家的转型,也培养了职业编辑和出版人,从根本上改变了中国文学的生产与传播方式,称为中国文学进入"现代"的标志,也不为过。

  从阿英开始,经过几代学人的探索与实践,注重报刊史料逐渐成为晚清文学研究者秉承的学术传统,并对此产生了学术自觉。其中,夏晓虹先生概括得极为准确:"近代化报刊在晚清萌生并得到了迅速的发展,报刊尤其是报纸也因此成为后人了解和体味已经消逝的近代社会各种细节的最重要的资料库。这是因为报纸逐日刊行与追踪时事的品格,使其可以最大限度地逼近社会生活的原生态。……报刊可以是后世研究者返回历史现场的最佳通道。"① 事实上,报刊不仅是学者观察晚清文学的窗口,为研究提供丰富的史料,本身也能够成为重要的研究对象。近年来,相关论著层出不穷。② 这些成果旨在探讨报刊与晚清文学之间的互动关系,着力于凸显报刊作为媒介对中国文学转型的影响。报刊作为晚清的新生事物,逐渐成为文学的生产、传播与消费媒介,从而创造出一种全新的传播与接受方式,深深地影响着作家、编辑和读者。报刊的出现,使文学作品的传播速度大大加快,从生产到流通和消费的过程大为缩短,也促使中国文学逐

---

① 夏晓虹、陆胤:《打开多扇窗口,眺望晚清风景——夏晓虹教授访谈》,《学术月刊》2016年第2期。

② 代表性著作有王燕:《晚清小说期刊史论》,吉林人民出版社2002年版;陈玉申:《晚清报业史》,山东画报出版社2003年版;郭浩帆:《中国近代四大小说杂志研究》,当代中国出版社2003年版;柳珊:《在历史缝隙间挣扎:1910—1920年间的〈小说月报〉研究》,百花洲文艺出版社2004年版;孟兆臣:《中国近代小报史》,社会科学文献出版社2005年版;蒋晓丽:《中国近代大众传媒与中国近代文学》,巴蜀书社2005年版;李楠:《晚清民国时期上海小报研究》,人民文学出版社2006年版;谢晓霞:《〈小说月报〉1910—1920:商业、文化与未完成的现代性》,上海三联书店2006年版;杨联芬等:《二十世纪中国文学期刊与思潮(1897—1949)》,百花洲文艺出版社2006年版;杜慧敏:《晚清主要小说期刊译作研究》,上海书店2007年版;程丽红:《清代报人研究》,社会科学文献出版社2008年版;凌硕为:《新闻传播与近代小说之转型》,浙江大学出版社2013年版;等等。另有博士学位论文十余部、硕士学位论文数百篇,发表于报纸和杂志上的论文则难以计数,兹不一一列举。

渐由小众化传播转向大众化传播。报刊传播的及时性和普及性，又从根本上改变了读者的阅读方式，使文学接受群体呈现出平民化、大众化的特征，促使中国文学开始走出文人狭小的圈子，走向社会和大众。特别是在晚清这一危机与生机并存的特殊时期，报刊促使文人或主动或被动地转变身份，成为报人或商人，在思想启蒙和商业竞逐中，或左右逢源，或进退失据，获得了全新的创作体验。报刊也促使读者身份的转变，读者不再仅仅是文学的被动接受者，还获得对话者和参与者的立场，甚至凭借自己的文学想象与审美期待，影响作家的创作。以上种种，都是作为晚清新兴媒介的报刊对于中国文学转型的重要作用。然而，报刊之于中国文学转型研究的意义，似乎不限于史料或媒介，还可能作为一种方法，在研究过程中彰显其主体性价值。所谓"主体性"，就是强调报刊在中国文学转型研究过程中不是作为一种工具，而是作为研究目的，作为构成问题的关键性因素。也就是说，无论是将报刊视为史料还是媒介，都难以令其摆脱单纯作为研究对象或研究路径的地位。作为研究对象，可能陷入为研究报刊而研究的境地，其结果仅仅是完成一个具体课题；作为研究路径，以报刊为切入点触及某一文学史现象或问题，又可能"得鱼而忘筌"，忽视报刊自身存在的学术价值。由此可见，无论视报刊为史料还是媒介，都可能偏重其工具性作用，未能更有效地将其与文学置于同一层面。在晚清报刊文献与中国文学转型研究中，不能局限于透过报刊看文学的思路，也不能仅仅停留在报刊是如何影响、促进、规范和制约文学转型这一单向度的阐释之中。因此，所谓"以报刊为方法"，就是将其视为观察晚清文化、特别是文学转型的一个基本立场和树立问题意识的出发点，这样才能更有效地凸显转型的本质内涵。①

以小说文类为例，不难发现所谓小说转型研究，就是考察小说较之晚清以前获得了哪些新特质，其中不仅包含诸多因素作用下产

---

① 当然，作为史料、媒介与方法的报刊，在研究观念的层面上彼此不同，构成并列关系，而在具体操作的层面上则可能存在一定的交集：报刊的史料性和媒介性可能同时为研究者关注和使用，报刊的方法意义也可能部分地借助其媒介性得以呈现。关键在于研究者是从哪一种观念出发，这决定着报刊在研究中的地位和意义。

生的种种新变，也包含对于中国古代小说既有特质的延续、激活与重新整合，而前者往往建立在后者的基础之上。因此，小说转型绝非单纯外力作用下的突变，而可能呈现出渐进性和反复性，从而造成转型的高度复杂性。为避免对于转型这一历史现象的简化，必须努力返回晚清独特的历史现场。如前文所述，报刊的出现为晚清小说提供了存在的原生态，这是小说异于既往的新特质。因此，研究者将报刊作为史料或媒介，努力借助报刊回到历史现场，这无疑是一个极为有效的学术思路。然而，对于小说而言，所谓晚清的历史现场，不是仅仅由报刊构成的历史现场，而是报刊与小说同时存在，在主体性的形成过程中你中有我、我中有你的历史现场。报刊不仅是促成小说转型的要素之一，也以小说为要素实现自身的转型。报刊和小说是促成对方转型的要素，也是转型的产物。这并非循环论证，而是晚清文化转型的真实景况——转型与其诸要素以及诸要素之间互为因果，从而使转型成为晚清文化的常态和本质。其中，小说的转型及其与报刊互为主体性的关系最为突出，这使报刊能够成为考察小说转型的有效方法。以报刊为方法，就是强调在研究过程中将小说与报刊平等对待的意识，将对于报刊的定位由物质载体转向精神现象，这样才能更有效地考察同为晚清重要精神现象的小说，从而将小说的转型历史化，真正回到晚清小说独特的生存语境。

三 报刊与小说转型研究的可能性

在世界文学的历史进程中，小说文类的出现时间较晚。不同于诗歌，几乎自人类文学诞生之日起就存在。而为今人所广泛阅读的小说，虽与神话、传说、故事等有着不可分割的血缘关系，但在本质上是现代社会的产物。瓦尔特·本雅明曾对故事和小说做出如下区分："讲故事的人所讲述的取自经验——亲身经验或别人转述的经验，他又使之成为听他的故事的人的经验。小说家把自己孤立于别人。小说的诞生地是孤独的个人——是不再能举几例自己所最关心的事情，告诉别人自己所经验的，自己得不到别人的忠告，也不能向别人提出忠告的孤独的个人。"① 这一论断准确地概括了现代小说的诞生和现代小说家的身份特征，也适用于中国小说的现代转型。

小说在以诗、文为核心的中国文学文类等级秩序中，长期处于边缘性地位，得不到重视。晚清以降，随着西方文学观念之东渐和梁启超等人倡导"小说界革命"，被士大夫阶层视为"小道""末流"的小说文类逐渐由边缘走向中心，获得前所未有的价值提升。晚清思想家赋予小说精英意识和启蒙功能，使之以"大说"的身份进入中国文化与文学体系。作为俗文学文类的小说的价值提升，是晚清思想家实现其自上而下的启蒙主张的需要。小说的边缘地位，使其民间性至为突出。大力倡导小说可以激扬其民间文化的生命活力，成为颠覆正统的思想资源和实现启蒙的有效工具。与此同时，随着小说逐渐由边缘走向中心，又反过来影响并规约了作家和读者对于"文学"的理解与想象的图景，改变了既有的"文学常识"，实现了对于文学概念的重新建构、对于一种新的写作思路与阅读趣味的倡导和发扬。

晚清小说在转型过程中，也有意摆脱对于故事的单纯依赖，成为新思想和新观念的载体；小说家则努力放弃"讲故事的人"的身份，转而以思想家的面目现身文坛，通过小说传递经验、承载思想。以梁启超《新中国未来记》和陈天华《狮子吼》为代表的晚清政治小说，因为注重说理和忽视艺术表现，常为后世研究者所诟病，除小说家自身艺术水平的制约外，也和以小说为政论的创作理念密切相关。即便是《老残游记》这类艺术水平较高的作品，不乏生动的人物形象和曲折的故事情节，看似与传统小说无异，但寓言性仍是小说家最为倚重的创作旨归。

与小说相同，报刊也起源于现代社会。作为中西文化碰撞与交流的产物，报刊成为百年"西学东渐"的重要表征，由舶来品到本土化，从根本上改变了中国的信息传播方式和社会舆论空间，对于中国的文化文学转型起到了至为关键的作用。可以说，报刊既是转型的产物，又是转型的动力。

---

① ［德］瓦尔特·本雅明：《讲故事的人——尼古拉·列斯科夫作品随想录》，张耀平译，载陈永国、马海良编《本雅明文选》，中国社会科学出版社1999年版，第295页。

在文学诸文类中，小说可谓报刊的宠儿。一方面，小说的民间化、通俗化特质使之与报刊这一大众传媒相适应，刊载小说无疑是吸引读者的重要手段；另一方面，报刊巨大的发行量和广阔的辐射面，也有助于小说的广泛传播，从而更为有效地实现民间化和通俗化。晚清思想家正是看到报刊和小说的上述特质，才以创作小说并发表于报刊作为启蒙的重要方式。这样看来，报刊与小说不是单纯的载体与文本的关系，而是在彼此的互动中促成中国文化（包括报刊和小说自身）的现代转型。对于小说而言，报刊不仅能够为其提供大显身手的舞台，还是形塑文本的重要空间。晚清小说涵盖了传统意义上的文言小说、话本和章回体小说，也包括受西方小说影响而形成的"新小说"及面目各异的翻译小说，呈现出新旧交替、古今杂糅的鲜明特色，诸多小说文体各擅胜场，与资本来源、文化宗旨、发行方式、受众群体不同的各类报刊有着重要关联。对于报刊而言，选择刊载不同创作理念、审美趣味和文化情怀的小说，同样可以确立其自身相对独特的文化品格。晚清报业的繁荣促成了小说文体的丰富多样，而小说文体的丰富多样则进一步促成了报业的蓬勃发展。可见，报刊与小说在文化转型过程中的同构性和文化传播过程中的互动性，使前者可以作为考察后者的重要方法。如前文所述，晚清作家和读者对于小说的重视，旨在塑造其作为一种精神现象的内涵与价值，这是促成小说转型的思想文化动力。因此，考察中国小说的转型和对于现代小说主体性的寻找实有莫大的关联。也就是说，小说的作者、文本、读者、环境等诸要素①在晚清历史语境下的置换更新，实现了中国小说主体性的现代转换，使之成为晚清精神现象的突出代表。而以同样作为精神现象的报刊作为观察小说转型的基本立场和树立问题意识的出发点，中国小说的转型也就获得了新的阐释的可能性。

---

① 这里借用了艾布拉姆斯对于艺术品四要素的划分与界定，艾氏称为艺术家、作品、欣赏者和世界。作为艺术品种类之一的文学，则可以表述为作家、作品、读者和环境。详见［美］M. H. 艾布拉姆斯《镜与灯——浪漫主义文论及批评传统》，郦稚牛、张照进、童庆生译，王宁校，北京大学出版社1989年版，第5—6页。由于本文强调报刊作为小说转型研究的"方法"意义，避免偏重其媒介或工具意义，因此，暂时将其中的世界（环境）要素予以悬置，而着重论述报刊对于小说作者、文本、读者转型的意义。

对于小说作者而言，晚清时期小说家的传统身份面临转型。小说在中国古代长期处于边缘性地位，特别是白话小说，作为民众的文化消费品，作者主要是民间艺人和下层文人，在读者眼中并不具备"作家"的文化身份。即使有上层文人偶或为之，也多将真名隐去，以假名存焉，不求以小说传名，使之与经史诗文等量齐观，作为安身立命的大事业。小说不被视为"创作"，也就不存在对于"小说家"的身份认同。这使古代小说流传至今，往往是作品尚存，作者湮没，从而在小说史研究中造成无数悬案，虽经几代学人多方努力，但至今仍未有定论。① 在晚清以前很难有职业小说家的生存空间，这一状况随着报刊的出现得到了根本改变。如前文所述，稿费制度催生出职业作家，也包括小说家，可以凭借小说创作获取报酬，甚至名扬四海。更为突出的现象是，晚清小说家往往兼具文人、报人、思想家甚至革命者的身份，也使小说创作的目的更趋复杂，或流布文章，或报道事实，或倡导启蒙，或宣扬革命，都凝聚于小说之中，承载于报刊之上。鲁迅曾批评《官场现形记》和《二十年目睹之怪现状》"其在小说，则揭发伏藏，显其弊恶，而于时政，严加纠弹，或更扩充，并及风俗。……而辞气浮露，笔无藏锋，甚且过甚其辞，以合时人嗜好"② 的创作倾向，若考虑到两位小说作者李宝嘉和吴沃尧的报人身份，产生上述倾向也是势所必然。

对于小说文本而言，报刊的出现，使小说版本更趋丰富复杂。报刊出现之前，小说文本有手稿、抄本和刻本几类；报刊出现后，一部小说可能率先发表或连载，之后再单独刊行，其间很可能经过作者的修改完善，而时过境迁，事后的修改未必符合作品初创时的文化语境。于是，刊载于报刊上的版本就成为小说版本流变过程中不可或缺的重要一环，保存了小说在传播过程中的原生态特征。通过各版本的

---

① 如《金瓶梅》之作者"兰陵笑笑生"，经几代学者考证，竟得出10余种答案。此外，《西游记》是否为吴承恩所作，《水浒传》之作者"施耐庵"、《红楼梦》之作者"曹雪芹"是否实有其人，至今也仍有争议。小说作者之争，一直是中国小说史研究的热点。参见陈曦钟、段江丽、白岚玲《中国古代小说研究论辩》，百花洲文艺出版社2006年版。

② 鲁迅：《中国小说史略》，《鲁迅全集》第9卷，人民文学出版社2005年版，第291页。

汇校，也可以全面呈现小说文本形成的动态过程，总结作者创作观念的变化。例如，曾朴的名作《孽海花》曾刊于《小说林》杂志，1928年又由真美善书店出版单行本，其间改动较大，除基于思想和艺术层面的考量外，也隐含着作者对于以鲁迅、胡适为代表的新文学倡导者之批评的独特回应。由报刊连载本到单行本，《孽海花》的版本流变在晚清小说中并非个例，颇具代表性。同时，发表于综合性报刊上的小说，得以和其他文本（含非文学文本，如新闻报道、政论时评、图像、广告等）同列，这就促成小说与其他文本的互文性：在内容上相互呼应，在文体上相互依托，也为读者提供了一个文本共生互现的阅读语境。在同一报刊内如此，在政治理念、文化立场、审美趣味彼此不同的报刊之间，小说文本的互文性得到了更为充分的体现。如前述《新中国未来记》和《狮子吼》，分别出自改良派与革命派作家之手，各自刊载于两派杂志《新小说》和《民报》，在情节和人物上均呈现出对话甚至对立关系。而各类报刊对于新旧雅俗的不同选择，也使晚清作家对于小说文本的实验丰富多歧，令人眼花缭乱。报刊于此，功莫大焉。

对于小说读者，尤其是作为高级读者的编辑和批评家而言，报刊的出现无疑改变了普通读者的阅读方式，并加强了读者对于小说创作与传播的参与度。通过单行本或报刊连载本会产生不同的小说阅读体验，自不待言，前文所述报刊阅读带来的互文性体验即是突出例证；而报刊的读者还可以借助通信等方式，与编辑甚至作家取得联系，形成对话，在互动中对于报刊编辑方针和小说创作观念产生影响，则肇始于晚清。尤为突出的现象是，晚清报刊的编辑往往兼具作家和批评家身份，这使其看待小说往往独具只眼或者别有慧心，作为行家里手，眼界甚高，在编辑报载小说的过程中，也就不局限于编者立场，不但可以力推佳作、奖掖后进，还可以借助随文批注和文末的编者按，表达自家的小说观念和审美趣味。例如，清末民初负有盛名的《小说月报》（1921年文学研究会接手以前），主编恽铁樵常常采用中国古代小说的评点方式，对于刊发的小说予以随文批注，同时借助名为"焦木附志"的编者按加以总结。恽氏此举延续了小说评点这一批评模式，而又有所拓展。以金圣叹、毛宗岗等为代表的古代小说评点家，往往对于已经为读者所熟知的小说文本加以评点，"原文＋批注"（包括评点家对于原文的改写）绝非小说面世的最初文本，原文与批注呈现出明显的历时性。而恽铁樵在报载小说的字里行间植入批注，使"原文＋批注"成为小说进入传播领域的最初形态。这样，创作在先的原文和书写在后的批注得以共时性地呈现，在同一时空中为观者阅读。于是，原文和批注一并成为某篇报载小说的组成部分。这一文本构成为报载小说所独有，呈现出晚清小说作家—编辑（批评家）—读者之间独特的互动关系。

　　本文试图以报刊为方法，为中国小说转型研究提供若干可能性。应指出的是，所谓以报刊为方法绝非笔者的发现，也不是一个理论预设或学术宣言，而仅仅是在总结晚清小说研究已经取得的丰硕成果的基础上，对未来研究的一个小小的瞻望与期待。以报刊为方法，可以还原中国小说转型的历史现场。同样，以小说为方法，也可能在报刊研究中获得意想不到的发现。在晚清独特的思想文化语境中，报刊成就了小说，小说也成就了报刊。回到报刊与小说共生互动的历史现场，也就回到了晚清。

清末民初小说与报刊业之关系探略

郭浩帆*

清末民初，中国小说开始进入从古代向现代的转型时期，亦即中国小说的现代化时期。促成这种文学转型的因素包括政治、经济、文化、教育等多种，但传播媒介和方式的革命是其中至关重要的原因。具体地说，就是在西学东渐大潮中兴起的现代出版机构和报刊改变了传统的文学运行机制，使小说的观念、内容、形式以及文学作品的产出、传播和接受方式发生了根本性变化，从而促成了中国小说品格与风貌的现代转型。1906年年底，陆绍明在《〈月月小说〉发刊词》中引用《画墁琐记》的提法，将中国小说的演进过程分为五个时代："一曰口耳小说之时代，虚饰之言，人各相传；二曰竹简小说之时代，各执异说，刻于竹简；三曰布帛小说之时代，书于绅带，以资悦目；四曰誊写小说之时代，奇异新语，誊写相传；五曰梨枣小说之时代，付梓问世，博价沽誉。"[①] 尽管这种说法含有泛化"小说"概念的嫌疑，但是不能否认，这种从传播介质角度描述中国小说发展轨迹的思路却是十分新颖和别致的，而且也大体符合中国古代文化演进的基本规律。那么，依照这种思路来看，19、20世纪之交的中国，应该说是到了小说演进的第六个时代，即报刊（报章）小说之时代。

从清朝末年起，中国开始进入使用近代印刷技术的报刊时代。报纸和杂志在清末民初蓬勃发展，成为其时文化传播的主要载体和媒

---

* 郭浩帆，济南大学文学院教授。研究方向为中国近代文学。
① 陆绍明：《〈月月小说〉发刊词》1906年第3号。

介。据不完全统计，从1815年我国第一份中文期刊《察世俗每月统记传》问世起到1919年，海内外累计出版的中文报刊约有2000种；从1872年我国第一份文艺期刊《瀛寰琐记》创刊开始到1919年，有超过400种文艺性报刊在社会上刊行，而这些报刊特别是文艺性报刊几乎都登载过小说，并且还出现了几十种以刊载小说为主的专门期刊——小说杂志。据笔者统计，从1892年《海上奇书》创刊起到1919年，我国公开发行的小说期刊约有70种，其中仅以"小说"命名的即超过40种。事实上，在清末民初，报刊已经成为小说的主要载体和传播媒介，其时不仅数千篇短篇小说几乎都最先发表在报刊上，而且许多中长篇小说也是首先在报刊上连载，而后再由出版社结集刊行的。近代许多优秀和有影响的长篇小说，"四大谴责小说"不用说了，其余如《海上花列传》《文明小史》《活地狱》《中国现在记》《邻女语》《东欧女豪杰》《黄绣球》《九命奇冤》《廿载繁华梦》《玉梨魂》《广陵潮》等，都是最先发表在报刊上的。再以清末著名小说家吴趼人的作品为例。吴趼人的12个短篇全部发表在《月月小说》上，中长篇如《九命奇冤》《痛史》《电术奇谈》最先发表在《新小说》上，《瞎骗奇闻》最先发表在《绣像小说》上，《两晋演义》《上海游骖录》《劫余灰》《发财秘诀》《云南野乘》最先发表在《月月小说》上，《剖心记》最先发表在《竞立社小说月报》上。此外，《新石头记》《糊涂世界》《最近社会龌龊史》（初名《近十年之怪现状》）、《情变》分别发表在《南方报》《世界繁华报》《中外日报》《舆论时事报》上。这样，除了《恨海》和他的生前未刊稿《白话西厢记》外，他的16部中长篇小说中有14部和全部短篇小说都是最先在报刊上发表的。那么，清末民初80年间到底产生过多少小说？这些小说究竟发表在什么地方？其时小说产量增减的轨迹和速率是怎样的？这些都是近代小说研究中非常重要的问题，也不断有学者努力去探求。笔者以日本大阪经济大学教授樽本照雄所编《新编增补清末民初小说目录》及《清末民初小说年表》二书为工作底本，对这两部著作所载录的小说逐一进行统计，并参考陈大康《中国近代小说编年史》、刘永文《晚清小说目录》等文献资料，剔除个别误收的作品，补入《时报》《申报》《图画日报》、哈尔滨《小说月报》以及

《盛京时报》等报刊中为各目漏收的部分作品，制成下面这张1840—1919年中国近代小说发表简况表。

表1　　　　　　1840—1919年中国近代小说发表简况　　　单位：部,%

作品 年份	创作小说			翻译小说			合计		
	作品数	报刊登载数	报刊登载率	作品数	报刊登载数	报刊登载率	作品总数	报刊登载总数	报刊总登载率
1840—1891	63	1	1.6	16	7	44	79	8	10
1892	6	3	50	0	0	0	6	3	50
1893	8	0	0	0	0	0	8	0	0
1894	10	0	0	1	0	0	11	0	0
1895	9	1	11	0	0	0	9	1	11
1896	2	0	0	4	3	75	6	3	50
1897	22	11	50	5	4	80	27	15	56
1898	5	1	20	6	5	83	11	6	55
1899	15	2	13	2	0	0	17	2	12
1900	12	2	17	4	1	25	16	3	19
1901	38	30	79	10	4	40	48	34	71
1902	21	15	71	18	13	72	39	28	72
1903	73	57	78	96	46	48	169	103	61
1904	96	78	81	73	32	44	169	110	65
1905	85	59	69	91	26	29	176	85	48
1906	155	96	62	154	53	34	309	149	48
1907	224	170	76	204	76	37	428	246	58
1908	297	212	71	157	64	41	454	276	61
1909	265	165	63	85	27	32	350	192	56
1910	247	172	70	60	24	40	307	196	64
1911	197	92	47	62	51	82	259	143	55
1912	151	122	81	55	47	86	206	169	82
1913	256	204	80	98	87	88	354	290	82
1914	1207	1126	93	253	220	87	1460	1346	92
1915	1585	1500	95	346	279	81	1931	1779	92
1916	1161	1048	90	283	222	79	1444	1270	88

续表

作品 年份	创作小说			翻译小说			合计		
	作品数	报刊登载数	报刊登载率	作品数	报刊登载数	报刊登载率	作品总数	报刊登载总数	报刊总登载率
1917	1048	912	87	300	224	75	1348	1136	84
1918	766	689	90	150	119	79	916	808	88
1919	416	371	89	132	95	72	548	466	85
合计	8440	7139	85	2665	1729	65	11105	8868	80

从上表可以看出，1840—1919年这80年，我国总共产生的创作、翻译小说是11105种，其中包括创作小说8840种，翻译小说2665种，共有8868种在报刊上登载，占作品总数的80%左右。实际上，随着对小说资料特别是报刊小说资料的不断挖掘，我们发现清末民初80年间产出的小说数量还要庞大得多。刘永文《晚清小说目录》收录了期刊小说目录1141条，日报小说目录1239条，单行本小说目录2593条（包括再版的小说）；《民国小说目录》（1912—1920）收录了期刊小说目录6022条，日报小说目录9466条，单行本小说目录2364条（包括再版的小说）。两书合计收录清末民初报刊小说17868种，单行本小说（包括再版的小说）4957种，合计22825种（部）。由此可见，近代小说数量之众以及报刊在小说界地位之重要，在中国小说史上都是前所未有的，充分显示了中西文化交流大潮中我国小说演进的崭新面貌。当然，这里揭示的只是80年中近代小说发表的基本情况，如果稍加以具体分析，我们还可以发现以下几个重要现象。

首先，近代小说产量的消长与报刊业的盛衰始终保持着密切甚至微妙而复杂的关系。在鸦片战争到中日甲午战争期间，我国的新闻事业还处于起步阶段，其时的大部分报刊为外人所办（据统计，这期间外人在我国创办的中文报刊共有70种左右[1]），社会上还没有报刊登载小说的风气，尽管第一份小说专门期刊《海上奇书》于1892年问

---

[1] 方汉奇主编：《中国新闻事业通史》第1卷，中国人民大学出版社1992年版，第285页。

世，但终因风气未开，不久即告停刊。因此，除少数翻译作品外，我国小说界基本上还是旧小说的天下，小说的创作、传播还基本停留在传统运作阶段，数量也只有 100 种左右。1895—1898 年，随着变法维新运动的蓬勃发展，全国报纸总数一下子增加了 3.7 倍，而中文报刊的数量也增长到一百一二十种。《时务报》《采风报》《游戏报》《演义白话报》等报刊开始陆续登载小说作品，于是小说数量逐年增长，到 1897 年达到 27 种。1900—1911 年，各派政治势力出于启蒙宣传的目的在海内外争相创办报刊，我国的新闻事业也随之进入快速发展时期。据统计，从 1900 年到 1905 年 8 月同盟会成立以前，国内（包括港、澳地区）出版的中文报刊将近 200 种①；其中仅革命党人在整个辛亥革命期间就先后创办了报刊 120 余种②。在小说界，自梁启超于 1902 年发出"小说界革命"号召，将小说与"改良群治"、救亡图存结合起来以后，小说专刊和小说专门出版机构大量涌现，综合性杂志甚至理科类杂志登载小说也成为一时风气，小说事业有了突飞猛进的发展，到 1907 年、1908 年达到近代小说发展的第一个高潮，两年里登载小说的报刊分别达到 49 种和 43 种，小说总量也增长到了 428 种和 454 种。

辛亥革命爆发后，全国的报纸由十年前的一百余种陡增至近 500 种，总销量达 4200 万份，其中仅 1912 年 2 月以后，向北京民政部进行登记要求创办的报纸就多达 90 余种③。另据统计，从 1911 年辛亥革命后到 1912 年底，仅上海就新出版了报刊 60 余种④。但是好景不长，袁世凯政府倒行逆施，"癸丑报灾"的浩劫使报刊业遭受了巨大损失。据《中国新闻事业通史》（第一卷）统计，到 1913 年底，全国继续出版的报纸只剩下 139 家，在 1912 年 4 月到 1916 年 6 月袁世凯当权期间，全国报纸至少有 71 家被封，49 家被传讯，9 家被军警捣毁；新闻记者有 60 人被捕，24 人被杀。从 1913 年"癸丑报灾"到 1916 年 6 月，全国报纸总数始终维持在 130 家至 150 家，形成了

---

① 据方汉奇《中国近代新闻事业史编年》（载《新闻研究资料》第 8—21 辑）统计。
② 方汉奇主编：《中国新闻事业通史》第 1 卷，第 682 页。
③ 方汉奇：《中国近代报刊史》，山西人民出版社 1981 年版，第 676 页。
④ 马光仁主编：《上海新闻史》，复旦大学出版社 1996 年版，第 397 页。

民国后连续数年的新闻出版事业的低潮。1916年，随着反袁护法运动的胜利，新闻事业在短时期内迅速复苏，到该年底，全国新老报纸达到了289种，比1915年增加了85%，然而北、南军阀对新闻事业继续实施迫害和摧残政策，据统计1916年年底到1919年五四运动前的两年半时间里，全国至少有29家报纸被封，17个报人遭到监禁和枪决，到1918年底，全国报纸由1916年底的289种降为221种，减少了23%。

然而，与新闻界长期遭受打击和镇压的命运相反，民初的小说事业却进入了发展的兴盛时期。1912年、1913年两年，由于政治形势的动荡，小说界尚未显示出多大起色，小说产量分别降低到206种和354种。但是从1914年起，我国的小说事业开始出现巨大转折，这一年的小说产量一下子猛增至1460种，比1913年的354种增长了4倍多，到1915年更达到了近代小说产量的最高峰——1931种，并且这种势头一直延续到1917年。那么，在新闻业遭受严重迫害和摧残，小说出版事业也没有飞跃性发展（事实上，民初的小说专门出版机构在数量上还不如清末）的情况下，到底是什么原因导致这种看似十分奇怪的现象出现呢？解决这个问题的最好办法是看一看当时的小说都是在什么地方发表的。1914年是中国小说产量猛增的第一年，笔者以樽本照雄《清末民初小说年表》为主，并参照其他书籍的相关著录，统计、整理出了1914年小说发表的基本情况：在该年里，除商务印书馆、广益书局、国华书局、中华书局等10余家出版社出版小说外，小说作品有92%（即1346种）登载在报刊上，这些报刊的总数多达87种，它们是：

> 小说时报、小说月报、中华小说界、小说丛报、礼拜六、礼拜三、亚东小说新刊、小说杂志、小说旬报、七襄、朔望、眉语、十日新、上海滩、江东杂志、好白相、说林、游戏杂志、繁华杂志、民权素、娱闲录、销魂语、七天、消闲钟、五铜元、香艳小品、俳优杂志、快活世界、新剧杂志、戏世界、剧场月报、快乐杂志、最新滑稽集志、香艳杂志、织云杂志、文艺杂志、余兴、超然、春雷、白相朋友、黄花旬报、庄谐丛

报、花世界鸣报、春申艺报、笑报、飞报、京话日报、东方杂志、世界杂志、共和杂志、正谊杂志、进步杂志、甲寅杂志、民口杂志、夏星杂志、中国实业杂志、云南实业杂志、实业丛报、（上海）中华实业丛报、中华教育界、教育研究、（商务）教育杂志、湖南教育杂志、绍兴教育杂志、京师教育报、浙江兵事杂志、学生杂志、（中华图书馆）女子世界、妇女时报、国学丛刊、清华周刊、欧洲风云周刊、（北京）法政学报、留美学生季报、雅言、公言、民国、人籁、庸言、谠报、蜀风报、神州丛报、神州日报、梨花日报、盛京时报、（上海）大共和日报、大共和画报。

上面列出的87种报刊大致可以分为这样几类：一是《小说月报》等十几种小说专门期刊，这是刊载小说的主力军；二是《游戏杂志》《民权素》《娱闲录》《余兴》等文艺性报刊以及报纸副刊约30种；三是《东方杂志》《浙江兵事杂志》《神州日报》等综合性报刊和专业报刊约40种。以上诸报刊中，就绝对数量而言，以第三类为最多，但是就发表小说的数量而言，除小说专门期刊外，就要数第二类即文艺性报刊和报纸副刊了，其中又以王钝根、天虚我生主编的《游戏杂志》，孙玉声主编的《繁华杂志》《七天》，蒋箸超主编的《民权素》、吴虞等主编的《娱闲录》、包天笑主编的《余兴》、李定夷主编的《消闲钟》、吴双热主编的《五铜元》、王均卿主编的《香艳杂志》、戚饭牛主编的《销魂语》等刊物登载小说最多，也最集中。这些报刊的共同特点是：基本上创办于1914年或稍前，创办人和主编大都是当时有名的小说家和报人，刊物基本上以"消闲"和"趣味"为宗旨。它们在当时大量产生和刊行的社会原因是：辛亥革命失败后，袁世凯政府的倒行逆施导致民初政局异常黑暗，报纸的停刊和报馆的被封使得很多编辑纷纷另寻生路；与此同时，由于近代工商业的快速发展，城市人口的迅猛增长，以上海为代表的近代大都市迅速膨胀和成熟。广大市民了解信息和娱乐消遣的强烈要求，促成了这些休闲性杂志和报纸副刊的迅速发达，而小说作为广大市民最喜闻乐见的通俗文学体裁，理所当然地成了这些报刊重点登载的内容。因此,到1914年,尽管新闻界正处于袁政府的专制重压之下,然而小说界并未因此而落入低潮,反而借此机会大大发展了起来。例如,徐枕亚、吴双热主编的《小说丛报》就是在《民权报》被封后从该报的副刊过渡而来的。《民权报》创刊于1912年3月1日,由戴季陶、何海鸣任主编,报刊自称"系自由党全体同人组织而成",与《中华民报》《民国新闻》一起被称为"横三民",以言辞激烈而著称,曾提出"报馆不封门不是好报馆,主笔不入狱不是好主笔"的口号,在袁世凯阴谋称帝期间成为攻击袁政府的重要阵地,终于在1913年被当局封杀。《民权报》日出三大张,副刊占了整整一版,由蒋箸超、吴双热、徐枕亚、李定夷等人担任主编,曾连载徐枕亚的《玉梨魂》和吴双热的《孽冤镜》等鸳鸯蝴蝶派名作,在社会上引起巨大反响。《民权报》停刊后,副刊上的作品正在风行,于是这些副刊的编辑们合资创办了《小说丛报》,将副刊未登完的稿子全部移入其中发表,《丛报》的编创人员、编辑体制以及作品风格都与《民权报》副刊一脉相承。不仅于此,后来,李定夷创办的《小说新报》、徐枕亚创办的《小说季报》,都是从《小说丛报》分离出来的,也可看作《民权报》被封后的产物。总之,文人对政治高压的趋避和商业效应的追求,加上近代都市文化市场的巨大需求,大大刺激了小说事业的迅猛发展,并使其逐步与政治疏离,开始形成以《小说时报》《小说月报》《礼拜六》《小说丛报》等报刊为主要阵地、以消闲、娱乐和趣味为宗旨的"鸳鸯蝴蝶—礼拜六派"的小说创作潮流,社会的审美风尚由此发生了重大变化。

其次,小说期刊始终是小说和小说理论发表的最主要阵地。据不完全统计,1872—1919年,刊载过小说的报刊总数在550种以上[①],而文艺性报刊又是其中的当然主力军。据《中国近代文学大系·史料索引集》"文艺报刊概览·引言",目前已经查知的近代文艺报刊

---

① 笔者对樽本照雄《新编增补清末民初小说目录》和《清末民初小说年表》的统计结果,1872—1919年刊载小说的报刊有551种,其中小说专刊59种,但实际数目肯定还要多。

（1872—1919）共有 320 种，内有文艺杂志 133 种，偏重文艺的综合性杂志 111 种，文艺报纸 76 种，尚有文艺报刊 68 种未见原物。这四项加起来，目前已经知道名目的文艺性报刊总数为 388 种。它们中的绝大部分刊登过小说。据笔者统计，从 1892 年第一份小说期刊《海上奇书》问世起到 1919 年，海内外累计刊行的小说期刊约 70 种，小说期刊对于近代小说发展的重要影响，从下面这张 1902—1919 年近代小说产量与小说期刊的数量走势图中可以看得很清楚。

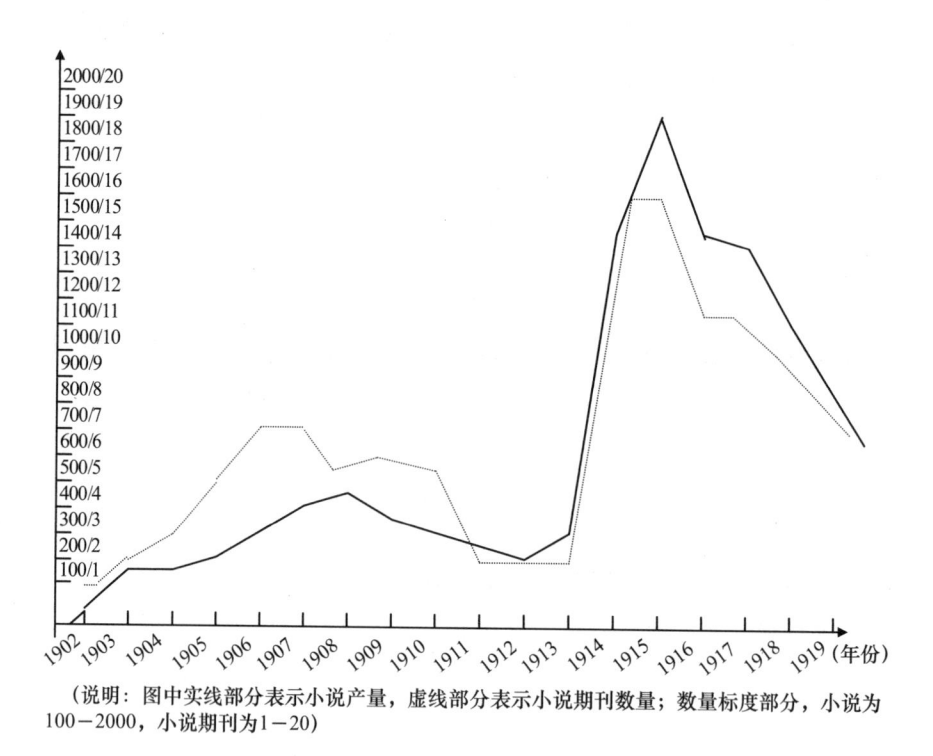

（说明：图中实线部分表示小说产量，虚线部分表示小说期刊数量；数量标度部分，小说为 100-2000，小说期刊为 1-20）

图 1　1902—1919 年近代小说产量与小说期刊数量走势

从上图可以看出，在近代，小说产量与小说期刊数量的走势基本吻合，这说明小说产量与小说期刊的盛衰之间保持着非常密切的关系，小说产量最丰的时期恰好也是小说期刊发展最为蓬勃的时期，这种情况在民初几年里体现得尤为明显。1902 年全国只有一份小说期刊《新小说》刊行，并且还是在 11 月才创刊、在日本横滨出版的，所以该年的小说数量只有 39 种；1907 年是清末小说期刊数量最多的年份，因此小说的产量也创了历史新高——428 种；1911—1913 年三年间，小说界没有创办过一份新的小说期刊，只剩下上海的《小说月报》《小说时报》两家刊物自拉自唱，因此，这三年的小说数量较前几年非但没有增长，反而减少了许多；1914 年、1915 年两年里，小说期刊的数量一下子增长到 16 份，创近代小说期刊刊行的最高纪录，并且产生了《中华小说界》《小说丛报》《礼拜六》这样大型的刊物，因此，这两年小说产量的迅猛增长当与此有极大的关系。从 1916 年起，小说期刊的数量逐年下降，因此小说产量也呈现下降的态势，至 1919 年降到 548 种。据此，我们可以得出这样的结论：近代小说的主要载体是文艺性报刊，而在文艺性报刊中，小说期刊成为刊载小说的最主要阵地。当然，仅仅从数量上考察尚不足以说明所有问题。事实上，近代绝大部分有影响的小说作品曾在小说期刊上登载过，这种情况在清末表现得尤为突出。例如，"四大小说期刊"在 1902—1909 年共刊载著译小说 210 种，其中包括梁启超的《新中国未来记》，羽衣女士的《东欧女豪杰》，吴趼人的《二十年目睹之怪现状》《九命奇冤》《痛史》（以上《新小说》）；李伯元的《文明小史》《活地狱》，刘鹗的《老残游记》，连梦青的《邻女语》，壮者的《扫迷帚》、姬文的《市声》（以上《绣像小说》）；吴趼人的《两晋演义》《劫余灰》《发财秘诀》《上海游骖录》以及《庆祝立宪》《黑籍冤魂》等 12 个短篇（以上《月月小说》）和曾朴的《孽海花》（《小说林》）等一大批优秀的或有影响的作品。不仅于此，小说期刊还登载了近代小说史上最优秀的小说理论论著，如被称为"小说界革命"的纲领性文章《论小说与群治之关系》发表在《新小说》上；小说理论家黄人的《小说林发刊词》《小说小话》，徐念慈的《小说林缘起》《余之小说观》都发表在《小说林》上；王钟麒的《论小说与改良社会之关系》《中国历代小说史论》发表在《月月小说》上；黄小配的《文风之变迁与小说将来之位置》《改良剧本与改良小说关系于社会之重轻》《小说风尚之进步以翻译说部为风气之先》《小说与风俗之关系》等重要文章发表在《中外小说林》上；管达如的《说小说》发表在《小说月报》上；成之（吕思勉）的《小说丛话》发在《中华小说界》上；被视为鸳鸯蝴蝶派文学理论主张宣言的《〈礼拜六〉出版赘言》发表在《礼拜六》上。此外，梁启超还在《新小说》上创造性地开设了"小说丛话"栏目，使之与"诗话""词话""曲话"一起成为中国文学研究的重要形式之一。总之，小说期刊不仅在数量上，而且在小说质量以及小说理论建设等方面都对近代小说的发展起着领导和示范性的作用，并成为左右近代小说基本走向的主要力量。

再次，对照清末与民初小说的报刊登载率还可以发现，清末小说的刊载率远不如民初高。1840—1901年共60年小说的报刊登载率平均只有30%，并且有好多年在报刊上没有登载过一部小说。1902年是清末小说的报刊登载率最高的一年，也不过72%，以后几年里平均保持在57%左右；而民初的报刊刊载率则平均达到了87%，1914年、1915年两年更高达92%。为什么会出现这种情况呢？其主要原因大约有两个。一是清末的小说杂志数量不如民初多，容量一般也不如民初大（像《月月小说》这样每期登载五六万字的刊物在清末已很少见，更不用说像《小说大观》这样每期20余万字的特大型刊物和《礼拜六》这样刊期密集、刊载内容相当集中的小说专刊了），特别是，由于受"小说界革命"口号的影响，当时的娱乐休闲性报刊在数量和容量上都远不如民初，而它们常常是刊载小说的重要力量。这些都成为影响清末小说刊载率的关键性因素。二是在清末，除商务印书馆、文明书局、广智书局、开明书店、有正书局等出版社致力于出版小说外，在1902—1911年总共10年间，海内外还先后涌现出了几十家小说专门出版机构，如日本横滨的新小说社，国内上海的小说林社、改良小说社，广东的觉群小说社、广东小说社，等等，其中在上海一地，仅以小说命名的专业出版社就先后出现过小说林社（1904）、新世界小说社（1905）、乐群小说社（1906）、小说图画馆（1907）、改良小说社（1908）、小说进步社（1909）、新新小说社（1909）、新华小说社（1910）、小说时报社（1911）等40多家，它们出版了数目可观的小说作品，成为促进小说事业发展的生力军，这也是清末小说的报刊登载率相对较低的重要原因；而民初除了商务印书馆、广益书局、中华书局等几家大型出版社继续刊载小说外，小说专门出版社大为减少，小说界基本上成了小说杂志和其他文艺性报刊的天下，并且出现了许多著名的大型文艺性报刊和报纸副刊，如《游戏杂志》《小说月报》《礼拜六》《小说大观》以及《民权报》副刊、《申报》"自由谈"、《时报》"余兴"、《新闻报》"快活林"和《四川公报》增刊"娱闲录"等，于是到民初，它们成了承载和传播小说的主力军，小说的报刊登载率随之有了根本性的提高。这一现象再一次证明了：文学事业的发展从来就不是孤立、自足的行为，除了受政治、经济、思想文化诸因素的影响外，它还始终与以新闻出版事业为依托的传播媒介和方式保持着十分紧密的关系，并且随着传播条件的改善而不断演进和发展。这一规律从中国近代开始，逐渐表现得越来越明显。

  清末民初是中国小说史上一个剧烈变化的时期。尽管这时并没有产生如《水浒传》《红楼梦》那样一流的小说巨著，但是这个时期是数量、题材、体裁、叙述模式等方面发生重大变革的时期。正如陈大康教授所言，尽管"在近代小说的具体作品中难以寻觅杰作，但近代小说整体却是杰出地完成了从古代小说到现代小说的过渡转换作用，它在小说史发展历程中的实际功用使其具有极高的价值，它运动形态复杂性，又使之具有极高的研究价值"[①]。在近代小说的演进历程中，以小说杂志为主的近代报刊成为承载和传播小说的主要媒介，其绝大多数小说在报刊上发表或先在报刊上连载然后才结集出版，而大多数知名的小说家亲自创办或参与编辑报刊。报刊与小说事业间的关系越来越密切。与古代小说相比，近代小说的突出特点就是因为新闻事业的发达，报刊特别是小说期刊成为小说的主要载体和传播媒介。近代报刊鲜明地体现了近代小说的时代特征，集中反映了其时小说创作和翻译的实绩和不足，并通过与市场的紧密联系左右着小说发展的走向。较之古代小说的手工抄写和木刻线装，以机器复制、连续刊行为主要特征的近代报刊给予小说发表和传播以极大的方便，并对作家的创作心态、作品的产出形式以及广大受众的阅读心理产生了巨大的影

---

  ① 陈大康：《中国近代小说编年史》"导言：过渡形态的近代小说"，人民文学出版社2014年版，第181页。

响。可以说，近代报刊促成了中国小说传播媒介和方式的变革，并为中国小说的现代化开了先河。没有近代报刊对于小说事业的关注和支持，就没有近代小说的繁荣和发展，中国小说的现代化进程或许还要向后延迟若干年。

晚清小说杂志上的翻译文本：
传统与现代之间

胡翠娥[*]

从文本入手是翻译研究的重要途径和第一手材料，它既包括原作和译作在不同文化系统下的文本对照，也包括在同一主体文化系统下不同译作之间的文本比较，甚至包括同一主体文化系统下翻译文本和创作文本之间的共时比较。无论作何种方向的比较，其任务和目的都不是为了挑错，而是对译本中重复出现的特征和模式进行分析研究，探讨其产生和存在的文化原因；也不是以原作来衡量不同的译作，并做出孰优孰劣的价值判断，而是借助文学翻译文本这样一个重要媒介对文学文化交流作系统的社会学研究。具体说，就是从译作出发，从文本中表露出的各种特征去追溯译者的翻译策略和当时的翻译准则，从而探索文本以外的社会文化因素及译者本人在翻译活动中的作用。文本特征指译作作为一个整体所呈现出的规律性特征，包括译者所采用的文类、诗学范式等形式特征到名物、概念和思想等内容特征。本文以五大小说杂志中共 117 种翻译小说为基本材料，经过研究，初步总结出以下几种代表性的文本特征：（一）在诗学范式上基本沿袭中国古典小说程式；（二）在语言文体上突破了传统文言短篇和白话长篇的楚汉分界，出现新的文言长篇和白话短篇体制；（三）文学形象上的中国化，包括人物形象和环境景物形象方面的文化转移；（四）文化参与：翻译兼批评。

---

[*] 胡翠娥，南开大学外国语学院教授，博士生导师。研究方向为中西翻译史与文化交流史。

一 沿袭古典小说程式的翻译诗学范式

纵观整个晚清的翻译小说,有一个普遍的形式特征是不容忽视的,即小说的体制基本沿袭了古典小说程式中并行不悖的长篇白话章回体和短篇文言笔记体。这种以旧瓶装新酒的模式成为晚清小说翻译的主流策略。

白话章回体和文言笔记体是中国古典小说两种并行不悖的传统,各有各的美学规范和价值标准。白话章回体有它特有的叙事套路和定式,即拟话本套路,包括对偶或不对偶回目、"话说"、"看官"、"欲知后事如何,请听下回分解"、"有诗为证"等固定格式。短篇文言笔记体虽然在形式上没有显著的标志性特征,但其先将书中主人翁之姓氏、来历叙述一番的开头也成为一种固定模式。晚清翻译小说的体制基本上以这两种传统模式为主,虽然到了后来章节体逐渐兴起并渗透到文言和白话翻译小说中(详见后文论述),但是即使在后来的章节体中,拟话本的痕迹仍然可见。

用章回体翻译小说,除了套用简单现成的说书人套语"话说""看官""诸君""欲知后事如何,请听下回分解"等外,译者还需要做翻译之外的其他工作。添加对偶回目和有诗为证,就是一个考验译者辞章的地方。例如,《电术奇谈》第一回的回目是:"冒风涛航海蹑情人,暂分离临歧惊朕兆",第二回回目为:"论方技痛骂时医,试奇术误伤良友"。在每回的回尾,有的译者只套用"欲知后事如何,请听下回分解",但是有的译者不厌其烦地以对偶诗话总结该回的故事。如《电术奇谈》的第一回结尾是:"(凤美)……连声说道:'不好了,不好了!'正是:已是分离挥痛泪,那堪朕兆警芳心。不知凤美到底为着甚事吃惊,且待再译下文,便知分晓。"第二回的结尾是:"……吓得士马越发手足无措,正是:误将良友伤生命,疑是公差来访查。未知仲达性命到底如何,外面脚步声响又是何人,且待再译下文,便知分晓。"①

---

① 吴沃尧译:《电术奇谈》,《新小说》1903年第8号。

以文言翻译的短篇小说，虽然没有醒目的形式特征，但是正如上述，开头一般先将书中主人翁之姓氏、来历叙述一番，然后详细叙述故事始末。其中"……者……也"句常用于介绍主人翁的来历和家世。如以下开头：

> 潘赖者，巴黎之律师也。为人耿直而寡情，故交游亦少。其妻为某名门少女，风姿艳丽，和蔼可亲。(《巴黎五大奇案·双尸祭》，《月月小说》第1号，1906年)

> 羞沈那者，意大利女儿也。幼失怙，美丰仪而尤深于情。(《情中情》，《月月小说》第1号，1906年)

> 斜阳西下，农人皆荷锄而归，歌唱于途，怡然自得也。郎鲁瓦者，巴黎湖光镇之老农也。家有田数十亩，自耕自耘，近田筑室而居者，数十年矣。(《珠宫会》，《月月小说》第4号，1907年)

二 语言文体

(一) 文言与白话的相争与相容

白话文运动并不起始于五四时期，已为现代学者所公认："晚清白话文运动是五四运动白话文的前驱。"[①] "没有近代白话运动提供的语言基础，我们就很难想象，在20世纪20年代现代汉语能很快走向成熟。"[②] 晚清语言的变革是先进士大夫政治改革的需要，是传播新思想的有力工具，变革的实质是言文一致。黄遵宪早在1887年就主张言文一致，"盖语言与文字离，则通文者少；语言与文字合，则通文者多"。他要求创造一种"适用于今，通行于俗"的新文体[③]。梁启超在1897年也指出，古人文字与语言合，今人文字与语言离，为

---

① 谭彼岸：《晚清的白话文运动》，湖北人民出版社1956年版，第3页。
② 马亚中：《暮鼓晨钟》近代卷，中华书局1997年版，第173页。
③ 黄遵宪：《学术志》，《日本国志》卷三三，上海古籍出版社2001年版，第6页。

今之计，宜专用俚语，广著群书："上之可以借阐圣教，下之可以杂述史事，近之可以激发国耻，远之可以旁及彝情。"① 他更从文学进化的角度支持白话文，指出"文学之进化有一大关键，即由古语之文学变为俗语之文学是也"②。如用古文翻译的严复也在报刊上发表宣言似的文章，在指出书有易传和不易传时，指出了易传的几个因素，提倡用口说之语言和繁法之语言。繁法之语言即是与简括的文言相对的白话，"繁法之语言易传，简法之语言难传"③。在小说领域之外，随着白话报刊和白话教科书的大量涌现，白话取代文言成为主导趋势，报章体盛行，文言文纷纷出现俗话的倾向。但是在小说的语言文体上，白话和文言基本上是并行不悖的，既相争，也相容，完全没有五四时期文白之争所呈现的浓烈的硝烟气息。这时的文言也都是浅显易懂的，和林纾、严复晦涩难懂的古文形成了鲜明的对照，成为晚清小说语言的一大特色，翻译小说尤其如此。

　　文言和白话小说并行不悖的情况从以下几方面可以得到证明。其一，同一部外国小说，既有白话译本，也有文言译本，例如斯威夫特的《格列佛游记》在当时既有林纾的古文译本《海外轩渠录》，也有在《绣像小说》上连载的白话译本《汗漫游》；斯陀夫人的《汤姆叔叔的小屋》既有林纾的古文译本《黑奴吁天录》，也有佚名据此演述的白话本《黑奴传》。其二，同一位译者，既用白话翻译，也用文言翻译，例如周桂笙、周瘦鹃等。其三，各大小说杂志的征稿启事也能说明文言和白话并存的情况。征稿启事大多对文言和白话小说兼收并蓄，例如"本报文言、俚语兼用，但某种既用某体，则全编一律"④。

---

① 梁启超：《变法通议·论幼学》，载陈平原、夏晓虹编《二十世纪中国小说理论资料》第1卷，北京大学出版社1997年版，第28页。
② 梁启超：《小说丛话》，《新小说》1903年第7号。
③ 几道、别士：《本馆附印说部缘起》，载陈平原、夏晓虹编《二十世纪中国小说理论资料》第1卷，第25—26页。
④ 《新新小说·叙例》，载陈平原、夏晓虹编《二十世纪中国小说理论资料》第1卷，第141页。同样，《新小说》也要求"本报文言、俗语参用"。(《中国唯一之文学报〈新小说〉》，载陈平原、夏晓虹编《二十世纪中国小说理论资料》第1卷，第59页）到1913年，《小说月报》仍然这样主张："文字力求妩媚，文言、白话，兼擅其长。"(《〈小说月报〉特别广告》，载陈平原、夏晓虹编《二十世纪中国小说理论资料》第1卷，第419页）

文言白话相容的一个典型的例子是,《原富》的编辑出版者张元济并没有因该书文体渊雅而打消出版的念头,而是身体力行地为该书编制译名对照表,方便来学。在进入商务印书馆主持编译所后,张认为在翻译小说方面,以林琴南的古文和曾朴的白话,同为"合乎理想要求",并均给予千字16元银洋的最高酬金。他还把林译小说和伍光健的白话文翻译小说一同编入"说部丛刊",表明其兼容并包、文言白话共存的宽容态度。其四,文言白话的并行不悖和相容在登载的翻译小说数字中也有清楚的体现。有人统计过《绣像小说》第1期至第48期共刊登了17篇翻译小说,其中用文言文写的有8篇。[①] 本文以当时流行的五大小说杂志中的翻译小说为基本资料,发现《新小说》杂志登载的16种翻译小说中,文言7种,白话9种;《新新小说》中的14种翻译小说里,5篇是白话,9篇是文言;《月月小说》中共45种翻译小说,文言37种,白话8种;《小说林》的15种翻译小说中,文言10种,白话5种。后两种小说杂志中文言和白话比例相差似乎很大,但是需要指出的是,此时的文言已经是文白参半的浅文言,与昔日奥古晦涩的古文已经大相径庭了。

(二) 文言长篇和白话短篇体制(近代白话短篇小说的出现)

由于文体的不同,在小说的体制上,中国小说创作的传统一直是文言短篇笔记体和白话长篇章回体的和平共处。到了晚清,随着域外小说的输入,固然有大量的域外小说穿上了中国古典小说传统的外衣,尤其是说部体制的外衣,但是仍然有不少译作在体制上得以尽显其本来面目,外来小说体制的冲击必然打乱古典小说文言短篇和白话长篇的楚汉分界,从而出现了奇怪的组合,其中文言长篇和白话短篇就是这种奇怪组合的产物,甚至出现文言长篇章回体。另外,长篇小说中的章回体也逐渐让位于章节体。

短篇小说的语言自古是文言的专利,它萌芽于周秦,发达于汉魏六朝之间,而大成于唐代,到宋元以后才出现拟话本的短篇小说,到明代出现了以"三言二拍"为代表的白话短篇小说。晚清随着文言

---

① 薛绥之、张俊才:《林纾研究资料》,福建人民出版社1983年版,第250页。

向长篇小说的渗透，白话也不可避免地向短篇小说渗透。创作界如此，翻译界也是如此。本文认为，文言和长篇的结合固然是新鲜事物，其作用更多表现为打破了中国小说的固有格局，但是由于文言本身已不符合语言发展的规律，因此对中国小说的现代化所起的作用不及白话短篇。白话和短篇的结合才使得中国小说第一次在形式和内容上具备了作为一种文学体裁的西方小说的雏形。从翻译的技术角度上看，引进西方小说的物理形态，忠实原著的内容和风格，并不是件困难的事情，甚至应该比晚清译者煞费苦心地改造和经营要省事许多，也不是说晚清的译者缺乏忠实翻译的能力。即使今天，我们的翻译者的语言能力和理解能力也并不比他们强很多。"非不能也，实不为也。"为抑或不为的关键在于译者是否认同西方小说的美学价值。一个新的小技术或形式的出现，往往需要很长时间的思想观念和理论的酝酿。这也就是为什么几千年的小说传统发展到晚清时，白话这一被历代士大夫鄙弃、被小说家推崇的最佳描写语言和简洁短小的短篇体制才结合到了一起。

三 文学形象的中国化

形象是对一个文化现实的描述。文学形象就是在文学化，同时也是社会化的运作过程中对异国看法的总和。① 需要指出的是，一切形象都源于对自我与他者、本土与异域关系的自觉思考。因此，形象学所研究的不是形象真伪的程度，也不限于研究对简称为"现实"的东西所作的文学置换。它研究的是形形色色的形象如何构成了某一历史时期对异国的特定描述，研究那些支配了一个社会及其文学体系、社会总体想象物的动力线。② 换句话说，即形象学研究的对象与其说是纯粹的被注视的异国现实，不如说是对注视者本身的反省。正如在文学作品中，形象学研究的不是形象真伪的程度一样，研究翻译小说

---

① ［法］达尼埃尔·亨利·巴柔：《形象》，载孟华主编《比较文学形象学》，北京大学出版社2001年版，第154页。
② 同上书，第156页。

中以套话形式出现的各种异国文化形象,其出发点和终点也不是忠实的程度,而是特定历史时期对异国文化的再描述和再认识,从而也是对自身文化的再认识和再定位,是时人对"自我"与"他者"的关系的思考。晚清翻译小说中出现的比较典型的人物形象、环境和景物形象一方面具有浓厚的本土化特征;另一方面也表达了心同此心,人同此理的世界主义情结。下面以人物形象为例来加以论述。

(一) 人物描写套话

表1　　　　　　晚清小说杂志中翻译小说人物描写套话

作品	女性形象	男性形象
《回天绮谈》,《新小说》第4号,1903年	出了一个年约二八,花枝招展的美人。纤腰娜袅,好象个迎风的杨柳一样。浓纤得中,修短合度,就令西施临金阙,贵妃上玉楼也不过如此	原来卡尔巴利天性优美,眉目如画,正所谓威而不猛的美少年
《电术奇谈》,《新小说》第8号,1903年	凤美也是一个浓纤得中,修短合度的美人。虽颜色稍黑,而不足以损其美 阿卷细看凤美,只见她红晕羞霞,翠眉锁黛,那一种忧戚戚、羞答答的样儿,着实令人可爱 一声门响,袅袅婷婷地走进一个美人。真是眼含秋水,眉展春山,杏脸桃腮,柳腰云鬓,倒把仲达吓了一惊	此人姓喜,名仲达,伦敦人氏,年方二十八九岁,身体魁梧,眉清目秀
《毒蛇圈》,《新小说》第8号,1903年	他女儿……生得天姿国色,正是浓纤得中,修短合度,而且束得一搦的楚宫腰,益发显得面如初日芙蓉,腰似迎风杨柳	他的父亲却与她大不相同,父女之间没有一点相像的。生成浓眉大眼,粗臂阔肩,矮壮身材,拳(卷)曲头发,颔下更生就一部连鬓的浓须 瑞福看他生得身材雄伟,仪表不俗,唇红齿白,出言风雅,吐属不凡

续表

作品	女性形象	男性形象
《情中情》，《月月小说》第 1 号，1906 年	观其浓纤得中，修短合度，衣裳楚楚，飘然若仙。虽谓英国胭脂队中，无能出其右者 彼两手纤纤，柔荑入握。香生两颊，滑腻无双。彼敏锐如针芒，光彩如旭日初生，朝露未晞，返照闪烁，不可言状 汝身过中人，然体态轻盈，明眸善睐。且颊生红晕，唇染朱樱，卷发覆额，色泽若金丝	其人，颀而长，貌殊文秀，而衣履清洁，雅不类俗人
《国事侦探》，《月月小说》第 2 号，1906 年	一妇人，明眸细腰，风致宜人	
《美人局》，《月月小说》第 4 号，1907 年	余睨之，温婉可爱，艳美绝俗	
《含冤花》，《月月小说》第 10 号，1907 年	梅兰，虽幼稚，而性颇聪颖，貌极韶秀	
《双圈媒》，《月月小说》第 18 号，1908 年	美人所来之处，但见发挽金黄，面敷粉白，柳腰袅弱，体态婀娜，容彩惊人，光艳夺目	
《黑蛇奇谈》，《小说林》第 1 期，1907 年	那妇人早已进了店门，装束得宛如散花天女降凡。头上顶雪羽飞花冠，耳上垂一对白金嵌钻夜明圈；身上青丝抽花半袭袄，外面罩着海獭皮斗篷；腰间束一条迎风百摺玲珑裙，裙底露出双象皮小蛮靴；两弯似蹙非蹙笼烟眉，一付似转非转含情目；身量窈窕，纤腰欲折	
《好男儿》，《小说林》第 9 期，1907 年	这彩凤公主，金发玉脸，鹤颈蜂腰，肥瘦得中，修短合度，真个是天女下凡，花神降世	
《错恨》，《新新小说》第 7 号，1905 年	回眸注视花子，此时花子两颊潮红，远映夕照，艳如桃李	

续表

作品	女性形象	男性形象
《二勇少年》，《新小说》第1号，1902年		美如冠玉
《三勇士》，《小说林》第4期，1907年		此时瞥见一人，身穿黑色之僧服，手提齐眉之铁杖，魁梧昂藏之男子 来一身穿黑色之外褂，面装假面具而身材雄伟、纠纠（赳）昂之一武夫
《失女案》，《新小说》第13号，1905年		身长鹤立，气度雍容，奇愁溢面，浓恨锁骨
《一百十三案》，《小说林》第1期，1907年		年将三旬，身格轩昂，美发蓝睛，英俊少年也

上面的人物描写虽然出现在不同的作品中，针对不同的人物，但是不难看出它们之间惊人的相似之处。要解释这种现象，依靠传统翻译研究中的"对等"概念是远远不够的，因为它已经超出了"对等"与否的技术范畴，而进入更深刻的主体文化和主体文学形象层面。对女性人物的描写，译者的笔触无一例外地集中在女性的柔美、香艳，而集中体现女性柔美香艳的身体部位则是眼睛、腰、两颊。眼睛是"含情目""明眸善睐""眼含秋水"，腰是"细腰""楚宫腰""纤腰娜裒""柳腰"，颊是"香生两颊、滑腻无双""颊生红晕""杏脸桃腮"，等等。更明显的是，甚至同样的套话反复出现在不同的译作中，如"浓纤得中，修短合度"。对男性的描写，也不脱古典小说的窠臼。描写少年则"唇红齿白""美如冠玉""眉清目秀""风雅"等，着力突出男性的优美和才情，描写武夫则突出魁梧身材和毛发，如"魁梧昂藏""连鬓的浓须""浓眉大眼"等。如果把这些描写单独从文本中摘离出来，读者很难分辨被描写的人物是中国人还是西方人，是黄种人还是白种人。种族等自然属性特征退居非常不显眼的位置（只有少数人物描写中，偶尔提到眼睛和头发的颜色，鼻子的形状），

人物的精神、气质等本质特征成为译者关注和着力再现的主要方面，小说中的西方人物不再是陌生的、新鲜的，而是熟悉的、亲切的，甚至是千篇一律的，一如时人耳熟能详的古典小说人物。孔慧怡在谈到此一问题时，提出了两种可能的解释。一是译者本人完全受到中国传统对女性描写规范的限制，根本看不出原著的描写有独特的地方；二是译者虽然了解原著所写的女性特色，却也同时理解到，他的目标读者并没有接受这种特色的文化背景，因此做出翻译上的文化转移。①这是一个问题的两个方面。

（二）人物语言和思维

肖像描写只是刻画人物形象的一个因素，人物的语言、行为、心理活动、思维方式等也是刻画一个丰满的人物形象的必要组成部分。晚清翻译小说中的人物，不仅其种族生理特征退居到非常不明显的位置，甚至干脆被译者有意抹杀，而且人物的语言、心理活动和思维方式都带上了浓厚的中国色彩，有的借人物之口，说出译者本人的价值观和世界观，有的甚至具有强烈的晚清时代气息。

浓厚的中国色彩有的表现为称呼、语言上的似曾相识，如：

> 一位十八九年纪的女郎……笑道："呀！是亚哥儿么？这样雪夜，从哪里来？"说着移过一只铺绒椅子，放在火炉的旁边来让那少年坐。那少年便扯那女郎一同坐了，笑道："霞娘！你猜我从哪里回来的？"（《决斗会》，《新新小说》第6号，1905年）

这里人物的语言和行为不能不让读者联想到《红楼梦》里的人物。有的表现为人物思维方式的中国化，如《离恨天》中的儿依萨是一个爱国的波兰女性，作品中写她深夜独思时，"试想东方中国，秦良玉独非异族；费宫娥暗杀汉奸，何等光明磊落！我若不援哥达士孤，我平日所主张排外，自命不凡的志气都付诸何处了？"写哥达士

---

① 孔慧怡：《晚清翻译小说中的妇女形象》，《翻译·文学·文化》，北京大学出版社2000年版，第45页。

孤得到一个哇沙商人送来的军事情报,说,"秦兵袭郑,全赖弦高,君传此报真是我国的弦高了"。一个波兰人物,是不太可能会知道中国的秦良玉、费宫娥和秦兵袭郑的典故的,更何况是在20世纪初,显然,故事中的人物已经换成了译者的口吻了。类似的中国历史典故,屡屡从翻译小说中的人物嘴中说出,又如:

> 其中有好几个血气方刚、好使性儿、死而无悔的壮士……商量说道:"同是要死的,与其束手待毙,何如用荆轲、专诸的手段,杀他几个奸党,倒还死得痛快!"(《回天倚谈》,《新小说》第5号,1903年)

这些人物的语言和心理活动虽然不带有译者的价值褒贬色彩,但赋予人物思维方式浓厚的中国味。

晚清翻译小说中的人物另一个显著的特征是,有些人物的语言、行为和思想活动呈现出强烈的晚清时代气息。译者借人物之口,利用原作中相关的故事情节,随时穿插自己的价值观和道德观,见缝插针地抨击旧俗陋习,以响应新小说的新民使命。有的译者在书中会突然使人物的思想参照系转到当时的中国,凭空加入对白,借人物之口,抨击中国的野蛮风俗和封建迷信,如苏曼殊在翻译《悲惨世界》时,就加入了一段对白,批评中国人拜佛迷信、女子裹脚等陋习。[①] 又如《汗漫游》中译者借人物之口,对中英两国进行了一番对比:

> 我答道:"猪这性子顶懒惰,一天到晚,只晓得吃了睡,睡了吃,别的都不管。……在亚洲的东方,有一个国,名叫中国。这个国里的百姓,顶喜欢吃猪肉。那猪既然是这样的腌臜,他的肉一定是有毒的。有多少病是因为吃猪肉吃出来的。所以中国地方有了疫气,传染起来,最是容易……我们英国人恐怕吃了猪肉,生出许多病来,所以大家都吃牛肉的。"(《汗漫游》,《绣像

---

① 参见范伯群、朱栋霖主编《1898—1949中外文学比较史》,江苏教育出版社1993年版。

小说》第 65 期，1906 年）

有些小说中的人物，虽然没有明确谈到中国或老大帝国，但是其言谈之中着意加入的议论，非常切合晚清一些较为敏感的主题，尤其是批评界对国民公德的探讨。比如，吴趼人在翻译《电术奇谈》时，借仲达之口，对国人的世故进行了毫不留情的讥刺：

仲达皱着眉，用脚尖点一点地，说道："还要说个谢字？五年不见兄，兄的世故越发深了，不似从前快爽。须知这世故上的虚义客套，最是能妨害人德行的呀。不信但看那专门在世故上周旋的人，任凭他性质如何忠厚，只要被世故熏陶得久了，渐渐地把忠厚两个字丢往爪哇国去了，心肠变了，面目换了，嘴也油滑了。外面看着是很圆通一个人，其实他得心里早有一个欺字打了底，不但欺人，还要欺自己。士马兄，你想这不是叫世故把那德行全汩没了么？"（《电术奇谈》，《新小说》第 8 号，1903 年）

四　文化参与：翻译兼批评

晚清的翻译小说文本和后世的任何翻译文本有一个显著的不同之处，即晚清的大多数译本是合翻译、批评二者为一体的特殊文本（translation cum criticism）。批评的表现形式有几种：一是译者在译本前后附加的译序、附记、跋尾、译者识语、批解等，主要提供原著和原作者的相关资料、转译情况、故事内容简介、译者的感慨议论等；二是文内评述，即译者以叙述者的身份借题发挥，在原著内容的启发下，针对晚清现实所做的社会文化批评，他们或针砭时弊，或揭发伏藏、纠弹风俗，或宣扬个人的政治立场和道德价值观念；三是读者或评论者采用自明清以来发展成熟的中国文学批评形式——小说批点，在译本前后和正文中加总评、回评、眉批、夹批等形式，或者阐发原作的笔法，帮助读者更好地欣赏原作的寓意和用心，或者抉发主题。翻译兼批评构成了一种独特的文本，充分体现出晚清译者强烈的文化参与和协调意识。

(一) 译序、跋尾、附记、译者识语

同五四以后侧重介绍原作者生平及著作情况的译序不同,晚清的翻译小说卷前卷后的译序、跋尾和译者识语有着远为丰富多彩的内容,具有多种功能。它们或者介绍原作者的姓名、国籍、书名和转译情况;或者阐述译者的翻译方法和体例及策略选择的原因;或者向读者承诺译本与原本之间的传真效果和对等关系;或者借以阐述个人对传统的"文以载道"文学观的反对意见和对当时把小说翻译等同于政治教化的现状的不满;或者对译作的文笔进行评判。这些序、跋和识语的出现不仅充分体现了主体文化和接受者对它们的强烈需求,而且反映了译者个体对主体文学形式和内容的建设、对主体文化的发展表现出了非常积极的参与和批评意识。其文学文化批评功能主要表现为:一是阐发译者的特定翻译方法及改写依据;二是阐发原作的艺术手法与中国文学的传统文法之间的异同;三是拔高原作的思想主题,抉发它和政治维新、提高民智、民力和民德等时代主题的联系和现实意义。

(二) 译者的文内评述

译者在翻译的过程中,往往有意识地超越知识传播和输入的客观身份,介入原作的叙述,并在任何可能的场合和机会下站出来,借题发挥,或针砭时事,或呼吁改良风俗,毫不忌讳地宣扬自己的观点和价值观。其在叙述和评论之间来回转换角色,轻松自如,既不受原作叙事的束缚,也不受译者道德的约束。[①] 如果孤立地在翻译小说系统中寻求对该现象的解释,必然片面而武断。"理解任何文化形式的意义,不能单纯地把它固定在一种文化内部,而应按照它如何适应不同

[①] 这里的"道德"指"翻译道德"(translation ethics)。传统的翻译理论往往规定译者应该做什么,不应该做什么;什么样的译本堪称"佳译""善译"。包括功能派和描写学派在内的当代翻译理论则从诸多方面开始质疑"佳译""善译"等概念,为理解"翻译道德"提供了一个新的多维视角。参见 Kaisa Koskinen, *Beyond Ambivalence: Postmodernity and the Ethics of Translation*. Tampere: Tampere University Press, 2000; Jenny Williams and Andrew Chesterman, *The Map: A Beginner's Guide to Doing Research in Translation Studies*. Shanghai: Shanghai Foreign Language Education Press, 2004。

文化网络之间的交叉点来看它。"① 把文内评述现象和晚清的创作系统进行比较，就会发现翻译小说系统和创作小说系统之间存在共同之处，比如，同样的社会身份（都是文人），同样的时代背景，同样的中国文学传统，对国家命运抱有同样的使命感和紧迫感。而且可以肯定地认为，翻译小说中的评述议论是受创作界评述叙事方式的影响，或者更具体地说，是受晚清风行的"谴责小说"的叙事方式影响。

鲁迅在《中国小说史略》中对"谴责小说"在晚清形成的原因和特点做了简明扼要的论述：

> 光绪庚子（1900）后，谴责小说之出特盛。盖嘉庆以来，虽屡平内乱（白莲教、太平天国、捻、回），亦屡挫于外敌（英、法、日本），细民暗昧，尚啜茗听平逆武功，有识者则已翻然思改革，凭敌忾之心，呼维新与爱国，而于"富强"尤致意焉。戊戌变政既不成，越二年即庚子岁而有义和团之变，群乃知政府不足与图治，顿有抟击之意矣。其在小说，则揭发伏藏，显其弊恶，而于时政，严加纠弹，或更扩充，并及风俗。虽命意在于匡世，似与讽刺小说同伦，而辞气浮露，笔无藏锋，甚且过甚其辞，以合时人嗜好，则其度量技术之相去亦远矣，故别谓之谴责小说。②

翻译小说中评述的内容之一是对时政严加纠弹。例如，有的译者在翻译中对民主制度和自由思想的颂扬：

> 诸君！不才于这本文发端之先，不得不先在自己身上说了几句。不才姓普，名天，号公愤。今虽不幸流窜在这伦敦英国，原来也是我堂堂俄罗斯帝国的人民。……不才等却有一语试问诸君，"诸君愿为专制国的人民，还是愿为自由国的人民？"（《俄

---

① ［英］阿雷恩·鲍尔德温等：《文化研究导论》，陶东风等译，高等教育出版社2004年版，第16页。
② 鲁迅：《中国小说史略》，上海古籍出版社1998年版，第205页。

国侠客谈·虚无党奇话》，《新新小说》第 3 号，1904 年）

有对甲午战败的反省和对中国士兵怯懦表现的抨击：

（德国士兵的伤）不是弹子穿的，就是刀锋斫过的伤。或则头上，或则身上，或则手脚，伤处不一，都用布带子绷裹着。但若要找我们中国打仗的兵，都在后面背脊受伤，却一个也没有。甲午之役，中国与日本战败，兵勇之伤皆在后脑后脊后膀后腿等处，始知中国兵勇未战即逃之故。（《卖国奴》，《绣像小说》第 31 期，1904 年）

有对中国历代审讯之酷烈、刑罚之专制的无情鞭挞和对西方重视证据的侦探学的推崇：

……况英国为立宪之国，在律法上犯罪者，非有真实证据，不能以疑似之间，即行拘捕。不比东方老大专制帝国，可用政府之权力，将无罪平民，置之囹圄；横施拷扑，三木之下，何求不得，反为易于从事也。故侦探之心思，稍一疏漏，正凶即如鱼之脱钩而去，而遭诬陷之良民，覆盆之下，不克自明，将代凶手受环颈之惨刑矣。读者不信，阅至卷终，当信吾言之不谬而慨然于世路崎岖，人心险诈，固东西如出一辙也。……以英国警察侦探如是之完备，法律之保护如是之周致，尚有冤狱若斯，则我国之政体，仅以严刑酷讯为听讼之不二法门。其所谓情真，罪当死有余辜者，安在？而见其不被诬屈死耶？言及此，固将此书濡笔译出，供我同胞酒后茶余之一粲，或于我国法律政治之改良不无小补云尔。（《紫绒冠》，《新新小说》第 10 号，1907 年）

（三）批点

翻译兼批评的第三种形式就是批点，即自明清以来发展成熟的中国文学批评形式——小说批点。批点的作者通常是读者或杂志的编辑。就形式而言，有在译本前后出现的总评、回评；有在正文中随机添加的眉批、夹批等形式。就批点的内容而言，基本上可分成三种：一是批主题，即"通作者之意，开览者之心"；二是"借他人之酒杯，浇自己之块垒"①，即借题发挥，抒发读者心中对于社会现实的愤懑批判；三是批手法，即阐发原作的笔法，帮助读者更好地欣赏原作的寓意和用心。前两种区别于第三种的艺术批点，可以概括为"借题发挥，抉发主题"。需要说明的两点是，晚清翻译小说批点在沿袭借用中国传统小说批点的形式和内容之外，也有创新，最醒目的创新之处就是出现了译者为自己的译作批点的现象，这是传统小说批点所未有过的；另外，前两种批点经常交织在一处。

1. 借题发挥、抉发主题

阐发作者的用心，帮助读者更好地欣赏和阅读，是小说批点的一大任务，也是为一般人所熟悉的一大内容，此处不赘述，而借题发挥，抒发读者心中对于社会现实的愤懑批判，一般被认为是晚清小说批点中独特的地方。其实不然，这种借题发挥式的议论作为小说评点内容的组成部分，自明清以来就已有之，不管是早期刘辰翁评点的《世说新语》，还是此后很成熟的《水浒传》的评点，都或多或少有这类的议论内容，②但是很可能因为其数量和频率远不如晚清之大之多，而且研究中国古典小说理论的学者，认为从严格的文学理论的角度来说，这是我国小说理论发展随意性的表现，没有什么理论价值，有意对该形式略而不谈。晚清亡国灭种的危险和人人自危的个人主义思潮使借他人之酒杯、浇自己之块垒的阅读主体性的表达凸显成为最受欢迎的一种个人参与社会的方式，借题发挥随之从批点的边缘进入中心，发挥着举足轻重的作用，在翻译小说中也是如此。

抉发主题可以出现在总评中，如《旅顺落难记》中的篇前批评和篇后批评。

---

① 王汝梅、张羽：《中国小说理论史》，浙江古籍出版社2001年版，第71页。

② 例如，明代叶昼评点《西游记》，就经常借题发挥，对当时的官场、文坛以及社会百态进行嘲讽。比如，第15回，鹰愁涧水神变化为渔翁驾船渡唐僧等，唐僧欲付钱钞，水神说："不要钱，不要钱。"旁批曰："如今做官的到要钱！"第78回总评："国丈以一千一百一十一个小儿做药引子；今日小儿科医生又以药引子杀无数小儿矣。可怜！可怜！"（转引自王汝梅、张羽《中国小说理论史》，浙江古籍出版社2001年版，第70页。）

《旅顺落难记》记何事？记我中国甲午之战，日人占据旅顺，残杀我同胞之事。书何人作，英国水手阿伦是也。我闻之，近世英特战争，世界最名誉之战争也。特以力屈而降。然约和之日，技术军事之书，布满全国。英人至有武事胜了，文事输了之叹。夫我中国，则何敢抗颜于特。至如中日之战，又宁止比于英特之战而已哉。(《旅顺落难记·篇前批评》，《新新小说》第7号，1905年)

读外国人小说，其眼光所特宜注射者，有两端：一洞察其国俗之隐情，一深知其民力之程度，此皆读政治学术书所不能及者也。如阿伦者，英国一冶游子耳。夫吾中国之所谓冶游子者，其平日之所虚心研究，自恣情纵欲以外不复知有生人之事。故一旦腰缠告罄，强者党为流氓，弱者流为饿殍。焉见有浮浪之子，乃能食力自活。而漂流海外，身陷重围之中，乃能冒万险、排万难，以显其坚毅不挠之气概。况夫脱险之后，追述往事，凡山川之形势，军备之比较，战守之优劣，靡不侃侃而谈。动中肯綮焉。此诚我中国士大夫所不能多觏者也。而英国之一水手，如是如是。……(《旅顺落难记·篇后批评》)

还可以出现在回评、眉批，甚至夹评中，例如梁启超在其翻译的《世界末日记》中，有夹批："壮哉！我支那人！译者至此不禁浮一大白，但不知我国民果能应此豫言否耳。"①

2. 艺术笔法批点

对小说的章法、文法和结构作画龙点睛似的点拨，是传统小说批点的一大内容，翻译小说也沿袭了这一传统。"文笔、文法"是艺术笔法批点中的主要内容和话语，可以出现在回评中，如：

(第四回) 从第一回起至此，统共不过赴得一个宴会。读者不几疑为烦缛乎？不知下文若干变幻，都是从此番赴宴迷路生出来。所以不能不详叙之。且此回之中，处处都是后文伏线，读下文便知。一个贾尔谊，一个史太太，不过从妙儿口中闲闲提出。

---

① 梁启超译：《世界末日记》，《新小说》第1号，1902年。

白路义与瑞福二人，虽亦谈及，然并未详叙其人如何。谁知却是全书关目。此是变幻处，写醉人迷离徜彷，胡思乱想，顷刻千变，极尽能事。

（第五回）毒蛇圈言其圈套之毒如蛇也。此为瑞福入圈之始。虽然，安排圈套者虽为娶妙儿起见，然未必认定要作弄瑞福。而瑞福偶然碰在圈上，遂使下文无穷变幻，都自此生出来。事之巧耶？文笔之谲耶？不可得而知也。（《毒蛇圈》，《新小说》第8号，1903年）

晚清翻译小说所呈现出的文本世界是复杂多样的，很难用一句话来概括。但是有一点很明确，那就是本土化和陌生化，客观的知识输入和主观的价值评判等似乎是二元对立的准则都统一在晚清翻译小说文本中。这令人信服地说明，晚清对"翻译"的概念认识有着较后人远为开明、灵活和负责的态度；同时也令人信服地证明，作为一种成品的翻译并没有先验规定的形式和特征。翻译的本质，是为了追求技术上的忠实对等还是为了实现文化交流？晚清的翻译小说无疑证明，翻译首先是一种文化交流活动。

五 结论

就文本而言，晚清的翻译小说在体制上，长篇白话章回体和短篇文言笔记体并行不悖，同时又有所创新，出现文言长篇章节体和白话短篇等新体制；在叙事上，出现新型的叙事方法和叙事文体；在文学形象上，晚清翻译小说中出现的比较典型的人物形象、环境和景物形象被摘除了种族特征和异域色彩，披上了浓厚的中国式外衣。一个愿意开放的晚清文化和一个相对保守的晚清文学传统，共同解释了该时期翻译小说中的人物肖像描写套话。而人物语言和思维所散发的晚清时代气息，有利于读者同故事中的人物形象进行沟通和认同，从而达到小说以情动人、以情化人的目的，完成小说界革命提高民智、民力、民德的使命；在评述上，晚清的大多数译本是合翻译、批评二者为一体的特殊文本。通过翻译兼批评，晚清文人翻译群体把小说翻译这一客观的知识输入活动转换成一种积极的文化参与和文化批评活动，使译作不仅成为被动接受的知识产品，更成为宣传个人的价值观念、道德理想，进行社会批评的工具。种种特征共同揭示了晚清这样一个从传统走向现代的过渡阶段的本质。

《时务报》与中国近代翻译小说的现代进程

郝 岚[*]

清光绪二十二年七月初一（1896 年 8 月 9 日）《时务报》在上海创刊，旬刊，线装，每期 32 页左右，三四万字，连史纸石印。内容设"论说""谕折""京外近事""域外报译"等栏目，另附各地学规、章程等。其中"域外报译"还包含"英文报译""路透电音""东文报译"等栏目。《时务报》是在维新人士壮志未酬的背景下创立的，从资金到人员都与政治运动有密切关系，而报纸的办刊宗旨从梁启超发表在《时务报》创刊号上的文章《论报馆有益于国事》也可见一斑：

> 广译五洲近事，则阅者知全地大局与其强盛弱亡之故，而不至夜郎自大，菩井以译天地矣。祥录各省新政，则搏搜交涉要案，则阅者知国体不立，受人嫚辱，律法不讲，为人愚弄。可以奋厉新学，思洗前耻矣。旁载政治学艺要书，则阅者知一切实学源流门径，与其日新月异之迹，而不至保八股八韵考据词章之学，枵然而自大矣。[①]

正如报纸的名字所示，《时务报》的内容几乎都是关乎时务、新政、实学的，并无文学的一席之地。但它总共发行了 69 期，一共连

---

[*] 郝岚，天津师范大学文学院教授，博士生导师。主要研究方向为比较文学与外国文学。

[①] 梁启超：《论报馆有益于国事》，《时务报》1896 年，第 1 册。

载刊登了翻译小说 5 篇①，其中柯南·道尔的福尔摩斯侦探故事 4 篇，H. R. 哈葛德的小说 1 篇。值得注意的是《时务报》上的翻译都是这两位作家与中国读者的首次谋面，而且在不久的日子里，这两位英国维多利亚晚期的通俗小说作家成为中国近代读者眼里最受欢迎的"大小说家"②。本文所要讨论的是《时务报》作为一份时政报纸，如何在翻译选本、文学独立性以及第一人称处理等方面见证了翻译文学对于中国近代文学转型的重要意义。

一 福尔摩斯的"隐喻式"出场

中国最早的 4 篇福尔摩斯系列翻译都是被放在《时务报》域外奇闻或者犯罪实录的语境下来介绍的。具体列表细目如下。

中译名	中译本署名	英文名	今译名③	《时务报》④	Strand Magazine (U. K)	Happer's Magazine (U. S. A)	英文本收录结集
《英包探勘盗密约案》	"译歇洛克呵尔唔斯笔记"	The Adventure of the Naval Treaty	《海军协定》⑤	1896 年 9 月 27 日至 10 月 27 日（第 6—9 册）	1893 年 10—11 月	1893 年 10 月 14—21 日	1894, Memoirs of Sherlock Holmes（《福尔摩斯回忆录》）

① 未将刊载在《时务报》第 1 期上的《英国包探访咯迭医生奇案》计算在内，因为它明显不是福尔摩斯系列故事，但是它的原本不明，很难说是译自一篇侦探小说。
② 从 1896 年到 1916 年中国文坛被译介数量稳居前两位的外国作家正是柯南·道尔（Sir Arthur Conan Doyle，1859—1930，52 部，98 种译本）、赖德·哈葛德（Henry Rider Haggard，1856—1925，31 部，34 种译本）。而且在晚清四大小说杂志中，有三个在创刊号刊登了西方文豪的肖像：《新小说》选的是托尔斯泰，《小说林》选的是雨果，1906 年《月月小说》的创刊号上赫然登着的就是哈葛德的头像，下书"英国大小说家哈葛德"。这俨然是把他作为与托尔斯泰等作家齐名的文豪，成为晚清文学启蒙者建设"新小说"的效法对象和西方文学的代表作家。
③ 《时务报》上这 4 篇福尔摩斯故事的中译者被认定是报纸的英文报译张坤德，过去所疑虑单行本署名的"丁杨杜"事件，迄今为止被认为是阿英错记了。具体考证参见樽本照雄《汉译福尔摩斯论集》，（日本）汲古书院 2007 年版，第 77—79 页。
④ 为方便与西方杂志对比，时间取公历。
⑤ 此处"今译名"采用群众版。

续表

中译名	中译本署名	英文名	今译名	《时务报》	Strand Magazine (U.K)	Happer's Magazine (U.S.A)	英文本收录结集
《记伛者复仇事》	"译歇洛克呵尔唔斯笔记，此书滑震所作"	The Adventure of the Crooked Man	《驼背人》	1896年11月5日至25日（第10—12册）	1893年7月	1893年7月	1894，Memoirs of Sherlock Holmes（《福尔摩斯回忆录》）
《继父诳女破案》	"滑震笔记"	A Case of Identity	《身份案》	1897年4月22日至5月12日（第24—26册）	1891年9月	1891年9月	1892，The Adventures of Sherlock Holmes（《福尔摩斯冒险史》）
《呵尔唔斯缉案被戕》	"译滑震笔记"	The Adventure of the Final Problem	《最后一案》	1897年5月22日至6月20日（第27—30册）	1893年12月	1893年12月	1894，Memoirs of Sherlock Holmes（《福尔摩斯回忆录》）

《时务报》是一个以政论、实事为重的政治性报刊，它不是文学报，甚至根本就没有为"文学"留下栏目。从《时务报》第1册上刊载了那一篇犯罪报道《英国包探访喀迭医生奇案》之后，第2、3、4、5册上都没有再出现任何带有文学色彩或犯罪报道色彩的文章，直到1896年9月27日《时务报》第6册上开始连载《英包探勘盗密约案》（《海军协定》）。这一篇的名称在《呵尔唔斯缉案被戕》中被称为《水师条约案》，但是这里之所以叫《英包探勘盗密约案》很明显是模仿第1册上刊载的《英国包探访喀迭医生奇案》。译者大约是发觉两篇文章内容都是侦破案件的，为了保持一致性，题目也作了有意的改变。

值得注意的是，《英包探勘盗密约案》在作者署名部分并未出现原作者柯南·道尔的大名，而是采用"译歇洛克呵尔唔斯笔记"的形式。① 道尔爵士在近代中国被作品中的人物福尔摩斯和华生抢了头功，原因不妨从以下几方面去探求。

第一，在于这类小说复杂的叙述角度；作者假扮剧中人华生的口气叙述故事，采用类似实录的方式以增强真实性，记录的又是这部虚构作品中真正的主人公福尔摩斯的侦探与冒险。这样躲闪腾挪的三个"角色"，对于还不熟悉西方小说叙述模式，更遑论现代叙述学分析的中国近代翻译者和读者，俨然成了一团乱麻。

第二，我们也可以推测，中译者并不是直接从英文杂志上翻译这些小说的，因为那样很容易看到柯南·道尔的大名，他也许是译自1894年结集出版的《回忆录》（Memoirs of Sherlock Holmes）。如果不熟悉福尔摩斯故事，单纯从字面上看，可以翻译成《歇洛克·福尔摩斯的回忆录》，故事开端又都是华生医生的口气，因此，这样的张冠李戴也可以理解。之所以首先会选择《海军协定》译为中文，可能是因为在《回忆录》所收录的作品中，只有这篇从题目上与中国的海军建设有关。仍然处在1894年甲午海战失利的巨大阴影中的中国人，自然对题目中所包含的"海军"两个字有天然敏感。如果从这个角度去考虑，这个关于外国水师协约丢失的事情放在"英文报译"中，与那些"日本丝业宜整顿论""英国商务册二则"等放在一起也就没什么不妥。

第三，中译者或许从一开始就把这个虚构作品理解成类似犯罪报告一般的纪实类作品，因为这类作品对于《时务报》并不陌生，《英国包探访喀迭医生奇案》已有先例。想来《英国包探访喀迭医生奇案》的方式也多少限制决定了中译者对福尔摩斯探案的理解——究竟是犯罪报告还是虚构作品概莫能辨，于是以那篇《伦敦俄们报》上的报道理解柯南·道尔的小说也未可知。这一想法的一个证据是这篇《英国包探访喀迭医生奇案》后来与那四篇福尔摩斯故事一并收录在

---

① 《记伛者复仇事》署的是"译歇洛克呵尔唔斯笔记，此书滑震所作"；《继父诳女破案》和《呵尔唔斯缉案被戕》都署的是"滑震笔记"。

了一个集子里。①

作为一部侦探小说,福尔摩斯故事英文原本基本有一套程序:缘起、案件发生、破获、福尔摩斯向华生与当事人揭开谜底。《海军协定》虽然不是福尔摩斯系列故事中最出色的一篇,但是也蕴含着福尔摩斯标志性的演绎推理,这应该是故事的精髓。而从侦探小说这一文类来说,造成悬疑感,才是这类小说的关键,因此,福尔摩斯故事的破案线索总是在最后才挑明。

我们回头再看第一篇福尔摩斯中译《英包探勘盗密约案》。文章在开头部分有省略,有调整。缘起部分,华生的自述省略,将故事调整了顺序,直接进入案件的发生。开篇如下:

> 英有攀息(名)翻尔白斯(姓)者,为守旧党魁爵臣呵尔黑斯特之甥,幼时尝与医生滑震同学,年相若,而班加于滑震二等。众以其世家子文弱,颇欺之。……

后面一直讲到他如何把密约丢失,当时的情况如何,追踪无果,回家大病一场。9周后稍有恢复,才想起写信给小时候的同学滑震(华生)。从此向下,这个中译本基本忠实地按照原小说的文笔和叙述顺序翻译,极少省略,也没有任意加笔。值得注意的是这是在1896年,当时的翻译(甚至是更为逻辑严密的学理类书籍的翻译)都有不少任意性,直到后来相当长的时间内,中国翻译文坛一直充斥着"豪杰译"。相对这种情况,《英包探勘盗密约案》的后半部已经是相当忠实了。

享有世界声誉的大侦探福尔摩斯在中国的真正亮相正是在《英包探勘盗密约案》中。在一个政治人物主办的政治性极强的报纸上,福尔摩斯粉墨登场,这或许从一开始就预示了中国读者要对这位通俗文

---

① 1897年6月20日《时务报》结束了它的最后一篇福尔摩斯故事连载。两年后,素隐书屋出版单行本,名为《包探案》(一名《新译包探案》),收录《英国包探访喀迭医生奇案》以及四篇福尔摩斯故事。1903年文明书局又将其再版。在清末,杂志上刊登的作品没有发行单行本的很多。而福尔摩斯故事不仅时隔不久发行了单行本,还被其他出版商再版,可见很有市场。

学主角进行政治化的想象，至少，近代中国会极力挖掘福尔摩斯的意识形态化资源。或许这样的理解有些一相情愿，但在"为奴之势逼及吾种"的情况下，文学与政治相比，本就应该退居次要地位。

在英文世界，福尔摩斯最初出场是在《血字的研究》中，他说或许全世界他的职业是独一无二的，他是"顾问侦探"（consulting detective），就是当私家侦探和公家侦探都无法厘清头绪的时候，他向他们提供咨询。直到小说开始两章之后，读者才在长时间的狐疑之后把这个故事与犯罪侦破联系起来。

但是，福尔摩斯在中国的出场毫无悬念，译者直接就迫不及待地介绍说："呵尔唔斯者，以善缉捕名。"急于读到故事的中国读者没耐心看层层的渲染，况且他们是把《海军协定》当作犯罪报告来读的。译者只想如何把"案情"讲述明白，自然就应该让侦探早早登场。不过好在，在这第一篇福尔摩斯中译中，福尔摩斯真正出场也是以他的怪癖为标志的，这怪癖中也蕴含着代表现代的先进科学。书中说滑震拿着信去找他的这位朋友，但见：

> 歇洛克方着长衫坐桌旁。桌上安一小炉，炉中烟作蓝色。炉上一弯口瓶。瓶口接一管。瓶中水沸，汽自管出。管外激一冷水，汽咸变水，滴入而立透之器中。歇洛克端坐验视，见滑震至亦不起。滑震自坐一椅上，歇洛克持一小玻璃杆连蘸数瓶，复持一管，内有药水，至桌边。右手持一验酸值之蓝色纸，曰："滑震汝来乎，此时方急欲验此，若此纸变作红色，则当抵一大辟罪。"稍顷，纸果然变为暗红色。因起书电报一纸，付其仆。①

化学对于近代中国是外来之学，19世纪末叶的中国人，对于化学实验还几乎一无所知，于是原文中的"working hard over a chemical investigation"（致力于化学实验）就被省略了，直接描述了这个实验的过程。当然在前文中已经判定的这位"以善缉捕名"的大侦探，一出场就是在鼓弄这些古怪的仪器。不过在《继父诳女破案》中，中译者

---

① 《英包探勘盗密约案》，《时务报》1896年，第6册。

本也可以以省略的方式去掉译起来生僻、读者看起来不懂的化学名词，奇怪的是，1897年的这个中译本，还是保留了。他把 the bisulphate of baryta（硫酸氢钡）翻译成"二硫养（原文如此）三"①。

这或许是个隐喻：现代科学知识就像是这位侦探的出场——真假莫辨、精细但很古怪。我们把一位虚构人物当成了真实存在，把关乎自然真理的科学研究当作了奇闻。当然中国近代文坛把两位英国维多利亚晚期的通俗小说家当作了经典"大小说家"也就不足为奇了，因为从一开始我们与西洋的对接就充满着错位。

二 《时务报》与哈葛德的最初冷遇

《长生术》连载于《时务报》第60—69期，外加最后一集刊登在《昌言报》第1期②。作者是解佳，译者曾广铨。"解佳"就是后来的赖德·哈葛德（Henry Rider Haggard，1856—1925）。对于今天的中国文学界来说，哈葛德或许非常陌生，但他是晚清文学阅读的"热门"作家。因为截至1916年，他是中文译本数量居第二位的作家③。

哈氏小说在英国风行的时代是在1887—1930年，他一生共创作了68部作品，其中包括表现当代生活的作品、历史小说、非虚构类作品以及众多的关乎非洲与异地冒险的故事④，其中后者最为有名。虽然哈葛德在晚清的文学翻译界占有数量优势，但对他作品的正面评价大多来自后人的回忆⑤。其实他在晚清评论界暴得大名还是在1905

---

① 《时务报》1897年，第26册，第16页。
② 《时务报》后期内部出现了分歧，69期以后改名为《昌言报》。《昌言报》第1期注明"续《时务报》第六十九册"，前后衔接不误。1898年11月19日，《昌言报》第10期刊登了禁报刊之谕后，随之休刊。
③ 截至1916年，哈葛德的中文译本有31部，34种译本，第一位是柯南·道尔71部，131种译本。
④ 相关数据参见 Henry Rider Haggard, King Solomon's Mines Introduction, Oxford U. P., 1989, IX。
⑤ 周作人曾回忆与鲁迅同读林译哈葛德小说的情景，详见周启明《鲁迅与清末文坛》，中国青年出版社1957年版；毕树棠的翻案文章《科南道尔与哈葛德》，载《人世间》创刊号，1939年8月。

年林译《迦茵小传》全译本引发的文坛公案之后。《迦茵小传》译自哈葛德的当代社会小说 *Joan Haste*（1895），此书原本技巧平平，故事也不新奇，在英语世界并无殊名。因为原语和译入语国家的社会与文化氛围差距，使得这部原本默默无闻的小说成了在近代中国人尽皆知的作品①。

虽然哈葛德小说翻译的功臣非林纾莫属（翻译的数量最多），但事实上哈葛德译入中国的第一本小说是曾广铨翻译的《长生术》，蓝本是哈葛德最为著名的作品之一 *She*。本故事开始连载于1898年《时务报》第60期，原作者写的是"解佳"，"解佳"就是哈葛德。然而，这样一部在原语文学中生命力持久且旺盛的作品②，在中国却遭受了冷遇。

She 描述青年利奥到非洲探寻个人身世，想要解开祖先卡利克雷特的死亡之谜。在那里他遇到了已经活了2000年的女王阿霞。阿霞说利奥是卡利克雷特转世，而且是她2000年来苦候的恋人。为了让情人跟她一样拥有永恒的生命，阿霞带利奥穿山越岭，希望他也踏入永恒之火以得到永生。为了消除利奥的疑虑，阿霞像2000年前一样踏入火中，没想到这次永恒之火却让永不衰老的她迅速干枯萎缩，如同木乃伊，并最终夺走了她的生命。

《长生术》从译名来看就是想突出它的奇闻逸事感。后者是这家政论性报纸上连载小说的最后一部，也是连载最长、字数最多的一部。与早期刊登在《时务报》上的四篇福尔摩斯故事没有署中译者名字不同，《长生术》后写明："英国解佳撰，湘乡曾广铨译。"它的译者曾广铨（1871—1930）是曾国藩之孙，曾纪鸿第四子，过继给曾纪泽为嗣。他精通英、法、德及满文，多次作为清廷驻外使节。1893—1899年，曾广铨任驻英参赞，《长生术》连载于《时务报》时，他还在英国。这或许是他任职期间的游戏笔墨。也正因他时在英国，所以

---

① 详见郝岚《被道德僭越的爱情——林译言情小说〈巴黎茶花女遗事〉和〈迦茵小传〉的接受》，载《天津师范大学学报》2003年第6期。

② 在英语世界介绍到哈葛德时，最常见的就是说"他是小说《她》和《所罗门王的宝藏》的作者"。据不完全统计，《所罗门的宝藏》现存至少29个英文版本，《她》也有18个版本。两者都至少有8次被搬上银幕。

才选择性地翻译了一部当时哈葛德最风行的经典作品。不过这部作品并没有在中国引起多大反响。原因或许很多：曾广铨没有像时人风行的一样对这部作品进行解读与指导，所以读者不解其妙，加上《时务报》的读者只是把它当作域外奇闻而不是小说；若说国难当头的中国人对这个离奇的故事没有兴趣，也可理解。

《长生术》属于"附编"栏目，前面与之并列的都是"谕旨、奏章""英文译编""东文译编"等栏目。从篇名看，《时务报》上的这篇译文仿佛是介绍"长生术"来广见闻的，或者也是招揽读者的需要。与《时务报》上早期连载特征差强人意的呵尔唔斯故事相比，曾广铨译文的连载具有更大的随意性，甚至小说丧失了那四篇福尔摩斯故事的相对完整性，而是随刊物的版面随时终止，下一期继续。例如，第67册（光绪二十四年六月初一）上第二十二章只开始了两行，故事说到女王用意叵测，跟随他们的臣仆说："与其女主救而生，"第67册至此为止。10天以后，光绪二十四年六月十一日出版的第68册上，仆人的这句话才继续道："不如听其自然而死。"一句话没说完就在中间戛然而止，已经影响了意思的表达。更严重的是，《长生术》在第69册上刊载到第二十七章的一多半，故事说到主人公他们从岩洞中终于脱身向回走，回程路途险峻，厉风戚戚。此时，"忽见一物飞来，将立我连头并足浑身盖住。余大惊，不知为何物。以手摸之，乃知为女主"，至此戛然而止。本应在第70册继续，但是《时务报》后改名为《昌言报》。因此，曾广铨译的《长生术》的结尾在"另一份报纸"《昌言报》的第1册上。

从每一期的连载篇幅看，《长生术》比过往连载福尔摩斯故事时所占版面要多得多。以前所连载的福尔摩斯，每一期平均只有两个页码（含正反两面），但《长生术》的版面完全固定，每期都是正好3个页码，除去最后一部分结尾刊登在《昌言报》第1期上只有1个页码。因为固定要填满三个页码的原因，几乎每一期的结尾都是不完整的半句话。考虑到曾氏此时正在英国，估计是曾广铨将译稿全部寄回，由编辑决定连载的分割，因此相当没有规划。这与《时务报》前几期刊登的福尔摩斯故事的不同在于，因为那时报纸的译者本人也是编者，英文报译可能是随刊随译的，刊载的小说自然可以从文字上斟酌，从篇幅上规划，让每一部分相对完整。

曾广铨的译文仍然保留了哈葛德小说的章节数目，但是翻译的是一个梗概，因此每一章基本保持在800字左右。即使我们认为文言或半文言翻译比白话文要简洁，但看看同一部作品林纾的翻译《三千年艳尸记》（1901）——他所使用的也是雅驯的古文——短章也要2500字左右，长的章节更是多达6000余字。曾氏的处理方式既可能是出于版面的需要，也表现了对西方小说地位的随意性认识。它本来就是在一份认为"报馆有益于国事"的谈时务的报纸上作为一个附录，自然细节部分大可不必认真，只是将它作为一个奇谈怪想，当成给读者的口味调剂。我们不妨看看短短的一篇引文，便可见一斑。曾广铨译本基本是以合并、省略甚至是篡改的方式翻译出来的。第三章是最有意思的一章。因为这里的英文本穿插了那些涉及古文字的残片的拓片大大小小11张图（楔形文字、古希腊文、古埃及象形文、拉丁文等）。文中叙述他们如何破译对照，英文文字达3000余字。曾氏译本的处理非常简单，应该也是出于报刊连载的有限版面需要，与出版单行本的林译不可同日而语。他只是说："检阅原古文，果系古希腊字，是埃及人所书，所译之英文尚属妥善。"几句完毕。林译本不厌其烦，几乎将整个过程，对译的意思等都译了出来，但是在原文有图片的地方都加了小字的注"原文不能书"。

1901年，上海商务印书馆出版林译哈葛德的《她》，名曰《三千年艳尸记》，它与曾广铨译的《长生术》相隔3年，但没有明显证据表明林译受了曾译影响。相对曾译而言，不懂英文的林纾，依靠口译笔述的译本反倒全面、准确得多。不仅细节保留，类似说主人公之一的何利貌寝如同希腊神话中摆渡人过阴阳界河的"查伦"，以及写信的日期地点"某某堂在康布利（即今天所说的剑桥，笔者注），五月一号，一千八百某某年"等都有保留，而且文字流畅跌宕，营造了神秘而浓郁的气氛。

原文中第二章的一句——"at twenty-one he took his degree — a respectable degree, but not a very high one"，被曾广铨译为"二十一岁考取举人"（第60册）。而林译则细致得多："直至于二十一岁，已得

学位,虽非尊贵,然已动人。"① 我们可以认为根本不懂外文的林纾无法真正理解 degree,但是正是相对时人来说非常熟悉西俗的曾广铨(1893—1899 年在英国任英使馆参赞)把它翻译成了"举人"。这意味着,译者曾广铨不是出于不理解,而是出于照顾 19 世纪末中国读者的心理。

哈葛德小说流行于 19 世纪下半叶至 20 世纪初,正是在这个时间段,中国开始将眼光投向西方。如果说中国文学界必须选译一篇哈氏小说译介,那么至少选择《她》是对的,因为那正是当时英国的流行读物,是哈葛德继《所罗门王的宝藏》之后第二篇畅销小说。但是可惜这样一篇通俗的冒险故事却出现在一个不恰当的时间——中国国势衰微民族危亡感盛行之时;不恰当的地点——首译阴错阳差地刊载在一张严肃的政论性报纸上。于是,哈葛德在近代中国的声望并没有凭借其名作《她》建立起来,哈氏成名还要等到林译全本的《迦茵小传》之后。

三 《时务报》对中国近代翻译小说的重要意义

第一,《时务报》虽则是中国近代的时政性报纸,但是它体现了中国近代翻译文学中翻译选本的最初独立性。

在中国的知识界有一个共识:近代中国在现代化以及西学的引进上基本是步日本之后尘的,甚至在相当大的范畴中是落后于日本的。不过,福尔摩斯侦探小说的翻译不在此列。有多部福尔摩斯作品中国是首译,这意味着侦探小说的译介是中国文人与读者的自发行为,而不是受到开明日本的影响所作。而见证中国近代文学翻译的最初独立性的刊物,就是《时务报》。

日本著名的侦探小说作家与翻译家江户川乱步在看到中华书局版《福尔摩斯侦探案全集》时感叹道:"中国的侦探小说要远比日本落后,这是一般常识。但是最起码福尔摩斯作品的翻译,对方确实先进

---

① 林纾:《三千年艳尸记》上卷,上海商务印书馆1914年版,第20页。

的，这有些令人意外。"① 最早的福尔摩斯翻译在日本是1894年1月3日至2月18日连载于《日本人》上的《乞食道乐》（即《歪唇男人》），在中国就是1896年9月27日至10月27日连载于《时务报》上的《英包探勘盗密约案》（即《海军协定》）②，其中几个翻译都领先于日本。

第二，《时务报》所刊翻译小说比较集中地体现了近代中国翻译文学相对于时政的次要性。

从栏目来看，《时务报》编译者本意是在这里向国人介绍西方的新奇，以应和主笔的办刊宗旨——"广译五洲近事"，使读者"而不至夜郎自大，眢井以译天地矣"。今天的研究者想当然地把登载在报刊"附编"上的文学作品当作小说，殊不知，当时的译者与读者或许并非如此看待。我们有理由怀疑《时务报》的编译者根本就没有把这些翻译当作小说，或者是没有想让读者把它当作小说看。福尔摩斯故事可以是侦探实录，《长生术》从名字来看就是想突出它的奇闻逸事感。有一个证据可以侧面证实《时务报》上最先刊载的福尔摩斯故事至少没有让读者真正意识到它的虚构性。1904年周桂笙在《歇洛克复生侦探案·弁言》中谈道：

> 英国呵尔唔斯歇洛克者，近世之侦探名家也。所破各案，往往令人惊骇错愕，目眩心悸。其友滑震，偶记一二事，晨甫脱稿，夕遍欧美，大有洛阳纸贵之概。故其国小说大家，陶高能氏（即柯南·道尔），益复会其说，迭著侦探小说，托为滑震笔记盛传于世。盖非尔，则不能有亲历其境之妙也。③

---

① ［日］江户川乱步：《海外侦探小说作家与作品》，早川书房1995年版，第211页。
② 但据江户川乱步考证，有八部作品都是中国首译的：《荒村轮影》《情天决死》《掌中倩影》《魔足》《红圜会》《病诡》《窃图案》《罪薮》。参见［日］中村忠行《清末侦探小说史稿（三）》，《清末小说研究》1980年12月1日第4号，第153页。而据樽本照雄考证有39篇福尔摩斯的翻译是中国早于日本的。参见［日］樽本照雄《汉译福尔摩斯论集》，汲古书院2006年版，第56页。
③ 参见周桂笙《歇洛克复生侦探案·弁言》，转引自陈平原、夏晓虹《二十世纪中国小说理论资料》第1卷，北京大学出版社1997年版，第135页（1904年）。

福尔摩斯和华生都是真的，倒是"小说大家陶高能氏"附会其说把它写成了小说，然后假托是滑震的笔记。这样的真假莫辨至少从首译的 1896 年持续到了 1904 年将近 10 年。这也足以证明，《时务报》时期的近代翻译小说还没有获得足够的尊重和文学的独立性。

第三，《时务报》所刊翻译小说中第一人称叙述的处理体现了中国近代文学转型中的阶段性特征。

例如，作为第一篇福尔摩斯侦探故事的翻译，《英包探勘盗密约案》的中国译者还无法体会第一人称叙事的奇妙和倒叙法的悬疑设置。这篇中译先以顺叙的方法把外交部青年攀息的遭遇叙述出来。他在外交部加班时，国家机密文件神奇丢失，然后他写信给他旧时的同学华生，请他帮忙求助福尔摩斯。而整个故事的叙述也不是如英文原著中事主的第一人称方式，却使用了全知式叙事。"久之，忽忆有歇洛克（名）呵尔唔斯（姓）者，以善缉捕名。"这就是福尔摩斯在中国的露面——作为大侦探他早已声名远播。译者令福尔摩斯未见其人先闻其名：先有他的身份和名望，而后读者才随同滑震（华生）在实验室见到他这位室友。与中国这种见面略有不同，英语文学中福尔摩斯的亮相是在第一篇故事《血字的研究》里。柯南·道尔对他进行了长篇铺垫，直到很久才点明他的职业。

此外，*She* 英文原著中的第一人称叙述无论是在 1898 年的《长生术》还是 1901 年的《三千年艳尸记》中都做了中国式处理：都加入了叙述者的名字。如"佳"（解佳，即"哈葛德"）或者"何礼曰"。曾氏译本中第一章开头："二十年前，礼在书院作夜工课。因试期在即，颇有自负之心，发愤为雄，用心良苦。惟所恨者，余相貌为天下之奇丑。"这里的"礼"说的是主人公之一，也就是主要叙述者"何礼"。后文又用了"余"，颇有些中国传统式的夫子自道。用这样的方式调和西方小说中常见的第一人称叙事，倒也是个高明的好方法。至少可以减少中国读者的阅读混淆，分得清"小引"中的"余"说的是作者"解佳"；正文中的"余"指的是叙述者"何礼"。

总之，《时务报》虽然不是文学性的报纸，刊载翻译小说并不多，但是它所体现出的特征对于我们理解中国文学在翻译影响下转型的阶段特征，有着重要意义。

19世纪传教士报刊刊载中译伊索寓言的流传与影响

吴淳邦　高　飞[*]

一　绪论

伊索寓言于明末由耶稣会士传入中国，利玛窦（Matteo Ricci, 1552—1610）最先把 Esopo（Aesop，今译"伊索"）译为阨琐伯[①]，并在其著作《畸人十篇》中引用约6篇伊索寓言或者类似的寓言证道。[②] 而这些带有寓言性质的证道故事利玛窦并未冠以"寓言"之名。直到1614年庞迪我（Didace de Pantoja, 1571—1628）的《七克》出版，引介约20则西方寓言，其中6则为伊索寓言，[③] 并且首次

---

[*] 吴淳邦，韩国崇实大学中文科教授，研究方向为东亚小说的翻译、交流与传播；高飞，韩国安山大学酒店观光系助教授、崇实大学文学博士，研究方向为明清以来寓言文学在东亚的交流与传播。

① ［意］利玛窦所著的《畸人十篇》的《阨琐伯氏论舌最佳》《阨琐伯氏论舌最丑》两篇记伊索替其主藏德氏（Xanthosw）采办宴席的逸事，论舌头可使朋友相交，敌国悦和，亦可使夫妻失和，国破家亡。并介绍伊索生平"阨琐伯氏，上古明士。不幸本国被伐，身为俘虏，鬻于藏德氏，时之闻人先达也，其门下弟子以千计"。这是迄今最早关于伊索生平的中文介绍。见（明）李之藻编《天学初函》，金陵大学藏万历天启刊本，台湾学生书局1965年版，第187—191页。

② 参见戈宝权《中外文学因缘——戈宝权比较文学论文集》，北京出版社1992年版，第385—387页。

③ 戈宝权：《中外文学因缘——戈宝权比较文学论文集》，北京出版社1992年版，第389—401页。

将 Fabulas（Fables）译为"寓言"。① 1625 年，法国耶稣会士金尼阁（Nicolas Trigault, 1577—1629）述，泉州人张赓笔录《况义》在西安出版，共收入伊索寓言及其他寓言 22 则，如包括流传下来的第二种手抄本后附的 16 则，共达 38 则。《况义》被学界认为是第一本汉译伊索寓言集。此后，耶稣会士高一志（Alfonso Vagnoni, 1566—1640）、艾儒略（Giulio Aleni, 1582—1649）、卫匡国（Martino Martini, 1614—1661）等著作中也零星引入一些伊索寓言与其他西方寓言。明末关于伊索寓言及西方寓言的引介前后跨度 80 多年，并都以证道故事的面貌出现，之后则一度停滞。

直到清末 19 世纪关于伊索寓言的汉译又卷土重来。晚清至辛亥革命前，伊索寓言的中译本有《意拾喻言》（1840，前身为《意拾秘传》，1838）、《北京官话伊苏菩喻言》（1879）、《海国妙喻》（1888）、《海国妙喻》（1898，白话）、《泰西寓言》（1902）、《希腊名士伊索寓言》（1903）、《伊朔译评》（1909）、《伊氏寓言选译》（1910）。② 清代最早的一部伊索寓言汉译本是 1838 年前后出版的《意拾秘传》，由英国人罗伯聃（Rober Thom, 1807—1846）与其中文老师"蒙昧先生"合译。据传《意拾秘传》因遭清廷查禁，在华流传时间不长。而后罗伯聃于 1840 年将此书重新包装以《意拾喻言》之名出版，成为在华外国人学习汉语的案头之书。《意拾喻言》的流传与影响远远超过其前身《意拾秘传》，该书传播甚广，足迹遍布中国的东南与华北地区，甚至走出国门登陆新加坡、日本；版本形式多样，有汉语版、多种语言共存版、方言版。可以说，罗伯聃版汉译本是 19 世纪最早、最具影响力、流传范围最广的汉译伊索寓言，其翻译呈现出通俗化、中国化特色。③

---

① 《七克》中在引用的 4 则故事的开头都提到"《寓言》曰……"，这 4 则分别为《鸦狐》《众树议长》《蛙畏兔》《狮狐》皆属于伊索寓言。见［西］庞迪我《七克》，京都始胎大堂藏板（1643）1798 重印版，卷一第 21—22 面；卷一第 28—29 面；卷四第 23—24 面；卷六第 10—11 面。

② 戈宝权：《中外文学因缘——戈宝权比较文学论文集》，北京出版社 1992 年版，第 437—436 页。

③ 关于《意拾喻言》可参考吴淳邦、高飞《19 世纪 Aesop's Fables 中译本的研究——〈伊索寓言〉罗伯聃中译本的译介与传播》，《中国语文论译丛刊》2012 年第 30 辑。

赤山畸士张焘所辑录的《海国妙喻》，由阿英收入《晚清文学丛钞·域外文学译文卷》。这是他收录的唯一一个清末伊索寓言中译本，足见其重要性。赤山畸士张焘所辑录的《海国妙喻》于1888年由天津时报馆代印，其序言提到"几岁经西人繙（翻）以汉文，列于报章者甚伙。虽由译改而成，尚且不失本来意味，惜为汇辑成书。余恐日久散佚，因竭意搜罗，得七十篇，爰手抄付梓，以供君子茶馀酒后之谈"[1]，就是把当时"西人"译改并报载的西方寓言（以伊索寓言为主）汇辑成册出版。从《意拾喻言》（1840）到《海国妙喻》（1888）中间夹有"报载"伊索寓言时期，学界一直少有研究，借用王德威先生"没有晚清，何来五四"的句式，试问一句"没有晚清报刊，何来《海国妙喻》"？晚清报刊与中译伊索寓言之渊源是研究晚清伊索寓言传入中国一个无法逾越的阶段。本论文从爬梳19世纪30年代至80年代的报刊入手，主要集中于《察世俗每月统记传》《东西洋考每月》《遐迩贯珍》《中西闻见录》《万国公报》，统计出其刊载的伊索寓言及译介者，并以当时影响巨大的《意拾喻言》为参照，从伊索寓言的译介与宣传；"寓言""娱目""警心"之提倡及影响；伊索寓言的改写与仿写等几个方面，探求晚清报刊与中译伊索寓言之渊源。

二 1856年以前报刊对中译伊索寓言的译介与宣传

熊月之提到"毫不夸张地说，在晚清，几乎没有什么报刊不与西学传播有关"[2]。伊索寓言作为西方文学的经典晚明传入中国，继而一度沉寂，直至晚清才由报纸再度开启中译东传之路。虽然文学并不是西学东渐的主流，但是为其少，而在中华大地虽有断流却仍有脉可循的传播，越发显其弥足珍贵的研究价值。晚清报刊对中译伊索寓言

---

[1] 阿英编：《晚清文学丛钞·域外文学译文卷》第4册，中华书局1960年版，第1107页。阿英误把张赤山当作《海国妙喻》的译者，如果按照《序》中所言应改为辑录者张赤山。

[2] 熊月之：《西学东渐与晚清社会》，上海人民出版社1994年版，第392页。

的流传功不可没，以1888年《海国妙喻》出版为界，报纸对中译伊索寓言的推广之功有如下几个方面。

《察世俗每月统记传》中首次刊载5篇中译伊索寓言，是为改新教传教士译介伊索寓言之始，成为晚清中译伊索之嚆矢。《察世俗每月统记传》于1815年8月5日马六甲（Malacca）创刊，米怜（William Milne，1785—1822）是该刊的主办者，并担任编辑及主要撰稿人，其发文以"博爱者"为笔名。这是历史上第一份由基督教传教士创办的中文刊物。"《察世俗每月统记传》创刊于1815年（嘉庆二十年），基本上每月发行一次，一直延续到1821年（道光元年），即米怜逝世（1822年）前夕。每期平均为10—14页，共7卷74册，计524页。"① 序言全文如下：

> 无中生有者，乃神也。神乃一，自然而然。当始神创造天地人万物。此乃根本之道理。神至大、至尊，生养我们世人。故此善人无非敬畏神。但世上论神多说错了，学者不可不察。因神在天上而现着其荣，所以用一个天字指着神亦有之。既然万处万人皆由神而原被造化，自然学者不可止察一所地方之各物。单问一种人之风俗。乃需问及万世、万处、万种人，方可比较辨明是非、真假矣。一种人全是，抑一种人全非未有之也。似乎一所地方未曾有各物皆顶好的，那处地方各物皆至臭的。论人、论理亦是一般。这处有人好歹、智愚，那处亦然。所以要进学者不可不察万有，后辨明其是非矣。总无未察而能省明之理。所以学者要勤功察世俗人道，致可能分是非善恶也。看书这之中有各种人。上中下三品：老少、愚达、智昏皆有，随人之能晓，随教之以道，故察世俗书必载道理各等也。神理、人道、国俗、天文、地理、偶遇，都必有些随道之重遂传之。最大是神理，其次是人道，又次国俗。是三样多讲，其余随时顺讲。但人最悦彩色云，

---

① 关于《察世俗每月统记传》的停刊时间为1821年抑或1822年，学界历来有所争议。学者蔡武、卓南生、叶再生、戈公振、范约翰都有其观点，本论文引述得到较多支持的"1821年停刊说"。［新加坡］卓南生：《中国近代报业发展史》，中国社会科学出版社2002年版，第18页。

书所讲道理要如彩云一般，方使众位亦悦读也。富贵者之得到闻多，而志若于道，无事则平日可以勤读书，乃富贵之人不多，贫穷与工作者多，而得闲少。志虽于道但读不到书。一次不过读数条。因此察世俗书之每篇必不可长，也必不可难明白。盖什奥之书不能有多用处。因能明什奥理者，故少也。容易读之书者，若传正道，则世间多有用处。浅识者可以明白，愚者可以成得智，恶者可以改就善，善者可以进诸德，皆可也。成人的德并非一日的事，乃日渐至极，太阳一出为照普地，随升随照，成人德就如是也。又善书乃成德之好方法也。

此书乃每月初日传数篇的人若是读了后，可以讲每篇存留在家里，而俟一年尽了之日，把所传的凑成一卷。不致失落书道理。访客流传下以益后人也。①

该刊以传播基督新教为主要目的，内容偏重于宗教与伦理道德，也介绍科技、历史地理及时事。由于《察世俗每月统记传》的发行对象是南洋地区的华人，更主要的是中国内地读者，因此从内容到形式皆以适合中国人口味为准，行文"浅识者可以明白，愚者可以成得智，恶者可以改就善，善者可以进诸德，"且"每篇必不可长，也必不可难明白"，并主张"书中所讲道理要如彩云一般，方使众位亦悦读也"。② 总而言之，宣扬基督教，提倡伦理教化要老少皆宜，通俗易懂，刊物的内容亦如"彩云"般生动活泼，吸引读者。

不仅如此，1819年前后米怜曾提在刊物内容上尽可能通俗易懂，试图"打破单调感，但是还很不够"③，而实际在后来的出刊中有一个不大引人注意的现象，那就是从1819年开始，米怜陆续在第5卷刊登《贪之害说》《负恩之表》《虾蟆之喻》，第6卷刊登《驴之

---

① 博爱者纂：《〈察世俗每月统记传〉序》，《察世俗每月统记传》（嘉庆乙亥年全卷）1815年，第1—3面。
② 关于《察世俗每月统记传》的相关研究可参见谭树林《〈察世俗每月统记传〉研究》，黄时鉴主编：《东西交流论谭》，上海文艺出版社2001年版，第189—205页；以及赵晓兰、吴潮《传教士中文报刊史》，复旦大学出版社2011年版，第25—53页。
③ William Milne, *A Retrospect of the First Ten Years of the Protestant Mission to China*, Malacca: the Anglo-Chinese Press, 1820, p.277.

喻》，第 7 卷刊登《羊过桥之比如是》等 5 则伊索寓言。该 5 则寓言对照于 1840 年罗伯聃的《意拾喻言》，其中 4 则与《意拾喻言》中的 4 则故事相仿，为第 5 则《犬影》、第 9 则《农夫救蛇》、第 21 则《蛤蟆水牛》、第 13 则《驴穿狮皮》。这 5 则行文风格一如《察世俗每月统记传》的整体风格，通俗易懂，生动活泼，也可以说是米怜突破刊物"单调感"的进一步努力，不经意中开启晚清中译伊索寓言的先河。晚清中译伊索寓言之首发，以伦理道德教化，寓教于乐的面貌出现，这与晚明耶稣会士中译伊索寓言以布道为宗旨而显古雅的方式不同。5 则寓言冥冥之中奠定了晚清（1903 年以前）中译伊索寓言的教化取向与面向大众的通俗风格。但由于《察世俗每月统记传》本身的发行量不大，译介数量不多，故近代翻译史上也少有提及。[①]

《东西洋考每月统记传》于 1833 年 8 月在广州创刊，传教士郭实腊（Karl Friedrich A-uqust Gützlaff，1803—1851）为创办人。后其转让给"在华实用知识传播会"（The Society for the Diffusion of Useful Knowledge in China），编辑工作仍由郭实腊、马儒翰（John Robert Morrison，1814—1843，马礼逊之子）担任。转手前后该报的办刊方针未变，都是通过传播西方科学技术和实用技术，改变中国人的"西洋观"，其内容也从之前报刊以传播基督教为主转为传播西学为主。《东西洋考每月统记传》1833—1838 年，历经停刊复刊等风波，除去复本与再版，共计出刊 33 期。它是创建于中国境内的第一家中文近代报刊，即使在 1837 年复刊后编纂仍在广州进行，印刷发行则由传教士麦都思（Walter Henry Medhurst，1796—1857）在新加坡负责。报刊特色之一就是设立新闻栏目，当然《东西洋考每月统记传》中的新闻，并非真正意义上的新闻，更像对各国以及广州、澳门事物的介绍，通常采用文学手法，还常常与文学、历史、言论混在一起。但作

[①] 有所提及的仅见于颜瑞芳编著《清代伊索寓言汉译三种·导论》，（台湾）五南图书出版公司 2011 年版，第 3 页；[日] 内田庆市《谈〈遐迩贯珍〉中的伊索寓言》，[日] 松浦章、[日] 内田庆市、沈国威编著《遐迩贯珍——附解题·索引》，上海辞书出版社 2005 年版，第 71 页。

为中文报刊设立新闻专栏的滥觞,仍旧意义重大。①

关于晚清首部中译伊索寓言——《意拾秘之比喻》②的介绍就出现在《东西洋考每月统记传》1825年(道光戊戌五年)9月的"新闻"一栏"广州府"条目第二条中:

> ○省城某人氏文风什盛,为翰墨诗书之名儒,将希腊国古贤人之比喻,翻语译华言,已撰二卷。正撰者称为意拾秘,周贞定王年间兴也。聪明英敏过人,风流灵巧,名声扬及四海。异王风闻,召之常伺左右,快论微言国政人物,如此什邀之恩。只恐直言触耳,故择比喻,致力劝世弃愚迁智成人也。因读者未看其喻,余取最要者而言之。○盘古初鸟兽皆能言……○又曰《山海经》……○又曰罗浮山下兰若幽楼……○又曰摩星岭上……③

这条新闻,或者说书讯首次将 Aesop 称为"意拾秘",并首次简要概括"意拾秘"的生平,并首次将"Fables"中译为"比喻",也是首次提出伊索寓言避"直言",以"比喻"之"微言"、"劝世弃愚迁智"的教化功能。同时,为提升《意拾秘传》在中国读者中的影响力,特地指翻译者为"省城某名儒",实际《意拾秘传》是英人罗伯聃(Robert Thom, 1807—1846)与其汉语教师蒙昧先生(匿名)合译,据戈宝权猜测蒙昧先生是广州十三行教外国人中文的老先生,并非声名显赫的大家。这则抬升译者的文讯,似乎又染有广告性质的夸大其词。"新闻"中还选取书中 4 则寓言,对照《意拾喻言》(1840),分别为第 1 则《豺烹羊》、第 3 则《狮熊争食》、第 12 则《狼受犬骗》、第 22 则《鹰猫猪同居》。它们有一个共同点,本是西方经典,译成中文后,顺带把故事背景也挪到了中国。这是动物寓言

---

① 关于《东西洋考每月统记传》的介绍参见黄时鉴整理《〈东西洋考每月统记传〉影印本导言》,《东西洋考每月统记传》,中华书局1997年版,第3—35页。另见赵晓兰、吴潮著《传教士中文报刊史》,复旦大学出版社2011年版,第54—79页。

② 即罗伯聃、蒙昧先生合译,1838年出版的《意拾秘传》,为1840年出版《意拾喻言》之前身。

③ 黄时鉴主编:《东西交流论谭》,上海文艺出版社2001年版,第422页。

拟人化的中国化解读。中国寓言专家陈蒲清认为：

> （中国）古代作家寓言有三个突出特点：在题材上，以人物故事为主。……寓言中很少带有神话外衣（拟人化）的动物故事。第三，多采用人物故事（特别是历史故事）作为寓言题材。①

以上一段话说明两点：其一，传统中国的寓言中拟人化的动物故事从不是主流，即使有也散落在文集中，很少有伊索寓言那样大规模的动物寓言故事集；其二，即使是寓言虚拟也要与真实（或者历史）搭边。如何把拟人化的动物寓言集与中国传统的审美习惯勾连起来，直到20世纪初期，一些寓言创作者还是煞费苦心。台湾作家江介石所作的动物寓言集《趣味集奇谈》在序言中为动物的拟人化找到一个中介，他列举"古来能同鸟兽语者之人物"②。因为有能通兽语者，故寓言中有动物对话，并能被记录下来不算是妄言。而《意拾秘传》（《意拾喻言》前身）则采用另一种方式，开篇寓言《豺烹羊》，首句即是"盘古初，鸟兽皆能言"③。这是为拟人化找到一个历史出处，盘古是一个神话人物，同时也是一个历史人物，《艺文类聚》中引《三五历纪》，《绎史》中引《五运历年纪》《述异记》到《广博物志》等均有盘古的记录。④ 这是从中华民族自古重视历史，重视人事的传统出发，《意拾喻言》把拟人化的动物与开天辟地的盘古扯上关联，可看作试图削弱读者阅读时荒诞不经感的一种努力，是文本向中国化阅读心理靠拢的一种努力。其实整本中译伊索寓言并非篇篇如此，但是《东西洋考每月统记传》选登时故意为之，把《意拾秘传》

---

① 陈蒲清：《寓言文学理论·历史与应用》，（香港）骆驼出版社1992年版，第197—198页。
② 《趣味奇谈》见江介石、林兰编述《动物寓言与植物传说》，娄子匡编校，（台湾）东方文化供应社副刊1962年版，第3—5页。
③ Mun Mooy Seen-Shang & Sloth，《意拾喻言》 Esop's Fables, Canton: the Canton Press Office, 1840, p.22. 下同出处不另注释，仅后附书名及页数。
④ 袁珂、周明编：《中国神话资料萃编》，四川省社会科学院出版社1985年版，第6—9页。

中这种向中国化阅读心理靠拢的一种努力作为一个亮点宣传，促进该书与中国读者的亲近感。由此可见，宣传推广中译伊索寓言——《意拾秘传》乃该条新闻的目的。

《遐迩贯珍》设专栏刊载中译伊索寓言。《遐迩贯珍》是鸦片战争后在香港出现的第一个中文期刊。于1853年8月1日创刊，每月1日出版，发行于香港、广州、厦门、福州、宁波、上海等通商口岸，于1856年5月停刊，共出版33期。由当时设于香港、旨在向中国传授基督教教义的马礼逊教育会出版，该会所办教会学校英华书院印刷。历任主编依次为麦都思（Walter Henry Medhurst，1796—1857）、奚礼尔（Charles Batten Hillier，? —1856）、理雅各（James Legge，1815—1897），该期刊虽由传教士主办，但实际上是继《东西洋考每月统记传》之后，进一步偏离传播西教的宗旨，而以传播西学为宗旨的新闻性刊物。① 《遐迩贯珍》从创刊号（1853年8月）起就设立"喻言一则"栏目，开始连载罗伯聃译介的《伊娑菩喻言》②，"各号随时附记一则"③。"喻言一则"栏目于1854年12月12号停办，但刊载伊索寓言并未随之停止，而是继续刊载3期，不过1855年6号将寓言放到"杂说篇"一栏，1855年7号、8号则未放入任何一个栏目而是直接刊于期刊最末。自1853年8月至1855年8月，一共刊载伊索寓言19则（1854年4月一则与1854年12月一则重复）与序言一篇。19则寓言并无篇名，比照施医院刻本的《伊娑菩喻言》，应为如下篇目：

《序》、《豺烹羊》（1853.8，711页④）　《二鼠》（1853.9，

---

① 关于《遐迩贯珍》的详细介绍可参见赵晓兰、吴潮《传教士中文报刊史》，复旦大学出版社2011年版，第93—117页。

② 自1840年罗伯聃中译伊索寓言——《意拾喻言》问世10余年后，于1853年更名为《伊娑菩喻言》，由上海施医院（仁济医院）刻板，麦都斯主管的墨海书馆印刷。《伊娑菩喻言》与《意拾喻言》比较，寓言数量由原来的82则减至73则；内容上作修改变动的约有31处。

③ ［日］松浦章、［日］内田庆市、沈国威编著：《遐迩贯珍——附解题·索引》，上海辞书出版社2005年版，第711页。

④ 同上，下列举寓言后附页码，不再加注。

700页）

《狮蚊比艺》（1853.10，693页） 《鼠防猫害》（1853.11，686页）

《狼受犬骗》（1853.12，678页） 《马思报鹿仇》（1854.1，672页）《鸡斗》（1854.2，664页） 《孩子打蛤》（1854.4，657页）《猎户逐兔》（1854.6，649页） 《驴穿狮皮》（1854.6，641页）

《鹰龟》（1854.7，633页） 《束木譬喻》（1854.8，625页）《四肢反叛》（1854.9，617页） 《鸦效鹰能》（1854.10，608页） 《孩子打蛤》（1854.12，589页） 《驴犬妒宠》（1855.6，526页）《狐鹤相交》（1855.7，506页） 《束木譬喻》（1855.8，494页）

其内容比照之后，大部分与《伊娑菩喻言》所载寓言相同。但报载《狮蚊比艺》与《伊娑菩喻言》中不同，比较如下：

狮蚊比艺

狮子与蚊虫，一大一小，相去天渊。一日，蚊谓其狮曰："闻大王力大无穷，天下无敌，以吾观之，究系钝物，非我之对手也。"狮素勇勐，从未闻有欺他者，今闻蚊言，大笑不已。蚊曰："如不信，请即试之。"狮曰："速来，无德后悔。"于是，张口舞爪，左支右盘，不能取胜。殊蚊忽然钻入其耳，复攻其鼻。狮觉难受，摇头摇耳，终不可解，什不耐烦。乃服输曰："今而后，吾知斗不在力，在于得法而已。"

如兵法，不论多寡，若无行伍，虽千万人，不足畏也。①

《遐迩贯珍》中的《喻言一则》如下：

---

① 罗伯聘：《伊娑菩喻言》（上海施医院刻板），墨海书馆1853年版，第5面。下列举寓言不复加注，仅后附页码。

有虫飞集狮鼻而鸣，狮叱之曰："速去，而么么小物，哭喧聒我。不去，瞬息间，我将斋粉而身矣。"虫曰："欺我太什，我必与而决一战。"时狮卧穴口，什倨傲，其言置若罔闻，无何，虫薨薨然，空中飞，旋转多时，钻入狮鼻，针刺之，狮痛不自胜，即伏地，抓泥掉尾，咭齿吐涎，状类癫狂。虫乃喜曰："今而后知，以强欺弱者之不可终恃也。"于时虫获胜气傲什，曰："吾今日压倒兽中之王矣，将以搦战天下，谁敢与我敌者？"有蛛在巢，闻其夸，方笑其愚，俄而虫入蛛网中，为柔丝所缚，支撑莫能脱，蛛窥见之，突出，捉而食之，不费力焉。当虫之胜狮也，以小制大，以为天下更无强于我者，岂知又见困于蛛，于以叹凡物不可以微小为可欺，亦不可以偶胜而自恃也。（《遐迩贯珍》693 页）

比较起来，就寓体而言，报载增加蚊子战胜狮子之后狂喜却落入蜘蛛网终为蜘蛛美食的内容，也因情节有所增加，寓意也就各不相同，《狮蚁比艺》提出人数众多，但无军队之章法，仍然不堪一击。报载喻言则指出不可因小就藐视，亦不可偶胜就骄纵，否则均以失败告终，狮子、蚊子的结局就是这两种极端表现的下场。报载喻言的寓意比《狮蚁比艺》更加合理，符合逻辑。再将这则寓言的英文原文摘录如下：

201. a Gnat challenges a Lion

As a Lion was Blustering in the Forrest, up comes a Gnat to his very Beard, and enters into an Expostulation with him upon the Points of Honour and Courage. What do I Value your Teeth or your Claws, says the Gnat, that are but the Arms of every Bedlam Slut? As to the Matter of Resolution; I defy ye to put that Point immediately to an Issue. So the Trumpet Sounded, and the Combatants enter'd the Lists. The Gnat charg'd into the Nostrils of the Lion, and there Twing'd him, till he made him Tear himself with his own Paws, and in the Conclusion he Master'd the Lion. Upon this, a Retreat was Sounded, and the Gnat flew his way: but by Ill-hap afterward, in his Flight, he struck into a Cobweb, where the Victor fell Prey to a Spider. This Disgrace went to the Heart of him, after he had got the Better of a Lion, to be Worsted by an Insect.

The moral: Tis the Power of Fortune to Humble the Pride of the Mighty, even by the most Despicable Means, and to make a Gnat Triumph over a Lion: Wherefore let no Creature, how Great or Little soever, Presume on the One side, or Despair on the Other. ①

比较发现，《狮蚊比艺》因剪接情节的需要，加入狮子败北之后的自省之言"今而后，吾知斗不在力，在于得法而已"。为之后过渡到寓意作铺垫。《遐迩贯珍》刊载的喻言较之英文原文，原文中蚊子战胜狮子之后，"飞行途中误入蛛网为蛛所食"（in his Flight, he struck into a Cobweb, where the Victor fell Prey to a Spider.）。报载喻言则增加蚊子沾沾自喜之言"吾今日压倒兽中之王矣，将以搦战天下，谁敢与我敌者？"以及蜘蛛闻之笑其骄傲愚蠢的情节。加入话语，增加故事的生动性，突出角色的性格特征，蜘蛛在寓言中作为一个洞察世事的智者之形象出现，反衬出狮子与蚊子之鄙陋。所以报载的狮子与蚊子的喻言，不仅尊重原文，试图回归原文，同时也为丰富情节，突出形象而稍作改写。这种改写还有，报载《二鼠》将《伊娑菩喻言》中"雄犬"（《伊娑菩喻言》4 面）改为"雄猫"（《遐迩贯珍》700 页），更符合"猫鼠天敌"的中国常识。报载《束木譬喻》开头增加"昔有一人，生有数子"较《伊娑菩喻言》中开头"昔有为父者，卧病在床"不显得突兀，为文后众子合力做了一个前文铺垫。该喻言结尾处也将原来的"……合力相连为美"（《伊娑菩喻言》19 面）改为"……合力联络者，长久安固也"（《遐迩贯珍》625 页），此举使寓意更为突出。

---

① Sir Roger L'Estrange, *Fables of Aesop and Other Eminent Mythologists: With Morals and Reflections*, London: A. Bettesworth, C. Hitch, etc., 1738, pp. 217 – 218. 内田庆氏对此也有所关注，见［日］松浦章、［日］内田庆市、沈国威编著《遐迩贯珍——附解题·索引》，上海辞书出版社 2005 年版，第 77 页。

《遐迩贯珍》是首开"喻言"专栏选登中译伊索寓言——《伊娑菩喻言》的报刊,基本上是忠实原作,其中为数不多的几处改动算作之后报刊刊载改写的伊索寓言的先声。《遐迩贯珍》的中文润笔者为黄胜、王韬,前者作为首批留美学生,并"承担了《遐迩贯珍》的报道、英文翻译、印刷业务",后者王韬则"来自上海的稿件,毫无例外都经过了他的润色"①,不知报载的伊索寓言是否也经过二人的润色。《遐迩贯珍》流传至日本,中译伊索寓言也漂洋过海传到日本②。从《察世俗每月统记传》到《遐迩贯珍》,伊索寓言也从尝试性的译介到与宣传、推广《意拾喻言》,再到设专栏专门介绍《意拾喻言》并稍作改写润色,可以说自《意拾喻言》与报刊结缘后,报刊对中译伊索寓言的介绍从此有所依托,《意拾喻言》通过报刊扩大影响的同时,也因经手之人增加本身也在悄然发生变化,而将这种变化拓展扩大的当归功于《中西闻见录》。

三 提倡"以娱目而警心"的"寓言"
——《中西闻见录》

　　《中西闻见录》(the Peking Magazine)刊载多位译者的中译寓言(以伊索喻言为主),壮大中译者队伍。《中西闻见录》是晚清华北地区最早的近代中文刊物,由美国传教士丁韪良(William Alexander Parsons Martin,1827—1916)、英国传教士艾约瑟(Joseph Edkins,1823—1905)、英国传教士包尔腾(John Burdon,1826—1907)③等人主编,1872年8月创刊于北京,并于1875年8月停刊,共出版36期。《中西闻见录》以传播西学为主要内容,在介绍西方科学技术之

---

① [日]松浦章、[日]内田庆市、沈国威编著:《遐迩贯珍——附解题·索引》,上海辞书出版社2005年版,第95页。
② 同上书,第81页。
③ 英国传教士艾约瑟是"伦敦宣教会三杰"之一,著名汉学家、翻译家,基督教文化宣教先驱,在华宣教历57年。英国传教士包尔腾是19世纪英国基督教圣公会来华宣教之先驱,北京同文馆首任总教习,香港维多利亚教区主教及圣保罗书院院长。

后，也会刊载一些寓言、杂记、奇闻趣事等。①丁韪良在《中西闻见录选编》（光绪丁丑年，1877年印）的《自序》中提到"有寓言以娱目而警心"②，首次在报刊中将"Fables"称为"寓言"而不是"喻言"，并明确提出寓言以娱目的形式起到警心的道德教化作用。

丁韪良不仅自己译介寓言，同时他主编的《中西闻见录》上还介绍其他中外人士翻译或者创作的寓言共30则。现整理如下：

1872年8月第1号《俄人寓言》	［美］丁韪良
1872年8月第1号《法人寓言》	［美］丁韪良
1872年10月第2号《卖驴丧驴》	不详
1872年11月第4号《奇兽寓言》	不详
1872年12月第5号《橡树垂戒》	［美］丁韪良
1873年7月第12号《滴雨落海》（寓言二则）	［美］丁韪良 ★
1873年7月第12号《踏绳寓言》（寓言二则）	［美］丁韪良 ★
1873年10月第15号《隐士寓言》	［美］丁韪良
1873年11月第16号《三神寓言》	［美］丁韪良
1873年11月第16号《二蛙寓言》	不详
1874年2月第19号《蓄鹰寓言》	不详
1874年4月第21号《有甲乙二人》	［法］德微理亚
1874年4月第21号《驴驮圣物》（寓言五则）	［法］德微理亚
1874年4月第21号《金卵鸡》（寓言五则）	［法］德微理亚
1874年4月第21号《忘恩狼》（寓言五则）	［法］德微理亚
1874年4月第21号《狐狸观葡萄》（寓言五则）	［法］德微理亚
1874年4月第21号《献物示警》（寓言五则）	联芳
1874年5月第22号《柔胜刚寓言》	［法］德微理亚
1874年10月第26号《藕与山药问答寓言》	王次辛

---

① 关于《中西闻见录》的详细介绍可参看王文兵《丁韪良与中国》，外语教学与研究出版社2008年版，第191—224页。另见赵晓兰、吴潮《传教士中文报刊史》，复旦大学出版社2011年版，第208—215页。

② 《自序》见［美］丁韪良《中西闻见录选编》，沈云龙主编：《近代中国史料丛刊三编》第32辑，（香港）文海出版社1985年版，第7页。

1874年10月第26号《寓言》	［美］惠志道
1875年2月第30号《京都果肆》（寓言二则）	曹子渔
1875年2月第30号《猓（犬然）》（寓言二则）	曹子渔
1875年4月第32号《影射寓言》	王次辛
1875年4月第32号《牧马寓言》	曹子渔
1875年4月第32号《睹镜反求》（寓言四则）	［美］丁韪良★
1875年4月第32号《人意难全》（寓言四则）	［美］丁韪良★
1875年4月第32号《多虑无益》（寓言四则）	［美］丁韪良★①
1875年4月第32号《舍形捕影》（寓言四则）	不详
1875年5月第33号《人皆不自知其短》	王次辛
1875年5月第33号《戏象寓言》	曹子渔

从上述内容可以看出，《中西闻见录》中寓言译者队伍开始壮大，且有名有姓，不仅有传教士，如丁韪良、惠志道②；还有外籍使馆工作人员，如德微理亚③；还有中国本土亲基督教人士，如曹子渔、王次辛，还有一位清朝的官员联芳④。这一阶段编译者以外籍人士为主，译介的寓言不再局限于《意拾喻言》中的内容，属于伊索寓言但未被《意拾喻言》收录的寓言也开始出现在报刊中。刊载的30则寓言中有12则出自伊索寓言，其中《二蛙寓言》《驴驮圣物》《金卵鸡》《忘恩狼》《狐狸观葡萄》《柔胜刚寓言》6则分别与《意拾喻言》中

---

① "［美］丁韪良★"表示《中西闻见录》中并未标注作者是丁韪良，但是这些寓言收录于丁韪良主编的《中西闻见录选编》，根据王文兵提出的"实际上《中西闻见录选编》中的文章都是丁韪良所作"，故笔者在整理时标注"［美］丁韪良★"以示区别。见王文兵前揭书，第196页。

② 惠志道（John Wherry）又名惠志德，传教士，隶属美国北长老会，1864年来华传教，《圣经》深文理译本的负责人之一。

③ 德微理亚（Jean Gabriel Deveria，1844—1899），法国人。1860年德微理亚进入法国外交部任随员，当年以学生身份来华从事翻译，先后在天津、福州的法国驻华领事馆任职，并从事汉学研究工作。1899年出版的《通报》杂志，整理并刊载了有关德微理亚的著作目录。

④ 联芳（1835—1927），清朝大臣。字春卿，汉军镶白旗人，早年曾任驻俄国公使馆参赞，后经直隶总督李鸿章推荐，联芳留天津差委。以后，联芳供职于北洋政府，由李鸿章差遣；数年后回京在外务部任职，官外务部左侍郎；宣统二年（1910）授荆州将军。

《蛤蟆水牛》《驴自不量力》《鹅生金蛋》《豹求白鹤》《狐指骂蒲提》《日风相赌》内容相似；其中《俄人寓言》《法人寓言》《卖驴丧驴》《蓄鹰寓言》《人意难全》5则分别与林纾译介的《伊索寓言》中第40则、第118则、第141则、第289则、第84则内容相合。试将《意拾喻言》中《蛤蟆水牛》与《中西闻见录》中《二蛙寓言》摘抄如下：

蛤蟆水牛

蛤仔在田玩耍，见水牛来，羡曰："大牛来矣。"其蟆好高自大，闻羡水牛，颇不称意，乃鼓其气，以为大似水牛。问其子曰："汝说大水牛，比我如何？"曰："仍未及也。"于是，鼓之不歇，卒之身破殒命。

俗云："妄自尊大，取死之道也。"又云："自满自误，其不然乎？螂肢双斧，分量奚知？"是也。(《意拾喻言》22页)

二蛙寓言

有甲乙二蛙和鸣于汀芦岸苇间，轧轧之声俨如鼓吹，意什得。适有牛蹒跚来饮溪上。二蛙息声旁睨之，见牛饮讫，蹀躞而去。甲蛙叹语乙曰："适相此牛，角翘尾修，膘壮魁伟，真不愧大武之名。以彼雄杰形吾渺小，愈觉顾而增惭，徒令我辈形秽。吾将奋吾力，暴吾气使吾表壮，与牛齐肩并股，无相上下以快吾志焉。终不能与区区井底者伍也。"乙蛙曰："吾与子叫跳于洲渚之中，朝唫风而暮讴月，亦云乐矣。尔乃狂念忽萌，顿欲比德于牛，何啻天渊？虽更增亿万蛙不如也。欲以一身为之，不惟无益，且有害。"甲蛙曰："不然。有志者事竟成。子姑待之。"于是奋力鼓气以助长其形，瞥见两腋隆起，问乙蛙曰："子视吾身大何如也？"乙哂曰："大不及。"甲又鼓之，蛙腋更隆，又问："何如牛大？"乙又哂曰："大不及。"甲蛙转怒，闭口怒目，一再鼓之，至于三四鼓之不已，砰然一声，皮绽气脱，甲蛙毙矣。

嗟乎！此所谓不知量也。夫世之贫贱子不知义命自安，一切冠婚丧祭饮车马衣服，动欲与富家大族夸多斗靡，卒至力丧而不

知悔。其识不过与甲蛙等，而又迥出乙蛙下矣。①（《中西闻见录》11月第16号）

两则寓言相较，《二蛙寓言》故事情节更加生动，两蛙性格各有不同。寓意部分，《蛤蟆水牛》以俗语附会之，稍显空泛，而《二蛙寓言》则联系实际生活，直指社会上攀比奢靡之风，以致死要面子活受罪的现象，使得寓意更加具有针对性。但并不是刊载的所有伊索寓言都是突出故事情节的生动性，将《意拾喻言》中的《驴自不量力》与报载《驴驮圣物》比较如下：

驴自不量力

昔有驴，背负神像，在途经过，见者无不辑拜，是拜其神，非拜其驴也。无如，驴故愚蠢，以为人皆拜己也，乃辞曰："不敢当！不敢当！"有不能忍者，遂骂之曰："人皆拜尔身上之神，非拜尔也，何不懂眼至此！"

吾见世人，多有不自量者，或藉戚友威风，或藉囊中尚壮，傍人略加体面，彼必自以为能。是不懂眼之可鄙也！（《意拾喻言》74页）

驴驮圣物

一驴身驮许多供神圣物，故尊敬圣物之人每向跪拜诵经，百般致敬，而驴以为尊己也，随自足傲。初不知人为圣物起敬也，正如居官之人，文绣章身，立即骄盈狂傲，并不念起敬起畏者，在朝廷之品秩，不在其人之气扬也。（《中西闻见录》1874年4月第21号，2面）

两则寓言相比较，寓体内容都趋于精练。寓意部分报载寓言更加切合实际，直指"居官之人"，百姓对其有所"敬畏"是因为朝廷的

---

① 丁韪良等编：《中西闻见录》第16号，1873年11月，京都施医院，第19面。下同出处不另注释，仅后附书名及页数。

"品秩",并非本身高人一等,如骄盈狂傲,就如驮物之驴一样可鄙,寓意明确有所指。再如报载《金卵鸡》寓意在篇首即提出"大凡天下吝啬之徒,欲财之速得,必致贪多而反失"(《中西闻见录》第21号,2面),故事讲述完又再次重申寓意"此事可为欲壑难填,急欲致富者,作前车之鉴"。(同上)寓意在篇首提出,不符合一般寓言的体例,但首尾强调,可看出对寓言所负载的教化作用的重视。再如《意拾喻言》中《日风相赌》的寓意"如世人徒恃血气之勇,多致有失,反不如温柔量力,始得无虞"(《意拾喻言》)。其中体现小民以柔避祸,求得平安自保的心态,报载《柔胜刚寓言》的寓意"由此观之,刚强不足服人,和平自足感物。凡天下事,皆作如是观耳"。两相比较,报载的寓意更加贴切大气。

  报载寓言或生动,或精练,因其译介者不同,而风格不同。但是其寓意都无一例外地紧贴社会实际,有很强的针对性。彰显丁韪良强调的寓言的教育功能——切合实际的"警心"作用。《中西闻见录》上伊索寓言译介者的多元化,使得伊索寓言的翻译风格也显得多样化,而且内容也会根据译者需要有所删改,但教化作用的精髓贯穿始终,符合寓言以真实或者虚构的故事来启发、激励人们追求某种高尚道德的本质。人类在道义、对错、悔过、报应等方面的道德诉求是不同的宗教交集区域,体现了人类共同的价值观。"娱目"且"警心"的寓言给译、作者提供两种可能的选择:一种如丁韪良早年创作的寓言集《喻道传》那样,每一个寓言都直指基督教教义;一种教化世道人心,如罗伯聃译介的《意拾喻言》。《中西闻见录》中的寓言对于以上两种都有所体现,前一种表现得稍微隐晦些,反映出丁韪良"把其他文明所共同拥有的道德原则纳入基督教的道德体系"意愿,并可以从中找到"一些基督教的痕迹"[①]。

  这30则寓言中有26则以"寓言"称之,或者归入"寓言○则"中,《中西闻见录》虽未像《遐迩贯珍》一样设"喻言"一栏,但可以看出丁韪良认同"Fables"为"寓言"而不是"喻言"。这是之前报刊所未有的现象。关于"Fable"被译成"喻言"始于1840年罗伯

[①] 王文兵:《丁韪良与中国》,外语教学与研究出版社2008年版,第213页。

聘的《意拾喻言》，如图所示。

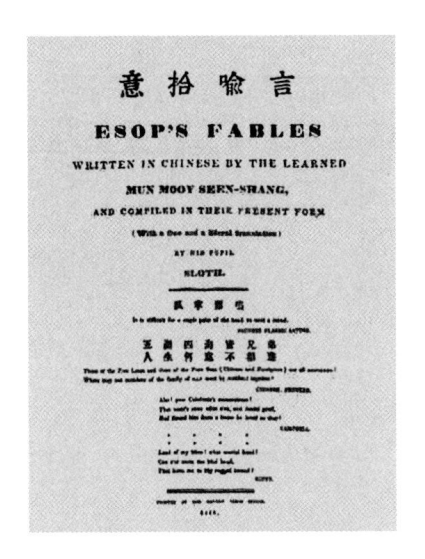

1840年《意拾喻言》的封面

《中西闻见录》之前的报刊以及出版的寓言都将"Fables"称为"比喻"或者"喻言"，其实"Fable"一词于1822年起在马礼逊（Robert Morrison，1782—1834）《华英字典》（*A Dictionary of the Chinese Language, in Three Parts*）Part Ⅲ，也就是英汉字典的部分，就直接翻译为"寓言"，字典中标注如下：

Fable，寓言 yu yen，借假事为比真 tsëay kea sze, wei pe chin; an untrue case borrowed to illustrate a true one。①

1847年麦都思（W. H. Medhurst，1796—1857）的《英汉字典》（*English and Chinese Dictionary in two volumes*）中"Fable"标注如下：

Fable，谗 chen，妄言 wâng yèn; a species of novel，小说 seaòu

---

① Robert Morrison, *A Dictionary of the Chinese Language, in Three Parts*. (Part Ⅲ), Macao: the Honorable East India Company's Press, 1822, p. 156.

shwǒ, 寓言 yù yên, a feigned story intended to set forth true principle, 借假以比真 tsëay këá è pé chin; a false statement。①

1866年罗存德（Wilhelm Lobscheid, 1822—1893）的《英华字典》（*English and Chinese Dictionary with the Punti and Mandarin pronunciation*）中"Fable"标注如下：

Fable, an idle story, 荒诞 fong tán'. Hwáng tán……寓言 ü ín. Yú yen, 托言 t'ok, ín. T'oh yen, 小说 'siú shüt, Siáushwoh。②

1876年睦礼逊惠理（W. T. Morrison）的《字语汇解——罗马字系宁波土话》（*an Anglo-Chinese Vocabulary of the Ningpo Dialect*）中"Fable"标注如下：

Fable, yü-yin' 喻言（in-go）; Aesop's Fables, I-sô-bo'-go yü-yin' 伊沙婆个喻言。③

1880年江德（I. M. Condit, 1833—1915）的《英华字典》（*English and Chinese Dictionary*）中"Fable"标注如下：

Falbe 喻言，小说。④

1884年罗存德原著，井上哲次郎订增的《英华字典》（*English and Chinese Dictionary*）中"Fable"标注如下：

---

① W. H. Medhurst, Sen, *English and Chinese Dictionary in Two volumes*, Vol. 1, ShangHae: the Mission Press, 1847, p. 543.
② W. Lobscheid,《英华字典》（*English and Chinese Dictionary with the Punti and Mandarin pronunciation*）, Hong Kong: Daily Press Office, 1866, p. 791。
③ W. T. Morrison,《字语汇解——罗马字系宁波土话》（*an Anglo-Chinese Vocabulary of the Ningpo Dialect*）, ShangHai: American Presbyterian Mission Press, 1876, p. 164。
④ I. M. Condit,《英华字典》（*English and Chinese Dictionary*），上海美华书馆, New-York: Anerican Tract Society, 1880, p. 46。

Fable, n. An idle story, 荒诞, 荒唐, 荒谬, 虚诞; faleshood, 妄言, 谎言, 谬说; a fictitious narration, 寓言, 托言, 小说, 喻言。①

从以上罗列的资料可以看出，从19世纪20年代开始到19世纪70年代中期，"Fable"中译为"寓言"一直为其他字典采纳，而当时的报刊、书籍因《意拾喻言》的影响则一边倒地倾向于"喻言"，关于"Fable"中译出现字典与报纸书籍各自搭台唱戏的局面。而自70年代中后期开始，"喻言"之译开始入侵字典，有将"喻言"替换"寓言"的趋势，"寓言"之中译落于下风。正是这一时期《中西闻见录》推出26则"寓言"，使得"寓言"之译不再仅以字条的面目存于字典，更是以有名有实的面貌出现在报刊上，加之1877年丁韪良提出"有寓言以娱目而警心"，这比罗伯聘译介《意拾秘传》（《意拾喻言》前身）仅在英文报纸《中国丛报》（Chinese Repository）中提到"喻言""既有劝诫，又有讽刺"，是一部"非同寻常的寓教于乐的"的读物②来得更加鲜明直白。至此"寓言"的译名有出处，"寓言"的特点有界定，认同"寓言"之说的人译介寓言，"寓言"的实例有报刊展示平台。可以说，"Fable"的"寓言"之译是在《中西闻见录》上羽翼丰满，并蓄势待发。稍后《万国公报》给"寓言"提供了一个更加广阔的平台，使之足以扳回颓势，与"喻言"之译平分秋色，故此我们在1884年订增的《英华字典》（English and Chinese Dictionary）中看到"Fable"条目中"寓言"与"喻言"并存的现象。

四 伊索寓言的译介、改写与仿写
——《万国公报》

报载伊索寓言的译介、改写及寓言的创作繁荣的阵地则该算是

---

① ［德］罗存德原著，［日］井上哲次郎订增：《英华字典》（English and Chinese Dictionary），ToKio: J. Fujimoto, 16th Year Meiji (1884), p. 487。

② Chinese Repository, Canton, Macao & Hong Kong, Vol. 7, pp. 103–104.

《万国公报》。《万国公报》（Chinese Globe Magazine）为周刊，于1868年9月为美国人林乐知（Young J. Allen，1836—1907）创办，并担任主编，上海林华书院发刊。起初名为《中国教会报》，不久改名为《教会新报》，1874年9月5日即第301卷起更名为《万国公报》，至此变宗教性宣传刊物为以时事为主的综合性刊物。内容大致分为5类：1. 时事；2. 教事；3. 中外新闻；4. 杂事；5. 科学知识。1883年出至第750卷停刊，逾6年，于1889年复刊，改为月刊，册次重起，成为英美在华基督教组织广学会的机关报，于1907年12月停刊，前后历经40年左右。① 比《中西闻见录》稍晚两年，于1874年12月5日起，《万国公报》推进伊索寓言的译介、改写、仿写及中国本土寓言创作。该报从1874年12月5日（第7年314卷）至1878年12月7日（第11年517卷）历时4年，刊载寓言大致可分以下两大阶段。

第一阶段自1874年12月5日至1878年6月15日，刊载寓言（喻言）共160则，其中除4则：《秋虫相语》（署名：墨余子，1875年7月17日，第7年345卷）、《微虫妙喻》（署名：本埠清心堂来稿，1875年7月31日，第7年347卷）、《画虎类犬》（署名：折衷子，1878年6月15日，第10年493卷）、《妆聋喻言》（署名：寡言子，1878年6月15日，第10年493卷）以外，皆以"○○寓言"命名，例如《藏果寓言》《灯塔寓言》等。这说明，这段时期《万国公报》认同《中西闻见录》的观点，将"Fables"一词译介成"寓言"。

同时，刊载160则寓言中除去16则外，其余144则为曹子渔译、作。这16则寓言的译者、作者有：惠志道先生、王次辛、竹溪氏、拙渔者、北京长老会友陶子谦、陈振光、清心堂来稿、墨余子、台北鹭江氏、萧山嚣嚣子、折衷子。较之先前的《中西闻见录》，《万国公报》的寓言译、作人数有所壮大，由6位增至11位；寓言中外译

---

① 关于《万国公报》介绍见李玲《人境庐馆藏的〈万国公报〉之价值》，《中南大学学报》（社会科学版）2013年第1期。另见赵晓兰、吴潮《传教士中文报刊史》，复旦大学出版社2011年版，第158—205页。

者、作者比例由1∶1变为10∶1，《万国公报》寓言绝大部分为中国本土译、作者。这说明"Fables"这一西方名称、定义、界定都较完备的文学体裁开始被更多的华人接受，并加入译、作队伍。且据《万国公报》1875年7月31日刊登的《万国公报告白》中提到"本报业已传遍中华十八省各府地方，再各西国大口岸皆有卖者"。① 寓言借助报刊，向中华十八省传播，开始拥有更多的中国本土读者。

再者，刊载的160则寓言中有144则为曹子渔译、作。曹子渔为北京长老会成员，名景荣，号子渔，浙江定海人。他是丁韪良初到宁波的官话老师，也是丁韪良宣教结信的基督徒，并随丁氏进京传教。丁韪良译介西方"Fable"时，将其译为"寓言"。曹子渔与丁氏关系密切，在丁韪良主编的《中西闻见录》中也刊载过他的4则寓言。在《万国公报》中100多则寓言故事，其译、作量独占鳌头。《万国公报》1874年12月5日首次登载曹氏寓言，在其附示中提到："舟山曹子渔教友久寓京都，昨接到自著寓言五则，今登二则，余三则随后再登。并函称其仍有200余则，俟后陆续寄登《公报》。本书院附启。"② 可见，就报刊上而言，曹子渔对"Fable"译为"寓言"的推广之功该居首位。

《万国公报》中144则曹氏寓言中有近20则与伊索寓言关系密切，现整理如下：

  1.《纳谏寓言》，1874年12月12日，第七年315卷，420页③
  2.《自负寓言》，1875年1月23日，第七年321卷，586页
  3.《喜媚寓言》，1875年3月20日，第七年328卷，782页
  4.《犬慧寓言》，1875年4月10日，第七年331卷，864页
  5.《互欺寓言》，1875年4月24日，第七年333卷，921页
  6.《失斧寓言》，1875年6月12日，第七年340卷，1092页
  7.《争胜寓言》，1875年6月19日，第七年341卷，1120页

---

① ［美］林乐知主编：《万国公报》影印合订本，（台湾）华文书局1968年版，第1316页。
② 林乐知主编：《万国公报》，第391页。
③ 此为林乐知主编《万国公报》，第420页，下同。不复标注出处。

8. 《献谀寓言》，1875 年 6 月 19 日，第七年 341 卷，1120 页

9. 《肉影寓言》，1875 年 11 月 20 日，第八年 363 卷，1738 页

10. 《蝮毒寓言》，1875 年 12 月 18 日，第八年 367 卷，1848 页

11. 《误恃寓言》，1875 年 12 月 18 日，第八年 367 卷，1848 页

12. 《指胫寓言》，1876 年 8 月 19 日，第九年 401 卷，2805 页

13. 《骄败寓言》，1876 年 12 月 23 日，第九年 419 卷，? 页

14. 《二鼠》，1876 年 12 月 23 日，第九年 419 卷，? 页①

15. 《相迫寓言》，1877 年 3 月 17 日，第九年 430 卷，3539 页

16. 《夸大寓言》，1877 年 3 月 17 日，第九年 430 卷，3539 页

17. 《审几寓言》，1877 年 3 月 31 日，第九年 432 卷，3598 页

18. 《离间寓言》，1877 年 6 月 9 日，第九年 442 卷，3802 页

19. 《授柄寓言》，1877 年 7 月 21 日，第九年 448 卷，3888 页

曹子渔署名的这 19 则寓言中，17 则与罗伯聃译介的《意拾喻言》内容相关；3 则（第 6 则、第 7 则、第 8 则）与林纾译介的《伊索寓言》（1903）中第 263 则、第 55 则、第 235 则相关。据此可以推测，曹子渔当时已经接触伊索寓言并超出《意拾喻言》所翻译的内容。这 19 则内容经过比较，可大致分为以下三类。

第一类，寓体内容相似，文笔有所修改，寓意大体不变，计有 7 则。这其中寓体与寓意不变，仅个别字句稍作改动的有：1.《纳谏寓言》、3.《喜媚寓言》、5.《互欺寓言》、8.《献谀寓言》、10.《蝮毒寓言》分别对应《意拾喻言》中第 44 则《鸡抱蛇蛋》、第 27 则《鸦狐》、第 56 则《狐鹤相交》，以及林纾译介的《伊索寓言》（1903 年）中第 235 则；寓体故事情节有所增加，而寓意不变的有：2.《自负寓言》、9.《肉影寓言》分别与《意拾喻言》中第 61 则《驴不自量》、第 5 则《犬影》对应，19.《授柄寓言》与林纾译介的《伊索寓言》（1903 年）中第 263 则对应。

第二类，寓体情节皆有所增加，寓意变化较大，计有 6 则。这其

---

① 第 13、14 则寓言台湾华文书局出版的《万国公报》影印合订本缺失，资料来源于上海图书馆扫描资料。

中寓意从另一角度切入的有11.《误恃寓言》故事与《意拾喻言》中第43则《鹿照水》大致相同，但寓意从警示世人"每速于所害而舍其所利者"变为自尊自满者乃丧身之阱，自惭形秽者反倒可作保命之凭借。15.《相迫寓言》故事与《意拾喻言》中第80则《鳅鲈皆亡》大致相同，但寓意从讽刺世人多"知进不知退"变为不该同类相残，而要相帮相助，相互宽恕。19.《授柄寓言》故事与《意拾喻言》中第51则《斧头求柄》大致相同，但寓意从"凡人必须各守其分"切勿授人以柄，自掘坟墓变为在寓体中极力铺陈"斧"之巧言令色，忘恩负义的嘴脸，寓意中提出防范小人的同时，又不可过于武断而冤枉好人。

这其中值得一提的是，其余三则寓言的寓意一经曹子渔之手变得具有基督教宣教意味。4.《犬慧寓言》故事与《意拾喻言》中58.《义犬吠盗》大致相同，寓体中增加义犬护主家院毫无畏惧勇猛相向的举动，及至护院成功后毫不居功之谦和姿态。寓意原来为"如世人有贿，令其仆背其主，切不可信！先坏其主，后及其身，理当然也。仍不可将我一生之声望，委诸饮食之间为要"。改为发出"救主圣会者曷异乎是？"的感叹而自勉。16.《夸大寓言》故事与《意拾喻言》中77.《人狮理论》相仿，人狮驯养关系的定位使故事发展更加合理，寓意从立场不同观点自不相同变更为："嘻嘻！异哉！狮同蠢兽而克有此才辩，殆不迷于哑像者自能理直气壮耳。狮尚如此，况人乎哉？"这是批评佛教徒膜拜、迷信佛像。14.《二鼠》故事与《意拾喻言》中第8则《二鼠》相仿，曹子渔的《二鼠》如下：

> 闻有二鼠世居西子湖紫云洞，一名仙，一名俗。固属至亲又兼同砚，故交好情深，有同胞不及者。惟俗鼠心萦名利，欲观上国风光，束装晋京，冀图差遣。迨抵都门，悉官场辛苦，愿望殊违，且功令严肃，无隙广缘。幸有伶牙俐齿之能，时入公卿门第，日游锦绣业中，肥鲜常足，果米裕如。虽云久假而可不归，倒也自在逍遥，因而价增十倍，诪张为幻，阳邀忠爱，虚声迎合，最工阴设，贪残机械。公心寂寂，私意蒸蒸。何暇念及寒酸通以鱼雁也。仙鼠乃念旧殷殷，时增渴想，买舟北上，趋诣门

屏。经三日始得入见,依然旧雨春风。少顷,布席设座,美酒嘉肴,奇蔬异果,靡不备其罗列于前。俗鼠人心是盛,藉此夸张于穷困仙鼠,道心未纯,窃滋艳羡于奢华,于是觥筹交错,议论生风。蓦至一猫,仙鼠几被所撄,乃大骇,曰:"此处屡有虎患乎?"曰:"然。"曰:"然则长安虽好,殊非久恋之区。吾闻贪得者忘失,贪利者忘害。兄宜急流思退缩,与我同归求清福。宁食开怀粥,勿食锁眉肉。与其轻煖肥甘,遭危迫,莫若薄羹布服,常慰乐。乡居虽澹泊,却无此惊吓,可尽我天年,可全我躯壳。"闻者始怦怦,劝者终数数。

补网子嘻曰:"仙鼠一经患难,信道愈坚,勉人愈切,使俗鼠悟澈。苦海风波不时,亦盼登诸彼岸矣。可见金经火炼,始有宝光显于人前,引众同归福域。语云:'动心忍性曾(增)益其所不能。'又谓:'生于忧患,死于安乐。'《经》言:'凡遇试炼诸苦者,勿以为忧,当以为喜。'诚哉!斯训诚信服。"(《万国公报》,1876年12月23日,第九年419卷,266页)

《意拾喻言》中第8则《二鼠》如下:

村落中有二鼠,本属亲谊,一在京师快活,忽一日,来村探旧。村鼠留而款之,所出之食,粗臭不堪。京鼠曰:"汝居无华屋,食无美味,何不随我到京一见世面?"村鼠欣然同往。及到京,果然食用皆异。一日,二鼠同酌,蓦来一雄犬,几将村鼠撄,村鼠大骇,问曰:"此处常有此害乎?"曰:"然。"村鼠辞曰:"与其彷徨而甘脂,孰若安静而糟糠?"

俗云:"宁食开心粥,莫食愁眉饭。"即此之谓也。(《意拾喻言》8页)

曹子渔的《二鼠》中,俗鼠与仙鼠形象鲜明,一正一反形成对比。俗鼠钻营苟求富贵,乐不思蜀。仙鼠笃信友诚,不忘故人,还力劝俗鼠不可贪恋名利享乐,要与其同归淡泊,以享天年。而在寓意中,提到的"《经》"即为《圣经》,所引"凡遇试炼诸苦者,勿以为忧，当以为喜"之语，见《新约·使徒雅各书》第一章第一节："弟兄们，你们若遇见各样试炼的苦难，都当以为可喜乐。"①这样一来规劝世人安贫乐道，莫舍命求富贵的寓言故事，变成宣扬基督教信心与智慧的证道寓言。与两百年前耶稣会士译介的伊索寓言——《况义》遥相呼应。

第三类，依照伊索寓言，或者采用伊索寓言的因素进行仿写，计有5则。其中故事情节不变，但故事角色不同的有18.《离间寓言》，与《意拾喻言》中第22则《鹰猫猪同居》相对应。角色由原来的鹰、猫、猪变成莺、鼠狼、狐，但故事情节与《鹰猫猪同居》雷同。《离间寓言》登载时间为1875年，算是曹子渔寓言译、作早期的作品，情节上模仿伊索寓言的同时，又通过更换角色去伊索寓言化。类似仿写还有13.《骄败寓言》，与《意拾喻言》中第1则《豺烹羊》相对应，将角色由原来的豺、羊换成猫、鼠。12.《指胫寓言》与《意拾喻言》中第26则《四肢反叛》相对应，将角色由原来的四肢与肚腹换成诸肢与左手小指。其中故事情节受到伊索寓言启发，同时又融入中国本土动物谚语、俗语的仿写，如13.《骄败寓言》明显受到《意拾喻言》中第11则《狮蚊比艺》的启发，同时又融入本土谚语"螳螂捕蝉，黄雀在后"的情节，也算是寓言中西合璧的一种尝试，增进本土读者的亲近感。

再一种仿写就是取伊索寓言故事中的一点元素再创作，读起来似曾相识，却又不同，寓意更是大相径庭，如7.《争胜寓言》与林纾译《伊索寓言》第55则相对应。《争胜寓言》所录如下：

> 曩者二驴同途，一负棉捆，一负盐包。负棉者高而轻，袄华丽，印鲜明，摇尾长鸣扬扬自足。负盐者实且重，草席揉身，苦如荆棘，喘汗交作，疲困几殆。而负棉者复屡触，以欺之伊惟俯首贴耳，顺受而已。顷遇大河，前阻无舟桥可通。负棉之驴先自冲波竞渡，奈棉包外观虽美，内寔虚浮，浸水易沁，逆风难进。于是加重无算，勉登岸已觉难胜，又行数里，力竭而毙。负盐之

---

① 大美国圣经会：《新约全书》（官话），上海美华书馆铅版1872年版，第265面。

驴见河尤畏,彳亍前进,步步安常,过河后负顿轻,喜什。盖盐遇水而化卤,沿路淋漓,时减分两,得以健步趱行。忽见前之任轻威赫者,今已陈尸道左,也不禁嘘唏。(《万国公报》,1875年6月19日,第七年341卷,1120页)

林纾译介的《伊索寓言》中第55则如下:

卖盐者将驴至海滨,驮盐归,必绝溪而渡。半渡时,驴跌,既起,盐被水消。卖盐者复引驴至原处载盐,而重倍前时。驴至溪而佯跌,既起,盐复大消,驴得意自鸣,以为心之所欲者活酬矣。卖盐者知驴诈,复驱而之盐所,不市盐市海泡。驴至溪仍跌,既起,海泡受水而肥,重逾盐十倍矣。

噫!驴再行诈,其所负者亦倍重而酬之。

畏庐曰:"小人行诈,仅能一试,再试则人备之矣。然诈人者,固以受诈者为不觉也,因而所失倍于所得。故天下之人,惟诈乃愚,惟愚益诈。"①

颜瑞芳提到"在清代三个(伊索寓言)汉译本中,林、严合译《伊索寓言》最能忠于原著"。②《争胜寓言》取伊索寓言中驴驮盐、驴驮棉的故事元素,故事角色从一驴换为两驴,故事情节也由驴因欺诈而亡,转换成一驴因骄傲最终却负重而亡,一驴驯服负重,终得减负,轻装前行。伊索寓言中故事揭示欺诈之始,加倍偿还以终。曹子渔的寓言则警示骄傲的人必将败亡。《旧约全书·诗篇》第三十一章23节中说:"因主保护真诚人,重重报应行为骄傲的人。"③负盐之驴因真诚而减负得生,负棉之驴因骄傲而增负而亡,也是作者仿写伊索

---

① 林纾等译:《伊索寓言》,商务印书馆1913年第8版,第16面。下同出处不另注释,仅后附书名及页数。
② 颜瑞芳编:《清代伊索寓言汉译三种》,(台湾)五南文化事业出版公司2011年版,第12页。
③ [美]施约瑟(S. I. J. Schereschewsky)译:《旧约全书》,京都美华书院1874年版,第655页。

寓言用语宣扬基督教的伦理道德。

曹子渔对伊索寓言的改写、仿写大多增加文章篇幅，丰富寓体的情节，融入本土化文学因素，增强寓言故事的可读性和文学性。较之他创作的其他100多篇寓言，这20则算得上生动有趣，即使宣扬基督教教理也不太生硬。而自行创作的寓言成就不高，但报载数量惊人，对寓言而言，作用好坏参半，曹子渔推广寓言、将寓言中西结合再创作功不可没，但是大多作品生硬，或说教意味太浓，难免久读生厌。故而，在1874年至1878年改写、仿写、自创寓言繁盛之后，《万国公报》又重新刊载《意拾喻言》，有让寓言重归"喻言"之意图。

自1878年7月27日至1878年12月7日，《万国公报》辟出专栏，名为"喻言"，每期最少登载两则，最多9则喻言，在半年之内共推出80则喻言，这期间再无冠以"○○寓言"之名的其他寓言出现。"Fables"译为"喻言"而替代"寓言"，又在《万国公报》上占据绝对的主导位置。将《万国公报》上的"喻言"与罗伯聃译介的《意拾喻言》比对，发现报载的80则"喻言"就是《意拾喻言》的前80则，连刊载顺序也与《意拾喻言》排列的顺序相同，两则未刊载的"喻言"为第81则《老蟹训子》、第82则《真神见像》。1840年至1878年，时隔近40年，这其中关于罗伯聃译介的寓言还有其他版本，如上海施医院藏本《伊娑菩喻言》（1853，73则），《万国公报》编辑者却在报刊上几乎全文推出当时而言最早、最全的汉译伊索寓言，笔者认为这是对之前三年寓言刊载鱼龙混杂现象一次正本清源的反拨。

这种反拨的结果是自1878年12月7日至1879年8月31日前，《万国公报》再未刊载任何"寓言"或"喻言"，1879年8月31日到第一次停刊前夕（1883）才在"杂事"一栏零星刊载一些寓言，如1879年8月30日的《贪狗失肉图说》，1879年10月3日的《蚊蛾寓言》，1880年2月28日的中田敬义雪庄氏译"伊萨普喻言二则"：《狐骂葡萄》《狐绐山羊》，1880年7月31日的《犬捕寓言》，1881年3月12日的"喻言二则"《鹰避风雨》《鹰饲养其子》，1881年6月4日谭雨岩的《蝇语》，1882年1月14日"罗先生寄来喻言三则"。总体来说，1878年后《万国公报》寓言相对寥落，并出现"喻言"与"寓言"共存，但"喻言"稍占优势的局面。

不仅如此，《万国公报》对新时期白话伊索寓言译介及图文并茂的动向也没有视而不见，而是有所介绍，如1879年8月30日的《贪狗失肉图说》，1880年2月28日的中田敬义雪庄氏译"伊萨普喻言二则"：《狐骂葡萄》《狐绐山羊》。戈宝权提过"日本在明治十二年（1879）还出版了一本中田敬义翻译的《北京官话伊苏菩喻言》"①，查阅《万国公报》会发现，1880年2月28日刊载过中田敬义雪庄氏译"伊萨普喻言二则"：《狐骂葡萄》《狐绐山羊》。摘抄如下：

狐骂葡萄

有一天，一个狐狸进一个葡萄园里去，瞧见狠（很）熟的葡萄在高架上垂挂着。他说："想必是好吃的。"就咂着嘴儿赞了赞，蹿纵了半天总够不着，这么着就生起气来，说："算了罢。谁要这道东西，生来就是酸的。"

狐绐山羊

有一个狐狸掉在一个水坑里头，想要上去，又没有一个扒头儿，正在那儿想法子。可巧有一只山羊要喝水，到这儿来瞧见狐狸单单露着个脑袋。就问说："狐兄这儿的水好不好？多不多？"狐狸听见，就掩瞒起实事来。说："嗳！很好的水，请下来罢。实在很多，我是喝不了的。"山羊并不思忖，向那坑里一跳。狐狸趁空儿扒住他的犄角，登着他的脑袋跳上去了。回着头儿瞧那老实的山羊，冷笑着说："要是你胡子一半儿多的灵动，必在没跳这坑的之先，先细瞧了啊。"（《万国公报》7077—7078页）

与书中所载寓言比较，寓体一致，只是《万国公报》刊载时省去寓意。《北京官话伊苏菩喻言》是迄今看到的最早的白话伊索寓言

---

① 戈宝权：《中外文学因缘——戈宝权比较文学论文集》，北京出版社1992年版，第444页。

集，先成书出版再以报刊选载的方式出现。《东京日日新闻》广告中提到"中田敬义君翻译的支那语《北京官话伊苏菩喻言》获得中国读者的一致好评，并被我国（日本）东京外国语学校定为学习汉语的必读书"①。

除以上提及的报刊以外，《小孩月报》以大部分接近官话的方式刊载44则伊索寓言，其中42则配有插图②，是创报载寓言朝儿童阅读群体的拓展。《上海新报》于1872年10月12日和16日刊载了《豺求白鹤》《二鼠笑谈》，署名"西士来稿"；《申报》于1874年1月7日摘录了刊载于《中西闻见录》上的《二蛙寓言》，可看作同时代报刊对寓言在以上报刊上如火如荼的零星回应。关于报载伊索寓言传播的范围还可以从报刊传播的区域和发行数量上获得参考，《察世俗每月统记传》刊载伊索寓言5则，1819年的发行量是12000份；《东西洋考每月统记传》刊载伊索寓言4则首版600册，很快销售一空，并一再重印；《遐迩贯珍》刊载伊索寓言19则（其中1则重复），每期发行3000册，读者覆盖社会各阶层；《中西闻见录》刊载伊索寓言12则，每期发行1000份，以京城官绅为阅读对象；《万国公报》刊载伊索寓言近100则，每卷销售量约为1900份，并逐年递增，《小孩月报》刊载伊索寓言44则，每月销售约2000本。③ 从报刊销量、历时以及销售范围来看，《万国公报》对伊索寓言在中国的传播贡献最大。

从对伊索寓言的润色、改写、仿写到本土寓言的创作繁荣，再到《意拾喻言》的不增一字，不减一字地全面推出，以及以后寓言译、

---

① ［日］稻田佐兵卫：《广告：北京官话/伊苏普喻言》，《东京日日新闻》，明治十二年（1879），4月24日。

② 因篇幅关系，又因《小孩月报》官话伊索寓言与图文并茂的特点值得深究，故另有论文详细论述，此文中仅有提及。

③ 以上报刊发行销售数据分别来自［新加坡］卓南生《中国近代报业发展史》，中国社会科学出版社2002年版，第72页；赵晓兰、吴潮《传教士中文报刊史》，复旦大学出版社2011年版，第76页；[英] 理雅各《〈遐迩贯珍〉告止序》，松浦章等编著，第407页；方汉奇《中国新闻事业史》，中国人民大学出版社2004年版，第247页；杨代春《〈万国公报〉与晚清中西文化交流》，湖南人民出版社2002年版，第56页；又见方汉奇《中国近代报学史》，陕西教育出版社1991年版，第29页；《万国公报》1876年第407期，第28页。

作的相对寥落,《万国公报》呈现给读者一个同时代其他报纸所不及的寓言译介与创作的剖面。它囊括先前报刊单纯译介,或少量的译、作结合刊载寓言的方式,并凭借同时代最大的发行量,中国国内最大的发行圈,给文学体裁名"喻言"与"寓言"之争提供一个历史的注脚,并给以伊索寓言为主的西方寓言与当时中国本土创作的寓言提供一个对话的平台。

五 结论

以上论述,可以看出19世纪伊索寓言在华报刊中传播的轨迹:《察世俗每月统记传》开晚清伊索寓言中译之先河,《东西洋考每月统记传》宣传、推广《意拾喻言》,《遐迩贯珍》设"喻言"专栏推广罗伯聃的《意拾喻言》,始有华人参与对其稍作修改润色。《中西闻见录》贯彻"寓言以娱目警心"的倡议,译介、改写其他伊索寓言;译者队伍壮大,有外籍传教士、使馆工作人员、华人基督教人士、清朝官员,但仍以外国人为主;"Fable"的"寓言"之译出于字典,而在《中西闻见录》上对其特点有界定,并有一批认同"寓言"之说的人展示"寓言"的实例,可以说是《中西闻见录》推动"Fable"的"寓言"之译走出字典,走进中国文学的视野。《万国公报》先继续以"寓言"之名,对《意拾喻言》进行润色、改写、仿写,并推出数以百计的本土创作寓言,译者队伍继续壮大,以华人为主,曹子渔成就最大。之后又原封不动地推出《意拾喻言》,其后报载寓言相对寥落,《万国公报》呈现给读者一个同时代其他报纸所不及的寓言译介与创作的剖面。同时凭借最大的发行量,中国国内最广的发行圈,向读者展示文学体裁名"喻言"与"寓言"之争分庭抗礼的局面,给以伊索寓言为主的西方寓言与当时华人创作的寓言提供一个对话的平台。

再看,自《意拾喻言》与报刊结缘后,一方面,报刊对伊索寓言的介绍从此有所依托,《意拾喻言》始终是报载伊索寓言的中流砥柱,当改写、创作寓言鱼龙混杂时,《意拾喻言》起到正本清源的作用;另一方面,《意拾喻言》通过报刊扩大影响,进军海外,本身因经手之人增加也在悄然发生变化。伊索寓言借助晚清报刊，呈现出纷繁杂陈的局面，势必引起文人雅士的注意，所以我们看到了张赤山的《海国妙喻》，"Fable"是"寓言"抑或"喻言"的文体名称之争，在晚清报刊上旗鼓相当地博弈，甚至影响到当时诸多英汉字典上的注释，终将等来更具声望者一锤定音，所以我们看到林纾的《伊索寓言》。文学史上，博人眼球的多是一个个丰硕的成果，本文不在讨巧，絮絮叨叨只在理出果与果间千丝万缕的连线，能有助于知其所以然，甚幸。

从《大公报》(1902—1911)
看中国文学转型

杨爱芹*

文学史一般将晚清文学界定为1840—1911年,该阶段处于古典文学的终结和现代文学开端的承上启下的过渡时期,是中国近代文学的一个重要的组成部分。《大公报》创办于1902年,正是晚清社会和古典文学走向式微的时候,在风云激变中,中国文学正积极谋求新变。晚清文学发展的新质与报刊息息相关,曹聚仁曾经说:"中国的文坛和报坛是表姊妹,血缘是很密切的。一部近代中国文学史,从侧面看去,又正是一部新闻事业发展史。"[①] 适逢其时的《大公报》从各种文体、各个角度参与了中国文学转型。

一

中国小说的创作为历来文人墨客所不齿,因此发展速度缓慢,魏晋南北朝至宋元时期,小说只是作为说书人的说书稿。即使到了明清时期有了四大名著的出现,但因其数量有限、题材狭隘、样式单一等,中国小说的发展仍存在极大的局限。晚清以来,随着印刷技术的提高,报刊成为小说的重要载体,小说也成为人们文学消费的重要形式而登上大雅之堂。

---

* 杨爱芹,天津师范大学文学院副教授。研究方向为中国近现代文学。
① 曹聚仁:《文坛五十年》,东方出版中心2005年版,第14页。

从《大公报》(1902—1911)看中国文学转型

《大公报》初期只是不定时登载些小评论、杂感或古体诗之类的"杂俎",并没有专门的文学栏目。但随着报纸版面的扩充、栏目增多,不仅大幅度增加了广告的数量,也开始出现了"白话"等,《大公报》在使用白话方面是走在众报刊前列的。在晚清的白话文运动中,英敛之是白话的积极倡导者和实践者,创刊伊始,就尝试使用白话,"不嫌琐碎,得便即用官话写出几条"①。把通行白话看作开通民智的重要手段②,追踪时事,评议新闻,言近旨远,饶有趣味。"中国华文之报附以'官话'一门者,实自《大公报》创其例,以其说理平浅,最易开下等人之知识,故各报从而效之者日众。"③ 语言是形式,也是内容,体现了一种观念的变迁和开民智的强烈愿望。经过长期的积累,《大公报》白话小说开始出现。白话小说主要在"附件""录件""杂俎""白话""小说"栏中刊出,以翻译文学和讽刺文学为主导,其核心是开启民智,有着鲜明的时代特色。早期《大公报》的10年,正是近代知识分子大力强调小说的社会功用之时,"夫说部之兴,其入人之深,行世之远,几几出于经史上,而天下之人心风俗,遂不免为说部披所持"④,"欲新一国之民,不可不先新一国之小说"⑤,因此,这一时期的白话小说与现实联系紧密。

晚清社会狼烟四起,内忧外患,风雨飘摇,国事衰微,这激发了近代知识分子的忧患意识,只有找出病根,才有疗救的希望。《大公报》的一些小说,利用谐音或者隐喻,揭示晚清社会的种种乱象,揭示国民劣根性。《游历旧世界记》写庞冠清、连钟华二人游历旧世界,看到了奇奇怪怪的各种现象和事物。比如,在趋时县,竟有专门销售时务空谈、应酬门面丛话之类的书店;在旧村,人们全都昏迷不醒似的在街上来往行走,全都低着头,常常撞在一处,谁也不顾谁;在一个大河渡口,一条渡船,渡船底部全是窟窿,千疮百孔,共有18个舱,每舱里有好几个伙计,每人抱着一推烂纸,发现哪里漏就

---

① 《开通民智的三要素》,《大公报》1902年6月22日。
② 附件,《大公报》1904年3月26日。
③ 《本馆告白》,《大公报》1905年8月20日。
④ 严复、夏曾佑:《本馆附印说部缘起》,《国闻报》1897年10月16日。
⑤ 梁启超:《论小说与群治之关系》,《新小说》创刊号,1902年11月。

用纸堵哪里。船主反对换新船，换了新船，堵窟窿的伙计就会没饭吃，就会拼命。撑船的也有十几个人，全都是无知的蠢汉，有向前撑的，有向后撑的，有向左撑的，有向右撑的，船摇摇摆摆，不知道往哪里走。《守着干粮挨饿》写一个大户人家，曾是抵国之富的大财主，然而子孙不务正业，坐吃山空，家业渐渐衰落，又有恶霸强占房屋，瓜分财产，房子破败，越来越穷，在这种情况下，当家的还不思进取，坐以待毙，结果家越来越没有家样儿了。《傻子当家》讲大户人家钟华，有四个儿子：因循、苟安、保位、忌贤，全是傻子，四个傻儿子最后把家业败光。《观活搬不倒儿记》讲述了吴家三位兄弟吴耻、吴刚和吴心的人生遭遇。本来吴家是北京的望族，家大业大，但三个兄弟不思进取、不懂守业，被两个穿着白色和蓝色衣服的外国人连蒙带骗、威逼利诱，最后完全丢失家业，只好到庙场上扮演小丑。这些小说以浅显的语言、从人名到故事的讽喻方式，影射黑暗腐朽的晚清政府，影射百病缠身的中国社会，隐喻清末中国的社会现实，具有很强的现实批判色彩。

中国社会黑暗之现状亟须改变。受创办者英敛之本人维新思想的影响，《大公报》力倡维新，报纸以各种形式宣传维新思想、维新人物、维新事件。正因为对维新思想的深入理解，《大公报》也批判打着维新的旗号招摇过市的行为，认为维新变法应该落到实处，不是喊口号，也不是追风气。1902年英敛之在《大公报》创刊次日便发表文章犀利地指出，有些人把维新的口号喊得热热闹闹，"不过稍袭皮毛，欺饰耳目，藉以塞责。若是者，仅得谓之变名而已，非变法也"[①]。《大公报》的文学与报纸整体的宗旨是一致的，文学往往具有很强的时事性，一些小说对这种现象给以讽刺。如小说《烂根子树》，就贾家四兄弟"贾维新""贾振作""贾自强""贾能事"败家的故事，取"贾"与"假"谐音，通过名字的隐喻意义，达到《红楼梦》中假做真来真亦假的效果，在真真假假中达到讽刺的目的；《笨老婆养孩子》借一个笨老婆讽刺照搬西方、食洋不化的治国者，讽刺不从中国实际出发、不脚踏实地的盲目维新者。清末是近代中国

---

① 英敛之：《大公报出版弁言》，《大公报》1902年6月18日。

新旧交替的转型时期,从各方面留下了新旧交替的烙印。新的事物在不断涌现,旧的事物还没有完全退出历史舞台,《大公报》这一时期刊登的小说,并非一味地狂飙突进,认为维新应该落到实处,兴利除弊,开化社会风气,引领社会新气象。

  这一时期的小说以讲故事方式开启,并在结尾说理点睛,隐喻生活中的人与事,引人深思,捧腹之余留下深思的余味,以达到"牖民智"的目的。早期《大公报》小说,谈不上名家名作,也缺少纪念碑式的厚重之作,主要是借助报刊,传达人们普遍关注的社会问题,引起对一些社会现象的关注和思考。《大公报》推举小说,是看到了小说的社会功用,利用文艺这种形式表达政治观点、配合社会改革、传播新闻活动,在开启民智、教育民众方面发挥了一定的作用,"社会教育之中尤以小说之功居多。论者谓一国善良之习惯,多由一代小说家造就之"①。相对于诗歌,小说更通俗一些,更好懂一些。在这一过程中,作为报刊小说,比较突出的就是小说与报刊的互动。往往是新闻版面发表了什么新闻或表达了什么时政观点,小说版面立即跟进相关内容的作品,互相促进,相得益彰。《大公报》小说的这一特点,其实也是近代报刊普遍的现象,文学担负着启蒙新民的思想功能,文学的审美功能寓于报刊的社会政治功能之中,也可以说文学是外壳,揭露时弊,抨击不良风气,宣传改良思想,对国民进行思想启蒙,最终改良社会才是目的。《大公报》白话小说的功绩还在于"白话"上。在使用白话写作文学方面,《大公报》做出了较早的尝试,正如《大公报》所总结的:"这白话有什么好处呢?一则雅俗共赏,一说了然;二则言简意赅,感人最易。这新闻纸上,最不可没有白话的。"②"予尝见有粗识字而阅《大公报》者,置前几页而不观,单择其后页附件之白话读之,高声朗诵,其得意之态直流露于眉宇之间,予是以知白话之最足开人智也。"③从《大公报》小说的内容可以看出,旧文学的痕迹还很明显,但小说中所表现出的焦虑、爱国、批判

---

① 《本报增刊小说广告》,《大公报》1909年2月17日。
② 竹园:《烂根子树》,《大公报》1903年9月18日。
③ 津门清醒居士:《开民智法》,《大公报》1902年7月20日。

的思想，选取的独立立场、角度、观念是值得肯定的，它的爱国主义的话语建构是五四新文学的先导。小说艺术价值和审美价值尚显粗糙浅陋，但幽默、调侃、讽刺、鞭挞中也不乏值得新文学借鉴之处。

二

晚清时期，维新派倡导"诗界革命"，主张诗歌从内容上要有所变化，反映新的时代和新的思想，在形式上可以突破旧体格律束缚，语言上要通俗易懂，充分体现诗歌的表现力，使旧体诗蕴含新境界。梁启超感慨千余年来中国诗歌的境界被"鹦鹉名士"占尽，缺乏新意，提出的"以旧风格含新意境"①，即以传统的诗歌形式，配以新的内容和精神追求，使中国诗歌开辟出一片新的天地。在这一理论支配下，产生了一批"诗界革命体"诗歌，晚清诗界革命的倡导者如梁启超、黄遵宪、夏曾佑、谭嗣同等身体力行，他们的诗歌大量使用新名词和新语句，表达新内容，开拓新意境。早期《大公报》发表了大量这一类型的诗歌。

在西学东渐的过程中，西方工业文明的输入和海外游学的经历大大拓宽了近代知识分子的视野，他们的诗歌中出现了中国传统诗歌不可能出现的新名词、新事物、新知识，"盖当时所谓'新诗'，颇喜扯新名词以自表异"②。这些新名词是诗歌新质最直观的体现。《大公报》创刊第二天，刊登了骁鹜的《麦志伦》："只身大地放扁舟，环绕行星第一周。百万鱼龙轰岛国，一群豪杰启欧洲。凿开中外平分界，擘破东西两半球。几度澳门来调古，涛声尤壮昔日游。"③ 诗歌中一些新名词开始出现，如麦哲伦、行星、欧洲、东西两半球等，新名词入诗不仅是词语的变化，而且是语言系统的更新，在古典诗歌中是不可想象的，它反映的是一种精神风格、精神高度，映现出的是近代知识分子的认知水平、人生观、宇宙观。尽管这些新的事物都是从

---

① 梁启超：《饮冰室诗话》，人民文学出版社1982年版，第41页。
② 同上书，第49页。
③ 骁鹜：《麦志伦》，《大公报》1902年6月18日。

西方学习借鉴来的，但在中国诗歌尝试革新的过程中，借鉴是必需的，主张诗要革命的梁启超是这样认为的："今欲易之，不可不求之于欧洲。欧洲之意境、语句，甚繁富而玮异，得之可以陵轹千古，涵盖一切，今尚未有其人也。"①《大公报》发表的这些诗歌，其中的新名词既涉及西方物质文明，又涉及西方精神文明，西方的建筑、人物、地域、政治、学术、发明等都广泛出现，诗人们按照西方的物质文明和精神文明来开辟诗的境界，表现新的社会生活、新的思想情感和新的人生理想。作为时代与现实反映的诗歌，其变化意味着中国正在试图面向世界和融入世界。

中国古代诗歌以纵向传承为主，甚至崇古之风浓厚，在价值取向上，《大公报》诗歌自觉地吸取西方文化，为诗歌发展输入新血液，注入新生命。晚清的社会动荡中贯串着救亡图存、变法维新的呼声和呐喊，忧国忧民的忧患意识依然是诗歌表达的一个主题，如庆宪杖藜翁的《赠旋里留学津门诸弟子》（1905年8月20日）："五洲欲得靖狂澜，旧调翻新莫畏难。保世认来真面目，为民呕出古心肝。棋无收着休开局，药有良方再转丸。尽我担当完我分，典型留与后人看。"再比如白云别墅的《分家叹三首》（1911年6月29日）："二十世纪利用争，劣者必败优者赢。一滴之水权在我，一寸泥土一寸金。我不大声呼，人将如雷鸣。我不捷足走，人将先我行。"从这两首诗来看，其表达的忧患意识与古典诗歌的忧患意识境界不同，展现了一种完全不同的诗歌气势，诗歌在时空上都极度扩展，放眼20世纪，放眼五洲，境界开阔，知难而上，气势豪迈，努力担当，有着对未来的信心和展望，既有不能故步自封的危机意识，又有上下求索的执着坚定，既有对国家发展产生的深深焦虑，又有对豪杰出世的满心期待，充分体现了资产阶级改良主义运动时期的时代精神。《大公报》诗歌反映新内容、新思想、新理念，扩大了诗歌的审美范畴，使诗歌体现出近代气息。

新意境诗歌除了表现新事物、新思想，还反映出与社会生活紧密

---

① 梁启超：《夏威夷游记》，《饮冰室合集》第7册，中华书局影印本1989年版，第189页。

相关的新风貌。清末一批有见识的知识分子从变革社会的需要出发，认识到陋习陋俗的种种弊端阻碍着社会的发展，他们倡导移风易俗新气象，树立良好的社会风气，希望中国社会走向进步与文明。反对缠足、解放女性、戒食鸦片、剪辫易服等都成为移风易俗的项目，《大公报》不遗余力地提倡，积极推动社会风俗的改良。《大公报》的诗歌也反映了移风易俗、风尚改革的主题。傅樵村的《劝戒缠足俗歌》（1904年5月28日），由日本博览会上的耻辱情境引发感慨，劝诫中国女性放弃缠足陋习，"指拇缩曲如削尖，皮如白苔长如笋"，摧残人性的痛苦带来的不是美感，而是外国人的嘲笑，"中华妇女不值钱，外洋拿去当奴仆。丑态毕露任人视，惟有华人额皆蹙。还是外国大家笑，尽把华妇当怪物。倘若当初足不包，外国何能把他谑？"博陵于蓝田的《剪发俚言》（1911年12月22日），先是陈述满清发辫的种种弊端，接着说剪发的种种好处，然后劝说人们不要瞻前顾后犹犹豫豫，痛下决心剪掉发辫，语言通俗易懂，接近白话口语，"种种方面观，总是剪发好。剪则庆还童，否为顽固老。吾兹作俚言，聊把理由阐。劝君切莫再踌躇，剪剪剪剪剪"。这样的诗歌浅显明白，不避俗字俗语，铲除社会陋俗、树立社会新风，包含着特定时代的内容、意义。风俗的变化，反映的不仅仅是社会变革的状况，同时也能反映人们心态的变化。《大公报》诗歌与新闻版面交相呼应，在引领时代潮流、推动社会风俗变迁方面发挥了重要的作用。

　　文学是社会生活的反映，《大公报》诗歌宣传新思想、描写新事物，是社会发展的印记、时代的投影和思想文化变革在文学上的反映，刻意使用一些新的字词语汇、新的表达方式，自有属于那个时代的价值。传统诗歌的语词，在漫长的诗歌发展历程中，已经构成了特定的语码，有着相对固定和习惯上的内涵，无法表达全新的内容，语言要素的变化，同时也是语言内容的变化，文章合为时而著，诗歌合为事而作，《大公报》诗歌与时代同呼吸，与民族共命运，使用一些能够表现近代文明和近代人思想感情的语句，虽然写作诗歌的作者未必有什么名气，诗歌写得未必有多高的审美价值，但在中西文化的交融汇合中，为近代诗歌向现代新诗发展做了探索、努力和铺垫。"中国近代诗歌，是古代诗歌与五四以后的新诗的过渡。它在精神实质上已不同于古代诗歌，在艺术形式上亦不完全同于古代而有所拓展，原因是近代诗人对古代诗歌的观念已经更新，但基本上仍然是古代诗歌的体制，又不同于五四以后的新诗。所以近代诗歌有新旧交替、承先启后的特点。"① 从《大公报》诗歌这一个案，可以看出诗歌改革的探索与尝试。

三

《大公报》从创刊起，坚持独立自主的原则，自由发表言论。在陆续开设的"附件""录件""杂俎""附张""敝帚千金""白话"等栏目中，发表了大量的散文。关于散文的概念，有广义和狭义两种，广义的散文指的是诗歌、小说、戏剧以外的所有具有文学性的散行文章，狭义的散文特指以记叙、抒情为主的文艺性散文。《大公报》散文适用广义散文的概念，以议论散文为主，以白话写成，一事一论，通俗易懂，不以言论做交易，不受政治之约束，"专择言近旨远、饶有趣味者，不拘多寡，附于正报"②，由于散文文体的随意性，一度非常繁荣。《大公报》散文适应维新的需要，作为宣传工具，它的内容和诗歌、小说一样，还是强调启蒙救国，移风易俗。《大公报》的散文，涉及社会生活的诸多方面，归纳起来有改造思想、改良风俗、重视教育、解放女性等问题。英敛之认为，国家出现种种问题，内忧外患，"推求这个根源，总是民智不开的原故。民智不开，故此见识乖谬，行为狂妄，有利不知兴，有弊不懂除，恶习不能改，好事不肯做"③。因此，欲使国家有希望，开启民智尤其重要。

《大公报》的办报理念就是开风气，牖民智，报纸的正刊和附刊，都是为了实现这一办报理念。《大公报》散文主要就社会上或日常生活中的所见所闻，阐发一些浅显易懂的道理，以议论性散文和随感居多，从文体特征角度来看，这些文章初具文学特征，如附件栏的《没

---

① 钱仲联：《中国近代文学大系诗词集·导言》，上海书店1999年版，第141页。
② 《本馆广告》，《大公报》1908年2月7日。
③ 《敝帚千金·英敛之自序》，天津大公报馆1904年3月。

志气不能成人》（1902年7月7日），文章以范仲淹做秀才时"就挂念着天下的事"为例，论证"自古大人物，大豪杰，必有超过人的志气，才能做出来超过人的事业，必有超过人的节操，才能修成超过人的德行"的道理，为了激励读者，文章最后以四行七言诗结束。虽是一篇讲道理说观点的文章，但平易畅达，趣味横生。《戒畏难》（1903年2月24日）指出了中国人的精神弱点之一，即什么事没去尝试，先产生畏难情绪，"中国人办事，向来总是畏难，所以事事敷衍，事事因循，得过且过。总没有精益求精的，凡事甘居人后，不知争强夺胜，故此把一个极大极好的国，弄得成了半身不遂的病人了"。病人的比喻体现出国人从身体到精神的衰弱，一个人畏难还不可怕，一个国家人人都畏难，国家何以进步，何以富强？国家要有希望，国人必须不畏艰难，勇往直前。《东方病夫》（1903年7月18日），以沉重之笔，期待唤醒中国民众对国家的责任心，从普通民众与国家的关系角度提出，"中国的贫穷软弱，到如今也算是到了至极了。在如今若还是迷迷糊糊，不晓得中国贫穷软弱，那真是没有脑气筋的人；到如今若还是悠悠荡荡，绝不想拯救中国贫穷软弱的，那是真没心肝的人"。尽管国民劣根性是多种原因造成的，但只有改变这种浑浑噩噩的现状，国家才有希望，文章借助具体事例，以排比的句式，感情充沛，直击人心。报纸更是以《爱国论》《爱国心》为标题写成系列文章，以贴近下层社会的浅近语言，传播新思想、新知识、新精神，激励国人发愤图强，扶助国家，发挥了媒体的舆论宣传作用。这些文章通过故事、寓言时事生发论题，以小见大，亦庄亦谐，无拘无束，灵活自由。"以其说理平浅，最易开下等人之知识，故各报从而效之者日众。"① 这种以论议为主的议论性散文，有一种思想偏执的倾向。五四新文化运动开始以后，《新青年》最早兴起的散文也是以论说为主、以启蒙为主旨的文体形式。

民智不开有多方面的表现，而愚昧落后的民风民俗是其中突出的一种表现。开民智就是要浚导文明，改良风俗，铲除社会陋俗，树立

---

① 李孝悌：《清末的下层社会启蒙运动：1901—1911》，河北教育出版社2001年版，第55页。

社会新风。中国社会在漫长的历史发展中,既形成了很多优良传统,也保留了一些陋风陋俗,如吸鸦片、女性缠足、迷信活动等,严重束缚着人们的思想,只有人们的思想进步了,社会才能进步。《大公报》配合着社会上的整体维新改良之风,充分发挥媒体的作用,批判揭露陋俗的危害。"这不好风俗的害处,可是一言难尽的,小者丧家之身,大者亡国灭种,阻碍文明,锢蔽智慧。"①《说门神》(1902年9月27日),抓住日常生活中司空见惯的现象,即贴门神防止大鬼小鬼进门的风俗,展开议论,指出神灵不可信,每个人应该更关注自我道德完善。"我们中国大小衙门,那六扇大门上,必都画上极蠢、极丑、极可笑、极无谓的三对门神像,难道这都是遵俗吗?再说这鬼神进宅,怎么门上不画门神的人家,也不闹鬼呢,怎么门上画有门神之家,他主人也心里时常闹鬼呢,他睡梦中也时常见鬼呢?据我看,心底光明、坦白无私的人,必然不怕鬼,不然虽有门神,也是拦不住鬼进宅的。"《说中国风俗之坏》(1903年8月12日),列举出中国风俗的种种弊端,一一揭示,并给予批判。《论中国人心浮动之可忧》(1905年11月29日),从愚昧与迷信的联系论述其危害,"中国之人,风气未开,无识者多,最易起谣,亦最易信谣"。《论天津皇会》(1908年3月27日)指出落后迷信的皇会,一点儿好处也没有,移风易俗,才能洗心革面,"若将皇会里头那些野蛮会,改成有教育的会,等不到几年功夫,那些野蛮国民,自然都成文明国民了,岂不是改良风俗的好方法,强国的好根本吗?"特定的时代、特定的社会现实,决定了《大公报》散文致力于移风易俗、引导文明的话语建构。

开民智与开女智是分不开的。在开放自由的氛围下,《大公报》通过报道女学、放足、西方女性生活等内容,来扩大解放女性的社会影响,促进女性自我意识的苏醒。"无论大江南北,凡是有关办女学的信息,该报都仔细收集,予以报道。同时,对西方文化女性的介绍也自然成为该报的一项经常内容,如关于美国女律师、女医生等的报道与赞扬等。在提倡废缠足的同时,该报还报道了各地办成戒缠足会

---

① 《移风易俗议》,《大公报》1903年12月5日。

的消息,以及女子放足的信息。这些信息在《大公报》俯拾皆是。"①除了舆论的积极呼吁外,散文也积极倡导女学,呼吁创办女学堂,让女子受教育,废除各种强加在女性身上的束缚,戒除缠足,使女性从身体的束缚中摆脱出来。《大公报》创刊第一天,就在"附件"一栏发表白话文章《戒缠足说》,"中国女子吃亏处,实在不少,一时也说不尽。如今且说一件最吃亏的事情,给大家听听。这件是什么?就是女人家吃苦不记苦的缠足"。《力除恶习》(1903年11月21日)、《论劝戒缠足》(1904年1月5日)、《说戒缠脚事》(1902年11月23日)等文章连篇累牍,力陈缠脚之害。女性要摆脱愚昧,摆脱陈规陋习,就要受教育,有独立的思想。同样是《大公报》创刊不久,英敛之就发表了一篇《讲女学堂是大有关系的》(1902年6月24日)的文章,谈女子受教育的重要性,这也是这一时期重要的一个话题,《演说女学》(1904年11月11日)、《说女子无学无识的关系》(1911年5月6日)、《母教》(1908年6月27日)、《国民之母》(1908年9月22日)等文章把提倡女学与国家社会的发展联系起来,"我们中国热心教育的人,无不提倡这女学,稍微明白点时局的人,无一个不赞成这女学。这件事往大处说,关乎国家的强弱兴衰,要往小处说,也关乎风俗人心"。②考虑到受众的文化水平,这些文章写得文字浅近,简洁直白,通俗的文学形式才能潜移默化、深入人心。传播学"对大众传播的定义要求它尽可能地接触最大数量的受众,所以,它就必须尽可能地采用人们容易理解的书写方式或表达形式"③。

开启民智是近代维新以来的核心话语,其流行程度不下于五四运动时期的"民主"和"科学"。《大公报》作为日报,发行量大,持续时间长,较早使用白话,在开启民智的深度和广度方面,走在当时报刊前列。《大公报》文学的旨归在于改良社会,改良社会是近代知识分子积极努力的目标。《大公报》诗歌不仅改变了诗歌传统的传播

---

① 方汉奇等:《〈大公报〉百年史》,中国人民大学出版社2004年版,第62页。
② 《国民之母》,《大公报》1908年9月22日。
③ [美]沃纳·赛佛林、小詹姆斯·坦卡德:《大众传播的理论、方法与应用》,华夏出版社2000年版,第129页。

方式，其文风也明显受到诗界革命的影响，有了新的境界新的视野；《大公报》的创作小说很多是讽时讥世的内容，与当时其他报刊的谴责小说发挥着同一功能；《大公报》散文，传播新知，去魅启蒙，尤其关注女性解放、女性启蒙，因为社会的全面解放必然包括女性解放。总之，《大公报》热议的都是时代关注的话题，体现了报纸的公共性，表现出清末民初这一历史转折时期的新质和特色。借助《大公报》这一大众传媒，文学产生了广泛的影响。

《大公报》作为当时报业的佼佼者，其顺应社会发展的潮流在副刊中刊登文学，早期《大公报》文学是近代文学发展的一个个案，也是一个缩微窗口，从中能够看到文学转型的筚路蓝缕，虽然也存在一些弊端，但瑕不掩瑜。管窥这段时期的《大公报》文学，能更好地理解中国文学挣脱旧文学的努力和开启新文学的尝试。

民初（1912—1919）小说界女性作者群体的生成研究及中西比较研究

——以报刊业文化生态为视野

薛海燕[*]

中国古代有不少女诗人、女词人，却少有女小说家（此处所言的"小说"不包含说唱文学弹词）。现存女性创作的第一部小说是晚清女词人顾太清（1799—1877 年）的《红楼梦影》，但当时女小说家仍属凤毛麟角。而到 20 世纪初，尤其在"五四"之前的民初几年（1912—1919 年），突然有一个女性小说作家群涌现于文坛。值得注意的是，这样一批女作者，其作品大多借助当时各类报刊得以发表和传播。显然，小说史上第一个女性作者群的出现与近代报刊业的兴起，二者之间有着不容忽视的联系。

民初在报刊发表过小说的女作者有 60 余人，其中个别作者（如黄翠凝、吕韵清）基本上已成为职业小说家。这批小说作者虽然没有写出经典性的作品，但她们的出现具有重要意义：从文学史上看，这个女性小说作者群体的出现不仅彻底打破了中国女性文学史上无小说的纪录，而且为"五四"之后一代杰出的女性小说家（如冰心、庐隐、冯沅君、凌叔华等）的脱颖而出提供了文体样板，奠定了文学基础；从传媒与文学的关系看，其出现是近代传媒引领、带动文学转型的结果和铁证。而尽管这样一个女性作者群体的出现具有如上重要意义，却没有引起小说学者的足够注意，对其生成原因、过程、方式的有关研究基本仍属空白。

---

[*] 薛海燕，中国海洋大学文学院教授，文学博士，主要研究方向为中国近代文学。

谢无量的《中国妇女文学史》(1916年) 未提到女性小说家,谭正璧的《中国妇女文学史》(1930年)、曹正文的《女性文学与文学女性》(1991年) 也只是简单提到了较早的女小说家陈义臣、汪端。盛英的《二十世纪中国女性文学史》(1995年) 谈到了民初发表过小说作品的陈衡哲,杜珣的《中国历代女性文学作品精选》(2000年) 介绍了民初女性小说家刘韵琴及其作品,但都未作为一个重要群体来看待。致使时至今日,我们对一些基本史实都不清楚。

21世纪初,笔者在《中国女性小说的起步》[①]《近代女性文学研究》[②] 等作品中指出"古代女性基本上没有小说作品,近代是女性创作小说的起点",初步考证了20世纪前20年女性小说作者的人数、作品数量及相关报刊与女作者之间的联系。郭延礼教授在《新世纪古典文学研究路向的思考》[③]《重新认识中国近代小说》[④] 等文中也反复强调"需要我们下真功夫,通过各种途径发掘史料,填补女性文学史的这一空白"。2004年,上海师范大学硕士学位论文《二十世纪初中国女性小说作家研究》(沈燕,李时人教授指导) 进一步确认20世纪前20年有37名女性小说作家(其中有民初作家33人,10名有确切生平资料),但如其文中所言,"不少女性小说作家仍湮没在历史的长河中"。2011年,台湾中正大学黄锦珠女士向中国近代文学学会小说分会年会提交的论文《女性主体的掩映:〈眉语〉女作家小说的情爱书写》,有意识地关注了期刊与女性小说群体的关系及女作家小说的美学特点,为类似研究提供了一个很好的范本。但总体而言,目前所作研究对民初女性小说作者这个特殊群体的勾勒分析仍嫌浮泛简单,不足以"复原"这个女性小说作者群体赖以生成的文化生态。

报刊研究是20世纪80年代以来现当代文学界的热点之一[⑤],经常被称引的成绩,如王晓明的《一份杂志与一个"社团"》[⑥]、罗岗的

---

① 薛海燕:《中国女性小说的起步》,《东方丛刊》2000年第2期。
② 薛海燕:《近代女性文学研究》,中国社会科学出版社2004年版。
③ 郭延礼:《新世纪古典文学研究路向的思考》,《文学评论》2002年第4期。
④ 郭延礼:《重新认识中国近代小说》,《厦门教育学院学报》2004年第3期。
⑤ 本段分析参考了邵宁宁的文章《关于现代文学杂志研究的方法论思考》,《甘肃社会科学》2006年第3期。
⑥ 参见王晓明《刺丛里的求索》,上海远东出版社1995年版。

《历史中的〈学衡〉》①，陈平原的《思想史视野中的文学》②等。这些成果不同于该领域前辈学者唐弢、王瑶等先生主要在传统文献学意义上强调报刊可资获取"第一手材料"，而更倾向于站在文化研究立场，将报刊这种大众传媒视作现代文化产业的一个链条、意识形态渗透的一种机制来对待；实践中常具体到讨论一份报刊如何作用于现代文学思潮、流派的形成，如何营造"话语空间"，如何在读者、作者和社会之间架起一道桥梁。上述研究取向使现当代文学研究"走出单纯的作家作品论"，获得了更广阔的研究视野，但也带来了将文学研究与文化研究的边界模糊化的危险。杨义倡导的"生命诗学"与文化人类学等相融合的学术视角③、陈平原强调的"以物见史、以物见人、以物见文"的基本策略④等，都对在报刊研究中如何坚持以"文学史学"为本位做出了有启发性的尝试和探讨。

报刊作为新式传媒虽然始于近代，但受文学史研究和教学中近代文学处境尴尬等因素的影响，对数量庞大、收集不易的近代报刊进行研究的成果并不多。近年来，"二十世纪中国文学"的提法和现当代文学界报刊研究的盛行，也使近代报刊逐渐引起关注。主要论著有王燕的《晚清小说期刊史论》⑤、郭浩帆的《中国近代四大小说杂志研究》⑥、李楠的《晚清民国时期上海小报研究》⑦、蒋晓丽的《中国近代大众传媒与中国近代文学》⑧、杜慧敏的《晚清主要小说期刊译作研究（1901—1911）》⑨等，也有越来越多的博士生、硕士生将近代报纸杂志研究作为论文选题。总的来看，与现代文学界相比，近代文学报刊研究主要集中于综合研究或"四大小说杂志"研究，着眼于某一有特色的报刊（"四大小说杂志"之外）或某种文学现象的个案研

---

① 罗岗：《历史中的〈学衡〉》，《二十一世纪》1995年第28期。
② 陈平原：《思想史视野中的文学》，《中国现代文学研究丛刊》2002年第3期。
③ 杨义：《京派海派综论·引言》，中国社会科学出版社2003年版，第18—26页。
④ 陈平原：《作为物质文化的"中国现代文学"》，《文汇报》2007年1月15日。
⑤ 王燕：《晚清小说期刊史论》，吉林人民出版社2002年版。
⑥ 郭浩帆：《中国近代四大小说杂志研究》，中国当代出版社2003年版。
⑦ 李楠：《晚清民国时期上海小报研究》，人民文学出版社2005年版。
⑧ 蒋晓丽：《中国近代大众传媒与中国近代文学》，巴蜀书社2005年版。
⑨ 杜慧敏：《晚清主要小说期刊译作研究（1901—1911）》，上海书店出版社2007年版。

究、微观研究（如潘建国2001年发表于《文学评论》第6期的《小说征文与晚清小说观念的演进》，陈大康2006年发表于《学术月刊》第5期的《报刊文学与商业交换法则——以〈瀛寰琐记〉的出版史为分析个案》等文章）还比较少。为使报刊研究真正有利于"复原"近代文学赖以生成的文化生态、文学生态，提出更多有价值的学术问题，需要在此方面给予关注和努力。

如果能对民初女性小说作者群体的生成状态及其相关的民初报刊文化生态给予个案的、复原性的考察，会有更多有价值的史料进入我们的研究视野。这不仅可以在一定程度上弥补小说史上第一个女性作者群体研究在史料积累方面的不足，而且从研究小说史、考察传媒与文学的关系角度看，也更有意义。毕竟，女性创作小说，报纸杂志引导女性涉足诗词之外的文学创作，这在民初都处于起步、尝试阶段，忠实、全程地追溯其成长过程，较之一味地吹捧、拔高更富参照价值，也是史学研究的应有之义。

研究民初女性小说作者群体的生成状态及其所赖以生成的民初报刊文化生态，具体目标应该是考知民初（1912—1919年）从事小说创作的女作者的确切数据、生平资料；在个案、微观研究民初小说界女作者群体的生成状态、过程、原因的基础上，对比西方近代女性小说兴起的情况，总结中国小说史上女作者群体的兴起在所需条件、表现状态、历史影响等方面的共性和个性，为中国小说史研究和相关的文学史研究、传播史研究提供参照。

具体的研究内容如下。其一，在文献学层次，查考民初（1912—1919年）从事小说创作的女作者的确切数据，在报刊发表小说的女作者数量，其生平交游情况，分别倾向于向何种刊物投稿，以何种方式投稿，发表小说对其生活和创作有何影响；发表女作者小说的刊物有几种，编辑意图、组稿方式如何，女作者小说与同刊物其他类别稿件的关系如何；各报刊编辑与女作者之间、女作者相互之间、女作者不同文体的作品之间、女作者与男作者之间、女作者与文学社团或其他社会组织之间、女作者与读者之间保持着怎样的联系。其二，在文化研究层次，通过"复原"相关报刊编辑、出版、杂志文本、作者、读者、社会各因素内部及各因素之间的"间性"（即看似相互独立的各因素之间实际存在的交互性、对话性）关系，思考民初报刊文化生态与小说史上第一批女性作者群体的生成之间究竟存在怎样的联系。其三，在文本研究层次，细读相关杂志文本，分析每篇女作家小说在文本、语词、细节与语境之间的勾连中所展露的艺术个性，在此基础上概括民初女作家小说的整体发展情况、发展水平。

由于民初报纸杂志的存放比较散乱，有些发行量不大且存在时间短暂的报纸杂志已很难查找；大多数女性小说作者"五四"之后不再发表作品，其生平资料很难查找；再者，民初不少男作家假称"某某女士"发表作品，部分署名为女性的小说可能并非女性手笔。如上因素都给我们的研究带来了客观上的困难，需要我们下大功夫去收集考证，建立进一步研究的牢靠基础。

我们在整理分析资料的过程中发现，民初各报刊鼓励女性创作小说，不只意在促进小说创作，也为了塑造所谓的"国民之母"，这种启蒙意图在一定程度上限定了女性作品的题材（以社会小说、家庭小说为主），也降低了用稿的艺术门槛，影响了投稿者对小说文体文化品位的认同暨对近代小说观念的接受（从分析同一作者发表不同文体作品的署名差异及其作品集对不同文体的取舍等信息可知）。这也是很多女作者只写一两篇便不再涉足小说创作的原因之一。很多女作者本身就是报刊编辑或编辑的亲友，或经相关人士介绍投稿，所以民初女作者小说的发表实际上借助了大众传播和人际传播两方面资源，这是其发展比较明显地依赖于某几种刊物（如《礼拜六》《眉语》）的原因之一。鼓励女作者创作小说的报刊多是鸳蝴派等文学流派（社团）的重镇，但同一流派的刊物编辑女性作品的理念、方式同中有异，不同流派刊物也异中见同，呈现出鲜活的生态。个别女作者的小说（如吕韵清、曾兰）发表后被其他刊物转载，或收入女作者小说集①，这是女作者小说被"经典化"的开始。

目前的研究资料证实，民初（1912—1919 年）在中国大陆创作

---

① 胡寄尘（化名"波罗奢馆主人"）编：《中国女子小说》，上海广益书局1919年版。

发表过小说的女性共有 39 人，已可较确切考知其中 21 人的生平资料；通过对域外同一时期的报刊给予初步的整理、查考，目前已发现 3 位中国籍女性或华人女性在美国报刊发表过小说。

根据汉译名著《小说的兴起》① 一书所作的分析，小说在近代的迅速兴起有赖于三个主要的物质和文化条件：一是整个社会普遍的识字人口的增加，出现了一个有较高的读写能力的社会阶层，其中主要是中产阶级妇女；二是家庭"私室"的出现，为那些闲暇中的中产阶级妇女提供了阅读和写作的物质保证；三是邮递能力的迅速增强，为信件的投递和写信人之间的互相联系提供了便利的服务。其中两个因素都与"中产阶级妇女"直接相关，可见女性在小说这种文体的兴起过程中所起到的不可替代的作用。可惜的是，著者没让我们看到女作者在小说领域的具体表现及其特有的价值。事实上，无论中西，女性在小说创作领域的表现都比在其他文体中更为突出。正因如此，考察女作者与小说兴起之间的联系，就不仅应该是中国小说史研究、性别研究的一个重要内容，而且应该是一个跨国别、跨语际的学术话题。

如前所述，中国小说史上最早的女作者群体出现在清末民初，而西方小说史上早期女作者群体一般指 17、18 世纪老牌资本主义国家英国的一批女小说家。本文通过比较中西小说史上早期女性作者群体，旨在分析二者生成状态所需条件、表现形态的异同。

早在 1929 年，美国女性主义先驱、著名小说家伍尔芙在《自己的一间屋》中说："所有女人都应在阿芙拉·贝恩（1640—1689 年）墓上撒下鲜花"②，因为她较早为女性争得了借写作小说表达自我的权利；而其后继者的代不乏人和不俗表现，则说明"小说过去是现在仍然是，妇女最容易写作的东西"③。但在此后大半个世纪中，无论

---

① ［美］伊恩·P. 瓦特：《小说的兴起》，高原、董红钧译，生活·读书·新知三联书店 1992 年版。

② ［美］弗吉尼亚·伍尔芙：《伍尔芙随笔全集》，中国社会科学出版社 2001 年版，第 7 页。

③ ［美］伊莱恩·肖瓦尔特：《她们自己的文学：从勃朗特到莱辛的英国女性小说家》，外语教学与研究出版社 2004 年版，第 43 页。

用社会历史学方法研究英国小说史（1957年）的瓦特，抑或被哈贝马斯"公共领域"理论（1962年）点燃了对18世纪英国小说学术兴趣的学者，更多关注的并不是创作了早期"大多数英国小说"的女性作者，而是女性读者群体的存在之于"小说兴起"乃至文化转型的意义。女性主义批评家也多认为，应首先关注"妇女作为读者"，第二才是"妇女作为作者"（肖瓦尔特，1979年）。被"第二关注"的妇女文学自身传统逐渐被梳理，"浮出历史地表"，代表作如《女性想象》（斯帕克斯，1975年）、《文学妇女》（莫尔斯，1976年）、《她们自己的文学：从勃朗特到莱辛的英国女性小说家》（肖瓦尔特，1977年）、《阁楼上的疯女人》（吉尔博特，1977年）、《妇女小说》（贝姆，1978年）、《女性观察家：1800年前的英国女作家》和《诺顿妇女文学选》（桑德拉·吉尔伯特，1985年）等。其中前4部最负盛名，而其追溯的英美妇女小说源头实际上已迟至19世纪。究其原因，主要在于"她们"也很难避免以常规艺术标准剪裁妇女文学史，早期作品缺少历史经验作为参照，虽有筚路蓝缕之功，却难免粗糙幼稚之弊，容易被淡化和遗忘。

众所周知，无论中西，女性在小说创作领域都有突出表现。但很少有学者提及，中国女性曾长期习染诗词创作，不像西方女性那样相对缺乏抒情文学写作经验，中西女性小说兴起的条件、状态、意义必然存在差异。因此，对比其中异同，不仅是小说史研究的重要内容，而且对女性文学研究和跨国别、跨语际的性别诗学研究而言，也有重要的参考价值。

1. 中西方早期女性作者群体生成状态之同

中西小说史上第一个女性作者群体的出现都是在社会文化的近代转型期，都以近代报刊出版业的繁荣为背景。

如伍尔芙所言，英国17世纪奇女子艾芙拉·贝恩通常被视为女性创作小说的先驱，其三卷本长篇小说《豪门兄妹的爱情书简》（1684—1687年）等融爱情传奇和"丑闻实录"于一炉，被其后不少女作家，如德·拉·里维埃·曼利（1663—1724年）、伊莱莎·海伍德（1693—1756年）等效仿，给人留下一个印象：似乎英国17世纪女小说家热衷于描写"越轨的情爱和女性激情"。英国"十八世纪的小说大部分是由妇女写的"①，据瓦特分析，一方面由于18世纪，中产阶级妇女的生活范围日益受到限制，而束缚她们的家庭为其提供了独特的创作题材，使她们拥有优先的条件去处理类似素材；另一方面中产阶级妇女的家庭生活条件得到改善，也使她们有条件改善自己的写作环境，这种写作环境经过不断改进，被称为"私室"，既能满足有闲有钱的妇女以读书读小说自娱，借以支持图书事业（尤其是长篇小说）的发展，又使某些有兴趣有才能参与写作的女性尝试练笔，借此拥有了施展才华的空间。基于此，"詹姆斯还在其他的场合更为笼统地将现代文明中'小说的显著而引人注目的地位'，与'妇女态度的显著而引人注目的地位'联系起来"。②

如李舜华在《女性读者与明代章回小说的兴起》一文中所言，"当前有关女性读者与章回小说之兴起的考察，明显来自西方小说理论的影响"，"一方面，重女教者鼓吹假通俗读物以教化女性，这一思潮直接影响了章回小说的兴起；另一方面，重性灵者鼓吹女性的才学，其结果却是大量女性首先折入诗文词曲的创作，她们对章回小说的影响只能是间接而曲折的"③。明清女性钟情诗词创作，尤其清代女性诗文集"超轶前代，数逾三千"④，与中国重诗教的传统及明清特定的文化环境有关，兹不赘述。而在清末民初，女性的阅读的确有功于报刊出版业和小说的兴盛，民初小说界主要女作者之一幻影女士在《礼拜六》第28期发表的《小学生语》中即借西人谈话提到"华人妇女好观新剧小说，实欲与剧中人作不规则之聚会，新剧小说发达，此亦一因缘"；反过来报刊出版业的兴盛也造就了一批女性小说作者，据统计，民初发表过小说作品的女性合计60余人，其中43人主要借助报纸杂志（如《礼拜六》《眉语》等）发表小说。近代报刊出版业的兴盛，显然为第一批女性小说家的出现提供了必要的条件。从传播载体与文

---

① [美]伊恩·P.瓦特：《小说的兴起》，高原、董江钧译，生活·读书·新知三联书店1992年版，第343页。
② 同上书，第344页。
③ 李舜华：《女性读者与明代章回小说的兴起》，《学术研究》2009年第10期。
④ 胡文楷：《历代妇女著作考》，上海古籍出版社1985年版，第5页。

学之间的关系看,近代报刊业在此方面的意义,可被看作近代传媒带动文学转型的范例。

2. 中西方早期女性作者群体生成状态之异

如前所述,虽然早在明代,女性的阅读已经对章回体小说的兴盛起到了一定作用,但多数女性还是倾向于创作诗词。清代女性诗文集众多,形成了女性创作的高峰,而写作小说者仅汪端、顾太清等寥寥数人。相形之下,西方早期以写作抒情文学闻名的女作者似乎并不多。西方文论家之所以形成"小说过去是现在仍然是,妇女最容易写作的东西"之类将女性与小说写作密切勾连的印象,应该与西方女性文学发展的这种实际情况有关。

民初(1912—1919年)女性从知识结构上看也大多习染"高等文类"诗词,报刊的启蒙姿态又无形中阻碍了投稿者对小说文化品位的认同,这成为很多女作者只写一两篇便不再涉足小说创作的一个主要原因。女性对小说的文体认同不足,成为其再次投身小说创作的阻碍。这种情况在西方小说界早期女性作者群体的生成状态中,并不典型。

从早期女性作品的价值取向上对比,西方传媒多考虑市场因素,早期女性小说常写"越轨的情爱和女性激情";而民初传媒在市场因素之外还多持"塑造国民之母"的启蒙意愿,常采用和鼓励女性创作社会责任感较强的作品,在《礼拜六》上发表作品最多的女作者幻影女士,就经常被编辑王钝根评价为"慈光照人"。

综合而言,国内外学术界对早期女性小说家群体研究方面主要存在以下不足。首先,中国鲜见对小说史上最早的女作者群体的专门研究,西方学者对早期女作者群体的研究也比较薄弱。其次,中国学界对中国女性小说史的源头认识不清。古代文学研究者容易忽略女性小说,而治现代文学的学者则经常将"五四"女作家视为第一批女小说家。最后,对中国女性与小说之缘的认识存在误区。研究者移植了西方女性主义者"小说过去是现在仍然是,妇女最容易写作的东西"的论断,而忽略了中国女性文学曾长期以诗词创作为主的文体格局。

对此,笔者认为,对中西小说史上早期女性小说家群体深入的相关研究应着重在以下五个方面。其一,考知中国早期(民国初年)

女作者的人数、作品数量、生平交游情况。如前述，不赘述。其二，考察中西近代传媒与早期女性小说作者群之间的关系，如编辑意图、编辑与具体作者之间的人际关系、女作者对小说创作的适应程度等，比较二者的传播动机、模式、效果，概括中西女性小说兴起所需条件、表现形态、历史影响的异同。其三，分析中国早期（民国初年）女性小说相对于传统小说、同时期男性小说、早期西方女性小说的艺术个性，总结其在女性小说史上的意义。其四，考察中国诗学传统和女性文学的文体格局，分析中国性别诗学的特点。海外华人学者叶嘉莹、孙康宜曾以"香草美人"比兴传统、"声音互换"理论阐释诗词的性别诗学特色，兼顾叙事文学，可以尝试提出"声音模拟"概念，探讨中国文学相对更强的两性之间、叙事抒情各文体之间相互影响的关系。其五，在中国女性文学的总体格局中审视女性与小说叙事、女性小说与现代性之间的关系，思考西方学者将"女性·小说·现代性"相勾连的论断。中国早期（民国初年）女性习染诗词，其小说叙事多有模拟传统文体之处，应予以具体分析，客观全面界定其特质和意义。

性别媒介与现代家庭小说的兴起
——以《中华妇女界》家庭小说专栏为中心

刘 钊*

何为"现代"？美国学者吉尔伯特·罗兹曼认为，1905 年"科举制度的改革代表着中国已与过去一刀两断。这大致相当于 1861 年沙俄废奴和 1868 年明治维新后不久的废藩"①，标志着中国走向转换，进入现代。与清末废除科举不谋而合的是女学的合法身份被确定。1906 年，慈禧面谕学部兴办女学，早年外国教会和维新人士在民间开办的女学随之得到承认。虽然当时能够享受教育权利的女子数量极为有限，但男子进入仕途的科举通道已被废除，男女表面上进入政治、经济、文化等社会公共空间的权利平等了。清末民初思想界、文化界在建构现代民族国家话语时提出了女学、女权、"国民之母""贤妻良母主义"等一系列主张，女性不仅被要求成为爱国女豪杰、女英雄，也试图被塑造成社会道德伦理转型中的"新女性"②。因此，

---

* 刘钊，长春师范大学文学院教授。

① ［美］吉尔伯特·罗兹曼：《中国的现代化》，国家社会科学基金"比较现代化"课题组译，江苏人民出版社 2003 年版，第 433—434 页。

② "新女性"概念出现的具体时间尚未见学界考证。研究者在使用该概念时，一般据已理解加以阐释。胡缨认为，"新女性"形象在 1898—1918 年逐渐形成，但"这一用语尚未普遍流行"。张竹君被塑造成为新女性的一个流行偶像，其重要的特征是："外国教育、过一种公共生活（政治的或具典型男性身份特征的职业）和性的独立（至少就决定独身而言）。"见胡缨《翻译的传说——中国新女性的形成（1898—1918）》，龙瑜宬、彭姗姗译，江苏人民出版社 2009 年版，第 5、169 页。又如，张丽萍认为，"新女性"是适应新时代和社会要求而产生或被社会所期待出现的新型女性形象。新女性，虽然首先依然被社会要求是贤妻良母，但是她还是与男子平权的个体，是女国民，乃至可以拥有个人的职业，甚至拥有政治权（或为争取政治权利而奋斗）"。见张丽萍《报刊与文化身份——1898—1918 中国妇女报刊研究》，中国书籍出版社 2012 年版，第 130 页。

清末民初以妇女报刊为媒介建构的"新家庭"理想,为"现代"应有之义。在此情境中兴起的家庭小说必然反映了当时政治、教育、婚姻制度、道德伦理等方面新旧观念的更迭与社会变革的需要。

一 清末报刊中家庭小说专栏的萌发

1845年,英国传教士麦都思在上海创办墨海书馆,将机械铅印技术带到中国。此后,西方的现代思想、器物及科学技术在国内传播与应用,为清末民初思想界、知识界大量创办报纸杂志提供了支持。[①]据不完全统计,"从1872年我国第一份文学期刊《瀛寰琐谈》创刊到1919年间,至少有388种文艺期刊在刊载小说"[②]。但事实上,在1902年梁启超提出"小说界革命"并在日本创办《新小说》杂志加以实践之后,小说创作之风渐行,除这些专门的文艺报刊外,其他报刊也普遍设立较为固定的小说专栏或副刊,为小说发表提供园地。

梁启超早在提出"诗界革命"和"文界革命"之前,就已经充分认识到小说的教化功能,即"上之可以借阐圣教,下之可以杂述史事,近之可以激发国耻,远之可以旁及彝情,乃至宦途丑态,试场恶趣,鸦片顽癖,缠足虐刑,皆可穷极异形,振厉末俗,其为补益,岂有量耶"[③]。在诗文之后,他最后提出"小说界革命"是经过深思熟虑的。如果说,诗歌和政论文的阅读对象是上层社会和知识群体,那么,小说反映世间百态,与下层社会生活最为接近,其形式也容易为下层民众所接受。因此,小说与诗文在受众对象上的差异表现出他塑造"新国民"的思想逐步成熟。通过小说的教化功能,开启民智,

---

[①] 据考证,杂志是由外来语引入之词,与期刊同义。清末民初的新闻出版界对于报纸杂志概念未有明确的划分,当时称为"报"的未必与今天的"日报"同义,绝大多数为"期刊"。"期刊"是以固定的时间为周期发行的纸质出版物,除月刊外,也有半月刊、旬刊、季刊等。参见郭浩帆《中国近代小说杂志界说》,《济南大学学报》2003年第1期。本文取涵盖范畴较广的"报刊"概念。从已掌握的准确信息来看,清末民初的妇女报刊中,《北京女报》可以确定是"日报",其他报刊未见实物,尚不能轻易下结论。见张丽萍《报刊与文化身份——1898—1918中国妇女报刊研究》,中国书籍出版社2012年版,第66页。

[②] 郭浩帆:《清末民初小说与报刊之关系探略》,《文史哲》2004年第3期。

[③] 梁启超:《变法通议论幼学》,见《饮冰室合集1》,中华书局1989年版,第54页。

在下层民众中引发更为广泛和深入的社会变革，以实现他先有"新民"、再有"新中国"的政治理想，这大概是梁启超所期待的。

但事实并非如梁启超所设想的那样，他倡导"小说界革命"并写小说并没有立竿见影地取得显著成效，以小说启蒙民智毕竟是一个缓慢的过程。从1902年至1919年在报刊上发表的小说数量来看，1902年发表小说（包括著译小说，下同）总数为39篇，1903年略有改观增至169篇，1907年发表428篇，是较前一年增幅较大的一年，此后各年小说发表数量与1907年大体持平。直到"民国建立后的一段时间内，小说文类作为统治工具之一种，在文化领域为官方主导的意识形态所包容"①，才极大地促进了小说的生产，小说观念随之发生重大转变。1914年至1917年是新文化运动前小说创作数量的高峰期，这四年发表的小说数量分别是1460篇、1931篇、1444篇和1348篇，尤以1915年的数字显赫。② 1914年、1915年，国内创办的休闲类杂志数量猛增，这是小说创作数量徒增的一个原因。这些小说创作虽然也有启蒙的价值和功能，却与梁启超当时"小说界革命"所倡导的政治小说有了很明显的差异。这也就难怪梁启超在1915年1月在《中华小说界》上发表《告小说家》一文，表示出对民国小说创作的不满③。当然，这并不影响现代中国小说生成于清末民初这个研究结论。因为除了上述数据的佐证之外，还可以从报刊中设置的小说专栏分类繁多且愈加精细而见一斑。它们一般依据主题而划分，有爱国小

---

① 乔以钢、宋声泉：《近代小说的兴起再论》，《中国社会科学》2015年第2期。
② 郭浩帆在《清末民初小说与报刊之关系探略》（《文史哲》2004年第3期）一文中提供了附表《1840—1919年间中国近代小说发表情况简表》。该统计数据显示，1918年发表小说916篇，1919年发表548篇，较1917年有明显的下降。另据刘永文《民国小说目录（1912—1920）》（上海古籍出版社2012年版）一书提供的数据，在民国前9年的时间里，期刊小说有6022篇，各类日报小说有9466篇，即1912年至1920年发表在报刊上的小说总数是15488篇，此外还有各类单行本小说2364篇，也可以佐证民国初年小说创作规模远远超过了清朝末期。郭浩帆与刘永文统计的数字存在差异，原因是受到二者统计数据所选择的年份差别、各自把握小说的标准不同等多方面因素的影响。况且，20世纪初年，特别是1912年以后，创办各种报刊的人数难以准确统计，散佚的报刊及作品数量不易估量，史料的挖掘至今不能穷尽。因此，有关近代小说的数量问题，任何一家之言都难说是最后的定论。
③ 张为刚：《〈中华小说界〉研究》，硕士学位论文，华东师范大学，2010年。

说、哀情小说、言情小说、警世小说、社会小说、滑稽小说、恶感小说等不胜枚举，家庭小说也属其列。

尽管清末小说必然因袭着一些旧有的观念，创作数量也还十分有限，但从上述小说专栏的设置来看，总体上仍然是遵循改良社会的原则。家庭是社会的组成部分，家庭问题向来不是孤立的。在外来文化不断渗透、浸润的情境中，仿照西方家庭模式建立现代文明社会是清末维新派的理想，因而，在建构"新中国"与塑造"新国民"的设想中，"新家庭"建设也被纳入启蒙的范畴。同时，家庭得到关注还与兴女学、倡女权的社会形势关系密切。早在1896年，梁启超在《变法通义》中就指出了女学的意义：如果女子不学，不仅自己心胸狭隘，还养成恶劣的品行和丑陋的习惯，直接影响到丈夫的人格，因为即使丈夫是豪杰倜傥，终日与愚昧的女子置于床笫筐篋等事务，必然会"志量局琐，才气消磨"①。除了伦理道德方面的弊端之外，不学之女子为家庭中坐享其成的"分利者"，给家庭带来经济上的困窘。梁启超的女学观念体现了他的男性本位意识，但又不可否认他将国家、家庭、国民贯穿起来考虑启蒙的思想脉络是全面的。由此，女子教育与家庭建设不仅互为因果，还承担着民族国家建构的责任。

最早出现"家庭"字样小说分类的期刊恰恰是教育专刊。《教育世界》是我国早期的教育性刊物，创办前期以翻译为主，重点介绍外国教育，包括外国的家庭教育。② 1904年2月，它翻译、发表了英国哥德斯密的"家庭教育小说"《姊妹花》。巧合的是，同年10月，在留日学生创办的《白话》杂志③第2期上，刊载了署名金陵女史的"教育小说"《家庭乐》。当时女学尚未解禁，开明人士即使接受女子有受教育权的观念，也存在着女学与女塾之争。前者接受西方的教育模式，侧重向女子传授西方现代文化知识；后者强调因循传统，对女子进行传统女德教育，使女子识文断字即可。梁启超的女学观念兼顾

---

① 梁启超：《变法通议》，见《饮冰室合集1》，中华书局1989年版，第37—44页。
② 《教育世界》由罗振玉于1901年5月在上海创办，王国维任主编。
③ 《白话》，秋瑾等人于1904年9月26日创办于日本东京，1905年2月终刊。月报，共发行6期。参见晨朵《辛亥革命前的白话报运动简介》，《浙江师范学院学报》1985年第1期。

二者，既要女子通过学习知识、掌握技能成为"生利者"，又要她们通过提高文化水准，完成"相夫教子"的家庭职责。上述两篇小说均体现了办刊人接受外来文化的积极态度，同时佐证了清末家庭小说的出现是受到外来思潮影响的，它强调了女子在家庭中的地位，所追求的家庭模式是以现代家庭伦理中男女平等的夫妻关系为核心的，而不是遵从"三纲五常""男尊女卑"的伦理道德延续古代传统的家族体系。

专业小说期刊设置家庭小说专栏大约在1907年。据不完全统计，在此期间明确标注"家庭小说"的作品有：《新世界小说社报》第5、6期连载《三家村》（亚东破佛作，沪滨散人评注，盲道人批注）；①《月月小说》第一年第5号（1907年2月27日）和第二年第17号（1908年6月）分别刊载《醋海波》（英国哥林斯著，李郁译）和《红宝石指环》（一名《八角室》，英国宓德著，张瑛译）；《小说林》第5期（1907年8月）和第9期（1908年2月）分别刊载《亲鉴》（南支那老骥氏）和《临汝镜》（铁汉）。②这仅有的5篇家庭小说数量不算多，却集中于1906年11月至1908年2月一年多的时间内，刊发在创刊于1906年5月至1907年2月3种不同的报刊上，不能说完全出于巧合，还表现出一个共性特征：与此前侧重于女子教育不同，小说主题均直接介入现代家庭生活。众所周知，清末民初创办的报刊繁多，面临着多方竞争压力。这些小说主题的一致性表明，先前由女子教育牵连着的现代家庭小说萌芽此时已经发展成为比较独立的文学问题了，而且是当时的一个热点。至此可以得出结论，现代家庭小说经过三五年短暂的写作尝试，于清末新小说发展相对平稳的1907年前后成为独立的文学题材。

---

① 《新世界小说社报》创刊于1906年5月，因衍期，从第2期起便没有按原月刊计划时间出版，因而发行至第9期停刊，除第1期外，各期均未刊出版时间。据考证，第5期出版时间为1906年11月，第6期出版时间为1907年2月。参见谢仁敏《晚清〈新世界小说社报〉出版时间、主编考辨》，《明清小说研究》2009年第3期。

② 《月月小说》于1906年10月由上海群乐书局创办，主编吴趼人。《小说林》于1907年2月由上海小说林社总编辑部创刊，主创人曾朴、徐念慈等。参见杨义《〈月月小说〉与〈小说林〉》，《书城》1994年第1期。

二 民初妇女报刊中家庭小说的出现

如前所述，清末民初小说真正的繁荣不在清末而在民初，从小说发表的数量上看，1915年为最高峰。除了新小说创作经历了10年左右的艺术积累渐趋成熟外，更重要的是民国政府建立后，新的文化环境促成了更大批量的报刊问世，相对稳定的文化环境又使办刊能够长期维持下去，客观上促进了小说的持续发展。妇女报刊的发展也受益于此。第一份商办妇女报刊《妇女时报》（上海女性时报社，1911年5月至1914年7月）问世后，1914年至1915年出现了创办妇女报刊的火热局面，一些报刊影响大、持续时间长，形成了中国新闻传播和妇女运动史上的独特景观。① 我国报刊中常有设置文学专栏的偏好，这些妇女报刊也不例外。妇女与小说的渊源很特别，一个是"第二性"，属性别边缘；一个是曾经登不了大雅之堂的文学样式，居文体边缘。在妇女报刊这个文化传播的平台上，妇女的启蒙、写作、阅读这一系列行为将妇女与小说一同裹挟着进入现代文化建构的场域。

1907年，当国内的文学专业报刊开始创办家庭小说专栏时，妇女报刊并无即刻回应。直到1915年1月《中华妇女界》创刊，妇女报刊才开始出现家庭小说专栏。这一年是新文学发生前的一个重要年份，不仅发表小说近2000篇，居清末民初之首，还有一些重要的报刊也在这一年创刊，如新文学运动策源地之一的《新青年》等。创刊的妇女报刊中除上海中华书局的《中华妇女界》外，还有商务印书馆的《妇女杂志》，都是依托大型商办机构运营的妇女报刊，影响力自然较大，二者先后设立了家庭小说专栏。《妇女杂志》自创刊伊始就重视刊载文学作品，设有社说、文苑、小说、国文范作等文学专栏，并从六卷一号（1920年1月）起刷新内容，"文艺"栏目之下增

---

① 这两年间创办的较有影响的妇女报刊有：《香艳杂志》（上海中华图书馆，1914年至1915年）、《眉语》（上海高剑华，1914年10月至1916年3月）、《妇女鉴》（成都妇女鉴社，1914年10月至1914年12月）、《中华妇女界》（中华妇女界社，1915年1月至1916年6月）、《妇女杂志》（上海妇女杂志社，1915年1月至1931年12月）、《女铎》（广学会，1912年4月至1951年2月）等。

加了家庭小说专栏，载《奢俭婚姻》和《灯下》两篇家庭小说。①《中华妇女界》在栏目设置与关注的一些内容上与《妇女杂志》极为相似，如陶冶女性情操，向女界传授科学知识，参与讨论贤妻良母等社会热点问题。由于上海中华书局的经营等原因，《中华妇女界》办刊历时一年半，被迫于 1916 年 6 月终刊，仅发行了 18 期。它的影响力虽不及《妇女杂志》，但发表家庭小说比《妇女杂志》早了 5 年，使之在家庭小说专栏的建设上独树一帜。

《中华妇女界》重视家庭小说的创作与中华书局开创人陆费逵的女子教育思想和先进的家庭观念有直接关系。他认为，家庭是由男和女组成，国家也一样。所以国家的制度有碍于女，这个国家就算大半无制度了。女子的教育目的有四个：健全的人格；贤妻良母的养成；男子能养家的时代，女子做无害于生理、无妨家庭的职业；预备充足实力，在必要的时代代男子做国家社会的一切事。若要实现这些女子教育的目的，需以女子的自觉、家庭的自觉和国家的自觉为前提。② 1912 年至 1915 年，他在中华书局麾下连续创办 8 种杂志，使之成为相互关联又各自独立的杂志群，以多种途径寄托其报国的理想，③ 与当时个别妇女报刊猎艳休闲的商业定位完全不同。在树立新家庭的理念、发表家庭小说作品方面，《中华妇女界》与《中华小说界》之间产生良好的互动。《中华妇女界》从创刊号开始便刊载家庭小说，仅第一卷的 3 期、4 期出现空缺。在办刊的一年半里，《中华妇女界》共发表 5 篇作品：刘半农的《忏吻》、周瘦鹃的《妻之心》《分钿合

---

① 贼菌：《奢俭婚姻》第 6 卷第 8 号（1920 年 8 月）。宛扬：《灯下》第 6 卷第 1 号（1920 年 1 月），称新年小说；第 6 卷第 2 号（1920 年 2 月），称爱情小说；第 6 卷第 3 号（1920 年 3 月），称春之小说；第 6 卷第 5、6、12 号（1920 年 5 月、6 月、12 月），称家庭小说。

② 廖承琳：《陆费逵女子教育思想及对现实的启示》，《妇女研究论丛》2002 年第 6 期。

③ 陆费逵（1886—1937），教育家、出版家，上海中华书局创办人。1912 年，创办了《中华教育界》；1914 年，创办了《中华小说界》《中华实业界》《中华童子界》《中华儿童画报》；1915 年，创办了《大中华》《中华妇女界》《中华学生界》，号称"八大杂志"，极出版界一时之盛。参见沈芝盈《陆费逵》，《中国编辑》2003 年第 4 期。

钿记》和《妻之忏悔》、陈佐彤的《双花斗艳录》。① 《中华小说界》发表家庭小说的连续性不及《中华妇女界》，但也发表了5篇，是对这一主题的积极推动。② 在当时报刊林立、良莠不齐的办刊形势下，一个小说专栏能够坚持不懈地体现办刊人、编辑、主笔人达成的共识，肩负社会责任感是十分可贵的。

反对不婚主义、重视对家庭的维系是《中华妇女界》家庭小说的中心主题。半侬（刘半农）的短篇小说《忏吻》刊发在创刊号上，具有率先垂范的意义。小说中描写的夫妻二人的小家庭生活是建立在自由恋爱基础上的。当蜜月过后，生活归于平淡，主人公享理开始怀疑爱情，并感到自己赚钱养家，陡增经济压力，便动摇了对婚姻的信心。在破旧立新的时代风尚中，以传宗接代为目标的旧有婚姻观念遭到冷遇，新家庭的模式却又未确立起来，青年人自然会产生对婚姻的困惑。独身主义者一般缺乏对家庭的信心和责任感，很容易选择逃避责任的不婚生活方式。当时，言情小说正在试图开启中国文学新的书写领域，刘半农回避了正在升温的自由恋爱话题，将两人的恋爱一笔带过，直接提出了严峻的社会问题，即爱情是否为维系婚姻的唯一动力，如何面对组成家庭后带来的新的经济负担？当时的中国妇女大多没有经济独立的能力，如梁启超所说的"分利者"，小家庭面对的经济压力已成为较为严峻的社会现实问题。小说的结局是伯父现身说法，给出了答案：妻子勤俭持家、在事业上辅佐丈夫、做些力所能及的工作增加家庭收入，丈夫努力工作，这是维持家庭存续的良方。针对外来的独身主义思想的侵袭，刘半农勾画出新家庭中道德与经济的

---

① 刘半农：《忏吻》，《中华妇女界》1915年第1卷第1期；周瘦鹃：《妻之心》，《中华妇女界》1915年第1卷第2期、《分钿合钿记》，《中华妇女界》1915年第1卷第5期、《妻之忏悔》，《中华妇女界》1915年第1卷第7、8期；陈佐彤：《双花斗艳录》，《中华妇女界》1915年第1卷第6、7、8、9、10、11、12期，1916年第2卷第1、2、3期。

② 《中华小说界》（1914年至1916年）刊载的5篇家庭小说：《慈母泪》（瞻庐，第1卷第3期）、《厄利维亚》（霆瑞、瓶庵，第1卷第6期）、《灰博士》（霆锐、瓶庵，第1卷第9期）、《帐中说法》（英 Douglas Jerrold，瓣秋译，连载于第2卷第3、4、5期）、《良人难》（卓呆，第3卷第1期）。《中华妇女界》和《中华小说界》家庭小说专栏的作者比较固定，说明作者大多数为中华书局当时的编辑等。因而，他们的作品体现了中华书局办刊人积极改良旧家庭、建立新的文明家庭的志向。

新秩序，其美好的新家庭蓝图是：夫妻感情日久弥新、家道殷实、家风朴素、儿孙满堂。

在中国新旧思想转型的历史时期，如何维系家庭的存在也是周瘦鹃在《妻之忏悔》中所做的思考。女主人公丽拉忽然接到丈夫破产的消息，出于对丈夫和家庭的热爱，她选择放弃自己热衷的社交活动和奢华的生活，跟丈夫搬到郊外，辞去用人，开始过节俭的日子，做自食其力的农妇。民国初年，男女同校开禁，一些女性走出家庭参与社交活动。丽拉的丈夫原本希望通过妻子的社交活动会对自己的事业有所帮助，但不曾想丽拉从此沉湎于社交生活，没有心思打理家务，甚至时常夜不归宿。在女性不能兼顾家庭内外的双重身份时，周瘦鹃的观点是让女性回归家庭，本分地履行相夫教子的责任。丽拉在忏悔中练就了烹饪、缝补、理财、育儿等家政技能，才知道丈夫破产是个谎言，是父亲和丈夫对她的考验和"挽救"。

如果说丽拉是一个转变中的"贤妻良母"楷模，周瘦鹃在《妻之心》中塑造的两个女性形象则带有明显的传统因袭的负面因素。女主人公哀黎士发现了丈夫与女明星的隐情后，为了维持家庭仍对丈夫"矫为笑容，欢然相迎"。当丈夫钱财挥霍殆尽，被女明星抛弃而要自杀时，哀黎士不顾自己的尊严竟然写信哀求女明星与丈夫"重复忻悦"，并表示"与其死吾夫，吾宁死妾也"。表面上看来，她是为了维系家庭忍辱求全，而实际上，她毫无独立的人格，甘愿做丈夫的附属品和旧道德的殉葬品。"女明星"是民国新兴的"职业"，是女子"遭遇解放"后经济独立的表现，具有历史进步意义。① 但是，小说中的女明星不以演技作为自己生存的资本，却靠色相榨取男人的钱财，这是不劳而获的寄生思想，同样没有人格和尊严。作者对三个人物未加任何道德评价，反映了当时新的家庭道德伦理秩序还没有建立起来的现实状况，也是作者思想矛盾的表现。出于维系家庭的写作目的，小说的结尾只能是哀黎士的丈夫遭到内心谴责回心转意，挽救了濒临崩溃的家庭。小说暗含着对一夫一妻制的认同，在民国初年纳妾

---

① 参见刘慧英《遭遇解放：1890—1930年代的中国女性》，中央编译出版社2005年版。

风气犹存的时代环境中也是有进步意义的。

现代家庭的夫妻关系是以爱情为基础建立起来的平等、和谐、合作的两性关系。它包含了夫妻双方人格独立、彼此忠诚、经济互助等现代内涵,并对家庭的存续负有共同的责任与义务。但在《中华妇女界》这几篇家庭小说中,清一色的男作家们更加强调女子的自强、自立,希望她们肩负起家庭存续的主要责任。因而,作为供妇女阅读的文学,男作家们便"自觉"地充当了女子的训导者。刘半农的《忏吻》表面上以男性为主角,批判他的独身主义意识,实则对女性在家庭中的重要角色做出了规定,即家庭的存亡责任在于妻子一方,妻子甚至应该为此委曲求全。亨理的妻子知书达礼、善解人意。她及早认识到丈夫已厌倦了家庭生活,便以退为进,主动请求离婚,暗地里却向伯父寻求救援。虽然伯父与亨理的长谈改变了亨理独身的想法,出场不多的妻子却是小说的灵魂人物,把控着婚姻的主动权。刘半农认为:"妇女之职有二,为贤妻,为良母。申言之,即爱护其家,忠事其所天,善抚其所生之子,若女而以贞淑出之耳。"①《忏吻》中视丈夫为"天"的女主人公聪颖、贤惠、多谋,能够利用手段巧妙地使丈夫"改邪归正",这正是作者富有时代特征的性别理想。

周瘦鹃的另一篇家庭小说《分钿合钿记》从离婚后妇女的悲惨境遇角度强调了妇女不事其职的严重后果,更直接、明确地把婚姻失败的责任推向妇女一方。小说以女儿艾伦的视角记录了父母离异给自己的生活和成长带来的负面影响。她六岁时父母离婚,使她幼小的心灵深处藏着一个难以实现的愿望:"吾欲阿父与阿母永永同处。"离婚后的母亲没有经济能力,带着艾伦居无定所、颠沛流离,母亲每天所做之事就是在反复的自责中消磨生命。"吾心儿偏急,没有耐性,因此掉在这烦恼网中,吾望你将来别步吾的后尘,不论什么事,三思而后行。"但后悔已经于事无补,沉重的精神负担和经济负担不仅使艾伦性格怪僻,成年后还不擅长与异性接触、恐惧婚姻、厌恶孩子。虽然爱德华娶艾伦为妻,但艾伦又持有错误的婚姻观念,认为丈夫赡养

---

① 刘半农:《妇女天职论》,《中华妇女界》1915年第1卷第1期。

妻子天经地义，因此挥霍无度，导致爱德华对其由怜爱转为嫌弃。艾伦打掉了怀着的孩子，落得离家流浪，精神濒于崩溃。当被送到医院救治时，看到了别人可爱的孩子，她又恢复了对于生活的希望，丈夫也重新接纳了她。

这篇小说通过母女两代人在婚姻家庭中的得与失，探讨了有关家庭伦理的多方面问题，包括夫妻关系的复杂性、女性在家庭中的经济地位、孩子对于维系婚姻的意义等，对当时法律准许离婚也提出了质疑。与《妻之心》一样，作者的创作意图并不是对丈夫、父亲的不道德行为进行审判，而是试图从母亲和女儿的悔过中告诫女性慎重对待婚姻，力求家庭的完整，警示女性离婚对孩子贻害无穷。作品虽然在劝勉女性自立、自强、勤劳、勤俭等方面有积极的意义，善意鼓励女性反思婚姻和家庭，但作者的男性本位立场还是很明显的，这也是时代的局限性使然。

在赞美和推崇现代女子的优秀品德、塑造"新女性"形象方面，佐彤[①]的《双花斗艳录》是《中华妇女界》中最优秀的家庭小说。它跨年度连载了十期，是支撑《中华妇女界》家庭小说专栏的一篇力作。小说的人物心理描摹细腻、故事完整、情节跌宕起伏、白话使用流畅，是民初较为成熟的小说作品。它取材于英国上流的社会生活。麦赛利子爵的两个儿子海上遇难，子爵欲在自己的亲戚中选择继承人。他找遍家族后裔，只找到18岁的哈罗加·美格和19岁的克塞·慧绮这两位可继承他的家产和地位的亲戚。他暗访了这两位女子，美格的父亲是一位画家，他们生活在幽静隐蔽的乡村，与外界甚少接触，这使美格天真烂漫、坦率自然、腼腆娇羞；慧绮虽与母亲生活在伦敦见多识广，但也真诚无伪、蕴之于心、不形诸物。为了更深入地考察两位女子的德行，子爵将她俩接至自己的庄园，朝夕相处，并有意设置问题，聘请律师等人来帮助观察和裁决，这使小说一环扣一环地吸引读者。

小说塑造了四位女性形象，除了美格和慧绮之外，还有子爵同父

---

① 左彤，清末民初报界人士陈佐彤，清末民初抄稿《尊文阁词选》中录有其《丐诗》《泪花》等诗作，生平经历不详，亦未见其他小说创作线索。

异母的妹妹哈维克夫人和慧绮的母亲。哈维克夫人心地善良，兢兢业业地为子爵管理家业，慧绮的母亲则工于心计、曲意奉承，她为了能使自己的女儿成为候选人，拉拢律师、排挤美格，甚至还设想毒害美格。子爵喜欢美格不染尘世、淳朴的天性，又看中慧绮有良好的教育和本家族的风范与气质，特别钦佩她悲悯平民的思想。美格和慧绮虽为竞争对手，但二人均不贪恋荣华富贵，淡泊名誉和利益，这正是作者所极力推崇的现代女性的美好品质。她们或接受现代教育，拥有西方民主思想，或自然天成，浸染于大自然，形成晶莹剔透的品格，俨然是作者树立的两个女子楷模。小说充满了仁爱思想，对弱者寄予了莫大的同情。当子爵在两难之中选择了慧绮之后，哈维克夫人既舍不得美格离开又担心美格失望，便收她为义女。慧绮被定为继承人后，又节外生枝，因为她恋爱的男友出身平民，在伦敦做律师工作。根据当时的法律规定，家族中没有男子的可以由女子继承家业，但是"其入赘之夫，须姓克兰特姓氏"，即随子爵的姓氏。她的男友却拒绝将他的平民姓氏改成贵族姓氏，慧绮在荣华富贵和忠贞爱情之间，毅然选择了爱情，博得了人们的敬佩。小说一波三折、引人入胜，同时表达了新旧道德伦理转型的历史时期，传统女德必然要接受现代道德洗礼的客观事实。小说人物、情节、叙事方法都体现了现代小说的品位，大概是考虑到妇女的阅读习惯，采用了中国小说偏好的"大团圆"结局。

《中华妇女界》中这几篇家庭小说的作者均为男性。他们在女性阅读的性别指向十分明确的报刊上发表作品，自然将自己的性别理想和对于妇女的阅读期待寄托于笔端。概括地讲，他们理想的"新女性"形象不仅拥有现代知识技能、自然俭朴、相夫教子、聪明智慧、把握家庭全局、不追逐浮华、淳朴善良，更重要的是具有平等、民主、自由的现代人的情感与思想。因而，这些作品大多采用外国社会生活背景，有利于作者在新旧思想道德冲突中迂回，进而更真实地将西方文明的家庭观念阐述出来。当然，作者思想深处潜藏的旧意识也难免有所流露。在新旧杂陈的时代，文学来肩负现代家庭建构的使命，作者的思想纠结于新旧矛盾之间，恰恰是时代生活的真实反映。

三　性别媒介在现代家庭小说兴起中的作用

文学是社会生活的反映，现代家庭小说的兴起不是偶然的，1904年、1907年和1915年是家庭小说形成的三个关节点。除了文学内部的规律外，必然还有外部的影响，这需要从语言、民俗、政治、历史、道德伦理、法律制度、思想文化等多角度加以考察。

1900年是新世纪元年，以此为起点考察一些外来的词汇如何在国内逐渐变成表达人们思想感情的耳熟能详的语言，可以洞悉思想文化界即将发生的变化。1900年至1903年间，女权、恋爱、女性、国民母、贤妻良母这一系列描绘性别或与性别密切相关的新词出现在文化领域，预示着女界即将到来一场思想观念上的变革。1900年3月，《清议报》第38号上发表《男女交际论》一文，在我国第一次出现"女权"一词。① 1902年，马君武翻译、发表了《斯宾塞女权篇达尔文物竞篇合刻》（后被简称为《女权篇》），1903年，他又将《弥勒约翰之学说》的翻译分三部分登载在《新民丛报》上，第二部分介绍了密尔的《妇女的从属地位》（后被简称为《女权说》），将女权思想最先译介到我国。1903年，金天翮发表了我国第一部由男性代言的女权宣言《女界钟》。它"以'女权革命'为中心关怀，依据欧美女权运动的历史与现况，将其在中国的'革命'区分为两个阶段，即今日急应恢复的教育、经济、婚姻以及最基本的人身自由权，以及更上一层、有待稍后实现的参政权与公民权。凭借女权的全面实现，完成与男性共同建设'新政府'的使命"。② 他在《女界钟》里首次提出"国民母"概念，在鼓励女子参加革命、追求自由的同时，肯定了女子生理意义上的特殊性，注意到"新国民"时代对于女子道德修养的要求，以及她们在"新国民"成长中应该承担的胎教、蒙学等母职责任。1904年，丁初我创办《女子世界》，洞见"二十世纪

---

① 该文译自1899年日本《时事新报》福泽谕吉之文。见［日］须藤瑞代《近代中国的女权概念》，《百年中国女权思潮研究》，复旦大学出版社2005年版，第40页。

② 夏晓虹：《〈女界钟〉：金天翮的"女权革命"论》，《南京大学文学院学报》2015年第1期。

是女子世界"。同时,他的办刊思想直接受到《女界钟》的影响,将梁启超的女学思想和马君武介绍的女权思想结合起来,强调"女子革命"与"家庭革命"同时进行。金天翮提出的"国民母"概念虽有国家主义的成分,但又没有剥离女子的家庭身份,并使其得到具体内容上的强化。他在创刊号上发表了《论铸造国民母》一文,使这一思想在社会各领域得到更广泛的传播。这是1904年教育类杂志中出现"家庭教育"字样,将女子教育与家庭建构相结合的一个原因,表明"国民母"思想在当时有一定的影响力,也说明《女界钟》在女界启蒙中具有一定的地位。

1900年,国内还发生一件让思想界、文化界震惊之事,即蔡元培征婚。蔡元培原配夫人去世后,他拒绝媒人,公开征婚,提出了不娶妾、可再嫁、可离婚的新的道德观念。[①] 蔡元培的征婚启事开时代风气之先,至于他反对传统道德礼教的新思想的形成,在当时的环境中也不难找到依据。他要求女方须识字、不缠足,便是19世纪中叶以来国内知识界、文化界对反缠足、兴女学观念达成共识的结果,这也会引起民间社会一些旧有观念的松动。蔡元培学贯中西,自然更加积极地接受新思想、新事物。他的征婚启事以两性平等为基础,除了对女子有要求外,对自己也提出了道德约束。同时,他强调夫妻感情的融洽,也是基于外来文化的影响。据考证,"恋爱"是留日学生传入中国的外来词语,原为广义的"爱"。专指男女相爱的"恋爱"一词最早出现于1900年的《清议报》上,1903年至1908年在中国小说创作中开始使用。[②] 虽然蔡元培登载征婚启事时"恋爱"还是个"新潮"之词,他并没有使用,但自由恋爱的意识在他的思想中已经形成,致使他有了大胆的征婚举动。

新词汇带来的新观念也会在民间潜移默化地发生,例如,1903

---

① 蔡元培征婚的五条标准是:"(一)女子须不缠足者。(二)须识字者。(三)不取妾。(四)男死后,女可再嫁。(五)夫妇如不相合,可离婚。"见王世儒《蔡元培先生年谱》上册,北京大学出版社1998年版,第46页。又见杜向民、韩博《蔡元培的三次爱情婚姻生活》,《党史文汇》2011年第12期。

② 杨联芬:《"恋爱"之发生与中国现代文学观念的变迁》,《中国社会科学》2014年第1期。

年出现在金天翮的《女界钟》中的"女性"一词,"最初之义是指'女之特性',并不突显女子特性之生理基础"①。后来它演绎为包含女性的生理特征的词语,是社会风气逐渐开化的表现,并可能成为自下而上思想启蒙的原动力。1902 年,清政府开始着手酝酿起草《大清民律草案》,或许与民间社会的风气、习俗变化越来越大有关。当然,直至 1907 年,清政府才在法律修订馆开始着手起草该草案。当时清政府聘请了两位日本法学家代为起草,并直接延用德国的立法形式,移植西方法条。考虑到亲属编和继承编"关涉礼教",我国向来无此类律例可以参照,各地情况又复杂、不能整齐划一,这两编仍由清人自行制定。当时民政部奏请朝廷以 3 年为限,要求在深入调查各地婚姻习俗后再形成条文。官方大规模调查民间婚姻状况也是从 1907 年开始的,② 这必然在社会上产生很大影响。《亲属编》作为中国近现代婚姻立法的雏形,不能不说与现代家庭观念与模式的确立有着直接的联系,与 1907 年前后专业文学刊物中出现家庭小说专栏也不无关系。

家庭小说经历了清末的萌发和缓步发展之后,1915 年前后在民国初年小说创作的第一个鼎盛期中迎来了自己的小高潮。③ 此间,仍有婚姻法律方面的文书问世,也对家庭观念的变化产生影响,这就是民国政府自 1914 年开始修订的民律草案,于 1915 年编成《民律亲属编草案》。它的显著特点是,取消了原有的出妻和义绝这两种传统伦理色彩浓重的离婚理由,离婚方式变为两愿离婚和呈诉离婚两种,同时,对离婚后妇女的经济保障及子女的抚育费也有了相应的规定,在一定程度上保护了妇女的利益,使民法的近代化进程向前跨了一步。④

---

① 宋少鹏:《清末民初"女性"观念的建构》,《中国现代文学研究丛刊》2012 年第 5 期。

② 王新宇:《民国时期婚姻法近代化研究》,博士学位论文,中国政法大学,2005 年,第 129—134 页。

③ 于润琦主编的《清末民初小说书系》中"尽量收录"的《家庭卷》短篇小说共 57 篇,含 1911 年一篇,1912 年两篇,其余均为 1914 年至 1919 年间的创作,由此可以佐证家庭小说在创作上的小高潮在此期间形成。

④ 王歌雅:《中国近代的婚姻立法与婚俗改革》,法律出版社 2011 年版,第 162—166 页。

由此可见，《中华妇女界》刊载的家庭小说中所涉及的离婚、离婚后妇女与儿女的经济保障和遗产继承等问题，都是当时社会生活中遇到的现实问题。即使新出台的法律文书对妇女、儿童的利益有所保障，刘半农、周瘦鹃等人仍然劝慰妇女维持家庭的存在。这并不能说是他们的观点陈腐，反而表明他们在为妇女写作时，情感倾向于妇女的立场上，强调珍惜自由恋爱取得的婚姻成果。对于无奈破碎的家庭关系，妇女的出路在哪里，他们也无计可施。妇女作为弱势群体，毕竟在婚姻关系破裂后要面对更加艰难的生活现实。这与自1915年开始走进中国视野的"娜拉问题"十分类似。

形成《中华妇女界》家庭小说样貌的另一个重要因素是，女权与"贤妻良母主义"两种观念的此消彼长。据日本学人大滨庆子考证，"贤妻良母"一词在中国最早出现于1902年日本人在北京创办的中文报刊《顺天时报》。① 虽然当时的贤妻良母论者与金天翮提出的"国民母"不是对立的，亦包含国家主义的因素，但在民国建立后，女子的革命要求受挫，社会舆论逐渐导向贤妻良母主张，使其逐渐占了上风。"先是这种变化最明显之例，就是从1911年到1917年出版的《妇女时报》杂志。1912年辛亥革命后，该杂志中女性参加革命的话题很多，主张获得参政权的论说也很多。但是，到1913年时关于家务以及卫生的新闻突然开始引人注目。同时，关于革命的文章锐减。从这里可以看出这本杂志从反映社会潮流的'女权'，开始向重视贤妻良母型的家政倾斜。"② 事实上，《妇女时报》的这种转向不是偶然的，也不是孤立的。当时的教育总长汤化龙表态说："余对于女子教育方针，则务在使其将来足为良妻贤母，可以维持家庭而已。"③ 在这样的社会舆论中，培养"贤妻良母"、学习家政知识成为一种官方倡导的时尚潮流，包括《中华妇女界》在内，辛亥革命后创办的妇女报刊旨趣大多指向了以现代科学与文明指导家庭生活、讨论家庭问

---

① 谷忠玉：《中国近代女性观的演变与女子学校教育》，安徽教育出版社2006年版，第119—120页。
② ［日］须藤瑞代：《中国"女权"概念的变迁——清末民初的人权和社会性别》，须藤瑞代、姚毅译，社会科学文献出版社2010年版，第131页。
③ 熊贤君：《中国女子教育史》，山西教育出版社2006年版，第264—265页。

题、提倡培养女德、介绍家务管理技能。这恰恰为家庭小说专栏的创作提供了思想基础。

性别自然包括男女两性，但传统社会妇女地位低下，即使在20世纪的"她"时代，女性仍居于边缘地位，所以"性别"一词隐含着两性平等的意义并对女性有所偏重。在清末民初的文化环境中，所谓性别媒介表层含义是指妇女类专门报刊；深层含义则是妇女的主体性在思想启蒙的背景下得以确立，并成为建构国家话语、建设现代家庭、实现两性平等的中坚力量。清末民初家庭小说的兴起不仅是文学内部在主题上的变化，还与女权思想传播、道德观念转变、法律制度保障、贤妻良母思潮继起等因素相关。这些来自社会生活各个方面的合动力生成了家庭小说的丰富内涵，也使性别媒介在现代文学的发展中展现了无尽的魅力。

晚清报刊摘录转载的实践与中国现代版权制度的建立

张天星[*]

中国古代版权观念虽萌发较早,其发展方向却不是近现代的版权制度,概言之,中国古代版权保护多是坊贾或政府发起,他们保护自己的出版权或垄断权,而不是作家著作权。因此,古代版权观念近现代转型的重要标志就是作家著作权保护意识和制度的产生或建立。在中国近现代版权制度建立的过程中,西方版权观念的输入固然起过重要作用,但晚清报刊编辑实践所起的作用亦不容忽视,晚清报刊编辑们或引入西方版权知识、办报经验,或纠正偏颇、建立行业规则,或申明存案、争取法规保护。本文即以摘录转载的实践为视角来钩沉晚清报刊摘录转载如何被规范化以及在现代版权制度建立中所起的具体作用。

一 摘录转载的普遍实践与盗版泛滥

摘录转载是指从书报上抄录文字和刊登其他报刊上已发表过的作品。摘录转载中外文报刊的讯息,不需许可,无须付费,成为晚清报界,尤其是上海报界能够维持发展的优势,"上海报纸,于不受政治暴力之外,尤得有一大助力,则取材于本埠外报是也"。很长一段时期里,"华报所得紧要消息,十八九均自外报转译而来"。"转登外

---

[*] 张天星,男,河南新县人,文学博士,台州学院中文系副教授,主要从事明清近代文学的教学与研究。

报，既得灵便之消息，又不负法律之责任。其为华报之助力者大矣"①。近代新闻界的发展经历了一个主要通过摘录转载的方式维持报刊版面的时期，"当咸同之世……除转录京报，并由中西通儒撰著论说外，余以采录西报为多"②。应该说，摘录转载这种办报方式在晚清较早就被引入并规范化，即只要摘录转载注明来源，资源可共享，算不上盗版侵权，"一经登载，声明由某外报译录，即有错误，本报可不负责"③。如20世纪60年代林乐知主编的《上海新报》，信息转载主要是《香港近事编录》《香港新报》《广州七日报》《教会新报》等，每则摘录后都附注了来源。在晚清国人第一次办报高潮中，摘录转载应用更加普遍，如《时务报》共出69册，摘录译稿共计1700余篇，50余篇路透电，一般注明了消息来源，以第57册为例，译摘消息共45则，分别注明来自路透电音及《北中国每日报》等13家报刊。摘录转载注明出处是近代西方新闻思想的体例和办报经验，例如《万国公报》的摘录转载就一一注明出处，对于不遵守该规则的报馆，1899年9月《万国公报》特刊出《录报须知》，对《华北月报》《除烟报》转载未注明《万国公报》的全名或出处进行谴责，"此弋名掠美，大乖泰西报例"，并说：

> 按泰西报馆章程，惟有通行之官文书彼此皆可公用，若遇一家著述或他馆采访事件、翻译新闻，苟欲传抄，必须注明得自某报，否则以窃盗论。④

总的看来，摘录转载注明出处在晚清报界普及较早且较规范。但是，仅注明出处并不意味着著作权和出版权得到了保护。自戊戌始，辑录报载文字成书销售在出版界蔚然成风，1917年，近代著名报人

---

① 姚公鹤：《上海报纸小史》，见杨光辉《中国近代报刊发展概况》，新华出版社1986年版，第263页。
② 秦理齐：《中国报纸进化小史》，《最近之五十年》，申报馆1922年。
③ 姚公鹤：《上海报纸小史》，见杨光辉《中国近代报刊发展概况》，新华出版社1986年版，第263页。
④ 《万国公报》第128册，台湾华文书局1968影印本，第18788页。

姚公鹤回忆说：

> 当戊戌四、五月间……书贾坊刻，亦间就各报分类摘抄刊售以牟利。盖巨剪之业，在今日用之办报以与名山分席者，而在昔日则名山事业且无过于剪报学问也。①

辑录报载文字成书（"剪报学问"）比出版书籍（"名山事业"）更易兜售，足见摘录转载报刊文字成书之盛况。下面是上海四马路开明启书店代售翻刻梁启超著《新民说》《宗教学术》《学源》的广告：

> 以上三编从壬寅《新民丛报》中选出汇订。按梁任公著作寰海知名，壬寅全年报各坊局翻印之本甚夥，价值三四元至五六元不等。本店特为选出三种，取其援古证今，融中达外，于发达思想、增长学识最为纯正，绝无流弊。实粹任公平生学问精萃。……现当各书坊局争趋乡闱，本店特别批发从廉以冀开通学界，特此布告。②

从这则广告可以看出当时书局翻刻《新民丛报》出售之盛况。1901年清廷再次废除八股、改试策论，梁启超的论述成为策论范本，时人记载曰："梁氏之《新民丛报》，考生奉为密册，务为新语，以动上司。"③ 书局竞相摘录《时务报》《清议报》《新民丛报》的论述作为"课艺"兜售，梁启超说《新民丛报》："每一册出，内地翻刻本辄十数"④，非虚言。下面是新民译印书局出版的《时务清议报汇编》的广告：

> （梁启超）以锐利之笔锋与横绝之眼光，激而为谠言高论，

---

① 姚公鹤：《上海报纸小史》，见杨光辉《中国近代报刊发展概况》，新华出版社1986年版，第266页。
② "梁任公《新民说》《宗教学术》《学源》"广告，《中外日报》1903年8月13日。
③ 柴萼：《梵天庐丛录》，中华书局1926年版，第12页。
④ 梁启超：《清代学术概论》，上海古籍出版社2005年版，第72页。

洋洋数千百万言，不特为学堂中爆烈之灵药，即乡试一端亦允称投时之利器，万万不可不备者也。①

该广告还说明"广益书局、千顷堂及各大书坊均有代售"。当时，梁启超在上海下属的出版机构有广智书局和新民丛报支店，这些摘录翻刻肯定没有得到梁启超的授权且明目张胆。如果说新民译印书局等肆无忌惮地摘录是因为梁启超远在日本、鞭长莫及，那么1905年群学会社对《新小说》的摘录汇刻则是光明正大的盗版，颇具代表性。1905年10月25日《时报》刊出"新小说汇编广告"：

横滨之《新小说》久为海内欢迎矣，特其内容每篇不能联贯，阅者憾焉。今觅得原书重加校对，刊为汇编，以便世之嗜阅新小说者。每部四厚册，大洋三元。寄售处，上海各大书坊。

对于这则未署明发行者的广告，广智书局或新民丛报支店以新小说社的名义在10月26日《时报》上刊出"横滨新小说特别告白"予以反击，其中说：

昨见《时报》登有《新小说汇编》告白一则，实非本社所印，且并未发明箱行，所意近假冒，而书中之颠倒错乱，非但有误于读者，则于本社声名亦大有妨碍。为此敬告海内外诸君，须知此项《汇编》乃系射利书贾鱼目混珠之伪版，并非本社所印行。而本社刻下已将第一年未完之各种小说即行编译完全，重行校印，再出汇编，廉价出售，特此声明。横滨新小说社启。

这则特别告白并未能阻止木已成舟的《新小说汇编》，10月28日，11月6日、10日，"新小说汇编广告"在《时报》继续刊登了3次，最后一次才附上发行者，原来是"上海棋盘街群学会社"所为。

---

① "乡试必携时务清议丛报汇编"广告，《中外时报》1903年8月17日。

当时《新小说》已由位于棋盘街中市的广智书局印刷发行①，位于四马路的新民丛报支店也参与营销，群学会社与它们抬头不见低头见。而《时报》是梁启超主持筹划创办的，其间每月还在接受来自保皇会的财力支持。②《时报》负责人狄葆贤与梁启超关系之"铁"为梁启超所承认③，而且负责《新小说》推销的新民丛报支店与时报馆是在一起的。④今天看来，时报馆把群学会社的"新小说汇编广告"连续在《时报》上刊登属于"大水冲了龙王庙"之举，应该不是报馆见利忘义的结果。当发现盗版后，广智书局也只能刊登广告指责其盗版的质量不好而已，如此说明摘报成书早已司空见惯，所以时报馆刊登这种挖自家墙脚儿的广告也不会觉得有伤和气。1906年10月新世界小说社推出《短篇小说丛刻》也是采摘他报小说成书，堂而皇之地说因为"散见各报，检阅不便，且恐久而散失，有负作者苦心，爰广为搜罗，都为一集"⑤。并没有人站出来反对这种摘录汇集，鉴于《短篇小说丛刻》初集"出版不数月而销售殆尽，将次再版"。新世界小说社于1907年"爰赶将二三编付印"⑥。辑录报载小说出版竟成出版商盈利之终南捷径。

小说转载在晚清属普遍现象，据研究者不完全统计，《广益丛报》转载《时报》的小说有《马贼》《中间人》《张天师》《歇洛克来华第一案》《三五少年》《某学生与某教员》《美少年》《某县令》；转载《申报》的小说有《铁血姊妹》《火刀先生传》；转载《神州日报》的有《魑魅镜》《支那之新鬼剧》《世界龙王大会议》和《学生……妻》等。此外还转载了《新民丛报》《新小说》《月月小说》

---

① 《新小说》1905年2月迁至上海由广智书局发行。
② 至1907年年底，《时报》已累计花费保皇会10余万元。（参见丁文江、赵丰田编《梁启超年谱长编》，上海人民出版社1983年版，第432页。）
③ 狄葆贤是梁启超故交中除谭嗣同、吴铁樵之外，"最有切密之关系"者。（《饮冰室诗话》，《新民丛报》第40、41号）
④ 《时报》1904年6月12日创刊时报馆设在"福州路巡捕房对面的广智书局楼上"。（参见包天笑《钏影楼回忆录》，上海三联书店2014年版）1907年5月8日凌晨6点，时报馆发生火灾，新民丛报支店也同时被灾。新民丛报支店的广告落款地址也是上海四马路老巡捕房对面。（《新民丛报》第22号所刊上海本报支店广告）
⑤ "《短篇小说丛刻》"广告，《时报》1906年10月28日。
⑥ "《短篇小说丛刻》二编出现"广告，《时报》1907年10月7日。

《小说时报》等报刊上的小说。① 如此看来,《广益丛报》是名副其实的小说转载"专业户"。究其原因,主要是因为传统版权观念保护的主要是出版者的权利而排除对作家著作权的维护。1887年味闲主人将刊登在《点石斋画报》上王韬的小说《淞隐漫录》汇集为《后聊斋志异图说初集》兜售,王韬和申报馆接连在《申报》上刊登告白予以谴责。② 味闲主人在王韬刊发谴责广告后也在《申报》上刊登广告:"是书确系尊著,今特不惜工本重为摩印。本拟预先陈明,只缘向未识荆,不敢造次。因思文章为天下之公器,而大著尤中外所钦佩。"③ "文章为天下之公器"的借口反映了出版商对作家著作权的漠视。

二 "不许摘录转载"观念和法规的形成

摘录转载给中国近代版权观念带来了新课题,其对近代版权最大的挑战是晚清一大批作家(如梁启超、李伯元、吴趼人等)的著述基本是先刊登在报刊上,而后结集出版。

面对摘录转载带来的利益损失,晚清报馆采取两种方式,一是被动应对,即加快单行本的出版速度。对于可以结集出版的作品,报馆利用原有的铅字模具在连载甫结之后尽快推出单本,这既可获得更多的利润,也让摘录盗版者顾及不上。二是对特定文字主动申明或存案保护版权。就笔者视野所及,最早对报刊连载文字申明"不许翻刻"的是《中外日报》。1898年8月17日《时务日报》改为《中外日报》后,汪康年禀请南洋大臣通饬"各报馆不准仿中外日报馆格式以获专利",中外日报馆以后译印各书籍"通饬禁止翻刻"④。1899年,中外日报馆连载笔记小说《续庄谐选录》,就在版心中声明"翻

---

① 文迎霞:《晚清报载小说研究——以〈申报〉、〈新闻报〉、〈时报〉、〈神州日报〉为中心》,博士学位论文,华东师范大学,2007年,第178—179页。
② "声明"广告,《申报》1887年8月23日。
③ "申明即请天南遁叟赐览"广告,《申报》1887年8月24日。
④ 《中外日报》1898年8月10日。

刻必究"。① 这种方式一直被中外日报馆坚持，1904年11月《中外日报》连载《七日奇缘》，特别说明："中外日报馆附送，翻刻必究。"②1906年2月至4月连载《海卫包探案》，特申明不得转载：

> 兹由本馆延请通人译得《海卫包探案》数种，均已脱稿，于即日起按日排入报中，决不间断，以供阅者玩索，每种印毕后仍由本馆改印单行本出售，藉告各书肆勿得翻印，以致究诘。③

1907年2月17日中外日报馆"特别告白"云："本馆译登各小说远近各书肆不得私行翻印，并不得剿袭原稿、改换面目，印售渔利，致有碍本报版权。合先布告，免有后言。"随后，《中外日报》连载的《母猫访道》（2月16日至23日）、《瓶里小鬼》（2月24日至3月7日）、《打皮球》（3月8日至14日）等都在报缝中声明"不得翻印"。1902年《新小说征文启》标志着中国近代稿酬制度的初步确立，小说在晚清开始普遍支付稿酬，中外日报馆的版权申明包括不许摘录和不许转载，保护的是出版者和作者的利益，属于现代版权制度的范畴。

1906年至1907年是报纸杂志申明"不许转载"频繁的两年，是晚清报刊摘录转载版权保护初步确立和行业趋于规范化的关键年份。1906年11月1日创刊的《月月小说》第1期"申明版权"：

> 本社所登各小说，均得有著者版权，他日印刷告全后，其版权均归上海棋盘街乐群书局所有，他人不得翻刻。特此先为预告。

类似这样的版权广告见于第1、2、5、9、12、14、21号，至第9号《月月小说》改由群学社发行，该"申明版权"亦改为归群学社

---

① 《中外日报》1899年4月4日。
② 《中外日报》1904年11月18日。
③ "本馆增刊小说广告"，《中外日报》1906年2月1日。

所有①。可见《月月小说》的出版发行人版权意识之强烈。1907年4月《小说林》第3期"特别告白":

> 本社所有小说,无论长篇短著,皆购有版权,早经存案,不许翻印转载。乃有□□报馆将本社所出《小说林月报》第二期《地方自治》短篇改名《二十文》,更换排登。近又见□□报馆将第一期《煖香楼传奇》直钞登载,于本社版权大有妨碍。除由本社派人直接交涉外,如有不顾体面再行转载者,定行送官,照章罚办,毋得自取其辱。特此广告。②

这则特别广告与群学会社大张旗鼓地推出《新小说汇编》的时间相距不到两年,《小说林》通过存案和曝光的方式禁止摘录转载,说明小说林社已经充分认识到未经授权的摘录转载与盗版无异。在商业市场中,"好点子"的出现会很快流行起来。1907年6月14日时报馆也刊发"本馆特别告白":"本报所登小说无论悬赏自编、短篇长幅,均有版权,不许转载,特此广告。"1907年11月创刊的《竞立社小说报》第1期封底"翻印必究"。可见,到1907年止,对报载特定内容"不许转载"的观念要求已经开始在出版界普及。1908年3月颁行的《大清报律》第38条:"凡论说、纪事,确系该报创有者,得注明不许转登字样,他报即不得互相钞袭。"第39条:"凡报上附刊之作,他日足以成书者,得享有版权之保护。"③ 在1910年《大清著作权律》颁布之前,报载部分内容是全国性法律规定最早享受版权保护的文字,这既是西方版权观念引入的体现,也是晚清报界编辑出版实践、努力维权的结果。翻阅1911年以后的文艺期刊,几乎找不到没有在封页上印上版权标记"不许转载"字样的,这说明擅自从他人刊物上摘录转载等同侵犯版权的观念成为常识。"不许转载""禁止选录"遂成为现代版权声明和保护的重要内容和方式。

---

① 见《月月小说》第10号封三"特告"。
② "特别广告",《小说林》1907年第3期。
③ 《大公报》1908年2月13日。

总上所见，摘录转载的引入与普遍应用是晚清中文报刊发展的有力保证，报刊摘录转载促进了晚清书刊编辑出版的繁荣。在实践中，出版人及作家很快发现摘录转载报刊文字侵犯了他们的利益，对报载特定内容的版权保护意识和要求渐长，于是"不许转载"的要求和申明开始流行并成为行业规则，随即获得法律保护。可见，晚清报刊摘录转载的实践促进了报刊文字版权保护的科学化、规范化，为中国现代报刊文字版权保护行规法令的形成奠定了基础。总之，晚清报刊摘录转载的普及和规范化是我们认识中国现代版权意识和制度产生和建立的一个不可或缺的视角。

风俗·学术·制度:19世纪后期关于"富强"的本末观

——以郭嵩焘和严复为中心

郭道平[*]

19世纪80年代初,王韬将其历年存稿编集出版。书中在回答"天下何由而治"这一历久弥新的问题时,王韬的答案是:"富强即治之本也。"[①]《弢园文录外编》中所收,主要应是作者70年代在香港办《循环日报》时所撰报文。在此,王韬以这一简洁的判断,表达了他应对时局的理念。"富强"是时代的关键词。据金观涛、刘青峰的统计,分别刊行于1826年、1888年、1897年、1901年的四种清朝"经世文编",前三种中"富强"一词的使用次数均为二三十次,第四种中则达507次。[②]尽管这一单纯词语的数理统计难免忽略掉许多事实细节,但谓其整体上反映了时代思潮的趋势,却无疑义[③]。

对"富强"一词的标举,本身即在某种程度上蕴含着与正统观念相左的意味:"富"乃是发展商业贸易的结果,与本土农业经济和儒家不轻言利的思想相反对;"强"则喻示着对西方近代军事科技的引入。也正因此,思想更具传统色彩的知识人曾试图在治理思路中对其

---

[*] 郭道平,中国社会科学院文学研究所助理研究员,文学博士,研究方向为中国近代文学与社会。

① 《弢园文录外编》卷二"兴利",上海书店出版社2002年版,第36页。
② 参见金观涛、刘青峰《观念史研究:中国现代重要政治术语的形成》,法律出版社2009年版,第300—301页。
③ 严复的著译之作,先后以"原强""原富"乃至"原贫"命名。与韩愈以"原道"为题的名文相比,所"原"之对象的变化,同样昭示着知识人视野中关注重心的重要转向。

加以结构性的限制——冯桂芬完成于1861年的《校邠庐抗议》中论及西学,乃言:"如以中国之伦常名教为原本,辅以诸国富强之术,不更善之善者哉?"① 这一日后被视为"中体西用"说之先声的提议,作为一种引入西学的典型设计,1898年在张之洞的《劝学篇》中得到系统性的阐发。与冯的思路相比,王韬以富强为"治本"的颇具功利性的说法,立即显示出其对于正统的挑战意味。诚然,与"富强"伴随而来的,即是"本末"/"体用"观这一涉及帝国治道根本的重要议题。冯桂芬与王韬的思路,虽然在"本"的认定上存在出入,相通之处却在于对"富强"的一致瞩目——也即其意中取法西洋的重心所在。

实际上,也正是在19世纪下半期,本土趋新知识人中还出现了关于西洋之"富强"的不同本末观:即以"富强"为表象、而别求其"本"之所在。郭嵩焘与严复正可作为代表。

一

郭嵩焘对于西洋富强之"本"的认识,体现出有所变化、至少是重心迁移的过程。正如论者所言,早在1875年,郭在《条陈海防事宜》中,即已指出"西洋立国有本有末,其本在朝廷政教,其末在商贾"。② 这一超出时人的观念,自然与郭嵩焘本人的思想通达,以及其19世纪60年代中在上海与广东任职的实务经验尤其是与西人的直接接触有关。《条陈海防事宜》中对于丁韪良、赫德以及英国领事罗伯逊等人之言,均征引为立论依据,可见其思想渊源。传统语境中的"政教"一词,大致可理解为政令与教化的并置③。郭嵩焘以"政

---

① 冯桂芬:《校邠庐抗议·采西学议》,上海书店出版社2002年版,第57页。
② 《郭嵩焘奏稿》,岳麓书社1983年版,第345页。另参见王国存《郭嵩焘的本末观》(《苏州职业大学学报》1999年第2期)等文。
③ 儒家学说中有"政""教"并举的传统。孔子在讨论为治之道时,即有"道之以政,齐之以刑"与"道之以德,齐之以礼"(《论语·为政》)的差别性论述,后者作为治理策略较前者尚要高出一筹。孟子则表达得更为明晰:"善政不如善教之得民也。"(《孟子·尽心上》)朱熹将此处之"政"释作"法度禁令","教"则为"道德齐礼",暗示了孔孟之间的呼应,并同样将"教"置于更为根本的位置(朱熹《四书章句集注》,中华书局2012年版,第54、360页)。

教"为西洋立国之本,超出了同时代人关于"富强"的主流话语模式,备受研究者关注。然而自 1877 年初起亲历英伦尤其是归国后晚年居乡的 10 余年中,其笔下论及时局,使用最为频繁甚至可说是念兹在兹的关键词实则并非"政教",而是"人心风俗"。① 1879 年春致姚彦嘉信中云:

> 凡为富强,必有其本。人心风俗,政教之积,其本也。以今日之人心风俗而求富强,果有当焉否耶?②

其时郭甫自欧洲归来。"人心风俗,政教之积"的表达,寓示着二者之间的关联与区别。"政教"尤其是教化,与"人心风俗"历来存在着因果上的渊源关系。③ 直言"人心风俗"为"富强"之本,可见郭嵩焘的注意力存在着从早前所说的"政教"到聚焦于"教"的重心偏移。只是政教的实施者乃在朝廷,而承载人心风俗的主体则是最普遍的民众——稍晚他对此有进一步的阐发:"嵩焘以为吾辈家居,政教之得失,纪纲法度之修废,皆非所能与闻;独于人心风俗,吾辈

---

① 早在赴英之前,郭嵩焘言论中亦曾出现"人心""风俗"字样,但在对现实的批评力度与频率上均难与归国后相提并论。其以"人心风俗"为"本"的结论,亦早已为论者所瞩目。如袁洪亮《论郭嵩焘的"人心风俗"思想》(《郭嵩焘与近代中国对外开放》,岳麓书社 2000 年版,第 319—327 页)一文强调这一观念对于近代国民性改造思想的准备作用;彭平一、黄芳《论郭嵩焘在近代中国"人心风俗"思想演进中的地位》[《湖南文理学院学报》(社会科学版)2007 年第 2 期]亦指出,郭嵩焘对于"人心风俗"的关注,不仅与龚自珍、魏源"整肃人心"的思想存在着渊源,且是日后梁启超之"新民"说与后来国民性改造思想的先声。作者虽然也提及严复的"三民说",但"无法确定郭嵩焘改造'人心风俗'思想与'新民'思想以及国民性改造思想的直接渊源关系"。实际上,正是通过严复、郭嵩焘的"人心风俗"之说与梁启超的"新民"理论之间可以梳理出辗转承继的思想线索。本文则着重于郭嵩焘这一观念的内在渊源的辨析,以及与严复的比较。

② 《光绪五年四月复姚彦嘉书》,《罪言存略》,光绪铁香室本。

③ 《荀子·王制》云:"论礼乐,正身行,广教化,美风俗,兼覆而调一之,辟公之事也。"(王先谦:《荀子集解》,中华书局 1988 年版,第 170—171 页)这一系列短句的排列中暗含着通过"礼乐、身行"来推行"教化"以实现"风俗"之"美"的叙述逻辑。郭嵩焘在论及西洋风俗时亦云:"世安有无政治教化而能成风俗者哉?"(《郭嵩焘日记》第 3 卷,湖南人民出版社 1983 年版,第 393 页)。

当同任其责。"① 一定范围内的移风易俗，不一定非得来自官方举措，而可以由在野之人自觉进行。这一说法显示了"人心风俗"的取径对于郭嵩焘救世意图的现实意义。与此相应，对于中国人心风俗的频繁、激烈的批评成为其晚年言论中最突出的内容。伦敦居留期间，他即已感叹于西洋风俗之美与中国人心之敝。② 1879年归国里居之后，其日记中尤其频繁慨叹中国人心风俗之坏，所谓"中土人心凋敝极矣"，又云："中土人心之变幻，万不足语富强之基"；具体则涉及"吏治、士习、民情"诸层面③，尤其是吏治的腐败和士大夫的"徇私"与"作伪"，类似"流极败坏"的形容再次出现。英国经验的参照，令郭嵩焘里居时期对乡土人情的观感格外鲜明，致慨尤深。这一观念一直持续到他生命的最末阶段。他并且付诸系列试图改善的实践：在乡先有禁烟公社之设；光绪七年（1881），复开立思贤讲舍，定期集会。诸人会集场所多在曾国藩祠，会上常由郭嵩焘主讲，宣讲内容，自然多与道德风俗的话题相关。

值得一提的是，郭嵩焘批评人心风俗之敝，常将其与天象相对应，潜在理据显然是传统的天人感应之理。而在郭的这类言论中，西洋作为相对照之"他者"始终存在。其用语中通常冠明"中国""中土"，所谓"中国之天，皆中国之人心为之也"④。"中国"一词的频频使用背后，不难窥见其意中参照系的存在。亚欧风土殊异，气候亦有差别，本是自然之理，郭嵩焘却将此归因于人事。有时他甚且申明："中土天时反覆，一皆人心为之，泰西无是也。"⑤ "中土"与

---

① 《郭嵩焘日记》第4卷，湖南人民出版社1983年版，第88页。《荀子·儒效》云："儒者在本朝则美政，在下位则美俗。"（《荀子集解》，第120页）与郭嵩焘的思路正相吻合。

② 参见《郭嵩焘日记》第3卷，湖南人民出版社1983年版，第393、419页。自英归国途中，郭嵩焘又云："（中土）礼义之教日衰，人心风俗偷敝滋甚，一沾染其风而必无能自立也。西洋开辟各土，并能以整齐之法，革其顽悍之俗，而吾正恐中土之风传入西洋，浸淫渐积，必非西人之幸也。"（同书，第810页）其意中对于中西教化风俗的高下评判毫无掩饰。

③ 以上分别参见《郭嵩焘日记》第4卷，湖南人民出版社1983年版，第21、133、496页。

④ 《郭嵩焘日记》第4卷，湖南人民出版社1983年版，第782页。

⑤ 同上书，第187页。

"泰西"直接对举,潜台词即是对泰西之人心风俗的肯定,与前文所言可相佐证。

进而论之,郭嵩焘以人心风俗为中西差别与富强之"本"所在,固属来自英国经验的直接观感,更是其自身学养的内在反应。清季道咸以降,今文经、诸子学潜滋暗长,论学一意尊汉黜宋者已不多觏。郭嵩焘于汉学宋学,并无严苛的门户之见,但其论学言辞之间,往往流露尊宋之意,又处处以"理"为处事准绳,若为其划分阵营,仍须归入理学之列。此亦为论者共识①。在词语上拈出"风俗"与"富强"相对应,亦未尝不是宋学思路中的条件反射——朱熹曾批评王安石变法云:"意欲富国强兵,然后行礼义;不知未富强,人才风俗已先坏了!"② 荆公变法,正以富强为标的。宋代改革家与理学学者之间的观念对峙格局,在19世纪后期的现实诠释中仍然具有丰富的有效性。

若为更进一解,则郭嵩焘于宋学的心仪之中,仍更有深一层的分别在。宋学内部的朱、陆之别,乃学术史上一段著名公案,余英时先生在关于戴震与章学诚的讨论中就其"道问学"与"尊德性"之别曾有精彩论析③。章学诚在《文史通义》中特标"朱、陆"篇,拈出两派之"末流"交攻的学术史实。这一朱、陆流别之分同样也在郭嵩焘的视野之内。郭嵩焘并无门户之见与攻伐习气,其对于训诂考据之学的"博闻强力,实事求是",不无肯定之意;于朱子大儒,更是屡屡加以赞语,正与章学诚平时议论、"偏朱多于袒陆"相类。但章

---

① 研究者业已指出郭嵩焘洋务思想以及其以"人心风俗"为本的理学渊源。参见陆宝千《清代思想史》(台北广文书局1983年版)中"郭嵩焘——理学家之洋务思想"一节、朱汉民《湘学原道录》第十章"天变道亦变——郭嵩焘的原道"(中国社会科学出版社2002年版),转引自王兴国《郭嵩焘研究著作述要》,湖南大学出版社2009年版,第126、143页。本文则旨在辨析郭嵩焘在宋学内部对陆学的"心契",并指出其"人心风俗"概念所具有的时代内涵。

② 《朱子语类》卷七十一,中华书局1986年版,第1799页。严复亦尝言:"王介甫之变法,如青苗,如保马,如雇役,皆非其法之不良,其意之不美也。其浸淫驯致大乱者,坐不知其时之风俗人心不足以行其政故也。"(《原强》,《严复集》第1册,王栻主编,中华书局1986年版,第13页)这一观念未始不是来自郭嵩焘。

③ 参见余英时《论戴震与章学诚》书中"章实斋的'六经皆史'说与'朱、陆异同'论"一章,生活·读书·新知三联书店2000年版。

心中仍以陆学后传自期,"隐然自许为当世的陆象山"①;郭嵩焘对于朱子,实则也并未推尊至至高地位。其标举宋儒表彰《中庸》《大学》之功,虽然首推程朱,但郭嵩焘对于朱子《章句》实则颇有微词。光绪七年(1881)十二月十九日日记中云:"朱子《大学》《中庸》章句,原未能尽善也。"② 章学诚评论朱学特色,乃云:"朱子求一贯于多学而识,寓约礼于博文,其事繁而密,其功实而难。"③ 而郭嵩焘的评语,竟然在字面上与章氏明合:"顾窃疑章句之书,求之过密,析之过纷。"因而有《中庸章句质疑》与《大学章句质疑》之作。《中庸》《大学》作为理学经典,素为郭嵩焘所重视,其著述以"质疑"为名,作者立场可见。郭质疑朱子《章句》,背后隐含的学术理路,自家实则早已有所申明:

> 用其书以求朱子之学,深味而力行之,可也;强《大学》之书以从朱子,比类而附之,循章以求之,则亦徒见其陵越而已。当朱子时,陆子寿氏谓论语、孟子《集注》,纯实精洁,传世之书,而疑《大学》《中庸》为未至。嵩焘心契其说,而谓朱子之言理,后人无能有易也,而求之过密,析之过纷,可以言学而不可以释经。④

此段文字,首句强调《大学》本文之高于《章句》的经典地位,继而道出自家对于陆九龄之于《大学中庸章句》的批评竟然是"心契"之。理由乃朱子虽然长于言理,但方式过于讲究"求"与"析"——正是朱熹偏于"道问学"的直接表达。"言学"与"释经"的对举,未尝不可视作朱、陆治学取向的风格差别所在。郭嵩焘尊朱,更多是貌合,于陆才是真正的"心契"。其所作《质疑》的思路,正是要"就经以求其义"。联系该篇前文,可知郭氏心中,乃存

---

① 以上参见《论戴震与章学诚》,第72、70页。
② 《郭嵩焘日记》第4卷,湖南人民出版社1983年版,第247页。
③ 章学诚著,叶瑛校注:《文史通义校注》上,中华书局1985年版,第263、264页。此语余英时《论戴震与章学诚》书中已引。
④ 《大学章句质疑·序》,郭嵩焘:《养知书屋诗文集·文集》卷三,(台北)文海出版社1968年版,第106页。

在着"郑注（汉学）→《章句》（朱学）→经义（陆学）"这一层级递进的价值评判序列。学有汉宋，亦如诗有唐宋，其各自表征的含义，早已超越了以朝代命名的时间性意义，而意味着风格与取径之分。郑、朱、陆所各自代表的，既是传统经学的研究方式的不同，也蕴含着学者学术趣味与取向的差别。

《大学章句质疑》之《序》作于光绪十六年（1890）夏，可以说代表了郭嵩焘一生于传统学术的最终见解。而其在朱陆之间的偏向，实则从对"心"的注重也可窥见端倪。郭氏重"理"，但仍以"心"为归，一再申明"理之在人心，析之而愈精，研之而愈出"①。又云："人生大要，莫如治心。持身应事，及当大任，皆以一心为之准则。言心而万事万物具其中，可谓持其本矣。"②明言以"心"为"本"，即是郭嵩焘偏向陆学的证据，复令人想起其对于中国人心风俗的频频致慨。因之，郭嵩焘比较中西之别与富强之道、以人心风俗为"本"的取径，正是其论学主宋尤其是宗陆、重在"尊德性"的内在思路的自然反映。

尚需指出的是，郭嵩焘固然自许理学宗传，尤其心契陆学，但亦并非不重视学问。他沐于乾嘉朴学的余风之中，对"学"亦多有强调。其"尊德性"，乃是"道问学"中的"尊德性"③。对于如何挽回人心风俗的问题，郭嵩焘举出的正是学校这一途径："宋儒出而言理独精，培养人才亦独盛，其功在学校。"④但其所最心契者，仍然是德行之学，所谓"学者致知诚意，极于修身止矣"⑤。"学"在此具

---

① 《王实丞四书疑言序》，《养知书屋诗文集·文集》卷三，（台北）文海出版社1968年版，第113页。
② 《聂仲芳心斋跋》，《养知书屋诗文集·文集》卷二五，（台北）文海出版社1968年版，第1408页。
③ 此语出自余英时《论戴震与章学诚》，第75页。
④ 《答黄性田论学校三变》，《养知书屋诗文集·文集》卷十三，（台北）文海出版社1968年版，第706页。
⑤ 《大学章句质疑·序》，《养知书屋诗文集·文集》卷三，（台北）文海出版社1968年版，第105页。郭嵩焘亦重视西学（"实学"），曾有"欧洲各国日趋于富强，推求其源，皆学问考核之功"的议论（《郭嵩焘日记》第3卷，湖南人民出版社1983年版，第356页），与严复相一致。但归国之后，其注意力仍主要集中于有关"人心风俗"的德行内容，应是其知识结构使然。

有的是工具性价值,通向个人道德完善的终极目标。思贤讲舍之立,正是此意。

以人心风俗为富强之"本"、主张道德救世,并非只是郭嵩焘的独见,实是晚清思想界的一股重要支流。而以郭为中心、在湖南聚集起的一批理学人物,正是这一流别的代表性群体。郭嵩焘与友人论及时局,常有相近见解。如辑有《濂学编》《道学渊源录》的黄嗣东,谈及富强问题时说道:

> 即富强二者,未尝无策,然决非今日所能行。无他,天下万事万务,根本人心。人心流极败坏,以有今日,直无复可以有为之理。①

此言与郭嵩焘的思路如出一辙,自然深相契合,后者在日记中评论云:"此真名言矣。"郭氏好友朱克敬论思贤讲舍章程,乃云"必不能外宋贤遗规";又云:"今日之大患在人心风俗,非一二能词章考据之求,而人才之求;求人才必自整顿人心风俗始。"② 彭丽生在禁烟公社集会时开讲,亦云:"自乾嘉以来,学者一意诋毁宋儒,直将作人的规模,毁坏净尽。人心风俗,安得不坏?"③ 更是站在宋学立场对乾嘉汉学的直接批评。至民国初年,湘人刘人熙在思贤讲舍遗址上设立船山学社,仍持道德救国的主张④。斯学之传承流衍,于此可见一斑。

"人心"与"风俗",亦可合而为一。郭嵩焘尝自言:"人心之积为风俗。"⑤ 与"人心"的连用,寓示着郭所注重的乃是"风俗"的道德性内涵。"风俗"一词,难于精确定义,概言之,除自然风土的含义之外,在涉及人为治理问题时,它偏重于"俗"也即其社会性

---

① 《郭嵩焘日记》第4卷,湖南人民出版社1983年版,第25页。
② 同上书,第134页。
③ 同上书,第416页。
④ 彭平一、黄芳《论郭嵩焘在近代中国"人心风俗"思想演进中的地位》一文中有叙及。
⑤ 《郭嵩焘日记》第4卷,湖南人民出版社1983年版,第88页。

内涵，指向的是一定群体中具有普遍性的伦理准则、行为方式、思维特点乃至心理状态。其概念的核心在于道德，但范畴又大于道德。郭嵩焘以理学背景偏重的固然是其德行内涵，但英国经验作为其心目中正面参照的存在，使得这一内涵早已暗中更新，不复纯然是传统伦理标准，而不乏异国经验形成的新内容。郭嵩焘并未对"人心风俗"的概念予以明确阐释。风俗人心往往从细节处体现，涵盖着人群中小至一举一动的行为习惯。① 郭在日记中大量记载异域闻见的具体内容，对中西民情的细节性比照亦曾出现。② 就其大端而言，郭嵩焘在批评中国风俗时，常举出国人之"徇私"——这一观念在严复处曾得到更为明确的表达：《论世变之亟》中，严复即指"于刑政则屈私以为公"为西人"命脉"之一端；又云"德育当主于尚公"③，与郭嵩焘对"私"的批评恰相呼应。从而郭嵩焘所反复言及的国人之"私"，意中同样存在却未曾言明的正是西人之"公"。"公"在命名上虽仍与宋儒重合，却令人联想到本土传统素来匮乏的公共意识④，寓示着

---

① 严复尝云："今日中西人士论中国弊政者，均沾沾以学校、官制、兵法为辞，其责中国者，何其肤廓之甚哉！夫中国之不可救者，不在大端，而在细事；不在显见，而在隐微。故有可见之弊，有不可见之弊；有可思及之弊，并有不可思及之弊。"（《论中国之阻力与离心力》，《严复集》第2册，第467页）即隐含着注重细节与人心之意。

② 论者业已指出郭嵩焘对于西方文化精神如"实事求是"的注重与对中国之"虚文"的批评（参见徐立望《郭嵩焘的晚年思想》，《学术研究》2003年第8期）。袁洪亮《论郭嵩焘的"人心风俗"思想》将郭嵩焘所观察的西方"人心风俗"概括为开放意识、求实精神、重商求利；彭平一、黄芳《论郭嵩焘在近代中国"人心风俗"思想演进中的地位》一文中所论与袁文相类，但增加了礼节彬然的内容。

③ 《论今日教育应以物理科学为当务之急》，《严复集》第2册，第282页。

④ 郭嵩焘在旅欧日记中记载："西洋考求政治民俗事宜，皆设立公会，互相讨论。"并举出平治道路之事为例，以为西洋"城村道路岁一修治"，"犹设立公会，相与考求其实，期于利国便民"，中国则是"任其坏乱"。可见其对于西人之公共治理与社会事务参与意识的关注。值得注意的是，这段议论乃是由严复来访所带来的资料而生发，因而亦未始不是郭、严二人当天所讨论的内容（参见《郭嵩焘日记》第3卷，湖南人民出版社1983年版，第564—565页）。严复日后在为《孟德斯鸠法意》所作按语中，针对作者对于中国"民德"之"欺罔诈伪""各恤己私"的批评，尤为致慨："而民所惟私之恤者，法制教化使然，于天地无可归狱也。夫泰西之俗，凡事之不逾于小己者，可以自由，非他人所可过问，而一涉社会，则人人皆得而问之。乃中国不然，社会之事，国家之事也。……且其人既恤己私，而以自营为惟一之义务矣，则心习既成，至于为诳好欺，皆类至之物耳，又何讶焉？"（[法]孟德斯鸠：《孟德斯鸠法意》册上，严复译，商务印书馆1981年版，第416—418页）可以见出严复不仅将社会公共意识的缺乏作为中国民德中其他负面内容的根源，而且把这一缺乏的原因归结于政教（"法制教化"）使然。郭、严二人在此议题上应有共识。

其"人心风俗"所具有的"现代"意蕴。而这正是郭嵩焘的意义所在。其思想中的传统学术资源与旅欧的时代性经验相遇合，从而得出西洋富强之"本"乃在人心风俗的结论。今日回望晚清的思想脉络，这一颇为寂寥的观念别具其价值。

二

1895 年，严复在《直报》发表其生平第一篇时论《论世变之亟》，文中在提及明季以来中西交通日广的事实后说道：

> 此郭侍郎《罪言》所谓："天地气机，一发不可复遏。士大夫自怙其私，求抑遏天地已发之机，未有能胜者也。"①

严复此处所引郭嵩焘之言，出自后者 1877 年在伦敦英国公使任上致李鸿章的书函。②《罪言》乃指《罪言存略》一书，收录其论及洋务、禁烟事宜的奏疏与书函六封，有 1879 年郭氏养知书屋自刻本。郭嵩焘于严复，既有知遇之恩，复深有知己之感。严复此处的引用，并不仅是说明中西交通乃不可阻遏的自然之势。此时距郭嵩焘去世不过四年，而正值甲午战后，国家蒙受奇耻，一己归国 10 余年、悒悒无所作为，借《直报》这一新获得的平台，严复乃是将胸中积抑已久的不平之气与警世之言一吐为快。"救亡四论"笔挟风雷，有喷薄之势，而居于其首的《论世变之亟》即征引郭嵩焘以"罪言"为名的著论——这一举动不仅道出了严复对于郭嵩焘高出时人的见地所抱持的相知相惜之感，亦可佐证后者之于前者，实存在着重要意义。

郭嵩焘与严复于 1877 年在伦敦相识，此后逐渐熟悉并加以赏识。郭长严 30 余岁，后者虽未著籍为弟子，义在师友之间。而从郭的日记中可以看出，至少在二人相识初期，郭嵩焘对于严复在西学的认识上确曾起到了指引作用。光绪四年（1878）二月初九，郭嵩焘在日

---

① 《论世变之亟》，《严复集》第 1 册，第 3 页。
② 参见《光绪三年三月伦敦致合肥伯相书》，收《罪言存略》，光绪铁香室本。

记中记载严复评张自牧《瀛海论》，批评"西学中源"说，受到郭的肯定，但严复论张不知机器之利，对此郭却有更深一层的见解：

> 西洋制法，亦自有本末。中国大本全失，西法从何举行？勉强行之，亦徒劳耳。①

郭因此不仅体谅老友张自牧的"难言之隐"，更评论云："严又陵知舟车机器之宜急行，亦未必遽为特见，高出人人也。"此时严复抵英已近一年，主要在学校学习自然科学知识，对西学的注意力主要仍集中在"舟车机器"的层面。而郭嵩焘对于西洋富强之道，业已形成自己的看法，突出体现在其时常语及的"本末"之辨。② 郭对于严复的指点情形，今日已难考见。但从前者此一时期的日记中所见，此后严复在其跟前的议论，不仅集中于各类自然科学知识，而且已开始关注中西社会风俗的比较，并认识到"西洋学术之艰深，而苦穷年莫能殚其业"③。而郭嵩焘的评价，从此前的未必"高出人人"，到随后"深切著明"的评语、进而更"极赏其言"，可见随着严复对于西学认识的深入，遂因与郭嵩焘见解相合而日益受到后者的赞赏。二人每相见时即着意探讨西学，这之间严复的认识转变，想来不乏郭嵩焘的提点之功。将严复日后的言论与郭嵩焘留存的文字相对照，不难见出二人在若干思想观念上的若合符节。而其中最重要者，首先在于有关西洋富强之"本末"理论，以及其间存在的异同之处。

1895 年，严复在其言论公开发表之初，即已明确表达了对西洋之"本"的见解。稍早在甲午年（1894）十月，他在家信中说道：

> 中国今日之事，正坐平日学问之非，与士大夫心术之坏。由

---

① 《郭嵩焘日记》第 3 卷，湖南人民出版社 1983 年版，第 444 页。
② 房弈在《良将·国士·窃火者——留英期间严复郭嵩焘交往研究》（《船山学刊》2003 年第 2 期）一文中业已指出郭嵩焘此时对西方的认识远较严复为深刻，并在"本末"认识上对严复有引导和鼓励之功。本文与其立场相近，但对这一细节的阐释重心稍有不同。
③ 《郭嵩焘日记》第 3 卷，湖南人民出版社 1983 年版，第 517 页。

今之道，无变今之俗，虽管、葛复生，亦无能为力也。①

严复在此批评"士大夫心术之坏"，与郭嵩焘的口吻如出一辙。"由今之道，无变今之俗"（《孟子·告子下》）一语，正是严复一生中引用频率最高的语句之一；"人心风俗"一词，亦是二人言论中屡相重合的关键词语。但严复在此首先举出的，乃是"学问之非"——"学问"的位置居于"心术"之先，无意中暗示了严复心目中二者之间在重要性上存在的细微差别。数月后发表的《论世变之亟》中，他更明确道出了其眼中西人的"命脉"所在：

其命脉云何？苟扼要而谈，不外于学术则黜伪而崇真，于刑政则屈私以为公而已。②

1898年，严复还曾有更为直截的表达："欧人之富强，由于欧人之学问与政治。"③尽管将指向政治制度的"刑政""政治"与学术并举，但前者不仅在排列中居于次席，且严复日后还曾明言："西艺（科学）实西政之本。"④作为清季引介西学最重要的代表人物，严复对西方学术的重视，此处毋庸赘述。至少在他早期关于富强之"本"的判断中，学术一直被置于第一义的位置。而郭嵩焘与严复在此一思路上的同异，也因此昭然若揭：在关于西法自有其本末、富强不过是其表象的观念上，严复早年即受到郭嵩焘的启发、承继了其思路；而对于西洋之"本"究竟为何的问题，二人却未尽全同：郭嵩焘未尝忽视学问，正如严复也一贯重视人心风俗，差别在于其各自观念中何者居于更具本源性的位置。

因此，在关于西洋富强之"本"的问题上，郭、严二人存在着风

---

① 《与长子严璩书》，《严复集》第3册，第780页。
② 《论世变之亟》，《严复集》第1册，第2页。
③ 《论中国之阻力与离心力》，《严复集》第2册，第466页。在严复的这些表述中，"学术"与"学问"二词被交替使用，所指应大体相同，但仍可有细微分辨："学问"可泛指知识，"学术"则强调知识的系统性和专门性。本文在使用严复意义上的"学术"一词时，指向近代的"科学"，而"学问"则暗含了普遍性知识的意味。
④ 《与〈外交报〉主人书》，《严复集》第3册，第559页。

俗与学术孰重孰轻这一微妙的同中之异。而正如前文所指出，郭嵩焘以人心风俗为"本"，内在思理源于其理学信仰尤其是对陆学一脉的心契。这不免令人联想到宋学中的朱、陆之别——重视德行的主流氛围之下，朱熹与陆九渊在"道问学"与"尊德性"上的取向差别，在后学流衍中渐被放大，俨然指向了"知识主义"与"道德主义"两种不同进路。① 而在郭嵩焘由"尊德性"到重视"人心风俗"这一演进思路的对照中，严复的重"学"观念竟然也与传统学术语境中的"道问学"一系获得了某种奇妙对应。且郭、严二人在"风俗"与"学术"之间的兼取和偏顾，也正与余英时先生在分辨朱陆异同时所指出的理路相类：郭嵩焘乃"'道问学'中的'尊德性'"，而严复则是"'尊德性'中的'道问学'"，差别只在于何者更具本源性的一线之间。尽管严复所寻求之"学"的内容，几乎已被"西学"完全置换，推重知识的思维属性却一脉相承。近千载之下，严复、郭嵩焘之间的观念出入与本土学术思想史上的朱、陆异同遥遥呼应。

由此推而广之，"道问学"与"尊德性"，既意味着宋学内部朱、陆之间的不同倾向，也可视作传统学术史上汉学与宋学两种治学路数的风格之别，还不妨象征着学术思想史中面对经世致用的现实问题时所产生的两种应对之途。或者可以说，知识与道德，在人类社会的演化过程中，本身即是具有普遍意义与对应关系的结构性存在。在寻求形上之道或救世取径的思想者视野中，难免出现何者更具优先性的问题。尽管学问与德行的具体内容均已有着时代性的更新，但郭嵩焘和严复的同中之异，仍然在无意中切合了这组二元对应的思想理路，同时也内在地寓示着传统德行之学与近代科学话语在学术史转捩关头的潜在对立。

这一差别还容有详论。作为郭嵩焘的晚辈，无论是对传统的批评还是对西学的认识和引入，严复均显出了他的重要推进。严复对于本土传统的批判趋于激烈，这一倾向尤其体现在甲午至戊戌期间其思想

---

① 参见朱熹《答项平父》，转引自葛兆光《中国思想史》第2卷，复旦大学出版社2011年版，第238页，另参见同书第218、237页有关论述。对此余英时则提出其中蕴含的"智识主义"与"反智识主义"的冲突（《论戴震与章学诚》，生活·读书·新知三联书店2000年版，第295—297页）。

倾向相对激进的阶段,"救亡四论"正可作为代表。从对儒家治道的正面挑战到对本土学术的几乎全面否定,严复在引入西学的宗旨之下,批判传统的姿态较之郭嵩焘不可同日而语。郭虽然较早接触"洋务",思想开通,但其履临欧陆之时,自身的学养与思想系统均已成熟。他以宋学尊德性的思路、得出西洋之"本"在人心风俗的结论,业已将自身的思维弹性发挥到极大限度。郭嵩焘赞叹泰西之治,乃比之以"三代"之世;他讲求学校之盛,举出的例子则是本朝:"若如圣祖以至乾隆之季,一百三十余年间,重之以精,求学校之实,鼓舞人才,以使之务实求精,其庶几可望也。"① 在展望理想社会时"瞻后"而非"顾前",作为进化意识取代循环观而带来的有关时间观念乃至世界观发生变化的产物,正是严复这代人开始具有的新的思维特征。② 具体的价值判断容有新见,但在郭而言,思维方式上的本土影响仍是笼罩性的。严复则不同。其10余岁便进入福州船政学堂,系统学习英文与自然科学的基础知识;赴英国留学不过20余岁。西学在其知识结构中具有基础性的位置,且没有中学的"负累"。也正因此,当他站出来批评传统的时候,某种意义上,他是站在外部而非内部的立场,从而能够予以全面而彻底的、结构性的审视与实质性的批判,甚至不无激进的嫌疑。正如郭嵩焘撰《大学/中庸章句质疑》诸作,尽管秉持着自家的怀疑精神与独立见解,但仍出入于传统学术内部的不同取向;而严复作《辟韩》,则是以域外政治思想为理论资源,对儒家治道之说提出全面挑战。从"质疑"到"辟",不仅蕴含着动作行为的激烈程度的差异,更重要的是二者背后理据与思路的质的变化。

较之无形的"人心风俗"而言,"学"显然更具有可操作性。郭嵩焘亦提出以学校作为移风易俗的取径,但他所说的"学"的概念,与严复眼中的学问仍然大有出入。他所谓:"格物者,致知之事也。物者何?心身家国天下是也。格物之事何?所以正之修之齐之治之平

---

① 《郭嵩焘日记》第4卷,湖南人民出版社1983年版,第19页。
② 严复曾对"三代"之说予以直接的驳斥:"以春秋战国人心风俗之程度而推之,向所谓三代,向所谓唐虞,只儒者百家其意界中之制造物而已,又乌足以为事实乎?"(《孟德斯鸠法意》册上,商务印书馆1981年版,第35页)

之是也。"① 在郭嵩焘看来，致知之事，仍需归具于心；而格物作为致知之途，所"格"的对象，乃是"心身家国"，目的乃在于修齐治平。"格致"作为本土传统中最易与西方自然科学发生对应的概念范畴，自明末起已被传教士借用在译述中，至19世纪后期更被广泛使用，亦是严复的常用词之一；但在该系统的"格致"概念中，所"格"之"物"乃指向自然世界，所"穷"之"理"则由"义理"变为"物理"②。而在郭嵩焘对理学概念的系统承继中，遵循的仍是宋儒的正统用法，且更接近于"尊德性"的陆学而非"道问学"的朱熹一路。郭意中推崇之"学"，并非"求之于外"的学问，而更是作为"中之要领"的心身德行之学。而与郭嵩焘对于陆学的心契相比，严复所持的客观经验论立场，使得其对于陆王一系的学说曾给予尤为严厉的批评。《救亡决论》云：

> 夫陆王之学，质而言之，则直师心自用而已。……盖陆氏于孟子，独取良知不学、万物皆备之言，而忘言性求故、既竭目力之事。惟其自视太高，所以强物就我。后世学者，乐其径易，便于惰窳敖慢之情，遂群然趋之，莫之自返。其为祸也，始于学术，终于国家。③

"良知不学""强物就我"，反映的是严复的批评指向，主要在于其"反智识主义"倾向与主观唯心论的立场。标举心内良知的陆王之学，在清代考据学兴起时即已遭遇过一次学术史的内部反动。而由于其在致知方式上与"物"（客观世界）的脱离，走向了近世"科学"的反面，在晚清再次遭致严复的责难："夫中土学术政教，自南渡以降，所以愈无可言者，孰非此陆王之学阶之厉乎！"民国以后，

---

① 《大学章句质疑·序》，《养知书屋诗文集·文集》卷三，（台北）文海出版社1968年版，第105页。
② "格致"的对象从"义理"转为"物理"，乃是19世纪后期时人的说法。引自尚智丛《1886—1894年间近代科学在晚清知识分子中的影响——上海格致书院格致类课艺分析》，《清史研究》2001年第3期。
③ 此处及下文所引《救亡决论》，出自《严复集》第1册，第43、44—45页。

在批评梁启超的言论发表过于轻率时，他仍然说道："任公宋学主陆王，此极危险。"①"良知"之说玄妙空疏，在此旗号下容易流于率性而为、不计后效。"宋学主陆王"的分辨，也暗示着严复对于程朱"道问学"一系的相对好感。如同《救亡决论》一文主旨所明示的，严复推崇的"学"乃是西学——近代意义上的自然科学与社会科学。出于对"科学"抱持的由衷热忱，此时严复所说的"学术"几乎与之对等。他不仅通过时论与译著的形式、孜孜宣传和引入西学，还曾提出改造国民以臻于郅治的系统理论设计——聚焦于"民智、民德、民力"的"三民说"。"民智"与"民德"，不妨即分别对应于"学问"和"风俗"②。而正如这一列举所显示的，早年的严复乃将"民智"置于"民德"之先的位置③。甲午尤其是庚子以后，开民智成为一场社会性的思潮/运动，正与严复提出的这一倡导直接相关。

严复与郭嵩焘的不同，喻示的是随着时代语境的变迁、两代知识人之间的相异与演进。知识结构的代际差异之外，严复面临的时代形势也更加严峻：郭嵩焘的盛年时期，正值同治中兴前后，其一生虽然经历了鸦片战争、太平天国与中法战争诸乱，但在强度、频率乃至性质上，均不及后来的甲午、庚子与辛亥数役给国人带来的心理冲击。严复的思想与言论，是紧紧围绕对新的社会问题与时代思潮的因应而发生的。此外，19世纪末起内地报刊业的迅速发展，令严复获得了发表言论、宣传思想的重要媒介；此前郭嵩焘只能在友人书信与自身日记中抒发所见，知者极为有限；以书籍形式刊刻行世，尚有遭遇毁版的风险。严复所产生的社会影响，与报刊这一现代媒介密切相关。

---

① 《与熊纯如书》，《严复集》第3册，第648页。
② 严复言论中亦曾流露出"民德"与"风俗"之间的关联与对应关系。如《原富》按语中言及度量衡标准不一的害处乃云："所以为民德风俗之祸者尤巨。"（[英]亚当·斯密：《原富》册下，严复译，商务印书馆1981年版，第394页）可为一例。
③ 严复自身思想也曾经历有所转变的过程。1895年发表的《原强》云智、力、德三者之中乃"以民智为最急"（《严复集》第1册，第14页），至1906年初则申明"德育尤重于智育"，且有"至于德育，凡所以为教化风俗者"云云，可以窥见其思想中"德育""民德"与"教化""风俗"系列概念之间的对应（《论教育与国家之关系》，《严复集》第1册，第167页）。严复的这一转向，可能有此时新学已成主流思潮、占据优势地位的现实因素在内，也暗含着其本人对于科学主义倾向的自省。

尽管如此，郭嵩焘对于严复的影响仍然深远，并蕴含着超出时代的价值。光绪十七年（1891）六月，郭嵩焘在湖南去世。七月中，李鸿章为其奏请立传赐谥，虽然着意强调其早年的军功与治绩、明示其人实为同治中兴的幕后功臣，仍立即遭致否决，理由乃是因其"出使外洋，所著书籍，颇滋物议"①。而仅4年之后，严复即在《直报》上公开发表《原强》《辟韩》诸论，言论尺度远为过之。1897年，天津《时报》馆再刊《罪言存略》铅印本；同年秋冬之际，湖北沔阳李氏刊行"铁香室丛刻"，《罪言存略》与《使西纪程》亦赫然名列初、续集之中。郭嵩焘与严复先后预言的"天地气机，一发不可复遏"，迅速得到了确验。

三

19世纪后期，在关于西洋之"本"的议题上，除"风俗"与"学术"外，郭嵩焘提及的"政教"之"政"，以及严复举出的西方"刑政"／"政治"，还意味着其时知识人所面临的一个全新的时代议题，即"制度"的问题②。就本土传统而言，现代政制的设计乃是真正的新事物。无论是宋儒关于"道问学"与"尊德性"的分辨，还是改革家意图增强国家行为能力的举措，均未曾就新的政治制度有所梦见。郭、严二人虽然予以重视和肯定，但其改良图景中并未将制度问题置于首位。实际上，几乎与郭嵩焘同一时期，两广总督张树声还曾以封疆大吏的身份、向清廷提出另一种关于西洋"富强"的本末观：

> 夫西人立国，自有本末。虽礼乐教化，远逊中华，然驯致富强，具有体用。育才于学堂，论政于议院，君民一体，上下一

---

① 光绪十七年七月二十五日诏旨，《郭嵩焘先生年谱》，郭廷以编订，尹仲容创稿、陆宝千补辑，台湾"中央研究院"近代史研究所专刊，1971年，第1009页。

② 本文中所说的"制度"主要乃指狭义的政治制度而言。英文中 institution 兼有"制度"与"习俗"的含义，或许正说明了二者间的密切关系。郭嵩焘在旅欧日记中亦曾关注议院的设置，其所说"政教"之"政"也应带有"制度"的含义在内。

心，务实而戒虚，谋定而后动，此其体也。轮船大炮、洋枪水雷、铁路电线，此其用也。中国遗其体而求其用，无论竭蹶步趋常不相及，就令铁舰成行，铁路四达，果足恃欤？①

张因此劝谏朝廷"采西人之体，以行其用"。此系其1884年在遗摺中提出。郭嵩焘、张树声，乃至后来的新政中坚张之洞，先后均曾在广东这一得风气之先的地域担任要职。若要为其对西洋的认识追溯渊源，粤地的实务历练与风气感染，必然对其人的观念产生重要影响。西人"礼乐教化，远逊中华"的说法，沿袭的乃是标识着帝国文化自信的一贯口风。值得注意的是，中华之"礼乐教化"与西人"论政于议院"的各自表达，却暗示了"政"与"教"在其视野中的剥离。如果说"政教"之"政"在传统语境中多作"法度禁令"解，那么此处与"议院"的连用，则意味着张关注的实则是新的制度之"政"。作为郭嵩焘的同时代人，张树声举出"政"为西人立国之本，与前者更为强调和"人心风俗"相关联之"教"恰相对照。

正如严复在《论世变之亟》中征引郭嵩焘《罪言存略》之语，张树声的这段话也在近代另一部名作中被郑重照引：郑观应在初版于1894年的《盛世危言》之《自序》中所谓"善夫张靖达公云云"是也②。这一文本中的线索，暗示了张树声关于西洋"本末"的思想并非无源之水、无本之木③。郑观应为广东人，早年即开始买办生涯，日后投资实业，且成为著名的趋新知识人。其文集中今存《上粤督张振帅论政治书》，中有"昨诣崇辕，猥赐下问"语④，可见张树声曾当面向郑观应请教洋务与治法问题。由于督办粤防军务大臣彭玉麟奏

---

① 《遗摺》，《张靖达公（树声）奏议》卷八，何嗣焜编《近代中国史料丛刊》第23辑，（台北）文海出版社1968年版，第559页。沟口雄三在《作为方法的中国》一书中已引（孙军悦译，生活·读书·新知三联书店2011年版，第36页）。

② 夏东元编：《郑观应集》上，上海人民出版社1982年版，第234页。

③ 张树声系淮军出身、李鸿章旧部，也曾与郭嵩焘来往。参见《郭嵩焘日记》第4卷，湖南人民出版社1983年版，第308、315等页。

④ 夏东元编：《郑观应集》下，上海人民出版社1988年版，第343页。

调郑观应赴粤差委,光绪十年(1884)春,郑离沪抵粤①,正值张树声督粤的最后时期。从《郑观应集》看,二人至少公务上时有往来。张在遗摺中提出"西人立国自有本末"的观点,郑观应的影响想来不可忽略。而郑在《盛世危言·自序》中大段征引张氏原文,正是二人在此论题上心有戚戚的反映。

值得一提的是,《盛世危言·自序》开篇尚引《中庸》"君子而时中"一语,申明:"中,体也,本也,所谓不易者,圣之经也;时中,用也,末也,所谓变易者,圣之权也。无体何以立,无用何以行?"②这一论述未免令人想起19世纪末张之洞著名的"中体西用"之说。实际上,张之洞于1884年继张树声之后为两广总督,亦与郑观应直接往来。《盛世危言》风行清末,还曾"奉上谕饬译署刷印,分散臣工阅看"③,该书对于张之洞"中体西用"的理念乃至1898年初《劝学篇》的写作,未始没有重要的启发作用。《盛世危言》首列"道器"篇,明言"道为本,器为末;器可变,道不可变;庶知所变者,富强之权术,非孔孟之常经也"④,在"中体西用"的思想理路上上承冯桂芬,下启张之洞。而毋论这一说法是否出自郑观应的本心,客观上却已将其与撰写《辟韩》的严复在某种意义上分别了思想阵线。

关于"道器"的自白与西法自有其"本末"的观念尽管自相矛盾,《盛世危言》对"议院"的肯定仍然是书中引人注目的要点。其"议院"篇末云:

> 中国而终自安卑弱,不欲富国强兵为天下之望国也则亦已耳;苟欲安内攘外,君国子民持公法以永保太平之局,其必自设立议院始矣!⑤

---

① 《郑观应年谱简编》,夏东元编:《郑观应集》下,上海人民出版社1988年版,第1538页。
② 《郑观应集》上,上海人民出版社1982年版,第233页。
③ 同上书,第239页。
④ 同上书,第240页。
⑤ 《盛世危言·议院上》,《郑观应集》上,上海人民出版社1982年版,第314页。

风俗·学术·制度：19世纪后期关于"富强"的本末观

"议院"作为清季趋新士人标举的关键词语，乃是新的政治制度的象征。郑观应此处充满热忱的论断，不仅呼应了张树声的言论，而且更加明确地流露出一种制度至上主义的意味。光绪二十一年（1895）春，正值严复在《直报》发表"救亡"诸论期间，江苏布政使邓华熙将《盛世危言》奏呈光绪，折中再次重复了张树声的论点："夫泰西立国，具有本末，广学校以造人材，设议院以联众志，而又经营商务以足国用，讲求游历以知外情。"① 可以见出，19世纪八九十年代，对西方政治制度的关注，即便是在清廷的高层官员中，也已形成一股不可忽视的思想潜流。

从郭嵩焘、严复到张树声、郑观应，其人关于西洋富强自有"本末"的认识显然具有一致性，但在"本"为何物的问题上，诸人的答案容有重合，关注重心却不尽相同。很长一段时期中，对于19世纪后期与20世纪初维新运动进程的叙述，通常根据"器物→制度→观念"的模式划分为数个不同阶段，背后潜在的是进化意识支配下的历时性叙述框架。诚然，这一框架业已为研究者所陆续挑战②。"阶段论"的划分便于叙述，却很可能对历史的原貌有所遮蔽。从诸人的"本末"论述来看，早在19世纪七八十年代，国人对于西方的认识，便早已超越了"富强"的表象，而进入制度与意识的层面；绵延至于甲午以后，由于外在压力的刺激与报刊媒介的涌现而获致广泛传播的可能。某种意义上，提倡西学而兼及"政教"的严复正是一位集成与开辟者。而在这些看似零星分布的思想"据点"中，与本土传统的内在贯通的发掘，以及彼此之间的相互影响的勾连，使得潜在其间的历史脉络仍然历历可寻。

这一关于富强之道的"本末"之辨，实则关涉帝国转型的理路选择问题。郭嵩焘、严复等主张的西洋自有"本末"论，与张之洞一系的"中体西用"说，代表着清季知识人在取法西洋上的不同取向。而西法自有其"本"的观念，在严复的时代开始蔓延成为一种共识。

---

① 《郑观应集》上，上海人民出版社1982年版，第226页。
② 如王兴国在《郭嵩焘评传》（南京大学出版社1998年版）一书第六章指出，郭嵩焘以"通商""政教""人心风俗"为"本"的言论，业已超越了其所处的"器物"阶段的历史定位。

1896年，也即严复发表"救亡四论"的次年，梁启超在《时务报》开始刊出其早年名作《变法通议》。"论不变法之害"一节后，次节名为"论变法不知本原之害"，以类似于宣言的形式，在标题上即明确传达了强调变法之"本"的信息。这一事件或许可以作为一种标志——《变法通议》意味着近代最著名的报刊政论家的诞生；"论变法不知本原之害"的命题，则喻示了国人对于富强之"本"的探寻，不再是日记中或遗摺里的独语，而即将成为常识性的认知。

只是"本"究竟为何物？风俗、学术、制度，这是19世纪后期本土知识人在寻求富强奥秘的过程中给出的三种具有代表性的答案。诚然，三者之间难免界限不清、关系错综，本文无意就这一问题"泥足深陷"。值得一提的是，若付诸社会改良的实践，在可操作性的层面，三者之间或许存在着某种递进的关系：风俗潜藏于无形，学术需要长期建设或普及，制度却是可以通过"革命"的激烈手段一蹴而就、见效迅速。也许正是出于这一内在因素，清末旨在普及学问、开启民智的社会风潮在短暂兴起之后，即迅速被制度变革的要求转移了注意力，进而有辛亥鼎革的发生。只是单纯的政制更替究竟有多大的效验，民国以后普遍存在的失望情绪或许能够对这一问题有所说明。与狭义的政治制度相比，传统语境中的"政教"之"政"，更意味着与教化相联系的政令法度。宋儒云："风俗之变，必由上以及下。"① 出之于上的政令固然是养成风俗的有效途径，立足于民间的自发陶冶同样不可或缺，这也正是郭嵩焘以转移风俗自任的思路所在。风俗是普遍的人心，其主体指向社会性的大众。郭嵩焘所说的"人心风俗""吏治""士习""民情"均在其列，可见其涵盖之广。至于严复意中之"学"，既指向以西学为主要内容的学术，也意味着学问的普及（开智/启蒙）——对象同样指向广泛的社会群体。近代以后，传播媒介的改变正在日益抹平社会阶层之间的界限。在社会改良的视野中，"风俗"与"学术"之说，也即郭嵩焘和严复之间最重要的共通之处，正在于其均将关注的重心放在最广泛的社会群体——"现代"的主体——之上。

---

① 《朱子语类》卷八十，第2073页。

然则学术与风俗之间是否存在关联？郭嵩焘以德行之学为修身的取径，希望以"学"来改善"人心风俗"。而严复所说的"学术"，无论是指向客观真理的自然科学还是有益于制度建设的社会科学，均是经过去道德化之后的智性知识，有助于纠见识之"偏"，却难以直接对应于道德的改善。"三民说"中民智与民德的并列，即存在这一暗示①。清末开智运动中所宣传之"学"，乃属于严复意义上的近代之"学"。而这一知识与道德分离的趋势，无意中也令严复陷入某种思维的困境：其注意力从早期"民智"到后期"民德"的暗中置换，实已说明问题。风俗植根于广泛的个体意识之中，冠冕的道德说教容易流为空洞的口号，教化的实现往往更借助于蕴含在具体情境话语之中的潜移默易。实际上，严复对此亦早有见及。国闻报馆自光绪二十三年（1897）十月始登载其与夏曾佑共同署名的《本馆附印说部缘起》，可说是19世纪末国人呼吁以小说来开化民众的正式宣言。② 文中明言："（说部）入人之深，行世之远，几几出于经史上，而天下之人心风俗，遂不免为说部之所持。"说部与人心风俗之间乃存在直接的因果关联，道德教化的功用甚至超过"经史"。至于梁启超日后提出的"薰""浸""刺""提"的理论总结，更是对小说之作用于人心的生动概括。只是梁启超将"新小说"与"新道德""新风俗"

---

① "民智"与"民德"的分离应是严复的自觉意识，而其源来自斯宾塞。《群学肄言》云："故民德民智，厘然两事。彼谓徒事民智，而民德自然日淳者，见诸事实，偏其反矣。……顾吾谓是徒进民智，而望风俗行谊之美者，其设思用心，与前二者，相去不能寸耳。"（［英］斯宾塞：《群学肄言》，严复译，商务印书馆1981年版，第282—283页）业已明白道出"民智"未必能直接作用于"民德"的判断，以及"民德"与"风俗"之间的对应关系。

② 陈平原、夏晓虹二位先生编《二十世纪中国小说理论资料（1897—1916）》第1卷（北京大学出版社1989年版），即以此文居首。此处引文出自该书，第1—12页。严复和夏曾佑以国闻报馆主持者的身份提倡说部，很可能是受到了自傅兰雅以至梁启超的启发。光绪二十一年（1895）五月初，也即严复在《直报》连载《救亡决论》之后不久，英国传教士傅兰雅在《申报》刊出《求著时新小说启》，明言"感动人心，变易风俗，莫如小说"（引自潘建国《晚清时期小说征文活动考论》，《古代小说文献丛考》，中华书局2006年版，第122页）；次年（1896）岁末，梁启超在《时务报》刊载《变法通议·论幼学》，亦强调小说读者"多于六经"，提倡"专用俚语，广著群书"（《二十世纪中国小说理论资料》第1卷，第12—13页）。日后梁启超对于小说变革尚有系统的理论阐发与实践，而严复几乎未再言及。

相对应的同时,也举起了"革命"的大旗,昭示着其理论宣传的激进色彩①。19世纪末对于小说之社会作用的揭示,经过庚子事变的刺激,乃被纳入开智运动的潮流之中;而在小说翻译与创作的实践中,政治小说类型与现实谴责题材尤为瞩目。以"掊击""政府""显其弊恶"乃至"过甚其辞"的"谴责小说"②为标志性成果的清末小说变革,并未显出以德化民之功,对于社会心态的激化反有推波助澜之效。其时对于传统小说的批评,往往止于诲盗诲淫的"标签"层面,潜藏在文本细节中的深层精神秉性被忽略,新的价值和道德观亦未得以从容树立。尽管这与严复以说部转移风俗的初心相去甚远,但严、梁诸人对小说于人心风俗之功用的理论阐发,仍预言性地暗示了文学乃至人文学在"科学"主流话语之外的独特价值③。

以严复理论为嚆矢的清末开智运动,随着政制变革要求的高涨而渐告衰歇。然而民国以后,制度更替实现,知识系统转换,理想社会却并未到来。从风起云涌的孔教运动到新文化人的伦理革命,寓示着"新""旧"知识人均将注意力转移到道德的层面。严复也未能外。1917年所说"中国目前危难,全由人心之非"④,正与数十年前郭嵩焘的感慨如出一辙。1921年秋,也即严复生命的最后时刻,他在给熊纯如的信中提及制度变革问题,乃感叹道:"宣统年间之号呼立宪,辛壬之际偪取共和,然而立宪则立宪矣,共和则共和矣,而此十余年来,果效何若?""军阀财阀,犹此民耳"。他因而断定:

> 由今之道,无变今之俗,其必假而不复为真,盖无待蓍察而可决也。⑤

"由今之道,无变今之俗",这一意味深长的语句的重复,与其说

---

① 参见梁启超《论小说与群治之关系》,《二十世纪中国小说理论资料》第1卷,第33—37页。
② 参见鲁迅《中国小说史略》,北新书局1927年版,第329页。
③ 严复在清末时亦言及宗教的作用:"宗教为物,其关于陶铸风俗者,常至深远。"(《孟德斯鸠法意》册下,第592页)
④ 《与熊纯如书》,《严复集》第3册,第678页。
⑤ 同上书,第715页。

是对郭嵩焘立场的简单回归，或者是对制度与学术之效用的失望，毋宁说是对于革命式制度建设的否定，以及对科学至上主义观念的反省。与"政教"相关联的"风俗"，不仅具有历时的稳定性，且指向社会性的集体主体，因而其陶冶养成绝非朝夕之功。清末时期的严复和郭嵩焘都反对激烈的变革，但精神上仍焦灼于国家富强的迫切愿景。本末、体用的分辨与对富强之"本"的亟亟探寻，体现的正是处于时代困局中的国人渴求突围的典型思维方式。"本"意味着问题的根本解决之道，甚至暗示了捷径的可能。只是学术与风俗的进步和改善，需要行之有序的制度建设；而政制能够实现的程度，更受到学问与人心的双重制约。或者可以说，治道之"本"，本身即是多元共生的复杂状态，而非存在某种确定而孤悬的答案。而无论制度、学术还是风俗，其各自蕴含的传统意蕴与现代内容，以及彼此之间的错综关联，仍然是值得后来者思考的不尽话题。

从"杂歌谣"到"俗曲新唱"

——近代歌词改良的启蒙意义

李 静*

清末民初开始的启蒙运动曾采取多种形式。虽然一些国人对其时音乐状况的体认多是"雅乐久亡，俗乐淫陋"，但是一些有识之士并没有放弃"俗乐"。他们认为"俗乐"在民间非常流行，因而可以充当很好的启蒙工具。这些人以"旧瓶装新酒"，利用民间的俗乐形式进行启蒙，并因此产生了大量作品。

对民间俗乐的利用有一条清晰的线索。起初，是梁启超、黄遵宪推动，以《新小说》为阵地，从属于近代"诗界革命"的"杂歌谣"创作。继之而起的是《绣像小说》中涌现的一批"时调唱歌"作品。这些作品不但扩大了民间曲调的使用种类，而且也进一步加深了"歌谣"的影响力。受到这两本小说杂志的启发，近代的一些启蒙思想家开始大量借用流行的民歌、小调、俗曲等艺术形式①，填以新词（"俗曲新唱"），形成了一次以"白话报"为主要发表阵地的创作高潮。"俗曲新唱"配合当时的"戏曲改良"，成为中下层民众说法的有力武器。

---

* 李静，北京航空航天大学人文与社会科学高等研究院副教授，文学博士，研究方向为中国近现代音乐文化。

① 出现在近代报刊中的"俗曲新唱"其实也包括了弹词、龙舟歌、滩簧等现在属于曲艺（说唱文学）的内容。本文以考察近代音乐改良在民间层面的开展为中心，试图"再现"近代报刊上"俗乐改良"的复杂情况，因此本文基本上以"栏目"及其下属的内容为研究中心，对其中所包含的如弹词的"开篇"，"滩簧"的"十更天"等可独立演唱的形式都予以介绍。

一 《新小说》上的"杂歌谣"

1902年,梁启超计划出版自诩为"中国唯一之文学报"的《新小说》。在其规划的杂志栏目中有"新乐府"一项,"专取泰西史事或现今风俗可法可戒者,用白香山《秦中》《乐府》、尤西堂《明史乐府》之例,长言咏叹之,以资观感"①。黄遵宪得到消息后建议:

> 报中有韵之文,自不可少。然吾以为不必仿白香山之《新乐府》、尤西堂之《明史乐府》。当斟酌于弹词粤讴之间,或三、或九、或七、或五,或长短句,或壮如陇上陈安,或丽如河中莫愁,或浓至如焦仲卿妻,或古如成相篇,或俳如俳技辞。易乐府之名而曰杂歌谣,弃史籍而采近事。至其题目,如梁园客之得官,京兆尹之禁报,大宰相之求婚,奄人子之纳职,候选道之贡物,皆绝好题也。②

等到《新小说》出刊,梁启超果然采用了黄遵宪的意见,将栏目命名为"杂歌谣"。

在梁启超原来的预想中,这个栏目的设置是与"音乐"沾不上边的。梁启超的原意是要以"乐府"来"叙事",以之补杂志上其他"小说"叙事的不足。这样才可以解释为什么在《新民丛报》上已经有"诗界潮音集"和"饮冰室诗话"两个栏目刊载诗作的同时,一本名为"小说"的杂志上需要出现一个"诗歌"类别栏目的原因。虽然在原来的计划中,梁启超曾设定了一个"粤讴及广东戏本"栏目,但其用意在"此门专为广东人而设,纯用粤语"③,可见其关注点在"语言",而非两者共有的"音乐"因素。所以,黄遵宪的提议——将之改为"斟酌于弹词粤讴之间"的"杂歌谣",大大提高了

---

① 《中国唯一之文学报〈新小说〉》,《新民丛报》1902年第14号。
② 黄遵宪:《致梁启超函(光绪二十八年八月二十二日,1902年9月23日)》,见陈铮编《黄遵宪全集》上,中华书局2005年版,第432页。
③ 《中国唯一之文学报〈新小说〉》,《新民丛报》1902年第14号。

这个栏目中作品与"音乐"契合的可能。而不提"乐府",标举"歌谣",尤其是将"粤讴"整合进这个栏目,为后来出现的大量利用民间音乐形式(山歌、俗曲等)的创作指明了方向。

也许是由于稿源的问题,在目前所见《新小说》的24期中(两年,每年12号),"杂歌谣"栏只出现了12次:第1—11号,以及第16号(第2年第4号)。在杂志的第7期上,"杂歌谣"栏首次分成了两个部分:"杂歌谣一"和"杂歌谣二"。"杂歌谣一"还是刊登从前"乐府体"风格的作品,而"杂歌谣二"则开始刊登"粤讴"。此后,"粤讴"还出现在第9—11号以及第16号的"杂歌谣"栏中。尤其是第10、11、16号三号,"杂歌谣"栏中的作品全部是"粤讴"。可见,在《新小说》杂志的后期,"粤讴"逐渐占据了"杂歌谣"栏。因此,《新小说》"杂歌谣"栏目中刊登的作品可以分为"非粤讴"和"粤讴"两个部分。因为本文讨论的是近代中国的俗曲改良,所以此节论述的中心将放在对"粤讴"作品的分析上。

《新小说》中"粤讴"作品共22篇,虽署名不同,但均为晚清外交官廖恩焘的作品。对自己的创作,廖氏曾自为题词六首,其中第二、四两首为:

> 乐操土音不忘本,变徵歌残为国殇。
> 如此年华悲锦瑟,隔窗愁听杜秋娘。
>
> 万花扶起醉吟身,想见同胞爱国魂。
> 多少皂罗衫上泪,未应全感美人恩。①

以此读者可以管窥廖氏写作"粤讴"的心路历程。

廖氏22首"粤讴新解心"涉及的题材很多,如《呆老祝寿》(讽刺贪官搜刮百姓为慈禧祝寿)、《学界风潮》(讽刺留日学生被逐事件)和《离巢燕(为旅美华人而作)》(讽刺美国驱逐华工事件)等篇是有关时事的作品。《鸦片烟》《八股毒》《倡女权》等篇则为劝

---

① 梁启超:《饮冰室诗话》,载第38、39号合本。

诫恶俗而作。《自由钟》《劝学》《开民智》等篇则传达了各种启蒙思想。

以《倡女权》①为例：

> ……想我国势唔强，都系女权禁锢得久，樊笼鹦鹉，点飞得上百尺高楼。况且女学唔兴，就监佢要见识浅陋。重要缠埋双脚，整到佢骨软肌柔。老母若果精明，生仔就唔会蠢吽。讲到种强两个字，就要溯起源头。试睇吓人地外国个的女权，自己亦该见丑。积弱成咁样子，问你点得干休。舍得我中国生个罗兰夫人，个阵女权唔怕有（冇？）救。再生个维多利亚，就把自由钟响遍全球。唉，要思想透，唔好一样咁愚黔首。咪估话长起雌风，就怕有河东狮子吼。民智开后，女权倡到够。等佢二万万同胞慨血性女子，都做得敌忾同仇。

作品全用粤语书写而成。整篇作品大量使用"我""你"等词语，使读者在阅读体验中很自然地就自居于"你"的位置，因而避免了生硬的"启蒙"语气，使全文产生了一种与民众推心置腹，好似坐在炕头拉家常的气氛。新思想包裹于其中，因此显得平易近人，不那么高高在上。启蒙者与被启蒙者无形中拉近了距离，而民众也在不知不觉之中受到教化。廖恩焘"新粤讴"中针对中下层民众启蒙的作品风格大体如此。

《新小说》开启了一个具有现代色彩的文艺期刊时代。包天笑后来回忆说："当时的小说杂志都是模仿《新小说》的，确实是《新小说》登高一呼，群山响应。"② 不过，以"杂歌谣"这个栏目而言，《新小说》的影响远不只于文艺期刊，或小说期刊。其中的"粤讴"作品开启了近代以民间俗乐创作启蒙作品的先河。不过，"杂歌谣"栏中利用民间曲调来创作毕竟只限于"粤讴"，它的意义与影响还有

---

① 珠海梦余生：《倡女权》，《新小说》1904年第10号。
② 包天笑：《钏影楼回忆录》之《编辑小说杂志之始》，（香港）大华出版社1971年版，第357页。

待于继起的《绣像小说》中的"时调唱歌"来开掘和拓展。

二 《绣像小说》上的"时调唱歌"

《绣像小说》于光绪二十九年五月初一（1903年5月27日）创刊于上海。杂志以"绣像"、不分栏目等形式为特点，以示与《新小说》有所区别。虽然，它的定位更为"趋俗"，不过，从办刊宗旨、刊载内容等方面可以看出，该杂志还是以《新小说》以及梁启超等人提倡的"小说界革命"为指导的：

> 欧洲化民，多由小说，榑桑崛起，推波助澜。其从事于此者，率皆名公巨卿，魁儒硕彦，察天下之大势，洞人类之賾理，潜推往古，豫揣将来，然后抒一己之见，著而为书，以醒齐民之耳目；或对人群之积弊而下砭，或为国家之危险而立鉴。揆其立意，无一非裨国利民。①

虽然目前学界对《绣像小说》的创办、刊行多有疑义。但是，李伯元为《绣像小说》的主要编著者则较无问题。李伯元有"花界领袖"的称号，早期曾主持多种小报，对各种流行的民间曲调一定非常了解。他曾创作出《庚子国变弹词》和《醒世缘弹词》等曲艺作品。他的经验，加上《新小说》"杂歌谣"栏的榜样力量，就促成了《绣像小说》上"时调唱歌"作品的出现。

《绣像小说》共出72册。其中所刊"时调唱歌"有21题，分见于第1—8号，第10、11、15、16、26、27、31、32号上。由于《绣像小说》发刊于上海，所以"时调唱歌"作品不再只限于"粤讴"，而是呈现出百花齐放的态势。"时调唱歌"中涉及的民间音乐形式有"五更调"[包括第1号的"叹五更"、第3号的"梳妆台五更"、第4号的"吴歌体"、第6号的"小五更（北调）"等]、"送郎君"（第

---

① 商务印书馆主人：《本馆编印〈绣像小说〉缘起》，《绣像小说》1903年第1号。另可参见别士（夏曾佑）《小说原理》，《绣像小说》1903年第3号。

4号的"十送郎体"等)、"十二月调"[包括第2号的"十二月花名体"、第3号的"红绣鞋十二月"、第5号的"十二月太平年(北调)"等]、"开篇体"(第4、32号)、"北调叹烟花"(第7号)、"马如飞调"(第8号)、"凤阳花鼓调"(第10号)、"道情"(第11号)、"四季相思调"(第27号)等。21题的"时调唱歌"基本上在每一题后面标注了所使用的俗乐曲调,由此可见其强调作品可以"演唱"的特点。

与《新小说》中的"杂歌谣"一样,《绣像小说》中的"时调唱歌"作品所表现的题材范围也非常广泛,如讽刺时事的《时事曲(仿吴歌体)》(第4号)、《破国谣(悲东三省也,仿凤阳花鼓调)》(第10号)、《小五更(咏日俄交战也)》(第15号);劝诫恶俗的《戒吸烟歌(仿梳妆台五更)》(第3号)、《戒缠足歌(仿红绣鞋十二月)》(第3号)、《破迷歌(仿开篇体)》(第32号);宣扬自强、爱国的《爱国歌(仿时调叹五更体)》(第1号)、《自强歌》(第26号)、《同胞歌(仿四季相思调)》(第27号)、《爱国歌》(第31号);宣扬"尚武"精神的《从军行(仿十送郎体)》(第4号);等等。

与以中小学生为主要受众的"学堂乐歌"相比,针对下层民众的"时调唱歌"作品,因为表现形式的不同,呈现出一种浓烈的民族风味。

以第3号上的《戒缠足歌(仿红绣鞋十二月)》为例。歌曲以"好一个美多才"开篇,接着"嗳呀,香风儿扑满了怀。嗳嗳呀,柳荫树下,站着一个女裙钗。哼嗳呀,小金莲呀,他把风流卖"。一幅"以小脚为美"的"风流美女图"就呈现在读者面前。词句之间的赞叹与暗中的嘲讽杂糅得颇为巧妙,全然没有题目"戒缠足"传达出的冷峻。缠足的风俗由来已久。当时,不但大部分男子认同小脚,许多没有受到启蒙思想熏陶的女子也认同小脚的美感。因此,歌曲以赞叹开篇,切合了大部分已经缠脚的妇人"以小脚为美"的心理,这为她们接受下面的劝说铺平了道路。

在开篇的赞美之后,作者以三段唱词勾起了缠足人的伤心往事:

一双红绣鞋,嗳呀,正月里梅花儿开,嗳嗳呀,父母遗体偏要裹起来,哼嗳呀,伤天和呀,我的那个小乖乖。

二双红绣鞋,嗳呀,二月里杏花儿开,嗳嗳呀,三寸金莲,一步也难抬,哼嗳呀,走不动呀,我的那个小乖乖。

三双红绣鞋,嗳呀,三月里桃花儿开,嗳嗳呀,十指屈曲疼痛好难挨,哼嗳呀,狠心肠呀,我的那个小乖乖。

不过,作者也就此打住,并没有一味穷追猛打,而是又来了一句赞美:"四双红绣鞋,嗳呀,四月里芍药花儿开,嗳嗳呀,瘦小红菱好不美哉。"受了千般苦,终于成就一双小脚,不也是苦尽甘来么?然而,紧接一句"哼嗳呀,皮包骨呀,我的那个小乖乖"还原了真实。再接一句"皮破血烂一见了也心灰,哼嗳呀,蒙不洁呀",真是彻底打破了美梦!这时再来一句"我的那个小乖乖",在传统的调情套语之中,加入了"同情"的成分,同时也蕴含了"快醒醒吧"的规劝。

也许有人还不服气,"六双红绣鞋,嗳呀,六月里荷花儿开,嗳嗳呀,一钩新月好一似裙边埋"。那么后果是"站不稳呀"。更严重的是:"反乱临头跑也跑不上来,哼嗳呀,白送命呀"(七月)、"点天烛呀"(八月)、"亡国货呀"(九月),情形一句比一句严重。从"个人"的安危到"国家"的存亡都与"一钩新月"紧密地联系在一起。一句句"我的那个小乖乖"如一声声"棒喝",越敲越紧!经过如此的劝说,还不回头吗?

末尾三段,作者从正面立论,一方面缓和了先前的恐怖气氛;另一方面作者端出"满洲人大脚一样作八抬"和"西洋天足好不爽快"作为例证,以起读者见贤思齐之志。最后以"奉劝诸君怜惜小婴孩"收束,点明题旨。

通观全文,一唱三叹,一波三折,体现出作者对人情的深切体察。李伯元一生风流落拓,流连花界,难怪作品会写得如此贴合人情。

"学堂乐歌"中也有许多"戒缠足"歌曲。如"学堂乐歌之父"沈心工就创作过一首《缠脚歌》,发表在1905年的《女子世界》第11期上。《女子世界》是近代女权运动的重镇,对"缠足"问题的声讨,是近代解放女权的重头戏,所以相比于"时调唱歌"的《戒缠足歌（仿红绣鞋十二月）》，沈心工的《缠脚歌》更多的是一种血泪控诉的语气："缠脚的苦，最苦恼，从小那苦起苦到老。未曾开步身先尧。不作孽，不作恶，暗暗裹一世上脚镣。"对缠足痛苦的描写也没有了"设身处地的同情"，而是一种局外人对传统陋俗的无情揭露与厌恶。以《缠脚歌》的最后一段为例，"真小脚，爱卖俏，吊起那罗裙格外高。闲来还向门前靠。便没人赞他好，自己也低头看几遭"。对妇人"以小脚为美"的心理刻画惟妙惟肖，这一点与《戒缠足歌（仿红绣鞋十二月）》的开篇不分轩轾。但此篇作品传达出的是作者一副恨铁不成钢的心肠，毫不掩饰的嘲讽，甚至是鄙视，全没有《戒缠足歌（仿红绣鞋十二月）》的贴心与同情。虽然歌词作者同为男性，但沈氏一种启蒙者的自觉心理十分鲜明。该作品被收入《心工唱歌集》时题目改为"缠脚的苦"，歌词多了几段。多出的段落更可以证明笔者的分析：

　　千般丑，万般苦，奉劝你女子要早看破。从前一误勿再误，勿再误，勿再误，勿怪吾多言勿掩耳朵。

近代各种革新运动常有激进、温和两派。晚清的女权运动也是如此。上举两篇作品，正可以代表两派的不同风格。

"商务印书馆主人"曾在《本馆编印〈绣像小说〉缘起》中说："夫今乐忘倦，人情皆同，说书唱歌，感化尤易。"① 《绣像小说》中的"时调唱歌"作品就是这种理念的产物。而这些民间曲调也的确为启蒙者所要表达的主题提供了不小的助力。"时调"作为传唱于民间的曲调，自有其贴合人情的优势，以之"开化下愚"，更可以化解"我们"和"你们"的界限，成为更具有启蒙力量的工具。

三 "俗曲新唱"的扩张

虽然"歌谣"类作品的出现，并不都是在《新小说》和《绣像

---

① 商务印书馆主人：《本馆编印〈绣像小说〉缘起》，《绣像小说》1903年第1号。

《小说》创刊之后，但是这样的作品在此之前是非常稀见的。经过《新小说》最初的提倡，以及《绣像小说》的大量示范，其后设立"歌谣"类栏目的近代期刊非常之多。据笔者目前的粗略统计，有《杭州白话报》（栏目名称曾先后为"新弹词""杂歌谣""新歌谣""歌谣"）、《宁波白话报》（"歌谣"）、《中国白话报（半月刊）》（"歌谣"）、《吴郡白话报》（"歌谣"）、《安徽俗话报》（"诗词"）、《二十世纪大舞台》（"歌谣"）、《江苏白话报》["小说（时调唱歌）"]、《白话》（"歌谣"）、《直隶白话报》（"歌谣"）、《女界灯学报》（"歌谣"）、《第一晋话报》（"词曲"）、《广州旬报》（"歌谣"）、《潮声》（"歌谣"）、《复报》（"歌谣"）、《竞业旬报》（"歌谣"）、《新译界》（"杂歌谣"）、《大江七日报》（"讴歌"）、《振华五日大事记》（"粤声"）、《商工旬报》（"歌谣"）、《农工商报》（"歌谣"）、《中外小说林》（设有"龙舟歌""南音""木鱼""粤讴"等栏目）、《岭南白话杂志》（"音乐房"）、《天铎》（"粤人音"或"粤音"）、《妇女时报》（"谣曲选录"）、《（杭州）教育周报》（"歌谣"）、《通俗杂志》（"歌谣"）、《通俗周报》（"唱歌"）等。没有专设栏目，但也刊载过"歌谣"类作品的近代期刊则更多。从上面的统计可以看出，近代一大批以中下层民众为读者对象的杂志，尤其是白话报上大都设有"歌谣"栏。从发表的作品数量来说，白话报上的歌谣类作品更是占了3/4。

　　这些杂志上的"歌谣"类栏目清晰地表现出对《新小说》"杂歌谣"栏和《绣像小说》"时调唱歌"的继承。例如，《振华五日大事记》和《中外小说林》等杂志上刊载的大量"粤讴"作品，就是对《新小说》的继承。再如，《杭州白话报》在1901年创刊时并没有"歌谣"类栏目。类似"歌谣"的作品，如第1、2号上的《大家想想歌》、第2年第1号的《学堂乐》、第2年第4期的《醒国民曲》，尤其是第5—15期上许多以"唱……"为标题的作品——《唱团匪认祖家》《唱御驾到西安》《唱读书人真不了》《唱做官人真不了》《唱团匪闹京城》《唱商贾大艰难》——都收录在"杂文"栏目中。等到《新小说》出刊，《杭州白话报》不但转载了上面的《出军歌》和《洋大人》两篇作品，名之为"杂歌谣"或"新歌谣"，而且受其启发,还开辟出"新弹词"栏和"歌谣"栏发表自己的作品。而《宁波白话报》在改良后,"歌谣"栏中除收录了近代学堂乐歌的代表作品《马蚁》[①]外,其他全是"俗曲新唱"类的作品:《缠足叹(十送郎调)》《戒烟五更调》《象山不缠足会吴歌(仿十二月花名体)》《农人悔赌(摊黄)》和《望江南(戒缠足也)》[②]。《江苏白话报》则更为有趣。甲辰年(1904)第 1 期上标注为"时调唱歌"的《花名山歌(劝你们不要相信烧香念佛)》竟然隶属于"小说"栏,反映出该刊编辑与梁启超对《新小说》"杂歌谣"栏定位的契合。

一份报刊为求内容丰富,在适合自己定位的情况下,常常试图涵盖尽可能多的报章栏目。而诗词作为中国传统文明的核心艺术品种,必然在编辑者的考虑之列。但是,白话报针对中下层民众的定位,必然使得编辑者舍弃"文人化"的诗词,而取"歌谣"性质的作品。如《安徽俗话报》名其栏目为"诗词",不过其作品不怎么"阳春白雪",而是更多带有"杂歌谣"的气质。栏目中不但转载了《绣像小说》"时调唱歌"中"讴歌变俗人"(李伯元)的《送郎君(悲北事也)》(第 1 期)和"天地寄庐主人"(李伯元)的《戒吸鸦片歌(仿梳妆台五更体)》(第 9 期),而且还刊载了许多"俗曲新唱"类作品。如第 1 期的《叹五更(伤国事也)》、《醉东江(愤时俗也)》、《送郎君(悲北事也)》,第 4 期的《十杯酒(讥苛税也)》,第 6 期的《从军行(仿十送郎调)》,第 7 期的《十二月写郎——梳妆台调》,第 9 期的《戒吸鸦片歌(仿梳妆台五更体)》,第 10 期的《叹十声(仿烟花调)》,第 14 期的《祝国歌(仿鲜花调)》,等等。与《安徽俗话报》类似的还有《第一晋话报》的"词曲"栏。在目前可见的刊物中,"词曲"栏下刊载了两篇作品:《天足会歌》未标明演唱的情况,但《兄弟从军歌》清楚地标明了使用"十二月调"。由此可见,"歌谣"类作品不但满足了丰富报刊内容的需要,还颇适合白话报刊的定位,再加上梁启超等人的大力提倡,难怪在晚清的白话报刊

---

① 载第 1 次改良第 2 期,作者为曾志忞,该作品曾被梁启超收录在《饮冰室诗话》中(载《新民丛报》第 46、47、48 号合本)。

② 分载第 1 次改良第 1 期至第 5 期。

上出现大量的"歌谣"类栏目与"俗曲新唱"作品了。

通观这些"歌谣"类作品可以看出,由于《新小说》和《绣像小说》的提倡,其中的"俗曲新唱"作品,形成了平行于"学堂乐歌"的另一条近代音乐的发展路线,成为近代"音乐改良""音乐启蒙"的又一重要力量。这些作品与学堂乐歌非常不同。"俗曲新唱"中对曲调的介绍,往往只有一个名称,如"仿梳妆台五更体""仿鲜花调"等,对原曲几乎没有进行任何改编,曲调基本上保持了"原生态"。而所谓"新唱",则在于所表现内容的"新"。如填上了新词的《送郎君》①:

送郎君送到北京城,北京城里闹哄哄。今朝有酒今朝醉,忘记了八国联军来破京。

送郎君送到天津城,天津的城墙一铲平。金银财宝都搜尽,还有那狼和虎张口要吞人。

送郎君送到大连湾,外来的兵来好靠船。卧床让与他人睡,保不定那一年方肯归还。

送郎君送到凤凰城,凤凰城外好经营。一条铁路几万里,穿过了东三省直到北京。

送郎君送到欧罗巴,走到了外洋休恋家。三年耐得风霜苦,等将来转回程报效国家。

送郎君送到美利坚,游学不成不回还。他年成就学和业,乐得把好名儿海外流传。

"送郎君"是民间非常流行的曲调。纯粹的民间唱词,不过是送郎送到"柜子边""天井边""大门口""大路旁"之类的地点,表达了一种依依不舍的儿女之情。但是,此处之"送郎"放眼全球,到了"欧罗巴"和"美利坚",表现出传统生活视野被以民族国家为组成部分的世界格局所取代。唱词所表现的内容也因此脱离了男女情

---

① 讴歌变俗人(李伯元):《送郎君(仿时调送郎君体)》,《绣像小说》1903年第1期。

爱，传达出在世界格局下，护卫家国的思想主旋律。更为重要的是，作者通过这首填以新词的"俗曲"传达出一种对"郎君"新的期盼，这是一种对于新的世界观、新的人生理想的塑造，带有明显的"启蒙"色彩。而且，出于"女性"，更确切地说是"情妹妹"之口，借助于民间情歌的调子，也为原本浓郁的说教味蒙上了一层温情的面纱。另外，虽然歌词的作者是一名男性，但是这种"代拟"的方式在更为隐秘的层面也成为一种对具有"新眼光""新世界观"的"新女性"的召唤。

再如，发表于1913年的《放足乐（梳妆台调）》①。虽然作者运用的还是传统的"梳妆台调"，然而10年的时间已经过去，这篇作品于"气质"上与前面的作品已经有了很大的不同：

> 正月里春色到梅边，好一班有志的放足女青年。每日间约定了几个同窗友，手挽手，大踏步，走到学堂前。黄昏候，落日鲜，一队队下了课，依旧把家旋。看他们来和往，身体多自在，岂似那薄命人，苦苦地裹金莲。

原来的"戒缠足"作品大多局限于家庭与个人，立论也多从"缠足之苦"说起。而这篇作品从"放足之乐"入手，在正面提倡天足好处的同时，也印证了时代风气的转变："放足的名誉儿早早满天涯。想当初，创此举，不过四五辈，又谁料，闻风起，何止万千家。我劝你，你劝他，通国的姊妹们脱了锁和枷（十二月）。"

唱词主体段落的描写是随着"天足"所到之处逐渐扩展的：

> 二月里雨滴杏花梢，好一座秋千架，更比画楼高。姊妹们打起来，个个轻如燕，全仗着橡皮鞋，踏得十分牢。上操场，学兵操，喊一声，开步走，橐橐履声骄。说什么花木兰，古今无二，从今后，国家担儿，要男女一齐挑。
>
> 三月里水代碧桃流，消遣者，暮春天，最好结清游。著一双

---

① 《放足乐（梳妆台调）》，《妇女时报》1913年第11期。

小皮靴，登山又临水，一不用七香车，二不用木兰舟，芳草长，柳丝柔，放一回风筝儿，踢一回皮球。最可叹，裹足的那些红楼女，被束缚，都只为一对小银钩。

四月里满架发荼蘼，放足的女孩儿毕竟比人奇。到四方求学问，那管千万里，并不作寒酸态，临别涕交颐。小革囊，手自提，薄薄的行礼儿，几件单布衣。试问那缠足的，可能如此？恐怕他才出中门，便不识路东西。

原来因缠足而产生的各种问题也一一得到解决：

八月里桂发小山幽，天足女嫁了人，育麟谁与俦。人人夸，宁馨儿，长得多壮健，却只为怀胎时运动得自由。多幸福，少虔刘，无论那粗细事，决不费绸缪。富贵家，脱尽了纨绔气，贫贱人，分外的，省多少忧愁。

九月里霜打菊花篱，又到了重阳节，各把酒来携。姊妹们立下了登高约，便是那最高峰也要去攀跻。走危险，如坦夷。一霎时，凌绝顶，直与浮云齐。广胸襟，开眼界，荷登快乐。到如今，才知道，天足讨便宜。

十月里芙蓉朵朵鲜，表一表那一般热心女教员。虽然是，叫学问，时时还演说。说到了，放足事，情意更缠绵。快快放，莫留连，人四肢，与百体，那件非天然。试看我，收桃李，有了多少，谁不是放个足，行动似神仙。

"放足"所带来的妇女家庭地位的提升与社会价值的体现，使歌曲洋溢着一种天足女性由衷的自豪感。"放足"所带来的自由与健康，又带给歌曲一种天然、活泼的情致，正如歌中所唱的"缠足的好比那泥污藕，放足的却好比绿叶出清波"。这让读者不能不替她们感到脱却了枷锁的自由与欣喜。

与前面两首戒缠足歌曲不同的是，这首作品的作者不再是男性代言人，而是时代的新女性。作者曾言："在下本来是个缠足女子，如今却已放了。回想从前未放的时候，真如在牢狱一般。何幸一日得以自由，心内实在快活。闲暇无事，编成小曲一首，数出十二月的花名，无非唤醒痴愚，共登觉岸。"从"被动"解放，到"自求解放"，新女性终于从根本上完成了社会角色的转变。最后，整首歌曲以"回头来，试看看，不是旧中华"结尾，表达出一种"恢复江山劳素手"的巾帼豪气。与旧时代的女性相比，新女性的眼界与境界已经不可同日而语。

早在1897年，梁启超在写作《变法通议·论幼学》时就提出要以"爱国""变法""戒鸦片""戒缠足"等主张为内容，编写"歌诀书"作为儿童启蒙的教材①。同年，他在《蒙学报演义报合序》中说："西国教科书最盛，而出以游戏者尤伙。故日本之变法，赖俚歌与小说之力。"②虽然这样的话不免带有梁启超一贯的偏见，但是对"俚歌"的提倡意义深远。几年之后，他在《饮冰室诗话》中提议"今日欲为中国制乐，似不必全用西谱。若能参酌吾国雅、剧、俚三者而调和取裁之，以成祖国一种固有之乐声，亦快事也"③。不久，他开始实践自己的主张，"著了几部小说传奇，佐以许多诗词歌曲，庶几市衢传诵，妇孺知闻，将来民气渐伸，或者国耻可雪"④。顺着这样的思路，一些"俗曲新唱"的作者曾言："自古道，大声不入于里耳。偏生者些小调儿，倒是人人爱听。况且近来有些志士们，劝说'戏剧改良！戏剧改良！'难道者些小曲就不要改良了么？恐怕转移风俗的力量比那西皮二簧还要大得多呢！"⑤由此可见，这些"俗曲新唱"的作者是自觉地以"改良"的心态，使用这些"人人爱听"的"小调"来承担"唤醒痴愚，共登觉岸"的任务。

以《新小说》"杂歌谣"栏和《绣像小说》中"时调唱歌"作品为开端的近代的"俗曲新唱"影响深远。连颇为郑重的《孔圣会旬报》中都设立了"歌声"栏目，其中刊出的作品《激到我火起》特别标注用"夜吊秋喜"谱。"俗曲新唱"以"唱词的改良"为主，

---

① 梁启超：《变法通议》，见《饮冰室合集》第1册，文集1，中华书局1989年版。
② 梁启超：《蒙学报演义报合序》，见《饮冰室合集》第1册，文集2，第56页。
③ 梁启超：《饮冰室诗话》，《新民丛报》第40、41号合本。
④ 梁启超：《新罗马传奇·序》，见《饮冰室合集》第11册，专集93，第1页。
⑤ 《放足乐（梳妆台调）》，《妇女时报》1913年第11期。

因此深受近代"诗界革命"的影响。黄遵宪推行"适用于今、通行于俗"的新文学，梁启超主张诗歌创作要"以旧风格含新意境"，这些主张在"俗曲新唱"的作品中都得到了实践。它们与近代"戏曲改良"的作品一样，都是启蒙者为中下层民众说法的工具，所用曲调来自民间，是民众喜闻乐见的形式。以往的研究，因大多关注于"音乐"媒介的改变，所以对近代以"改良唱词"为核心内容的"俗乐改良"常常关注不够。不过，翻阅近代的各种报刊，"俗乐改良"无论是从数量上，受众的分层上，还是从文化含量上来说，都应予以充分重视。

《小说时报》的整理再版与学术考察

王 燕[*]

《晚清小说期刊辑存》是"2011—2020年国家古籍整理出版规划项目"之一，自2011年立项以来，经过编者5年的努力，终于在2015年5月由"国家图书馆出版社"顺利出版。这套丛书囊括了10种晚清小说期刊，其中既有《新小说》《绣像小说》《月月小说》《小说林》等"晚清四大小说杂志"，也有《海上奇书》《新新小说》《中外小说林》《新小说丛》《小说时报》《小说月报》等6种罕见小说期刊。《晚清小说期刊辑存》将以上10种小说期刊全部影印，总计60册，以原生态的方式保存了晚清小说期刊发展的全息图像，对于研究晚清文学及近代文化，具有重要参考价值。

在10种小说期刊中，诞生于清末民初的《小说时报》格外引人注目。该刊1909年9月由狄平子创办于上海，陈景韩、包天笑编辑，上海有正书局发行，1917年11月终刊，共出33期，另有增刊1册。《晚清小说期刊辑存》将这34册《小说时报》全部影印，这是该刊问世以来的首次再版，史料价值尤显突出。《小说时报》对于研究易代之际的文学转向具有不可替代的价值，其重要性不亚于同时期创办的《小说月报》，但在学界所受重视远不及后者，职是之故，在《晚清小说期刊辑存》出版之际，本文就《小说时报》的特色、创办及编辑等问题做一学术考察，以期学界对这一刊物做更深入的探讨。

---

[*] 王燕，中国人民大学文学院教授，研究方向为中国古代、近代文学。

一　名妓名伶与小说消闲时代的到来

《小说时报》的图片主要包括三类：一是封面插图，二是作品插图，三是照相图片。其封面插图皆为美人图，笔法简陋，设色俗艳，很能吸引一般民众。作品插图多出现于译作，相比于传统绣像，透视法的采用使画面立体感明显加强，但整体看来，作品插图缺乏新意，只是对诠释小说人物与故事情节起到了一定作用。

《小说时报》中最有欣赏价值的是各类照相图片。这些照片被置于卷首，集中出现，通常三四页，双面印刷，画面清晰，印制精美，是读者打开刊物跃入眼帘的第一幕。小说期刊刊载照片，《新小说》已开此先例，此后期刊多有效仿，但晚清小说期刊所载照片多是艺术家肖像和各地景物，大量刊载名妓名伶照片，当始于《小说时报》。

《小说时报》每期刊载的名妓照少则三四位，多则数10位，更有不少名妓的集体合影，所谓"八宝图""十美图"频频出现。这些名妓照片，具有多重文化意义。

首先，它们是展示清末民初都市时尚文化的难得史料。发型与装束是《小说时报》关注都市时尚的一大主题，而青楼女子是诠释这一主题的必要道具。如"上海之装束变迁"（第2期）、"北京女子种种之装束"（第24期）等，无不围绕这一主题大肆渲染。表面看来，这些图片与清末民初小说的功能转型似乎毫无瓜葛，其实，细节的真实和琐碎，正肢解着"小说界革命"提出的宏大命题，只是这种转换开始于青楼女子的鬓际发梢、领口衣角，虽铺天盖地，来势凶猛，却又悄无声息，化形无迹，读者的视野就这样被不经意地带离了梁启超为民众铺设的轨道。民初小说期刊的编者，也正是在这一过程中逐渐领悟了一种全新的办刊理念：原来不必深究启蒙与民智，小说期刊也可以办得有声有色。

其次，《小说时报》名妓图片是研究清末民初青楼文化的珍贵史料。随着照相技术与印刷技术的成熟，清末妓女从青楼走进影楼，从隐匿的文化存在变成显豁的时尚符码。昔日有关秦淮旧梦、诗酒风流的情色想象，如今都以物质化的造影技术，在照片的尺寸天地间毫发无伤地显现出来。青楼女子不但通过貌相、身段、穿着、打扮演绎时代风尚，而且还通过变换服饰和职业身份，率先感受着社会的进步和城市的新变。同时，不少名妓图片还提供妓女的花名、寓所，《小说时报》借名妓照片吸引读者，名妓靠《小说时报》来招揽生意。刊物编辑与沪上名妓的彼此利用与默契合作，使清末民初的小说期刊游移在娱乐消闲的边缘，无论小说内容怎样向宏大主题靠拢，两者终将不可避免地渐行渐远，相互背离。

再者，《小说时报》名妓图片对于研究易代之际的文人心态也有重要参考价值。《小说时报》所刊女子影像，虽常冠以八宝、十美、名妓、名花，但姿色平庸者大有人在，然而就是在这些乏善可陈的照片旁，文人题款却风光摇曳、笔底生香。如曰顾盼生姿，曰沉吟不语，曰眠茵观书，曰抛书远望。妓女的举手投足、一颦一笑，一经文人点染，立即香艳旖旎，仪态万方。但用文字夸诞、藻饰的妓女的万种风情，很难说是青楼女子自身的千娇百媚，反倒是文人的诸般闲情和风流俊赏。从这个意义上来说，被物化的妓女影像实际是反照文人心态的一面镜子。

《小说时报》每期必有的笔记，如《秦淮感旧集》《藁乡漫录》《红冰阁杂记》《烟霭晴晖都还斋笔记》等，不少内容抒写文人的咏妓情怀。如此一来，封面的仕女图、照片中的名妓小影和文中的咏妓诗词，里应外合烘托着《小说时报》编者的风流余韵。所以，《新小说》和《小说时报》虽然同样以印制精良而著称于世，但《小说时报》呈现的狎妓风尚，却使该刊从一面世就显露出与《新小说》截然不同的文化取向，即对于都市时尚的附庸与艳羡，这一特点难免淡化乃至消解了《小说时报》的救世情怀和严肃主题。

名妓之外是名伶，这是《小说时报》关注的另一重要群体。《小说时报》刊载梨园新闻和追捧名伶，可以增刊号和第20期为界分为前后两个发展阶段。

前一阶段虽有梨园弟子身影，但数量有限，也没有围绕核心人物大做文章。本阶段最有价值的梨园图片是第14期刊载的"春柳社"剧照，总题为"中国留学生在东京组织之春柳社演新剧摄影"，刊载了《黑奴吁天录》、法国革命剧《热泪》、俄国著名小说《金色夜叉》

三幅剧照。近代戏曲名家欧阳予倩认为《黑奴吁天录》是"中国话剧第一个创作的剧本",《热血》是"中国留学生业余演出的第二个大戏"。① 他曾无限遗憾地感叹自己精心保存的大量"春柳社"剧照不慎毁于"八·一三"战火,《小说时报》刊载的这三张剧照可谓劫后余生,其资料价值弥足珍贵。整体看来,相比于此后刊载的旧戏名伶,新剧剧照数量有限,由此可见,新剧虽为舶来的时髦剧,在清末民初尚难与传统戏曲抗衡。

《小说时报》真正关注名伶群体始于增刊号和第20期,此后几乎每期都有一两幅名伶剧照或化妆照,贾璧云、梅兰芳、王凤卿、王蕙芳、樊绘素、刘菊仙、赵君玉、郑君可、粉菊花等相继现身,尤以贾璧云、梅兰芳图片为多。增刊号几乎是贾璧云专辑,不仅封面剧照是贾璧云,独立插页也以其剧照为主。开卷第一文《贾璧云传》与《璧云集》,乃贾璧云生平简介,以及海上文人为他所作之唱和诗。第20期除了贾璧云,又增加了梅兰芳。此后几期,梅兰芳更是扶摇直上,连续刊载了他的五张化妆照和剧照。这些刊载于《小说时报》的名伶剧照虽然目前不太引人注意,但在民初颇受瞩目,这从贾璧云资料传承上即可看出。贾璧云生平以1926年张肖伧所著之《菊部丛谈》介绍最为详尽,但实际上,该文事迹、辞藻几乎全部来自《贾璧云传》和《璧云集》。由此可以看出《小说时报》捧伶之论在当时及此后10余年间影响之大。

《小说时报》虽为文学性读物,它对梅兰芳的追捧,却生动演绎了该刊对于新闻时效性的关注。民国二年(1913)秋,年仅20岁的梅兰芳跟随王凤卿首次赴沪演出,在艺术上可谓小荷初绽。正式演出前,应金融界杨荫荪之邀,先在张园"堂会"出演《武家坡》,此后才登上"丹桂第一台"正式亮相。《小说时报》在"堂会"演出后,就敏锐地嗅出了这一剧坛新锐将横空出世,不等梅兰芳正式亮相,就披露了其扮相与剧照。而"那时上海的报纸上剧评的风气,还没有普遍展开"②,在此背景下,《小说时报》娱乐新闻的即时性和超前性不

---

① 欧阳予倩:《自我演戏以来》,中国戏剧出版社1959年版,第161、166页。
② 梅兰芳:《舞台生活四十年》,团结出版社2006年版,第125页。

言而喻。毫无疑问,梅兰芳初露头角即脱颖而出虽主要得益于扮相、身段及唱功,但与沪上媒体及名流的推动亦不无关系,《小说时报》在此期间就充当了重要角色。除了刊登梅兰芳系列剧照,《小说时报》还借易顺鼎、樊增祥等名流品评为梅兰芳造势。

《小说时报》每期刊载名妓名伶小影,令人眼花缭乱、应接不暇,该刊创办者及编者以此类图片取悦读者的动机是主动的、自觉的,因此,可以说这份期刊以图片而非小说的方式,率先宣告了小说期刊在易代之际的功能转型,即由觉世、醒民,而大踏步迈入消闲、娱乐的时代。

二 狄平子与《小说时报》的创办

清末民初,上海《时报》曾与《申报》《新闻报》鼎足而立,号称"申、新、时"三大报刊。《小说时报》乃《时报》外围刊物,由《时报》经理狄平子创办。关于《小说时报》的创刊,包天笑晚年所写《钏影楼回忆录》对此介绍最为详尽。他说:"这时一个生力军的《小说时报》出版了。原来狄平子是心醉于小说的,《时报》上就每天有长篇连载,自我来后,便亟须办《小说时报》了,他本有一个有正书局的出版所,又有一个很好的印刷所,铅印石印齐备,办一个杂志,也较为方便。又有《时报》上,不花钱可以登广告。在筹办期中,登报征求小说稿,无论长篇短篇,文言白话,一例征收。那时译写小说的人,已经很多了。"[1] 论及《小说时报》的创刊,学界常推包天笑、陈冷血之功,其实,从创办、印制到广告、发售,狄平子才是《小说时报》的真正幕后推手,他之于《小说时报》的贡献决不亚于包天笑和陈冷血。

狄平子,原名狄葆贤,字楚青,一字楚卿,号平子,别署平等阁主等,江苏溧阳人,光绪二十年(1894)22岁中举,在京城广交名士。公车上书时,名列其中,此后追慕康梁,积极参与维新变法,尤

---

[1] 包天笑著,刘幼生点校:《钏影楼回忆录·钏影楼回忆录续编》,三晋出版社2014年版,第261页。

其是在庚子勤王之役中，为救亡图存，奔走呼号，不惜变卖家藏字画，与唐才常一起成立自立会。勤王不成，唐才常罹难，狄平子遁走扶桑，事渐平息，方返回上海，在康梁的支持下，创办《时报》和有正书局，此后，围绕《时报》创办《小说时报》《妇女时报》《余兴》《中华民国大事记》等系列刊物；因笃信佛教，还创办了近代中国第一份佛学杂志《佛学丛报》。成为近现代史上著名报人、出版家、收藏家、社会活动家兼佛教学者。

《小说时报》创刊前，狄平子在晚清小说界已崭露头角。梁启超《论小说与群治之关系》问世后，1903 年，狄平子以"楚卿"之名在《新小说》第 7 号上发表《论文学上小说之位置》，这篇文章在近代小说理论史上具有重要影响，"是一篇从文学内部规律的角度去研究小说特点和性质的不可多得的专题论著"，"使小说的概念趋向明确化，比较科学地说明了小说在文学上的地位"①。除此之外，狄平子还参与了梁启超在《新小说》上发起的"小说丛话"的讨论，这是以"谈话体"辑录的小说评论，其中有 10 余则论述出自狄平子之手，他称《金瓶梅》乃"真正一社会小说，不得以淫书目之"；称"《红楼梦》一书，系愤满人之作"；还说"圣叹乃一热心愤世流血奇男子也"。这些观点濡染了时代特色，凸显了维新派人士回望古典小说时抱持的特殊姿态。"平子"之论对于研究古典小说在易代之际的历史遭际，具有重要参考价值；同时，他对古典小说的熟稔与点评，也透露了他对小说的赏爱由来已久。总之，狄平子之于梁启超"小说界革命"的赞赏以及他本人之于小说的酷爱，是《时报》开辟文学附张，进而创办《小说时报》的重要原因。

《小说时报》最显著的特色是刊载名妓、名伶照片，而狄平子是这一编刊理念的始作俑者，他不仅提出创意，主动寻找名妓图片，吸引倌人拍照；还以《时报》主办者身份，结交社会名流及梨园名伶，积极为《小说时报》收集素材。包天笑在《钏影楼回忆录》中说："从前办那种文艺杂志，也很注意于图画，尤其是小说杂志。《小说时报》除了在小说中偶有插图外，每期前幅，还有许多页铜版画图。

---

① 郭绍虞：《中国历代文论选》第 4 册，上海古籍出版社 2001 年版，第 27—29 页。

这些铜版图,有的是各地风景,有的是名人书画,但狄平子以为这不足引人兴趣,于是别开生面,要用那时装美人的照片。这种时装美人的照片,将向何处去搜求呢,当时的闺阁中人,风气未开,不肯以色相示人,于是只好向北里中人去征求了。"又说:"狄楚青在南京路西,跑马场对面,开了一家唤做'民影'的照相馆。""为了我们要时装美人的照相,便极力运动那班花界姊妹来照相了。"①

如果说《小说时报》刊登名妓小影有赖于狄楚青的积极促动,名伶图片的选取则得益于狄楚青的广泛交游。贾璧云是狄平子"民影照相馆"俱乐部的常客,《小说时报》开辟增刊专门追捧他,自在情理之中。该刊之于梅兰芳的推介,则与狄平子敏锐的新闻嗅觉密切相关。梅兰芳在《舞台生活四十年》中说,1913年,他与王凤卿第一次到上海演出,"那时拜客的风气,还没有普遍流行。社会上的所谓'闻人'和'大亨',也没有后来那么多。凤二爷只陪我到几家报馆去拜访过主持《时报》的狄平子、《申报》的史量才,《新闻报》的汪汉溪。狄先生因为到过北京,跟凤二爷素有往来,其余二位都是他替我们介绍的"。② 梅兰芳拜访狄平子固然是为了拓展沪上演艺事业,而狄平子很快在《小说时报》连续刊载梅兰芳剧照和化妆照,则不仅显示了他捧角的热忱,更显示了他对这位梨园新秀的先知先觉,毕竟这是年方20岁的梅兰芳在上海的"打炮戏",能否一路走红,尚无定论。

如果说狄平子的"民影照相馆"为名妓名伶照片的摄制提供了技术保障,那么,他创办的"有正书局"则为图片的印刷提供了先进工艺。有正书局是狄平子出资创办并"全力经营"的产业,他聘请日本技师研习的五彩珂罗版为摄影图片的印制提供了得天独厚的条件。《小说时报》所刊名妓名伶照片,不少明确标注有"民影照相摄影""上海有正书局三色版精印""有正书局制五彩珂罗版"等字样,以具体实物展示其雄厚的技术实力。不仅如此,《小说时报》还多次

---

① 包天笑著,刘幼生点校:《钏影楼回忆录·钏影楼回忆录续编》,三晋出版社2014年版,第262—263页。

② 梅兰芳:《舞台生活四十年》,团结出版社2006年版,第123页。

为"民影照相馆"和"有正书局"刊登广告。由此,《小说时报》俨然成了狄平子文化产业链条上的一个出色宣传品,以精湛的影像为图片阅读时代的读者提供了全新的视觉享受。

由此可见,时报馆、民影照相馆与有正书局,乃至《时报》《小说时报》《妇女时报》等,实际是狄平子文化产业的不同组成部分,它们彼此独立又相互支持。《小说时报》在清末民初风行海内,确实源于背后有狄平子及其强大的产业链条的系统运作,否则很难想象这个刊物能在风云变化的年代维持10年之久。

三 冷血、天笑与《小说时报》的编辑

《小说时报》的创作实绩与《时报》密不可分。《小说时报》创刊前,沪上三大报刊中,《申报》自1872年创刊以来共刊载小说115种;《时报》自1904年创刊以来共刊载小说158种;《新闻报》自1906年创刊以来共刊载小说29种。《时报》短短5年间就超过《申报》37年间刊载的小说总量,它之以小说畅行于世也就不难理解了。① 值得注意的是,狄平子虽"心醉"于小说,但《时报》上并无一篇小说出自"平子"之手,显然,《时报》的小说编辑与创作当另有其人。

据笔者调查,在《小说时报》创刊前《时报》所载158篇小说中,署名"冷"或"冷血"的作品共计46篇,署名"笑"或"天笑"的作品共计39篇,两人作品合计85篇,占总量的二分之一强。这里的"冷"或"冷血"即陈景韩,而"笑"或"天笑"乃包天笑,当时"冷血"担任"时评"和"要闻"编辑,"天笑"担任外埠新闻编辑,换言之,这时他俩均身兼二职,既做编辑又当作家,这一角色定位到《小说时报》创刊时并无二致,只是《小说时报》创刊后,两人的作品刊诸《时报》的不过三五篇,他们之于小说的热情几乎从此全部转入了《小说时报》。

据笔者统计,《小说时报》共刊载小说、戏曲196种,包括144种短篇小说、46种长篇小说和6种剧本。其中冷血的作品有16种短

---

① 文迎霞:《晚清报载小说研究》附录二,博士学位论文,华东师范大学,2007年。

篇、4种长篇和2种剧本，天笑的作品有32种短篇、10种长篇和1种剧本。两人共计发表小说、戏曲65种，占总量的1/3。两人之于《小说时报》的重要性由此可见一斑。事实上，《小说时报》也正是以冷血、天笑之名来吸引读者的。如《小说时报》创刊不久，宣统元年（1909）九月二十四日《时报》便登载《新出〈小说时报〉》广告，声明："本报乃冷血、天笑两先生为笔政主任，所登之件，两先生之稿居十之七八。"

尽管"冷""笑"同时编辑《小说时报》，但两人之于该刊的影响不尽相同。就时间阶段而言，《小说时报》创刊之初，冷血、天笑作品数量相当，影响亦不相上下。辛亥年十一月二十五日（1912年1月13日）《小说时报》发行第14期以后，冷血作品逐渐减少，总共只有3种面世，第21期刊载了"冷"与"绿衣"合译的《生杀之权》，此后，冷血作品销声匿迹。这大概源于1912年冷血离开了供职8年的《时报》，出任《申报》总主笔，自然也就无暇顾及《小说时报》了。由此可见，冷血之于《小说时报》的影响主要是1912年之间的前14期。

《时报》刊载的冷血的"时评"与小说，已确立了冷血文风的基本特点。冷血为《时报》撰写的"时评"，以"冷隽明利""逐句分段"的文风自成一格，号称"冷血体"，风靡一时。《时报》刊载的冷血的46种小说具有显而易见的"时评"色彩，一是内容具有新闻化色彩，二是体制短小精悍，汤哲声早已指出，冷血乃是"用时评的手法写小说"。[①]《小说时报》刊载的22种冷血小说，其风格与"时评"亦相仿佛，新闻化色彩极为浓郁。如前三期总题为"各国时闻"和"名著杂译"的两栏目下共刊短篇小说15种，其中10种署名冷血。"各国时闻"中的《空中飞板》题下注为"日本近事"；"名著杂译"中的《火车盗》题下注为"美国时事"。这些短篇小说可谓挑战了小说创作与新闻写作两种文体边界的极限。

《小说时报》所刊冷血小说中，最具特色的是创刊号所载《催醒

---

① 汤哲声：《时评催人醒冷血心肠热——陈冷血评传》，范伯群主编：《演述江湖帮会秘史的说书人——姚民哀》，南京出版社1994年版，第191页。

术》，范伯群称之为"1909年发表的狂人日记"，并指出：《小说时报》没有"发刊词"，这篇小说作为创刊号所载第一文，实际隐喻着冷血欲借《小说时报》以"催醒"读者的主观意图。此外，冷血担任《新新小说》编辑时，该刊最显著的特色就是以刊载翻译小说为主，在主题方面则崇尚侠客主义。这两个特点在《小说时报》所刊冷血的22种作品中也很突出。除了11篇作品明确标注为译作，别的作品多写外国人物，真正以中国环境为依托的作品只有《催醒术》一篇。这些译作大多是名家手笔，其中有俄国普希金（蒲轩根）的《俄帝彼得》；契诃夫（屈华夫）的《生计》，法国雨果（嚣俄）的《聋裁判》；等等，由此可见冷血文学鉴赏力之非同寻常。就主题而言，《新新小说》崇尚的侠客群体依然是《小说时报》中令人瞩目的。《怪美人》《俄国之侦探术》等均围绕这类人群叙写。这些作品继承了《新新小说》的办刊理念，展示着冷血的家国情怀和热血柔肠。

《小说时报》刊载的冷血小说，几乎是他专注于小说创作的最后遗响。据李志梅博士的不完全统计，冷血一生共发表小说118种，出版小说集8种。[①] 1904年至1912年就职于《时报》的8年间是其小说创作的高峰期，代表性作品也都出现在这一阶段；《时报》和《小说时报》共刊载冷血小说68种，约占其作品总数的1/2强。《小说时报》是冷血作品最后的发表园地，见证了这位有着拳拳忧国之心的职业报人以小说改良社会的最后努力，冷血离开时报馆，转任《申报》总主笔后就很少创作小说了。

除了冷血，号称近代"通俗文学之王"的包天笑，也对《小说时报》的编辑和创作发挥了重要作用。包天笑（1876—1973）原名包清柱，后改名包公毅，常用笔名：天笑、笑、钏影楼、秋星阁等。天笑享年98岁，一生参与翻译、创作小说400余篇，主编或参与编辑的刊物多达17种。[②] 但真正使他崭露头角、立足报界的是供职于《时报》期间。他说："自清光绪三十二年（1906）至民国八年（1919），服务至十四年之久。"在其固定的职业生涯中，不仅为期最

---

① 李志梅：《报人作家陈景韩及其小说研究》，博士学位论文，华东师范大学，2005年。
② 沈庆会：《包天笑及其小说研究》，博士学位论文，华东师范大学，2006年。

长;而且终生"寤寐不忘"。1906年春,天笑携家人移居上海,旋即赴时报馆拜访狄楚青和陈景韩,冷血开门见山,立即邀他入时报馆;平子则单刀直入,讲明工作要求:写论说和小说,每月薪水80元。天笑此前坐馆于青州,每月五十两银子,相当于银圆70元左右;他知道在申报馆做编辑的同乡孙东吴,每月才28元,故欣然接受,从此开启了他人生中最辉煌的职业生涯。

冷血、天笑同样供职于《时报》,冷血主编"时评",天笑主编"副刊"。如果说冷血的"时评"与其小说相辅相成,共同分享着简辟意远、冷峻隽永的风格,对于探究近代短篇小说的兴起与特征具有重要参考价值;那么天笑的"副刊"则放大了《时报》的"文学兴趣",在招揽读者的同时,为民初文坛发现和培养了众多的通俗文学写手。

包天笑在《钏影楼回忆录》中记载,《时报》的"文学兴趣"吸引了大批青年读者,为了发表他们的文学作品,他在《时报》中开辟了"余兴""小时报"等文艺副刊。包天笑说:"这'余兴'一栏,实为《时报》副刊之始,也是上海各报副刊之始。"[①] 事实上,"余兴"是冷血离开时报馆后包天笑为《时报》开辟的文学园地,对他来说,通过编辑报刊发现文学新锐的工作,早在兼职"小说林社"时就已经开始了。1906年,包天笑入《时报》后不久,就被曾孟朴和徐念慈邀请到"小说林编译所",帮助审阅、修改大量来稿,在此期间,天笑有机会接触大量江浙一带的青年写手,了解他们的写作风格和创作实力。1909年《时报》附设《小说时报》,冷血常常出外旅游,又不耐看那些征求来的小说,于是审稿的工作,又落在了天笑身上。作为《时报》《小说林》及《小说时报》的主要阅稿人,包天笑掌握着稿件的生杀大权。他在读者群及作者群中的影响,绝不亚于平子与冷血;在发现和培养青年作家方面,甚至要远远超过平子与冷血。郑逸梅在《民国旧派小说名家小史》中不仅说天笑是"小说界的先进",是"一位资格最老的著作家",还提到"许多后进的小说

---

① 包天笑:《我与新闻界(续)》,《万象》1944年第4期。

家，经他识拔而成大名的，却不在少咧"。①

包天笑主编的《小说时报》《妇女时报》等刊物，为周瘦鹃、张毅汉等青年作家提供了最早的练笔机会，也使冷血走后的《小说时报》，成为"鸳鸯蝴蝶派"作品的重要发表园地。周瘦鹃被称为"鸳鸯蝴蝶派哀情巨子"，是《礼拜六》的台柱撰稿人兼编辑，在200期《礼拜六》上共发表小说134种。宣统三年（1911）11月，周瘦鹃的处女作《爱之花》发表于《小说月报》，使他获得了笔墨生涯的第一桶金——银洋16元，但6月包天笑主编的《妇女时报》创刊号就刊出了他的《落花怨》，这是他印成铅字的第一篇作品，也是"瘦鹃"之名的第一次行世，那时瘦鹃年方17岁。1912年1月《小说时报》第14期发表了他的《鸳鸯血》，此后"瘦鹃"成了《小说时报》的"常客"，包括《鸳鸯血》在内，《小说时报》陆续发表瘦鹃短篇小说15种、长篇小说5种。张毅汉发表作品时年龄更小。郭浩帆说："包天笑是小说家张毅汉的提携者和合作者，对张毅汉的小说生涯发生过重要影响。张毅汉的绝大部分小说发表在包天笑编辑的刊物上，他的130余种翻译和创作小说中，有将近一半是与包天笑合作的，署的是两个人的名字。"②《小说时报》刊载毅汉短篇13种，长篇1种，除了《盗画》和《泽畔因踪》单署"毅汉"，其余11种作品均署两人之名。"鸳鸯蝴蝶派"小说家作品大量刊诸《小说时报》，该刊自然被看作《礼拜六》的先声，而包天笑也被奉为该派主将。

总体看来，《小说时报》最大的特色是印制精美、图片丰富，尤以刊载名妓名伶照著称于世，这种特立独行的选材，以直观的形式宣告了小说娱乐、消闲时代的到来。这些图片具有重要参考价值，它们是展示清末民初都市时尚文化、青楼文化，以及易代之际文人心态的难得史料。其中刊载的梅兰芳、贾璧云、"春柳社"剧照，对于研究晚清戏曲也有重要史料价值。狄平子创办的书局、报刊，为《小说时

---

① 参见魏绍昌编《鸳鸯蝴蝶派研究资料》，上海文艺出版社1962年版，第535—536页。
② 郭浩帆：《清末民初小说家张毅汉生平创作考》，《齐鲁学刊》2009年第3期。

报》的创办奠定了物质基础,他筹集的名妓名伶照,成就了该刊的文化属性。晚清著名小说家、报刊编辑家陈景韩、包天笑,不仅承担了《小说时报》的编辑、创作之责,还通过组稿,为民初文坛培养了大批青年作家,从而对清末民初的文学转型产生了深远影响。

集历史文献与文学镜像于一身的民初期刊《中华小说界》

王国伟[*]

作为中华书局民初"八大杂志"之一的《中华小说界》，是民初小说期刊的重要代表。它创刊于1914年1月，月刊，署中华小说界社编辑发行，终刊于1916年6月，共出版30期，是以小说为主，兼及文苑、笔记、戏曲戏剧等的一本综合性文学期刊。

《中华小说界》的问世，从主观方面而言，是中华书局为与商务印书馆相抗衡，"中华书局有鉴于商务小说月报之风行，也就刊行《中华小说界》，和它抗衡"[①]。从客观上讲，也借助于彼时便利、宽松的外部环境，"因为在那时候，举办一种刊物，非常容易，一、不须登记；二、纸张印刷价廉；三、邮递利便，全国畅通；四、征稿不难，酬报菲薄；真可以说是出版界黄金时代"[②]。《中华小说界》的持续时间不长，无法与同时期的《小说月报》（1910—1931年，22卷262期）、《礼拜六》（1914—1916年、1921—1923年，200期）相提并论，它的刊行时间只有两年半，出版30期便告终结。期间共刊载长篇小说17部、短篇小说249部、传统传奇2部、外国戏剧10部。除此之外，还有笔记、文苑、名著、国闻、谈丛、谈瀛、谈荟、武库、画苑、艺术史、美术史、来稿俱乐部等栏目。每期6万—10万

---

[*] 王国伟，济南大学文学院副教授，文学博士，研究方向为中国近代文学。
[①] 芮和师编：《鸳鸯蝴蝶派文学资料》上，福建人民出版社1984年版，第238页。
[②] 同上书，第275页。

字，100余页，另配照片10余幅，内容十分丰富。它实际上是以小说为主的综合性文学期刊。

《中华小说界》既是晚清报刊勃兴的产物，也与民初文学的转向息息相关。报刊勃兴是与现代都市文化的发展、市民阶层的壮大相伴随的。据不完全统计，1865—1915年的50年间，上海地区的人口便从69万人迅猛增长到了200万人。①城市人口的增加，意味着消费群体的急剧扩大。以上海为例，"华界"生产性的工业和交通运输业人口仅占总人口的20％强，"这就说明，从人口职业的构成来看，当时'华界'是一个消费性远远超过生产性的地区"，租界人口情况也与此相类似。②市民大众在都市高效率、快节奏生活的紧张、忙碌之余，必然带来对文化产品的消费需求。物美价廉的报刊正满足了这种精神消费需求。19世纪下半叶，中国人自办的报刊开始大量出现，尤其是在上海。1815—1861年，总共才出现8种中文报刊，而1902年据梁启超统计，全国存佚报刊有124种。③辛亥革命后，"'人民有言论著作刊行之自由'，即载诸临时约法中；一时报纸，风起云涌，蔚为大观"④。单就目前掌握的资料而言，1902—1917年这15年间就创办过27种以"小说"命名的杂志（其中含一种报纸）。⑤晚清小说书刊的价格并不算高，早期小说期刊《海上奇书》售价才0.10元，后来的《绣像小说》售价0.20元，《月月小说》售价0.45元，《小说林》售价0.40元。⑥至民初由于印刷技术提高，小说期刊的售价就更为低廉，《中华小说界》售价0.20元，其他如《礼拜六》售价0.10元，《小说月报》0.20元，《小说丛报》《小说大观》也不过1.2元、1元。至民初，由于推翻帝制、民族革命目标完成以及其后袁世凯的专制高压政策，文学领域的政治热情消歇，大批文人转投文学报刊，从事编辑、创作，"民国成立以后，通俗文学继续发展，《游戏杂志》、

---

① 邹依仁：《旧上海人口变迁的研究》，上海人民出版社1983年版，第90页。
② 同上书，第33—34页。
③ 陈平原：《中国小说叙事模式的转变》，北京大学出版社2003年版，第255页。
④ 戈公振：《中国报学史》，上海古籍出版社2003年版，第208页。
⑤ 陈平原：《中国小说叙事模式的转变》，北京大学出版社2003年版，第255页。
⑥ 陈伯海、袁进：《上海近代文学史》，上海人民出版社1993年版，第75页。

《消闲钟》、《礼拜六》、《快活世界》、《好白相》、《上海滩》、《侦探世界》、《红玫瑰》、《紫罗兰》、《晶报》、《金刚钻》等五花八门的报刊层出不穷，许多大报为了迎合读者，增加销路，也纷纷刊载言情小说、侦探小说，增加通俗文学内容"①。《中华小说界》是在这股创办文学期刊、创作通俗文学的热潮中应时而起、应运而生的。

《中华小说界》的创作态度、编辑指导思想是十分严肃的。在创刊号的发刊词中，首先，主编瓶庵对中国小说的发展历程进行了回顾与梳理，说明《中华小说界》的创刊背景与创办原因。小说在中国向来被视为小道末技，不登大雅之堂，"言不齿于缙绅，名不列于四部，等同鸩毒，视等俳优。下笔误征，每贻讥于博雅；背人偷闲，辄见责于明师"。至晚清以降，由于域外文化的输入与影响和梁启超发动的"小说界革命"理论的号召，小说发展进入新纪元，"小说一科，顿辟异境"。然而由于民初政治、文化因素的变迁，小说由对外部救亡的关注忧虑一变而为内心宣情遣愁之工具，反映、干预现实的锐气大为消退，游戏消遣文学成为主流，"一编假我，半日偷闲，无非瓜架豆棚，供野老闲谈之料，茶余酒后，备个人消遣之资，聊寄闲情，无关宏旨"。对此瓶庵是极为不满的，认为这降低了小说作为"文学之最上乘"的地位，"致失小说之效用也"。其次，瓶庵明确提出了小说的三大功用（能）：已过世界之陈列所、现在世界之调查录、未来世界之试验品。这较好概括了小说对历史的记录、对现实的反映、对未来的想象这三大功能。借助于对过去、现在、未来的记录、反映、想象，小说可以发挥本体特性，起到感染人、激发人、熏陶人、提升人的作用，"熏刺浸提（见饮冰室所辑《新小说》一号），极其能事，以言效用，伟矣多矣"。再次，针对民初动荡的社会大变革、西学涌入的同时复古思潮尘嚣日上的复杂局面，瓶庵宣扬该刊的三大宗旨，"一曰作个人之志气也。一曰祛社会之习染也。一曰救说部之流弊也"。这是要以小说为武器，振作国民之精神、祛除社会之陈习、指正文学发展之道路。《中华小说界》要以自己的创作实绩，"稍尽一分之责"。

---

① 张仲礼：《近代上海城市研究》，上海人民出版社1991年版，第1076页。

《中华小说界》发表的小说作品题材十分广泛，计有滑稽、社会、言情、历史、侦探、外交、军事等 51 类，既有对晚清社会的描写，更有对民国初年城乡社会的多层次、多角度的广阔摹写；既有本土生活的生动展现，又有异域场景的精彩纷呈；展示了在丰富多彩的历史画卷之中、动荡多变的社会风云变幻背景下，个人情感、家庭生活、社会变革的方方面面、林林总总。作品中不乏轰动一时之作与世界名著，创作上有包天笑的言情小说《电话》和哀情小说《飞来之日记》、周瘦鹃的伦理小说《难兄难弟》、徐卓呆的理想小说《应接室》、刘半农的滑稽小说《福尔摩斯大失败》、徐枕亚的醒世小说《再来人》、林纾的翻译小说《情铁》与长篇历史小说《劫外昙花》等。另外像列夫·托尔斯泰、安徒生、屠格涅夫、都德、大仲马等一大批世界文豪的翻译作品也时有刊登。除小说外，诗歌方面刊登了刘半农用文言翻译的屠格涅夫的四章散文诗，这是外国散文诗在中国的最早译介。小说理论方面则有梁启超的《告小说家》、成之的《小说丛话》、王梦阮的《红楼梦索隐提要》等重要理论著述。

　　《中华小说界》在初期是以倡导纯文学为旨归的，尤其是在第一年。它以小说话、诗话等形式对小说、诗歌进行了探讨，就文学本体意义、文学创作、中外文学比较、古代文学作家作品等进行了多方面探讨。对于小说，尽管从总体上论者仍认为欧美小说不如中国小说受人欢迎，但就小说的地位与功用、部分中国古典小说的艺术特性、小说创作等方面，仍提出了许多真知灼见。如对小说在清末民初的勃兴作了如下描述："今试游五都之市，十室之邑，观其书肆，其所陈列者，十之六七，皆小说矣……吾国今日之社会，其强半，真可谓小说所造成也，小说之势力大矣。"① 由于受制于刊物的消闲、娱乐特色及市场属性，在第一年之后便极少刊载小说话、诗话，而代之以古瓷考、邮票乘略、武库等更适应市民阶层阅读接受的栏目，未能在文学理论领域再行开掘。

　　由于依托中华书局作为后盾，《中华小说界》在编辑、印刷、发行等方面都有较为完善、成熟的规范，与清末民初许多旋起踵灭

---

① 成之：《小说丛话》，《中华小说界》1914 年第 8 期。

的文艺期刊形成鲜明的对比。《中华小说界》在出版时间上从未延期，均为每月1日刊行。严谨而规律的出版周期，有效凝聚了读者，培育了稳定的受众群体。印刷上也十分考究，每期封面均为面貌各异却同样姿容秀美、服饰华贵的青年女性，尤其是创刊号封面，是一个正在打电话的女子，将引领潮流的时髦女性与传入中国不久的舶来品德律风（电话）相结合，堪称神来之笔。期刊拥有相对稳定的作者群体，包天笑、周瘦鹃、陈冷血、徐卓呆、许指严、刘半农、吴荣昌、徐枕亚等一大批著译者，特别是刘半农（25部）、包天笑（19部）、沈瓶庵（18部）、周瘦鹃（16部）四人，更是期刊的台柱，他们的著译小说占全部小说的近1/3（29.3%）。而在第二年第6期之后的后半段，著译者队伍已较为成熟、稳定，创作方面如刘半农，翻译方面如林纾口译者与重要助手之一的陈家麟，基本上每期有著译作品发表。

由于创刊伊始便是要与商务印书馆的《小说月报》相抗衡，因此《中华小说界》不可避免的呈现出以读者为中心、以市场为导向的风格，并为此进行了多方面的尝试与努力。为了扩大发行量，想方设法取悦读者是应有之义。为此，从装帧、装订细节到栏目设置，《中华小说界》都是匠心独运，仔细考量。在篇首照片中，除少量中国风景照外，主要为外国人物及风景、器物照片，如拿破仑及其子女、欧洲建筑、西方博览会、古罗马兵器等。在西学东渐大潮方兴未艾、"五四"新文化运动萌芽滋生的大背景下，这些异域风土人情的生动再现，无疑更为吸引国人的目光。在装订方面，期刊则遵从读者心理与需求，延续了晚清期刊的装订方式：篇目单独计算页码。这种方式便于读者了解小说篇幅，尤其利于将连载的长篇小说单独装订，自成一册。尤为细心妥帖的是，对于没有在双页码结束内容的连载小说，期刊则在该页刊载一些笑话、补白等短小内容，以保证该页码内容与整体内容相接续，避免出现另一篇作品的开篇部分。在题材选择上，《中华小说界》也从众从俗，贴近市民群体的阅读欣赏心理。在众多小说门类中，以言情、滑稽、社会、侦探四类最多，有96部，占全部小说数量的1/3强（36.1%）。这其中，又以言情小说数量最多，分类最细：有38部，分为言情、哀情、苦情、侠情、奇情、谐情、写情。此外,在当时第一次世界大战如火如荼进行之际,期刊也紧跟时局发展,开设了爱国、外交、军事、欧战等小说门类,介绍欧美各国尤其是欧洲各国间的军事、外交、间谍斗争,极大满足了读者的好奇心与求知欲。

为了增加稿源,吸引、调动读者的参与,《中华小说界》开设了"读者俱乐部"栏目,广泛征求读者来稿,这在民初小说期刊中是罕有其匹的。始自第一年第7期,终于第二年第5期,时间跨度将近一年。创刊后,由于投稿众多,"诸君纷纷投稿,美难尽录",为此期刊专门开辟了"读者俱乐部"这一独特的栏目,专载业余作者稿件中的优秀之作,"菱自第七期起,特辟来稿俱乐部,零丝碎锦,一一收录"。对于作者所关心的稿酬问题,期刊则有意进行了回避,"每届半年,当将诸君惠来之稿件姓名,列成一表,其采登最多者,酌给奖赠,以答惠教之雅。嗣后凡有来稿愿入此栏者,请即预行声明为荷"。[①] 这项征稿措施一举数得:开辟了稿源,刺激了投稿;大大节省了稿酬开支,降低了办刊费用;培育、发现了潜在的读者与作者群体。尽管总体成就不高,但就数量而言是取得了不俗成绩的:共刊载小说47部,笔记、游记5部,戏剧1部。它们都为短篇,既有著作,也有翻译;既有文言,也有白话;既有小说,也有野史、逸事、旧闻等。

《中华小说界》的广告颇具特色。注重广告宣传是民国商业活动区别于清末商业活动的重要标志,"那时的商品必须靠广告宣传,尤其滑头商品,广告宣传费往往花去十分之六七"[②]。广告主要刊登在第二年、第三年,与增加收入、缓解经济压力有直接关系。广告收入是报刊收入的重要来源。当时上海的几大报纸纸张规格一般是四开,广告收费标准各报大抵相类。像刊载于《小说时报》的一篇广告,第一天至少要大洋4元,连续做一个星期,就要花费20元左右。[③] "有一时期,商务每日出版新书两种,规定登《时报》封面报头旁

---

① 《来稿俱乐部启事》,《中华小说界》1914年第7期。但其后并未见到对来稿作者进行奖赠的启事、消息。

② 郑逸梅:《书报话旧》,中华书局2005年版,第231页。

③ 阚文文:《晚清小说出版商的广告营销》,《明清小说研究》2007年第4期。

边,以包月计,每月似为2000元。"① 而考察彼时的物价资料,一元钱的购买力相当高,"这时上海的番菜,每客1元,有四五道菜,牛扒、烧鸡、火腿蛋,应有尽有"。② 若与收入水平相比较,广告收入就更为可观了,"按月计算的月平均工资收入,1920年上海纺织厂普通男工为8.78元,普通女工为6.75元"③。

登载的广告种类虽多,有食品、药品、补品、书籍、期刊、眼镜等,但主体还是中华书局旗下的书籍与期刊。如《大中华》《中华学生界》等期刊,在《中华小说界》连载过的小说或其他小说单行本,以及《饮冰室合集》《书牍大全》等各类书籍。这些广告一举两得,既节省了巨额的广告费,又在无形中提升了期刊的文化品位与价值。到后期,广告数量大为增加,在刊首、刊中、刊尾均有广告。在终刊的第三年第6期,除了一般广告外,还第一次出现了中华书局承揽印刷业务的广告,表示可代为印刷各种文书资料等。这表明中华书局的资金周转也到了极为艰难的地步。可以说广告既是期刊发展的推动者,又是期刊衰亡的见证者。

在语言方面,《中华小说界》以文言为主。雅训简洁的古文、四六典丽的骈文在清末民初大放光彩,得到了广泛的运用。林纾以古文翻译西洋小说,严复以古文翻译西方思想学术名著,为一时之风尚,正如胡适所评价,"用古文译书,正如前清官僚戴着红顶子演说,很能抬高译书的身价","当时自然不便用白话;若用白话,便没有人读了"④。当时相当一部分文艺期刊包括小说期刊以文言为主。在民初的"1909—1917年这一时段中,几个主要刊物,如《小说时报》、《小说月报》和《小说大观》中,无论长、短篇小说,往往多用文言著译。在《礼拜六》等刊物中,文言也占相当比重"。⑤《中华小说界》的大部分作品都采用文言,即使翻译作品也不例外,"捉碧眼紫

---

① 包天笑:《钏影楼回忆录》,山西古籍出版社、山西教育出版社1999年版,第499页。

② 同上书,第535页。

③ 丁日初:《上海近代经济史》第2卷,上海人民出版社1997年版,第502页。

④ 胡适:《五十年来中国之文学》,耿云志编:《胡适论争集》上,中国社会科学出版社1998年版,第91、92页。

⑤ 范伯群:《中国现代通俗文学史》插图本,北京大学出版社2007年版,第150页。

髯儿，以优孟衣冠，而谱其历史"①，以中国式时间、地名、称谓、语气进行译述。但是值得注意的是，也有一小部分著译作品，采用了浅易流畅的白话。如哀情小说《暮寺钟声》（美国华盛顿欧文著，半侬译，第二年第12期）的开篇部分：

> 当我游历英国内地的时候，有一次，从一条小路上，到了个荒僻冷静的所在。某日下午在一座小村上打尖，那村的景物幽胜，人民的习尚，勤俭简朴，犹有古风，与那通衢大道交通便利的所在，截然不同，我一看，便决意在那儿下宿。

《中华小说界》在叙事艺术领域进行了不懈的求索，取得了一定成绩。在叙事时间上，倒叙手法的运用已极为娴熟，不仅侦探小说，而且其他门类小说也多加采用，以增强悬疑感，吊足读者胃口。滑稽小说《我将死矣》（第一年第5期）描写某律师骑在马上，身上疼痛难忍，以为染瘟疫将死，却原来是匆忙中放在口袋里未熄灭的烟斗灼烧所致，虚惊一场。家庭小说《灰博士》（第一年第9期）以第一人称叙述一位行为怪异的医生的种种事迹，最后方才真相大白：这是一位因家庭琐事离家出走的名医，终于回到家庭，与妻子重修旧好。在叙事角度上第一人称叙事、限制叙事等也都得到了广泛使用。几乎每期都有作品采用这两种叙事角度。如第二年第11期的逸事小说《奥国储君秘史》（吴荣昌）、复仇小说《人欤猩猩欤》（瘦鹃、屏周合译）。前者以第一人称叙述奥匈帝国大公与郡主的悲欢离合故事，最后大公与情敌潘兰岳子爵俱殉情而死。后者叙述了非常奇特的"大猩猩"杀死男爵的故事，大猩猩乃是男爵仇人霍伯莱所扮。但两人之间究竟有何恩怨、霍伯莱又如何假扮猩猩由港口运至男爵庄园，前因后果却并未交代，只是如实描写了这样一个惊心动魄的复仇故事。

必须指出的是，《中华小说界》在艺术领域的探索是新旧杂陈，

---

① 柳亚子：《〈二十世纪大舞台〉发刊辞》，邬国平、黄霖编：《中国文论选·近代卷》下，江苏文艺出版社1996年版，第756页。

不完全不彻底的，既存在大量传统的带有说书人腔调的叙述干预，又有一定数量的非情节中心作品。瞻庐的游戏小说《婴宁第二》（第二年第 2 期）是一部明显的仿《婴宁》之作，模仿婴宁之笑而写一狐女之笑。又如蕉心的伦理小说《冰天小史》（第三年第 1 期）通篇四五千字，仅仅描写了印度童子西亚及家人风雪中打猎、求救两个场景，情节十分单薄，以主要篇幅塑造了一个孝母、爱弟妹的童子西亚的形象。从总体上看，《中华小说界》中仍是叙述者显身干预、参与叙事进程的作品占了大多数。长篇小说《归梦》最为典型。在这部叙述青年男女吴士、紫菱被恶势力迫害，双双殒命的爱情悲剧之作中，叙述者插入了三峡风光、送花礼仪、批判时局等多处游离叙事主题之外的叙述干预，甚至让作品人物连唱 16 首拜伦诗歌，先叙中译文再叙英文，连篇累牍，已堕入逞才使气的才学小说窠臼。

值得称道的是，《中华小说界》在题材纷繁、风格迥异的众多短篇小说中，注意用小说人物进行一定程度的前后勾连，激发读者的阅读兴趣。如吴荣昌的英国间谍瞿璐系列小说，从第二年第 12 期的逸事小说《德帝与英国公主之秘史》到终刊的第三年第 6 期的政治小说《波兰之女杰》，在 7 期中刊载了 6 部小说，叙述了英国间谍瞿璐行走欧洲各地，与德法意俄等各国间谍进行斗争的系列故事，堪称一战版本的"007"系列小说。又如半侬的《匕首》（第一年第 3 期）、《淡娥》（第二年第 11 期），以两个各自独立、又互有联系的侦探故事，塑造了中国名侦探老王的形象。最奇特的当推半侬的《福尔摩斯大失败》（第二年第 2 期、第三年第 4 期），以四个小故事的篇幅善意调侃福尔摩斯在上海滩上当受骗的窘迫情状。福尔摩斯初到上海，野心勃勃，意欲大展身手，不料初遇一个马夫就被骗，继又受骗赴浴室与人商洽，结果被抱走衣物，几乎难以走出浴室。内容虽都为半侬编造，但处处关合《福尔摩斯侦探案》中的案件，丝丝入扣，极为真实。名扬世界的福尔摩斯在上海滩市井小民面前败下阵来，慨叹不如归去，读者阅此，定能会心一笑。

由于第一次世界大战爆发，时局不靖，以及投资失败、资金紧张，《中华小说界》在中华书局"民六危机"前夕被迫停刊。尽管由于商品化、市场化的冲击,《中华小说界》未能充分坚守纯文学阵地,但它以广阔生活画卷的生动再现,全面而深刻地反映、暴露与批判了历史与现实;以自己的文学实践,探索了小说转型多种可能性的其中之一,为五四新文学、新文化进行了有一定效用的铺垫。

近代报刊语言词汇、句法的趋俗化
——以报刊剧评为例

赵海霞[*]

近代报刊是一方极其开放的领域,各种文化在这里交汇融合,把其作为展示和较量的平台。晚清民初是语言形式的大变革时期,在古今交替、中西碰撞之中,及维新、革命种种思潮及改革语言的运动共时涌起之际,近代报刊的语言形式尤其杂糅且富于变化,展现出多种语言形式,这其中包括传统的文言、松动的文言、传统的白话、北京白话以及晚清白话运动中产生的口语白话等,使得语言发展脉动上呈现整体趋俗化特征。

传统文言指在先秦典籍的基础上形成的古汉语书面语言,其在中国古代有悠久的历史。文言文简明扼要,承载着厚重的中国文化,自上古至民初,绝大多数的文献典籍是用文言书写。在几千年的历史流变中,人们实际的口头语言不断入侵文言,文言也发生了一些变化,不再像秦汉之前一样古奥、佶屈,但语体形式总体上变化不很大。文言具有其相对稳定的语法特点和风格特色,首先表现在其词语大多为单音节。"这些单音节词可分为三类:第一类词语很像一个现代汉语双音节词的缩写。虽然不同于现代汉语,但只要按照它们所在篇章和词句的关系,以及它们在句中的意义和语法作用,加上一个适当的词素,马上就可变为一个同义的现代汉语词汇,如待(等待)、亡(灭亡)、袭(袭击)、距(距离)、微(微微)等;第二类词语和现代

---

[*] 赵海霞,澳门科技大学国际学院助理教授,文学博士,研究方向为中国古近代文学。

汉语距离较远，显然不同于现代口语词汇，但已经被现代人惯用的词汇，如：皆、至、暮、之等；第三类是现实口头和书面都已不用的词语，如：给、彝、昇、嫖等。"① 文言中也有少量复音词，如联绵词。其次，文言词语的用法非常灵活，词性往往可以随义引申，很多词可以活用。有些文言词语具有典故性，是中国传统文化的浓缩。再次，文言词语中有大量的标志性虚词，如者、之、所、其、乎、甚、岂、尚等。其句法上，倒置句比较多，有一些特殊的固定句式，如"为……所"等。

作为一种书面语言，文言显得文雅、庄重，因其词语简洁凝练，也使得文言有含蓄、隽永的意蕴。但社会发展到近代，当人们的思想和社会信息愈加复杂庞大、交流越来越多，书面语的应用越来越广泛的时候，文言就显示出一种滞后性。为适应社会的发展和时代的变化，晚清的文言自身也在变革，包括从口语、外来语中吸收新的词汇，在句式结构上也尽量通俗化，风格向白话靠拢等，于是出现了一种浅近的文言。这种文言被广泛运用于晚清报刊文章和小说等著作中，有些学者称为松动的文言②，意即这种文言已经很大程度上冲破了传统文言森严的文戒，整体较松动、易懂，容易被近代的读者接受。

近代报刊的语言形式中，松动的文言所占比重最大。松动的文言已经不再似传统文言一样艰涩难懂，少有生僻、拗口的文言词句，而是夹杂着外来单词，采用大量新词语，句法组合灵活，整体上通俗、易懂，拥有广泛的阅读面。这些特点，使其成为当时最佳语言形式，被近代大多报人采用，成为表达自己观点的写作方式。例如下面这段剧评：

---

① 陈志杰：《文言语体与文学翻译：文言在外汉翻译中的适用性研究》，上海外语教育出版社2009年版，第47页。
② 陈平原、王德威、商伟编：《晚明与晚清：历史传承与文化创新》（湖北教育出版社2002年版）一书、李楠著：《晚清民国时期上海小报》（人民文学出版社2006年版）、夏晓虹等著：《文学语言与文章体式：从晚清到五四》（安徽教育出版社2006年版）、刘铁群著：《现代都市未成型时期的市民文学：〈礼拜六〉杂志研究》（中国社会科学出版社2008年版）等书中，都提到这种"松动的文言"。

> 吾人执笔，状姑娘之玉容，万不能似。盖姑娘一出，万道鲜光，逼人眼帘，目眩神迷，觉无美不备而已。中国人所谓九天仙女，外国人所谓"安琪儿"殆类之矣。①

这一小节，摘自一篇关于名角"刘喜奎"的剧评，可以看到，段中词句已经相当浅显，没有发现任何艰涩的用语，而且，剧评人把英文译音"安琪儿"用到自己文章内，使得文章"洋味十足"，大大冲淡了文言的"庄重""古雅"气息。

晚清西洋戏剧传入中国，给中国带来了全新的演剧形式。同时，随着西风东渐和社会经济的发展，中国开埠较早的城市如上海，出现了很多新事物，如新的交通工具、照明工具、生活用品、公共设施等。外国文化的介绍和西书的翻译过程中，也带来了大批新术语、新观念，传统的文言显然无法承载这些现代化的信息，于是大量新词语产生，这些新词语在报刊剧评中的大量应用，也是报刊剧评语言形式出现松动的一个重要表现。如剧评《新剧源流》：

> 素人演剧，盛行于欧西各国。自王公贵人，以至博学士女，于戏剧一道，大抵研究綦详。时或登场奏技，座辄为满。然所演多悲剧，以悲剧入人最深愁苦之音，固易为好，非若吾国，徒以靡靡之音，悦人耳目者。②

这里的"素人演剧"，则是来自日本名词，指非职业性的演剧形式，相当于欧美的"爱美剧"和中国的"玩票"。而"梵王渡基督教约翰书院"则是圣约翰大学的前身，由美国宗教人士在梵皇渡购地兴建，这是一种中国古代没有的学校，属于新的公共设施，以上这些都是在近代出现的新词语。

再如一些剧评中提到"美术""联合会""三味线尺""八萨摩""机关"等，"三味线尺""八萨摩"皆为外来的翻译词语，"音乐"

---

① 朽木：《刘姑娘喜奎之花田错》，《日知报》1917年2月24日。
② 云莆：《新剧源流》，《天铎报》1912年9月19日。

"跳舞""歌剧"为新的戏剧学术用语,"美术""机关""联合会"等词语的字面意思已经与文言中词意大相径庭。可见,几十年内,国人戏剧理论已经大有提高,如使新的戏剧理论和观念更好地表达和传播,就必须要改革传统的文言形式,使其适应新形式的要求。

除了吸收新的词语,采用大量新词语之外,近代报刊剧评在句法形式上也趋于通俗,一些剧评语言句法形式向口语化靠拢。如:"我观旧剧,我爱冯春航;我观新剧,我爱陆子美。"① 文言语体中,对于自称,一般用"吾""余",鲜有直接用"我",这是文言作为古代书面语,其在语气上区别于口语的一种庄重的表达。文言,即见于文而不口说的语言。此则剧评中"我观旧剧,我爱冯春航;我观新剧,我爱陆子美",直抒胸臆,感情强烈。这种热情洋溢、醒人耳目的文字,颇似梁启超的"报章体",梁启超常在其文章中直呼"我中国""我中华",其文章也具有"平易畅达""感情充沛""酣畅淋漓"等特点,并含有口语倾向。

报刊剧评的语言形式,除极少量用传统的文言之外,多数采用松动文言形式,这种文言吸收了大量的新词语,在句法形式上也向口语靠拢,最终形成一种处于传统文言和白话文之间的浅近易懂的文言形式。

自维新时期始,中国涌起了一股创办白话报刊的浪潮。晚清白话文运动的倡导者裘廷梁,于1898年5月在无锡创办了江苏最早的白话报《无锡白话报》,他说:"欲民智大开,必自广兴学校始;不得已而求其次,必自阅报始。报安能人人而阅之,必自白话报始。"② 裘廷梁是变法维新积极的宣传者,他用《无锡白话报》向人们介绍俄皇彼得变法、日本明治维新的故事,并普及各种科学知识,其宗旨非常明确,即宣传维新。除《无锡白话报》之外,维新时期的白话报刊还有《演义白话报》《平湖白话报》《通俗报》,皆以"开通民智""变法维新"为宗旨。维新运动失败后,清政府越来越腐朽,中国被瓜分的形势更加紧迫,为了挽救民族危亡,改良派和革命派都开

---

① 蘼芜:《陆党之露布》,《生活日报》1914年1月11日。
② 裘廷梁:《无锡白话报序》,《时务报》1898年5月20日,第61册。

始创办白话报刊,"从1899年到1918年,各地新创办的就有170种。北起哈尔滨,南到广州,东至上海,西达伊犁,遍布全国近30个大中小城市,甚至连最偏远的世界屋脊拉萨,也在1907年创办了《西藏白话报》"。① 其中有《杭州白话报》《安徽俗话报》《中国白话报》《白话新报》等,这些报刊大张旗鼓地宣传革命或改良,批判旧的制度,以强大的舆论理论配合着民主革命运动的发展。

这些白话报刊,其创办宗旨即以开通民智、宣传维新或革命为主,他们的使命决定了其在语言形式上的尽量通俗化、口语化。1897年创办的《演义白话报》,创刊时即说:"中国人要想奋发立志,不吃人亏,必须讲求外洋情形,天下大势,必须看报。要想看报,必须从白话起头,方才明明白白。"② 传统的白话此时便不能胜任传播新知识、新思想的使命,为批判旧习俗、提倡新风气、宣传新观念,白话报刊采用最能接近大众的语言形式,形成了以口语白话为主的语言风格。此种形势下,用口语白话写的戏剧理论文章也随之出现。如《俄事警闻》发表的文章《告优》:

> 你们唱戏的人,自己看得很轻,别的人看你们也很轻。都因为最近几朝才律例,把你们这个行业,算是下流做的,做过这个行业,就不准考。中国人的考试这件事,和外国的选举议员一样,这明明是屏在公民外面了。就是北京的相公,也有被王公大臣结识的,也有受文人学士器重的,但究竟带着点轻藐的意思,不过做个玩物,和花草虫鸟一样罢了。但是你们流品虽然很低,力量倒是很大,无论什么穷僻的地方,一年总有几台戏,热闹的地方,差不多天天唱戏了。③

全篇是几乎毫无修饰的口语,类似演说,这是当时白话报刊特有的语言风格。它不同于梁启超所创的面向士大夫的浅近文言——"报

---

① 王洪祥:《中国近代白话报刊简史》,《郑州大学学报》(哲学社会科学版)1990年第6期。
② 《白话报小引》,《演义白话报》1897年11月7日。
③ 《告优》,《俄事警闻》1904年1月17日。

章体",更不是因吸收了新词语、新句法而产生了松动的传统文言,为了尽量通俗,利于宣传,它无限量地接近口语,甚至刻意避免传统白话的痕迹,所以后来学者称之为非艺术化的语言表达方式。

口语化形式的剧评不独存在于白话报刊中,在近代其他报刊中,也可见这种形式。如:"无暇:呵呵,大进步了,你看小红官的衣服,霞光万道,瑞气千条,简直与上海的官人一样。""刚才出来的花脸,曲背弯腰,手足失措,试看他的后姿,平心而论,哪一点不像抬轿子的大班。我常常说用班的丝弦,固当消灭,就是高腔的扮妆,应该改良的实也不少。至于花脸的妆束身段,尤为卑鄙龌龊,武戏真不堪入目,可厌可恨。"① 这些也是不同于文言和传统白话的口语白话剧评形式。

综上可见,近代报刊数量庞大,风格杂陈,语言风格则趋向于现代,糅合了传统文言、松动文言、传统白话、北京白话和口语白话等。从口语、外来语中吸收新的词语,在句式结构上也尽量通俗化,风格向白话靠拢等特点,体现着近代语言的演变和改革脉动。

---

① 我尊、南杰、无暇:《九月一号悦来茶园夜戏合评》,《娱闲录》1914年9月,第5册。

明清之际西语专名汉译中特用汉字的"造"和"用"

李 洁[*]

一 前言

在经历了东汉至唐宋的佛经翻译之后，我国翻译史上又迎来了两次对早期西语文献的翻译高潮，一是明末清初的科学翻译，一是晚清时期的西学翻译。虽然后两次高潮时隔百年，但在广袤的世界版图面前，译者们却采取了相同的对策，汉译西语人名、地名等专有名词时，采用直接音译的方式，并在一定程度上选取具有特殊形式特征的汉字来译写这些外来词，例如带"口"字符的汉字，其中大部分是选用汉语固有本字，即能在历代字书中找到历史来源的汉字，小部分是本有汉字中专门用作翻译的"口"符汉字或是在本字上添加"口"符新造的特用汉字。

译写过程中，选用汉语固有的带有"口"字旁的汉字，或是新造带"口"字旁的合体字，并非音译西书外来词的独创。早在佛经翻译时期，这些译字的运用就不在少数，佛教咒语中有很多带"口"字旁的汉字，如"啰、噜、哩、哆、呲、吽、唵、嘛、噼、吒、叭、喇、哒、唎、嚩、喝、哇"等，其间"嘛、唛、呲"在历代字书中均无出处，"嚩"虽有出处，但见于明代字书，晚于佛经翻译时期。因此，这四个字当属于佛经译者译写咒语时创造的特用汉字。其他各

---

[*] 李洁，天津师范大学文学院讲师，文学博士，研究方向为汉语词汇史。

字虽然历代字书有所收录，是译经时选用的汉语本字。

选用"口"字旁特用汉字来音译专有的人名地名，在明清前零星的海外地理名著中也偶尔得见。成书于宋理宗宝庆元年（1225）的《诸蕃志》就是研究宋代海外交通的重要文献，记载了东自日本，西至东非索马里、北非摩洛哥及地中海东岸中世纪诸国的风土物产，书中涉及158个国家和地区，地名及人名都采用音译形式，诸如"茶那咭、哑哩喏、麻啰华、蒲哩噜、弼斯啰、麻哩抹、嗷啰啰哩、冯牙啰、吉啰、弼琶啰、鹏茄啰、啰施美、佛啰安、新啰、冯牙啰、哑四包闲、毗喏耶、麻哩抹、麻啰抹、麻啰拔、丹戎武啰、嘛啰华国、庐娑啰、南尼华啰国、麻啰弗（国王名）、卑弥呼（女王名）"等。译者选用"口"字符译字数量有限，且都是汉语本字"咭、哑、哩、喏、啰、噜、嘛、呼"，没有新造的特用汉字。

无论是选用汉语本字还是新造字，这些"口符"汉字的创造和集中使用都试图从字形上提示人们面对外来的新生概念，我们只需要从"口"字形上便可推知其"音译专名"的属性，对这样的词只需要"口呼其音"，而无须观照其字义，这种"造字"模式和"用字"的思维自古有之，在后世仍得以沿用、发展。

二 明末清初的专名汉译

这一时期专名汉译的内容仍然主要针对域外的人名、地名，出现的"口符"汉字是"创造"新字较少，"沿用"旧字居多。

从16世纪末到18世纪初，西方耶稣会派遣了一批传教士来到中国，也将15世纪末欧洲地理大发现的成果带入中国。利玛窦、艾儒略在地理著作《坤舆万国全图》及《职方外纪》中将一些地名和人名命名为"革利哈大药、爪哇、喝蘭地、喝蘭达地、撒喇满、苏门答喇、大味得（人名）、马哈默（人名）"等，数量不算众多，但在一定程度上体现出西方传教士译写西语人名、地名的特点。继而，在18世纪20年代，时任宁波水师提督的陈伦炯写成《海国闻见录》，包括"天下沿海形势录、东洋记、东南洋记、南洋记、小西洋记、大西洋记、昆仑、南澳气"等部分，除了地理分布，风俗、人民、物产、节候无不详加综述，字里行间得以窥见明末清初专有名词译写、用字的特征。例如：

地名：民哶呷、是班呀、民呀、朱葛礁喇、噶喇吧、昆大吗、咕哗啰、大哶、丁噶呶、乌鬼呷、呷必丹、麻喇甲、哪吗、呢颜八达、苏喇、吗里呀氏、猫喇猫里也、那吗、噶尔旦、戈什嗒。

物产名：哆罗呢、哗吱、吧喇。

透过上述传教士和清朝海防官员的译写，我们可以看到相较于南宋的《诸蕃志》，明末清初时期人们对世界版图认识范围的逐渐扩展，使得在专名翻译上，"口"字旁用字也更加丰富，主要涉及"呀、喇、噶、吧、吗、咕、哗、啰、呶、呷、哶、哪、呢、哆、吱、嗒"，其中只有"哶"是历代字书不曾收录的特用汉字，但经考证"哶"在历史上一直是台湾省台南县玉井乡的"噍吧哶"这个地方的地名用字，而作者陈伦炯是福建同安人，其父曾是福建水师提督施琅军中的幕僚，陈伦炯从小跟随其父，1721年陈伦炯被授予台湾南路参将，雍正年间，先后任澎湖副将、台湾水师副将、台湾总兵等军中要职，因此有长年驻扎台湾的经历，熟知"哶"字，因此才会用在"民哶呷""大哶"两个地名的音译中。"哶"既不是新造的译字，也不是汉语文字体系中固有的翻译用字，显然是明末清初西语翻译中一个特殊的"特用汉字"。由于其来源的特殊性，这个特用汉字未在后世的翻译用字中再现。此外，"噶"在明代《字汇》及此前的字书中未见收录，到清初史学家吴任臣的《字汇补》中就出现了，此后在清代的外族专名翻译中则经常会见到"噶"的翻译用字，这说明"噶"是一个在清初产生，并被翻译者用于译音的特用汉字，这一点在《汉语大字典》"噶"的出条中也可以得到进一步印证。

至此，我们看到自宋代开始至明末清初，早期西语汉译中的"口"符汉字主要是继承性的，是对汉语固有本字的选用，而新造的翻译用"特用汉字"还十分稀少。这其实与当时西学译写成果的数量和社会大环境有密切的关联，自1582年利玛窦入华至1724年雍正禁教的100多年里，由传教士和朝廷官员所撰写的海外地理类著作数量还是十分有限的。1610年，利玛窦去世以后，耶稣会内部的"礼仪之争"也逐渐显露出来，与朝廷的关系日趋恶化，最终导致百年禁教，朝廷明令禁止传教士刻书传教。因此，我们只能通过其他渠道获得一些零散的信息，例如乾隆十三年（1748）朝廷所设"会同四译馆"编译的辞书《嗼咭唎国译语》的编纂信息，从中可以发现18世纪中叶西词音译中的又一个新造的特用汉字"嗼"，虽然没有历代字书的来源和出处，但在译介形式上不会造成认读的障碍，特别是与"咭唎"并用，三个"口"字旁共同提示三个字都是与"口头拟音"有关的译音用字，人们只需从口头上拟其音，而不必从字形上会其意。仍是对传统特用汉字"造字"模式和"用字"的思维的沿用发展。

三　19世纪以来的专名汉译

进入19世纪，随着新教传教士马礼逊和清代航海家谢清高的对西词的翻译，特用汉字的"造"和"用"进入了一个全新的发展时期。

其一，音译人名地名时选用汉字仍多遵循前代的译写方式，会选用"口符"汉字。然而，新造"口符"字和使用有来源"口符"汉字的数量却大大超越前代。其二，在地域上，这一时期"口符"汉字的"造"与"用"大都集中于粤方言区，使得这类汉字在该方言区得以沉淀和进一步发展，成为后世粤方言用字的重要特色之一。其三，除了译写大量人名和地名，这一时期译写对象所涉及的范畴和领域日渐扩大，诸如各类物产名"咖啡、㗎啡、啤酒、哔叽、哔叽、哔吱、大呢、把哩，咖将"等，单位名称"呎、吋、哩，嗽"等，王室称谓名"咇林梭使、吗喇叽乓、吧喇攀"等。在"造字"上，沿用前代的造字思维；在"用字"上则体现出更为宽泛的使用领域。

在19世纪初的一系列与澳门有关的档案资料中我们可以找到数量更大的特用汉字材料。在《清代澳门中文档案汇编》中记载了1806年的《香山县丞吴兆晋为谢清高与吵铺租货银纠纷事下理事官谕》，其间澳门的官员名为"唛嚟哆"，被告系葡萄牙人，汉译人名为"嗳哆呢啲吵"，被告的侄子译名为"嗳哆呢吩嘞唻"。在这些音译形式中，新造的"特用汉字"有"嚟、嗳、啲、吩、嘞、唻"，其中历代辞书都未见收录的有"嗳、唎、呺、嘞、㖿",属于译者的个人创造。"嚟"只见于《字汇补》,当是清初产生,辞书标注为译音用字,是在本字"黎"旁加上"口"字,在造字之初用于翻译的"特用汉字"。

清代澳门中文档案中还列出了1809年前后在位的一位葡萄牙国王的名字由17个汉字组成①:吐唎啊哋嵋嚬嘚嚦㖿吃咘嚓嗲吐喱喊嘛。除了"吐、唎、吃、嚦"四个字是历代字书中固有的本字,其他12个字都是翻译西词时所造或使用的"特用汉字"。其中历代字书没有收录的新造字有"啊、嵋、嘚、嚓、喊、嚬",《汉语大字典》中出条为"译音用字"的有"喱、咘",为"方言"用字的有"嗲、嘛"。

经由对上文出现的"特用汉字"的进一步考察,"嘞、㖿、嚟、喱、嗲、嘛、哋"中除了"哋"是沿用佛教咒语用字,其他均是基于粤方言背景的专名翻译中,创造于19世纪初并一直在粤方言中沿用,今天仍活跃在粤语中的特殊方言用字。例如:19世纪早期根据粤方言字"罅"[la³]加"口"字造特用汉字"嘛"[la³],读音相同,直至今天都是常见的粤方言用字。"喱"在现代粤方言中可以有"啫喱""斜喱眼""蛇喱眼""咕喱"等多种组合能力。"哋"在现代粤方言中有"人哋""爹哋"的说法,指"人家、别人"。"嚟"也有多个义项和较强的构词能力。

提及方言用字问题,应该说在晚清西语翻译问题上是不可回避的一个视角,从这个视角关注特用汉字的前期"创造"和后期"使用",更容易厘清特用汉字在历史上的来源及在方言中的走向。"需要强调的是,由于清朝闭关自守,从乾隆二十二年(1757)至签订《南京条约》的80多年间仅留下广州作为对外贸易口岸,故相当一部分外国人来到中国后掌握的汉语是粤语而非官话"②,"当时在广州和

---

① 周荐、王铭宇:《西词汉译中的特用汉字问题》,李向玉主编:《澳门语言文化研究(2009)》,澳门理工学院2011年版。
② 聂大昕、王洪君:《〈暎咭唎国译语〉〈播哷都噶礼雅话〉简介——从两部尚未公布的官方双语辞书看清代早期广东的语言和社会》,李向玉主编:《澳门语言文化研究(2009)》,澳门理工学院2011年版。

澳门乃至南洋进行传教和商务,学会广东省土话则为必需"①。而广东话历史悠久,更是具有自己的方言文化,人们除了用通用汉字作为记录粤语的书面形式外,还创制了许多方言字。所谓方言用字包含两个层次:即与汉语固有本字重合的"一般汉字"和新造的"方言特殊用字"。清代中晚期的译业实际上是基于广东话的方言背景来翻译西书、音译西方专名的。这些基于粤方言的新造字,从"造字"之初也是出于译写外来地名人名之目的,因此从造字方式上看仍然是对前代"口符"译音用字模式的继承和发展,由此也造就了粤方言俗字的造字方式之一,即在同音字或近音字上加"口符"造字。

基于广东话方言背景翻译活动中的"特用汉字"及其造字模式,会在相当长的历史时期内,在该方言区得以沉淀和进一步发展,成为后世粤方言用字的重要特色之一。因此,清末西语专名汉译中的特用"口符"汉字的"造"和"用",显然与当时乃至日后的粤方言特殊用字的面貌有着难以割舍的联系。

1819 年,英国传教士马礼逊在其著述的《华英字典·Part Ⅱ》"咖"条中陈述:"咖:This character is in vulgar use. Kea fei 咖啡, coffee. Kea-la-pa 咖喇吧 vulgar name given to Java。"当视为近代西语文献翻译中"咖啡"最早的用例。1821 年《察世俗每月统记传》中也提及"咖啡"的说法。《汉语大字典》将"咖"(音 kā)、"啡"(音 fēi)均视为译音用字,是 19 世纪初本有汉字中专门用作翻译的"特用汉字","啡"在今天粤方言中仍是很活跃的用字。后来又相继出现了"架非、喺啡"等说法,其中。"喺"是 19 世纪初刚刚出现的特用汉字的再运用,在今天的粤方言中,"喺"是用于陈述句和疑问句中的语气词。

《广东省方言字汇》是马礼逊于 1828 年编纂完成的一部方言字汇,其间出现了中国近代历史上关于"啤酒"的最早说法,"啤酒 Pei wing , ie. Beer"。显然,"啤"是在汉字"卑"的基础上加"口"旁而来的新造字,是粤方言背景下的翻译用字。此后,在 1843 年《外国史略》及 1878 年《格致汇编》中都在沿用"啤酒"一词,19

---

① 谭树林:《马礼逊与中西文化交流》,中国美术学院出版社 2004 年版,第 94 页。

世纪下半叶出使欧洲四国的清朝官员薛福成在其《出使日记》中还提到巴西前皇帝的译名为"啤度路","啤"作为19世纪初的西语翻译中的特用汉字,同时也作为粤语的方言用字,一直沿用至今,并发展出更为丰富的方言词义和用法。

　　与上述较为零散的汉译材料相比,《海录》的问世又为我们带来了较为系统而丰富的西语专名汉译的材料。1820年,清代航海家,广东人谢清高讲述了自己周游世界的经历及见闻,由黄炳南代为执笔成《海录》一书,是18世纪末19世纪初阐述海外地理及中西交通关系的最重要文献。《海录》不仅记述了大量海外的地名及人名,还对物产和一些特殊称谓加以译写,如"新当国"条记:"谓妇人曰补蓝攀,谓女子曰吧喇攀,谓夫曰沥居,谓妇曰米你……饭谓之拏叙,酒谓之阿沥,菜谓之洒油,米谓之勿辣,谷谓之把哩,豆谓之咖将。""大西洋国"条记:"称王曰哩,王太子曰黎番爹,王子曰呲林西彼,王女曰呲林梭使,相国为干爹,将军为吗喇叽乍。"

　　《海录》的汉字译写一部分继承了前代已出现的"口"符字形,例如"哩、喇、噶、啰、吧、呀、噜、哆、呷、咭、咕、咖、吗、哗"等,其间"哗"在清初的《海国见闻录》中出现的形式是"哗吱",是指西方的一种密度比较小的斜纹毛织品;在《海录》中译为"哗叽",与"哗吱"的所指相同,并一直沿用至今;1838年的《美理哥合省国志略》中又出现了译名"哗叽",指一种斜纹的棉织品;20世纪又将一种质地较密较厚的斜纹布翻译为"咔叽",显然"哗"和"叽"这两个汉语固有本字在19世纪以后已经成了音译译语的特用汉字了。《海录》还创造了两个特用汉字"叻"(叻伦国)和"呩"(呩辇),均为地名。"叻"以音译用字的功能出现,并一直沿用,19世纪下半叶薛福成在其《出使日记》中还提到《叻报》上的新闻,当为新加坡之报纸。"叻"在粤方言中得以保留,传承至今,是粤语用字,有"不自量,好表现自己"的方言词义。"呩"在粤方言中则没有保留下来。

　　与《海录》不同,《东西洋考每月统记传》呈现的是19世纪初传教士笔下的较为系统的专名汉译资料。它是基于粤方言背景的中国境内出版的第一份中文近代期刊,自1833年起在广州出版。史地部分涉及不少人名、地名的译写用字问题，"口"字符译字众多，例如：土尔喀、佛啷嘶、土耳叽、呷必丹、呢报里、呱哑人、是班呀、亚利咯耳、噶呶、噶喇吧、嗹叻、缎咕嶙、米唎坚、嘹哎咁、嘛吭呷、大呢（织物）等，用例大部分仍属汉字固有本字，专门用于翻译西语的"特用汉字"有"喀、叻、啷、嘹、哎、咁、吭、嘛"，其中"喀"是本有汉字，但专门用作翻译的音译用字，"嘛""叻"是对前代出现的特用汉字的继承和运用。其他都是新造的"特用汉字"，其中只有"啷"传承至今，是粤方言用字。值得一提的是，在清初《海国见闻录》出现了一种织物"哆啰呢"，"呢"是指一种较厚、较密的毛织品，19世纪的文献中高频出现的是"大呢"，也是一种毛织品，此后直至20世纪"呢"都是这类毛织品的专称，并以此为词根形成各种"呢"制品的名称。指毛织品的"呢"与"呢咕吧当"这样的纯音译地名性质不同，可见"呢"自清初开始由临时用来音译西语地名的汉语本字，变成了具有音译用字性质的特用汉字。

在19世纪中叶以前的百年间，广州都是唯一的对外贸易口岸，当时的朝廷官员为了与外国人经商议事，也必须接触粤语，使得粤语逆向浸染中原地区，传播到其他方言区，显然已经凸显作为优势方言的势头。因此自19世纪中叶至下半叶，乃至20世纪的西词翻译中，我们还会发现一些"口"字符的特用汉字，它们的产生植根于粤语方音的对译，它们的沿用和发展也有赖于粤方言的土壤。

在1853年8月创刊于香港的中文月刊《遐迩贯珍》中同样出现了体现粤方言翻译背景的特用汉字"呔"（以呔哩国），"呔"在历代辞书中均无记载，是19世纪中叶后新造的翻译用字，在后世粤方言中发展沿用，用来音译英语的"tie"（领带）或"tyre"（轮胎）一词，作为粤方言字并一直保留至今。《遐迩贯珍》的专名翻译中还有"孖罅辣坑、孖剌（人名）、阿吐弗（书院名）、啡沙港、咪也湿化（公司名）、产咽威利士（码头名）、波啤（狗名）、咪利坚、辣呃尔（人名）"等译名，其中"孖"至少从19世纪就一直是地道的粤方言用字，虽不是"口"符汉字，但其译字的粤语背景由此可见一斑。"吐"是字书中从未收录的新造"特用汉字"，为译者创造。"啡、啤"则体现了对之前使用的特用汉字的继承和使用领域的拓展。

19世纪中叶在上海出版的《六合丛谈》，是一份由伦敦传道会刊行的月刊杂志。其间出现了重量单位"噸"，历代字书中均无出处，显然是新造汉字，但只是昙花一现，没有生命力。其主要原因是，在19世纪上半叶的文献资料中，"吨""𠺞"已经经常出现，作为重量单位使用，"吨""𠺞"是汉语固有本字，19世纪之初用来翻译英语公制重量单位"ton"，成为专门的特用汉字。在普遍使用了笔画简单的"吨、𠺞"后，新造的汉字"噸"自然不会使用开来了。后来"𠺞"也渐渐退出与"吨"的竞争，保留在现代粤方言中，成为是特殊的方言用字，有"放"的意思。

《海国图志》中将"丹麦"译写为"唑国"，将"堪培拉"写为"嚡啵啦"。"唑"是汉语固有本字，见于《玉篇·口部》，同时辞书将其界定为丹麦王国的旧译名，是本有汉字中用作翻译的特用汉字。"嚡"和"啦"是固有汉字，"啵"是译者的创造，属于新造的特用汉字，但未见使用开来。

甲午战争期间，1894年黄庆澄的《东游日记》中出现了"哩"来翻译"英里"。甲午战争后，1900年及1901年的《清议报》上先后出现了"呎""吋"来对译英语中的英尺、英寸的用法。"呎、吋、哩"均为这一时期从日本借入的外来词，是日语用这三个字形来对译英语中的 foot、inch、mile 三词，"呎"为日本人新造的翻译用字，"吋、哩"为本有汉字，被日本借走用作翻译用字。从中不难发现日本翻译西词专名的时候，在字形上也有相同选择和倾向，倾向于选用或创造"口"符汉字。这显然与明清以来中国译介西学对日本的影响有关，诸如《海国图志》《遐迩贯珍》《六合丛谈》等西学著作在出版后很快就传播到日本，并获得了众多的读者。中国在西学翻译上的用字特征也直接影响到日本。因此，"呎、吋、哩"被接入汉语后，我们理当将其视为特殊来源的"特用汉字"。

进入20世纪，诸如"呍呢嗱、云喱嗱（vanilla）""唥嗛（cream）""咔叽（khaki）""咖喱（curry）""嘌呤（purine）""唛（mark）""啫喱（jelly）""吗啡（morphine）""吗咕（merchant）""唛啶（meperidine）"一类带"口"字符的音译外来词出现。"嘌呤""吗啡""咔叽"都是本有汉字用作音译字符，"唛""啫""呍"

"嗱""呢""嚗""啶"都是新造特用汉字。其中"啫""喱""唛""啡""呢嗱"都是今天的特殊粤方言用字、用词。这些较为晚出的"口符"汉字沿用了历史上专名汉译的"造字"和"用字"模式，译写的外来概念所涉及的领域更为广泛，且大都与粤方言有关，是历史模式的沿用和再现。

四 结语

综观明清以来西语专名汉译中的翻译用字，我们可以看到运用"口"符汉字是比较常见的现象，且在汉代就已有历史渊源，但是从字符的数量以及"特用汉字"的使用和创造上，不同的历史时期呈现出不同的特点。

全文共考察"特用汉字"52个，16世纪末至18世纪初，"口"符汉字和其中的"特用汉字"的数量都较少，其中特用汉字只有3个，19世纪以后的西学汉译中"口"符汉字的基数大，有继承也有创新，"特用汉字"也不在少数，有48个。这与当时大规模、系统地译介西学的时代大背景有关，也是早期专名汉译中"造字"模式和"用字"的思维在后世的沿用发展。

在同音字或近音字上加"类符"造字是广东话中创造方言俗字的重要手段之一，清末西语专名汉译中的特用"口符"汉字显然与当地的方言特殊用字手段有着无法割舍的联系。因此，19世纪一些"口"符特用汉字在粤方言的土壤中得以保留至今，例如"咘、叻、嚓、啷、呢、嗱、啤、嚊、喝、喋、哆、啫、喱、唛、啡、哒"，成为现代粤方言的特殊方言用字，个别甚至进入共同语交际中，例如：啤、啫喱、咖啡、吗啡、哆。除此以外，19世纪创造和使用的其他特用汉字大都没有使用开来，成为晚清译介西语历史中特用汉字的"化石"。

当代的粤语字典中，以"口"字为偏旁部首的粤方言用字非常多，也最有方言用字特色。粤语中很多表达语气、感情或其他领域内容的字眼，都带有一个"口"字旁。例如，"喺、哋、吖、咗、唔、嗽、咁、咯、叻、唛"等，这应该与19世纪基于粤方言背景的西语专名翻译，即"口符"汉字的"造"与"用"有着一脉相承的渊源。

此外，还有相当一部分"口"符汉语本字，从古至今一直沿用，不仅是共同语用字，还以其不同于共同语的词义和功能运用在粤方言中，成为现代粤方言用字。例如：啰、哩、呀、吧、呢、哆、哗、昧、咩、咧、嘲、呃。由此，我们可以更清晰地看到西语汉译中较为丰富的"特用汉字"和"汉语本字"是如何在历史的进程中衍生、发展、消亡并最终停留在粤方言或共同语的用字系统中的。

论王韬的报刊编辑思想

郭长保*

一 以传播近代改革思想为基础的办报理念

中国具有近代性质的报刊,是19世纪初伴随着英国基督新教徒来华传教而产生的。最早出现的中文报刊是1815年由英国传教士马礼逊和米怜在南洋苏门答腊岛创办的《察世俗每月统记传》(1815—1821年),这份报纸的主要目的是在中国人当中宣传西方宗教,所以其报纸版面的80%是以刊登宗教内容为主;当然,除了宣传宗教以外,他们也有其他目的,正如米怜在谈到他们的办报宗旨时说:"首在灌输知识,阐扬宗教,砥砺道德,而国家大事之足以唤醒吾人之迷惘,激发吾人之志气者,亦兼收而并蓄焉。报虽以阐发基督教义为唯一急务,然其他各端,亦未敢视为缓图而掉以轻心。知识科学与宗教,本相辅而行,足以促进人类之道德,又安可忽视之哉。"[1] 鸦片战争前西方人办的中文报刊除《察世俗每月统记传》之外,先后发行的主要有《特选撮要每月记传》(1823—1826年)、《天下新闻》(1828—1829年)、《东西洋考每月统记传》(1833—1835年;1837—1838年)、《各国消息》(1838—?)等在南洋或广州创办的报刊。鸦片战争后,西方人在华发行的中文报刊,更是数以百计,恕不一一列举。尽管其中有许多中文报刊看起来是由中国人自己主持,但实际

---

* 郭长保,天津师范大学文学院教授。研究方向为中国近现代文学。
[1] 转引自戈公振《中国报学史》,上海古籍出版社2003年版,第76—77页。

背后的投资和操纵者是西方人。这就会有一个疑问，中国人是否能在报刊中表达自己真实的内心感受和一些不利于西方人利益的言论。尽管西方人创办的报刊从一开始就声称是以客观公正为原则，但实际情况是中国人要表达自己的认识和看法时，还是要看西方人的眼色，并非随心所欲。比如说早年王韬在上海英国传教士麦都思的墨海书馆工作时，为什么其思想是极其矛盾的，一方面他帮助英国人翻译书籍，目的是生计，要挣钱养家；但另一方面他又从心底里排斥外国人，这里并非是外国人对其不友好，他甚至对那些外国人也会十分尊敬，他认为中国在许多方面应该向西方学习，他清楚地意识到西方人在制造和军事技术上都优于中国，但他与西方人又存在着天然的隔阂，这是为什么，原因何在？我们要说的是，其实王韬在这个时期，其民族主义意识已经开始萌芽，所以问题的关键不在于西方人对他个人的态度如何，而在于他的民族主义意识的觉醒，他看到中国正在日益沦为被西方人控制的对象。他的脑海中逐渐滋生出对自己民族的忧虑，他越是了解西方，忧虑无疑会越重。正如美国学者柯文所言："王韬不可能把他的西方朋友视为蛮夷，因为他们对中国圣贤的教诲有深刻的了解。但又因为他们仅把儒学教义视为研究对象而不是作为生活的真理宝库，所以他也不可能把他们视为儒者。不难想见，这会怎样影响他并使之疑虑、它未使王韬沉溺于只有中国才是文明之邦的惬意想象之中，反迫使王韬沉思一个远较中国更为广阔的大世界。对王韬来说，随着对这种广阔世界的知识不断增长，对之渐生崇敬之意，要简单地把中国等同于文明就变得越来越困难了。中国仅成为文明的各种形式中的一种。这样，民族主义的精神基础便同时奠定。"①

王韬早年给清朝官员上书建议，有学者认为那是他较为热衷于做官，其实这种认识有一定的误解。他这样做，正说明其民族主义思想的逐渐形成，那就是他并非是盲目排外，而是在对其他民族有了较为深入了解之后，对我们民族的前途更加忧虑。正像柯文所说："在鸦

---

① ［美］柯文：《在传统与现代性之间：王韬与晚清改革》，雷颐、罗检秋译，江苏人民出版社2003年版，第42页。

片战争前，中国人倾向于把中国看成一个世界，而非一个民族。"①传统地把自己国家看成一个世界中心的观念而去排斥外部世界，那不是民族主义，而是狭隘的保守主义与自大主义。所以我们说王韬正是有了民族主义意识，才不断地给清政府官员写关于改革建议的信件，甚至上书李鸿章，不断强调西方将给中国带来严重的挑战，这无疑是中国近代文人忧患意识的滥觞，而非是传统意义上的做官意识。他认为我们再也不可麻痹自大，沾沾自喜，中国要想重振雄风，必须引起对西方的高度重视，重视的具体行动就是改革，要想真正改革，就必须了解西方，学其所长，即兴西学，而不是简单地把他们视为蛮夷。换句话说，我们要清醒地认识西方的文明，特别是物质方面；所以我们必须放弃成规与成见，正像他后来说的："自世有内外华夷之说，人遂谓中国为华，而中国之外统谓之夷，此大谬不然者也……苟有礼也，夷可进为华，苟无礼也，华则变为夷，岂可沾沾自大，厚己以薄人哉？"②王韬在这里显然对中国人狭隘固守的思想进行了批评，所谓"夷"与"华"是可以互相转换的，"无礼"则"华"就可能转为"夷"，有礼"夷"亦可转为"华"，一切都在随着现实的变化而发生改变，不能以一成不变的思想认识看世界。在19世纪中叶，因为世界在发生着改变，所以我们也必须以变化的眼光看世界，固守已形成的成见是盲目的妄自尊大。"方今光气大开，西学日盛，南北濒海各直省，开局设厂，制造舟舰枪炮，一以泰西为法，而域外之山川道里，皆能一一详其远近险夷"③，"而内外诸大臣，皆以言西事为讳，徒事粉饰，弥缝苟且于目前，有告之者，则斥为妄为。而沿海疆圉晏然无所设备，所谓诹远情，师技者，茫无所知也，况询以海外舆图乎？"④ 从这些言论来看，王韬显然是反对简单地把西方人称为"夷"的。既称之为

---

① [美] 柯文：《在传统与现代性之间：王韬与晚清改革》，雷颐、罗检秋译，江苏人民出版社2003年版，第41页。
② 王韬：《华夷之辩》，载陈恒、方银儿评注《弢园文录外编》，中州古籍出版社1998年版，第364页。
③ 王韬：《瀛环志略跋》，载陈恒、方银儿评注《弢园文录外编》，中州古籍出版社1998年版，第352页。
④ 同上书，第352—353页。

"夷",还有什么值得我们学习的?但现实是我中国要船坚炮利,就不仅要向所谓的"夷"师其长技,更需了解其国情民风及地理,所以我们必须改变传统的认识,因为当今的世界已经发生了转换。在这一点上王韬既是敏锐的现实主义者,也是清醒的民族主义者。所以曾经有人认为王韬是为洋人做事,为洋人说话,有亲西方倾向的认识,显然是站不住脚的,他恰恰应该是晚清较早的民族主义改革思想家。所以王韬同西方人相处,其内心深处一直处于一种复杂的矛盾状态,其原因是不难理解的。他在1867年底至1870年随英国传教士理雅各去英国生活工作两年后回到香港,也许是欧游期间,受到西方近代报刊的影响,总之他觉得以报刊新闻写作为生,更便于让自己的改革思想得到广泛的宣传。对下,可以把改革思想传播于民众中,使民众逐渐从狭隘的认识中摆脱出来,让改革趋势在中土形成潮流;对上,又可以使清朝政府感觉到亟须改革的舆论压力。1872年他首先与友人黄胜集资购买了英华书院的印刷设备,为后来创办报刊奠定了基础。

二 《循环日报》:王韬传播改革思想与制造舆论声势的阵地

1874年2月4日①由中国人独立投资,独立管理的第一份最为成功的华文报纸在香港诞生了,即《循环日报》,由此揭开了王韬提倡改革思想的新篇章。《循环日报》的诞生,对王韬是至关重要的,说明他两年多的欧洲之行,对他的影响确实很大,思想认识上发生了较大的变化。首先是对英国公共文化的成就有了比较深入的认识和体验,尤其是《泰晤士报》对英国社会和人们生活的影响给他留下了极为深刻的印象,使他真切感受到报纸的魅力和作用,并意识到报纸作为政府了解民情的媒介,能够做到上通下达,他甚至认为这是英国人治国的根本之道。"善治国者,必先使上下之情不行扞格,呼吁必

---

① 关于《循环日报》创刊日,本文采用的是卓南生先生在《中国近代报业发展史》中的说法,也有学者认为是创办于1874年1月5日。

闻，休戚与共，然后弊无不革，利无不兴。"① 王韬认为能够达到这种他一直追求的治国之道的理想，通过报纸的作用可以实现。正如他在《论日报渐行于中土》中说："今日云蒸霞蔚，持论蜂起，无一不为庶人之清议。其立论一秉公平，其居心务期诚正。如英之泰晤士，人仰之几如泰山北斗。国家有大事，皆视其所言以为准则，盖主笔之所持衡，人心之所趋向也。"② 王韬特别强调报纸形成广泛影响的关键是要立论公平、诚实，这样才能像泰晤士报一样做到"人仰之几如泰山北斗"。报纸不仅要发表自己的意见，更要为民众说话，"无一不为庶人之清议"，只有这样才能做到国家决策大事有依据，做到"使上下之情不行扞格，呼吁必闻，休戚与共"。

王韬的这一办报理念是非常具有先进的近代性特点的，他不仅注意到报纸对上层政府官员的影响作用，更注意到报纸的大众化性质，利用它来传达广大民众的呼声，造成巨大的声势，从而引起上层的重视；另外就是通过报纸对中国的宣传，可以让西方人了解到中国真实情况而减少误解，中国人也可以由报纸报道的西方各国现状新闻来更多地了解西方，为中国向西方学习而消除隔阂。除此之外他也看到了报纸对政府的监督与批评作用，"报纸除了作为一般收集传播有关各种事情消息的载体外，还应起到对政治领域的种种批评作用"③。所以他很好地利用报刊等媒体的宣传来对当时社会现象进行批评，如在《变法（上）》中就指出："惟所惜者，仅袭皮毛，而即嚣然自以为足，又皆因循苟且，粉饰雍容，终不能一旦骤臻于自强，不知天时有寒暑而不能骤更，火炭有冷暖而不能立异，则变非一时之所能也，要之在人而已矣。尽人事以体天心，则请决之以百年。"④ 上述话中，指出了当时虽然清朝统治者也做了一些改革的事，但只是做了一些表

---

① 王韬：《达民情载》，载陈恒、方银儿评注《弢园文录外编》，中州古籍出版社1998年版，第124页。
② 王韬：《论日报渐行于中土》，载陈恒、方银儿评注《弢园文录外编》，中州古籍出版社1998年版，第311页。
③ ［美］柯文：《在传统与现代性之间：王韬与晚清改革》，雷颐、罗检秋译，江苏人民出版社2003年版，第52页。
④ 王韬：《变法（上）》，载陈恒、方银儿评注《弢园文录外编》，中州古籍出版社1998年版，第52页。

面的事，只是皮毛，从根本上还没有真正了解西学或西法的实质，就图事粉饰，自以为足矣。可以说王韬一针见血地指出了当时改革者的浮躁情绪和急功近利的心态。他很好地发挥了报纸媒体对当局的批评功能，使中国人自己创办的报刊，从它诞生之日起就发挥了近代报刊的作用，真正为近代改革思想的传播和对政府的批评开了一个好头。所以从这一点看，王韬与魏源相比，更具有近代性和改革思想，已经预示着一个新的时代即将来临。

主持《循环日报》时期的王韬，其办报理念虽然还不能同19世纪稍后的严复、梁启超等人比拟，但特别是他注重报刊对政府行为的影响，在一些观点上是值得后来者重视与借鉴的。他试图通过报纸的议论、社论对当时的清朝政府发生影响，使报刊成为真正的舆论工具，而他本人也正因为中国政府或者中国人不重视报刊在社会和人们生活中的作用而忧心忡忡。但柯文认为，王韬尽管没有能做他梦寐以求飞黄腾达的清朝官员，但"王韬作为记者和政论家而'达'了。这样，他就从总体上对中国知识分子新的事业模式的形成，起了推动作用。正如吕实强所说，他表明了不做大官也能做大事"①。是的，王韬在19世纪中叶之后，他最大的意义也许在于"从总体上对中国知识分子新的事业模式的形成，起了推动作用"②。不仅仅在于报刊新闻事业本身，而在于他的全新的办报理念及其精神追求，尽管表面上看起来王韬不是一个轰轰烈烈的人物，很容易被人们淡忘，但他影响于无形。特别是他把报刊看成宣传其改革思想的载体，通过报刊不断传播其改革思想与认识，使改革思想能够得到中下层社会的认可，形成舆论以促使清朝统治者重视改革，重视西学中有裨益于我们的东西。所以他在《漫游随录》中认为："孔子之道，人道也，有人斯有道。……东方有圣人焉；此心同，此理同也。西方有圣人焉，此心同，此理同也。请一言以决之

---

① ［美］柯文：《在传统与现代性之间：王韬与晚清改革》，雷颐、罗检秋译，江苏人民出版社2003年版，第53页。
② 同上。

曰：其道大同。"① 显然，王韬认为西方人也有圣人之道，所以只要是合乎圣人之道的东西，我们就没有理由拒绝。其实为了提倡改革思想，他一直认为我们的圣人孔子就是一个善于在不同形势下变革的人，为了促使清统治者改革，他指出孔子也提倡"学在四夷"，所以希望中国人跳出"夷夏之防"的圈子，面对现实世界；现实变化了，你却不变，那是不符合圣人之道的。"即孔子而生乎今日，其断不拘泥古昔而不为变通，有可知也。今观中国之所长者无他，曰因循也，苟且也，蒙蔽也，粉饰也，贪罔也，虚矫也；喜贡谀而恶直言，好货财而彼此交征利。"②

不言而喻，王韬正因为对西方的报纸有了一定的了解，特别是被他誉为英国人"仰之几如泰山北斗，国家有大事，皆视其所言以为准则"的办报理念，是他积极提倡中国人自己办报刊的动力。一方面是为了利用报刊的作用，宣传他的改革思想；一方面也是因为他很早就意识到西方传教士在中国所办报刊，刊登的内容不可能完全对中国人有利，毕竟是以西方人利益为根本背景下的产物，很难在上面说自己所要说的话，正像前文阐述过的，即使在西方人办的报刊上面可以表达自己的意见，但还是要看西方人眼色行事，难以表达自己的真实意图与想法，这是王韬主张中国人自己投资办报的根本原因。所以，他在《循环日报》1874年2月5日刊登的《倡设循环日报小引》中就指出："然主笔之士，虽系华人，而开设新闻馆者仍系西士，其措词命意，难免径庭。或极力铺张、尊行自负，故往往详于中而略于外，此皆由未能合中外为一手也。欲矫其弊，则莫如由我华人日报始。"在《循环日报》创刊后，王韬就不像从前一样仅通过直接上书清朝官员来陈述他的改革建议，而更多的是将改革的思想言论通过报刊进行广泛传播，制造舆论声势。

---

① 王韬：《伦敦小憩》，载钟叔河主编"走向世界丛书"：《漫游随录》卷二，岳麓书社1985年版，第98页。
② 王韬：《变法（中）》，载陈恒、方银儿评注《弢园文录外编》，中州古籍出版社1998年版，第54页。

三 以"上情下达,下情上达"所形成的报刊编辑宗旨

王韬对报刊的编辑方针有着独特而严格的要求。首先,他认为报刊的文章和新闻报道重要的是诚实,要做到诚实,除了要有客观依据之外,主笔者要先立论公平,居心诚正,绝不能"挟私讦攻人,自快其忿"。他在《循环日报》1874年2月5日的《本局日报通启》中就特别强调:"本局秉笔一以隐恶扬善为归,其中有中外者必求实录,不敢以杜撰相承。"但也特别阐明了报纸编辑也有其非常独特的特点:"夫名之曰日报,所言者必确且详。乃先生所叙述则或出于风闻而未得其真,或得其大概而未详。其备言时事则多避忌,言恶性则略姓名,得毋有乘直笔之义乎。"为什么会是这样呢,不是要"所言者必确且详"吗,他进一步说,那是因为"是非尔所知也。夫以省会之繁、众州之辽远,一己之耳目安能家考而户问之"。卓南生先生解释为:"换句话说,该报认为,新闻报道虽以确且详为原则,但并不等于记者要跑遍每家每户,因为这在实际上是办不到的。因此即使有些新闻出自风闻或者得其大概者,但只要能借题发挥,达到说明事理、教育读者的目的,已完成报人的使命。"① 这也就是说,报纸文章只要有事实依据就可以,但不能任意杜撰。

其次,他认为报纸的基本功用是"广见闻、通上下",要负起"上情下达,下情上达"的桥梁作用。要做到这些首先必须是像泰晤士报那样,能够"主笔之所持衡,人心之所趋向也",而后就可以达到"国家有大事,皆视其所言以为准则"。正因为王韬是把报纸看成上下沟通的工具,所以《循环日报》从它创办之日起就特别重视报纸的评论文章,而评论文章又为政论文占据了报纸的绝大多数版面。为什么会有如此多的政论文章,这说明它正符合王韬的办报理念,因为他希望通过舆论来呼吁清朝政府重视西学与西法,这是他很早以来

---

① 卓南生:《中国近代报业发展史:1815—1874》,中国社会科学出版社2002年版,第190页。

的理想。但要实现这个理想，王韬认为必须由华人自己创办一份报纸，才能做到畅所欲言。它既能把改革变法的思想普及传播于中下层民众，又能引起统治者的重视，何乐而不为呢。王韬在创办报刊之前，他的改革变法思想的提倡，主要是依靠直接上书清朝官员来完成，而《循环日报》的诞生则可以通过报纸使王韬的改革思想得到更为广泛而深入人心的影响。正是在为了宣传其改革思想的指导下，王韬报纸的编辑宗旨与别人有所不同，正如他一开始就在"本局布告"中所说："本局倡设循环日报，所有资本及局内一切事务皆我华人操权，非别处新闻纸馆可比。"以上的话，我想有两层意思，一是强调报纸投资与管理"皆我华人操权"，而最重要的一层意思是"非别处新闻纸馆可比"。为什么呢，别处所设报馆无法与其相比的主要原因是办报主要目的是盈利，而王韬则有着更重要的任务，那就是他希望报纸成为其传播改革思想的工具。"在中国近代新闻事业初期，出版报纸仅是为了获利，很少对某问题表态或影响群众舆论。王韬的报纸却是少见的例外，经常刊登社论，且多出自王韬本人手笔。"① 据统计王韬仅在报刊上发表的政论性文章就有千篇之多，这无疑为晚清的改革提出了许多有益的参考意见，确实发挥了报刊的作用，为后来办报者树立了榜样。

19 世纪 90 年代以后，梁启超、严复等中国人自己出版报刊开始活跃，但我们发现尤其是梁启超的报刊编辑思想与王韬有诸多相似之处，尽管梁启超的改革思想与报刊编辑思想已经赋予了新时代思想的特点，但也不能否认王韬作为中国最早的新闻报纸开创人对他的影响。比如，梁启超特别强调报纸有"去塞求通"的功用，其实王韬也有类似的思想，他早在《循环日报》1874 年 2 月 5 日发表的《本局日报通启》中就指出"且夫国之大患，莫若民情壅于上闻，民虽有水旱盗贼皆蔽于有司"。由此说明他们都强调报纸有"上情下达，下情上达"的作用。梁启超还认为办好一个报刊应该追求"宗旨定而高""思想新而正""材料富而当""报事速而确"的原则，显然

---

① ［美］柯文：《在传统与现代性之间：王韬与晚清改革》，雷颐、罗检秋译，江苏人民出版社 2003 年版，第 52 页。

与王韬相比，其报刊编辑思想有了很大发展。但王韬也指出报纸立论要公平，居心要诚正，报道必求实录，必确且详。尽管王韬的言论有些陈旧，但不能不说梁启超在某些方面仍有承继。如他们都追求思想的"正"与言论材料的"确"。

　　另外，最重要的是王韬十分重视报纸对社会改革变法的舆论作用。所以他对后来者的影响是不可低估的，从康有为、梁启超等人对王韬的评价中也可认为他确是一个"承外启中"的为中国近代报刊的开创做出重要贡献的主要人物。这里要说明的是为何用了"承外启中"这个词语。使用这个词语，目的是说明王韬出版第一份华人自己的报刊，是在西方人办报理念的影响下开始的，尤其是英国"泰晤士报"对王韬有着重要的影响，但他所出版的报刊与西方人在中国出版的中文报刊又是从根本上有不同的追求风格的，西方人认为报纸的主要功能是新闻载体，而王韬更主要的是把它作为宣传自己变法改革思想的工具，利用近代报纸的功能来发挥它的舆论作用，虽然王韬的办报理念来自西方，但实质是中国化了的。

梁启超传记体散文的文体意识
与创作心理

邓菀莛*

从 1897 年到 1928 年，三十多年来，梁启超持续不断地使用传记体散文这种文体，创作了约八十篇、近百万字的文章，占其著述的十四之一篇幅，是除政论性散文之外，使用最多的一种文体。梁启超关于传记体散文理论创新与实践变革的主张，以及他本人的创作实践，使中国近代的传记体散文在主题展现、结构布局、风格特色上，都较之传统的传记体散文而更师心独见，展示出特有的文化心理与独特的审美偏向，也促使了中国古代传记体散文向现代传记体散文的发展过渡。

一 创作分期与文体类型的选择及新变

1897 年，梁启超开始创作传记体散文。但在 1898 年维新变法之前，他仅仅创作了 3 篇传记体散文，而且均是短篇。自变法失败之后，梁启超流亡日本，直至 1912 年才返回中国。在日本的 14 年里，梁启超创作了大约 30 篇传记体散文；从 1912 年梁启超返回中国直至 1928 年离世，其间创作了大约 40 篇传记体散文。此外，梁启超也创作了大量学案，涉及人物传记如《天演学初祖达尔文之学说及其略

---

* 邓菀莛，中山大学中文系（珠海）副研究员，文学博士，研究方向为中国古典文学和文学理论批评。

传》《子墨子学说》等。梁启超的传记体散文,"每有所触,应时授笔,无体例,无次序,或议论,或讲学,或记事,或抄书,或用文言,或用俚语,惟意所之"①,展现了高超的文字驾驭能力。在梁启超变法前、流亡时、返国后三个阶段中,又具有两个著述时段并具有两个新变时期:一是流亡时期的1901年至1909年此十年;一是返国后的1922年至1928年此七年,他的大多数传记体散文产生于这两个时间段,代表性作品亦出现于这两个时期。具体看来,表现出如下两个方面的创作分期与文体类型的选择及新变。

一是不同文体类型在不同时段的应用。梁启超变法前所创作的《记江西康女士》《三先生传》《记东侠》这三篇短篇作品,均为中国传统的传记体散文样式。到了流亡日本时期,他所创作的传记体散文则以新式传记体居多,如《南海康先生传》《李鸿章》《意大利建国三杰传》《近世第一女杰罗兰夫人传》《王荆公》《管子传》② 等诸多篇章,均为新式评传体。而到了民国初年,梁启超创作的传记体散文类型更为鲜明,大抵可以划分为三类:一类为学术型传记体散文,如《屈原研究》《情圣杜甫》《陶渊明》《戴东原先生传》等文章,同时还有年谱《朱舜水先生年谱》《陶渊明年谱》《辛稼轩年谱》等;一类为哀祭文,如《祭海珠三烈文》《祭蔡松坡先生文》《公祭南海康先生文》③ 等文章;一类为回忆录、墓志铭、传略,其中,回忆录如《亡友夏穗卿先生》《蔡松坡遗事》等,墓志铭如《番禺汤公墓志铭》《蒋母杨太夫人墓志铭》等,传略如《番禺汤公略传》《南海王公略

---

① 梁启超:《自由书》,林志钧编:《饮冰室合集》(全12册),专集第2册之二,中华书局1989年版,第1页。

② 梁启超流亡期间所作传记体散文另还包括:1898年的《亡友浏阳谭遗像赞》《殉难六烈士传》《光绪圣德记》;1899年的《俾士麦与格兰斯顿》《伟人纳耳逊轶事》《加布儿与诸葛孔明》《祭六君子文》;1901年的《大哲斯宾塞略传》;1902年的《匈加利爱国者噶苏士传》《三十自述》《张博望班定远合传》《黄帝以后第一伟人赵武灵王传》;1904年的《明季第一重要人物袁崇焕传》;1905年的《中国殖民八大伟人传》《祖国大航海家郑和传》;1908年的《清光禄大夫礼部尚书李公墓志铭》;1909年的《嘉应黄先生墓志铭》《诰封荣禄大夫允初黄公画像赞》;1910年的《张勤果公佚事》;等等。

③ 梁启超哀祭文另还包括:1916年的《公祭蔡松坡文》,1924年的《悼启》《陈伯谦诔词》,1925年的《告墓祭文(祭李夫人)》《王静安先生墓前悼辞》,1918年的《悼汤济武》《哭汤济武》《祭汤济武文》,等等。

传》《新会谭公略传》① 等。

二是不同文体类型以不同的写作技巧呈现与表达。无论是就新式传记体散文类型应用或是传统传记体散文类型来说，梁启超的创作均有了一定的新变。例如，就新式传记体来看，梁启超最突出的表现，是采用西方评传体手法来改造中国传统的传记体。他在写作中，倾向对人物动态分析议论，往往是叙中重评、传中重议，以更自由的、灵活的方式来表达作者的情思与个人的意趣，代表如《意大利建国三杰传》《近世第一女杰罗兰夫人传》《王荆公》《管子传》《李鸿章》等，使得立体圆融的人物角色由之萌芽。而梁启超对传统传记体散文的运用，也表现了一定的创新。比如，他的《祭蔡松坡先生文》《公祭蔡松坡文》等文章的创作，标志着系列性哀祭文的出现；《亡友夏穗卿先生》《三十自述》等，则展现了回忆录的细节刻画与人物描写特征；另外，梁启超的《亡友夏穗卿先生》等文章，则采取白话形式书成；而《殉难六烈士传》一文，则以其新闻性、真实性为特征，标志着中国报告文学雏形的出现；再者，梁启超的年谱创作，也同样有了一定新变：《陶渊明》一文，开启了用个性品评作家的价值取向方法；《朱舜水先生年谱》一文，开启了谱后谱的创作样式；《辛稼轩先生年谱》一文，通过品评传主词作考证人物生平。

此外，梁启超对传记体散文的文体容量与篇幅也做了创变：他对传记体散文的增幅扩容，达到了中国前所未有的程度，并且第一个采用分章分节、提纲挈领的方式来建构与写作，其体例清晰、主旨明确，并且以气运文，以情运文，如《屈原研究》《陶渊明》《情圣杜甫》《王荆公》《管子传》等。

---

① 梁启超传略作品包括1916年《邵阳蔡公略传》《麻哈吴公略传》《贵定戴公略传》《都匀熊公略传》《永川黄公略传》《蔡松坡遗事》，1924年的《朱君文伯小传》，另还包括有1924年的《悼启》《陈伯谦诔词》，1925年《告墓祭文（祭李夫人）》《评孙中山》《蔡松坡与袁世凯》，1927年的《王静安先生墓前悼辞》《公祭南海康先生文》等篇。

二 思想历程与文体功用的差异表现

传记体散文承载了梁启超不同时期的思想变迁。他在变法前、流亡期、返国后三个阶段创作的传记体散文，所使用类型不同，并与他在不同阶段的思想变异有相当的关系，表现了关于民权主义、国家主义、道德理想的思考，并且在不同的人生时期又各有侧重。

一是以传记体散文倡导民权主义：主要表现在变法前。此一时期，梁启超发表的《记江西康女士》《三先生传》《记东侠》诸文，篇幅极短，文体功用意识明确：《记江西康女士》一文中，认为康女士"无他志念，惟以中国之积弱，引为大耻，自发大心，为二万万人请命"[1]；《三先生传》一文中，认为"下流人士"而具行孔、墨之行，而具佛菩萨之心，"使天下得千百贤如三先生者，以兴新法，何事不举？以救危局，何难不济？以厉士气，何气不扬"[2]；《记东侠》一文中，盛赞日本是豪杰之国，"赫赫于域外者不必道，乃至僧而亦侠，医而亦侠，妇女而亦侠"[3]。梁启超这三篇传记体散文，都带有较浓的传声筒色彩，并服务于他此一阶段的民权主义宣传。

二是以传记体散文宣传国家主义：主要表现在流亡期。此一时期，《清议报》《新民报》的开辟，成为梁启超传记体散文扩散与传播的很好平台与渠道，他通过《清议报》发表《南海康先生传》《俾士麦与格兰斯顿》《祭六君子文》等文章，又通过《新民报》发表《李鸿章》《张博望班定远合传》《意大利建国三杰传》《近世第一女杰罗兰夫人传》《新英国巨人克林威尔传》等文章。梁启超这一时期的传记体散文创作，并非为了追求藏诸名山，而更多表现着用世色彩，也展现着报刊体的文体特质。这一时期，他的诸多传记体散文，无论是记外国名人抑或中国名人，无论是记俾斯麦、罗兰夫人、克林威尔，还是记管子、王安石、康有为、李鸿章，都有着共通的特点：

---

[1] 梁启超：《记江西康女士》，林志钧编：《饮冰室合集》第1册，文集之一，中华书局1989年版，第119页。
[2] 梁启超：《三先生传》，《饮冰室合集》第1册，文集之一，第115页。
[3] 梁启超：《记东侠》，《饮冰室合集》第1册，文集之二，第29页。

关注治国之道与治国之术，探讨中国独立、民族主权、国民昌富，将国家利益与国家前景问题放在重要地位，价值归依最终落实于国家利益、全民利益上。例如，梁启超认为，俾斯麦与格兰斯顿"惟至诚之故""为国家之大计分"①，纳耳逊为国事"知其冒险犯难，遇败受挫，百折不回，万死一生"②，袁崇焕"以一身之言动进退生死，关系国家之安危，民族之隆替"③，管子"为忠于国民之政治家""诚大国民之模范"④，等等。

三是以传记体散文重建道德文化：主要表现在返国后。此一时期的梁启超，明确提出要发扬中华民族传统文化、重建中华民族之道德理想。他这一时期所创作的传记体散文，受着整理国故思想的影响，充满了文化重塑、道德重建意味。他所选择立传的人物，也多以道德文化的传承为要，并大抵表现为对两类人物的重点刻画与描写：第一类，记述中国文化名人如屈原、杜甫、陶渊明、戴东原、顾亭林等辈；第二类，为同一时代的人物立传，包括护国英烈蔡锷等人，也包括先师康有为以及好友夏穗卿等人。他所选择的传主，大多是在中国社会上具有相当的影响力，或品洁高尚、节操过人，或树立非凡、风云一时，并且具有以下共通点：其一是都生于社会剧烈动荡、国家内忧外患的重要历史关头；其二是都热爱祖国，怀抱经世致用理想，渴望挽救国家于危难之际却壮志难酬；其三是都品行端正，人格高尚、为一个时代精神的代表。例如，屈原苏世独立，横而不流，陶渊明"是一位极严正、道德心极强的人"，⑤朱舜水"德行纯粹而意志最坚强"⑥，等等。通过这些传记体散文，可看出此一阶段梁启超对前一阶段的思想调整与主张变化。

---

① 梁启超：《俾士麦与格兰斯顿》，《饮冰室合集》第1册，专集之二，中华书局1989年版，第3页。
② 梁启超：《伟人纳耳逊轶事》，《饮冰室合集》第6册，专集之二，第22页。
③ 梁启超：《明季第一重要人物袁崇焕传》，《饮冰室合集》第6册，专集之七，第1页。
④ 梁启超：《管子》，《饮冰室合集》第7册，专集之二十八，第10页。
⑤ 梁启超：《陶渊明》，《饮冰室合集》第12册，专集之九十六，第8页。
⑥ 梁启超：《朱舜水先生年谱》，《饮冰室合集》第12册，专集之九十七，第51页。

三 文化心理的生成与审美追求的偏向

近代面临亡国灭种危机，梁启超从小浸染于中国传统儒家思想，秉承传统士人淑身济物的理念，加之他聪慧过人，故而更敏感于时代变局。就梁启超关于传记体散文的文体理论认识来看，他是将传记体散文当成"史"的一部分来看待的，为此他从理论上，主张传记体散文的写作，需要原原本本将传主情况做客观的记录。但是，从梁启超的具体创作来看，又显示出理论倡导与实践行动上的相当矛盾。《李鸿章》《王荆公》《管子传》《屈原研究》《情圣杜甫》《陶渊明》为梁启超传记体散文的代表性著述，也是带有更多梁启超个人情感色彩的创作。而从这六部作品创作的时间来看，分别创作于1901年、1908年、1909年、1922年、1923年，彰显出特定时期梁启超的复杂情绪，以及其中内隐的潜在心理。

（一）流亡时期的1901年、1908年、1909年，梁启超分别创作了《李鸿章》《王荆公》《管子传》。此三部书中，多申诉悲愤经历、情绪激动慷慨、政治色彩也较强烈。

1901年，梁启超29岁，流亡日本两年，并持续受到清廷通缉剿杀。至1900年，勤王之役败北，梁启超受到了甚大打击，又因两党联合一事，与康有为、孙中山等人冲突矛盾，最终迫于师命，重返改良阵营，与革命党自此交恶，此后自号"饮冰子"。对勘1901年梁启超所创作的诗作，除了《留别澳洲诸同志六首》《将去澳洲留别陈寿》等诗歌，表达对时局关注与国运的忧虑外，另有《自励》《志未酬》《举国皆我敌》《秋夜》等诗作，虽有高亢格调如"献身甘作万矢的，著论求为百世师""立身岂患无余地，报国惟忧或后时"之类的言语，但更多表达哀叹无奈的情绪，如"世界进步靡有止期，吾之希望亦靡有止期，众生苦恼不断如乱丝，吾之悲悯亦不断如乱丝"，"大愿未酬时易逝，抚膺危坐涕纵横"等，又如"举国皆我敌，吾能毋悲""阐哲理指为非圣兮，倡民权谓曰畔道""眇躯独立世界上，挑战四万万群盲，一役罢战复他役""百拨四面楚歌里，寸心炯炯何所撄"等的悲愤，"秋色不可极，秋心无定端。酒颜争叶瘦，诗骨挟

梁启超传记体散文的文体意识与创作心理

风酸"的凄楚。而与此同时,这一年梁启超创作的《李鸿章》,同样也是充满悲愤、感伤、哀怨情绪。这一部书中,梁启超通过为李鸿章作传而记中国40年间的大事,基调与旨归在立论翻案。他在"绪论"中提出:

> 天下惟庸人无咎无誉。举天下人而恶之,斯可谓非常之奸雄矣乎;举天下人而誉之,斯可谓非常之豪杰矣乎。虽然,天下人云者,常人居其千百,而非常人不得其一。以常人而论非常人,乌见其可?故誉满天下,未必不为乡愿;谤满天下,未必不为伟人。……其为非常之奸雄,与为非常之豪杰,姑勿论,而要之其位置行事必非可以寻常庸人之眼之舌所得烛照而雌黄之地得也。①

这一段话,可以作为同一年梁启超所创作的《举国皆我敌》一诗歌之注脚,"合肥之负谤于中国甚",梁启超此时亦"负谤于中国甚"②,颇有英雄惺惺相惜。而在此书中,行文大量充满个人情感色彩的话语,如"李鸿章胸中块垒牢骚郁抑,有非旁观人所能喻者""吾著此书,而感不绝于余心矣""合肥合肥,吾知公之不瞑于九原也""吾于李侯之遇,有余悲焉""不禁废书而叹也"③ 等。当中,可知梁启超本人之胸中块垒。

1908年、1909年,梁启超分别创作了《王荆公》《管子传》二书。纵观1907年至1910年此三年间,梁启超"屡遇拂逆"④。三年时间里,梁启超经历了立宪君主制破产,也经历了《新民丛报》的停刊事件,经历了政闻社的被禁以及个人的经济困窘、举债度日等诸多不如意之事。于此一期间,梁启超对自我价值曾经产生深深的怀疑,也屡屡生发厌世轻生之心。他曾经在相当一段时期里,每日"临

---

① 梁启超:《李鸿章》,《饮冰室合集》第6册,专集之三,中华书局1989年版,第1页。
② 同上书,序例,第1页。
③ 同上书,第3、4、38、42页。
④ 梁启超1910年2月致徐社交信,见于文江、赵丰田编《梁启超年谱长编》,上海人民出版社2009年版,第332页。

帖一点钟,读佛经一点钟"① 而排解不得,甚至欲"以一死了之"②。这一时期,梁启超所创作的诗词,也多带清商变徵之音,感情也以悲怆深沉为主。比如,在 1908 年,梁启超创作了《戊申初度》《枕上作》《偶成》《欲雪》诸篇诗章,其中如《戊申初度》一诗中,梁启超自叹"虚牝黄金强自宽,蹉跎三十五年间。春华冉冉驹奔隙,吾道悠悠羊触藩。颇悔文章难用世,永怀君国且加餐。儿曹漫祝今年健,试与摩挲髀肉看"。又比如,在 1909 年,梁启超创作了《腊不尽二日遣怀》《其夕大风雨,彻旦不寐,重有感》《晓来》《独夜》等诗篇,悲苦憔悴,自哀自惋之情多有流露,其中如《独夜》所道"滔滔逝水何尝住,历历星辰只独看。瘦叶得风秋瑟瑟,虚堂无月夜漫漫。梦回鸡塞飞魂苦,倚近危阑出手难。料得明朝视明镜,鬓丝摇扬不胜寒";又如《晓来》中的"晓来馨艳盈怀抱,采得幽兰欲赠谁?坐对青山相妩媚,梦回白日已侵驰。未除豪气供诗健,拟被清愁惜酒醨。旋陟升皇忽反顾,似闻鷐鸠妨蛾眉";等等。可见,这一时期,梁启超的情绪基本笼罩于萧瑟阴霾中,与前一时期他所说的"平生最恨劳骚语"相比较,可见梁启超的忧伤难持,牢骚满腹。而也是在此一时期,梁启超书就《王荆公》《管子传》。《王荆公》开篇即三致"未尝不废书而长恸也"语,行文一唱三叹,痛惜王安石遭遇,"此伟大之人物,乃埋葬诸沉沉蠹简之中",先史对王安石"漏略芜杂、莫知其纪""入主出奴、谩辞溢恶、虚构事实""荆公所以受诬千载而莫能白";《管子传》认为"数千看来崇拜管子者,不少概见,而訾敖之者反倍蓰",③ 对管子"或持偏至之论,挟主奴之见,引绳批根,而非常之人,非常之业,泯没于谬悠之口者"④。二书创作,翻案造势,喜恶之情随处流露,辞气激切不加掩饰,若结合 1907 年 7 月清政府宣布的预备立宪,以及康有为、梁启超等人积极筹备的君主立宪事宜进行考察分析的话,更可清晰地看到梁启超行文的潜在心理与意图。同时,蚌病成珠、借他人酒杯浇自我块垒,也是成就此二书之重

---

① 梁启超 1910 年 2 月致徐社交信,《梁启超年谱长编》,第 332 页。
② 于文江、赵丰田编:《梁启超年谱长编》,第 336 页。
③ 梁启超:《王荆公》,《饮冰室合集》第 7 册,专集之二十七,第 1 页。
④ 梁启超:《管子》,《饮冰室合集》第 7 册,专集之二十八,第 1 页。

要归因。

（二）返国后的1922年、1923年，梁启超创作的《屈原研究》《情圣杜甫》《陶渊明》三部传记体散文，多蕴藉悲凉体会，情绪渐趋平和，学术色彩加强并倾向于道德内省。

1922年，梁启超50岁，经历了返国时的轰烈、也经历了袁世凯内阁任政时的黯淡；经历了护国运动时的惊心动魄，也经历了讨伐张勋复辟时的师徒反目；经历了国内的纷乱动荡，也经历了欧游的灰暗苍凉；梁启超要在文化界有所主张，着手文化重塑、道德重建。梁启超提出"凡一国之立于天地，必有其所以立之特质，欲自善其国者，不可不于此特质焉淬厉之而增长之"。① 他同时也认为：

> 启超确信我国儒家之人生哲学，为陶养人格至善之鹄，全世界无论何国、无论何派之学说，未见其比，在今日有发挥光大之必要；启超确信先秦诸子及宋明理学，皆能在世界学术上占重要位置、亟宜爬罗其宗别，磨洗其面目；启超确信佛教为最崇贵最圆满之宗教，其大乘教理尤为人类最高文化之产物，而现代阐明传播之责任，全在我中国人；启超确信我国文学美术，在人类文化中有绝大价值，与泰西作品接触后，当发生异彩，今日则蜕变猛进之机运渐将成熟。②

基于这样一种文化考虑，1922年，梁启超发表《中国韵文里头所表现的情感》《趣味教育与教育趣味》《敬业与乐业》《美术与科学》《为学与做人》诸文；1923年，他发表《人生观与科学》等篇章。其中，梁启超创作的《屈原研究》《情圣杜甫》《陶渊明》，侧重于从时代背景展开，深入探讨屈原、杜甫、陶渊明三人的个性特点，并突出强调其高大形象与可贵精神，内中隐含着梁启超的情感与个性——三位传主的热爱故土、留恋祖国、经世报国、现实受挫，都与

---

① 梁启超：《论中国学术思想变迁之大势》，《饮冰室合集》第5册，文集之三十九，第1页。
② 梁启超：《为创办文化学院事求助于国中同志》，于文江、赵丰田编：《梁启超年谱长编》，第632页。

梁启超的命运遭遇有种某种程度的相似与暗合。他们的性情之真纯、热烈，也与梁启超性情相似。例如，《屈原研究》一文中，倾洒了梁启超更多的个人情感色彩；又例如，梁启超解读《离骚》时，曾说"他原定计划，是要多培植些同志出来，协力改革社会，到后来失败了。一个人失败有什么要紧，最可哀的是从前满心希望的人，看着堕落下去"。《屈原研究》中说"屈原是情感的化身，他对于社会的同情心，常常到沸度，看见众生苦痛，便和身受一般，这种感觉，任凭用多大力量的麻药也麻他不下"，"他对于现实社会，不是看不开，但是舍不得"① 等。这些话，可用作梁启超本人的写照。

此一时期，梁启超从中国传统旧文化中做挖掘整理，提出"新事物固然可爱，老古董也不可轻轻抹煞"，"对于本国二千年来的名家作品，着实费一番工夫赏会他"②。故而他关于古今中外文化思想问题的主张，表现着对于中国文学、中国文化的学理逻辑与体系建构的进一步深入思考。是今胜于古、古胜于今还是古今参酌，也影响着梁启超传记体散文创作中关于人的本质、人对世界的认知、文学表现人的思想情感等重要问题的探寻，也体现着梁启超关于人文关怀与审美追求的价值尺度与言说标准。复古是中国古代文学思想的重要表现，从字面上看，复古落脚在"古"上，但古往今来，有着创新意识并促进文学变革与进步的创作者，同时也着眼于"今"，方能更好地"复"古。古与今、新与旧之间，重要的还在于"通"与"变"的处理。梁启超这一时期表现于传记体散文中的内容创作，以及他的传记体散文中关于某一历史人物、某一思想内容、某一文体特质、某一文化问题的斟酌前论为我所用，有基于"今"基础上所做的权衡与通变，也有着参古定法从而望今制奇的用意，志在对当时中国社会之文化、思想做补偏救弊。因此，梁启超这一时期传记体散文中所表现的关于文化与道德重建的今与古、通与创的论说，一方面使其传记体散文创作中的学术色彩加强；一方面也展现出他关于文化道德的内省探索，已迥异于此前他所创作的传记体散文的内容表达与深度体现。

---

① 梁启超：《屈原研究》，《饮冰室合集》第 3 册，文集之三十九，第 57、59、64 页。
② 梁启超：《情圣杜甫》，《饮冰室合集》第 5 册，文集之三十八，第 37 页。

梁启超传记体散文展现出明确的文体功用意识，呈现出不同人生阶段的政治立场与文化思考。流质多变且在政治立场上屡屡变化的梁启超，多次处于困窘不通的逆境，形成创作冲动。在写作传记体散文时，梁启超往往会因传主之不幸遭遇触景生情，同病相怜，将自我情绪诉诸纸墨，这使他所创作的传记体散文点染上他本人的情感体会与性情喜好。而梁启超创作的一系列传记体散文，不仅预示了中国现代传记体散文的出现，也展示了传记体散文创作时代性与文学性的统一，彰显着梁启超不同人生阶段复杂深隐的文化心理与思想主张。

廖恩焘：诗界革命一骁将

胡全章[*]

文学史家述及晚清诗界革命阵营的代表诗人时，大都沿用梁启超《饮冰室诗话》中的说法，推黄遵宪、夏曾佑、蒋智由为"近世诗界三杰"[①]，以"诗人之诗论"则邱逢甲亦"天下健者"，称得上"诗界革命一巨子"[②]；顶多再加上乃师康有为及其亡友谭嗣同。其实，1903—1905年，有一位《新小说》"杂歌谣"栏目代表诗人和台柱子，亦称得上"诗界革命一骁将"；不过，由于此人身份特殊，梁启超当时不得不故意隐去其真实姓名，遂使这位早该写进中国近代文学史的神秘人物，其真实身份长期以来隐而不彰。

一 珠海梦余生：《新小说》第一诗人

梁启超1902年冬在日本横滨创办的《新小说》杂志，是《新民丛报》的姊妹刊物，其根本宗旨都是"新民救国"。《新小说》月刊是梁氏发起"小说界革命"的主阵地；而其开辟的"杂歌谣"专栏，既是配合小说界革命的产物，又是对梁氏这一时期主要依托《新民丛报》"文苑"栏开展的"诗界革命"的有意策应，为当时蓬勃发展的诗界革命运动提供了很大助力。前期《新小说》"杂歌谣"专栏主要

---

[*] 胡全章，河南大学文学院教授，博士生导师。主要从事中国近现代文学研究。
① 饮冰子：《饮冰室诗话》，《新民丛报》1902年第14号。
② 饮冰子：《饮冰室诗话》，《新民丛报》1902年第18号。

刊发的是新乐府和乐歌作品，梁启超（少年中国之少年）、黄遵宪（岭东故将军、人境庐主人）、高旭（剑公）、雪茹等是其骨干诗人；第7号之后则以"新粤讴""新解心"为重头戏，1905年前后出刊的最后三期（第10号、第11号、第16号）"杂歌谣"专栏竟成了"粤讴新解心"系列作品的天下。其实，不论是未署名的《粤讴新解心六章》，还是署外江佬戏作的《粤讴新解心四章》《新粤讴三章》，抑或是署名珠海梦余生的《粤讴新解心四章》《粤讴新解心五章》，作者只有一个人；此人乃是梁启超1903年游历美洲期间结识的一位广东老乡，时任大清国驻古巴总领事。

1903年10月，梁启超在《新民丛报》"饮冰室诗话"栏中介绍过这位"游宦美洲"的老乡："乡人有自号珠海梦余生者，热诚爱国之士也，游宦美洲，今不欲著其名，顷仿《粤讴》格调成《新解心》数十章"，"皆绝世妙文，视子庸原作有过之无不及，实文界革命一骁将也"。① 饮冰室主人故意幻化其身，其实是用障眼法保护这位身份特殊的"热诚爱国之士"。

20世纪60年代，对粤讴深有研究的冼玉清先生指出：在《新小说》发表新粤讴作品的珠海梦余生"系廖恩焘的笔名"，"廖系清末有名的粤讴作者"，将其定位为一位"改良主义者"；但冼先生似乎并未意识到外江佬和珠海梦余生系同一人。② 其实，细读《饮冰室诗话》中那段述及珠海梦余生的话，便可知晓不仅外江佬和珠海梦余生系同一人，而且《新小说》第7号刊发的未署名的《粤讴新解心六章》亦为珠海梦余生所作。这是因为，梁氏诗话中所举珠海梦余生"新解心"作品《自由钟》《自由车》《天有眼》《地无皮》《趁早乘机》《呆佬祝寿》就出自《粤讴新解心六章》，而《学界风潮》则出自署名"外江佬"的《粤讴新解心四章》。饮冰室主人其实已经在巧妙地告诉读者：《新小说》所刊《新解心》系一人所作，但作者"不

---

① 饮冰子：《饮冰室诗话》，《新民丛报》1903年第38、39号合刊。
② 参见冼玉清《粤讴与晚清政治（上）》（《岭南文史》1983年第1期）、《粤讴与晚清政治（中）》（《岭南文史》1983年第2期）。

欲著其名",故而化名珠海梦余生。

廖恩焘(1865—1954),字凤舒,号忏庵,亦号半舫翁,常用笔名有珠海梦余生、忏绮盦主人,广东惠阳(今惠州市)人,幼年随父赴美读书,历任中国驻古巴、朝鲜、日本、巴拿马、马尼拉外交官,抗战期间曾出任汪伪国民政府委员会委员,晚年寓居香港。殊不知,这位在中国近代外交史上几被遗忘的晚清帝国的外交官,还是梁启超领衔发起的"诗界革命""文界革命""小说界革命"的热心支持者和创作实践者,其见诸《新小说》"杂歌谣"栏的系列新粤讴作品和《新民丛报》"饮冰室诗话"专栏的两组取材在驻国古巴的纪事诗与竹枝词就是明证。①

照《新小说》标示的时间,自 1903 年 9 月至 1905 年 5 月,廖恩焘"粤讴新解心"系列作品陆续在《新小说》"杂歌谣"栏分五期刊出,共计 22 篇②,篇目和版面之多,遥居 15 位栏目诗作者之榜首,成为该栏目后期顶梁之柱和代表诗人。廖氏写作《新解心》的动机与题旨,可用其题词中的诗句来概括:"乐操土音不忘本,变徵歌残为国殇","万花扶起醉吟身,想见同胞爱国魂"③。体现出千年未有之大变局下一位由乡人到国人再到世界人的晚清外交官希冀唤起国人乡人爱国自强之心的强烈愿望。以岭南地区流行的乡土曲艺形式"俗曲新唱",奏响启蒙救亡的主旋律,使得廖氏这批新解心作品具有鲜明的近代气息和时代特征。论质论量,这位"珠海梦余生"都堪称《新小说》杂志的第一诗人。

---

① 关于廖氏诗歌、戏曲创作状况与成就,请参阅夏晓虹《近代外交官廖恩焘诗歌考论》(《中国文化》2006 年第 23 期)、《晚清外交官廖恩焘的戏曲创作》(《学术研究》2007 年第 3 期)两文。

② 《新小说》第 7 号所刊未署名《粤讴新解心六章》篇目有《自由钟》《自由车》《天有眼》《地无皮》《趁早乘机》《呆佬祝寿》,第 9 号外江佬戏作《粤讴新解心四章》篇目有《学界风潮》《鸦片烟》《唔好发梦》《中秋饼》,第 10 号珠海梦余生《粤讴新解心四章》篇目有《劝学》《开民智》《复民权》《倡女权》,第 11 号外江佬戏作《新粤讴三章》篇目有《珠江月》《八股毒》《青年好》,第 16 号珠海梦余生《粤讴新解心五章》篇目有《黄种病》《离巢燕》《人心死》《争气》《秋蚊》,5 组共计 22 篇。

③ 饮冰子:《饮冰室诗话》,《新民丛报》1903 年第 38、39 号合刊。

二 新解心：救亡启蒙与俗曲新唱

粤讴，亦称越讴，别称解心，是清代中后期至民国年间盛行于岭南的一种通俗说唱文学形式，音调在木鱼歌、咸水歌、龙舟歌、南音等粤曲歌谣的基础上融合北方民间说唱"子弟歌""南词"曲调，文辞在韵文基础上大量参用广府民系地区方言谚语，形成了极具地方特色、能唱能诵、易唱易懂的民间方言文艺新品种。早期粤讴作品题材不出风花雪月、男女情事，声调悠扬、语意悲惋。至晚清，粤籍启蒙思想家广泛运用这一民间文艺形式，遂将这一长于歌咏男女情事、缠绵哀婉、语浅情深的岭南地区的"流行歌曲"，改造成揭露社会黑暗、讽刺官场腐败、宣扬维新思想乃至鼓吹排满革命的"启蒙"利器，充当了文艺轻骑兵。流亡日本的岭南人梁启超创办的《新小说》杂志，是较早刊发新粤讴作品的报刊重镇；同为岭南人的大清国驻古巴总领事廖恩焘，则成为近代中国最为出色的新粤讴作家之一。

在廖恩焘见诸《新小说》的5组22篇新粤讴作品中，《珠江月》篇虽非首刊，却是点题之作，其作用类似于招子庸《粤讴》首章《解心事》，可说是解读廖氏粤讴新解心系列作品的一把钥匙。作为粤讴鼻祖开篇之作的《解心事》，其题旨无非是劝人要学会苦中寻乐，行善积德，让茫茫苦海中的市井细民暂解愁怀，得到片刻心灵的慰藉。廖氏《珠江月》则开门见山地交代了以"新名词"俗曲新唱的意图，亮出了警世、觉世和救世的底牌，表现出鲜明的救亡动机和思想启蒙宗旨。其开篇云：

> 珠江月，照住船头。你坐在船头，听我唱句粤讴。人地唱个的粤讴，都重系旧；我就把新名词谱出，替你散吓个的蝶怨蜂愁。你听到个阵款款深情，就打你系铁石心肠，亦都会抑住天嚟搔吓首。舍得我铜琶铁笛，重怕唔唤得起你敌忾同仇！只为我中国沦亡，四万万同胞问边一个来救。等到瓜分时候，个阵就任你边个，都要作佢嘅马牛！你睇我咁好山河如锦还如绣，做乜都冇

个英雄独立,撞一吓钟,嚟唱一吓自由。①

警醒世人,振起民气,张扬尚武合群精神,输入自由独立意识,唤起乡人国人的爱国自强之心,奏响的是救亡启蒙的主旋律。

1903年9月《新小说》第7号"杂歌谣"栏刊出的《自由钟》篇,是廖氏新解心系列作品的首发之作,以产自西洋的自由钟为譬,晓谕乡人国人要珍惜光阴,振刷精神,齐心协力,勇往直前,同种合群,众志成城。"自由钟"② 这一源自西方的"新名词"还有更深一层的寓意,那就是美国费城独立阁高悬的"自由钟"所象征的民族自由、独立与公正的精神内涵。其篇末道:

呢阵赔款好似催命符,满洲就系庄家杠。内盘破坏外面亦都穿凹,你唔睇天色做人,都要按住钟数嚟发梦,花砖月上重有几耐夕阳红。

似有隐喻晚清帝国这架破钟已经内外锈蚀、气数将尽之意,颇耐寻味。

同期刊出的《趁早乘机》篇,言辞更为激烈,思想更为激进,不仅以西方"国民"意识来诠释中国本土思想资源库中古已有之的"民本"思想,而且径直指斥满清政府"卖民卖国"行径:

自古话民为邦本君为次,纣王无道,就被个个周武焚屍。有的话既属系蚁民,唔该逆旨;点晓得人生世上,各有权宜。今日中国无人,个满政府来得咁放恣,卖民卖国佢重诈作唔知。

---

① 外江佬戏作:《新粤讴三章》,《新小说》1904年第11号。
② 1902年8月18日《新民丛报》第14号所刊《中国唯一之文学报〈新小说〉》预告《新小说》栏目内容时,有"历史小说"《自由钟》之规划;其广告云:"此书即美国独立史演义也。因美人初起义时,于费特费府建一独立阁,上悬大钟,有大事则撞之,以召集国民金议焉,故取以为名。首叙英人虐政,次叙八年血战,末叙联邦立宪。读之使人爱国自立之念油然而生。"由此可窥知新名词"自由钟"在时人脑际间留下的印象。作为驻美洲外交官的廖恩焘,对美国的"自由钟"不会不熟悉。

正是基于对一个无可救药的卖民卖国政府的极度失望乃至绝望，作者在篇末开出了"广东先自治"的救国方略：

> 广东地大人非细，只怕你无血性，唔怕大事难为。即话单手独拳，慌到无人继；岂知人人都有我，便是兴国生机。大家若系有心，还要想过法子。民权自治，重等到几时？山岳有灵还降义士，太平之后自见妍媸。世界翻新唔系希罕事，欧亚文明我地独迟。你估十八省等齐然后作致，我怕乌鸦头白，我中国重一样低威。时势可以造得个的英雄，做乜英雄唔可以造时势。唉！容乜易，广东先自治，个阵平权万国，怕佢十七省唔追住跟嚟。

这一思路与梁启超构思的《新中国未来记》的情节发展——"先于南方有一省独立，举国豪杰同心协助之，建设共和立宪完全之政府，与全球各国结平等之约，通商修好。数年之后，各省皆应之，群起独立，为共和政府者四五。复以诸豪杰之尽瘁，合为一联邦大共和国。"① ——何其相似！

振民气也好，开民智也好，抨击满清政府卖民卖国也好，呼吁国人合群爱国也好，其目的都是挽救国家危亡；在廖恩焘看来，救亡图存的根本途径，在于在中国建立一个民权高于君权的立宪政体。《复民权》篇以卢梭"天赋人权"思想为理论武器，以英国的君主立宪政体为学习样板，向国人宣传"君民共主"的立宪政体：

> 人地识得国家就是国民所建，做到国民嘅公仆，国政就唔敢自专。法律科条，总由议院议定；文明程度，要合得公理为先。细考各国政治原因，都唔似立宪法咁善。唔信你试睇吓英国，就知到十足完全。君唔系冇权，不过重在民个一边；君民共主，算系无党无偏。唉，道理咁浅，我四万万主人翁，唔知打乜算。若然唔听我劝，怕犹太波兰个的惨祸，远虽在天边，近即在目前。②

---

① 《中国唯一之文学报〈新小说〉》，《新民丛报》1902年第14号。
② 珠海梦余生：《粤讴新解心四章》，《新小说》1904年第10号。

廖恩焘这篇新粤讴作品问世之时，怀抱"医学救国"理想的青年鲁迅进入日本仙台医学专门学校攻读医学。第二年旧历年底，经历了"幻灯片事件"刺激的周树人清醒地认识到，"凡是愚弱的国民，即使体格如何健全，如何茁壮，也只能做毫无意义的示众的材料和看客"，"所以我们的第一要著，是在改变他们的精神，而善于改变精神的是，我那时以为当然要推文艺，于是想提倡文艺运动了"①。而当时"文艺运动"的领袖人物，正是"少年中国之少年"梁任公；廖氏与当时正在美洲游历的梁氏极为投缘，引为同道，大力支持这位同乡正在日本依托横滨《新民丛报》《新小说》掀起的"文艺运动"，从万里之遥的美洲岛国古巴寄去大量新诗稿。在青年鲁迅尚沉浸在"医学救国"梦之时，廖恩焘已经体认到"国家就是国民所建"，将国人的地位上升到"我四万万主人翁"的高度来认识，希冀着国人的觉悟和奋发。

"倡女权"也是"复民权"的一部分，甚或是实现国家振兴的根本保障之一。正是基于这一清末有识之士的普遍认知，《倡女权》篇不仅对"点估在深闺藏匿，重惨过地狱幽囚"的中国女性表示同情，而且得出"想我国势唔强，都系女权禁锢得久"的结论，将造成国家积弱不振的根源归结为女权长期遭禁锢，将兴女权的重要性和紧迫性上升到强国强种的高度来认识，将"开民智"与"倡女权"并重，"等佢二万万同胞嘅血性女子，都做得敌忾同仇"②。其"倡女权"的根本目的仍是"救亡"，最终是为了实现民族振兴和国家富强的"中国梦"。

以感情基调的慷慨激昂和鼓动性之强来看，《唔好发梦》篇是一个突出范例，体现出新粤讴作品从口头演唱到文字传播转换过程中发生的微妙变化：

---

① 鲁迅：《呐喊·自序》，《鲁迅全集》第1卷，人民文学出版社2005年版，第439页。
② 珠海梦余生：《粤讴新解心四章》，《新小说》1904年第10号。

> 劝你唔好发梦,我想花花世界,都在梦中。你若果梦里平安,就系梦一千年,我都由你去梦。只怕沧桑变幻,就会警醒你梦眼朦胧。人地把你皮肉瓜分,难道你都唔知到痛?就算你会庄周化蝶,亦不过化到沙虫!咪把黑甜乡沉埋我黄种,你睇酣眠卧榻,边一个系主人翁。估话咁响嘅鼻鼾,都会嘈醒吓大众。点想你苟延残喘,重带住的惺忪;你好极精神,梦里都系唔中用。东方春晓,正话等到旭日初红。个阵你便抬起头嚟,放开吓眼孔,梦魂惊觉自由钟。太平洋上风潮涌,把个雄狮鞭起,又试叫醒吓女龙。我四万万国民,就伸一吓腰嚟,都震得全球动!舍得你呢回唔发梦咯,重怕乜运会难逢。青年才气腾蛟凤,我共你舞台飞上去,演一个盖世英雄!①

粤讴曲调原本节奏缓慢,演唱起来不易表现昂扬向上的韵味;而刊发在报刊上的带有鼓动性和宣传性的新粤讴作品,则以作者的千钧笔力使之充满时代风云,没有了儿女情长,平添了英雄之气。

从语言之形象传神和作品讽喻色彩之浓厚来看,《呆佬祝寿》篇称得上廖氏新粤讴系列中的上乘之作。该作以甲辰年慈禧太后奢华铺张的七十寿诞为影射对象,穷形尽相地描摹了各地督抚和王公大臣挖空心思准备豪华寿礼的情状:

> 搅出漫天神佛,好似着了癫疯。三界八仙,都离了玉洞;如来老祖,不在西蓬;玉叶琼枝都向金盘捧。奇葩异草,咁就献到仙童。我想海错鲜珍,唔系咁容易进贡,撒开珊瑚铁纲,塞满天宫,进而将批判的矛头直指寿主呆佬,唔信你睇祝过咁多回寿哩,都遇着天魔浩劫,闹到妖雾迷濛。②

联想 10 年前为慈禧太后准备六十寿辰而挪用海军军费兴建颐和园的荒唐误国之举,现如今国难当头、民不聊生却仍骄奢淫逸、不思

---

① 外江佬戏作:《粤讴新解心四章》,《新小说》1904 年第 9 号。
② 《粤讴新解心六章》,《新小说》1903 年第 7 号。

悔改，这位寿主实在是个神志失常的"呆佬"。如此折腾下去，家焉能不败？国焉能不亡？

梁启超1902年秋冬时节规划《新小说》"有韵之文"专栏时，最终放弃了初拟的"新乐府"而采纳了黄遵宪建议的"杂歌谣"这一栏目名称，着重刊发的作品形式亦听取了人境庐主人"当斟酌于弹词、粤讴之间"的意见；① 内容上则提出了"总以关切时局为上乘"② 的指导思想。廖恩焘1903年在美洲创作的新粤讴系列作品，完全贯彻了他的两位广东老乡共同擘画的《新小说》"杂歌谣"栏目作品创作指针。引方言土语入诗入歌，是《新小说》"杂歌谣"题中应有之义，可视为饮冰室主人在运用民间歌谣"俗曲新唱"方面一个具有导向意义的理论自觉。梁启超、黄遵宪将"新粤讴"引入《新小说》"有韵之文"专栏的主观设想，随着廖恩焘系列新解心作品的问世而得以实现，从而为当时的文坛提供了一种借用民间说唱文艺形式"俗曲新唱"的写作范式，进而带动了粤语方言文学创作。

饶有意味的是，饮冰室主人在诗话中赞珠海梦余生《新解心》为"绝世妙文"，誉作者为"文界革命一骁将"，是将其置于广义的"文界"来定位的；这一语境中的"文界"概念，其范畴包含"诗界"。事实上，由于廖氏这组新解心作品是作为《新小说》"有韵之文"刊发，梁氏又是在诗话中赞誉其人其文，作为"杂歌谣"栏目第一诗人的廖恩焘，自然堪称"诗界革命一骁将"。

三　古巴纪事诗与域外竹枝词

1906年8月，《新民丛报》第85号"饮冰室诗话"栏裒录了忏余生《纪古巴乱事有感十律》和忏广③《湾城竹枝词》组诗22首。这组古巴纪事诗和域外竹枝词，是廖恩焘见诸诗界革命主阵地的另一系列的新诗作品，也是当时仅有的以古巴时局和古巴首都湾城风情为

---

① 黄遵宪：《致梁启超函》，《黄遵宪全集》上，中华书局2005年版，第432页。
② 《新小说社征文启》，《新民丛报》1902年第19号。
③ 忏广即忏庵，"广"为"庵"字之简写，这一现象为晚清报刊诗人署名所习见。

题材的诗章,洵为晚清新派诗中的珍品。

《纪古巴乱事有感十律》以 10 首七言律诗,记录下 19 世纪末叶古巴人民反抗西班牙统治者的独立战争期间涌现的可歌可泣的民族英雄与感人事迹,以及 20 世纪初年古巴独立后因内乱党争和美国军事占领而造成的危亡时局。廖氏随诗稿寄给梁启超的信笺云:

> 古巴民政四党,因争选举构乱,美国遽以兵舰相加,夺其政柄。虽以美总统卢斯福之义侠,或不致显背万国平和约章,古岛容有珠还之日。然党界之足以亡国,内乱之足以召外兵,则南美洲一带诸国,覆辙甚多,不独古巴为然,正不可不为我国人警告也。①

饮冰室主人赞叹道:"此真有心人之言,不能徒以诗目之;即以诗论,杜陵诗史,亦不是过矣!"廖氏希冀国人(主要针对革命党人与保皇党人)以古巴为鉴的良苦用心,梁氏自然心领神会,目之为"诗史",因其发挥着"杜陵诗史"记录时变的社会功能。这里选其第四首来看:

> 香花祝鼓迓儿童,铸像巍峨纪战功。政界脱离专制轭,国魂敲起自由钟。归元先轸都无恨(麦时母高摩斯山度明古岛人,两佐古巴革命军,土人自立后,麦死,舆榇归葬以总统之礼),殉国离骚尚可风(古巴文豪河西玛帝以民权独立鼓吹国民,卒为西班牙所杀)。恼煞共和闲岁月,萧墙无故仗兵戎。

作者由当下古巴国情而发出的"如此膏腴一片土,鲸吞蚕食已分明"的感叹,亦是对晚清帝国危亡时局的深重忧虑;组诗末章以"夜来凄绝闻邻笛,故国山河更可哀"之句收束,流露出身在海外而心系祖国的拳拳忧国之情。

照饮冰室主人的交代和推介,"湾城者,古巴首都也"(今译哈

---

① 饮冰子:《饮冰室诗话》,《新民丛报》1906 年第 85 号。

瓦那），忏广《湾城竹枝词》"感韵顽艳，且可作地志读"①。我们选其第六首来看：

> 小立窗棂月色明（闺中人每黄昏时辄倚窗以待所欢之至，至则立窗外谈至夜深）。喁喁私语口脂馨。昨宵阿母叮咛嘱，莫浪敲门唤妾名（男女虽极相悦，无父母命不得擅自订婚，男来访则屏诸门外，不许入室升堂也）。

以民歌情韵状写异国风情，加上诗中小注，廖氏这组"感韵顽艳"的海外竹枝词，真可作为一部记诵古巴首都哈瓦那民俗风物的"地志"来读。

1906 年夏秋时节，廖恩焘这两组取材域外的新派诗见诸《新民丛报》"文苑"栏时，被梁启超树为"诗界革命"阵营一面旗帜的黄遵宪已去世一年多，作为时代思潮的诗界革命运动已处于快速退潮期。在此前后，除了廖恩焘，还有一位广东籍新派诗人不时从万里之遥的美洲和欧洲给梁启超寄来取材于域外的新诗稿，且符合"以旧风格含新意境"的创作指针——此人就是康有为。然而，无论是康氏《巴黎登汽球歌》《巡览全美还穿落机山顶放歌》等气势恢宏的长篇海外诗，抑或是廖氏质量上乘的古巴纪事诗和域外竹枝词，这些鲜明地体现着"诗界革命"的精神气度与诗体革新方向的新诗篇的出现，只是充当了作为时代思潮的"诗界革命"运动的余续与尾声，却无法改变其走向消歇的历史命运。

从 1903 年诗界革命运动高峰期携带一批"俗曲新唱"的新粤讴作品登上《新小说》"杂歌谣"专栏，在"诗界革命"主阵地奏响启蒙与救亡的主旋律，成为《新小说》第一诗人；到 1906 年"诗界革命"退潮期创作"以旧风格含新意境"的古巴时局纪事诗和域外风情竹枝词，被饮冰子在《新民丛报》"饮冰室诗话"专栏全文裒录，誉其为"诗史"和"地志"——身为大清国驻美洲外交官的廖恩焘，以"珠海梦余生"等笔名幻化其身，在被清政府通缉的流亡海外的

---

① 饮冰子：《饮冰室诗话》，《新民丛报》1906 年第 85 号。

政治犯梁启超依托近代报刊发起的新民救国运动和文学界革命中，充当了友情客串的角色。而这位"余事为诗人"的晚清外交官，凭借其贡献给20世纪初新诗坛的绝对数量不多、相对数量也不能算少的三个系列50多篇诗歌作品，在诗界革命阵营扮演了他人不可替代的重要角色，洵为诗界革命一骁将。

清末民初阅读与批评中的散原诗歌

李开军*

诗歌经典总是在世代的阅读和批评中产生。这些阅读和批评的史料不但保存在人们瞩目的诗话、序跋、专门论文中，也存留在笔记、书信、日记、诗歌等零星论及的文献里，甚至晚清以后报刊的诗歌刊载，它不但是诗歌阅读的窗口，同时可能也是编刊者批评态度的隐秘表达，可以一并归入这一文献的阵营中来。本文即试图通过对清末民初陈三立诗歌阅读和批评文献的清理，从阅读的角度来观察和理解散原诗歌的经典之路

一 早期诗歌的阅读与批评

从目前览及的文献来看，陈三立较早的诗歌集子是《七竹居诗存》，所收大概是光绪七年（1881）——陈三立29岁——之前的作品，他曾于光绪七年（1881）岁末自河南武陟将此集寄呈时居长沙的郭嵩焘，郭嵩焘于次年正月十五日收到。据此推断，当时同在武陟陈宝箴河北道幕府的几位青年人如杜俞、陈凤翔、吴绩凝、杨灏等人，作为陈三立的朋友，他们大概都读过这本诗集。但我们没有看到他们对《七竹居诗存》的评论，只有接到此集的长辈郭嵩焘，有一句针对《七竹居诗存》《杂记》《耦思斋文存》《老子注》等书的总

---

* 李开军，山东大学文学院教授，博士生导师，研究方向为中国近代文学。

评："伯严年甫及冠，而所诣如此，真可畏。"① 这应该包括对其诗歌成就的肯定。

但到目前为止，我们都没有看到《七竹居诗存》，也没有看到此后藏书目录对此集的著录——它应该没有刊行。不但如此，光绪七年（1881）之前陈三立的诗歌作品，几乎没有存世。这致使我们对《七竹居诗存》的总体面貌，对陈三立29岁之前的诗歌写作情况，无从确切掌握。所幸的是，他这一时期交游密切、经常论学并"尤称"②其诗的廖树蘅，曾在其《笔记》里说："伯严诗凡数变，己卯、庚辰之岁，与何璞元、陈伯弢诸人唱和，微涉轻冶。"③"己卯、庚辰"即光绪五年（1879）、六年（1880）；所谓"轻冶"，则指当时何、陈等长沙年轻人规模六朝初唐"纷披古藻，雅丽铿锵"之风气④。当然，陈三立的"轻冶"中，应该还包括李商隐的底色，俞大纲曾引述陈三立的"自谓"："三十以前，诗宗义山，三十以后，始变体。"⑤ 陈三立30岁，在光绪八年（1882）。尽管廖树蘅言语之间流露出一定的不满，但他的这句话十分重要，它让我们知道早年陈三立诗歌写作的一种面相，他"变体"的开始。

光绪七年至二十一年（1881—1895）间陈三立的诗歌作品，绝大部分收在了《诗录》中。《诗录》抄本四卷，第三、四两卷有大量的黄遵宪亲笔评点，这让他成为陈三立光绪十七年至二十一年（1891—1895）诗歌的最重要的读者。从最后总评所署时间看，黄遵宪的《诗录》阅读发生在光绪二十一年（1895）四月十五日之前的数日内。当时黄遵宪以金陵洋务局总办身份，因办理江南五省教案事，大概于四月

---

① 《郭嵩焘日记》（第4卷）光绪八年（1882）正月十五日，湖南人民出版社1983年版。

② 杜俞《珠泉草庐诗集序》："丁丑秋，以事来长沙，访苏畡闲园，读其诗，信荸荄言之妄。而苏畡尤称分宁陈伯严之诗。已晤伯严弗荄邸，观伯严诗，而知苏畡之得友诚良也。"（《珠泉草庐师友录》卷二，1948年衡田刊本）

③ 廖树蘅：《笔记》，《珠泉草庐师友录》卷三所录陈三立《苏畡新秋归家赋此赠之》诗后。

④ 陈三立：《张昭汉白华草堂诗序》，《散原精舍诗文集》，上海古籍出版社2014年版，第1465页。

⑤ 俞大纲：《寥音阁诗话》，《俞大纲全集》"诗文诗话卷"，（台湾）幼狮文化事业公司1987年版，第143页。

初来到武昌，五月十九日还金陵。其时陈三立正都讲武昌两湖书院，于黄来有接风之宴，别有饯行之席，甚是相得，以至于次日即将别赴金陵，黄遵宪还写信邀请陈三立"作半夕之谈"，因"到武昌来，屡承大教，卓识挚爱，平生得此于人盖寡，是以惓惓不能自已"，虽"明日即东下矣，胸中无数言语，实非一时所能倾泻"，但"尚有一二要事欲就公面商"。① 二人间的那种知音相惜之感溢于言表。

黄遵宪的《诗录》阅读评点涉及如下几个方面。②

（一）以圈点的方式，标示陈三立诗歌中的"名句"，其中双圈21句，单圈153句，点30句。双圈之句如《送赵翰林启霖黄优贡忠浩还湖南》"可怜几日悬吾眼，烛艸尊前更饱看"；《雪夜咏一首》"了了琴书外，依依角吹残"；《月夜携客步雪至山亭》"鬓外星辰迷岛屿，唾余江汉接波澜"；《高观亭春望》"凭栏一片风云气，来作神州袖手人"；《冬夜怀易顺鼎易方葬母居墓所》"孤烛江湖上，模糊见汝啼。诸天攀惨澹，微命与提携"；《甲午上元夕高观亭登望》"三年闲思无新故，一片沧波已浩漫"；《送胡元仪泛海入都》"独夜星辰偕入座，微尘瀛海见飓旌"；《莫愁湖四客图为梁节厂题》"吾侪虽贱士之一，江山今昔看成痴。因君颠倒念行乐，悬瓢应许寒鸥窥"。黄遵宪所欣赏的，均是有"我"之句，有"感慨"之句，甚至可以说是情感笼罩，所有景物，均奔赴于情感旗下，无一风景流连者。

（二）改易诗句，14处。如《夜饮答范仲林》"离合十年今夕贵，凄凉终古一灯多"，"凄凉终古"改为"笑啼万绪"；《南皮尚书于展重阳日谶集菱湖露台作》"江城一雨同喧寂，忧乐千春接杳茫"，前一句改为"高低□雨流周匝"，"杳茫"改为"混茫"；《送赵翰林启霖黄优贡忠浩还湖南》"当代英雄一笑尽"，"当代"改"千□"，"笑尽"改"梦去"；《乃园冬望》"归鹊暮衔城郭影，残蝉旧倚管弦听"，"暮衔"改"尚遥"，"旧倚"改"曾记"；《癸巳元夕述怀次前韵》"他时涂抹得仿佛"改"儿时匆匆如梦去"，"所治糟粕偿蠢顽"

---

① 黄遵宪：《致陈三立函》，陈铮编：《黄遵宪全集》上册，中华书局2005年版，第351页。

② 以下所引黄遵宪批点，均见抄本陈三立《诗录》（南京图书馆藏）第三、四卷，为避烦琐，不一一注出。

中"所治"改"专贪";等等。多是避熟避俗,求新求生,如其总评中所指示的:"唐宋以来,一切名士才人之集所作之语,此集扫除不少。"勉励陈三立生新独创。

（三）批语点出诗句的优缺点，15处。如《人日得易仲实镇江舟中寄诗感和》"世外楼船兼雁暝，梦中江海挟蛟行"一句，"兼雁暝"旁批云"未极圆惬"，当是指"暝"字位置应仄，原诗用"雁暝"有失格律之流转。《易仲实属儿子衡恪作匡山草堂图为题长句》"鄂州见君意萧瑟，怅别名山五百日"，天头批此句"接甚好"。此句前述易顺鼎移居庐山，倦游倦仕，此接武昌不肯向人，命陈衡恪写庐山以寄意，"萧瑟""怅别"二词前顾庐山，后联命画，故谓"接甚好"。《孟春乃园观梅歌》"临繁冶兮态又殊"天头批"兮字句调谪仙常用，而杜韩极少，诗格不称故也，君诗亦不可用"，此言应以杜韩为祈向。《送杨舍人还蜀饮饯江楼寻取舟泛月归作示同游》"波外青山片片新，夹堤杨柳远生春。眼前惟有东流水，凭赠峨嵋绝顶人"，天头总批:"此亦初唐，然有太白意，尚可用";"客去歌残月满船，空明万顷凌苍烟。还拂夜珠霄汉上，照取城头人未眠"，天头批云:"初唐音调，与集中不称。"此数句是诗人从前规模六朝初唐的"遗产"，黄氏提示应予弃掷。《菱湖行戏赠郑刑部同年》"文章独用穷屯显，禄仕遑云晚节美。纵累功行高邱山，与龄未许过一纪"，天头批:"此数语当设浓色。""吾怪造化颇崛强，何以唯阿顺君指。念倾赀财丐司命，又称耿介了不喜。四人相视杂涕笑，准备骷髅饱蝼蚁"，天头批:"真韩诗。"此黄氏赏其有韩诗恢诡之趣者。《园亭春望时红梅已残白梅盛开占此句》"微禽未解春如海，犹自衔泥葬落花"，旁批:"调熟，不可用。"即韩愈"陈言务去"之意;等等。

（四）批语点出全诗的优缺点，26处。如评《人日得易仲实镇江舟中寄诗感和》"挚情逸兴，一时并集";评《易仲实属儿子衡恪作匡山草堂图为题长句》"睥睨一世，横扫千人";评《月夜携客步雪至山亭》"融会古人精神，自辟意境，兴高神远";评《别范大当世携眷还通州》"神在诗外，意据诗顶，俯唱遥吟，不可一世"等，实即总评中所云:"胸次高旷，意境奇雅，当其佳处，有商榷万古之情，具睥睨一切之概。"又如评《送赵翰林启霖黄优贡忠浩还湖南》"真山谷诗，神骨气味无一不佳";评《乃园冬望》"意境孤淡";评《除日大雪叠韵柬节盫》"甚老健,气最清";评《除夜念山园梅株雪冻未花再次前韵答节盫》"此种和韵诗不必多作,造诣至坡老而止,不能更上也";评《题通州范一当世大桥图》"此诗佳矣,而未臻妙处,因韩杜苏各露本色,未能共炉而冶之也";评《菱湖行戏赠郑刑部同年》"使昌黎出手为之,必更恢诡";评《冬夜怀易顺鼎易方葬母居墓所》"何处得此苍凉沉郁之境";评《送胡元仪泛海入都》"气未融贯。古今七律,惟放翁、工部无此患,余皆不免";评《立秋日闻蝉同黄笃恭赵启霖范钟》"得杜神髓,其中五律往往有此";评《莫愁湖四客图为梁节厂题》"极沉郁顿挫之致,揩眼细读,复抚膺坐思,为之废寝忘食矣";等等,可知黄遵宪读诗时心中有杜韩苏黄等大家在,尤其强调变创之杜韩,如其在总评中所云:"然尚当自辟境界,自撑门户,以我之力量,洗人之尘腐。古今诗人,工部最善变格,昌黎最工造语。故知诗至今日,不变不创,不足与彼二子者并驾而齐驱。义理无穷,探索靡尽,公有此才识,再勉力为之,遵宪当率后世文人百拜敬谢也。"

总之,黄遵宪光绪二十一年(1895)的阅读评点,自觉贯彻了一种成我之诗的变创意识①,这一变创,是沿着杜韩开创的方向前行,偏向宋诗一路。因此他肯定了陈三立诗中表现出的学宋努力,这对于正处于诗风转变中的陈三立而言,无疑具有极大的鼓舞作用。

相对于陈三立对黄遵宪《人境庐诗草》的阅读评点②,黄遵宪对陈三立《诗录》的阅读更为细致深入,正如黄氏在《诗录》卷三前批语中所云:"公论仆诗,宽假过当,而仆于公诗,断断持论,作迫狭之状。公当改称伯宽先生,仆则可谓公无度矣。"③但黄遵宪这些细心阅读所留下的圈点批评,大部分时间里随着《诗录》藏于行箧高阁,在光绪二十一年(1895)至民国二十六年(1937)陈三立病

---

① 黄遵宪对诗歌创新之自觉追求,见其《人境庐诗草自序》,黄遵宪著、钱仲联笺注《人境庐诗草笺注》卷首,上海古籍出版社1981年版。
② 陈三立共为《人境庐诗草》撰写总评二则,分评四则,见《人境庐诗草笺注》第421、423、517、676、1083页。
③ 见《散原精舍诗文集补编》卷首书影"黄遵宪在陈三立《诗录第三》前的题署和眉批",江西人民出版社2007年版。

逝，从未见人提及，所以它的作用影响，应该及陈三立之身而止。

《诗录》四卷中的大部分作品没有公开发表过，除了当年一起诗酒酬唱的师友如郭嵩焘、王闿运、陈锐、何承道、罗正钧、梁鼎芬、易顺鼎、范钟、赵启霖、黄笃恭等，后来读过这些早期诗歌、明白陈三立早期诗歌写作变化的人很少，但幸运的是，《诗录》卷四所收光绪十九年（1893）四月庐山之行的四十题诗作，曾与同行之易顺鼎、范钟、罗运崃所作诗歌合集刊行，题作《庐山诗录》，时在同年六月。相对于抄本《诗录》的"闺中深藏"，《庐山诗录》则是在师友中公开流传，尤其是两位与陈三立诗歌经典化密切相关的人物，都先后看到了此集。一是陈衍，他于光绪十二年（1886）京师、光绪十五年（1889）长沙已颇闻陈三立"能文"，而得见《庐山诗录》大概在光绪十九年（1893）来游武昌之时。[①] 次年（1894）十二月八日，时在南京的郑孝胥得梁鼎芬所示《庐山诗录》，中旬，回鄂的梁鼎芬又以郑诗示陈三立，陈"叹为绝手"。[②] 这大概是陈衍、郑孝胥首次接触陈三立诗歌。郑孝胥未留下评论文字，陈衍则许以"学韩"[③]，这是他对陈三立诗歌写作的最初印象。几乎与郑孝胥同时，范当世似也读到了《庐山诗录》，光绪二十年（1894）十一月，他嫁女至武昌，十二月十四日"携大集"还通州，他诗中云："窃把君诗海上城"[④]，则此"大集"似即《庐山诗录》，不过他也没有留下评论。光绪二十一年（1895）四月，黄遵宪因为庐山诗已刊刻，遂于《诗录》

[①] 陈衍最早提及《庐山诗录》乃在其所编《石遗室师友诗录》评语中，云："君诗少学韩，刻有游庐山作一卷，皆韩体也。"《石遗室师友诗录》最迟于光绪三十一年（1905）已动议，刊载于宣统元年（1909）的《国学萃编》，似即刻成于是年。细味发表于《庸言》1912年第1卷第2期《石遗室诗话》所云："丙戌余在都门，己丑在长沙，闻张铁君亨嘉屡称其能文。见其《游庐山诗》一卷，学韩，与易实甫诸人同作者。后识李亦元希圣，言君为文在陈承祚、范蔚宗之间。迟之又久，始相见，君已中年患难，憔悴垂垂老矣。赠余一律云云。"则见《庐山诗录》当在光绪三十一年二陈武昌初次相见之前。据陈衍年谱，知其有光绪十九年（1893）武昌之游，或即在是年。
[②] 劳祖德整理：《郑孝胥日记》，光绪二十年（1894）十二月八日、十二月二十九日，中华书局1993年版。
[③] 陈衍：《石遗室诗话》卷一，张寅彭主编：《民国诗话丛编》一，上海书店出版社2002年版，第25页。
[④] 范当世：《余既与伯严稍稍赠答无几而决行矣携大集以归用韵而成惜今日之作》，马亚中、陈国安校点：《范伯子诗文集》，上海古籍出版社2003年版，第190页。

抄本中"不复细论,倘欲细论,他日再就刊本商榷也",但我们至今没有看到他的"商榷"之语,不过他在《诗录》中已有一个整体性的评价:"游庐山多好诗","其中颇有卓绝之诣,江山之助,良不诬耳"。① 光绪二十年(1894)、二十一年(1895)间,还有两位陈三立诗歌的读者值得我们注意:一位是主讲湖北经心书院的谭献,他审定过梁鼎芬等人的诗歌,并将自己的诗词交与范钟、陈三立评阅,陈三立在光绪二十年(1894)写给谭献的一封信里手录《寄怀易顺鼎》《梁鼎芬居焦山忽传暴病怃然成句》《月夜十七柳亭携诸子对酒》《送胡元仪入京》《感题海上歌者素秋所画兰》等五题律绝,请"教削之"②——其实谭献属于较早看到《庐山诗录》的那拨人,光绪十九年(1893)六月二十日,他接到范钟所赠该集,以为其中"颇有擅胜者"③;另一位是光绪二十一年(1895)二月结束西湖之游还长沙过武昌的廖树蘅,他"读其与孝达尚书及范明经当世往来之作",以为"沉雄高浑,骎骎入少陵之室矣"④。与张之洞、范当世往来之作,作于光绪十八年(1892)、二十年(1894)间。

从陈衍、廖树蘅、黄遵宪等所表达的阅读感受来看,大家的见解比较接近:光绪十九年(1893)、二十年(1894)前后,陈三立在学习杜、韩。但樊增祥有不同的感受,光绪二十六年(1900)他在《评陈公子庐山诗五叠前韵》一诗中写道:"珠玉嚌呔下九天,西江社里染香烟。气辛渐觉生姜老,骨峭肯规方竹圆。生硬未逢张八面,神仙最小葛三年。君家老凤曾相识,今日虚横野渡船。"⑤ 他从陈诗中读出了"气辛""骨峭""生硬",以为濡染江西派之风气。揆之于《庐山诗录》,樊氏之言有所偏离,还是陈衍"学韩"一语较为贴合。

陈三立光绪二十一年至二十六年(1895—1900)间的诗歌,从郑孝胥《散原精舍诗序》来看,他在为陈三立选诗时,应该读过,但

---

① 黄遵宪评语在陈三立《始去浔阳入庐山》一诗后,见抄本陈三立《诗录》卷四。
② 陈三立:《与谭献书》,钱基博整理编纂:《复堂师友书札精华》下,人民文学出版社2015年版,第1027—1033页。
③ 谭献:《复堂日记》,光绪十九年(1893)六月二十日,河北教育出版社2001年版。
④ 廖树蘅:《笔记》,《珠泉草庐师友录》卷三所录陈三立诗后。
⑤ 樊增祥:《樊樊山诗集》中,上海古籍出版社2004年版,第933页。

至今下落不明，也未见有人提及，甚至当年师友别集中，也一无唱和之踪迹，令人十分惊讶。稍微可以据以窥探此六年陈三立诗歌写作情况的，除了郑序（下文详述），还有梁启超作于光绪二十七年（1901）春的《广诗中八贤歌》及发表于光绪二十八年（1902）的一则《饮冰室诗话》。梁氏的两论陈诗，看法基本一致：《广诗中八贤歌》云："义宁公子壮且醇，每翻陈语逾清新。啮墨咽泪常苦辛，竟作神州袖手人。"①《饮冰室诗话》云："其诗不用新异之语，而境界自与时流异。酝深俊微，吾谓于唐宋人集中，罕见伦比。记其《赠黄公度》一首云云。"② 都专注于陈三立诗歌自传统中翻新而自成风格这一特点。考虑到戊戌政变后梁启超逃亡日本，无缘读到光绪二十四年至二十七年（1898—1901）间陈三立诗歌作品这一点，梁启超在诗歌和诗话中所表达的，应是他光绪二十三年（1897）十月至次年二月在长沙时务学堂担任中文总教习时读陈三立当时和稍前几年诗歌的印象，其诗话所录《赠黄公度》作于光绪二十一年（1895），就未收入《诗录》。梁启超的阅读感受与此前陈衍、廖树蘅、黄遵宪等人可谓一脉相承，可见陈三立仍然沿着武昌时的写作道路前行，并未因为光绪二十一年（1895）年底由武昌回到长沙这个由王闿运汉魏六朝诗风笼罩的旧地而发生偏转。③

二 《散原精舍诗》时期的阅读与批评

所谓的"《散原精舍诗》时期"指自《散原精舍诗》收诗所起的光绪二十七年（1901）至宣统二年（1910）诗集刊行的10年，本节主要讨论这10年中诗坛对陈三立诗歌的阅读与批评。毫无疑问，这10年中最重要的阅读和批评来自郑孝胥，他宣统元年（1909）四月应陈三立之请为选定《散原精舍诗》，并于四月三十日大雨夜为撰诗序：

---

① 梁启超：《广诗中八贤歌》，《新民丛报》1902年第3期。
② 梁启超：《饮冰室诗话》，《新民丛报》1902年第11期。
③ 参见李开军《陈三立早期诗歌写作与晚清湘鄂诗坛》，《文史哲》2015年第1期。

伯严诗余读至数过，尝有越世高谈、自开户牖之叹。己酉春始欲刊行，又以稿本授余曰："子其为我择而存之。"余虽亦喜为诗，顾不能为伯严之诗，以为如伯严者，当于古人中求之。伯严乃以余为后世之相知，可以定其文者耶？大抵伯严之作，至辛丑以后，尤有不可一世之概。源虽出于鲁直，而莽苍排奡之意态，卓然大家，未可列之江西社里也。往有巨公与余谈诗，务以清切为主，于当世诗流，每有张茂先我所不解之喻。其说甚正。然余窃疑诗之为道，殆有未能以清切限之者。世事万变，纷扰于外，心绪百态，腾沸于内，宫商不调而不能已于声，吐属不巧而不能已于辞。若是者，吾固知其有乖于清也。思之来也无端，则断如复断，乱如复乱者，恶能使之尽合？兴之发也匪定，则倏忽无见，惝恍无闻者，恶能责以有说？若是者，吾固知其不期于切也。并世而有此作，吾安得谓之非真诗也哉？噫嘻！微伯严，孰足以语此？①

此序最重要的见解，存于"大抵伯严之作，至辛丑以后，尤有不可一世之概。源虽出于鲁直，而莽苍排奡之意态，卓然大家，未可列之江西社里也"一句：第一，首次明确树立起"辛丑"（1901）这块界碑②，不但表明前后之差别，而且认为"辛丑以后，尤有不可一世之概"，所谓"越世高谈，自开户牖"也；第二，指明陈诗源"出于鲁直"，但又不为江西诗派所限，已"卓然大家"；第三，拈出"莽苍排奡"四字作为散原诗歌风格（"意态"）的标识。除了这三点，郑孝胥还郑重论述了散原诗歌与"巨公"（即张之洞）"清切"论诗的背离，实是标举了陈三立不为"清切"笼罩的独立追求；在这一点，郑孝胥还触及陈三立诗歌发生的动力问题，即他何以"不能已于声/辞"；当然，这一点大概也是郑孝胥对张之洞诗学观点的曲折回应。

---

① 郑孝胥：《散原精舍诗序》，《散原精舍诗文集》下，上海古籍出版社2014年版，第1530页。

② 石三友《金陵野史》"《散原精舍诗集》"条云："我见到的未收进诗集的诗稿，年代要较早些，是其中年时期所作，风格略有不同，工力直追汉魏，意境典雅高古，故选定诗集时，梁鼎芬（节庵）以为和后来所作，格调不尽相同，乃建议不必编入集中，以保存同光诗体之面貌。"（江苏人民出版社1985年版，第469页）这是20世纪80年代的追述，不知其所从来，亦未见相似说法。

郑孝胥认为散原诗歌源"出于鲁直",这和15年前陈衍、黄遵宪、廖树蘅的看法差别比较大,难道是郑氏独具只眼,截断众流,一举窥破陈三立诗歌写作宗尚(渊源)之奥秘?实则不然,在郑孝胥之前,不少人已经发现了这一点。光绪二十一年(1895)黄遵宪评点《诗录》时,已经大赞《送赵翰林启霖黄优贡忠浩还湖南》一诗"真山谷诗,神骨气味无一不佳",只不过他从陈三立诗歌中看到的更多的是杜甫、韩愈的影子,而且树杜、韩为陈三立诗歌写作的榜样。而6年之后,大约在光绪二十七年(1901),陈三立的好朋友陈锐就直接说:"拙劣黄山谷,吾兄颇似之。眼穿吟不断,名在命如丝。"① 而几乎同时,袁绪钦也有"人来坡老雪堂门,诗寄涪翁玉版村。南国英灵河岳集,西江主客画图喧"之戏拟,袁诗注云:"唐人选诗有《河岳英灵集》,《西江主客图》宋人论诗派作,伯严喜读山谷集,故戏及之。"② 光绪二十九年(1903),李详在代柬诗中赞陈三立"一祖嬗涪翁,劘垒搴我旆"③,而同居南京的魏緜题陈三立近诗则云:"平生渴忆西江水,犇注尾闾声莽苍。羡子清吟动寥廓,累予洒涕不成行。熊姿豹气喧何切,虎瑟鸾车乐未央。起坐中宵□北斗,浑茫兵霭塞东方。"④ 光绪三十年(1904)重九陈三立姻亲黄嗣东有"莫倚西江格调高,题糕九日负诗豪"之语⑤。李葆恂在光绪三十一年(1905)赠陈三立的诗《赠陈伯严吏部》里也说:"句健规双井,杯深貌二豪。"⑥ 可见进入20世纪以后,陈三立"学黄"已是众口一词,成为陈三立诗歌读者的共识。当年黄遵宪大提特倡的杜、韩,极少有人提及,只有光绪三十四年(1908)陈三立乡试座师陈宝琛在为陈氏诗卷题词时说:"老于文者必能诗,此道只今亦少衰。生世相

---

① 陈锐:《怀陈伯严白下寓园》,《裒碧斋诗》卷四,光绪三十一年(1905)刻本。
② 袁绪钦:《再题唱酬集后》,《门存诗录》卷三,光绪刻本。
③ 李详:《简陈伯严吏部三立》,《李审言文集》下,江苏古籍出版社1989年版,第1187页。
④ 魏緜:《邵阳魏先生遗集》,民间21年(1932)建德周氏影印本,第423页。
⑤ 黄嗣东:《再叠伯弢九日韵赠伯严亲家并柬恪士彝恂次中伯弢诸君子》,《鲁叟诗存》卷二,1912年本。
⑥ 李葆恂:《赠陈伯严吏部》,《红螺山馆遗诗》,《义州李氏丛刻》1916年京师刻本。

怜骚雅近，赋才独得杜韩遗。"①

这10年中一反众论的，是陈衍。光绪三十二年（1906）秋，他在《读渔洋诗话有怀伯严》一诗中说："酷忆西江陈伯玑，栖栖清瘦不胜衣。争传格律凌坡谷，谁识门庭本柳韦。"②竟指陈三立出唐人柳宗元、韦应物。王士禛《渔洋诗话》卷下论南城陈伯玑："清羸如不胜衣，双瞳碧色。最工五言，如'寒日明孤城，斜风下飞鸟'云云，此类数十句，皆王、韦门庭中语也。伯玑食贫，寓居白门。"③故引发陈衍此论。然柳韦之淡远与散原五古距离似较远，故无人应和陈衍此论，甚至他稍后在所辑的《石遗室师友诗录》中评论陈三立时，也没有接续"门庭本柳韦"的见解，他说："（陈三立）中年论诗益恶俗恶流易，尝评某也纱帽气，某也馆阁气。所作务求沉博险丽，土视金玉，尘视罗绮，举珊瑚、木难、吉光、火浣、诈马、固姑、纳石、古剌水、火失毡房之属，杂然前陈，与沈乙庵颇有同嗜。然诘屈聱牙中，有清言见骨，真宰上诉者……尝论梦窗词'檀栾金碧，婀娜蓬莱'，固险丽矣，而'何处合成愁'等本色语，时复遇之。君与乙庵，殆诗中之梦窗也。"④将"沉博险丽"视为陈三立诗歌的主要追求，而赏其诗中"清言见骨，真宰上诉者"，如此评论，显与"门庭柳韦"有极大不同。

然而这10年的诸种批评中，鲜有触及陈三立早年追随王闿运摹写汉魏六朝诗风的，大概是因为无从获睹陈氏《诗录》前二卷光绪六年至十六年（1880—1890）间的诗歌作品。不过陈锐是个例外，他本与陈三立共同经历了那一写作时期，知道陈之"家底"，所以光绪二十九年（1903）他题陈三立近诗述及其诗歌渊源时，见解就与众不同，五首题词的前二首云："气骨本来参魏晋，灵魂时一造黄陈。故知文字通三昧，可向金茎认化身。""诗到乾嘉界说芜，咸同作者

---

① 陈宝琛：《题伯严诗卷》，《沧趣楼诗文集》，上海古籍出版社2006年版，第109页。

② 陈衍：《读渔洋诗话有怀伯严》，陈步编：《陈石遗集》，福建人民出版社2001年版，第138页。

③ 王士禛：《渔洋诗话》卷下，《清诗话》上，上海古籍出版社1978年新1版，第187页。

④ 陈衍：《石遗室师友诗录》卷六，晨风阁丛书甲集本。

各矜殊。踢翻高邓真男子，不与壬翁更作奴。"① 这一揭示，不但使陈三立的诗歌写作道路更加完整地呈露于天下，而且十分有助于人们理解此时陈三立诗歌中的一些表现技艺。

对于陈三立的诗歌风格，除陈衍的"沉博险丽"之外，同时侪辈亦有种种体会。如袁绪钦拟作"清雄博大"，并形象地描述为"鲸丽心抽春茧密，龙吟耳震夏虫喧。冥机坐照诸天幻，哀响苏回大地魂"②。陶森甲感觉散原诗"多凄楚语"，其上接"千年骚怨"之传统，诗中"大声直使金石裂，幽韵一洗筝琶喧"③。陈锐将陈诗比作"出海珊枝一世惊，陆离长剑曼胡缨"④。李详则许以"清深"，"引指出哀弹，燥湿区鸣弦。飞蓬谢膏沐，瘠心自成妍"⑤。魏繇比喻陈诗如西江一样"声莽苍"，"熊姿豹气喧何切，虎瑟鸾车乐未央"⑥。狄葆贤的感受与后来陈三立读沈曾植诗相似："读伯严诗如入世族厅事，睹樽壶彝鼎，光怪陆离，眩摇心目，固非寒俭家所能窃效也。"⑦ 郑孝胥宣统元年（1909）为陈三立选诗时赞其诗"恣肆自得处非时贤所及"⑧，又云："伯严不急仕，峻节如其诗。栖迟对蒋山，睥睨郁深悲。天将纵其才，授子肆与奇。神骨重更寒，绝非人力为。安能抹青红，摇头而弄姿。"⑨ 陈氏弟子胡朝梁以为其师读书养气，胸次浩荡，"作诗不须故作势，却自凌厉横无前。便尔悠扬亦有致，细流冷然鸣曲泉"⑩。这些描述，不论是"清雄""大声""清深"，还是"莽苍""光怪陆离""恣肆""凌厉"等，自然各有偏重，但细细体味，似乎可以发现

---

① 陈锐：《题陈伯严近集》，《褒碧斋诗》卷四。作于光绪二十九年（1903）七、八月。
② 袁绪钦：《读伯严近集》，《门存诗录》卷三。作于光绪二十七年（1901）。
③ 陶森甲：《伯严示近诗多凄楚语赠一律》，《门存诗录》卷十。作于光绪二十七年（1901）。
④ 陈锐：《题陈伯严近集》，《褒碧斋诗》卷四。
⑤ 李详：《用前韵重答伯严》，《李审言文集》下，第1188页。作于光绪二十九年（1903）。
⑥ 魏繇：《题伯严近诗后》，《邵阳魏先生遗集》，民国21年（1932）刻本，第423页。
⑦ 狄葆贤：《平等阁诗话》卷一，有正书局1910年版。
⑧ 《郑孝胥日记》宣统元年（1909）三月六日。
⑨ 郑孝胥：《海藏楼杂诗》，《海藏楼诗集》，上海古籍出版社2003年版，第191页。
⑩ 胡朝梁：《写义宁师诗竟辄书以呈》，《诗庐诗文钞》之诗钞，民国间铅印本。作于宣统元年（1909）。

其中藏有共同之处,即对诗中所蕴含的巨大情感力量的揭示。

此一时期,陈三立的诗歌写作已经颇生影响,朋辈间开始陈、范(范当世)或陈、郑(郑孝胥)对举,如刘慎诒诗中有"天下君宗数陈范"之语①,而范当世本人不但在与其三弟范铠书札中推重陈、郑②,且于《近代诸家诗评》中将郑、陈与自己并举:"吾辈中已成名家者,苏堪一人而已",而"伯严文学本我之亚匹,加以戊戌后,变法至痛,而身既废罢,一自放于文学间,襟抱洒然绝尘如柳子厚也,此其成就且大于苏堪矣。伯严诗已到雄伟精实、真力弥满之时,所欠者自然超脱一境"③。但范当世于光绪三十年(1904)病逝,诗功止于此,未能继续与陈、郑角逐诗坛;而陈、郑的诗歌写作跨过晚清,进入民国,一直持续到20世纪30年代,遂成为"同光体"的两面大旗。而在清末的这个时候,狄葆贤已经在《平等阁诗话》里赞叹陈、郑二人乃"诗坛两雄,云龙角逐,固无异韩孟之交情也"④。陈三立、郑孝胥可谓一山中之二虎矣,但陈能谦恭地请郑任选政,并乞序,而郑亦当仁不让,又于二序中极力揄扬,所谓"交情也",何有于"文人相轻"?

陈衍宣统元年(1909)有选刊《石遗室师友诗录》之行,所录九人:卷一张之洞,卷二宝竹坡、陈书,卷三陈宝琛,卷四沈曾植、沈曾桐,卷五梁鼎芬,卷六冯煦、陈三立。虽曰"师友",但显有标举推尊之意。他虽早闻陈三立声名,但相见相识仅在光绪三十一年(1905),可谓甫相识即选入师友诗录,虽有急就之嫌⑤,但难掩其欣赏之意,尤其为后来《石遗室诗话》中的种种评述埋下伏笔。

---

① 刘慎诒:《公约寄近近与伯严肯堂赠酬诗次韵奉和》,《龙慧堂诗》卷上,民国铅印本。
② 范当世《与三弟范铠书》[光绪三十年(1904)九月十四日]答铠问诗可与谁比近:"只有二人,陈、郑而已。郑已小成,自然处处不可及,然不必方比。伯严则犹未成,而进不可量。伯严极处能碎,吾弟则能整,深造之皆各成一家。"(《南通范氏诗文世家》范当世卷)
③ 范当世:《近代诸家诗评》,台湾文海有限公司《近代中国史料丛刊》续编影印《范伯子先生全集》本,第863、864页。
④ 狄葆贤:《平等阁诗话》卷二。
⑤ 《石遗室师友诗录》首刊于沈宗畸所编《国学萃编》第5、6、7、9—14、17—26、31—32期,后刊入晨风阁丛书甲集。所选陈三立诗除光绪三十四年《北极阁访悟阳道长》一首外,其余均为光绪三十一年(1905)之作,从《散原精舍诗》来看,起自《同晓暾璧元往观日本人幻剧》,终于《霭园公讌赋别分韵得菊字》,共47首,一首不落,整体切下,无所谓"选"也。应是陈衍得见新刊《散原精舍诗》后之急就章。此录之选,陈衍虽自许传世,其间亦有种种曲折,可参见《沈宗畸致冒鹤亭书》,见《冒广生友朋书札》,第210—211页。

三 后《散原精舍诗》时期的阅读与批评

本文将宣统二年（1910）正月《散原精舍诗》刊行之后的近30年［至民国二十六年（1937）陈三立病逝北平］，称作"后《散原精舍诗》时期"，以此来凸显《散原精舍诗》一集之于陈三立诗坛地位确立的重要性。

《散原精舍诗》刊成后，陈三立便忙着向师友寄送。除了宁沪苏皖等近便之处常与往来的俞明震、缪荃孙、樊增祥、杨钟羲、张彬、徐绍桢、林开謩、吴学廉、杨文会、欧阳渐、陈庆年、郑孝胥、狄葆贤、陈诗、沈曾植、夏敬观、李拔可、朱祖谋、陈锐、梁鼎芬等，长沙的廖树蘅可能是较早看到陈三立诗集的人之一。宣统元年（1909）九月，陈三立即已向廖氏报告将有诗集之排印①；二年（1910）三月，陈三立随信将诗集"寄呈哂教"，廖树蘅在复函中表达了由衷的赞赏，所谓"偏嗜"也②；九月，陈三立又"因恪士之便"，再次带给廖树蘅八部诗集，请其"布施"③。他如长沙梁焕奎，广东易顺鼎、王景沂，南昌曹范青、蔡可权，北京陈衍、王易、赵熙，过金陵之释敬安、罗惇曧、方守彝、王揖唐等，都在宣统三年（1911）辛亥革命发生前，看到了《散原精舍诗》。于是，各家《散原精舍诗》题词纷至沓来，兹举其三：

> 义宁伯子真诗霸，独造深思数十年。字暖肝肠晴曦日，格高心力上摩天。谭陶鼎峙公为最，范郑分庭世亦传。我取蠡杯斟海水，摩挲醉眼出灯前。④

此为夏敬观所作。夏氏乃陈三立乡人，《散原精舍诗集》之刊行，即由他与李拔可主谋，也是他将陈三立诗稿六册带给郑孝胥选定的。

---

① 陈三立：《与廖树蘅书》（十四），《散原精舍诗文集》下，第1166页。
② 陈三立：《与廖树蘅书》（十五）、（十六），《散原精舍诗文集》下，第1167页。
③ 陈三立：《与廖树蘅书》（十六），《散原精舍诗文集》下，第1167页。
④ 夏敬观：《题伯严散原精舍诗》，《忍古楼诗》卷一，中华书局1937年排印本。

题词中表彰陈三立诗"独造深思","字暖""格高",并记录了当时诗坛陈、范、郑鼎峙而立的共识,与前所举呼应。

> 吾家诗祖仰涪翁,独辟西江百代宗。更有白头陈吏部,又添波浪化鱼龙。①

此乃释敬安所作。敬安是陈三立长沙时期的诗友,陈三立曾于光绪十四年与罗正钧一起为他编刻诗集五卷。此题主要揭示陈三立诗歌开辟了黄庭坚江西诗派谱系上的新篇章,与郑序意同。敬安俗姓黄,故云"吾家诗祖"。

> 当代数文豪,二妙未识面。零缣兼碎锦,宝光时一见。瘿公江汉回,东南走群彦。贻我双琅玕,入案忽璀璨。卓哉散原诗,千淬复百炼。字字双井心,篇篇小雅怨。载咏彊村词,旨远非近玩。七宝绚楼台,拆碎成片断。忆从同光来,文体亦屡变。根柢荡词林,俗子子目眩。译语杂侏儷,新名纷点窜。家法抉樊篱,宗派益支蔓。义宁名父子,辛苦守遗妍。侍郎笃师友,腹痛情缱绻。挑灯百回读,心维自不倦。古来工文章,端在多忧患。二公廊庙姿,目睹家国难。江湖悬魏阙,忠爱托豪翰。流传此文字,身世已可叹。峨峨文选楼,屹屹灵光殿。裁诗报故人,愧未涉涯岸。②

此诗作者王易亦是陈三立乡人,民国十四年(1925)陈三立曾序其弟王浩《思斋集》。宣统二年(1910)王易在京师大学堂读书,才22岁,显然是后生。此诗于陈三立诗学渊源的认识,一承郑序,唯此诗将陈与朱祖谋并举,表彰二人忧患积于心中,忠爱流于笔端,誉为鲁殿灵光,此虽以双集并至而巧合,亦可谓有眼光之论。同年稍早

---

① 释敬安:《题寄陈伯严吏部〈散原精舍诗〉》,梅季点辑:《八指头陀诗文集》,岳麓书社1984年版,第409页。

② 王易:《瘿盦寄赠新刻散原精舍诗彊村词索诗为报赋此寄呈》,《国风报》1910年第33期。

些时候,梁启超在日本写给麦孟华的信里曾美誉朱、陈:"荷庵此次归来,为言古微、伯严两君有凤翔千仞之概、皭然不滓之志,相与低徊于其为人,而还求其故,则皆有所主而已。古微举天下之美,不以易词,伯严举天下之美,不以易诗,古微、伯严无所往而不得诗词,故常有以自乐,诗词可以致伯严、古微于不朽,故常有以自信,而其卓然自拔于流俗者,则亦在此矣。夫雕虫小技,壮夫不为。吾辈维敬二君,亦岂必相师者,然其效则固可睹矣。故吾辈所主,不必与宋、明诸哲同,而必当师其有主,谓之师晦庵、阳明可,谓之师伯严、古微亦可也。"① 此后朱、陈并举之论,如姚鹓雏《生春水簃诗话》、俞大纲《寥音阁诗话》等,大抵即起于此时。

此外如梁焕奎、赵熙、吴庆焘、方守彝、王景沂、蔡可权、曹范青等,都有题词之作。②

在陈三立赠阅的同时,《散原精舍诗》也开始在一些书局中寄售,有的甚至还在报纸上刊出了售卖广告,如上海广智书局,在宣统二年(1910)十月二十日的《申报》上登载了《精刻精校诗集词集》寄售广告,共7种,第一种即"陈吏部《散原精舍诗》",售价"八角",紧随其后的是"朱侍郎《彊村词》",售价"四角"。

《散原精舍诗》的刊行,第一次较为集中完整地向近代诗歌读者展示了陈三立的诗歌面貌,而随着赠阅和销售的展开,陈三立诗歌为越来越多的师友之外的其他读者所了解,尤为重要的是,它开始大量进入诗话的评论视野。

梁启超的《饮冰室诗话》可能是较早评论陈三立诗歌的诗话作品,然仅一条(见前引)。接下来出场的狄葆贤《平等阁诗话》则已

---

① 梁启超:《致麦孺博书》(夏初),转引自《梁启超年谱长编》,上海人民出版社1983年版,第708页。
② 梁焕奎《陈伯严寄近刻诗卷奉怀二首》,《青郊六十自定稿》卷四;赵熙《杨子传陈考功命题所著散原精舍诗》,《国风报》第34期;吴庆焘《伯严寄所著散原精舍诗集寒宵展读中有安庆舟中见赠之作次韵答寄》,《箨珠仙馆诗存》卷七;方守彝《读陈伯严吏部散原精舍诗感题四首》,《网旧闻斋调刁集》卷八;王景沂《观察公枉和前什因及陈吏部再用原韵奉呈并寄吏部》,《琴志楼诗集》下册(上海古籍出版社2004年版),第1123页;蔡可权《读散原精舍诗题寄》,《或存草》卷二;陈三立《携曹范青新诗至山中读之题其后》"赏音适有嗜痂癖"句下注:"辱题拙集诗,推奖甚至。"(《散原精舍诗文集》上册,第310页)

多至20条。不过这两部诗话基本上写于《散原精舍诗》刊行之前，不能视作以《散原精舍诗》一集为阅读对象的批评行为。真正从《散原精舍诗》起步的诗话，首称陈诗宣统二年（1910）连载于上海《国风报》的《江介隽谈录》，中有"《散原精舍诗》"一条，云："义宁陈伯严吏部《散原精舍诗》，上下凡二卷，牢笼两宋，自辟轨途，集西江之大成，为一代之作者。古近各体，靡不兼善。摘录数首于此，饮海水一滴，可知味矣。"① 下摘五七古、五七律、五七绝各若干首，然多景光流连之选，极少家国忧患、崝庐泣血之作。之后的《石遗室诗话》《摭怀斋诗话》《光宣诗坛点将录》《今传是楼诗话》《定庵诗话》《读广雅堂诗随笔》《瓶粟斋诗话》《卧雪诗话》《忍古楼诗话》《学山诗话》《无尽藏斋诗话》《诗史阁诗话》《十朝诗乘》《宜秋馆诗话》《丽白楼诗话》《鱼千里斋随笔》《尊瓠室诗话》《天演阁诗话》《桐风萝月馆随笔》《生春水簃诗话》《草堂之灵》《养和室随笔》《药里慵谈》《新语林》《梦苕庵诗话》《现代中国文学史》《散原精舍集外诗评语》《读散原诗漫记》《读散原精舍诗笔记》《四十年来北京之旧诗人》《近代诗派与地域》等或多或少地论及散原诗，当然，其中有些论述已不再局限于《散原精舍诗》，而是扩展至后来刊行的《散原精舍诗续集》（1922）和《别集》（1931）。

在这些诗话著作中，从有益于陈三立诗坛地位建立的角度来看，《石遗室诗话》无疑是最重要的一种，陈衍在诗话中提出了四点重要的关于陈三立诗歌的整体性认识。

第一，建构陈三立的诗歌谱系和诗歌史地位。诗话将道光以来宋诗派之发展别为两派：一为"清苍幽峭"，"近日以郑海藏为魁垒"；一为"生涩奥衍"，以沈曾植、陈三立为表率。陈衍简单勾勒了两派的诗歌史谱系，"生涩奥衍"一派"自《急就章》、《鼓吹词》、《铙歌十八曲》，以下逮韩愈、孟郊、樊宗师、卢仝、李贺、黄庭坚、薛季宣、谢翱、杨维桢、倪元璐、黄道周之伦，皆所取法。语必惊人，字忌习见。郑子尹珍之《巢经巢诗钞》，为其弁冕，莫子偲足羽翼

---

① 《国风报》1910年第24期，转引自王培军、庄际虹《校辑近代诗话九种》，上海古籍出版社2013年版，第43页。

之。近日沈乙庵、陈散原,实其流派。而散原奇字,乙庵益以僻典,又少异焉,其全诗亦不尽然也"①。观其大端,仍是陈、郑并峙,仍是学韩学黄,但此则论述溯其源,通其流,在鼓吹铙歌、韩孟黄薛、郑莫、沈陈之间建立起一条承传演进的诗歌谱系,并以"生涩奥衍"四字概括这一谱系的风格,陈衍通过这一描述不但确立了陈三立在当代诗坛格局中的崇高地位,而且彰显了其诗风追求和诗坛地位的合法性。诗话此条刊于民国二年(1913)3月1日《庸言》的第1卷第7号上,应该撰于1913年初,其中沈、陈同流的观察,承续了宣统二年(1910)《石遗室师友诗录》陈三立诗评中的见解,但在此后的《石遗室诗话》中,沈、陈同流的表述渐有改变,卷三十一不再以沈、陈与郑并峙:"近来诗派,海藏以伉爽,散原以奥衍,学诗者不此则彼矣。"②整个诗话中,陈衍多次述及学散原,或在陈三立倡导下学江西诗派的诗人,从而客观地反映出陈三立在当时诗坛的影响,所以民国二十二年(1933)陈衍再续诗话时,则独尊散原矣:"五十年来,惟吾友陈散原称雄海内,后生英俊,谬以余与海藏俦诸散原,方诸北宋苏、王、黄三家,以为海藏服膺荆公,遂以自命,双井为散原乡先哲,散原之兀傲僻涩似之,皆成确证。因以坡公属余。"③

第二,重提"伯严诗避俗避熟,力求生涩,而佳语仍在文从字顺处"的看法,并进一步指出,散原诗之生涩非学于山谷,而是得力于薛季宣。陈衍将后一点视为独得之秘,不但在诗话中直言"无人知者",并曾"持浪语诗示人,以证此说,无不谓然"④。民国十二年(1923)印行《近代诗钞》,陈衍评述陈三立诗歌时仍持此论:"少时

---

① 《庸言》1913年第1卷第7号,转引自陈衍《石遗室诗话》卷三,张寅彭主编:《民国诗话丛编》(一),上海书店出版社2002年版,第48页。
② 陈衍:《石遗室诗话》卷三一,《民国诗话丛编》(一),上海书店出版社2002年版,第445页。
③ 陈衍:《石遗室诗话续编》卷三。陈衍并不认同时人以东坡相比拟,他在所引之后接着辩解道:"余于诗不主张专学某家,于宋人,固绝爱坡公七言各体,兴趣音节,无首不佳,五言则具体而已,向所不喜。双井、后山,尤所不喜。"(张寅彭主编:《民国诗话丛编》(一),第579页)
④ 陈衍:《石遗室诗话》,《东方杂志》1915年第12卷第7期,转引自张寅彭主编《民国诗话丛编》(一),第204页。

学昌黎，学山谷，后则直逼薛浪语，并与其乡高伯足极相似。"① 他还在为夏敬观诗卷题词时述及这一看法："命词薛浪语，命笔梅宛陵。散原实兼之，君乃与代兴。"②

第三，概括描述了入民国后散原诗歌的变化："辛亥乱后，则诗体一变，参错于杜、梅、黄、陈间矣。"③

第四，两次提及"作健逢辰领元老"一句的诗坛掌故（1914年2月15日《庸言》第2卷第1、2期合刊，1915年《东方杂志》第12卷第11期），陈衍的记述里彰显了"清切"张之洞与"僻涩"陈三立间的诗歌趣味之别。

《石遗室诗话》的如上四点论述在此后有关陈三立的诗学论述中颇有影响，产生不少回响。

关于陈、郑诗歌谱系构建之问题，汪国垣民国二十三年（1934）在金陵大学中文系演讲《近代诗派与地域》时，就完全采用陈衍之看法，将生涩奥衍、清苍幽峭视作"闽赣派诗家"的两个分支，但他舍弃了沈曾植，只说"至义宁陈散原则集此派之大成者也"④。钱仲联19岁（1926）时作《近代诗评》"衡量并世诗流"，"瓣香北宋，私淑西江"一派中"大之于后"者只列出"散原、海藏、苍虬"⑤；30年代撰写《梦苕庵诗话》时，谈及"迩来风气"，以为"多趋于散原、海藏二派"，但"学者肖其所短以相夸尚，此诗道之所以日下。惟乙庵先生诗，博大沉郁，八代唐宋，熔入一炉，为纪其乡钱萚石以后一大家，可以药近代浅薄之病"⑥，显然已将沈曾植外于陈三立所在的"生涩奥衍"；后其所撰《论同光体》一文，裂"生涩奥衍"为赣、浙两派，沈曾植赫然为浙派之代表矣。

避俗避熟、得力浪语之论，钱基博在《现代中国文学史》中全盘

---

① 陈衍：《近代诗钞》，商务印书馆1923年版，第984页。
② 陈衍：《题呋庵诗稿后》，《陈石遗集》，第269页。
③ 陈衍：《石遗室诗话》，《东方杂志》1915年第12卷第7期，转引自张寅彭主编《民国诗话丛编》（一），第204页。
④ 汪辟疆：《近代诗派与地域》，《汪辟疆说近代诗》，上海古籍出版社2001年版，第25页。
⑤ 钱仲联：《梦苕庵诗话》，张寅彭主编：《民国诗话丛编》（六），第217页。
⑥ 同上书，第209页。

袭用，胡先骕《四十年来北京之旧诗人》亦承其论，徐珂则几乎未作丝毫变动地抄录在《清稗类钞》里，诸人均未作丝毫反思。第一个公开反对得力浪语之论的，当是周达，他在民国二十六年（1937）的挽诗《哭散原先生》中，发出了"如何拟浪语，皮相论岂笃"的质疑之声①；钱锺书大概在初读《石遗室诗话》时"即不解其说"，50年代"再籀绎，益信为无稽之谈"，他《容安馆札记》里的分析举证，令人信服。②

陈衍可能是描述辛亥之后散原诗风变化的第一人，他"参错于杜、梅、黄、陈间"的论断直接为钱基博的《现代中国文学史》所继承。王逸塘《今传是楼诗话》则以为"辛亥以后，君诗境一变，闵乱伤时，多变雅之作"。③ 之后汪国垣的概括涵盖了陈三立晚年之作："散原诗亦经数变，早年专事韩黄，大篇险韵，尽成伟观。辛壬避地海上，又兼有杜陵、宛陵、坡、谷之长，闵乱之怀，写以深语，情景理致，同冶一炉，生新奥折，归诸稳顺，初读但惊奥涩，细味乃觉深醇。晚年佐以清新，近体参以圆海，而思深理厚，尚不失自家面目。"④ 民国三十一年（1942）吴宓重读散原诗，发现"庚申"（1920）前后，陈三立"所作诗益少，而更变为超逸冲淡"。⑤ 俞大纲《寥音阁诗话》曾较细致地论到辛亥之后散原诗风的变化转折："散原先生入民国后，诗境渐造洸瀁沈寥之境，与辛亥以前，略有不同，然其傲挺之姿，苍郁之气，犹盘纡于文字间。自民国十二年癸亥悼亡衰子后，诗境如九逝诗魂，近于冥默矣。大抵先生之诗，辛丑至辛亥，感情奔放，多激越之音；自民国元年迄十二年，感情渐趋凝敛，其诗如秋气之清而肃；十二年以后，则铸冶人间之衰乐，融会天地之精神，冥合天人，诗境颇近于宗教矣。"⑥ 众人之论，大体已经将陈三立一生诗风之变化及原因，勾勒清晰。

---

① 周达：《哭散原先生》，《今觉盦诗》卷四，1940年排印本。
② 参见李开军《钱锺书眼中的散原诗歌》，《汉语言文学研究》2014年第1期。
③ 王揖唐：《今传是楼诗话》，张寅彭主编：《民国诗话丛编》（三），第277页。
④ 汪辟疆：《近代诗派与地域》，《汪辟疆说近代诗》，第27页。
⑤ 吴宓：《读散原精舍诗笔记》，《国学研究》第1卷，北京大学出版社1993年版。
⑥ 俞大纲：《寥音阁诗话》，《俞大纲全集》"诗文诗话卷"，第150页。

陈衍民国三年（1914）初在《庸言》上揭破张之洞对陈三立《九日从抱冰宫保至洪山宝通寺饯送梁节庵兵备》诗中"作健逢辰领元老"一句之不解后，颇引起后来者的兴趣。陈曾寿民国七年（1918）刊于《东方杂志》的《读广雅堂诗随笔》一文，认为"公谓元老不应为人所领。此特戏语"，并力言"两贤固无所芥蒂"①。钱基博《现代中国文学史》将此重公案置于张之洞论诗不喜江西派的背景上论述，但基本上是对陈衍、陈曾寿记述的整合。吴宓从《石遗室诗话》和《东方杂志》上知晓了此事，他在《读散原精舍诗笔记》中认为张之洞误解诗意，"实则原意乃谓'元老领众士'也"②。由云龙《定庵诗话》略引《石遗室诗话》的记述，以为"此则南皮骄贵之习，不足以语于诗道，非散原诗之失检也"③。沈其光《瓶粟斋诗话》论及此事时，大概仅凭从前记忆，未曾检书，将散原误作了石遗，并认为此"领"字本韩愈"夜领张徹投卢仝"一句，就是诗人"以之施文襄，岂挟其齿德之尊乎"④？钱锺书《容安馆札记》竟也谈及此事，认为同光体诗人效仿宋诗"好倒装字句"之风气，故而散原诗句"为张文襄所嘲"⑤。俞大纲显然也是经由《石遗室诗话》和《读广雅堂诗随笔》知道"领元老"一事的，其《寥音阁诗话》认为文襄批驳散原此句，"是文襄不嘉散原诗也"，散原"以赤子之心及物，出尘之态窥天，其诗沉郁之境，激越之气，绵渺之音"，"固非"张之洞这样的"功名之辈所能解者也"⑥。这么多人加入对"作健逢辰领元老"一句的解释中来，我们甚至可以名之以"领元老"诗案了。众人的解读，大多是从陈三立与张之洞诗学观念对立出发来进行的，强调诗歌的不可通解和诗人品格的差异；只有陈曾寿视为"戏语"，从陈、张的互相尊重立论，揆之以情境，最可信从。

从以上的简略分梳可以看出，《石遗室诗话》在民初散原诗歌的

---

① 转引自王培军、庄际虹《校辑近代诗话九种》，第166页。
② 吴宓：《读散原精舍诗笔记》，《国学研究》第一卷。
③ 由云龙：《定庵诗话》卷下，张寅彭主编：《民国诗话丛编》（三），第585页。
④ 沈其光：《瓶粟斋诗话》三编卷二，张寅彭主编：《民国诗话丛编》（五），第658页。
⑤ 钱锺书：《容安馆札记》第三十七条，商务印书馆2003年版，第57页。
⑥ 俞大纲：《寥音阁诗话》第二一条，《俞大纲全集》"诗文诗话卷"，第182页。

阅读和批评中，具有"议程设置"的功能，它所提出的话题，后来者或承其绪，或辩其诬，或实其阙，使对陈三立诗歌的阅读和认知变得更加丰富多彩。不过我们也不可轻视其他诗话作品，它们在《石遗室诗话》之外，对散原诗歌也有许多独到的阅读发现。

王揖唐在《今传是楼诗话》（1927年《国闻周报》始刊）里特别表彰了陈三立的"崝庐诗"："凡涉崝庐诸作，皆真挚沉痛，字字如迸血泪，苍茫家国之感，悉寓于诗，洵宇宙之至文也。""为崝庐作者，几无一不工。情至者文特至，陈情、泷冈诸表，独有千古，胥此旨也。"① 杨声昭赞散原"扫墓之作，多而且工，几于篇篇动心魂，字字感鬼神"②。章士钊已经定崝庐诗为散原集中最上之作③，吴宓亦以为崝庐之作"皆真挚感人，为集中之骨干"，"睠怀君国，忧心世变，寓公于私，尤可得知先生之抱负与时代之历史精神也"④。诸家之论皆着眼于"崝庐诗"的写挚情和寓世变。

吴宓还发现陈三立所为挽诗、寿诗之类"皆从历史、政治、国局、世运大处落墨，持论精严，可为其人之最好评传"，"是杜工部《八哀诗》之义法"⑤。

诸家诗话亦有分体谈论散原诗者。南村《摭怀斋诗话》认为古体不易学，"近人惟王湘绮、陈散原古体诗为不俗"⑥；杨声昭以为陈三立"古诗工组织，富词采，似从汉赋得来"，其中"五古似韩似杜，亦似大谢"⑦。二论似已窥到散原五古早年从湘绮学汉魏六朝的经历。对于散原近体之作，人们关注的主要是七律。庄蔚心认为"散原七律，近人中殆无其匹"，"奇而有□，琐而不碎，若呻殊吟，一唱三叹"⑧，杨

---

① 王揖唐：《今传是楼诗话》，张寅彭主编：《民国诗话丛编》（三），上海书店出版社2002年版，第276页。
② 杨声昭：《读散原诗漫记》，《青鹤》1937年第5卷第14期。
③ 章士钊《论近代诗家绝句》"陈伯严"其三："至情不碍开云手，第一崝庐谒墓时。"（转引自汪辟疆《光宣诗坛点将录》，《汪辟疆说近代诗》，第52页）
④ 吴宓：《读散原精舍诗笔记》，《国学研究》第一卷，北京大学出版社1993年版。
⑤ 同上。
⑥ 南村：《摭怀斋诗话》，张寅彭主编：《民国诗话丛编》（五），上海书店出版社2002年版，第227页。
⑦ 杨声昭：《读散原诗漫记》，《青鹤》1937年第5卷第14期。
⑧ 庄蔚心：《不言无楼诗话》，《大公报》1919年12月21日。

声昭誉为"气势驱迈"①。至于其源,庄蔚心、钱仲联均认为学黄庭坚,同时钱仲联进一步说:"不为山谷门户所限,固是健者。"② 至于五律,杨声昭认为"专意于杜"③,钱锺书誉为"尤炼"④。

在典范学习这一问题上,除人们普遍认同的杜、韩、黄外,亦有新论。郑孝胥指出陈三立习效郑珍,而他又认为郑珍"稍稍近似"孟郊⑤,所以郑氏散原效子尹之论,实即学孟。后来梁启超在《巢经巢诗钞》跋语中顺着《石遗室诗话》和郑孝胥的思路,也认为:"郑子尹诗,时流所极宗尚,范伯子、陈散原皆其传衣。"⑥ 郑珍《巢经巢诗》陈三立读过,光绪三十年(1904)正月,他从缪荃孙处借得此集。此集陈三立读得比较仔细,他写于宣统二年(1910)的一封信里有送还《巢经巢诗》的记录⑦,如果不是6年来一直在看,那也是反复有多次借阅。林纾提出陈三立诗学孟郊⑧,杨声昭解释说:"盖言诗骨也。韩诗豪而孟诗坚,散原莽苍排奡中,独饶气骨,异乎世之貌为豪肆者,故畏庐以上接贞曜许之。"⑨ 另有两位论者谈及陈三立早年宗尚问题,姚鹓雏确指散原"四十八岁以前作,咸学魏晋六朝,踵湘绮之后",未具"奇崛清矫之风气"⑩。此论略误,从《诗录》来看,陈三立39岁以后即弃湘绮而去。倒是说得笼统些的汪国垣,似乎更接近散原早年习诗的真实经历:"盖散原早年习闻湘绮诗说,心窃慕之。颇欲力争汉魏,归于鲍谢,惟自揣所

---

① 杨声昭:《读散原诗漫记》,《青鹤》1937年第5卷第14期。
② 钱仲联:《梦苕庵诗话》,张寅彭:《民国诗话丛编》(六),第251页。
③ 杨声昭:《读散原诗漫记》,《青鹤》1937年第5卷第14期。
④ 钱锺书:《中文笔记》第2册,第120页,转引自王培军《钱边缀琐》,浙江大学出版社2014年版,第150页。
⑤ 狄葆贤:《平等阁诗话》卷一。
⑥ 梁启超:《巢经巢诗钞》跋,《饮冰室合集》五,中华书局1989年影印本,文集之四十四(下),第2页。作于民国七年(1918)。
⑦ 陈三立:《与缪荃孙书》(三),《散原精舍诗文集》下,第1185页。
⑧ 林纾《胡梓方诗庐记》:"伯严师贞曜,神骨皆肖。苏堪初亦取径于孟,已而归陶,近乃渐为山谷临川,仍宋骨而唐面。"(《畏庐续集》,商务印书馆1916年版),署"癸丑嘉平"。
⑨ 杨声昭:《读散原诗漫记》,《青鹤》1937年第5卷第14期。
⑩ 姚鹓雏:《桐风萝月馆随笔》,《姚鹓雏剩墨》,社会科学文献出版社1996年版,第86页。

制,不及湘绮,乃改辙以事韩黄。"① 揣其言之凿凿之态,似闻于散原者。

自范当世去世之后,陈、郑并峙已渐成诗坛的常识,陈衍已在《石遗室诗话》中明其异途,并以"清苍幽峭"/"生涩奥衍"进行标示,后来论者又有新的阐发。汪国垣瞩目于陈氏句法:"义宁句法高天下,简淡神清郑海藏。"强调"散原句法尤高,海内外无与抗手"②。章士钊特别拈出陈郑二家诗成后改与不改的分别:"诗癖堂堂征在今,新诗改罢复长吟。骨头输与海藏叟,大戟长矛相向森。"③沈其光则专注二人做法之异:"苏戡胸中先有意,以意赴诗,故不求工而自工;散原胸中先有诗,以诗就意,故刻意求工而或有不工,此二人诗派之不同者了。"④钱基博在陈衍八十寿序中谈及陈郑:"散原奥峭,而出之以磊砢;海藏枯涩,而抒之以清适"⑤,似有与石遗相反对之意。杨声昭则以为"光宣诗坛,首称陈郑,海藏简淡劲峭,自是高手。若论奥博精深,伟大结实,要以散原为最也"⑥,出论有汪国垣的影子。胡先骕以更形象的方式表达了与杨声昭十分接近的看法:"郑诗如长江上游,水湍石激,郁怒盘折,而水清见底,少渊渟之态;陈诗则如长江下游,波澜壮阔,鱼龙曼衍,茫无涯涘。"⑦ 而在钱仲联眼中:"散原之诗巉险,其失也琐碎;海藏之诗精洁,其失也窘束。"⑧ 不论如何论述,众人都是在陈郑岳峙的框架里施展拳脚,基本上有并誉而无轩轾。

对于散原诗歌之缺陷,此一时期诗话也略有提及。第一即艰深,陈

---

① 汪国垣:《近代诗派与地域》,《汪辟疆论近代诗》,第27页。
② 汪国垣:《论诗绝句十一首》,《汪辟疆论近代诗》,第288页。
③ 章士钊:《论近代诗家绝句》,转引自汪国垣《光宣诗坛点将录》,《汪辟疆说近代诗》,第52页。
④ 沈其光:《瓶粟斋诗话》初编卷九,张寅彭主编:《民国诗话丛编》五,第571页。
⑤ 钱基博:《陈石遗先生八十寿序》,《青鹤》1935年第3卷第13期。
⑥ 杨声昭:《读散原诗漫记》,《青鹤》1937年第5卷第14期。
⑦ 胡先骕:《四十年来北京之旧诗人》,《胡先骕诗文集》下,黄山书社2013年版,第647页。
⑧ 钱仲联:《梦苕庵诗话》,张寅彭主编:《民国诗话丛编》六,第209页。

衍、章士钊、李渔叔、钱锺书、沈其光持此论①；第二是调哑，陈衍、钱仲联持此论②；第三是用字造语略有窠臼，汪国垣、钱锺书持此论③；第四是酬应唱和之作过多，章士钊、汪国垣、吴宓持此论④；第五是琐碎，钱仲联持此论⑤。此五点中，用字造语略有窠臼和酬应之作过多，允为的论，艰深、调哑、琐碎三项"指控"，则带有批评者的个人阅读趣味，如琐碎，范当世就曾经以赞赏的口气说陈三立诗"极处能碎"⑥。

在《石遗室诗话》之后的众多诗话中，民国十四年（1925）8月15日开始连载于《甲寅》第5期上的汪国垣的《光宣诗坛点将录》尤其值得注意。尽管有人认为此点将录入选诗人和诗人排序有乡曲之

---

① 陈衍《石语》："陈散原诗，予所不喜。凡诗必须使人读得、懂得，方能传得。散原之作，数十年后恐鲜过问者。"（《钱锺书集·写在人生边上·人生边上的边上·石语》，生活·读书·新知三联书店2002年版，第479页）李渔叔《鱼千里斋随笔》："闻其作诗，手摘新奇生崭之字，录为一册，每成一篇，辄以所为词句，就册中易置之，或数易乃已，故有时至极奥衍不可读。"（台湾文海有限公司《近代中国史料丛刊》第2辑，1981年影印本，第51页）钱锺书《容安馆札记》第284则："散原诗竟体艰深。"（商务印书馆2003年版，第473页）沈其光《瓶粟斋诗话》："曩读乃翁《散原精舍诗》，苦其奥涩。"（《民国诗话丛编》五，第661页）

② 陈衍《陈石遗先生谈艺录》："所谓高调者，音调响亮之谓也。如杜之'风急天高'是矣。《散原精舍诗》，则正与此相反。"（《民国诗话丛编》一，第703页）钱仲联《梦苕庵诗话》："然恨其（七律）音调多哑，时人大抵犯此病。"（《民国诗话丛编》六，第251页）

③ 汪国垣《展庵醉后论诗》："惜晚年用字造语略有窠臼，全集中能删去酬应之作，存其至者，则一时豪杰为之敛手。"（《汪辟疆说近代诗》，第286页）陈衍《石语》："早作尚有沉忧孤愤一段意思，而千篇一律，亦自可厌。"（《钱锺书集·写在人生边上·人生边上的边上·石语》，第479页）钱锺书《中文笔记》："五律尤炼，惜多复语。古诗直所谓'艰深文浅陋'者……屡用照字、疮雁字、携字、魂气字、摇鬓字。"（转引自王培军《钱边缀琐》，第150页）

④ 章士钊《论近代诗家绝句》"陈伯严"："羔雁何能尽玮奇，枝辞苦语偶难知。"（《汪辟疆说近代诗》，第53页）吴宓《读散原精舍诗笔记》："先生避居上海，所作虽有佳篇，然在沪与樊山等诸遗老，开社联吟，往复叠韵，技术词藻非不工，顾皆纤巧琐屑，不足观矣。"（《国学研究》第1卷）

⑤ 钱仲联《梦苕庵诗话》："散原之诗巉险，其失也琐碎。"（《民国诗话丛编》六，第209页）

⑥ 范当世《与三弟范铠书》（光绪三十年九月十四日）："伯严极处能碎，吾弟则能整，深造之皆各成一家。"（《南通范氏诗文世家》范当世卷）

私，但它仍是一份具有诗史眼光的诗人"排行榜"①，其中将陈三立点为"及时雨宋江"，真实客观地反映了诗坛上陈三立的地位和影响。

"木秀于林，风必摧之。"当有人反对"同光体"或"旧文学"时，陈三立——很多时候是"陈郑"——便成为攻击的靶子。当时闹得最沸沸扬扬的一桩公案，当然非民国初年南社内部尊/倒"陈郑"两派的论争莫属。此事关系纠缠颇多，研究成果也不少，是非比较清楚，此处不赘。另一位著名的"攻击者"是"新文学"代表胡适，他在民国五年（1916）先后所作《吾国文学三大病》和《寄陈独秀》里，对"陈郑"有十分严厉的批评："晚近惟黄公度可称健者。余人如陈三立郑孝胥，皆言之无物者也。"②"言之无物"是其所谓"文学三大病"之一。又云："更进，如樊樊山陈伯严郑孝苏盦之流，视南社为高矣，然其诗皆规摹古人，以能神似某人某人为至高目的，极其所至，亦不过为文学界添和件赝鼎耳，文学云乎哉！"③批评陈郑"规摹古人"，不过"赝鼎"，不能与于文学之列。他的名文《文学改良刍议》则专举陈三立《涛园夜过纵谈杜句》（1914）一诗，来说明"今日'第一流诗人'摹仿古人之心理"，批评旧派诗家不作"我自己的诗"、只作"古人的诗"的"奴性"。④胡适这些话，当然是"擒贼先擒王"的意思，这也从反面说明，陈三立——或者"陈郑"——正是"新文学家"眼中旧诗的代表，在某种意义上也是对其诗歌成就的一种"认同"。

四　诗话与报刊中的散原诗歌

伟大的诗人要有优秀的作品。作为诗坛领袖的陈三立，有哪些诗

---

① 参见王培军《光宣诗坛点将录笺证》之"前言"。
② 胡适：《吾国文学三大病》，姜义华主编：《胡适学术文集·新文学运动》，中华书局1993年版，第5页。
③ 胡适：《寄陈独秀》，姜义华主编：《胡适学术文集·新文学运动》，第16页。
④ 胡适：《文学改良刍议》，姜义华主编：《胡适学术文集·新文学运动》，第22页。

篇为时人所津津乐道呢？本节首先对清末民初诸诗话进行检阅，统计所论及的散原诗篇。

清末民初诗话中散原诗歌篇目统计表（因所占篇幅过长，此略）

以上190题（句）[①]诗歌之摘引，诗篇写作年度分布情况如下：

单位：篇

年度	1900	1901	1902	1903	1904	1905	1906	1907	1908	1909	1910	1911
数量	4	19	5	13	17	16	20	6	7	4	0	3
年度	1912	1913	1914	1915	1916	1917	1918	1919	1920	1921	1922	1923
数量	7	10	9	16	3	3	7	2	1	3	0	0
年度	1924	1925	1926	1927	1928	1929	1930	1931	1932	1933	1934	1935
数量	0	1	5	0	1	2	5	0	0	0	0	1

以此统计制成下列写作年度诗篇数量变化折线图：

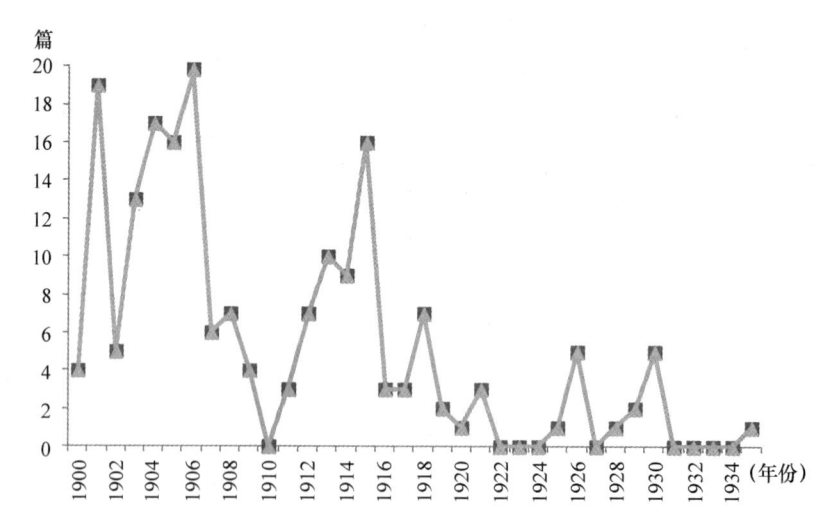

[①] "书亡儒或坑，何处收汝骨"一句，因未能在陈三立诗集中检出，暂未作统计。

据以上统计，1901—1908年作品为103首，可见《散原精舍诗》是最重要的引用源，次之是《散原精舍诗续集》（1909—1921年），贡献了68首，《散原精舍诗别集》（1922年之后）人们引用不多，杨声昭刊于《青鹤》第5卷第14期上的《读散原诗漫记》是主力，在全部14首中占80%。这似乎可以表明：在陈三立诗坛领袖地位获得和诗歌经典化过程中，宣统二年（1910）刊行的《散原精舍诗》居于最重要的地位。

这190首诗，除了像《过天津戏赠瘿公》《九日从抱冰宫保至洪山宝通寺饯送梁节庵兵备》等因涉及人物、诗坛掌故，被多种诗话引用外，其他诗歌在艺术表现上被二种以上诗话认同并征引的其实并不多，也就十数首，其中以崝庐诗和散原精舍别墅诗最为引人注目：如《江介隽谈录》《今传是楼诗话》均以《壬寅长至抵崝庐谒墓》为佳作，《崝庐述哀》同时入选《今传是楼诗话》《读散原精舍诗笔记》和《四十年来北京之旧诗人》，王揖唐、吴宓、胡先骕三人异口同声誉为血泪之作；《由沪还金陵散原别墅杂诗》《留别散原别墅杂诗》也分别进入三部诗话。这些诗篇，确有打动人心的力量，百年之后读来，依然为其挟裹。

除了进入诗话，报刊发表也是清末诗人十分重要的诗歌展示途径。报刊发表诗歌，可以视作编者对诗人及其作品的选择和认同，不啻为一种诗学评价；同时，诗歌通过报刊进入读者的阅读视野，这些读者往往超越诗人的师友范围和地理域限，因此可以扩大诗歌的读者范围，增强诗人的影响。陈三立的诗歌曾与清末民初众多的报刊结缘，据初步统计，有50余种，期刊包括《东方杂志》《小说月报》《庸言》《国粹学报》《国风》《国闻周报》《选报》《广益丛报》《文艺丛录》《实报半月刊》《辽东诗坛》《铁路协会会报》《寰球学生联合会报》《学衡》《政艺通报》《华国》等，报纸如《大公报》《晨钟》等，下面是清末民初散原诗歌期刊发表年度数量及变化图。

清末民初散原诗歌期刊发表年度数量统计① 　　　单位：篇

年度	1902	1903	1904	1905	1906	1907	1908	1909	1910	1911	1912	1913
数量	6	1	0	0	9	3	2	8	22	6	1	40
年度	1914	1915	1916	1917	1918	1919	1920	1921	1922	1923	1924	1925
数量	19	43	96	47	35	57	22	4	2	10	6	2
年度	1926	1927	1928	1929	1930	1931	1932	1933	1934	1935	1936	1937
数量	11	3	1	9	15	15	13	27	19	30	29	5

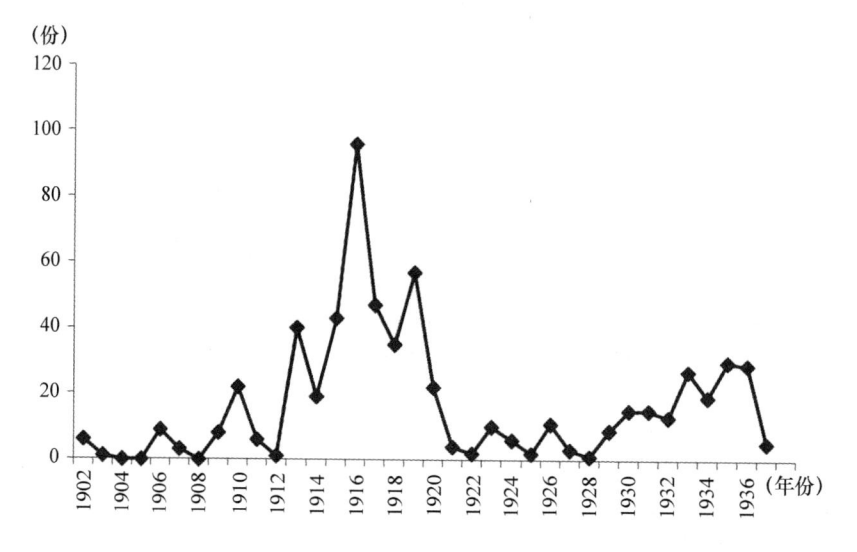

清末民初散原诗歌期刊发表年度数量变化趋势

如上表显示，1902—1937 的 36 年间，期刊中共发表陈三立诗歌 618 题次，再加上无法确认具体年份的 55 题次②，共计 673 题次。而报纸《大公报》截至 1920 年 4 月 15 日共发表 158 题次，《晨钟》（后改《晨报》）共发表 154 题次。如此，报刊综合统计，共发表陈三立诗歌 985 题次，年均 27 题次。下面是刊行时间长、散原诗歌发

---

① 本表数据除《小说月报》《大公报》《晨钟》由本文作者统计、《东方杂志》参用商务印书馆的全文数据库之外，其他主要通过检索上海图书馆上海科学技术情报研究所研制的《晚清期刊全文数据库》《民国时期期刊数据库》获得。

② 此 55 题次刊载于大公报馆印行之《文艺丛录》。

表数量比较多的《东方杂志》《小说月报》《大公报》《晨钟》年度发表数量统计情况及变化趋势图。

四种报刊散原诗歌发表年度数量一览　　　　单位：份

年度 报刊	1908	1909	1910	1911	1912	1913	1914	1915	1916	1917	1918	1919	1920	1921
东方杂志	1	1	0	1	0	0	0	29	48	38	27	43	13	0
小说月报							0	12	43	9	6	6	0	
大公报								0	7	31	48	40	24	8
晨钟									36	96	12	10	0	

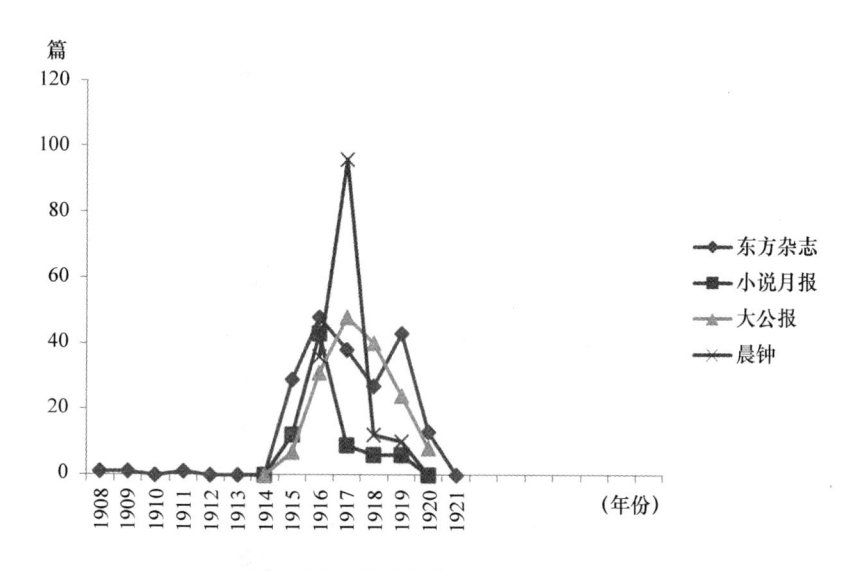

四种报刊散原诗歌发表年度数量变化趋势

如果我们对照前面的"清末民初散原诗歌期刊发表年度数量变化趋势图",就会发现,作为期刊中发表陈三立诗歌数量最多的两种,《东方杂志》和《小说月报》,基本上形塑了清末民初散原诗歌期刊发表年度变化的趋势,尤其是形成了1916—1917年前后诗歌发表的巅峰时期；而特别有趣的是，两份报纸《大公报》和《晨钟》对散原诗歌的刊载，其数量变化趋势与《东方杂志》《小说月报》保持了惊人的一致。

《东方杂志》创刊于 1904 年，《小说月报》创刊于 1910 年，同在商务印书馆麾下；《大公报》创刊时间更早，在 1902 年。我们要问的是：为什么 1916—1917 年前后，会同时成为这三家报刊发表散原诗歌的巅峰时期？——《晨钟》创刊于 1916 年，它可以视为对三家报刊的应和。我尝试着给出这样的推断性解释：1910 年《散原精舍诗》的刊行，使陈三立的诗坛影响渐渐扩大，1913 年、1914 年，报刊上散原诗歌渐多，至 1916—1917 年前后攀上顶峰，这是古典诗坛对陈三立诗歌艺术和地位的承认。

然而此时，随着《新青年》在 1915 年 9 月 15 日的创刊和之后"新文化运动"的蓬勃发展，中国思想界、文学界开始涌动"新潮流"，所谓"新思想""新文学"对民初以来一直坚持活动的出版机构造成巨大压力，连资本雄厚的商务印书馆，也在持续而来的文化和商业的双重压力下，于 1920 年 8 月，任命钱智修担任《东方杂志》编辑，结束了长达 10 年的杜亚泉主编时期，1921 年 1 月，任命沈雁冰执掌《小说月报》，结束了长达 10 年的王蕴章、恽铁樵时代。任命钱智修、沈雁冰担任《东方杂志》《小说月报》主编，意味着商务印书馆对"新思想""新文学"的顺从和对"旧思想""旧文学"的摒弃。因此，钱智修经过短暂的试探之后，于 1921 年 1 月第 18 卷第 1 期《东方杂志》开始，毅然决然地"废掉"了已经出版了 91 期的以刊载文言诗文、团结"旧文人"为旨志的名牌栏目"文苑"[①]，而代之以"新思想与新文艺"："中国的旧文学，其势不能够不改革了，所以本志从今年起，决计把'文苑'废掉，另设'新思想与新文艺'一栏，当作介绍西洋文学的引子。"[②]《小说月报》在 1920 年 1 月第 11 卷第 1 号即已开始起用沈雁冰主持"小说新潮"栏，他宣言要提出"旧文学"的特质，与西洋文学的特质结合，"另创一种自有的新

[①] 《东方杂志》最后一期"文苑"见于 1920 年第 17 卷第 24 号。
[②] 坚瓠：《编辑室杂话》，《东方杂志》1921 年第 18 卷第 2 号。

文字出来"。① 在这一年的最后一号上,《小说月报》刊出五则特别启事,启事一中云"近年以来,新思想东渐,新文学已过其建设之第一幕而方谋充量发展,本月刊鉴于时机之既至,亦愿本介绍西洋文学之素志,勉为新文学前途尽提倡鼓吹之一分天职",于是计划从次年开始更改门类,调整印刷,更换作者。② 1921 年 1 月第 12 卷第 1 号的《改革宣言》里,除了重申"特别启事"中的主张外,特别提到"旧文学":"中国旧有文学不仅在过去时代有相当之地位而已,即对于将来亦有几分之贡献,此则同人所敢确信者,故甚愿发表治旧文学者研究所得之见,俾得与国人相讨论。惟平常诗赋等项,恕不能收。"这是向自创刊号起就有的古典诗文词发表阵地"文苑"挥手再见③。由此,我们不难明白,为何《小说月报》《东方杂志》上发表的散原诗歌数量在 1918 年、1919 年间即开始减少,并先后在 1920 年、1921 年消失。《晨钟》(《晨报》)的情况大体相当,1919 年 2 月 7 日(春节之后第 1 期)李大钊重新担任《晨报》第七版编辑,之后此版中的"文苑"一栏——亦在创刊号中即已开辟——踪影日稀,7 月 3 日之后遂告终结。考虑到这几份报刊和陈三立在当时的地位和影响,毫无疑问,散原诗歌发表数量的减少乃至归零,具有强烈的表征意义,它是"新文学"对"旧文学"挤迫的产物,是古典诗歌在"新文学"兴起之际处境的真实反映。

如此结论,还有待我们进一步的细致讨论;回到散原诗歌本身,我想指出的是:1913—1919 年散原诗歌报刊发表数量的变化,正是散原诗歌受关注和阅读状况的反映,报刊诗篇和《散原精舍诗》《石遗室诗话》等一起,共同促成了陈三立古典诗坛领袖地位在 20 世纪 20 年代的确立,对散原诗歌的经典化起到了重要作用。

五 结语

通过上文对清末民初散原诗歌阅读和批评文献的清理,我们大体

---

① 沈雁冰:《小说新潮栏宣言》,《小说月报》1920 年第 10 卷第 1 号。
② 《本月刊特别启事》,《小说月报》1920 年第 10 卷第 12 号。
③ 《小说月报》最后一期"文苑"见于 1920 年 10 月的第 11 卷第 10 号。

可以看到，在 1880—1937 年这半个多世纪里，陈三立诗歌渐次被读者阅读、发现和认同，终至于 20 世纪 20 年代，他成为诗坛领袖。读者的阅读和批评经常纠缠于陈三立诗歌的渊源、技艺、风格特色及其变化、原因，并乐于找寻发现其诗风的追随者；"陈郑"成为人们津津乐道的诗坛双璧，二人诗歌的同异辨析，是诗学文献中的重要话题；具体诗篇的解读，有相当部分仍关注作品的掌故性，那些从表现艺术角度进行的简要分析，则往往强调时代记载与个人情感的完美融合。如此阅读之中，当然有浓重的传统诗歌阅读的底色，同时，也呈现出彼时诗歌阅读的时代尺度，如重视宋代诗歌典范，重视诗风传承的发掘，重视诗歌的"诗史"品质与个人性情的融合等，这就是时代风气。

在读者阅读推动散原诗坛地位确立和诗歌经典化的过程中，师友意见的口耳相传、诗歌别集的刊行、诗话的表彰、报刊的诗歌发表等都起到了重要作用。这四者之中，前三个方面是清末之前诗家已有的方式，而报刊发表则为晚清之后诗人所独享，甚至诗话表彰作用的发生，也要通过报刊发表来实现。人们一般认为，新式报刊是晚清文学变革、"新文学"发生发展最重要的平台。其实，新式报刊也为古典诗歌打开了一扇门。围绕着报刊，形成了新的诗人聚集、作品发表和意见表达的方式，可称为"纸上的诗坛"，是对受地理空间限制的传统诗坛的突破。当然，从陈三立诗歌的报刊发表来看，古典诗歌在新文化运动之后，受到了"新文学"的压抑，它"横行天下"的时代结束了。但是，在清末、尤其民初，我们可以看到报刊上的古典诗歌发表、古典诗歌专栏，甚至是专门的古典诗歌期刊，通过这些方式，古典诗歌力量得以凝聚，渗透进"新文学"世界，顽强生存。

在以上研究的过程中，我还在思考两个问题。（1）如何理解晚清以来诗学表达的方式和文献范围？即我们还要把自己囿于传统的诗话、诗文等形式吗？私以为，至少应该把报刊的诗歌发表视作诗学表达方式之一，甚至是一种更为重要的形式，它在不少时候表征的可能是一个时代的诗学追求。（2）如何利用包括诗话在内的诗学文献？私以为，应该突破传统的视为理论观点表达、传承的文学批评史的研究方式，至少视为阅读经验、思考之资料的留存是一个有益的视角。若此，我们的关注点就会转换到他们怎样选诗，如何读诗，体现了怎样的阅读趣味，蕴含着什么样的阅读尺度，等等，这样一些与时代诗歌写作有着天然联系的问题上，从而，进入彼时代诗歌阅读与写作的生动场景中。

"剧评"的兴起

——现代话剧史"剧评"问题研究

张 潜 龚 元[*]

在近代中国"西学东渐"的历史过程中,"新剧"作为一种舶来的艺术类型,从清末西人演剧到1928年"话剧"之最终定名,经历了一个比较复杂的演进过程。袁国兴将这一历史时期的戏剧活动称为"新潮演剧",即各种各样的新剧"往往观念重叠、倾向接近、文类边界并不十分清晰,戏剧观念和戏剧意识游弋于古今中外之间"。[①]

这一思路可以这么理解:"新潮演剧"本来蕴藏了多种"可能性",这个阶段既是一团乱麻、仿佛混沌未开,又好像提供了多种路径选择,而戏剧史的发展告诉我们这初始的丰富性最终走向了写实话剧观念的建构之路。那么,问题是:从观念重叠、文类边界不清的"新剧"演进成观念统一,边界清晰的"话剧",是什么样的力量起了主导作用?当然原因有很多,但作为一种由"新的知识"与"新的审美意识"构成的"新的文体"——"剧评",在此过程中发挥了不容忽视的重要作用,从这一角度切入的思索与解读却被学界长期忽略了。

本文对"剧评"的兴起的解释分为四个方面。

首先需要界定:在本文的语境中,"剧评"主要是指对于"新

---

[*] 张潜,中国社会科学出版社副编审,文学博士,主要从事中国现当代戏剧研究;龚元,中国音乐学院讲师,文学博士,主要从事艺术理论研究。

[①] 《清末民初的新潮演剧(笔谈)》,《戏剧艺术》2010年第3期。

剧"的评论与批评（这其中亦包含了当评论者需要言明新剧的文类特征时，将传统戏剧作为"对比方"而进行的论述）。其次，能够对新剧评头论足，必然意味着有掌握新剧"知识"的知识人，形成关于新剧的"知识结构"，并以此为基础建立新剧的"审美原则"。再次，"剧评"作为一种新的"批评文体"，与传统戏剧的评点模式有很大区别，这使得考察"剧评"兴起的历史过程，也即是观察"话剧知识系统"的建构过程，并进一步研究此知识系统得以建构的深层文化机制。最后，具备了"知识范型"的转移与文化机制的建构等条件，李健吾对《雷雨》的评点体现了新剧人士对"话剧"从文体形式到内涵的全面掌握，代表了话剧剧评之成形。

一 文类的边界：从"评点"到"剧评"

在《新青年》杂志关于"戏剧改良"的讨论中，傅斯年和欧阳予倩都注意到了"评戏问题"。傅斯年总结了"中国戏评界"的四点陋习：第一是不批评、第二是不在大处批评、第三是评伶和评妓一样、第四是党见。[①] 欧阳予倩在《予之戏剧改良观》里也指出所谓"旧的剧评"不过是"非以好恶为毁誉，则视交情为转移"。[②] 当然，这些意见都是很严重的批判。不过，如若换一个角度视之：从这些批评中未尝不可以见出在近代传统戏曲范畴内（以京剧为代表）所固有的"戏评"之特点：以品赏色艺、玩味伶人为核心特征。

具体言之，在文体形式上，以诗词或兼有札记、笔记或诗话词话性质的短文为撰写形式。例如，名士易顺鼎诗咏歌郎贾璧云《贾郎曲》中有涉及梅兰芳语："京师我见梅兰芳，娇嫩真如好女郎。珠喉宛转绕梁曲，玉貌娉婷绝世妆。"[③] 又如，张伯驹《红毹纪梦诗注》兼诗与补注，评色艺、录趣闻，可谓集传统"戏评"之特色。诗曰：

[①] 傅斯年：《戏剧改良各面观》，《傅斯年学术散论》，学林出版社1997年版，第170—182页。

[②] 欧阳予倩：《予之戏剧改良观》，《欧阳予倩文集》，华夏出版社2000年版，第295—298页。

[③] 陈松青校点：《易顺鼎诗文集》（卷一），湖南人民出版社2010年版，第1060页。

"童伶两派各争强，丹桂天仙每出场。唱法桂芬难记忆，十三一是小余腔。"后有补注："当时有两童伶，一小小余三胜（即余叔岩），谭派；一小桂芬，汪派……小小余三胜演《捉放宿店》，'一轮明月'的'一'字转十三腔，名十三一。叔岩成名后，不复作此唱法矣。"①而吴祖光的《广和楼的捧角家》更是把新闻记者之类的捧角之人描述得非常形象：

> 他们的捧角无非是在报屁股上弄一个戏剧专号，作些肉麻的捧角文字。捧角文章其实是不容易作的，作得多了，自然离不了那一套，如"娇艳动人"、"黄钟大吕"、"嗓音清超"、"武功精熟"、"深入化境"、"叹观止矣"、"予有厚望焉"，诸如此类，举不胜举。②

忽略其中讽刺调侃之意，吴祖光对于戏评文字的风格把握是大致不差的。客观地说，这种"戏评"风格与近代戏曲（尤其是京戏）对于演员色艺的特别强调是相适应的。从"艺"的角度言之：京剧进入鼎盛时期最重要的标志是谭鑫培的出现。而谭鑫培最显著的美学风格恰恰是追求演唱的含蓄蕴藉和行腔中的韵味，形成了"沉郁顿挫"的美学风格。③ 从"色"的角度言之：文人墨客对于"男旦"的"鉴赏"更是清末流行的社会风尚。而对于古典戏曲的评点传统来说，戏剧评论的著作十分繁复，而且评论形式灵活多样，除了专著品评、作品选评外，还有剧本评点以及杂文、小品、日记、书简中的随评。④ 譬如祁彪佳《远山堂曲品》《远山堂剧品》、潘之恒《鸾啸小品》等。它们基本立足于戏曲文本在绘情写景及叙事上的表现形式和表达效果，也注意到了戏曲形式的探索，但"曲"的观念直到明末依旧占据戏剧观念的中心位置。

---

① 张伯驹：《红毹纪梦诗注》，香港中华书局1978年版，第3页。
② 吴祖光：《广和楼的捧角家》，《吴祖光选集》（第五卷），河北人民出版社1995年版，第259—264页。
③ 傅谨：《谭鑫培的文化意义与美学品格》，《戏剧艺术》2012年第3期。
④ 叶长海：《中国戏剧学史稿》，中国戏剧出版社2005年版，第3页。

综上所述，当"新剧"作为异质性的戏剧形式上演于中国时，传统的"戏评"或"评点"模式从实质而言是基本无效的。"新剧"有"新剧"的表演方式和审美方式，布罗凯特对于"批评"的定义是"判断的行为"。① 欲对新剧的好坏优劣进行判断，首先需要拥有新剧的知识。如何"认识"新剧，在很大程度上决定了如何"评论"新剧。

查朱双云《新剧史》中有"评论"一节。所评均为关涉新剧整体发展的方针大计，偶尔兼及具体剧目。朱双云反对在联合演剧中以"抽签之法"分派角色：

> 盖新剧全恃乎配手得当者也。譬如恨海伯和棣华两角均抽得上选人才。而于鹤亭一角，适抽劣等之人。一着错，满盘都是输……此抽签法之不可行者一。同一悲旦角色，然恨海之张棣华与血泪碑之梁如珍，期间盖有不同。故往往善演恨海者，未必兼善血泪碑。凌怜影陆其美是其证也（凌善恨海陆工血泪碑）。使恨海与血泪碑两剧并演，所抽而各得其反，则联合演剧将永无完满之日矣。此抽签法之不可行者二。②

"抽签法"不顾戏情戏理，将对演员的选择付之"运气"，朱双云反对这种做法，理由有二：第一，新剧的演出效果靠的是合适的演员并且搭配得当，这是对新剧特性的一种判断；第二，演员扮演角色不能兼善，所以要根据"角色"特性选择演员。不过，在朱双云的表述中，"角色"前尚有"悲旦"一词，说明对于新剧角色的认识尚没有与传统戏剧的"行当"划分相剥离。换句话说，在某种程度上，"行当意识"还笼罩在"角色意识"之上（从《新剧史》"派别"一节"生类"与"旦类"的分类方式亦可佐证此点）。《新剧史》出版于1914年，朱双云对新剧的判断颇能代表当时剧人的认知水准。虽然"行当意识"暂未消退，但"角色意识"的"觉醒"还是通过以

---

① ［美］布罗凯特：《世界戏剧史》，中国戏剧出版社1987年版，第21页。
② 朱双云：《新剧史》（"评论"章），新剧小说社1914年版，第1—2页。

"剧中人"的特征为衡量演员的标准得到了表达。

涉及具体剧目,朱双云认为《祖国》一剧价值固高,但并不适合上演:

> 剧中人物,多系贵族。言语举止,在在异于常人。第是现今剧人,仅能描写中下社会,且纯以上海为归。若偶为上等之人,则往往失之毫厘,谬以千里矣。故吾谓祖国一剧,万不可演于今日。若必演之,则必至唐突名著而贻讥大雅也。①

首先,这段话透露了非常丰富的历史信息:朱双云对剧中人物的判断来源应是剧本(至少是来源之一),由此隐约显现的思维逻辑是:以剧本为旨归支配演员,从而认为目前演员的水准无法完成对"贵族人物"的塑造,所谓"唐突名著"即是此意。其次,"失之毫厘,谬以千里"透露出对于"写实"的极端重视:因为演员的条件对于扮演"贵族"尚不能"以假乱真",所以"万不可演于今日"。

这段文字本意不是剧评,但客观上形成了"判断",而且清晰地表达出了为何如此"判断"的理由,尤其是行文中浮现的理性之风,更能够使其区别于旧戏(京剧)的"评点"之文。另外,从朱双云对于不同剧目之间价值高低的判断中,亦可见出其秉持了何种"新剧观念":"双云曰血泪碑一剧,罅漏颇多,殊无价值……恨海恩怨记二剧,虽为一时名著,然其价值,则远在梅花落祖国之下……祖国为世界四大悲剧之一,其价值可想而知。"② 其中的价值序列颇能说明问题:《血泪碑》改编自时装京戏;《恨海》改编自吴研人小说;《恩怨记》为陆镜若编撰、受日本新派剧影响颇深;而《梅花落》与《祖国》均根据西方戏剧改编,尤其《祖国》一剧,是陈冷血翻译自法国戏剧家柴尔(萨尔杜)的代表作品。朱双云的"潜台词"其实是:越接近西方戏剧的新剧,价值程度越高。由此判断中显露的"边界意识"非常重要:它的意义其实就在于"用何种眼光、以何种标

---

① 朱双云:《新剧史》("评论"章),新剧小说社 1914 年版,第 3—4 页。
② 同上书,第 3 页。

准"评估一部新剧的高下优劣。

1914年前后，是中国现代戏剧变革的一个转折时期，此前的笼统新剧概念开始发生分化。① 与此相关，"文学"与戏剧的关系也被人重新进行探讨。譬如"新戏乃文学革新之一种"等。② 而就在这一时期，从史料上亦可观察到，出现了颇多以"剧评"或"剧谈"为题目的文章。这些文章多集中在《戏剧丛报》《剧场月报》《游戏杂志》《繁华杂志》及《新剧杂志》等刊物上。虽然这些评论文章鱼龙混杂，但大量出现于这一阶段，可以视为"批评的自觉"：此种现象乃是一种新的文艺形式发展到一定历史阶段的必然产物。对于"新剧"而言，发展已有十余年，问题肯定不会少。对于新剧从业人士而言，随着新剧知识的积累、视野的阔大、认识的深化，以"论说"的方式褒贬一剧之高低，其实是为了借此表达自身对于新剧的观念变化。反过来说，以观念统摄评说，表露出不再将"剧"当成"儿戏"，聊抒闲情。至少从当时的剧评上即可以看出，"当看戏是消闲的时代"正在悄然地发生蜕变。

悼愚在《春柳之优点》（1915）中说：

> 新剧虽无歌唱台步之必要，然注重剧本与服装则一也。且新剧除剧本服装外，更须兼重表情与布景，四者具备，始可与谈新剧。③

在此观念之"观照"下，悼愚的评论聚焦于五点。第一，该社演剧一举一动、一颦一笑，无不以剧本为之主任者，于未演之先数日，将剧本指令演员，悉心揣摩，不熟不止。故无临时指画，暨茫疏艰涩之弊。第二，表情非常周到，或嗔或喜或歌或泣，莫不宛然似真，能使观客恍如置身其间，不觉是伪，诚难得也。第三，布景绝佳，幕幕完备，唯布置微嫌濡延，致急性观客有不耐之诮。第四，演员程度高

---

① 袁国兴：《"文明戏"的样态与话剧的发生——兼及对"文明戏体系"说的质疑》，《中国话剧研究》（第十一辑），中国传媒大学出版社2008年版。
② 远生：《新剧杂论》（续），《小说月报》1917年第5期。
③ 悼愚：《春柳之优点》，《剧场月报》1915年第1期。

尚，如陆吴蒋欧阳等，均曾留学东瀛，于新剧研究有素，故演时各人有各人之精彩，固非率尔操觚者比也。第五，每演一戏，能不失当时之真。① 对于"剧本"和"布景"的重视在这一阶段的评论中占据了主要位置，可以将此视为对于新剧"特性"的进一步认识。正如季子在《新剧与文明之关系》中说：

> 试观剧场布影无不以物质上之文明为竞争之粉本，而剧情表示则更利用社会心理无形感力，以期收引人入胜之奥妙。此新剧之所以擅长，而记者之认为文明关铃者此耳。②

"新剧之所擅长"即是新剧"特性"之所在。所谓"剧评"之意正于不经意间从这段话中显露出来：将真正之"新剧"从"似是而非之新剧"与"改头换面之旧剧"中拯救出来，并试图划出清晰的边界。

二 "剧评"的文体自觉

"剧评"反映了新剧人士对于"话剧"的认识水准和认知过程，在对新剧的不断学习与掌握过程中，马二先生（冯叔鸾）在当时剧人中最有"剧评意识"，其《啸虹轩剧话·叙言》如此表述：

> 曩刊剧谈三卷，颇多芜杂。盖新剧旧剧固截然两事，未可混同。自吾演艺于春柳，始能阐明兹义。故甲寅以来所为剧评，约有两要点。第一，严新剧旧剧之界限。旧者自旧，新者自新。一失本来便不足观矣。第二，严脚本结构与演员艺术之分别。脚本结构之美恶，是编戏者之责。演员艺术之优劣，是演戏者之责。不可并为一谈，遂张冠而李戴也……泛言剧理者，录为悬谈。就艺褒贬者，录为随评。颜曰剧话，用别于前此之剧谈。夫戏剧虽

---

① 悼愚：《春柳之优点》，《剧场月报》1915 年第 1 期。
② 季子：《新剧与文明之关系》，《新剧杂志》1914 年第 1 期。

小道而与社会文化有密切之关系。文化愈盛，则其戏剧之组织亦愈益繁难。①

马二先生的这段叙言对于"剧评"而言意义重大：不仅包含对于"剧评"内涵与功能的明确认识，而且自觉到了作为"文体"的"剧评"之形式规定。"严新旧剧之界限"正说明要从"新旧不分"中辨识出新剧的面貌，确定"新剧之所擅长"，此为"剧评"在当时最大之意义；而"严脚本结构与演员艺术之分别"正说明"剧评"要有的放矢，对一剧之不同构成部分要建立不同之评价标准，以此评论具体剧目的水准，方能将"剧评"的指引匡正功能落到实处。

其中，最重要的还是对于"剧评"的"文体自觉"。马二先生首先区分了两种"剧评"：一为"泛言剧理"，一为"就艺褒贬"。前者名曰"悬谈"，其实相当于广义的"戏剧批评"，后者名曰"随评"，就是所谓"戏剧评论"了。马二先生的定义非常精准，对于"剧评"的文体界定是建设"剧评"的关键一步。

其次，以"剧话"区别于"剧谈"，盖有以表正式之意。何为正式？除文体区分与建立的考量外，就是对于"剧评"实际存在状况的反思。马二先生在《新剧不进步之原因》中谈到三点问题，其中第二条即"评剧者之盲于阿谀也"：

大报纸剧评每在可有可无之列，间有一二家，偶一载之。率为敷衍应酬之作。至于小报纸，则更足有令人失惊者。主笔先生强半受佣于新剧馆为缮写员。姑勿论其观剧之眼光如何，评剧之学力如何，第此辈在剧馆中之位置，尚在演员之下，而仰剧馆主人及一般管事者之鼻息以为生活……吾尝谓今之各报所作剧评，只可谓之剧颂。盖有褒无贬一意称赞，非颂而何然。②

也就是说，剧评水平之所以差，一是缺少发表场域，二是剧评者

---

① 马二：《啸虹轩剧话·叙言》，《游戏杂志》1915年第18期。
② 马二：《新剧不进步之原因》，《游戏杂志》1914年第9期。

地位低下，没有独立性。故在马二先生看来，所谓"剧评"，无非是"剧颂"而已。这就需要进一步分析早期剧评者的身份与知识来源与"剧评"内涵之间的关系了。早期剧人多出身于新式学堂，其中有部分人曾留学日本。徐半梅说："日本的剧场中，吸收了一部分中国学生，后来又造成了若干酷嗜日本新派剧的中国人。日后一般提倡中国话剧的人，大半出在这里头。"① 那么，对于没有到过日本且有志于新剧的人士，他们的知识来源为何？徐半梅有亲身的体验：

> 我每月在虹口要买好几种关于戏剧的日本杂志，而文艺杂志中，凡载有剧本的，我也一定买回去，单行本的剧本，也搜罗的很多，世界著名的剧本，我也读过好几种，兰心大戏院每两三个月一次的 A.D.C 剧团演出，我必定去做三等看客，躲在三层楼上欣赏。我还发现一处日本的小型剧场……我便常常去看，成了一个老主顾了。②

虽然在早期剧人中，已经有人意识到了"严新旧剧之界限"，但由于在知识结构上对于西方戏剧的了解多是经过日本这一二手渠道，所以对于"新剧自新"之本源的了解始终隔膜难消。而且，"新派剧"与小说之间关系颇深，日本"新派剧"的名作除模仿欧洲浪漫派戏剧之外，多是根据家庭小说改编的"家庭悲剧"，诸如《金色夜叉》《不如归》等。特别提出这一点，是为了说明在早期剧评中普遍存在的"批点小说"的行文与思维模式，与早期新剧人士的知识来源有很大关系，具体表现为按幕评点新剧。例如，在白蘋《评〈不如归〉》一文中，因该剧一共七幕，作者即按照幕之顺序逐段进行评说：

> 第三幕：送别一场，真妙到十二分，因现在之惨别，忆及从前之欢情，软语缠绵，销魂几许……噫，妾怨绘文之锦，君思出

---

① 徐半梅：《话剧创始期回忆录》，中国戏剧出版社1957年版，第11页。
② 同上书，第22页。

"剧评"的兴起

塞之歌,送君南浦,伤如之何。痛矣痛矣。①

这种评论虽然态度堪称严肃,但显然不仅缺乏新剧的知识,更没有建立应该如何评论新剧的"新剧思维",而仿佛是在品味小说。

在包天笑的《钏影楼回忆录》中,还勾勒出一幅当时的"剧评"生产的生态图景:

> 那时,时报上新添了一个附刊,唤作"余兴"(其时尚无副刊这个名称,申、新两大报,有一个附张,专载省大吏的奏折的),这余兴中,什么诗词歌曲、笔记杂录、游戏文章、诙谐小品、以及剧话、戏考、都荟萃其中……徐卓呆却常在"余兴"中投稿。卓呆和我是同乡老友,为了要给春柳社揄扬宣传,所以偕同陆镜若来看我了……春柳社所演的新剧,我差不多都已看过。每一新剧的演出,必邀往观,不需买票,简直是看白戏。但享了权利,也要尽义务,至少是写一个剧评捧捧场,那是必要的,也是很有效力的。②

"捧场"的心态恰恰是为马二先生所深恶痛绝的。但何以会有这种"捧场"的心态呢?

"剧评"虽然不过是纸上世界,但与社会文化机制息息相关。马二先生已经认识到剧评意义之重大,所以要"严新旧剧之界限"。换句话说,剧评不论对于一剧水平之鉴别,还是对于整个新剧的发展,都有匡正指引之功。但剧评首先是一种"知识",当时剧人关于新剧的知识素养、知识来源、理论水平、认识层次完全体现于其中。其次,"剧评"是一种"机制",理想的状态应是整个新剧行业的有机组成部分,从事剧评的人本身应该具备相对独立的社会身份、中等以上的社会地位并拥有相对独立的发表剧评的媒介场域。而这一主一客两方面的构造在1914年前后这一历史时期,对于"新剧"这一社会

---

① 白蘋:《评〈不如归〉》,《戏剧丛报》1915年第1期。
② 包天笑:《钏影楼回忆录》,香港大华出版社1971年版,第401—402页。

新生事物而言，远未成形。

徐半梅将早期从事新剧的人分为三类：从日本回国的留学生；从外埠慕名而来上海的献艺者；上海本地的热心戏剧者。他们的共同点是召集同志、成立剧团、四处演出。而他们的结果"都是失败的。又可以说，一出现就消灭，一个也没成功"。① 新剧在此阶段整体意义上的失败，仅从"剧评"这一文体的意义上而言，其实象征着"知识范型"与"文化机制"的双重失败。也就是说，一方面，在以日本新派剧、本土传统戏剧及新旧小说为主要知识资源的新剧视野中，既无法完成剧评本身作为一种文体的建设，更无法通过剧评规范新剧本身；另一方面，缺乏能够令"剧评者"得以独立发言的"场域"与"机制"，使得剧评者不得不处于依附性生存状态之中，而造成一种捧场的游戏心态。因此，只有当"知识范型"发生转移与新的"文化机制"得以建立的条件下，剧评方能够真正"兴起"。

三 "知识范型"的转移

五四时期《新青年》关于新旧剧的论争，其实蕴藏着"知识范型"的转移。胡适提纲挈领，"易卜生的人生观只是一个写实主义"，对新剧发展方向具有规定性意义。而"悲剧的观念，文学的经济——都不过是最浅近的例，用来证明研究西洋戏剧文学可以得到的益处"就从整体取向上预示着"知识范型"的转移。② 欧阳予倩认为当时的剧评有三大弊端：第一条就是"缺乏社会心理学、伦理学、美学、剧本学之知识，剧评本身的技术手段和批评方法多不完全"。③ 文明戏出身的陈大悲在《爱美的戏剧》"编述底大意"中说：

> 我编这部书的材料，多半是从雪尔敦陈肅底《剧场新运动》

---

① 徐半梅：《话剧创始期回忆录》，中国戏剧出版社1957年版，第28页。
② 胡适：《易卜生主义》，《新青年》1918年第4期。
③ 欧阳予倩：《予之戏剧改良观》，《欧阳予倩文集》，华夏出版社2000年版，第295—298页。

(*Sheldon Cheney's The New Movement in the Theater*),艾默生泰勒底《爱美的舞台实施法》(*Emerson Taylor's Pratical Stage Directing for Amateurs*),威廉兰恩佛尔泼底《二十世纪的剧场》(*William Lyon Phelp's The Twentieth Century Theater*)等几部书里取得来的,其余还有四五种参考的书。我起先原想专译《爱美的舞台实施法》,因为这部书专为美国人而作,与中国情形很多不合,不如拿人家先进国底戏剧书做基础,编一部专为中国人灌输常识而且可以眼前实用的书,比较的有些收获的希望。①

由此可明显发现新剧的"知识范型"从日本资源向欧美资源的转向。而知识范型转向"欧美资源"的优势主要体现于：一是直接从新剧的源头取法,通过留学西洋或阅读西文原著进入欧美戏剧的语境之中,减轻误读程度；二是就专业知识的系统性而言（譬如洪深在美国哈佛师从贝克学习戏剧）：欧阳予倩所谓的各种知识的缺乏,特别是关涉剧评的"技术手段"与"批评方法",在以欧美戏剧资源为取向的"知识范型"下,能够得到较大程度的弥补。这种弥补大致表现在以下三个方面。

第一,从20世纪20年代开始,肇始于《新青年》"易卜生专号",形成了翻译（改译）西方戏剧剧本及戏剧理论的热潮。1917—1924年,共26种报刊、4家出版机构共发表、出版了翻译剧本170余部,涉及17个国家70多位剧作家。②

第二,从这一时期开始,主要大学的外文系逐步走向完善（譬如北大、清华、东南大学）,且均以欧美语言及文学为主要专业规划。在课程设置上已开设系统的西方文学史（含戏剧）、某一时段的戏剧

---

① 陈大悲：《爱美的戏剧》,晨报社1922年版,第10—11页。
② 参见张文静《略论"五四"时期外国戏剧的翻译》,《西北农林科技大学学报》2009年第3期；周学普《近代剧研究参考书》,《戏剧》1921年第1卷第6期,文中所列皆为欧美戏剧研究著作,共28种。田禽：《中国戏剧运动》,商务印书馆1944年版,据该书第八章"三十年来戏剧翻译之比较"中记载：1908—1938年,总共出版了387册翻译的剧本。其中日本剧本84册,即翻译自欧美的剧本共303册。

史及专人研究（如莎士比亚）等课程。①

第三，以胡适、宋春舫、洪深、熊佛西为代表的留学欧美之学人，在专业的系统学习与研究上，远远超过了留日学人。倡导者的知识素养与视野在专业上往往具备方向性的决定意义。这批人回国后又长期执教于国内高校，遂在专业知识领域形成"制度化传播"。另外，报纸的副刊逐渐为新文学人士所掌握。因为拥有相对自主的发言场域，所以马二先生对剧评"率为敷衍应酬之作"的批评，可以得到很大改观。由于早期新剧人士生存状况并不理想，往往呈现出一幅混迹江湖的景象。而随着大学、报刊、出版机构等制度的逐步完善，相对独立的知识者阶层在20世纪20年代开始成形，新文化人依托于此，职业身份与地位攀升于社会中上层，生活趋于稳定。②"仰剧馆主人及一般管事者之鼻息以为生活"的境况基本消失。与此相呼应：新剧从整体走向上在这一时期从"市场"退回"校园"，目的也是重新寻找立足之基础。

余上沅在《晨报》创刊四周年纪念专号上说《晨报》"在促进'新中华戏剧'的实现上，他确是一员猛将"。③重点不是"新中华戏剧"，而是余上沅把握到的这样一层关系，表现在本文的语境中即是：当知识者有了独立发言的场域，"剧评"文体、功能及意义的完善才

---

① 国立北京大学文学院外国语言文学系课程一览：《戏剧选读》，潘家洵主讲，学分六；《莎士比亚》，梁实秋主讲，学分六；《欧洲戏剧史》，赵诏熊主讲。国立中央大学外国文学系课程：《英文戏剧》，三年级必修；《莎士比亚》，四年级必修；《现代戏剧》，三、四年级选修；《希腊悲剧》，三、四年级选修。国立武汉大学外国文学系课程：《戏剧入门》，袁昌英主讲；《莎士比亚》《希腊悲剧》，方重主讲，此两门为选修课。私立光华大学文学院英文系三、四年级必修课程：《莎士比亚》《诗学》；选修课程：《欧美现代戏剧》。私立金陵大学外国文学系课程：《英文戏剧》《莎士比亚戏剧》《现代英文戏剧》，均为三学分。参见张研、孙燕京主编《民国史料丛刊——文教·高等教育》，（第1063、1082、1095、1093、1085页），大象出版社2009年版。

② 参见竹元规人《1930年前后中国关于"学术自由"、"学术社会"的思想与制度》，《学术研究》2010年第3期。文中说：对于学术研究来说，1928年到1937年的近10年是近代以来比较稳定的发展期，所谓"胡适派"学人是1930年前后中国学术界的中坚，虽然有些对立的学人和学派，但他们能够吸引、提拔学生，动用国内外的种种学术资源，推动学术研究，影响力还是最大的。另参见章清《民初"思想界"解析——报刊媒介与读书人的生活形态》，《近代史研究》2007年第3期。

③ 余上沅：《晨报与戏剧》，《晨报副刊》1922年12月1日。

能真正得到落实。陈大悲与熊佛西在《晨报副刊》上先后有两篇指涉剧评本身的文章。陈大悲论述的焦点在于"剧评家主体"的塑造：

> 戏剧是偏重感情的，而批评戏剧的人却不可偏重感情……换句话说，评剧家进了剧场，预备为舞台上演的那出戏作批评时，先应当把自己从听众所乐处的情网中解放出来，精确锐利的眼光透进剧本与演作底骨子去，探出他们底有力处与弱点来，然后很谨慎很忠实的下自以为最公正的批评。①

对于"剧评者"在戏剧整体中的位置，陈大悲亦有论述：

> 评剧家既与编剧家与演剧家在剧场中三权鼎力，同为剧场中不可少的分子，他为艺术经受的苦难当然与编剧家与演剧家相等……因为艺术的进步是有赖于艺术的批评家的……这个指路破迷的责任是要头脑清醒不为情感所困和具客观的眼光的评剧家去负的。②

而对于"剧评家"的"知识标准"，熊佛西侧重谈道：

> 戏剧批评家必须懂剧本，必须懂表演，懂背景，懂音乐，懂跳舞雕刻建筑以及其他一切与戏剧有关系的艺术……其次，他对于戏剧史亦应有系统的研究。末了最要紧的是他自己必须有他自己的主张。还有，他必须富有同情心和公正心。所以一个戏剧批评家不是一个无聊的捧角者或专事攻击他人的人。他是戏剧界的哲学家，理论家，历史家。他与创作家与或其他的艺术家有同样的地位。③

---

① 陈大悲：《关于剧评的我见》，《晨报副刊》1922年2月23日。
② 同上。
③ 熊佛西：《论剧评》，《晨报副刊》1927年3月26日。

合而观之：理想的"剧评家"应由两方面构成：第一是批评的德性：理性与公正；第二是批评的能力：知识和主张。也就是说，剧评家主体的塑造是解决问题的关键。那么，能够塑造出理想的剧评家的社会文化机制是什么呢？从宏观角度言之：话剧进入现代专业教育体系的历史过程，即是提高与完善话剧从业者知识水准与人格素养的历史过程。从微观角度言之：作为"知识系统"的戏剧专业课程设置进入大学教育体系，使得剧评家主体的塑造具备了完成的可能。

四 话剧"剧评"之"成形"

"评论"的专业与非专业的基本区分，就在于"批评的德性"和"批评的能力"。从某种意义上讲，知识的系统性与发现知识的相关联性，往往决定了主张的高下。因此，本文将"剧评"在中国真正成形的标志定为李健吾评论《雷雨》文章的发表（文章名为：《〈雷雨〉——曹禺先生作》）。李健吾评论《雷雨》的文章初刊于《大公报》（1935年8月31日），后收在《咀华集》（1936年）中。[①] 作为文体的"剧评"之所以在李健吾的笔下堪称"成形"，可从批评家主体塑造与社会文化机制两个方面分而言之。

许纪霖将1949年之前的知识分子划分为三代：晚清一代、五四一代、后五四一代。其中后五四一代又可以分为前后两批：前一批出生于1895—1910年，后一批出生于1910—1930年。李健吾出生于1906年，恰恰属于后五四一代的前一批人。这一代人的特点是：

> 他们在求学期间直接经历过五四运动的洗礼，是五四中的学生辈（五四知识分子属于师长辈），这代人大都有留学欧美的经历，有很好的专业训练。如果说晚清与五四两代人在知识结构上都是通人，很难用一个什么家加以界定的话，那么这代知识分子则是知识分工相当明确的专家……五四一代开创了新知识范型之

---

① 刘西渭（李健吾）：《〈雷雨〉——曹禺先生作》，《咀华集》，文化生活出版社1936年版，第115页。

后，后五四一代作出了一系列成功的范例，三四十年代中国文学和学术的高峰主要是这代人的贡献。①

之所以如此，根本原因就在于随着"现代教育"在近代中国的逐步完善，李健吾这一代知识分子恰恰是"现代教育的典型产物"。观察李健吾的教育经历：受教于清华大学外文系、热衷于校园戏剧活动、留学法国研究福楼拜与莫里哀，使得李健吾在现代大学这一体系内完成了"批评主体"的塑造。②在清华大学外文系的课程设置上，专门的戏剧类课程有《戏剧概要》《莎士比亚集》《近代戏剧》。还有《世界文学》一科，亦会涉及大量戏剧知识，更不用说清华图书馆以收藏大量西方戏剧原著而闻名学林。③在课程设置上将戏剧作为知识进行教授，不仅使戏剧成为学术研究的对象，而且推动了戏剧观念的更新，这一点对爱好戏剧的受教育者极为关键。另外，清华相对频繁的戏剧演出活动，令担任过清华戏剧社社长的李健吾有机会与戏剧实践保持接触，养成"专业感觉"。留法求学期间，李健吾更是受到了法国印象主义批评大家法郎士的较大影响，这一影响在相当程度上渗透到李健吾的批评风格之中。正如李健吾所言，倘若不是系主任王文显知道他热爱戏剧，留他做外文系的助教，留法的机会恐怕不会轻易降临。④

由此可见，新剧以"爱美"自居，水准固然难免幼稚粗率，但由市场退回校园，在学校（尤其是大学）这一社会文化机制中，凡有志于新剧的学子在知识结构和人格素养上能够得到大幅度的提升，这一点至关重要。

从"批评的德性"而言，李健吾在《咀华二集·跋》中说：

---

① 许纪霖：《20世纪中国六代知识分子》，《另一种启蒙》，花城出版社1999年版，第81页。
② 韩石山：《李健吾传》（第三章"清华时期"），山西人民出版社2006年版。
③ 参见清华大学校史研究室《1924—1925年的课程表》，《清华大学史料选编》（第一卷），清华大学出版社1994年版，第316—317页；清华大学校史研究室《外国语文学系概况》，《清华大学史料选编》【第二卷（上）】，清华大学出版社1994年版，第313页；另参见龚元《中国现代话剧史上的"清华传统"》，《戏剧艺术》2012年第3期。
④ 寇显：《李健吾散文选集》，百花文艺出版社2004年版，第215—217页。

> 一个批评者有他的自由。他不是一个清客，伺候东家的脸色；他的政治信仰加强他的认识和理解，因为真正的政治信仰并非一面哈哈镜，歪扭当前的现象……他明白人与社会的关联，他尊重人的社会背景；他知道个性是文学的独特所在，他尊重个性。他不诽谤，不攻讦；他不应征。属于社会，然而独立。①

这种"独立意识"的出现不仅能够显示出"批评主体"所受教育的类型和程度——即以欧美自由主义传统为宗旨的高等教育，更表明批评主体能够从该教育体系中获得客观的、较高的社会地位，由此在一定程度上保障了其个性的伸张。

从"知识和主张"而言，李健吾在评论《雷雨》一文中有两处最见知识含量。一为"作者运用两个东西，一个是旧的，一个是新的，新的是环境和遗传，一个十九世纪中叶以来的新东西；旧的是命运，一个古以有之的旧东西"。另一为"作者隐隐中有没有受到两出戏的暗示？一个是希腊欧里庇得斯（Euripides）的 Hippolytus，一个是法国拉辛（Racine）的 phèdre，二者用的全是同一的故事：后母爱上前妻的儿子"。②

知识含量说明批评者对于戏剧的研究程度，这样就可以将对一部剧作的评论放置在整个戏剧史的背景下进行考量，从而有利于做出正确的判断。而从主张来看，"人性探索"与"艺术本位"是李健吾批评一以贯之的标准，欧美经典戏剧（亚里士多德式）是李健吾的衡量尺度。所以，李健吾不仅关注人物性格的塑造，"《雷雨》里最成功的性格，最深刻而完整的心理分析，不属于男子，而属于妇女"。③而且，李健吾对于戏剧整体结构的敏锐观察更是体现出了他对于"情节整一性"的自觉把握：

---

① 李健吾：《咀华二集·跋》，《咀华集·咀华二集》，复旦大学出版社2005年版，第184页。

② 刘西渭（李健吾）：《〈雷雨〉——曹禺先生作》，《咀华集》，文化生活出版社1936年版，第116—121页。

③ 同上书，第120页。

> 我引以为憾的是，这样一个充实的戏剧性人物，作者却不把戏全给她做……作者如若稍微借重一点经济律，把无用的枝叶加以删削，多集中力量在主干的发展，用人物来支配情节，则我们怕会更要感到《雷雨》的伟大。①

这种判断力只有以"知识与主张"为底蕴才能作出，是真正意义上的"专业剧评"。陈大悲与熊佛西在《晨报副刊》上对于真正剧评家的"召唤"在李健吾这里实现了。可在李健吾专业的剧评背后，必须要看到在当时的北平，以大学建制为依托，以报纸副刊为场域，形成了一个批评家群体，而李健吾不过是其中之一罢了。

有学者论证"中国现代文学批评史上的清华学派"，说明在20世纪30年代前后，以叶公超编辑的后期《新月》《学文》等刊物为发言场域，以清华大学外文系为核心群体（涵盖北京大学、燕京大学等校师生），形成了一个批评流派，他们的特点是教养深厚、谙熟西学、强调作品的审美特性、注重批评的独立个性，并且实在地掌握了一批有影响力的报纸副刊，通过评论、出版、评奖等活动体现自身的影响力。② 所以，作为"个体"的李健吾的"剧评"之成熟，离不开作为"文化机制"的"学院力量"（即现代教育体系）之培育和依托。换句话说，"文体"背后有"制度"，作为"文体"的剧评与作为"机制"的剧评是互为表里的关系：前者是批评家的"个人制作"，后者是批评家的"运作场域"。唯有两者之结合，才能使剧评产生效果。这种效果从表面观之，表现为对于具体作品的品评与指点；但究其实质，其实是"解释的权力"。而哪一种解释最终能成为"定评"，就要看哪一种文化机制最终成为"定制"了。

洪深说："要晓得，在大学里学戏剧，所重的是理论与文学。"③

---

① 刘西渭（李健吾）：《〈雷雨〉——曹禺先生作》，《咀华集》，文化生活出版社1936年版，第123—125页。
② 张丽琴：《中国现代文学批评史上的清华学派》，《清华大学学报》2011年第1期。
③ 洪深：《我的打鼓时期已经过了吗》，《洪深研究专集》，浙江人民出版社1986年版，第241页。

"理论与文学"的功底正是撰写剧评的基础,而"在大学里学"恰恰体现出文化机制的作用。倘若不是顶着"美国留学的戏剧专家"(明星广告部介绍洪深语)这一闪亮的头衔,洪深对于"新戏""文明戏""爱美剧"与"话剧"的区分,就不会有裁断的权威。在1928年一次戏剧人士聚会上,经田汉提议,由洪深定名"话剧"这一故事充分说明:现代教育制度使洪深获得了"象征资本",而洪深则充分将此"象征资本"转化为一整套体系性的评论话语,建构了"从中国的新戏说到话剧"的、以西方近代写实剧为主流导向的理想秩序及价值标准。譬如,"剧本是戏剧的生命""现代话剧的重要,有价值,就是因为有主义。对于世故人情的了解与批评,对于人生的哲学,对于行为的攻击或赞成"等。①

由此而言之:中国话剧"剧评"逐步建构的过程,即是"新剧"逐步划清自身与他者的文类边界、蜕变为"话剧"的历史过程。"戏剧"(包括"话剧"在内)作为"知识"进入现代教育体系,就必然意味着将被那些掌握"知识"的知识人重新定义与规划,而这一定义与规划的历史性表现形式之一正是:"剧评"文体之兴起与成形。

---

① 洪深:《从中国的新戏说到话剧》,《洪深研究专集》,浙江人民出版社1986年版,第176—177页。

汪石青戏曲创作考论

左鹏军[*]

关于汪石青及其文学创作，以往所知无多，关注者更少。天虚我生陈栩撰《栩园苔岑录二》中尝有云："汪石青，年龄籍贯未详。通信处：安徽宣城正街慎康钱庄。"[①] 可知虽然后来汪石青拜陈栩为师学琴，成为栩园门弟子之一员，但在二人未见面之前，陈栩对其并不了解。赵景深、张增元编《方志著录元明清曲家传略》一书"汪炳麟"条引《民国黟县志》卷十三云："《俪乐园集》、诗词、南北曲四卷、《鸳鸯冢传奇》南北曲一卷、《伴香吟草》二卷、《吴江吟》。"[②] 据相关文献可知，"汪炳麟"与"汪石青"为同一人。以往所知汪石青及其著述情况，仅此而已。待至近年《汪石青集》及其他著作出版，这种情况才发生了根本性改变，也为深入研究这位短命的悲剧性文学家提供了可资凭借的文献资料。

今根据《汪石青集》及有关文献资料，可将汪石青生平事迹、著述创作情况概括如下。

汪石青（1900—1927），名炳麟，字裔雯，又字石青，别署玲山怪石，以字行。安徽黟县人。生于光绪庚子十一月七日（1900年12月28日），少富才华，习古文辞，并入教会所办圣雅各中学读书，通晓英文。1918年从母亲之命与西递村名门胡耀林长女俪青结婚。曾赴上海拜天虚我生陈栩为师，随其学琴。后回乡任小学教师，同时进

---

[*] 左鹏军，华南师范大学文学院教授，博士生导师，主要从事中国近代文学研究。
① 天虚我生主编：《文艺丛编（栩园杂志）》第二集，家庭工业社，中华民国十年七月（1921年7月）出版。
② 赵景深、张增元编：《方志著录元明清曲家传略》，中华书局1987年版，第373页。

行诗词、戏曲创作，表现出鲜明个性和出色才华。1922年在宣城创办南楼诗社，16岁之族妹汪阿秀（字琼芝）慕名前来，拜其为师。1925年5月30日"五卅惨案"爆发，工人顾正红被日本人枪杀，汪石青激于义愤撰写文章、散曲、戏曲等作品，谴责抨击侵略者暴行，表现出强烈的民族情感和爱国精神。汪石青与汪阿秀结为师生后，时常酬唱往还，志同道合，两情相依，相悦相恋，遭族人强烈反对，不见容于世俗，二人感到压力沉重、极端苦闷、毫无出路，终竟共沉于黟县屏山长宁湖而逝，时为民国十六年丁卯正月初九（1927年2月10日）。

汪石青是清末民初古今文化传承转换、中外文化冲突交汇之际的一位早慧早逝、个性张扬、特立独行的悲剧性文坛奇才，在诗词、散曲、戏曲创作及诗歌翻译等方面均有杰出成绩。著有《俪乐园诗集》《俪乐园文录》《黟山新赖》《制曲指南》《律吕析微》《俪乐园琴谱》《俪乐园杂著》等。由于生活多变、时局动荡，其著作多有散佚。多年后方由其次子汪亚青辑为《汪石青全集》（1977年10月在台湾影印发行，2000年香港天马图书有限公司出版）。后又由其长子汪稚青汇辑编定为《汪石青集》（黄山书社2012年2月出版）。戏曲创作今存者有杂剧《七弦心》一种，传奇《鸳鸯冢》《换巢记》两种。需要特别指出，这三种戏曲均未见以往有关曲目、曲录著录，当属新发现的近代传奇杂剧剧本，其文献价值应当引起注意。据载汪石青另撰有传奇《三挑记》《红绡记》等，未见传本，似俱已不存。

汪石青岳父从弟胡嘉荣1931年5月2日所作《汪石青传》有云："君诗风骨遒劲，神思绵邈，亦豪昇，亦沉郁，力追青莲，复涵泳魏晋，沉潜庄列，绅咏怀之幽思。悟天全之微旨，出入四唐，自成一家，后倾心定庵，其诗益神。且精音律，工度曲，尝取《孔雀东南飞》本事，谱《鸳鸯冢传奇》十折，蜚声词坛。又有《换巢记》、《红绡梦》等传奇，事则窈思畸想，出人意表，词则含宫吐徵，沁人心脾。时歙人吴东园，以工曲称，读君作，往往敛手，自叹不及。"①又云："又精英文，曾译裴伦、柯立芝之诗为绝律，更自制英文诗而

---

① 汪稚青辑，余永刚校：《汪石青集》卷首，黄山书社2012年版，第2—3页。

又自译之。多才多艺，并世罕见。"① 述及汪石青之诗涵咏于庄子、列子、阮籍及魏晋诗风，更受到李白等唐代诗人影响，更因个性、朝代之相似性而深受清代诗人龚自珍熏染。这些评论道出了汪石青诗歌的创作观念和取径渊源、个性特征。其戏曲创作或缘情而发、自述心曲，或感于时事、忧时愤世，也都是特色鲜明，颇获时誉。安徽歙县籍著名戏曲家、文学家吴承烜（1855—1940，号东园）尝对汪石青戏曲予以高度评价，每有自叹不如之慨，亦可见其创作才华之一斑。

一 雅正本色的戏曲观念

汪石青虽然喜爱并从事戏曲创作，具有一定的创作经验，但并非严格意义上的戏曲理论家或戏曲研究者。为教其女弟子汪阿秀学戏曲而撰写的《制曲指南》今已不存，另一部研究戏曲音律的著作《律吕析微》亦已散佚。在今所见有关文献中，看不出他关于戏曲理论与创作的全面系统见解，只能从一些零散文字中窥探其戏曲观念的某些侧面。

清中叶以来，戏曲的雅俗关系、剧种的变革分化、评价戏曲史新变的尺度标准等是无法回避的问题。汪石青仍然保持着以雅部昆曲为正韵、而对新兴的皮黄戏曲颇为不屑的正统态度。他在《曲话》中指出："马、关久逝，孔、洪不作；皮簧夺雅，正韵几亡。鼎革以来，治曲者益寡，更鲜佳构。吾皖东园老人，名满天下，顾其曲亦复平平。蝶仙师少作甚佳，近年所作皆失之浅。诗尤平易，与丙辰以前之作绝不类。岂所谓绚烂归于平淡者耶？"② 又在《南南吕·次东园韵并用其格》散曲套数注文中说："马、关久逝，孔、洪不作；皮簧夺雅，正韵几亡。鼎革以来，吾徽治曲者益不多见。东园老人名满天下，顾其曲亦复平平。"③ 二者意思相近，有的语句也颇为相似。除了对雅部昆曲不振兴、不繁荣表示深切担心外，也清醒地认识到，当

---

① 汪稚青辑，余永刚校：《汪石青集》卷首，黄山书社2012年版，第3页。
② 汪稚青辑，余永刚校：《汪石青集》，黄山书社2012年版，第399页。
③ 同上书，第243页。

元杂剧名家马致远、关汉卿早已成为历史陈迹，以孔尚任、洪昇为标志的清初期戏曲高峰过后，至民国初年以降，传统戏曲创作已经出现了每况愈下、难以挽回的局面。尽管仍有吴承烜、陈栩（号蝶仙）等比较杰出的戏曲家，但终不能与此前戏曲达到的思想艺术高度相提并论。

基于对既往戏曲史的认识和对当时戏曲创作状况的了解，汪石青还表达了对戏曲创作、艺术观念的若干认识。其《曲话》有云："《桃花扇》有守格律处，有不守格律处，若《听稗》、《眠香》等折。其他逸出常范处正多，不可按谱填词也。"① 特别值得注意的是"不可按谱填词"的观念。就是说，在戏曲创作中，既要在总体上遵守戏曲格律的规范要求，又可以根据表现人物、情节、场面、情感等的需要对戏曲格律进行若干突破，《桃花扇》就是一个典型的例子。《曲话》又有云："《长生殿》格律精严，最便初学。初习制曲者，宜取九种曲及《长生殿》为读本，下笔自无薄俗之病。"② 无论如何，戏曲创作中格律对剧本体制、音律、形态等提出了明确要求，同时对戏曲本身予以强有力的保障，其作用和意义显而易见。洪昇《长生殿》、蒋士铨《藏园九种曲》都是遵守戏曲格律的典范之作，由此入手进行戏曲创作当可走上正途，可以避免"薄俗之病"从而走向厚重雅正的方向。汪石青还在《曲话》中说："《病玉缘传奇》，演麻风女邱丽玉事，署莫等闲斋主人，不知为何许人。其才情颇为雄厚，惜于曲尚非作家，且多袭《西厢》笔法，未免美中不足。"③ 通过对《病玉缘传奇》的评价表达对作者"才情"的肯定，同时也对该剧多有沿袭《西厢记》笔法的缺点提出批评，从中可见汪石青对于戏曲创作本色当行、独特性、创新性的认识和强调。

---

① 汪稚青辑、余永刚校：《汪石青集》，黄山书社2012年版，第396页。
② 同上。
③ 汪稚青辑、余永刚校：《汪石青集》，黄山书社2012年版，第398页。按：当时未为人知晓、汪石青亦未知的"莫等闲斋主人"，据后来研究者考证，可确定为陈尺山（？—1934年以后），原名尺山，后改天尺，字昊玉，号韵琴，别署莫等闲斋主人，福建长乐人。所作《病玉缘传奇》刊载于《中华妇女界》第1卷第10期至第12期、第2卷第1期至第6期，1915年10月25日至1916年6月25日出版，仅刊出二十三出，未完。后有上海中华书局单行本，1917年5月至6月初版。由此可见汪石青对当时戏曲创作情况的关注。

汪石青是一位以戏曲、散曲、诗词及其他创作为主要著述方式的文学家，以个人情感经历、精神感受、创作经验为其戏曲观念的主要出发点和思想基础，因而他关于戏曲的鉴赏评价及与之相应的创作观念就成为一个非常重要的方面，他谈论这方面认识感受的文字也最为丰富。其《曲话》有云："予读元曲三十种，最爱白仁甫《梧桐雨》一剧。若关、马诸作，皆不免瑜瑕互见。"① 在元杂剧中，汪石青最喜爱的是白朴的《梧桐雨》，相比之下，关汉卿、马致远的杂剧也不能不显得瑕瑜互见、稍逊一筹。可见他对于元杂剧主要作家作品的基本评骘。他又指出："九种，名著也，传之不若十种之广。信乎黄钟大吕，不若负鼓盲翁之易受欢迎也。十种恶札，直不足论。"② 又云："前人传奇，若《琵琶》、《燕子》及元人杂剧，直是不顾情理，只以填词为快。所以湖上之伧，拾其唾馀而成十种恶札。故吾谓九种曲不仅词章尔雅，即关目亦至情至理，不愧史笔，洵名作也。"③ 他还说："麟于曲中，除玉茗外，惟嗜太史之九种。而九种中更以《四弦秋》、《雪中人》为最。乃论者谓《四弦秋》仅敷演本事，无甚出色，不亦冤乎？甚矣，嗜好之不同也。"④ 胡嘉荣在《汪石青传》中也提到："君论曲推尊藏园，唾弃笠翁，盖犹疾俗之意。"⑤ 其中反映的观点很值得注意：南戏如高明《琵琶记》、传奇如阮大铖《燕子笺》以及元人杂剧中的一些作品，由于过于追求文学性、过多重视曲词的华美与合于音律，遂造成舞台演出中的"不顾情理"，也忽视戏曲思想内涵、生活内容上的合情合理，因而必然带来明显的局限性。在历代戏曲家的创作中，只有蒋士铨《藏园九种曲》从结构曲词到情节关目、从题材内容到思想主题，均处理得合情合理，因而堪称名作。与《藏园九种曲》相比，李渔的《笠翁十种曲》虽然广为流传、大受欢迎，但是这种流行性并不能成为其具有重要地位、获得高度评价的理由。《笠翁十种曲》终显得浅俗庸碌，难免恶札之诮。这种认识与时人及

---

① 汪稚青辑、余永刚校：《汪石青集》，黄山书社2012年版，第396页。
② 同上。
③ 同上。笔者对原标点略有调整。
④ 同上书，第200页。笔者对原标点有所调整。
⑤ 汪稚青辑、余永刚校：《汪石青集》卷首，黄山书社2012年版，第3页。

后来多种戏曲史著作的评价尺度和标准颇不相同，有的方面甚至大异其趣，反映了汪石青戏曲观念的独特性，值得充分注意。

汪石青的戏曲观念还表现在对近代与时人戏曲的评价上，同样体现了观点独特、认识深刻的思想特点。他曾说："尤西堂惟擅北曲。其南曲殊弱。陈兑庵君谓读尤曲豪情胜概，须眉飞动，往往为之浮白，此盖言其北曲耳。若其南曲则不然。"① 对于清初戏曲家、江苏长洲（今苏州）人尤侗（1618—1704）的戏曲，汪石青并不完全同意友人的评价，而是特别强调其戏曲创作中南曲与北曲的差异，指出尤侗的北曲豪迈雄健、开阔宏大，确是其所擅长，而其南曲则完全不同，颇显薄弱，并不值得给予过高评价。从这样的言论中，既可见汪石青文学艺术眼光的深刻和戏曲观念的独特，又可以看到他对于南曲、北曲相通性与相异性的关注和强调，体现了本色当行的戏曲家素养，确是既具有理论价值又具有实践意义的见解。他又认为："黄燮清之《宓妃影》、《当炉艳》两剧，不失典雅，亦称当行。然视藏园九种，则似逊一筹矣。"② 认为在传奇杂剧创作逐渐走向低谷的戏曲史背景下，生活于清道光、咸丰至同治年间的浙江海盐人黄燮清（1805—1864）的传奇创作在当时颇为突出，堪称典雅当行之作。但是黄燮清的传奇与蒋士铨《藏园九种曲》相比，仍不能不稍逊一筹。既再次表现了汪石青一直以来对蒋士铨的高度赞誉，又与实际创作水平、戏曲史的普遍评价相吻合。青木正儿尝指出："黄燮清词才有馀，而剧才不足，论者云：'其曲学蒋士铨，而远不如也，'（《顾曲麈谈》下《螾庐曲谈》四）盖定论也。然在道光以还戏曲衰颓之时，如求其足称者，则不可不先屈指此人。"③ 此论可与汪石青的观点相参照，表现出基本评价的一致性，也反映了汪石青戏曲观念的学术价值。

汪石青还指出："忆琴师栩公昔所编之《女子世界》中，有《白

---

① 汪稚青辑、余永刚校：《汪石青集》，黄山书社2012年版，第398页。
② 同上书，第397页。按："当炉艳"当作"当垆艳"，原刊似有误。一般认为，黄燮清剧作收入《倚晴楼七种曲》中，即《茂陵弦》《帝女花》《鹡鸰原》《鸳鸯镜》《凌波影》《桃溪雪》《居官鉴》七种，另有传奇《玉台秋》《绛绡记》两种。未知黄燮清尚有《当垆艳》之作，汪石青此语未知何据，详情待考。
③ ［日］青木正儿：《中国近世戏曲史》，王古鲁译，中华书局1954年版，第475页。

团扇》杂剧四折,署名东篱词客吴梅,公知此君何许人否?其杂剧四折,深得元人法髓,而又能以炉火纯青出之。近人治曲者,除栩公外,殆未见一人能出其右矣。"①又说:"昔年于杂志中读《白团扇》传奇四折,深得元人法髓,炉火纯青,信是大家,近人鲜有能及之者。署东篱词客吴梅,不知何许人。曾函询蝶仙师,亦不知其详。恨不得天涯沿路访斯人也。"②尽管当时汪石青还不知道吴梅是何许人,甚至向其师陈栩询问也未得其详,但已经发现吴梅所作《白团扇》传奇深得元剧精髓,堪称大家名作。在吴梅及其戏曲创作尚未广为人知的情况下就有如此准确的认识和高度的评价,既可见吴梅非同寻常的戏曲创作水平和在当时的突出地位,又可见汪石青超群的艺术眼光和独特的判断能力。汪石青还曾评价与其交往甚多的朋友蔡竹铭的戏曲说:"壶公《草堂梦》剧,不衫不履,如见其人。《晚悟》折,虽寥寥短简,真麻姑指爪,痛搔痒处。如嚼哀梨,如啖生果,令人百读不厌也。"③他又在《与蔡竹铭先生书》中说:"《草堂梦》一剧,不衫不履,飘然而来,悠然而往。麟于琴童,犹健羡之,何况长者?惟麟见猎心喜,将取定公《瑶台第一层》本事,谱《红绡梦》数折。藉此韵事,证成前无题曲发乎情止乎礼之义,与公各梦其梦。世或有蒋太史其人,撰合岭东江南,相见于栩栩蘧蘧之间,正当相视一笑矣。"④用不衫不履、妙道自然对《草堂梦传奇》予以高度评价,既切合其内容主旨和思想倾向,又符合作者的生活态度、出世精神,可谓戏如其人。《草堂梦传奇》剧末有汪石青(炳麟)评语曰:"不衫不履,如见其人。其会心处,正不当于引商刻羽中求之也。《晚悟》折虽寥寥短调,真麻姑指爪,痛搔痒处。如啖哀梨,如啖生果,令人

---

① 汪稚青辑、余永刚校:《汪石青集》,黄山书社2012年版,第200页。笔者对原标点有所调整。
② 同上书,第398—399页。按:吴梅《白团扇》最初发表于《女子世界》第3期至第6期,1915年3月5日至7月6日出版,汪石青所说"杂志"当指该刊。
③ 汪稚青辑、余永刚校:《汪石青集》,黄山书社2012年版,第398页。
④ 同上书,第205—206页。按:蔡瀛壶(1865—1935),名卓勋,字竹铭,自号瀛壶仙馆居士,别署吹万室,人称壶公。广东澄海县西门人。与汪石青交往颇多,相知较深。著有《草堂梦传奇》《壶史》等。

百读不厌。"① 此语正可与汪石青《曲话》相参观，可见二者之间具有高度一致性。汪石青还曾记述道："琼芝读《草堂梦》剧，亦谓予不衫不履四字评得的当。然渠微恨《入梦》折【忒忒令】首二句，未免皮簧气味。予细参之，无以折也。"② 此处引用其弟子、族妹汪阿秀（琼芝）对蔡竹铭《草堂梦》传奇的评价，辨析二人认识之异同，特别指出汪阿秀对剧中沾染皮黄气味的片段提出批评，且表示这种判断确有根据。在这样的认识和评价中，汪石青及汪阿秀坚守戏曲传统、推重传奇和杂剧、对新兴花部戏曲仍不以为然的观念也清晰可见。

可见，汪石青虽然不是专门的戏曲理论家或戏曲研究者，关于戏曲发展与变迁、戏曲创作与鉴赏、晚近戏曲剧种之兴衰隆替、古今戏曲家及其创作等方面的言论数量不多且并不系统，但是，由于具有比较丰富的戏曲创作经验、对于古今戏曲创作和发展多有关注，更重要的是具有深刻独特的思考角度和不同流俗的认识判断能力，遂使他的戏曲观念具有鲜明的个人和时代特点，显示出比较丰富的理论内涵和颇有针对性的实践价值。而且，这些戏曲理论观念与其戏曲创作之间也形成了相当密切的关系，并从另一角度显示出其意义和价值。

二 《七弦心》的自抒心曲

《七弦心》杂剧，所见仅汪稚青辑《汪石青集》所收本一种。作者署"汪石青"，仅一折。为目前所知汪石青创作的唯一一种杂剧作品，值得予以特别关注。

上场诗为集龚自珍《己亥杂诗》句，云："朴学奇材张一军，亦狂亦侠亦温文。千秋名教吾谁愧，身世闲商酒半醺。"③ 这种集句形式除了显示作者的才学喜好，尤其重要的是表现了作者对龚自珍其人

---

① 蔡瀛壶《壶史》下册《史馀》部分，（台北）新文丰出版股份有限公司1977年版，第10页。
② 汪稚青辑、余永刚校：《汪石青集》，黄山书社2012年版，第398页。
③ 同上书，第264页。

其诗的喜爱效法。这一点在汪石青模拟效法龚自珍的多篇诗词、在其着意借用、化用定庵诗词成句或意象中可以得到更加充分的证明。同时，这种创作习惯和取径倾向也反映了晚清民国时期一大批青年诗人、新生文士向往并追慕龚自珍诗词风格、名士风度、独立人格的时代风气。以【金络索】开场："扶香玉照春，聘月花为媵。终老温柔，可是书生分？悠悠此钝根，抚精魂，歌泣无端字字真。这壁厢，纵横风雨三更梦；那壁厢，罨蔼春秋一瞥尘。无安顿，把瑶琴宝剑觑频频。住青山，不是刘晨；舞青萍，待学刘琨。到期何日，舒胸悃？"① 其中仍然有意使用了龚自珍《己亥杂诗》中诗句"歌泣无端字字真"，再度反映了作者的兴趣爱好与个性气质。

此剧剧情极为简单，表现书生姚介庵（人称四郎）父母早逝，孤独无依，幸有风流娴雅、深明大义之妻子安芷卿相依相伴，颇得双栖之乐。但姚介庵不甘因循自误、终老牖下，颇有经世用世之志，却深感怀才不遇，难抒怀抱，遂弹琴歌唱，以抒发志向、排解愁闷。曲牌运用也比较单一且相当简短，由身着时装的生角扮演姚介庵一人独唱【金络索】后加四支【前牌】，构成全剧曲词的主要部分，最后则由姚介庵引出旦扮其妻安芷卿，二人共唱一支【前牌】即告结束。此剧不以表现人物性格、构造完整的故事情节取胜，一般意义上的戏剧性并不是作者的创作重点，而在于自我情绪的抒发和内心感受的表达，是一出自抒心曲志向、表达人生困惑的单折杂剧，具有极强的抒情性和自传性特征，从而使之与明代后期以来逐渐兴起并大量出现的以南杂剧为主要形式的抒情短剧的表现方法、风格特征具有明显的相通性和一致性。

《七弦心》既以"七弦琴"为名，实际上已蕴含着以古韵琴声诉内心衷曲之意。一些片段颇能反映作品的用意和作者的个性。姚介庵云："我本恨人，非关好骂，知我罪我，听其自然，或者言之无咎，闻者足警，则寸莛之叩，或亦不无小补波！"② 仅此数语，姚介庵失意抱恨、个性张扬、特立独行、我行我素的形象已跃然纸上，而作者

---

① 汪稚青辑、余永刚校：《汪石青集》，黄山书社 2012 年版，第 264 页。
② 同上书，第 264—265 页。

的生活境况、性格特点、人生态度也如此清晰地寄予其中。剧中曲词的主要部分即是姚介庵边弹琴边歌唱、表达志向、抒发情感，特别集中地反映这种创作手法和抒情意图的两支曲子云：

【前牌】昂藏七尺身，慷慨千般轸。万里前途，待我从头垦，烟岚细吐吞。漱霞纹，剑胆箫心把古春。看一看、星辰高列明无涬，听一听、河汉争流卷有嚖。消磨混，怕年光摧抹了气如云。做书生、不屑头巾，做英雄、不惮蹄轮。怎辜负，燕台骏？

【前牌】一任我肝肠静里醇，只落得、气魄闲中困。燕云鸿归，都是年来恨，难求尽蠖伸。吊沉沦，短啸长吟拭涕痕。春寒酒薄难为醉，柳弹花眠易断魂。天难问，莺花三月付何人？莽中原、谁吊孤身？莽风尘、谁拔孤根？丈夫受谁怜悯？①

全剧说白不多，以曲词为主，上引两曲中间竟无任何说白、科介或其他关于表演的舞台说明。这表明作者的创作重心完全在于独白式宣泄、抒情性歌唱，而不在于戏曲性本身。通过这样的曲词内容和表现形式，可以充分认识汪石青此剧的创作意图和特点。

值得注意的是，《七弦心》中"姚介庵"这一名字在汪石青的戏曲中并不是唯一一次出现。他后来所作传奇《鸳鸯冢》第二十折即最后一折《吊冢》中，"姚介庵"再度出现，在该剧中同样人称"四郎"，也是以叙事主体、抒情主人公的形象出现的。从该折内容和表现形式来看，可以认为"姚介庵"这一人物是作者本人的化身。《鸳鸯冢》传奇的这种处理方式，可以从另一个角度证明《七弦心》中的作者在"姚介庵"这一人物中的情感寄托。由此可以进一步认识此剧强烈的主观性、浓重的抒情性特点和汪石青个性鲜明、特立独行的性格特征与创作风格。

---

① 汪稚青辑、余永刚校：《汪石青集》，黄山书社2012年版，第265页。笔者对原标点有所调整。

三 《鸳鸯冢》的悲情共鸣

《鸳鸯冢传奇》，今见两种版本，一为《文苑导游录》所刊本，一为《汪石青集》所收本。

《鸳鸯冢传奇》最先刊载于天虚我生陈栩编《文苑导游录》第5种第10卷，版心标明"乙丑二月"，即1925年2—3月，版权页标明上海希望出版社，中华民国二十五年十二月（1936年12月）重版。署"汪石青""天虚我生录存"。当为此剧之初刊本。

凡八折：第一折《闺叹》、第二折《怒遣》、第三折《密誓》、第四折《谏兄》、第五折《闹聘》、第六折《兄逼》、第七折《双殉》、第八折《冢圆》。作者署"汪石青"。

此剧系据《孔雀东南飞》诗及其他关于刘兰芝与焦仲卿爱情故事改编增饰而成。写刘兰芝嫁焦仲卿后，恩爱异常，然仲卿母不容兰芝，欲休之，仲卿哀求无效。临别二人互诉衷肠，誓同生死。兰芝母亲和兄长刘憨生见兰芝被逐回家，既气愤且羞愧。母亲欲聘邻女罗敷为仲卿妻，被仲卿拒绝。媒婆前来，欲将兰芝介绍给县太爷三公子，兰芝不从，其兄不顾兰芝反对而应允。迎娶之日，仲卿与兰芝寻机相会，倾诉相思无奈，兰芝跳水自尽，仲卿自缢身亡。二人死得同穴，共葬于华山旁，魂魄终可自由相爱。剧末【生查子】颇能表现作者心境："闲坐自挑灯，漫把瑶琴弄。研麝写乌丝，谱出《鸳鸯冢》。孔雀自徘徊，雏燕娇无用。是墨是啼痕，掷笔馀哀痛。"①

首有陈栩乙丑三月（1925年3—4月）所作识语，可知此剧创作的基本情况，亦可见陈栩对此剧的评价，颇有价值，录出如下：

> 《鸳鸯冢传奇》，为汪生石青所著，采《焦仲卿妻》诗意演绎而成。于三年前就予正拍，以事冗未暇一一校雠。但其词句颇顺，妙造自然，虽有数处不尽合于谱法，然以元人曲本论，则信

---

① 天虚我生编著：《文苑导游录》第五集《小说十》，希望出版社，1936年12月重版，第36页。

笔所之，大都先有文辞，而后施以工尺，学士优人，正不预为谋合。依词作谱，自有伶工曲承其旨，不必如李日华之削足就履，强作《南西厢》以就范围。例如玉茗《牡丹》，其《冥判》中之【混江龙】一阕，直可谓之完全不合，而王梦楼以文章气魄，无可损益，特与家伶依声作谱以就之。此正不可与按谱寻声者同日语也。爰仍其旧，不加窜易，录存如左。吾知汪生果于音律，复有研求之处，恐其所著转多束缚，反不如此稿之现成矣。即予囊著《桃花梦传奇》亦然。后以自视不当，特加修正，而词气转为所沮。盖亦同一造境使然也。①

在《文苑导游录》所刊九种传奇杂剧中，《鸳鸯冢传奇》有两点比较特殊。一是此剧不是将作者原作本与陈栩改订本同时刊出，可供比较二者的异同，而只有一种版本。据卷首陈栩所作识语，此剧当亦经过陈栩润色，但改动不大。二是此剧共有八折，虽然这样的长度在传奇中算是比较简短的，但在《文苑导游录》所刊9种传奇杂剧剧本中，已经是篇幅最长的一种了。

《鸳鸯冢传奇》的另一版本为汪稚青辑《汪石青集》本，最易见到，且经作者修改，与《文苑导游录》本文字多有异同。首有《自序》，继为开场曲《制曲》，凡十折：《闺语》《宦情》《钗分》《鬟叹》《誓守》《惭归》《母怒》《兄缠》《超尘》《吊冢》。

卷首有作者民国十四年（1925）冬月所作《自序》，云：

辛酉夏月，客居宛陵。蚊蚤扰人，长夜无寐。篝灯弄笔，越半月，得《鸳鸯冢传奇》十折，盖即《孔雀东南飞》本事也。脱稿之际，为友人攫去，先后刊载于芜湖报刊章、上海杂志中。既又仓卒录之，刊单行本。然皆适足供人喷饭而已。今年冬，既成《换巢记》后，遂以剩墨馀楮，取此曲细加改订，删冗补漏，仍成十首之数，俾与《换巢记》同梓一函，为《俪乐园二种

---

① 天虚我生编著：《文苑导游录》第五集《小说十》，希望出版社，1936年12月重版，第1—2页。标点为笔者所加。

曲》。呜呼！曲岂易言哉？诨调易俗，雅调易滞，此中甘苦，正未易为外人道也。近世治曲者固不乏人，惟琴师栩园先生之套曲，可云名作。又《女子世界》杂志中，载吴梅之《白团扇》剧，亦称本色，不愧作者。馀则自郐以下。安得有心人一提倡之，勿使皮簧夺雅，其庶几乎？民国十四年，岁在乙丑冬月，怪石自志于俪乐园。①

这段文字不见于初版本《鸳鸯冢》，透露了关于此剧创作情况及相关戏曲史信息，也反映了作者戏曲观念的某些侧面，颇显珍贵。其中重要者如：《鸳鸯冢》初作于"辛酉夏月"即民国十年（1921）夏天作者客居宛陵（今安徽宣城）时，初成即发表于芜湖报纸、上海某杂志，又曾印单行本发行；民国十四年（1925）冬，在创作完成另一传奇《换巢记》之后，重新对《鸳鸯冢》修订成为十出传奇，冀使二者合刊为《俪乐园二种曲》；戏曲创作颇难，近世从事戏曲创作者虽不乏人，但可观者无多，唯有陈栩所作套曲、吴梅所作《白团扇》传奇可称本色当行；当努力提倡散曲和戏曲创作，希望振兴雅部戏曲，勿使出现新兴皮黄兴盛而雅部昆曲渐趋衰落的局面，对"皮簧夺雅"的局面表示担心和批评，可见保持着维护雅部昆曲、鄙薄新兴花部的戏曲观念。

汪石青尝在《俪乐园杂著·诗话》中评其剧作云："《孔雀东南飞》一诗，洋洋洒洒，有表述，有科白，有丽句，有白话，实为弹词小说鼻祖。予曾取其事演为《鸳鸯冢传奇》十折，谬承友朋奖掖，实不足方驾原诗也。"② 这显然是针对此剧的修订本而言的。作者在剧中多处运用《孔雀东南飞》原诗，如第一折《闺语》开头刘兰芝上场时，即用《孔雀东南飞》开端数句云："孔雀东南飞，五里一徘徊。十三能织素，十四学裁衣。十五弹箜篌，十六知礼仪。十七为君妇，中心常苦悲。君既为府吏，守节情不移。贱妾留空房，相见常日

---

① 汪稚青辑、余永刚校：《汪石青集》，黄山书社2012年版，第291页。笔者对原标点有所调整。

② 同上书，第394页。

稀。鸡鸣入机织，深夜无停时。三日断五匹，大人固嫌迟。非关织作迟，君家妇难为。"① 第五折《誓守》开头焦仲卿上场诗云："哽咽不能语，泪落连珠子。愁思出门啼，徘徊空尔尔。"② 前三句也是集《孔雀东南飞》诗句而成。又如第九折《超尘》府丞上场诗主要是集《孔雀东南飞》原句，最后二句参以己作而成，云："从人四五百，郁郁登郡门。踯躅青骢马，金车玉作轮。赍钱三百万，穿用青丝绳。杂彩三百匹，交广市鲑珍。借问将何去，将去迎新人。"③ 这些成句或集句的运用，密切了剧作与《孔雀东南飞》原诗的关系，也显然增强了作品的古雅色彩，可收到良好的艺术效果，作品的题材渊源与作者的创作用意从中也得到了充分的展现。

据余永刚《汪石青年表》，此剧作于1921年："是年夏，客居宛陵，撰《鸳鸯谱》十折（据古诗《孔雀东南飞》改编），刊于《芜湖报》、《上海杂志》，又出单行本"④，复于1924年将剧名由《鸳鸯谱》改为《鸳鸯冢》："冬，删改《鸳鸯谱》，易名为《鸳鸯冢》。"⑤ 所云《鸳鸯冢》原名为《鸳鸯谱》，未知何据。"《上海杂志》"似不确，并非专名，当是指上海的某家杂志。据笔者所见，刊载汪石青《鸳鸯冢》的杂志当系陈栩主编的《文苑导游录》。至于"《芜湖报》"，似当为《芜湖日报》，笔者尚未知晓此剧发表于该报何年何期，待考。汪石青在《与蔡竹铭先生书》说："拙作《鸳鸯冢传奇》曩以友人索阅者多，故不揣谫陋，略刊数十册，以铅椠本就正于方家。然其中舛误，诚不胜枚举，兹已重加删改，另钞一卷。长者如以为孺子可教，请俟邮奉点定。"⑥ 所述比较简略，仍然透露了此剧在当时产生的影响和作者的重视程度。

从总体上考察发表于《文苑导游录》中的初版本《鸳鸯冢》与后来《鸳鸯冢》修订本之间的关系，可以发现二者不仅在整体写法、

---

① 汪稚青辑、余永刚校：《汪石青集》，黄山书社2012年版，第393页。
② 同上书，第304页。
③ 同上书，第316页。
④ 同上书，第467页。
⑤ 同上书，第468页。
⑥ 同上书，第200页。笔者对原标点有所调整。

内容上存在明显不同，而且在细节上也存在大量修改丰富、增删变化。应当认为这两种版本的《鸳鸯冢》具有显著差异并反映了作者创作思想与艺术表现方式的变化发展，这一切又是作者的主动修改、有意为之，就更值得注意。

这两种版本的主要差异在于：修订本卷首民国十四年（1925）作者、《制曲》均为补作；修订本第一折《闺语》据初刊本第一折《闺叹》增饰；第二折《宦情》为初刊本所无，乃修订时所补；第三折《钗分》据初刊本第二折《怒遣》增饰；第四折《鬟叹》为初刊本所无，乃修订时所补；第五折《誓守》据初刊本第三折《密誓》增饰；第六折《惭归》据初刊本第四折《谏兄》增饰；第七折《母怒》据初刊本第五折《闹聘》增补；第八折《兄缠》据初刊本第六折《兄逼》增饰；第九折《超尘》据初刊本第七折《双殉》增饰；第十折《吊冢》据初刊本第八折《冢圆》重新创作。另外，初刊本卷首陈栩所作识语亦为修订本所无。可见《鸳鸯冢》初刊本与修订本之间存在显著不同，从这些差异中可以考察汪石青创作观念、思想情感、处境心态等发生的重要变化。

《鸳鸯冢》两种版本的显著差异和作者思想感情、创作心态的变化，集中体现在两方面。一是初刊本与修订本在描写刘兰芝、焦仲卿二人被逼迫自尽时结局感情强度、描写方式上的改变。初刊本第七折《双殉》当然是将这一爱情悲剧结局作为戏剧高潮来表现的，这一抒情性极强的南北合套曲由以下十二支曲牌组成：【中吕·粉蝶儿】、【南泣颜回】、【前腔】、【北小梁州】、【么篇】、【南驻马听】、【北耍孩儿】、【五煞】、【四煞】、【三煞】、【二煞】和【煞尾】。在修订本中，作者将这一情节增补为一套由十四支曲子组成的南北合套曲：【北粉蝶儿】、【北石榴花】、【南泣颜回】、【北上小楼】、【南扑灯蛾】、【南隔尾】、【魔合罗】、【五煞】、【四煞】、【三煞】、【二煞】、【一煞】和【煞尾】。从修订本中可以明显地看出，通过非常充分的曲词、对话、表情、动作及其他表演手段，既将刘兰芝、焦仲卿的生离死别场面、悲剧结局描写得更细致，表现得更充分，同时也更加充分地寄予深切同情，表现了强烈的内心共鸣，寄托着作者强烈的思想感情。特别是其中"今日大风寒"以下一段《孔雀东南飞》原诗集句的运用，既保持了此剧开头以来即已运用的表现手法，也增强了此剧的古雅色彩，对于其取材来源也是一种自然巧妙的回应。

二是两种版本最后一折的重大差异，主要表现为作者多运用明清文人传奇中常见的表现方法，将初刊本最后一折《冢圆》处理得比较平实简单；修订本的处理方法和表现方式则大不相同，对最后一折进行了整体性重写，有意增加了全剧的结局，也由此出现了全新的面貌。初刊本第八折《冢圆》相当简短，先是引用《孔雀东南飞》原诗最后数句，焦仲卿与刘兰芝魂魄合唱道："生前不称意，死后得徜徉。幸哉遂合葬，合葬华山傍。松柏栽墓前，梧桐植山阳。中有双飞鸟，自名为鸳鸯。旦暮凄凄鸣，哀怨一何长。行人朝驻足，寡妇夜彷徨。多谢后世人，戒之慎勿忘。"① 之后只用了【北正宫·端正好】、【滚绣球】、【叨叨令】、【脱布衫】、【小梁州】和【尾声】六支曲子作为该折的歌唱部分，似有未曾充分展开即已结束之感。这四支曲子二人鬼魂一气合唱完成，中间无任何道白或其他表演形式，不能不让人感觉到结束得有些匆促。而修订本第十折《吊冢》的安排则显得舒展自由许多，从内容和体制上看，可以认为是作者重新进行创作的结果。写民国十年（1921）姚石庵来到庐江府焦仲卿、刘兰芝荒墓前酹酒凭吊，并在梦中得见焦仲卿鬼魂，对这一千古爱情悲剧寄予深切同情。该折的套曲已修改为：【北正宫·端正好】、【滚绣球】、【叨叨令】、【小梁州】、【幺】、【白鹤子】、【二叠】、【三叠】、【四叠】、【快活三】、【双鸳鸯】、【蛮姑儿】、【塞鸿秋】、【甘草子】和【尾声】，使该折篇幅增加了两倍，曲词得到丰富，内容也更加充实，作者的情感寄托也更加深切。从中可见作者创作意图、思想感情所发生的重要改变。又如焦仲卿之魂上场吟咏白居易《长恨歌》结尾诗句云："在天愿作比翼鸟，在地愿为连理枝。天长地久有时尽，此恨绵绵无绝期。"② 也是以此增强戏曲的悲剧气氛。

还有一点值得特别注意，就是修订本《吊冢》一折中"姚介庵"

---

① 天虚我生编著：《文苑导游录》第五集《小说十》，希望出版社，1936 年 12 月重版，第 34 页。
② 汪稚青辑、余永刚校：《汪石青集》，黄山书社 2012 年版，第 324 页。

（人称四郎）这一人物的出现。汪石青杂剧《七弦心》中的主人公即姚介庵，人称"四郎"。从《七弦心》表现出来的强烈自传性、抒情性特征来看，可以认为此人即作者的化身。《鸳鸯冢》最后一折姚介庵出场，既是明清传奇创作习惯的继承运用，又增强了作品的纪实色彩和主观情感，而这正是作者戏曲创作中着意追求的目标。这一重要修改中反映了作者对此剧的格外重视，也透露出此剧初版本发表之后，作者戏曲创作观念、思想心态等方面发生的深刻变化。

四 《换巢记》的伤时忧世

《换巢记》，仅见汪稚青辑《汪石青集》所收一种版本。署"汪石青"。首有胡嘉棠、汪阿秀、张宗煜题词，继为作者《自序》。首有开场曲《填词》，凡二十折：《豪赌》《闺情》《营巢》《鹫宅》《授计》《凶聚》《腼谋》《过巢》《密算》《拯危》《锄恶》《嘱词》《约法》《花语》《发明》《鸿哀》《流血》《扬威》《定霸》《换巢》。

作者民国十四年乙丑九月下浣（1925年11月）所作《自序》云："癸亥之夏，皖报载有丛谈一则。述某生以博倾家，驯至行乞。妇某氏，美而贤，宛转运筹，拯于不觉。情奇意侠，读而爱之。拟以填为杂剧，然未果也。甲子嘉平月某夕，红灯照雪，瓶蕊欲融，拥炉小酌，忽忆此事。因约略按之，记入笔谈。并撰构格局，填成一首。甫及尾声，已灯黯香消，指僵墨冻矣。明日，宛陵来书相促，匆匆出山。而是剧一折之后，竟长置之。今年秋日，家食多暇，始发愿踵成。……人亦有言：'理想者，事实之母。'孰谓我中华竟无此一日乎？然吾又闻之：昔祖龙之毒焰痛逞一时者，以非秦之书激其怒也。使吾书果不足传，脱稿之后，澌然泯灭，则亦已矣。苟睡狮不振，驯至有不忍言者，则吾书将不悦于异族而罹一炬，其伤心又为何如耶？虽然，挽颓流，雪大耻，振积弱，臻强盛，匪异人任，吾愿与读吾书者共勉之。"[①]

《换巢记本事》首先交代故事来源云："皖报有《丛谈》述《巾

[①] 汪稚青辑、余永刚校：《汪石青集》，黄山书社2012年版，第330页。

帼侠情》一则，智珠在握，令人眉宇生动。予取其巅末为谱《换巢记》传奇矣。顾报端所载，文不雅驯，因更为润色，重叙一于此。"①开端数语云："金陵有世家子某生者，翩翩年少，拥巨资，奴婢成行。俪某氏，美而贤，然初无奇能瑰行也。生固赅通经史，而倜傥不羁，沉湎于博。父母没后，益豪放，累千累万，脱手不介意。无何，家渐落。又无何，而奴婢、而田产，相继鬻去，日形不支矣。氏于生之豪赌，初微讽之，不听，遂亦置而不问。惟一切出纳均操其手，因生之纵情博场，无暇及此也。又无何，益窘，于是高堂大宅不能复保，亦并售之，赁茅舍而居。氏则以洗衣糊口。而生博如故，大负，囊空如洗，徘徊赌局，长叹不已。"②结尾云："生是时如醉如梦，如堕五里雾中。方将问故，而氏笑谓生曰：'咄咄郎君，此何处耶？妾为此事，心血尽矣。'生曰：'何如？'氏曰：'此妾与君偕老之苑裘也。'生大惊而起曰：'是何言与？是何言与？'氏乃屏退仆从，正色谓生曰：'君坐，妾请述之。'生坐，氏续言曰：'初君之沉溺于博也，妾明知谏亦无益，徒伤爱情。又明知长此以往，不至破产不止。于是密提巨资，遗老仆贸易于外。幸以君之灵，得无陨越。年复一年，获利不赀。嗣后凡君之田产房屋售出者，均一一收下。妾之来此，亦为鄙衷所料，故已早为之备。君欲见所谓富商者乎？一老妪耳。'生至此如醒大梦，如饮醇醪，沁人心脾，感极而涕。卒为善士，优游以终。"③

剧写颍川陈世仁才华出众，研读经史，学贯中西，然父母双亡、家道衰落，又值鼎革发生、民国成立，犹且在南京城内日夜吃喝豪赌。其妻朱佩芬出身名门、知书达礼，苦劝丈夫无效，忧心家业罄尽，遂托付老仆陈义暗将家产转移于外，购买田宅，经营贸易，以图挽救。陈世仁尽日被一伙赌徒拉拢利用，赌博尽输，至于家财荡尽，一无所有，于饥寒交迫之中，只得寄居刘府篱下，依傍他人门户求生。陈世仁于中华民国十一年（1922）正月入住刘府花园中，三年以后方恍然大悟，知悉收留自己者恰是妻子所安排，田产仓储悉为故

---

① 汪稚青辑、余永刚校：《汪石青集》，黄山书社2012年版，第412—414页。
② 同上书，第412页。笔者对原标点略有调整。
③ 同上书，第414页。笔者对原标点有所调整。

物，奴仆童婢犹是旧人。朱氏与丈夫约定条件，陈世仁答应痛改前非，专心苦读，发愤钻研，并发明一种凌虚技术，可以御风而行，并准备前往月球一探。时值英国巡捕在上海南京路枪杀工人领袖顾正红，群情激愤，掀起反侵略高潮。中国首先与月球交通来往，并得月球将帅兵士之助，战胜各国，收复失地与租界，选贤任能，整军经武，国富民强，声威大振。陈世仁积极参与月球飞行、为国效力，且立功而返，并于中华民国十五年（1926）十二月三十一日作为全权代表，在中国首都参加世界和平大会，共同签署国际约法。陈世仁功成归来，终于明白事情原委，遂与妻子朱氏在新巢中幸福团圆。

关于《换巢记》，汪石青尝在《与蔡竹铭先生书》中说："麟平生所嗜，惟诗与曲，费时费日，习之于今。……麟行年二十有六，读古人书，不作如何妄冀，惟愿遗世独立，自全形神而已。全之为用，诚非文字可表。拙作《换巢记》曲，颇本此旨。第恐下士钝根，欲阐真诠，转成矢橛，不免为高明冷齿。"① 从中可见作者对其作戏曲的谦逊态度，这种小心翼翼的表述中同时也透露出作者对此剧的重视。

《换巢记》题材来源于当时安徽报刊所载实人实事，汪石青根据他对此故事的理解并结合传奇戏曲的叙事抒情习惯、关目结构要求创作而成，在故事情节、人物关系、价值取向等方面表现出明显的延续传统意识、护持传统观念的倾向。但更加值得关注的是，作者在原故事基础上所进行的创造性改变，不仅增加了以近代科技、科幻因素为主要表现方式的近代色彩，更加鲜明生动、引人入胜，并且通过离奇夸张的人物安排和情节设计，寄予了作者深切的伤时忧国之感和反帝爱国情怀。而这，正是《换巢记》最具有近现代思想文化气息、最值得深入考察的方面。

从中国传统戏曲创作模式和传统社会背景下夫妻关系、家庭伦理的角度来看，《换巢记》的思想内涵和主导指向中反映出明显的传统主义倾向。主要表现为对妻子贤德高尚、聪明智慧、仁忍劝夫，从而促成浪子回头、改邪归正，最后实现夫贵妻贤、家业兴

---

① 汪稚青辑、余永刚校：《汪石青集》，黄山书社2012年版，第199页。

旺、立功立言、为世人楷模的圆满结局。这种思维模式和情节习惯在中国传统戏曲、小说中多有所在,实际上反映了传统中国人的一种重要的价值取向、思想方式和道德期待,透露出传统社会背景下许多男性文学家对于女性的带有理想化色彩的家庭伦理、人格境界要求。因此可以说这种戏曲模式是近代性别意识和道德理想意味的戏曲化表现,也是中国戏曲传统中充分道德化、伦理化理想在女性人物身上的集中体现,蕴含着深刻的民族艺术审美、道德伦理价值取向意义。比如,第十三折《约法》写陈世仁悔悟一段云:"【前牌】今番悟彻,如何招架?纵然教痛改前非,恐没有半人怜惜。恨平时太差,恨平时太差,到穷时周折,到急时休者,怨谁耶?算良知空向风前现,这羞面难从暗处遮。咳!社会未将我不齿,良心上并不是感着什么愤激,环境呵,屡次予我以改过机会,我陈世仁一何堕落到此!【前牌】思量这答,思量这答,好男儿七尺昂藏,半世里什么建白?叹人生有涯,叹人生有涯,既东南负杀,合南冠磨折,甚周遮?纵教万死吾何恨?要向痴魂忏悔些。"① 又如第十五折《发明》写陈世仁经过三年发奋,发明凌虚御风技术、准备前往月球探寻云:"我已探得月球之上有山川人物,其人朴野真纯,与我国太古时代相似。方今我国备受外人侵略,积弱不振,我意欲借月球上人并助力助我,向外御敌图强。但我国与月球向未交通,不知月球人愿听从相助否?今且先往一探。"② 人物言语、情节结构中虽然带有极为鲜明的近代思想文化、科学技术色彩,但其内在观念、价值取向仍然是传统的延续和遗留。

假如《换巢记》仅仅停留于这种传统道德观念、家庭伦理的延续宣传,则只不过是在近现代社会文化背景下简单地延续着传统的观念和做法而已,其思想价值和时代意义就不能不大打折扣。实际上,作者的创作意图和作品的思想内涵并没有到此而止,而是向着更具有近现代思想文化色彩的方向发展。这是中国传统戏曲中所不具备也不可

---

① 汪稚青辑、余永刚校:《汪石青集》,黄山书社2012年版,第364页。笔者对原标点有所调整。

② 同上书,第370页。笔者对原标点有所调整。

能呈现的一个重要方面,也是《换巢记》最具有时代精神、时事色彩和政治含义的方面。不论是对于作者的创作来说还是对此剧的思想内涵来说,正是由于后一主题被有意加入并着力呈现,才使这部作品的意义得到了完整的表达。这种处理同时也明显改变了全剧的艺术结构和风格特征,使之成为一部兼具传统性与现代性、创新性与探索性的新式戏曲作品。

这一点在此剧转入政治时事记述和作者情感抒发的后半部分中,表现得最为集中、最为强烈。第十六折《鸿哀》和第十七折《流血》,突然转入对时事的反映和评论,不仅及时反映了国家政治局势和重大事变,而且表现了当时国人的民族情感与爱国激情。这种处理不仅是作者的有意为之,而且是爱国忧时之情的戏剧化表现。在第十五折《发明》中,已有陈世仁于三年苦读之后改名陈毅生,并决定运用所发明的御风术前往月球一探,请求月球国支援的情节交代。在第十八折《扬威》、第十九折《定霸》中,作者延续这一思路,又突发奇想地将剧情引入类似科学幻想的境界:月球国派兵帮助中国打败列强、摆脱贫病受欺命运,并在首都召开世界和平大会、大总统委任陈毅生为全权代表主持会议,各国在国际约法上共同签字,中国从此得以富强,不仅不再受列强欺辱,而且成为世界大同的倡导国家。

从《换巢记》的主要内容、艺术构思和情节设计来看,不能不说这样的转换和处理是颇为生疏生硬、明显不够流畅、不够自然的,甚至可以认为是此剧内容和艺术尚显生涩稚嫩的表现。但是,恰恰是这种看似不古不今、不中不外、亦实亦虚、亦真亦幻的情节构想和艺术处理,表现了作者运用传统戏曲形式、情节关目及其他戏剧手段表现具有鲜明近现代思想文化特征、具有突出政治时事色彩的故事与人物的刻意努力,作者的创作意图、戏剧与文学观念也是通过这种颇显生硬粗疏的方式完整地表现出来的,从而形成了既具有个人特色又带有时代特征的戏曲形式和创作模式。《换巢记》的思想价值与艺术价值也是由此得到了如此充分全面的展现。

第十七折《流血》为全剧情节高潮,以套曲书写"五卅惨案"

的史实和作者感受，与作者散曲【北双调·五卅惨案，长歌当哭】①字句多有相同，二曲得异曲同工之致。《北双调·五卅惨案，长歌当哭》最后三曲写道：

【折桂令】热心的死目难瞑，奔走的弟弟兄兄，瘁魄劳形。倘若是后盾肩承，甘言图听，没一个能作干城。兀的不霎时冰冷，断送神京？又何止孤负宁馨，贻笑联盟？还怕要肉袒牵羊，墟社犁庭。

【碧玉箫】俺则洒痛泪胸头热哽，把舌莲吼起，呼天不应。好舆图，空照影，前路望，没光明。枉有了如山的侠性，如海的豪情，抚头颇抖扑起风云冷。

【鸳鸯煞】新闻载不了风鹤警，国民捱不尽疮痍病。由得他异族野心生，万目中居然的肆横行。魑魅般施凶猛，草菅似残人命，这奇辱兀的难胜。俺问你，雄狮睡，几时醒？俺问你，封狼祸，几时靖？②

作者对这一部分进行修改后，运用在《换巢记》第十七折《流血》中：

【折桂令】惨死的黄泉不瞑，奔走的弟弟兄兄，瘁魄劳形。倘若是后盾肩承，空言图听，没一个能作干城。兀的不霎时冰冷，断送神京？又何止孤负宁馨，贻笑联盟？还怕要肉袒牵羊，墟社犁庭。（顿足介）

【碧玉箫】俺则洒痛泪胸头热哽，把舌莲吼起，呼天不应。好舆图，空照影，前路望，没光明。俺呀，枉有了如山的侠性，如海的豪情，抚头颇抖扑起风云冷。（挥泪介）

【鸳鸯煞】新闻载不了风鹤警，国民挨不起疮痍病，待谁来整顿好门庭？向同胞彼此的惺惺惺，扫除去胡行径，振刷掉奴才

---

① 汪稚青辑、余永刚校：《汪石青集》，黄山书社2012年版，第239—240页。
② 同上书，第240页。笔者对原标点有所调整。

性，这才是齐鸟飞鸣。（内鸣枪，听众惊惶介）（小生高声连喊）俺问你，雄狮睡，几时醒？俺问你，封狼祸，几时靖？①

通过比较作者对这段曲词的修改完善，可以推测相关部分的创作过程，更可以认识作者对"五卅惨案"的高度关注和对反帝爱国时代主题的着力表现，其思想特征、爱国激情也由此得到了充分的宣泄抒发。这种创作方式和处理方式也透露了作者的创作态度和情感状态。

胡嘉荣在《汪石青传》中记述云："无何，上海惨案起。君大愤，拍案叫号，握拳切齿。为文刊报章，缕缕数千言，大旨以求统一、励自强、谋与国、雪积耻为言，斥军阀乱政，主张学生与闻国事，联美俄以抗英日。余时得国民党宣言，读而善之，贻书与君讨论。君报书曰：'孙氏之三民主义，诚救时之良药，然若不行三自，则三民主义殆谈纸上兵。'三自者，谓自由、自治、自强也。君平素不喜谈政事，惟此时激于时艰，遂侃侃言之，其言皆中肯綮。"② 又云："越日，以北双调一套寄余，则咏沪案事，痛军阀之祸国，恨强邻之欺凌，警国人之自救。其词如鹃泣，如猿啼，如晨鸡鸣，如狮子吼，长歌当哭，极慷慨淋漓之致，爱国热忱，跃然纸上。余亦读而哀之，而后知君不仅为诗人也。"③

至于《换巢记》结尾两折表现的陈毅生前往月球探访、月球国派兵支持中国打败列强、在中国首都举办世界和平大会、与各国签订国际约法的情节，显然为此剧增添了科学幻想因素，使之更具有现代化、理想化色彩。而这种上天入地、超越时空的科幻表现方式，也是近代戏曲、小说以及诗文作品的重要表现方式和时代特征之一。如第十八折《扬威》写道："（英帅）喂，你们不像华人，为何苦苦相逼？（净）吾乃月球大帅烟土披里纯是也。俺国已与大中华民国联盟，本帅奉国主之命，随陈先生来此修聘，恰遇着你们在此放肆。俺正好割

---

① 汪稚青辑、余永刚校：《汪石青集》，黄山书社2012年版，第376—377页。笔者对原标点有所调整。
② 同上书，第3页。
③ 同上书，第4页。

取你们首级,当个进见之礼。(日帅)咦,支那是个病国,何必与他联盟?(净)倭狗听者!俺不说,你不知:俺月球开国之初,发下宏愿,无论何国与我首先交通,便永与联合,并随时予以种种协助。如今中华民国最先交通月球,所以俺国主践此宏愿,誓与合作,不容别国侵犯。你休得多言,快些纳命!"①

另外,也应当清醒地看到,在此剧着力表现的以贤淑妻子教化任性冥顽的浪子丈夫为主题的传统家庭伦理内容与最后几折的政治时事、科学幻想内容之间,存在着明显的内容连接、思想转换上的深刻矛盾,也必然遇到戏曲创作方法和表现方式上的内在困难。从戏曲创作的实际情况来看,汪石青对这一难题的处理,虽然在明确的思想意图和生硬的艺术表现的共同推动之下勉强地完成了,但是在整体结构和艺术效果上却存在深刻的内在矛盾,作者在处理二者之间的联系与区别、过渡与转换的过程中明显地表现出吃力和生硬,作品的后半部分也因此显得幼稚粗糙。

《换巢记》最有意味也最值得关注的是:一方面是浪子贤妻的传统伦理道德书写;一方面是时事政治的直接表现,在这种存在巨大政治差异、话语差异和文化差异的嫁接转换中,反映了作者的思想变化和介入当时政治时事事件、表达个人思想倾向的强烈愿望,也反映了时代变迁对于戏曲创作的深刻影响。作者为了实现这一创作目的,有意采用了当时颇为兴盛的科学幻想手法,运用极具近代色彩的艺术想象和夸张,完成了这一时代政治色彩极其鲜明的戏剧创造,从而使这样的创作一方面显得相当奇异,甚至有些生硬滞涩;一方面又显得颇为入时,传达了时代的政治声音。

不仅如此,《换巢记》在传统思想与近代观念、题材新变与表现方式、固有习惯与外来科技之间的特殊处境和处理的艰难,几乎成为近代一批戏曲、小说及其他叙事性文学作品题材处理和艺术表现上的一个共同难题,也似乎形成了近代相当一批具有探求、徘徊、选择、

---

① 汪稚青辑、余永刚校:《汪石青集》,黄山书社2012年版,第380页。笔者对原标点有所调整。"烟土披里纯"当作"烟士披里纯"即英文inspiration(今译灵感)之音译,原刊误。

创新精神和意趣的戏曲、小说及其他叙事性作品的创作模式，同时也是那批文学家的思维模式与观念模式的反映。在这个意义上说，《换巢记》所包含和具有的就是一种超越戏曲、文学本身意义而上之的时代文化意义和价值，这也正是此类作品值得注意的一个重要原因。

五　结语：一颗破晓的文坛彗星

汪石青的性格思想、行事处世中，带有强烈的个性特征与近代特征，从而表现出强烈的先知先觉意义和浓重的悲剧色彩。他一方面坚守着传统观念中的一些重要方式与习惯，如对于忠孝之道、家庭观念的自觉遵守和有意延续，在一些基本观念、基本方式上，与传统思想体系和行事习惯保持着相当直接、相当密切的关系，从而使他与传统士人具有深刻而密切的关联；另一方面，也是更值得重视的，他又在着意突破传统的束缚，表现出强烈的叛逆精神和异端色彩，敢爱敢恨，个性鲜明，具有挑战和冲击世俗眼光、传统观念的思想意志和实际行动。在承袭传统与解放个性、遵从世俗与指向本心之间，汪石青面临着尖锐的内心矛盾，也与传统社会之间构成了一种强烈的紧张关系。这种难以调和的矛盾冲突虽然以个人生命的意外结束而终结，其结果不能不令人扼腕叹息，但是其中表现出强烈的悲剧色彩和崇高意志、鲜明的个性解放精神、追求和实现个人理想与价值的愿望，蕴含着深刻的时代精神和珍贵的个性解放特征。汪石青实际上是用鲜血和生命书写了一曲从传统走向现代、从世俗走向自我的悲壮之歌，这一象征意义的价值，远远超出了一人一事的过程与结果本身的内涵，从而获得了更加普遍、更加深广的时代意义。

汪石青的戏曲创作，同样带有近现代思想观念冲突变革、艺术手法新旧杂糅的特点；或者说，汪石青的戏曲创作就是其思想观念和文学创作观念的一种表现方式。不论是维护正统、中和雅正的戏曲观念，还是对于自身命运与人生处境的抒写感慨、对于古老爱情故事的重新解读与悲情共鸣、对于贤妻浪子故事模式的回应式阐发以及据此嫁接而成的对近现代反帝爱国时事主题的积极回应，都反映了汪石青戏曲观念与创作中古今交替、中外结合的时代特点。特别是其中出现的政治时事主题、反对外国侵略内容、科学幻想因素等，都集中反映了作品的时代性和政治性。而《换巢记》中将传统家庭伦理故事与近现代反对外国列强侵略、借助月球军事力量使中国打败列强、成为世界强国并主盟世界的情节，虽然在艺术上颇显生硬牵强、幼稚简单，出现了明显的不成熟和不自然状况，却真实表现了作者和许多近代知识分子的强国理想。从更广阔的范围来看，这种创作思路和创作模式也是近现代戏曲、小说中时常出现的一种现象。

除了戏曲，汪石青还喜欢并擅长诗歌创作，还创作过一些词和散曲等。汪石青的诗歌创作成就相当突出，最值得注意的是他在诗中极力张扬的思想锋芒和创作风格、着力宣扬的个性解放精神与异端色彩。特别引人注目的是，汪石青在诗歌上有意效法和模仿龚自珍的思想特点与创作风格，在许多方面带有龚自珍影响的痕迹。从这种现象中既可以看到汪石青思想特点、行事风格与创作追求的倾向性，反映了他性格禀赋的一个重要侧面；同时也反映了处于古近代之际具有标志性意义的诗人龚自珍在中国近现代文学史上产生的深远影响，而这恰恰透露出当时文学创作、文坛状况的一个方面，因而具有值得重视的文学史意义。

总之，由于种种文学与非文学、学术与非学术原因而使其名不彰、尚未引起应有注意的汪石青，是一位在戏曲、散曲、诗词等方面都着意创新、个性鲜明且取得了突出成就的近现代文学家。他以充满悲剧性与崇高感、追求价值独立与思想艺术创造、充满抗争精神与特立独行气质的生命足迹和文学创作，诠释了从传统士人走向近代知识分子的艰辛历程，反映了中国近现代思想文化巨变、文学深刻转换时期的重要现象和基本趋势。汪石青宛如一颗划破天宇的不世奇才、文坛彗星，在中国近现代文学史上留下了虽然短暂却异常耀眼、转瞬即逝却意味深长、价值独具的人格、思想和艺术光芒。

小说与笑话的联姻:以吴趼人的小说为例

杜新艳[*]

鲁迅先生在《中国小说史略》中评价吴趼人的《二十年目睹之怪现状》时说:"惜描写失之张皇,时或伤于溢恶,言违真实,则感人之力顿微,终不过连篇'话柄',仅足供闲散者谈笑之资而已。"[①]这个描述至今仍是我们理解吴趼人的《二十年目睹之怪现状》等谴责小说的一个典范。他一针见血地批评了吴趼人这部著名的"谴责小说"艺术上的缺点,同时也指出了它作为"话柄","供闲散者谈笑之资"的特色。这对吴趼人虽是一种苛责,但也并非无中生有。本文在此基础上,想要强调"谈笑之资"的定位,凸显吴趼人的小说与笑话等谐语文学作品之间深刻的内在联系。

一 吴趼人的小说观与笑话观

刘勰在《文心雕龙》提供了一个值得注意的思路:"然文辞之有谐隐,譬九流之有小说,盖稗官所采,以广视听。"[②]他敏锐地指出了小说与谐隐文之间的一致性:它们都有为"稗官所采"的出身,有"以广视听"的用途,而且外延比较模糊。这种种相似使它们天生有种亲和力。当然,在刘勰作类比时,"小说"还没有作为一种文

---

[*] 杜新艳,华南师范大学文学院副教授,文学博士,主要研究方向为近代文学。
[①] 鲁迅:《中国小说史略》,《鲁迅全集》第9卷,人民文学出版社1981年版,第286—287页。
[②] 范文澜注:《文心雕龙注》,人民文学出版社1998年版,第272页。

体与谐隐对应起来。"小说"慢慢被理解为一种文类,而谐隐这种文类却渐渐分裂了。虽然,在近代这两种文类的内涵不很确定,但可以肯定的是,它们都具有突出的模糊性,并且同属于边缘的文类概念。进而言之,在内容上二者也有交叉,就是所谓"话柄"以及"谈笑之资",的确既与传统小说观念一致,也与笑话谐谈相通,是二者共同的特点。

先秦经、子、史等典籍中,有不少可称作笑话的故事。早期笑话常常不能脱离讽谏的文本语境,也与寓言互为纠缠。如"揠苗助长"的故事见于《孟子·公孙丑上》,用于说明不能违背规律,急于求成,否则,只能欲速不达。故事有情节,或诙谐、或滑稽、或嘲讽,引人发笑,为后起之笑话的源头。后汉邯郸淳编撰的《笑林》,以轻松幽默的笔调,追求喜剧效果的自觉,基本上确立了"笑话"作为一种文学体裁的事实。《文心雕龙·谐隐》又提到"魏文因俳说以著笑书"[1],曹丕的《笑书》如何已不可知,而《笑林》也失传,清代马国翰曾辑得一卷。又如宋之《艾子杂说》,明之《古今谭概》,清之《笑林广记》,都堪称古代笑话的代表作。

"笑话"作为一种文学体裁名称,现知最早的记载是宋代张端义的《贵耳集》。"东坡艾子有曰:禽大禽大,无事早下山去。讬此为谈谑之助,世人相传笑话。"[2] 但这里"笑话"仍可解作动词用。其实,"笑话"本身应是口语词,作动词时意为说笑,而作名词指引人发笑的言辞或举止,近于"笑柄"。由此,又延伸指"引人发笑的谈话或故事",及专门以此为题材的一种文体。[3] 至明代陈眉公辑有《时兴笑话》行世,冯梦龙的《笑府序》更以宏大的理论概括力提升了笑话文体的价值。"《笑府》集笑话也……不话不成人,不笑不成话,不笑不话不成世界。"[4] 但在近代,"笑话"作为一种文体名称的共识仍不够普遍。之所以如此说,是因为这个词的出现频率不高。

---

[1] 范文澜注:《文心雕龙注》,人民文学出版社1998年版,第270页。
[2] (宋)张端义:《贵耳集》卷下,商务印书馆1937年版,第62页。
[3] 《汉语大词典》第8卷,汉语大词典出版社1991年版,第1112页。
[4] (明)墨憨斋主人冯梦龙编:《笑府序》,转引自王利器、王贞珉选编《中国笑话大观》,北京出版社1995年版,第334页。

1908年编订的大型辞书《辞源》颇能反映当时人们的概念体系,其中也没有收录该词条。

在这样的历史背景下来看1904年吴趼人所撰《新笑林广记自序》,就可以发现其开创意义了。这段小序提出"笑话小说"的概念并有改良之意:

> 迩来学者,深悟小说具改良社会之能力,于是竞言小说。窃谓文字一道,其所以入人者,壮词不如谐语,故笑话小说尚焉。吾国笑话小说,亦颇不鲜;然类皆陈陈相因,无甚新意识,新趣味。内中尤以《笑林广记》为妇孺皆知之本,惜其内容鄙俚不文,皆下流社会之恶谑,非独无益于阅者,且适足为导淫之渐。思有以改良之,作《新笑林广记》。①

"笑话小说"这种说法,是赶近代小说类型化的潮流而创造的新语词。他的创获有三:其一,在小说的语境下,把笑话与小说结合起来;其二,在庄谐对照的方式中,拔高了笑话小说的意义;其三,在对旧笑话的总结后,提出笑话改良的主张。这三点放在近代文学革新的大潮中,是很可书写一笔的。可惜,吴趼人的号召力不如梁启超,加上"本体不雅"在作祟,这种夹缝中的卓识灼见只落得昙花一现。但很明显,《新小说》时期的吴趼人已经非常重视笑话文体,不仅有创作,而且有改良笑话文体和进行理论提升的自觉。

吴趼人"笑话小说"的概念,提倡有功,却没有得到呼应,我们现在一般也不沿用他的说法,而只作为笑话来理解。笑话作品与小说,在西方文体观念中是有差距的,所以这种"笑话小说"的说法没有得到支持。"笑话"与"小说",在吴趼人看来本就是相通的,无须论证,但在今天要费一番解释功夫。

吴趼人的"小说"观念,虽受到了外来冲击,但仍以传统为本,是比较典型的近代杂糅式小说观。譬如《新笑史》《新笑林广记》

---

① 《新小说》1907年第10号。

等，吴趼人创造性地称为"笑话小说"，却只存身于《新小说》"杂录"栏下，而未能争得独立。《月月小说》连载《俏皮话》也置于"杂录"栏。但标"札记小说"《趼廛剩墨》十七则，却有与《滑稽谈》相类者。如《对联》只为记录"斯文扫地，大雅扶轮"这一谐对，而《集四书句》则是为保留一"谐文"《俗吏篇》。这些只够"丛残小语"的标准，与严格的小说体制尚有距离。在《舆论时事报》刊登《我佛山人札记小说》时，有则《刽子手》无事可言，吴趼人不得不解释道："羌无故实，意有所触，随笔写来，遂成此篇。虽非小说体裁，要亦不失讽刺之意，言者无罪，或当见谅于世之君子。"① 可见，他还是以有"故实"者为小说正体。当然，"故实"的范围近于故事（shì）而非故事（shi）。同样，《新笑林广记》中也有因"讽刺之意"，而掺进杂谈杂录的文字。有意而为、有感而发的杂文都可列为小说。所以，他于小说之外的文字很少。从文体的角度看，吴趼人泛化的小说观使小说与其他文体尤其是小品文字互相影响。

古代"小说"是一个边缘的模糊概念。班固在《汉书·艺文志》中首次列小说家类书，"小说家者流，盖出于稗官，街谈巷议，道听途说者之所造也"②。但从当时所列各书看，很难从内容、风格、形式上归纳出一致的共同内核。根本上讲，就是不能归于九流诸家的杂著。桓谭《新论》更有"小说家合丛残小语"之说，③ 把丛残、小语等不成系统的边缘的杂碎文字也都纳入进来。在以后的文献史中，"小说"的概念在向细微处扩张的同时，更开始向宏大处膨化。可一居士《醒世恒言序》说："六经国史而外，凡著述皆小说也。"④ 将经、史等"大说"之外的一切文字都称为"小说"也是一种趋势。如果说小说在前者一定程度上可算作目录学意义的文类概念，在后者就更像思想史意义上的文化观念。明人胡应麟《少室山房笔丛》则

---

① 《我佛山人文集》第7卷，花城出版社1989年版，第263页。
② 《汉书·艺文志》，商务印书馆1955年版，第39页。
③ 见《文选》三十一卷李善注引，《六臣注文选》，浙江古籍出版社1999年版，第570页。
④ 冯梦龙编著，顾学颉校注：《醒世恒言序》，人民文学出版社1956年版，第863页。

从文体的角度对小说进行了再观照。① 他把小说分为六类：曰志怪，曰传奇，曰杂录，曰丛谈，曰辨订，曰箴规。"杂录"又成为"小说"的一个子目文体。"杂录"类所举的例子是《世说新语》《裴子语林》《北梦琐言》《因话录》之类是也，还是以记人记事记言类作品为代表。但是渐渐地，"小说"也容纳了"笔记""杂录"等庞杂的文体。到了近代"小说"观念更为驳杂。

《文心雕龙》有《杂文》和《谐隐》两篇，很早就注意到了那些边缘文体，并对其进行了区分。但齐梁以后，各种文体继续发展演变。许多文体概念也随之变化。比如，"杂文"之说，在刘勰那里虽然有"负文余力"的意思，但主要是指由对问、七发、连珠等文体衍生而出诸作。② 而到了明人吴讷的《文章辨体序说》就称："杂著者何？辑诸儒先所著之杂文也。文而谓之杂者何？或评议古今，或详论政教，随所著立名，而无一定之体也。文之有体者既各随体裒集其所弗尽者，则总归之杂著也。"③ 徐师曾在《文体明辨序说》中称："以其随事命名，不落体格，故谓之杂著。"④ 可见明代"杂著""杂文"的概念已经扩大而且泛化了。"无一定之体"是很难捉摸的文体。其实，包括"杂录"在内，这些都好像是在其他文体之外，涵盖未归类和难以归类者的一种权变性和模糊性概念。

简单地理解，广义的小说可以包括笔记杂录，但广义的杂录并非小说所能涵盖。狭义的杂文与谐隐为并列的文体概念，但广义的杂录也能够包括笑话等诸多谐隐文。所谓"笑话小说"的说法，就是这

---

① 胡应麟《少室山房笔丛·九流绪论》："小说，子书流也，然谈说道理，或近于经，又有类注疏者；纪述事迹，或通于史，又有类志传者。他如孟棨《本事》，卢瓌抒情，例以诗话文评，附见集类，究其体制，实小说者流也。至于子类杂家，尤相出入。郑氏谓古今书家所不能分者有九，而不知最易混淆者小说也。"在经、史、子、集中都可发现"小说"，足见它外延之不确定。鉴于此，他从文体体制的角度出发重为小说分类。（胡应麟：《少室山房笔丛》，上海书店出版社2001年版，第283页）
② 《文心雕龙注·杂文》第256页。
③ 吴讷：《文章辨体序说·杂著》，《文章辨体序说 文体明辨序说》，人民文学出版社1998年版，第45—46页。
④ 徐师曾：《文体明辨序说·杂著》，《文章辨体序说 文体明辨序说》，第137页。

样推理而来的。

吴趼人的小说，总体上可分为长篇和短篇两类。长篇章回，按当时所标类型，主要有历史小说、写情小说和社会小说三种，后者也被视为谴责小说、讽刺小说或暴露小说。短篇则文言与白话并用，既有承继传统的笔记小说（包括志怪传奇和杂录等），也有开拓创新的社会短篇（包括记事体和滑稽体等）。自从《新小说》杂志开启了小说分类的方法之后，诸如"历史小说""政治小说""哲理小说""科学小说""军事小说""冒险小说""探侦小说"之类的标签令人眼花缭乱。《月月小说》有12类的预设，但作品分类过于繁缛，实际写作情况并没那么复杂，而且分类的标准并不一定。如吴趼人的《新石头记》，在《南方报》刊出时标"社会小说"，而上海改良小说社全本印出则改称"理想小说"，吴趼人还不满足，认为是"兼理想、科学、社会、政治而有之"（《〈近十年之怪现状〉自叙》）。在吴趼人的小说中，谐语因素表现最明显的是章回中的社会小说，及短篇中的滑稽体和杂录。下文将分而论之。

二 吴趼人短篇小说中的笑话因素

从谐语的角度来看，首先应该提到吴趼人的"杂录"小说。因为笑话及其他谐语文，常与其发生交涉。吴趼人的《新笑史》《新笑林广记》和《俏皮话》等"笑话小说"是典型的报章文学，出自最为常见的"杂录"栏。在近代报章中，"报屁股"往往由"杂俎""杂录"来殿后。其形制主要为文言的诗古文词、笔记、小说等，但包容性极强，可以说是无所不能的大杂烩。[①] 笑话等谐语文，在没有受到特别重视之前，往往不再另列"栏目"，而夹杂在"杂录"或"杂俎"中了。吴趼人的笑话小说之所以比同时代人的同类作品更为人们重视，是他努力提升这一文体，为之争取一席之

[①] 区别而言，"杂俎"多见于综合性报刊，如大型日报《大公报》，偏重于诗古文词；而"杂录"多见于小说文艺期刊，如《新小说》《月月小说》。

此外，他仍有少量谐语之作夹杂在那些杂录文中，如《月月小说》所刊《主笔房之字纸篓》各文，就可以说是广义的谐谈类讽刺谐语作品。重辑之笔记小说《趼廛剩墨》《我佛山人札记小说》中也有谐作。如《谜讧》一则因猜谜而打骂起来，传统笑话中常有类似故事。又如《龙》本为笔记体，但作者"按语"由"驱蛇龙而放之菹"引发开去。因为"菹"为异音词，此处应读子邪切，意思是洼地；而塾师常读作侧鱼切，意同小菜。所以他就发挥出"以蛇龙为小菜"的笑话。② 这段笑话同时还见于《俏皮话》，题名《腌龙》。另外有则《小儿语》很有趣，专记录天真烂漫的童言。如：

> 某小儿踞矮脚几而戏，偶置糖其上，飞蝇集吮，儿遽啼，问何故？对曰："许多苍蝇，坐了我的凳子也。"③

其次，明显与谐语文学相杂的还有后期诸种短篇小说。第一，作者自称为"笑柄"的《平步青云》近于笑话小说。这小说篇幅很短，只讲"我"见朋友供在紫檀龛里的东西，总忍不住笑。而结尾才揭开谜底。原来是外国人撒尿的一个洋瓷溺器。你想溺器是何等龌龊，何等下贱的东西，平手地捧到桌子上，藏在紫檀龛里，香花灯烛供养起来，还说见了它犹如见了上司一般，这溺器可不是平步青云了么！它便平步青云了，我的肚子可笑破了。④ 第二，出现短篇"滑稽小说"，而且"滑稽"体成为一种常见体式。《立宪万岁》在短篇小说下标"滑稽"二字（《月月小说》第5号），又有标"滑稽小说"的《无理取闹之西游记》（《月月小说》第12号），标"理想、科学、寓言、讽刺、诙谐小说"的《光绪万年》（《月月小说》第13号）。第

---

① 关于吴趼人的笑话小说，杜新艳《吴趼人的笑话小说》（《华北电力大学学报》2009年第1期）已述及，此处不论。
② 《月月小说》1907年第7号。
③ 原载《舆论时事报》（1910年），收于《我佛山人文集》之《我佛山人札记小说》第7卷，第229页。
④ 《月月小说》1907年第5号。

三，在未明显标注"滑稽体"的短篇中，作者也常抱游戏玩世的态度。如《预备立宪》小引曰："恒见译本小说，以吾国文字，务吻合西国文字，其词句之触于眼目者，觉别具一种姿态……偶戏为此篇，欲令读者疑我为译本也。呵呵！"可见这实际是一种戏仿译本之作，属于谐作。所以，在结尾作者又加按语："此虽诙诡之设词，吾言之欲哭矣！"① 又如周桂笙（新）评《大改革》时也感慨："恢诡之文耶？忧时之作也。"② 第四，作者常自觉或不自觉地使用诙谐笔法。上面这些称为"滑稽"小说和"恢诡"之文的作品，其中自然少不了滑稽诙谐笔法，而未明示此意的短篇中，也常使用诙谐笔法。如《黑籍冤魂》本来讲述一个鸦片烟鬼的遭遇，却要"学着样儿，先诌一个引子，以博诸公一笑"③。作者透露出戏仿话本小说的味道，而且有"博诸公一笑"的意图。这就借用了谐语作品的"戏仿"笔法和笑话作品之"启颜"意图。而所谓的小引是虚构的一个故事。由年羹尧铸"罗汉钱"的传说，生发出罗汉化身为罂粟花来讨债这样荒诞的鸦片起源故事。这对神魔小说也是一种戏仿。而荒诞，更是制造讽刺幽默的一种重要手段。④ 总之，在吴趼人的短篇小说中，滑稽的成分非常突出。这也影响了《月月小说》其他短篇小说作者，喜用滑稽笔法成为一时风尚。⑤

《立宪万岁》和《无理取闹之西游记》都是拟神魔小说，也是吴趼人滑稽小说的两部代表作。《立宪万岁》以调侃五大臣出洋考察的历史事件为线索，假托孙悟空、猪八戒等人们熟悉的神话和史书人物，拿这些虚构人物演绎的一幕幕闹剧来影射当时预备立宪的虚伪。情节荒诞夸张而又紧凑入理，语言干净利落而又诙谐风趣。如临行被炸一段：

---

① 《月月小说》1906 年第 2 号。
② 《月月小说》1907 年第 3 号。
③ 《月月小说》1907 年第 4 号。
④ 又如《中蕾奇鬼记》也使用了仿神魔小说的荒诞笔法。
⑤ 如第 7 号署武的作者有滑稽体短篇小说《医意》，第 8 号新楼的《特别菩萨》及后期包柚斧诸作。

却把一个八戒掼下地来，莲蓬嘴上着了一点火星儿，便捧着嘴嚷痛。……

八戒捧着嘴嚷曰："是哪个放炸弹？"

行者曰："你还馋嘴，要吃炸鸽蛋呢！"①

便利用了情景的滑稽和语言的歪解制造幽默。其实这部小说中有许多人物和动物形象都与他的笑话小说中的形象相呼应。如一再重复蛇之"钻"的特性。又如开篇"朝房集议"就是一段滑稽谈。而嘲谑文昌帝君冷了血食，魁星停了朱笔，在《新笑史》之《神号鬼哭》中已出现，写灶君流离失所的穷形尽相也更加滑稽。

《无理取闹之西游记》讲通臂猿为了财，阻止庄生救鲋鱼，却帮麻鹰移山倒海。语言和情节更洗练精简，但寓意比较隐晦，题旨也不十分清晰。大致是讽刺助纣为虐、卖国求荣的买办走狗。从章回的回目和"再表出来"之说，形式上它是搭了一个长篇章回的架子，但作者又不确定该如何续下去，所以很含糊。这部小说，与《新石头记》同属于经典的续作，但此篇形式不完整。从破缺不完的角度看，它更像《滑稽谈》中的《破碎不完之〈西游〉》《破缺不完之〈水浒〉》等借经典之题随意发挥。但后者形式虽短，却有一定之主题。②总的看起来，这一类作品的戏拟性非常明显，而且是一种有意的假借和转换。模仿和转换本是文学繁衍的一种重要手段，如果加上游戏的态度和调侃的方法，就出现了传统文章体系中较为另类的俳谐文学。而对小说文体和小说经典文本的戏仿，吴趼人无疑是一个自觉的先锋试验者。③ 此类实验作品，加之戏谐的态度，全德之作并不常见，但

---

① 《我佛山人文集》第7卷，第44页。

② 如《破碎不完之〈西游〉》分数段，其一借孙悟空之口说唐三藏没有本事讽刺时事。"何尝是要学他的本事，不过是一条援引的路子罢了。"（《我佛山人文集》第7卷，第569页。）

③ 吴趼人是有先锋试验情结的。从江南制造局的小火轮，到《二十年目睹之怪现状》的第一人称叙事，到《九命奇冤》的倒叙手法，到拟旧小说《新石头记》，拟译本小说《预备立宪》，等等，他对各种因素、技法都有玩弄于股掌之中的兴趣。就戏仿而言，除《新石头记》及对《西游》《水浒》的片段仿写外，它还有写作《新三国演义》的愿望（《月月小说》第12号预告《看，看，看，新三国演义》），可惜未见作品。

其实验精神值得关注。

总之,吴趼人这些"代表了晚清短篇小说创作的最高成就"①的作品中,滑稽的因素特别突出。大概因为在晚清近代化的"短篇小说"概念初起时,还没有成规,自然要借鉴各种文体。而且篇幅短小,灵活自由。吴趼人性本诙谐,对这些短篇小说本不必拘泥,如写章回那般严肃。实验的冲动和游戏的色彩在此得到了自然发挥。当然,因强烈的社会关怀,作者常忍不住要表达自己那"积而愈深"的"愤世嫉俗之念"。这些滑稽趣味的小说,也是比较典型的以嬉笑为表,以怒骂为里的文章,与他的"笑话小说"实有异曲同工之妙。

三 吴趼人长篇小说的谐趣风格

在吴趼人的长篇章回体小说中,《新石头记》是一部很特别的作品。但它最明显的文体特征,阿英称为"拟旧小说",而本文倾向"戏仿小说"。这部小说情节蹈空虚构,造成强烈的时空错位感,这与语言的拟旧形成对照,如此带来的迷离恍惚,让人在历史—现实—理想,文本—生活—梦境中穿梭。特别是进入文明境界之前的二十一回,游戏性质很明显。所以,张冥飞读出了"游戏之作"的味道,并苛刻地认为,"何必借红楼中之宝玉以为之主人"呢?② 其时,人们对仿作有很大成见,吴趼人对此很清楚。但他强调"自家的怀抱",③ 不管人家的褒贬,借用又何妨?做戏仿小说,有他自恃正大的"自家的怀抱",也与他诙谐的本性相关。这是一部写他个人理想的小说,用他个人喜欢的笔法也很自然。这样综合来看,视之为吴趼人"旧瓶装新酒"的实验冲动,比当它作普通的"取悦流俗"的红楼续书④更贴近吴趼人。事实证明,吴趼人这次实验是成功的,此后出现大量以"新"为题目的经典戏仿小说,如《新三国》《新水浒》

---

① 陈平原:《二十世纪中国小说史》第1卷,北京大学出版社1989年版,第175页。
② 张冥飞:《古今小说评林》,转引自《吴趼人研究资料》,上海古籍出版社1980年版,第120页。
③ 《新石头记》第一回,《我佛山人文集》第4卷,第223页。
④ 《忏玉楼丛书提要》,转引自《吴趼人研究资料》,第120页。

《新镜花缘》等作，形成近代小说界一股值得关注的戏仿风。

吴趼人最负盛名的"谴责小说"《二十年目睹之怪现状》，"怒骂"谴责的笔调很突出，而"嬉笑"诙谐的成分也很明显。"它们就事物的千姿百态予以嘲讽，留下那种将玩世不恭与粗俗幽默融为一体的回味。"① 这也与《二十年目睹之怪现状》作为自传性小说的特点有关系。因为"我"带有吴趼人自己的影子，就保留了作者的诙谐风趣，并多有渲染。

从语言层面上看，如"空心大老官，居然成为上海的土产物"②，这样的俏皮话贯穿全篇。特别是借主人公九死一生，即"我"之口带出了许多谐谈。"我"以作者为原型，也是个诙谐人物，谈锋很健，而且幽默诙谐。如在"初闻怪状"的第三回，是"野鸡道台的新闻"。吴继之刚解释了野鸡就是流娼，"我"马上插嘴："这么说，是流娼做了道台了？"后来又说到"黄鱼"，"我笑道：'又是野鸡，又是黄鱼，倒是两样好吃的东西。'"③ 这些适时适地的插科打诨令行文生色许多。又如第九回对"胡绘声"这个名字加以调侃："他名字叫做绘声，声也会绘，自然善于形容人家的了。"点评者便下眉批曰："谐语。"④ 又如第十一回，戏称偷表者是为"馋嘴贪吃"。⑤ 第二十四回，将一个七品官"降五级"，辗转调侃为降至"娼"。⑥ 总之"舌灿莲花"，举不胜举。

此外，因为描述的是"怪现状"，其中不免有许多爆笑故事。第六回"穷形极相画出旗人"借作者的"笔墨"，把旗人摆架子着实调侃了一番，成了大"笑话"。又第十八回那个伯父：

> 不知在哪里吃酒吃得满脸通红，反背着双手，蹩蹩着进来，向前走三步，往后退两步的，在那里矇眬着一双眼睛。一见了我，便道："你……你回来了么？几……几时到的？"我道："方

---

① [美]韩南：《中国近代小说的兴起》，徐侠译，上海教育出版社2004年版，第177页。
② 《二十年目睹之怪现状》第一回，《我佛山人文集》第1卷，第1页。
③ 《二十年目睹之怪现状》，《我佛山人文集》第1卷，第19页。
④ 同上书，第67页。
⑤ 同上书，第84页。
⑥ 同上书，第199页。

才到的。"子英道："请你吃……"说时迟那时快……忽然举起那反背的手来，拿着明晃晃的一把大刀，劈头便砍。……不料他立脚不稳訇的一声，跌倒在地，叮当一响，那把刀已经跌在二尺之外。我心中又好气，又好恼。只见他躺在地上，乱嚷起来道："反了，反了！侄儿打伯父了！"①

这就是一幕绘声绘色的滑稽剧。又如第三十五回写海上"斗方名士"丑态毕露，令人喷饭。一个"竹汤饼会"的名目已很好笑。唐玉生说："五月十三是竹生日，到了六月十三，不是竹满月了么？俗例小孩满月要请客，叫做'汤饼宴'；我们商量到了那天，代竹开汤饼宴，嫌那'宴'字太俗，所以改了个'会'字，这还不是高会么？"②附庸风雅到了荒谬的地步。接下来一段描写非常刻薄，久为人们传笑。一人把李商隐之号玉溪生送给杜甫，又一人指出错了，却戴在杜牧头上，又把杜牧的号樊川加于杜甫。不知杜少陵为谁，便说是杜甫的老子。又说唐朝颜真卿写了宋人苏东坡的《赤壁赋》。这样说来已觉得尽是笑柄，何况在惟妙惟肖的描绘中，愚人的形象更加突出，让人笑不噤口。

在行文中遇到这些可笑的言谈举止时，点评者的眉批常常能起画龙点睛的作用。如上例"竹汤饼会"之说，眉批曰："竹醉日误作竹生日，是醉生不是梦死也，一笑。"讽刺此等人之醉生梦死，比嘲笑其不学无术更深刻。评点道出了作品中无法或不便于表达的深意。吴趼人诸作中常出现点评、眉批，这些文字普遍认为是吴趼人自作。点评基本上以反映阅读者的客观感受为主。所以，点评其实比作品更贴近读者，也更容易为读者接受。因此，吴趼人很重视点评，常借此来传达他藏在纸后、压在心头、不吐不快的话。而这些评语如果用两个字来形容，就是"冷"和"笑"。"冷"是无处不在的冷嘲，而笑，有时是作者对其作品得意自信之笑，更是冷嘲的表达方式。这百回评语中便有数十回如"一笑""可笑"的"笑"字眼。如第三回，只在

---

① 《二十年目睹之怪现状》，《我佛山人文集》第 1 卷，第 144—145 页。
② 同上书，第 300 页。

评语中就出现三次"笑"。这则眉批云:"从前做野鸡,想是今日穿野鸡补服之先兆,一笑。"① 对野鸡与穿野鸡补服之官的关联性,在吴趼人的笑话中也屡次成为笑资。又如对第十八回那段闹剧批曰:"蛮话醉话,写来一笑。"②

再举一例,可综合考察作品中使用幽默语词、滑稽故事和嘲谑评语的情形。第四十六回开头有一小段插曲写一个琐屑的县令。文述农说:"前任的本县姓伍,这里的百姓起他一个诨名,叫做'五谷虫'。"我笑道:"《本草》上的'五谷虫'不是粪蛆么?"这里使用了诨语。文述农又讲了这县令事必躬亲的事迹,最后说到了淘毛厕。"他把每月这几个臭钱也囊括了,却叫厨子经手去收,拿来抵了饭钱。"这县令行事的确令人发噱。而眉批更肆虐地嘲谑说:"竟是间接吃粪的。可发一笑。"③ 这样递进着读下来,笑事不断。

众所周知,《二十年目睹之怪现状》以九死一生行迹和见闻为线索,而在小说中起过渡作用的有关九死一生和朋友间的宴会酒筹,则更加直接借用谐语因素而被描绘为一派谈笑场景。如第二十六回,吴继之夫人为了哄"我"母亲,一改往常,大说大笑,还"倒在伯娘怀里撒娇",等到见了一个南瓜,马上讲了两个有关南瓜的笑话。一个讲乡下穷人吃南瓜,却被他城里来的外孙说是"外婆家好的很,吃菜当饭的";一个讲城里姑娘到乡下做媳妇,把一个南瓜整个儿煮了,又添出儿子钻到瓜瓤里面去嗑瓜子的奇谈。④ 像这样的笑话,不太符合吴继之夫人的性格,但符合她的身份。大概是擅长笑话的吴趼人传授了吴继之夫人这一绝活。又如第六十六回"妙转圜行贿买蜚言 猜哑谜当筵宣谑语"再次出现猜哑谜、宣谑语等宴会故事。中间穿插许多哑谜和笑话。如下面一则标准的笑话,借主人公之口说出:

> 我道:"观音菩萨到玉皇大帝处告状,说'我本来是西竺国公主,好好一双大脚,被下界中国人搬了我去,无端裹成一双小

---

① 《二十年目睹之怪现状》,《我佛山人文集》第1卷,第22页。
② 同上书,第145页。
③ 同上书,第402页。
④ 同上书,第213页。

脚，闹的筋枯骨烂，痛彻心脾，求请做主！'玉皇攒眉道：'我此刻自顾不暇，焉能和你做主呢？'观音诧问何故。玉皇道：'我要下凡去嫁老公了。'观音大惊道：'陛下是个男身，如何好嫁人？'玉皇道：'你如果不信，只要到凡间去打听那一班惧内的朋友，没有一个不叫老婆做玉皇大帝的。'"①

"笑话"这个词在《二十年目睹之怪现状》中共出现了90次，差不多合每回一个了。当然，有许多"笑话"并不具有文体意义，但仍有作为一种文化现象的意义。如果按引人发笑的谈话或故事的广义来理解"笑话"，"二十年目睹之怪现状"就是"二十年之笑话"或"二十年之笑柄"。

吴趼人的其他几种社会小说中，也不免会透露出一些滑稽诙谐的成分来。因为社会小说多是暴露式的表达，所以，一幕幕滑稽可笑的闹剧很常见。如《发财秘诀》第二回写区丙的妻子：

> 拿了酒壶，走到灶下，把酒壶放在炭炉上，取出那十元洋银，翻来覆去看了又看，不住地痴笑。又喃喃呐呐的自言自语道："千万不要是做梦才好！"一头说，一头又看。不提防把酒烫滚了，沸了出来。那酒烘的一声烧着了，慌得他连忙去抢酒壶，把洋银撒了一地。②

又如《最近社会龌龊史》第十四回写陈蕙裳逃出去私会妓女，被田仰方遇到。田就闹了一个晚上，以"祓除不祥"，掩盖内心的恐慌。也是一幕滑稽剧。而作者还调侃田仰方"平生忌讳的事最多，大凡同寅中没有一个不知道他肚子里有一部《婆经大纂》的"。③ 在《糊涂世界》卷之六形容佘念祖的语言也很风趣："自己提了一个包袱，包着靴子、外褂子、帽盒在街上走，这样办法，人家就起他名

---

① 《我佛山人文集》第2卷，第113页。
② 《我佛山人文集》第4卷，第14页。
③ 同上书，第176页。

儿，叫做'提画眉笼子'。"① 又如《上海游骖录》第七回李若愚论妓女一段也堪称滑稽谈了："上海四马路的妓女真是大清皇帝的功臣，我若当了政府，一定要奏明朝廷，一个个都给他封典。他们死了，还要另外给他盖一座女功臣祠祭他呢。"②

比较起来，吴趼人其他几部社会小说不如《二十年目睹之怪现状》中的诙谐因素突出。究其原因，应该是笔法不同造成了这种明显的差异。在《〈近十年之怪现状〉自叙》中，他就主动点出了其作品"变易笔法"现象的存在。虽然这一叙言是针对《二十年目睹之怪现状》与《最近社会龌龊史》的，但除《二十年目睹之怪现状》外，其他中长篇小说整体上都是"传体"。所以，"前书系自记体，此易为传体"③，可以为我们解释《二十年目睹之怪现状》与众不同的艺术特色。更重要的它不仅是"自记体"小说，同时还是自传性的小说。因为是自传性"自记体"小说，吴趼人自己的诙谐本性得以显露，才是它诙谐因素突出的根本原因。而其他社会小说的主人公，多是作者批判的对象，作者常无暇去顾及他们的性情喜好，"每欲有所描摹，则怒眦为之先裂"④。也可以说作者经营其他几部社会小说已不如《二十年目睹之怪现状》之用心。

事实上，"谴责"小说不能完全解释吴趼人小说的特色，尤其对诙谐因素有所遮蔽。王德威曾建议我们"持见怪不怪的态度来阅读种种荒唐可耻的场景或人物"，并以"'闹剧'模式来重加定义晚清'谴责'小说的范畴"⑤，应是一种更客观更体贴作家作品的阅读方式。但"闹剧"的灵感，来自西方中世纪以来的"嘉年华"式的喧笑的话，不免与吴趼人那个时代及其文化背景有些隔阂。因此，不如直接用"诙谐"传统，来为这段文学史重新着色。不仅因为"诙谐"传统在中国有着几千年的历史，还因为吴趼人等人的诙谐讽刺，自成

---

① 《我佛山人文集》第3卷，第285页。
② 同上书，第49页。
③ 《〈近十年之怪现状〉自叙》。
④ 《发财秘诀》第十回评语，《我佛山人文集》第4卷，第77页。
⑤ 王德威：《"谴责"以外的喧嚣——试探晚清小说的闹剧意义》，见《想像中国的方法》，生活·读书·新知三联书店1998年版，第77页。

一格。严格说来，似乎更接近巴赫金对"近代讽刺性诙谐"的定义，而非中世纪那种"嘉年华"式的诙谐。① 本文无意争论这种诙谐讽刺的文化意义，只想从文体的角度提出，在吴趼人的小说中有着突出的诙谐文学的因素。

四 结语

吴趼人是顺应时代潮流而崛起于文坛的一员幽默健将。谴责小说的大胆暴露精神、笔无藏锋的戾气及投其所好的狡黠，与吴氏所受近代报章的熏染有关。大众所皆喜闻乐见者的插科打诨、油腔滑调、戏谑诙谐等世俗趣味备受欢迎为人之常情。在考虑到"诙谐易入"这样一种受众心理的前提下，他投入了上海的游戏小报如《消闲报》《寓言报》等做编辑或主编，之前也有不少谐趣小品散见上海、广东各报。之所以能够顺应时代潮流，则根源于他的幽默性格。他性喜"诙诡"，好为"嬉笑怒骂"的游戏文章。这一点为同时人所津津乐道，被一再重复。其至交周桂笙更多次提道：

> 予友南海吴君趼人，性好滑稽，雅善词令，议论风生，滔滔不倦，每一发声，辄惊四座，往往以片辞只义，令人忍俊不禁，盖今之东方曼倩也。②

因此，说吴趼人本人有明显的诙谐面向，应该没有疑议。关于吴趼人的诙谐文字，雷瑨1915年在整理出版《滑稽谈》时也有总结：

> 南海吴趼人先生，擅长诗古文词，固不专以小说家言腾誉于社会。顾偶尔游戏，皆奇思俊语，不落恒蹊。犹忆曩岁卖文沪渎，得订交于先生，承时以逸事谐文见示，载登报牍，退迩欢

---

① [苏] 巴赫金：《拉伯雷研究》，李兆林、夏忠宪译，河北教育出版社1998年版，第13页。
② 新广：《说小说·恨海》，《月月小说》1907年第3号。

迎，良由先生蕴蓄者深，故纵笔所至，麟毛凤羽，神采固自不凡也。①

雷瑨好滑稽文学，也善谐文，辑有《雅谑录》《古今滑稽文选》《文苑滑稽谈》等，谐作散见于诸报。作为同道中人，他的评价更有说服力，称此类谐文"载登报牍，遐迩欢迎"，在读过吴趼人的诙谐之作，便可知这并非虚誉。

近代小说与"谈资笑柄"的亲缘关系，有鲁迅先生的论断在先。本文则强调作为一种文体的"谈资笑柄"，即在小说中挖掘具有笑话特征及其他谐语因素的明显印记，在文本细读中，揭示吴趼人小说中的诙谐文学特征，希望借此提供一种理解近代小说的新视角。

---

① 《滑稽谈》序，《吴趼人研究资料》，第288页。

《世界繁华报》语境中的《官场现形记》写作

何宏玲*

作为暴露晚清官场黑暗的一部力作,《官场现形记》确立了它在近代小说史中的地位。然而,我们在关注小说的政治批判色彩时,常常疏于考察李伯元选择"官场"的缘由以及"官场"题材出现的意义。《官场现形记》最初的发表形式是连载于李伯元自办的小报《世界繁华报》,因此,从报纸刊载的语境来探讨小说的写作,在题材特征、作家的创作意图以及作品的历史背景方面将会有更接近历史原生态的揭示,也将有助于我们理解小说的社会价值和艺术价值。

一 选择"官场"的缘由

1904年,《世界繁华报》刊出《官场现形记》售书广告:"中国官场,魑魅魍魉靡所不有,实为世界一大污点。然数千年以来,从未有人为之发其奸而摘其覆者;有之,则以南亭此书始。"[①] 其实,中国以往的小说不乏对官吏或官场的暴露,但那些小说一般仅限于局部的、个别的描述,或者遵循一种"忠奸对立""清贪对峙"的模式;《官场现形记》则不同,这部60回、长达60万字的章回体小说,表达的是对晚清官场的全面观照。胡适说:"《官场现形记》写的官是

---

* 何宏玲,文学博士,南京师范大学文学院副教授,主要研究中国古代、近代文学。
① 《世界繁华报》1904年6月17日。

无所不包的，从那最下级的典史到最高的军机大臣，从土匪出身的到孝廉方正出身的，文的武的，正途的，捐班的，顶冒的，只要是个'官'，都有他的份。"① 以整个官场作为小说全部的描述对象，《官场现形记》确是历史上第一次。

通过对小说写作过程的考察，可以发现，这种题材的确立与晚清新闻报刊业的发展有密切关系。世界繁华报馆在《官场现形记》初编初版时，于卷首附一序云：

> 老友南亭亭长乃近有《官场现形记》之著，如颊上之添毫，纤悉毕露；如地狱之变相，丑态百出。每出一纸，见者拍案叫绝。……宠禄过当，邪所自来，竟以之兴废立篡窃之祸矣。戊戌、庚子之间，天地晦黑，觉罗不亡，殆如一线。而吾辈不畏强御，不避斧钺，笔伐口诛，大声疾呼，卒伸大义于天下，使若辈凛乎不敢犯清议。虽谓《春秋》之力至今存可也，而孰谓草茅之士不可以救天下哉？《官场现形记》一书者，新学家所谓若辈之内容，而论世者所谓若辈之实据也。②

大概因为文中"兴废立篡窃之祸"等说法触犯了清廷，此序在后来《官场现形记》各版本中皆未见刊录。作为初编初版的序言，它因接近小说写作的原初形态而值得重视。序言作者显然目睹了报载《官场现形记》在社会上引起的强烈反响，并进而对它的纠察效果寄予厚望，期待其具有《春秋》一样的警诫效力，将官场从腐败、堕落中拯救出来。作者还概述了戊戌政变后，上海报界"不避斧钺，笔伐口诛"，对以慈禧为首的清廷顽固势力立大阿哥以废光绪的图谋大力抗争，终使慈禧的阴谋不成，以为这些报刊舆论承担了民间"清议"的重任，是正义的象征。而在他看来，《官场现形记》与报刊分享了共同的话题，两者在内容上是一脉相承，因此，小说可以称得上

---

① 胡适：《中国章回小说考证》，上海书店1979年版，第442页。
② 李伯元：《〈官场现形记〉序》，魏绍昌编：《李伯元研究资料》，上海古籍出版社1980年版，第86页。

对官场黑暗及腐败事实的忠实记录。

序言作者因为亲历了《官场现形记》与小报舆论水乳交融、互为映衬的阅读语境，所以他自然地把报纸与小说联系起来。在庚子前后，由于义和团事件的发生，社会思想和舆论产生了巨大变化，一如鲁迅所概括："戊戌变政既不成，越二年即庚子岁而有义和团之变，群乃知政府不足与图治，顿有掊击之意矣。"[①] 近代新闻报刊兴起后，舆论的变化主要体现在报界言论的改变上。《上海新闻史》总结这段历史时说："在上海，不仅政论报刊，也包括各报馆，华人主笔的'骂官场'已渐成风气。"[②] 在这场摧毁清廷权威的舆论围攻中，小报也积极投身其中。庚子期间的"骂官场"风潮兴起，李伯元的表现越发大胆、激烈，其言辞主要保存在新创办的《世界繁华报》中。

《世界繁华报》于1901年4月7日创刊，其一出现，便给小报界带来了焕然一新的面目。首先是其全新的版面设置。李伯元改变了小报中消息蝉联而下、不分栏目的排版方式，仿照大报的分栏，设置了多种栏目。有"讽林"（按：有时亦作"评林"）、"本馆论说""时事嬉谈""花国要闻""菊部要志""书场顾曲""时事演说""上海无双谱""海上看花日记""滑稽新语"等数种，不仅在形式上令人耳目一新，新的内容趋向也为人瞩目。如新添的"菊部要志"就得到近代名人孙宝瑄的赞许，称："伯渊（按：应为元）自创《繁华报》，销售颇广。上海杂报林立，然皆详于北里掌故，于菊部则从略焉。伯渊于《繁华报》中首列菊部记事及丛谈，意在提倡风气焉。"[③]《繁华报》固然还不脱娱乐指南的小报习气，但其在晚清戏剧评论、艺人生涯的关注上有所拓展，显示了李伯元与众不同的眼光。

然而，《世界繁华报》最突出的影响，还是为小报界导入了时事品评的风气，在使小报超越单纯的娱乐消遣功能，成为重要的民间舆论力量上，《世界繁华报》的卓越表现功不可没。在该报的全部版面

---

① 鲁迅：《中国小说史略》，《鲁迅全集》第9卷，人民文学出版社1998年版，第282页。
② 马光仁主编：《上海新闻史》，复旦大学出版社1996年版，第205页。
③ 孙宝瑄：《忘山庐日记》，光绪二十七年五月二十四日（1901年7月9日），上海古籍出版社1983年版，第364页。

中，时事政治部分占据了非常重要的分量。以1901年6月24日的报纸为例，此日报纸正文共有"讽林""本馆论说""最新电报""时事嬉谈""菊部要志""海上看花日记"六个栏目，约1500字。除"本馆论说""海上看花日记"以及"菊部要录"是以花丛、戏园为主题，沿袭了小报的原有面貌外，其他三个栏目、将近一半的文字皆为时事内容。而且，《世界繁华报》表达时事品评的方式多种多样。比如庚子期间，它刊出了"新编时事新戏"系列，其中《康有为说书》《大阿哥出宫》等剧本，都是直接以当下敏感的朝政大事为题材；而此时报载的《庚子国变弹词》，也显示了小报在言说朝政上的积极作为。

《世界繁华报》不但在论政、议政上形式多样，借助小报一贯"嬉笑怒骂"的风格，它更进一步促成了近代诙谐、幽默的时事讽刺艺术的成熟。鲜明体现报纸讽刺风格的，是"讽林""本馆论说""时事嬉谈"等栏目。下面就"讽林"栏目试举数例，稍作剖析，以见一斑：

> 携得如夫人，还带顽儿漂。猫狗狐狸共一群，那管旁人笑。莫说腌臜官，是个盐巡道。若改头衔做老龟，一定生涯好。①
> 巴到王爷奏保，功名个个增高。京堂道府各分镳，添得许多官料。赔款果然不少，中原从此倒糟。议和也好算功劳，呕尽良心不要。②

"讽林"是在每页报首处，以一首词或五言、七言诗来表达对社会风俗或官场现象的讽刺。以上选录的两首小令，第一首嘲笑了盐务巡道荒淫无耻的生活；第二首则暗指朝廷赔款求和，签署辛丑条约，进而痛斥了卖国反升官的京城大佬。"讽林"在《世界繁华报》办刊期间，始终如一地坚持下来，从创刊起至我所看到的1907年的报纸，此栏目一直保留着。"讽林"中的作品虽然语言简略，然而言之有

---

① 《讽林·卜算子》，《世界繁华报》1901年6月24日。
② 《讽林·西江月》，《世界繁华报》1901年12月26日。

物，常能尖锐地揭出讽刺对象的本质。形式亦灵活、巧妙，富有感染力，故带动了其他小报纷纷仿效，如《笑林报》和《寓言报》都采用过这一形式。可以想见，经过日积月累，小报在观察时事上足以达到相当的广度和深度。

《世界繁华报》另有"时事嬉谈"栏目，主要以谈论官场逸闻掌故为主要内容，亦取讽刺格调。如下文所引：

〇某顽固大臣之抚吴也，一意黜奢崇俭。食无兼味，草具而已，除宴会外，终岁不知肉味。至建灶于上房后，以一绳系猪油斤许，一头置上房。每炊饭时，某坐上房内，待厨子请曰"豆腐下锅矣"，某乃亲放绳，令猪油下。闻必剥一声，急掣起，系之如故。

〇又某生平不衣帛，公服多以羽毛为之。每便服出阅操，着青布长衫、黑布马褂，高架铜边眼镜。见者几疑为村夫子，不疑其为中丞公（按：此处缺失一字）。尝见其着一花衣，系染色夏布，而上加以彩绘者。①

这种片段的描述类似于传统的笔记文体，只是它一般不太注重故事的发展始末，仅追求形容刻画得淋漓尽致，为人物传神写照。陈平原曾以"颇有'世说'遗风"②来评价李伯元的这类描写，彼时小报的笔墨趣味由此可见一斑。

在小报言论的引导下，窥视和探究官场的兴趣在社会中逐渐蔓延，报纸更是不失时机地对此类逸闻趣事大肆铺张渲染。于是，一种关于官场的想象被形构着，成为时代的流行话题。这种活跃和充满生机的言说状态，为官场丑态成为小说的写作主题积累了丰厚的素材。

因此，小报报人的小说写作，在题材的选择上与传统小说已有不同，这是我们在追溯《官场现形记》的"官场"题材时所不能不注意到的。事实上，《官场现形记》初期的写作也确实受到了报纸读者的鼓舞，如《世界繁华报》广告所云：

---

① 《时事嬉谈》，《世界繁华报》1901年6月24日。
② 陈平原：《中国小说叙事模式的转变》，北京大学出版社2003年版，第169页。

本报所撰之《官场现形记》一书，虽甫成十二回，已得九万余言，颇为阅报诸君所称许。来馆指购全书者，几无旦蔑有。本馆特将前十二回先行刊印成书，以应远近之购取，定于重阳节出版。谨此布告，以慰殷盼。①

从"本报所撰"与"阅报诸君"等说法看，《世界繁华报》的读者显然是小说拟想的主要读者群。因此，李伯元选择报纸读者已经熟悉的官场话题，并以小说的体裁重新演绎，所谓"立体仿诸稗野，则无钩章棘句之嫌"②，使人们在全新的人物形象中读出熟悉的事迹，从而带出对官场新的审视。报纸与小说互相映照、彼此呼应的阅读体验无疑极富诱惑力，这也是人们几乎毫无隔阂便接受了这种连载小说形式的原因。

二 舆论的热点：官场捐纳制度

《官场现形记》的题材与报纸舆论的密切关系，也体现在小说对捐纳制度的描写上。胡适在《〈官场现形记〉序》中已提到这一问题，他说："《官场现形记》是一部社会史料，它所写的是中国旧社会里最重要的一种制度与势力——官。它所写的是这种制度最腐败最堕落的时期——捐官最盛行的时期。"③ 对小说写作时期捐官盛行的现象已有所警觉，但胡适没有进一步论证捐纳制度在《官场现形记》初、二、三、四编写作中的重要意义。其实，我们可以发现，捐纳至少是促使《官场现形记》创作的重要诱因之一。

小说第一回，故事从陕西乡下的赵温中举开始讲述，对此胡适的解释是："一部大书开卷便是一个训蒙私塾——制造官的工厂。"④ 然

---

① 《南亭新著〈官场现形记〉》，《世界繁华报》1903年9月8日。
② 茂苑惜秋生：《〈官场现形记〉序》，魏绍昌编：《李伯元研究资料》，上海古籍出版社1980年版，第85页。
③ 胡适：《中国章回小说考证》，上海书店1979年版，第439页。
④ 同上书，第442页。

而，事实并不像胡适所说的那样，赵温并没有成为"正途出身的官"。因为，下面的情节很快转到赵温京试遭黜，家里寄银子来让他在北京捐官；而且第三回里，作者也郑重声明："看官记清：从此以后，赵孝廉变了赵中书。"这个"中书"，是他爷爷汇来两千多两银子，叫他"赶紧捐一中书"的结果，并不是他由科举正途得来的。而随赵温入京的钱典史，也是因为从前受了参案，需要到京中"拿银子捐复原官"①。清佚名者评《儒林外史》云："'功名富贵'四字是全书第一着眼处，故开口即叫破，却只轻点轻逗。以后千变万化，无非从此四个字现出地狱变相，可谓一茎草化丈六金身。"② 以此来类比《官场现形记》，我们可以说，"买官鬻爵"是小说第一着眼处，李伯元在小说第一回即点出此意，以后的故事纵然千奇百怪，然而万变总不离其大宗。

对于《官场现形记》的故事情节，鲁迅有一概括，"凡所叙述，皆迎合，钻营，朦混，罗掘，倾轧等故事，兼及士人之热心于作吏，及官吏闺中之隐情"③。通过对所有这些故事的考察，我们发现，其中大部分是围绕着买官、谋缺展开的。所以时萌说："整部《官场现形记》中难以数计的贪官污吏层层钻营，他们通过什么进贡、报效、捐纳、助赈种种方式，无非是向朝廷购买官爵，惯于经手捐官买缺的钱庄挡手黄胖姑赤裸裸地大谈行情：'一分行钱一分货。……至于数目，看你要得个什么缺，自然好缺多些，坏缺少些。'"④ 而清代的捐纳形式也是五花八门，种类和技巧繁多。选择怎样的官位、怎样的捐纳时机以及捐纳的花样等，详述起来是一部大书。故而，《官场现形记》也就有了无穷无尽的写作素材。20世纪60年代，王俊年在一篇文章谈到，《官场现形记》中"'传见'、'禀到'、'端茶送客'、'拜客'、'挡驾'等等琐碎细小的官场仪节和生活琐事的描写，大大削

---

① 李伯元：《官场现形记》第二回，人民文学出版社1978年版。
② 曾祖荫主编：《中国历代序跋选注》，长江文艺出版社1982年版，第177页。
③ 鲁迅：《中国小说史略》，《鲁迅全集》第9卷，人民文学出版社1981年版，第283页。
④ 时萌：《关于评价晚清谴责小说的看法》，《中国近代文学论稿》，上海古籍出版社1986年版，第52页。

弱了作品的揭露力量"①。姑且不论作者所持观点正确与否，他注意到的小说中充斥着大量此类细节描写，却是事实。

在小说结束的第六十回，欲告病还乡的甄阁学（守旧）准备顺路去保定看望自己多年未见的胞兄，他向陪同的黄二麻子介绍了他哥哥久经考场的经历："家兄一辈子顶羡慕的是做官。自从十六岁下场乡试，一直顶到四十八岁，三十年里头，连正带恩，少说下过十七、八场，不要说是举人、副榜，连着出房、堂备，也没有过，总算是蹭蹬极了！"不过，他的胞兄完全有能力捐官，却因迷信科举正途，才耽搁了，这不免使甄阁学唏嘘不已。他庆幸自己觉悟得早，给儿子们都捐了官，也准备为侄子们谋一个出路。而在李伯元看来，捐纳制度显然是官场堕落的病根，它的延续将使贫弱的中国在弱肉强食的世界里无立足之处。因此，在小说结尾，李伯元让甄阁学的哥哥做了一梦，梦见用来救中国的官场教科书因为失火，"教导他们做官的法子"的后半部烧掉了，只剩下"专门指摘他们做官的坏处，好叫他们读了知过必改"的前半部。用这样的方式，作者表达了他警诫官场的写作目的。《官场现形记》以暴露捐纳制度的弊端为中心，从《南亭四话》卷四中抄录的一组《捐班杂咏》诗也可以得到证明。其题下注云："友人钞示。绘火绘色，绘水绘声，足当《官场现形记》题辞读也。"②《南亭四话》的内容不全是李伯元自著，因而不能保证这话是其夫子自道。但以讽刺捐官的诗作小说题辞观，也侧面印证了在作者或读者眼中，对捐纳制度的描写确为《官场现形记》最着力之处的重要程度。

李伯元的自我陈述更清楚地说明了这一点。1904年1月19日至20日的《世界繁华报》登载了一篇《〈官场现形记〉序》，其中说道：

> 父诏兄勉，当知宦海无涯，人生最易失足之地，非藏垢纳污之地。必稍读诗书、稍明忧患者，方可厕身其间。若昏墨贼吏之

---

① 王俊年：《不要美化改良主义作家和作品》，《光明日报》1965年11月7日。
② 《南亭四话》卷四，王学钧编：《李伯元全集》卷五，江苏古籍出版社1997年版，第237页。

子孙，习见乃祖乃父之腐败秽德，以为他日居官之方，不外于是，为奴隶形，为牛马走，世济其恶，以期其傥来之富贵，侥幸旦夕，不知税驾之所，是则大愚之可哀者。则此记之非笑、非非笑也；具大慈悲，宦海之大桴也。若睹此记，以为为官固宜如是，是则真犒亡者。南亭苦心，其奈之何！

序后有一句"癸卯良月迟云"的说明，而《李伯元研究资料》便据此将"迟云"视为序作者的名字①，其实有误。此序作于"癸卯良月"，即1903年的农历十月，而在此之前，《官场现形记》早已在该报连载，因此，所谓"迟云"，应该是指序文的写作晚于小说的见报。以文中语气看，序作者应该就是李伯元自己。

序言开篇从"群学"论起。然而，作者不过是借此新名词以发端，很快话题便转到官场中的"群学"，以为其不过是结党营私、拉帮结派，官场于是成为"最易失足之地"。李伯元主张，"必稍读诗书、稍明忧患者，方可厕身其间"，这明显是针对捐例广开、捐员流品日杂的社会现实而言。因为那些"昏墨贼吏之子孙"，不但不能得到"父诏兄勉"的警诫，而是日日受"腐败秽德"的浸染，决然只能变本加厉，使官场更加腐败。

在《官场现形记初编》初版本中，署名"茂苑惜秋生"的欧阳钜源所作序也表达了同样的意思，文云：

> 限资之例，始于汉代。定以十算，乃得为吏，开捐纳之先路，导输功之滥觞。所谓"衣食足而知荣辱"者，直是欺人之谈，归罪孝成，无逃天地。夫赈饥出粟，犹是游侠之风；助边输财，不遗忠爱之末。乃至行博弈之道，掷为孤注；操贩鬻之行，居为奇货；其情可想，其理可推矣。沿至于今，变本加厉；凶年饥馑，旱干水溢，皆得援救助之例，邀奖励之恩；而所谓官者，乃日出而未有穷期，不至充塞宇宙不止。②

---

① 魏绍昌编：《李伯元研究资料》，上海古籍出版社1980年版，第90页。
② 同上书，第82页。

抨击的同样是晚清捐输失控、捐员泛滥不可收拾的现状。欧阳钜源认为，捐纳制度因为将官缺作为可以买卖的"奇货"，败坏了官员的品德，已成为社会一大弊病。如冯桂芬即论述："捐班逢迎必工，贿赂必厚，交结必广，趋避必熟，上司必爱悦，部吏必护持。……近十年来，捐途多而吏治益坏，吏治坏而世变益亟。"[①] 而上引两篇序文皆作于《官场现形记》写作初期，应该说是真实地反映了李伯元创作之初的心理和动机。

捐纳，简单地说，就是以一定的金钱或物质来获得朝廷官位的制度，其名目繁多，通常理解为卖官鬻爵。历史上捐纳由来已久，至清代添列为一项重要的选官制度。然而，由于内忧外患频集，捐纳的名目和范围也越来越大、越来越广，极大地妨害朝廷吏治。弊窦丛生的捐纳制成为人们抨击晚清政治的众矢之的，取消捐纳的呼声也一直不绝于耳。而捐纳制度之所以在此时成为抨击官场的靶心，一个重要的原因是，光绪二十七年（1901）七月二十九日，清政府下令在一个月内停止一切实官捐纳[②]。在其末路挣扎之时，捐纳的窳败与腐恶更是暴露无遗。这一社会现象自然也得到了报纸舆论的强烈关注。《游戏报》上一则"大度能容"的消息写道：

> 自捐例开而宦途杂，自捐例停而宦途尤杂。盖人闻永远停止之谕，无不争先恐后，共愿输将其间。贩夫牧竖、隶卒舆台，咸滥厕缙绅之列。有心世道者，隐焉伤之。闻有曾为执鞭之役者三人，近来不知何处发有横财，各纳资捐佐杂，居然衣冠济楚，上辕验看矣。有叩某大宪者曰："此辈贱役，如何可以列仕途，不且贻朝廷羞耶，亦须费使君一青盼，未免太污目矣。"大宪笑谓之曰："我当验看时，两眼看天，何尝假以颜色。惟此辈既不弃于国家，我又何苦峻拒之哉，听之可耳。"如某大宪者，可谓

[①] 冯桂芬：《变捐例议》，《皇朝近世文续编》卷十八（三），葛士濬编，清光绪二十二年（1896）宝善书局。

[②] 《光绪宣统两朝上谕档》，光绪二十七年（1901）七月二十九日上谕，影印本，中国第一历史档案馆编，广西师范大学出版社。

大度能容矣。①

这段讽刺小品对停止捐纳谕旨公布后捐输的愈形疯狂作了生动、如实的记述，表现出小报记者目睹官场日益加剧的卑污而怀有的深刻忧虑。

《游戏报》中又有一"何必营谋"的报道：

> 今岁自奉停捐之谕，各直省之分发到省者，自道府以迄丞倅，闻有数千人。其中贩夫牧竖，溷杂不分。有某甲以肩负起家，积有余资，遂捐一佐杂，分发粤省。……迨谒见方伯时，忽举止失仪，言语无措，同谒者皆非笑之。既而乃在靴统中摸出一信，面呈方伯，并跪求提拔。方伯怒麾之去。未几即悬牌，谓举止浮躁，即着回籍。甲怏怏而返。②

这也是关于一个卑微的商人捐官的故事。因为他在捐官的过程中遭受了挫折，而令记者格外快意。显然，官员流品的日趋卑下与混杂令其深恶痛绝。

此类嘲讽在《世界繁华报》亦多有所在。单是"讽林"栏目，便有多则文字涉及捐纳现象。现举两例如下：

> 大似监生纳粟，以补棚规不足。有诏下求贤，要铜钱。并未临时拍卖，还不十分爽快。谁肯做中人，教官们。③
> 添出许多纱帽，真个道其所道。到省便空空，喝西风。何苦浮沉薄宦，忙煞脚靴手版。补缺勿牵连，不知年。④

毫无疑问，这些对捐纳制度的讽刺和嘲笑会引起李伯元的注意，而且很可能，其中一些篇目即出自其手。而对于已近末路的捐纳制

---

① 《大度能容》，《游戏报》1902 年 1 月 14 日。
② 《游戏报》1902 年 1 月 22 日。
③ 《讽林·一痕沙》，《世界繁华报》1901 年 10 月 7 日。
④ 《讽林·一痕沙》，《世界繁华报》1901 年 12 月 28 日。

度，其弊端昭昭在人耳目，恰如时人所总结的"五害"说：

> 名器未免太滥，是则足以害国体也；……惟知剥民、削民、竭民之脂膏，敛民之货贿，盖此辈多市井之徒，其初捐之意，本为谋利而来……是则足以害民生也；捐输者大都学识毫无，胸无点墨……幕友知其然，于是舞法弄文，肆行无忌，而政事不可问矣，是则足以害政事也；……豪杰不免灰心……是则足以害人才也；……朝犹等于白丁，暮即列于官职……问律例则不悉，问民事则不知……是则足以害官方也。①

而凡此五害，在《官场现形记》中都得到了刻画入微的表现。第五回"藩司卖缺兄弟失和，县令贪赃主仆同恶"，描写王梦梅花了一万块买得玉山县肥缺。因为钱不够，先借了钱，又"弄到一个带肚子（按：指官员到任时借用带来的幕友或差役的银钱）的师爷，一个带肚子的二爷，每人三千，说明到任之后，一个管账房，一个做稿案"。于是，他一刻也不愿意耽误接印的时间，头一天到晚了，"急的暴跳如雷"，恨不得立即抢印过来收取钱粮漕米。被人劝下后，"却是这一夜不曾合眼。约摸有四更时分便已起身，怕的是误了天亮接印"，由于买官所付出的金钱代价，他们一旦任职，便犹如饿狼扑入羊群，其肆意搜刮可想而知。

那些由捐入仕的市侩无赖，更是李伯元所乐于渲染和铺叙的人物形象。第三十一回"改营规观察上条陈"，酣畅淋漓地暴露了做生意出身的捐官道台田小辫子的不通政事和不学无术。他不知道官场的礼仪，已经闹出了一大串笑话，而最出彩的是向制台递条陈。田小辫子当然自己不会写，请别人胡诌一通后，他拿来一句句念给制台听。然而其中略有几处掉文，他断句不清，制台听了不懂，便让他老实讲来。条陈不多，只有四项：一是出兵打仗，他的主意是所有的队伍都不准他们吃饱，因为他养的猫就是如此，这样它才会捉老鼠；第二条

---

① 孙兆熊：《富国不在捐输论》，《皇朝经世文三编》卷二二"吏政"，上海书局1902年版。

是海防，建议士兵拿千里镜瞄准江上来的敌船，瞄准了船头就开炮，完全不懂预测提前量；第三条是整顿营规，要给每个士兵剃去一条眉毛，以便辨认，可免其逃跑。制台听得虚火上升，让他继续说。田小辫子只得又说道："这第四条是每逢出兵打仗的时候，或是出去打盐枭，拿强盗，所有我们的兵，一齐画了花脸出去。"制台道："画了花脸，可是去唱戏？"田小辫子道："兵的脸上画得花花绿绿，好叫强盗看着害怕。他们那老远的瞧着，一定是当天神天将来了，不要说是打强盗，就是去打外国人，外国人从来没有见过，见了也是害怕的。"制台道："你的法子很好，倒又是一个义和团了！"

制台大动肝火之下骂道："江南的道台都是如此，将来候补的一定还要多哩！"田小辫子尚不知觉，笑嘻嘻地凑趣说："江南本来有个口号，是'婊子多，驴子多，候补道多'。"

黄三溜子和刘大侉子也是官场中的此类丑角。刘大侉子是纨绔子弟，黄三溜子是盐商出身，两人的共同点是吸鸦片、不学无术。二人第一次被署院接见时，刘大侉子因为是官宦子弟，稍微懂得规矩，没见问话，尚不敢开口。黄三溜子早已忍耐不了，满肚皮搜寻话来应酬，开口问道："大人贵姓是傅，台甫没有请教？"说话已经失仪；而后署院问他家世，他又支吾半天，一句说不出。接着，署院让他们写各自的履历，黄三溜子"急得汗流满面"，托故不写；欲卖弄才学的刘大侉子则是把"戴"字写得"戴"不像"戴"，"载"不像"载"；替黄三溜子写时，又把"鹽"字肚子里四点，乱画为十几个点。

在这些描写上，后人往往会觉得其夸张失实。但如果放入当时报纸的语境中，与上文列举的新闻互相参照，就会明白作者的描写倒是事出有因，或竟有本事可寻。至少对黄三溜子的刻画便是建构在当时已经广为流布的笑话和逸闻上，只不过增添了一些细节的描绘而已。清末捐纳之滥，影响及于政治、经济、社会各方面，其弊端已尽人皆知。因此李伯元对捐纳的嘲笑和抨击，针对的是一种引起公愤的社会现象，即胡适所说的"都是当时公认的罪恶"[①]。以至于小说发表之

[①] 胡适：《中国章回小说考证》，上海书店 1979 年版，第 453 页。

《世界繁华报》语境中的《官场现形记》写作

际,报纸登出的广告竟称:"此书描摹官场丑态,无微不至。某京卿谓:邹应龙打了严嵩,严嵩犹说:打得好!打得好!今之官场中人无不喜读此书,同此意也。"① 其实,这恰恰透露出李伯元所抨击的官场的极度腐败与不堪,是众多官员早已心知肚明的事实。

从政治大局考虑,晚清之后,捐纳制度对吏治的破坏理应受到严厉的追究;然而,就千万捐员的个人命运来说,又非一言所能道尽。《世界繁华报》中"一痕沙"小令云:"敢以冗员汰,而云仕路宽。有钱升缺易,无路得官难。裘敝人情涣,囊空客梦寒。不如归去也,何事往长安。"② 其描摹候补人员的心酸与无奈,也颇为真切。《笑林报》中的一则消息,也可使我们对大多数候补人员的命运有一大致了解:

> 闽省候补佐杂不下千余人,而新近禀到者,犹续来无已。而省中差缺有限,需次者困苦不堪。……未经禀留者则谕令回省听鼓,不得在漳逗留。一时佐杂中无资回省者,真有抢地呼天、悔入宦途之势,殊令人不忍注目。是亦宦途中有数之笑话也。③

由于小报诙谐、幽默的言论风格,它以笑话的眼光来看待这一幕官场悲剧,甚至有"近日候补举人之情态,可铸鼎而象,悬镜而照者也"④ 的接续报道。这种喜剧中的悲剧命运与悲剧中的喜剧因素,在《官场现形记》中有生动的表现。因而,李伯元对捐纳出身的人并不一概看低,也有同情,认为其中"很有些屡试不第,不得已才就这异途的"⑤。

随着时事的变化,我们可以看到,《官场现形记》所集中揭露的官员群体也有所不同。最明显的表现是第五编,即第四十九回至第六十回,孟瑶注意到,这部分"虽于当时官场有所影射,但已渐叙及时

---

① 《世界繁华报》1904年6月17日。
② 《讽林》,《世界繁华报》1902年9月22日。
③ 《呼天抢地悔入宦途》,《笑林报》1902年10月2日。
④ 《续候补举人说》,《笑林报》1902年10月6日。
⑤ 《官场现形记》第十九回。

务。如'抗官威洋奴唆吃教'、'洋务能员但求形式'、'慎邦交纤尊礼拜堂'、'洋翰林见拒老前辈',其人物虽仍由刁迈彭叙起,而事实已另具线索"①。孟瑶的眼光是不错的。到第五编,《官场现形记》的写作对象确实发生了较大转移。但其中原因,孟瑶解释说是"可见续作者着眼点与氏确有不同",将之归为作者不同的缘故。《官场现形记》是否有欧阳钜源续写的部分,非本文论述范围。但孟瑶的推论似嫌证据不足。从报刊的角度看,第五编开始写作时,差不多已经到了1905年、1906年前后,其时捐纳作为新闻热点早已过去。相对来说,洋务外交等事务日益频繁,与时事风气密切关联的报纸自然对此也有更多反映,故其成为小说写作的主要对象是极有可能的。这与是否改换作者应该没有直接的关系。

三 小说题材的时空坐标

《官场现形记》一个重要的特点是故事取材的空间跨度很大,张中注意到:"全书从地处西北的陕西写起,写到江西、山东、浙江、河南、广西、江苏、山西、湖北、安徽、湖南,并几次由地方官写到中央官员,又由中央写到地方。作者的笔锋,西北东南,流转于大半个中国。"② 在如此广阔的描写空间内,又由于情节"率与一人俱起,亦即与其人俱讫"的结构方式,小说的空间变换显得格外频繁与突出。这种特征与小说的发表语境是有关系的。作为在报纸上连载的小说,无论它具有怎样的空间跨度似乎都不令人吃惊,因为报纸本身就是"古今中外""东西南北"各类消息趣闻的信息大融会,自然对小说中今日还在陕西、明日已到湖北的现象描述也习以为常。如果将所有情节圈定一地,固然也无甚妨碍,只是报纸所提供的巨大空间容量,无疑更有利于实现作者对中国官场做全景扫描的意图。因此,李伯元显然是有意将所描写的官场故事分布于全国各地,同时也把增广

---

① 孟瑶:《〈官场现形记〉及其他》,《李伯元传记资料》,(台北)天一出版社1982年版。

② 张中:《李伯元与〈官场现形记〉》,辽宁教育出版社1992年版,第67—68页。

见闻的报纸功能带入小说。

    小说触及面的广泛也与小说素材的来源有关。晚清小说家兼报人的李伯元与吴趼人,创作上都有一种突出的表现,那就是采"笑话"和"逸闻"入小说。陈平原论述"传统文体之渗入小说"时,注意到大量"笑话"和"逸闻"进入小说的现象,他尤为细致地指出,这在吴趼人和李伯元身上表现最为突出:"倒是在吴趼人、李伯元等谴责小说家笔下,'笑话'真正进入了小说。""逸闻"也是如此,"《官场现形记》和《二十年目睹之怪现状》才真正代表本文所论述的引轶闻入小说"①。中国小说一直有从前朝或其他文本中撷取素材的传统。时至晚清,近代报刊事业发展起来,报纸在报道朝政、商业资讯等新闻之外,也热衷于捕捉各种"可惊可愕""可惊可喜"的奇事异闻。这些奇事异闻便成了近代小说丰富的创作资源。当新闻纸初兴之际,报纸的热衷传播各类奇闻逸事,不仅出于单纯的好奇,其实还有意借此来传播新知,以增广阅历,开拓见闻。如《申报》就将历年报纸"选其中崇论闳议,与夫可惊可愕之事及文词杂体,都为一集。计分十四卷,别类凡十二,名曰《记闻类编》"。编者的目的是:"既可免抄摘之劳,而又多检查之便。故此书一出,而凡阅新闻纸者,可愈知新闻之有益于人,而新闻之销场更觉日多一日矣。"② 以新闻纸的"书册"形式来凸显报纸"有益于人"的功用,是那个时代特定的思维方式。可以想见,这些"可惊可愕"之事经过分门别类的汇辑统撰,应该各自有其主题表现。凡此种种的叙写与开掘,为广泛积累现实故事的创作素材提供了前所未有的便利条件。

    自小报兴起,市廛闾里的世态民情、十里洋场的时尚风俗、官场政界的趣闻掌故等更为贴近市民生活趣味的描写增多了。而随着报纸经营的多样化发展,对当代现实的反映更为贴切和敏锐,主题也更加鲜明。李伯元在《世界繁华报》中设置"时事演说",起因即是:"庚子之变,海内恫心,咄哉顽固,肇此巨祸!遗闻轶事有为楮墨所

---

① 陈平原:《中国小说叙事模式的转变》,北京大学出版社2003年版,第162—163、168页。

② 《选新闻纸成书说》,《申报》1877年3月28日。

难穷者,掇拾一二,权当昆明池上,劫灰余话,何如?"① 他以"庚子之变"为主题来收集社会上流传的谈丛琐语,虽类似拾遗补阙的野史稗谈,但大部分的片段如"摊公分""赐书""降谕"等,在客观描述中不动声色地寄寓了作者冷静的社会批判和历史反思。在晚清的时代危机中,报纸的这种舆论导向无疑会促发公众对时局的普遍忧虑和不满,李伯元本人的小说创作当然也从这些时事话题中受到了较多的启示。

值得注意的是,继《官场现形记》或《二十年目睹之怪现状》而产生的小说,虽然在创作方法和题材等方面对二书有所承袭,但广泛依赖社会逸闻、报纸故事的情况却有淡化。后者或许正是作为小报报人的李伯元和吴趼人的职业特征在小说中留下的独特印记。

我们不妨将眼光稍微放远一点。在汇聚小说题材方面,晚清人情小说经历了与明中叶世情类白话小说非常相似的艺术之路。以"三言""二拍"为代表的短篇白话小说的产生,标志着文人第一次广泛地关注"闾巷新事"②,并以"极摹人情世态之歧"③的姿态来进行小说创作。当然,最初的时候,他们还是多从前朝故事中汲取素材。凌濛初作《拍案惊奇》时即以为,冯梦龙编"三言"诸书,"宋元旧种,亦被搜括殆尽",因此,他只能另辟蹊径:"因取古今来杂碎事,可新听睹、佐诙谐者,演而畅之,得若干卷。凡耳目前之怪怪奇奇,无所不有。"④ 已在叙述旧事之外,杂入了更多的新故事。明末清初,这种白话小说的创作更是蔚然成风。以东鲁古狂生的《醉醒石》、金木散人的《鼓掌绝尘》、华阳散人的《鸳鸯针》、酌元亭主人的《照世杯》、艾衲居士的《豆棚闲话》、薇园主人的《清夜钟》、谷口生的《生绡剪》等为主要代表,先后有四五十种小说问世。在此过程中,小说直接取材于当下现实生活的趋向已经出现,如《鼓掌绝尘》的

---

① 《时事演说》,《世界繁华报》1901年12月30日。
② 凌濛初:《拍案惊奇》序,曾祖荫等编:《中国历代小说序跋注》,长江文艺出版社1982年版,第111页。
③ 笑花主人:《今古奇观》序,曾祖荫等编:《中国历代小说序跋注》,长江文艺出版社1982年版,第128页。
④ 凌濛初:《拍案惊奇》序,曾祖荫等编:《中国历代小说序跋注》,第111页。

作者在识语中说:"种种俱属新思新创,非假借旧人物口吻。"① 明确表示与此前小说常从史籍旧著中取材的不同路数。由此,以人情世态为主题的白话小说迅速发展,涉及官场政治、科举考试、社会风俗等各个方面,为晚清社会小说的创作积累了丰富的艺术经验。

在现实主义的写作脉络上,《官场现形记》表现出对明中叶以来文人创作的世情类白话短篇小说的继承和发展。由于时代的变迁,小说产生的语境迥然有别,《官场现形记》因而显示了全新的小说创作理念和美学特征。从小说初编出版后登载于《世界繁华报》的一则广告和一封读者"特别来函"中,我们可以了解到《官场现形记》的自我定位以及读者的阅读反应。广告云:

> 此编专述官场怪怪奇奇之丑状,为世界种种人勿可勿读之书。有志为官者急宜购览,真升官秘钥也。②

这样的自我标榜在小说史中简直是前所未有。如果考虑到小说选择官场题材的背景以及作者所持的暴露和抨击的写作姿态,广告的前一半还在情理之中;而且其声称的"怪怪奇奇",也与稗官小说一贯的美学诉求相吻合。后一句话则去除了以往以小说自娱、寄寓个人身世或警世的意图表白,将严肃的讽喻化为轻松的一笑,径以"官场指南书"自居。

在与广告同日刊登的读者来函中,我们也为其找到了恰当的注脚:

> 昨日吴门游侠子来函,以本馆新出《官场现形记》一书穷形尽相。奖许过情,著者原意颇冀阅者匡其不逮,不敢妄誉言之也。惟游侠子穷三日之力,将此书条分缕析,抉择无遗,大可以便读者。爰为照录左方。本馆志。
>
> 不可不看九条○欲知官场仪注者不可不看;初过班之道台不

---

① 转引自欧阳代发《话本小说史》,武汉出版社1993年版,第346页。
② 《南亭新著:〈官场现形记〉》,《世界繁华报》1903年10月22日。

可不看;做官亲幕友者不可不看;做太太者不可不看;出银子买大帽子八行书者不可不看;候补官欲钻谋差使者不可不看;当管家能骗得主人欢喜而又能害主人者不可不看;新中举者不可不看;戴红顶子做局里总办者不可不看。

不可不学六条○经手办事面面赚钱当学狐狸精及魏翩仞;替人买缺经手过付当学泥菩萨;做生意细大不捐当学三荷包;做医生当学张聋子;假情假义能收能放当学新嫂嫂;背后倾轧面子上不露当学周老爷及戴大理。①

尽管用了讥讽的语调,但详细描绘官场仪注可作为小说的第一大看点,仍然体现了小报编者与读者特殊的趣味。19世纪末20世纪初的上海小报,在报道娱乐信息、反映洋场奇闻趣事,以为读者消遣排闷的工具外,同时也以博闻广知、洞察世故自诩。如《采风报》就认为不看报,"曾不知识之未广,及其出而阅世,口噤腹枵,浅陋讥之矣"②。随着上海都市的迅速崛起,其生活、娱乐风气甚至城市建设皆日新月异,非但本地人难以尽晓,外地来游者更是茫然无措。因此,关于妓院生活、都市游玩等各种指南书,早在19世纪70年代即开始出现并流行开来。小报本为资讯载体,重视娱乐指南也在情理之中。与此同时,诞生于小报的《官场现形记》中大量杂入关于官场礼仪与规矩的说明,不能不说是受到彼时风气的影响,沾染了当时流行的"指南书"思路。这一点跟它几乎同时发行的《海上繁华梦》不谋而合。就20世纪初期上海的阅读语境来看,这种写法与当时各种书写上海洋场游乐生活的游记、指南书和小报取意相同。从署名"吴门游侠子"的读后感中,我们看到了读者对此写法的欣然接受。故此,在揭露和抨击的效果上可说是不利的因素,却因其作为调动读者阅读兴趣必不可少的"调料",而对于商业氛围之下的小说写作无论如何是不可舍弃的。在此意义上,《官场现形记》声称它是"教科

---

① 《特别来函:读〈官场现形记〉者看、看、看》,《世界繁华报》1903年10月22日。

② 《采风报序——仿〈南亭集序〉》,《采风报》1898年7月12日。

书",在书中杂入官场礼节和规矩的说明,亦是时代风气使然。

四 写实的价值与悖论

然而,出于迎合读者阅读趣味而采用的素材及手法,也会损害甚至消解批判官场黑暗这一小说设定的主题。如王俊年所发现的《官场现形记》中的主题扞格之处。

> 他(按:指李伯元)的兴趣在于猎取一些耸人听闻的奇闻趣事,以供读者把它们当作茶余饭后谈笑的资料。所以在描写时,把许多事情有意夸大、渲染、谑化,让自己笔下的人物到处"出洋相",使很多严肃重大的问题,都被化成了一个笑话。[①]

王俊年的文章总体上是对李伯元作品的改良主义倾向的批判,认为小说暴露了资产阶级改良派的软弱性。虽然这种论调因其意识形态的僵化而表现出脱离历史事实的偏见,但客观说来,就作品细节的具体论述看,他的看法还算实事求是。上文所说的问题确实体现了《官场现形记》重要的创作趋向。

综观整部《官场现形记》,李伯元并无意去渲染悲剧的惨烈和现实的苦难,即便在一些可能出现悲剧描写的地方,调侃和滑稽的基调也极大地冲淡了这种气氛。即以常为人所称引的"严州剿匪"一节为例,一般研究者认为这一段是对官场黑暗最深刻的揭露。阿英称,"叙胡统领严州剿匪数回,尤是全书精粹处"[②]。严州实无匪迹,胡统领受命去剿,自然无可剿。而原本惊惧不安的统领得知这一情况后,却益发抖擞起军威来,为了邀功,他纵容士兵以百姓充当土匪,大肆搜掠抢劫,谎报军功。待统领得胜回师时,作者这样描写道:

> 其时各炮船船头上齐开大炮,轰轰隆隆,闹得镇天价响。两旁兵勇掌号,鼓吹亭吹打细乐。统领依旧坐着轿子,由差官、亲兵等簇拥回船。不提防轿子刚才抬上跳板,忽见一群披麻戴孝的

---

① 王俊年:《不要美化改良主义作家和作品》,《光明日报》1965年11月7日。
② 阿英:《晚清小说史》,作家出版社1955年版,第131页。

人，手拿纸锭，一齐奔到河滩，朝着大船放声号啕痛哭起来。其时统领手下的亲兵，县里派来的差役，见了这个样子，拿马棒的拿马棒，拿鞭子的拿鞭子，一齐上前吆喝。谁料这些人丝毫不怕，起先是哭，后来连哭带骂。（《官场现形记》第十八回）

这是作品中所描写的经官兵烧掠之后，流离失所、家破人亡的百姓的出场。作者叙述这一凄惨场面的语言依然是戏谑性的，乡民在"不提防"中忽然出现了，他们一样的孝衣装扮，一齐地奔来，故而其"痛哭"也就令人觉得是一场编排好的滑稽表演。戏剧化的描写冲淡了作品的悲剧因素，读者也难以生出同情之心，难怪章培恒抱怨李伯元将苦难的乡民描写成"懦怯卑劣的群氓，没出息的孬种"。①

小说对于"官"的态度，诚如胡适说的，"全书是官的丑史，故没有一个好官，没有一个好人"②。可以理解，这是叙事者出于批判官场风气的一种书写姿态，并不代表李伯元个人的真实看法。而随着大量社会逸闻奇事被采纳进来，小说的面貌变得复杂、多元。如有的读者还从《官场现形记》中读出"可怜七条"：

> 方必开痰迷心窍可怜；徐都老爷太太催赎当、家人讨工钱可怜；赵孝廉不中进士，贺根买嘱卖烧饼的来骗他可怜；黄道台才过班正想替太太做寿，忽得参官信息可怜；邹典史太太衣服被男人挟入当铺可怜；赵不了没有吃过燕菜可怜；又凑小角子兑大洋钱摆酒可怜。③

其中一些是反讽的语调，嘲笑了那些官迷心窍者，但大部分对官吏穷困状况的渲染，与其视之为暴露官场的黑暗，不如说是对想要跻身官场者的警告。这与小说所揭露的捐纳制度的弊害正相关联，它所造成的官位不敷的矛盾已为越来越多的官场中人带来恐慌和危机。如

---

① 章培恒：《关于李伯元作品评价的几个问题》，《光明日报》1966年3月13日。
② 胡适：《中国章回小说考证》，上海书店1979年版，第441页。
③ 《特别来函：读〈官场现形记〉者看、看、看》，《世界繁华报》1903年10月22日。

张之洞所言:"缺少人稠,数十年尚未一转。其中即用候补两项,自光绪四年七月分班请补以后,非数年十数年不能轮到。"① 候补官员介于官民之间,他们享有官员的尊严与资格,却没有实际的职位和薪俸,长此以往,必定陷入潦倒和贫困之中。蒋琦龄叙述这一群体说:"臣于庚申之秋,行过保定,见彼处即用人员,不但终身无补缺之望,几于终身无委署之期。困苦穷饿,莫能名状,至有追悔不应会试中式者。"② 咸丰十年(1860)的候补已经如此,李伯元写作小说之时,捐例愈滥,候补官员的苦况愈为变本加厉。《游戏报》上《候补苦·仿蜀道难》便是对候补之苦的一篇速写:

可怜衣裳已当完。手版出入劳且敝,阖家朝夕空愁叹。措资请假殊汗颜,同寅借贷几时还。月课年薪无多获,恭维上司犹站班。三餐时断顿,勉力且衙参。候补之苦,苦于吃黄连,使人困此实难堪。宪辕费用未能给,号房书吏来催逼。房东索租怕回家,步行拜客仆提靴。③

当候补官员耗尽钱财、吃穿无着时,"做官虽云乐,不如早归耕",归田早已不是高洁的隐士追求,而是一种现实生活的无奈选择。

《官场现形记》的写作本与新闻舆论的话题相关,而从《世界繁华报》对晚清官场的言说来看,呈现为多层次与多视角,既有从朝政大纲高度的锋利劝谏,也有从个体命运出发的悲悯情怀。因此,《官场现形记》便不能不表现出同样复杂的创作姿态。尽管李伯元在写作和艺术加工时会融入他的价值判断,以相对统一的观念意识加以熔铸和改写,但这些故事本身意蕴的复杂性还是无法完全抹去的,这便形成了小说中的主题矛盾。

---

① 张之洞(山西巡抚):《奏为知县外补壅滞悬恩量予变通疏》,《皇朝经世文续编》卷十七,"吏政"(二),葛士濬编,清光绪二十二年(1896)宝善书局。

② 蒋琦龄:《应诏上中兴十二策疏》,《皇朝道咸同光奏议》卷一"治法通论",光绪壬寅秋(1902),上海敬斋石印。

③ 西泠大怪:《候补苦·仿蜀道难体》,《游戏报》1899年4月21日。

而在某些时候，喜剧性的叙事风格也削弱了暴露主题的严肃性。小报中普遍流行的是诙谐和幽默的风格，宗旨是为人消遣解闷，读后开心一笑。因此，即便是现实生活中悲剧性的故事和事件，小报报人也仅以讽喻、调侃的口吻点到即止，绝不会铺排渲染，这是为小报的风格所决定的。《官场现形记》最初的写作初衷是要在报纸中连载，它便不能不与小报的风格相协调。所以，茂苑惜秋生在为小说作序时，强调了作者"有东方之谐谑，与淳于之滑稽"①。这些都使得李伯元在展现悲剧和庄重题材时有所收敛，而将所有的嘲笑和讥讽寄寓令人捧腹的笑料和荒谬的事实中。这些同样是影响小说主题的重要因素，王德威也意识到《官场现形记》中作者暴露意图下隐含着暧昧的缝隙，说："在他们的公开意图背后，暧昧的笑声时可听闻，这笑声削弱了小说标榜的卫道及劝世姿态。"②

其实，对于我们现在所意识到的小说主题中的矛盾和缝隙，当时人并非没有察觉。《官场现形记》初编甫出，即有人评论说："每出一纸，见者拍案叫绝。熟于世故者皆曰：'是非过来人不能道其只字。'而长于钻营者则曰：'是皆吾辈之先导师。'智者见智，仁者见仁。"③ 即指出了《官场现形记》写作主题的多重面向。但在这位论者看来，此种现象非但不是弊病，而且还昭示了小说内容的丰富性。他表现出来的宽容，与对小说要求整体语义统一的现代读者判然有别。这不仅是不同时代读者要求的差异，更重要的是，由于《官场现形记》所处的小报语境所具有的开放性阅读空间，为互为歧义的主题提供了多重视角的接受环境。

因小报语境而造成的小说艺术上"写实"与"失实"评价的差异，自《官场现形记》刊印以来，也经历了一个变化过程：初时对其写实技巧的赞扬分外突出，后逐渐认为其描写亦多失实。

---

① 茂苑惜秋生：《〈官场现形记〉序》，魏绍昌编：《李伯元研究资料》，上海古籍出版社1980年版，第84页。
② 王德威：《被压抑的现代性——晚清小说新论》，北京大学出版社2005年版，第215页。
③ 茂苑惜秋生：《〈官场现形记〉序》，魏绍昌编：《李伯元研究资料》，上海古籍出版社1980年版，第86页。

1905年,《新小说》第8号刊登了一则《新笑史·堂上亲供》,可作为《官场现形记》写实特征的有力证明:

> 上海有著为《官场现形记》者,以小说之体裁,写官场之鬼蜮。其书近经人翻刻,著者乃控之于会审公堂。据《中外日报》载此案,中有句云:"问官断得此书,毁谤官场,历历如绘。"夫问官,官也;历历如绘,写真之意也。以官而曰"《官场现形记》历历如绘",吾敢谓之堂上亲供矣。①

新小说家以官场中人的自我招认来印证《官场现形记》的写实主义,取意巧妙,在讽刺官场的同时,也透露出社会大众对小说的一般认识。《官场现形记》的写实性得到了当时读者的一致认可,丘菽园也称其"如道子丹青,地狱变相"②。

而20世纪20年代以来,关于小说写实方面的评价渐有歧义。鲁迅以为其"臆说颇多,难云实录"③;又说,"作者对于官场的情形也并不很透彻,所以往往有失实的地方"④。在后来的读者中,持此看法者不乏其人。包天笑认为:"《官场现形记》描写颇为深刻,然不无有过火处。据老于官场者言,其中制度规章,亦有未符处。"⑤ 胡适则从写大官和佐杂的区别来断定小说的写实程度,而称:"《官场现形记》写大官的地方都不见出色,因为这种材料都是间接得来的,全靠来源如何:倘若说故事的人也不是根据亲身的观察,那故事经过几道传述,便成了乡下人说朝廷事,决不会亲切有

---

① 则狷:《新笑史》,魏绍昌编:《李伯元研究资料》,上海古籍出版社1980年版,第106页。
② 丘菽园:《新小说品》,魏绍昌编:《李伯元研究资料》,上海古籍出版社1980年版,第107页。
③ 鲁迅:《中国小说史略》,《鲁迅全集》卷9,人民文学出版社1981年版,第283页。
④ 鲁迅:《中国小说的历史变迁》,《鲁迅全集》卷9,人民文学出版社1981年版,第335页。
⑤ 包天笑:《李伯元传》,魏绍昌编:《李伯元研究资料》,上海古籍出版社1980年版,第28页。

味了。"①

  怎样看待小说"写实"抑或"失实"的问题，除了因不同的判断标准而出现偏差外，阅读语境的差异是造成这种评价差别的重要原因。刊载《官场现形记》的《世界繁华报》是一种小报，小报的新闻本不以客观和真实取胜，而是追求"新""奇""趣"；读者亦不认真核求消息的真实程度，任其人物张冠李戴、制度与史实不符，本来即不甚了了，在其时更是不求甚解，但求形象生动、合乎情理即可。以小报的眼光去读小说，自然也是这样。因此，在现代冷静而专业的学者看来的夸张失实，当时人却以为真实可信。

---

① 胡适：《中国章回小说考证》，上海书店1979年版，第444页。

陈衡哲早年史迹考索

黄湘金[*]

一 引言

在中国现代文学史上，陈衡哲（1890—1976）被视为一位拓荒者。她在小说和新诗方面的开创性的功绩，早已被研究者确认与彰显。胡适认为陈衡哲是他提倡白话文时的"一个最早的同志"，"当我们还在讨论新文学问题的时候，莎菲（陈衡哲英文名）却已开始用白话做文学了"[①]。阿英赞扬她"和其他的女性作家不同，能以跳出'自序传'式的描写的圈外，很客观的，而且态度积极的描写了一切，以及创作关于人生问题的小说"，"就是在文学本身的认识上，所谓文学的社会使命的认识上，也比其他的女作家深到的多"[②]。除此之外，陈衡哲还是清华学校招收的首批留美女生，于1914年赴美留学，归国后又成为现代大学里的第一位女教授。1937年出版的《中华民国名人传》便称："女界中以史学家而兼文学作家者，陈氏一人而已。"[③] 值得注意的是，陈衡哲有明晰的性别意识，对现代社会中知识女性的教育、婚姻、家庭、职业问题，有深切的体验，在30年代积极参与了报刊的讨论，发表了数篇重要的文章。

---

[*] 黄湘金，中国海洋大学文学院教授，文学博士，研究方向为中国近现代文学。
[①] 胡适：《〈小雨点〉序》，陈衡哲：《小雨点》，新月书店1928年版，第6页。
[②] 黄英（阿英）：《陈衡哲》，《现代中国女作家》，北新书局1931年版，第91、92页。
[③] 贾逸君编：《民国名人传》，岳麓书社1993年版，第549页。

陈衡哲的经历和成就赋予了其在文学史和女性史上的意义，也成为研究者关注文学和性别问题时的重要研究对象。即以陈衡哲的史实研究而言，新时期以来，便出现了《陈衡哲传略》（宗清元，1990年）、《陈衡哲年谱》（杨同生，1991年）、《陈衡哲年表》（赵慧芝，2007年）等重要研究成果。值得关注的是史建国先生近年的研究，他的论文《关于陈衡哲的几点史料辨正》[①] 和《〈陈衡哲年表〉正误》[②]，厘清了陈衡哲生平中的诸多重要问题，其于2010年出版的著作《陈衡哲传："造命"人生的歌者》[③] 也成为目前最为详尽的陈衡哲的传记。

可能是受友人胡适提倡自传写作的影响，陈衡哲1935年在北平印行了英文传记 Autobiography of a Chinese Young Girl，这对于研究陈衡哲的早年经历无疑是一件幸事。该书由美国古林大学冯进先生翻译，以《陈衡哲早年自传》为名，在2006年交由安徽教育出版社出版。自传所包蕴的个人情怀，是其他材料难以比拟的，其真实性在各类史料中也居上乘。尽管陈衡哲在书中对少数人物和地点采用了化名，但这些改动并不难辨别。因而该书甫一出版，即成为国内研究陈衡哲生平的核心材料；其后出版的《陈衡哲年表》和《陈衡哲传》，基本上依照该书的叙述。

《陈衡哲早年自传》回忆的是她在"民国成立前后"的遭际，其叙述从出生起，而迄于1914年的扬帆去国。虽然书中陈衡哲的足迹涉及常州、广州、上海、成都、常熟，内容包括家庭生活和三舅、姑母对她的影响，但其重点显然是在上海的求学经历。可能由于时代相隔久远，陈衡哲的追忆存在误差，文中偶有互相矛盾处；此外，片段式的写作，也影响了读者和研究者的全面考察。

庆幸的是，陈衡哲自外出求学到赴美留学的这一时段，正值中国新闻事业迅猛发展，上海更是全国报业的中心。记者对教育活动、文化事业、政治事件的关注，是职责所在。或许可以推想：此时尚未成

[①] 史建国：《关于陈衡哲的几点史料辨正》，《民国档案》2010年第2期。
[②] 史建国：《〈陈衡哲年表〉正误》，《鲁迅研究月刊》2013年第2期。
[③] 史建国：《陈衡哲传："造命"人生的歌者》，上海远东出版社2010年版。

名的陈衡哲,其在上海和常熟的活动应该也会被报纸所采写。本人自2007年以来,便留心上海报纸的有关记载。如今已小有收获。所见虽然不足以还原陈衡哲在上海和常熟的生活经历,但亦能补充《陈衡哲早年自传》的记载,丰富读者的认知。

二 陈衡哲在女子中西医学院的肄业时间及表现

据陈衡哲回忆,她在13岁(1903年)那年冬天,因为三舅庄蕴宽的鼓励,她随姐姐、姐夫来到广州的三舅家里,想去当地的"医学院"就读,但因年龄过小而被拒绝。该校"只录满十八虚岁的学生",而陈衡哲看起来只有11岁。[1]

1904年冬天,陈衡哲带着庄蕴宽写给蔡元培的介绍信,跟随舅母抵达上海,想进入蔡元培创办的爱国女校学习。[2] 此时已近除夕,"不幸左碰右碰也找不着蔡先生","多年之后,才知道那蔡先生已经不在爱国女校了"[3]。事实上,蔡元培一直到1905年暑假才辞卸爱国女校校长之职。[4] 陈衡哲之所以未能与蔡元培晤面,乃是因为爱国女校从腊月初十起即开始放年假。[5] 正当陈衡哲等待爱国女校开学之时,她在客店中碰到了伯父陈范,被带到江南制造局总办魏允恭家中度过新年。[6] 新年后陈衡哲重提入学之事,魏允恭称他的下属"X先生"正准备开办女子医学院,而此人正是陈衡哲三舅的旧识,于是陈衡哲"因为一系列奇怪的外因而进了这个医学院"[7]。

史建国认为,"X先生"是江南制造局提调李平书,西医教习"Z小姐"是指张竹君,"可以确定陈衡哲1905年就读的正是李平书

---

[1] 陈衡哲:《陈衡哲早年自传》,冯进译,安徽教育出版社2006年版,第74页。
[2] 《陈衡哲早年自传》,第88页。
[3] 陈衡哲:《我幼时求学的经过——记念我的舅父庄思缄先生》,见陈衡哲《衡哲散文选》,河北教育出版社1994年版,第324页。
[4] 高平叔:《蔡元培年谱长编》第1卷,人民教育出版社1999年版,第302页。
[5] 《中国教育会纪事》,《警钟日报》1905年1月16日。
[6] 陈衡哲在自传中称魏允恭为"魏表哥"。此处参考了史建国《关于陈衡哲的史料辨正》一文。
[7] 《陈衡哲早年自传》,第98页。

与张竹君在上海创办的女子中西医学堂"①。此言良是。就笔者在上海报纸所见，自1905年1月23日至2月13日，"女子中西医学院"（上海报纸又称为女子中西医学堂、中西女医学堂、女子医学堂、女医学堂）的招生简章在《申报》反复刊登（2月1日至6日因农历新年休刊）。该校由上海知名士绅李平书及番禺籍女医生张竹君创办，是为上海第一所女子医学校。其宗旨"在贯通中西各科医学，而专重女科"，"一切经费及中医教术由李平书担任，西医教术及宿舍事宜由张竹君担任"②。陈衡哲误打误撞，成为该校的首届学生。

需要考辨的是，陈衡哲在女子中西医学院的学业究竟持续了多长时间。陈衡哲自言，虽然过得并不愉快，"但我直到三年后才离开那个医学院"，③"三年以后，我十七岁了，父亲突然命令我马上回成都的家。他接二连三地给我发电报，甚至在最后一封电报中威胁说要是我不回家，他就停止经济资助"。④ 赵慧芝的《陈衡哲年表》将此事系于1907年寒假时，⑤ 大约唯有此时，陈衡哲年龄既是17岁，学业也方满3年。

若结合上海报纸的记载，则陈衡哲此时离开女子中西医学院有更直接、更详细的证据。当年腊月十四日的《申报》，预告了"派克路女子医学堂定十五日二时行毕业礼"，束邀记者前往观礼。⑥ 大约学校邀请的新闻记者不止《申报》一家，《上海报》对此次毕业仪式的程序有详细的记载。典礼依先后秩序共分12项，陈衡哲在仪式进行到第五项"毕业生读文"时方才出场：

> 殷懋仪读中文《求自由必须自立论》，陈衡哲读英文《全身主动赖脑论》，吴彝珠读中文《医学关系人种论》，姚明珮读英

---

① 《关于陈衡哲的几点史料辨正》，《民国档案》2010年第2期。
② 《女子中西医学院简章》，《申报》1905年1月23日。
③ 《陈衡哲早年自传》，第109页。
④ 同上书，第110页。
⑤ 赵慧芝：《陈衡哲年表》，见抢救民间家书项目组委编《任鸿隽陈衡哲家书》，商务印书馆2007年版，第238页。
⑥ 《谢券》，《申报》1908年1月17日。

文《论呼吸之功》。①

根据随后见报的殷懋仪的文稿,其演讲旨在提倡"有自立者之自由",批判仅知自由皮毛的"野蛮之自由"。②而陈衡哲以下三人所读内容皆与医学相关,十分契合学校的性质;陈衡哲能以英语朗读文章(当是平日习作),可见其程度已经不低。

仪式的第六项是"授凭"。《上海报》的新闻透露,毕业考试由上海名医陈莲舫命题阅卷,并奖赏学生大洋100元。此次毕业生共有7人:陈衡哲、殷懋仪、吴彝珠、殷式仪、姚明珮、严文如、顾丽云。这份名单,应是按照毕业成绩排序。陈衡哲排在首位,可见其表现之优秀。这也印证了她的回忆,医学院时代的她被认为是"全校最聪明的学生",张竹君则称她为"神童"。③

同时,这份名单还可以修正《陈衡哲早年自传》的译文。书中称与陈衡哲最为相善的是姐妹俩,"姓尹,我们叫她们大尹和小尹"④,事实上这对姊妹花应是殷懋仪和殷式仪。可以顺带提及的是,一起毕业的同窗中,吴彝珠后来成为上海知名的产科医生,并于1916年嫁给日后著名道教学者陈撄宁。⑤

大约在毕业典礼结束后,陈衡哲即动身前往成都,途中耗时57天。在那里,父亲已为她觅妥了如意夫婿,但这桩婚事最终因陈衡哲的激烈反对而作罢。陈衡哲回忆:"我曾和父母达成协议,我在家住一年然后回上海"⑥,"于是,在一个四川特有的阴沉的十二月,我又告别了我的家"⑦,但她于后文又提到,辛亥革命爆发的前一年,她从成都"顺江而下"。⑧ 这两处文字互相矛盾。而赵慧芝则根据后者

---

① 《中西女医学堂毕业式秩序》,《上海报》1908年1月19日。
② 中西女医学堂殷懋仪稿:《求自由宜谋自立论》,《上海报》1908年1月20日。
③ 《陈衡哲早年自传》,第105、107页。
④ 同上书,第102页。
⑤ 陈仲琏:《怀念伯父陈撄宁》,《中国道教》1989年第2期。
⑥ 《陈衡哲早年自传》,第129页。
⑦ 同上书,第130页。
⑧ 同上书,第161页。

记载,将陈衡哲由川返沪定于1910年冬天。① 以笔者所见的报章新闻,此处系年并不可靠,应以陈衡哲前面的说法为是。

1909年农历六月,由李平书等人出资创办的上海医院成立,推张竹君为监院。② 在落成典礼上,陈衡哲作为女学生代表发表了演说:

> 六月初二日,上海医院行落成礼。午后二时开会,奏军乐。先由创办人李君平书报告医院诊病、养病之办法,并演说医院内参用西医之缘由。次由来宾沈君缦云演说,大旨谓地方上人均应扶助医院成立。次由育贤女学生陈衡哲演说"上海医院系李平书先生与女医张竹君先生费尽心力,始得成立,为我中国第一特创之医院,愿大众扶助"等语。……③

《申报》称陈衡哲为育贤女学校学生,应是记者笔误。育贤女学校同样由张竹君担任校长,且与李平书关系密切,④ 因此《申报》有此之误。可以确定的是,陈衡哲应在1908年农历十二月(1909年1月)由成都回到上海,否则不可能参加1909年上海医院的落成典礼。

陈衡哲在自传中回忆到,她回到上海后,"先在那个医学院呆了几天","然后我登上一条内陆蒸汽机船去了常熟姑母家"⑤,但她又叙述"我在那儿断断续续呆了两年"⑥,"我于1911年初春去了姑母家"⑦,而在散文《纪念一位老姑母》中,她则提到"后来虽然得到父亲的谅解,得仍旧在上海读书","我住在姑母家里是从民国元年到民国三年"⑧。这些叙述亦是自相矛盾。陈衡哲究竟是从1909年还是1911年,或者1912年起居住在常熟姑母家里的?

---

① 赵慧芝:《陈衡哲年表》,见《任鸿隽陈衡哲家书》,第239页。
② 李平书:《且顽老人七十岁自叙》,台湾文海出版社1974年版,第446—450页。
③ 《上海医院落成志盛》,《申报》1909年7月19日。
④ 《沪滨风土志(六十)》,《上海报》1907年12月18日。
⑤ 《陈衡哲早年自传》,第135页。
⑥ 同上书,第141页。
⑦ 同上书,第154页。
⑧ 陈衡哲:《纪念一位老姑母——为〈东方杂志〉写"我的生活的一页"》,《衡哲散文选》,第310、312页。

根据现有的材料推测,我认为,1909年春陈衡哲回到上海后,依旧进入女子中西医学院就读。考虑到晚清女学堂严格的管理制度,她在1911年初再度毕业离校之前,大部分时间应该都在学校。毕业之后,则基本上随姑母陈德懿居住常熟,一直到1914年考取清华学校留美女生名额。

之所以得此结论,是因为1911年初上海报纸又刊出了女子中西医学院行毕业礼的消息,而陈衡哲再度出现在毕业生名单中。《民立报》先是预告了该校将于1月21日(1910年农历腊月廿二日)举行毕业仪式,① 后又详细报道了此次毕业礼的隆重情形。沪上各界来宾达四百余人,其中包括前驻美公使伍廷芳、上海道台刘燕翼、候补海防同知查燕绪。李平书、伍廷芳、刘燕翼、沈缦云、张竹君先后发表演说。陈衡哲的表演与上回相同,依然是英文朗读:

> ……次正科生吴彝珠读《家庭卫生论》、陈衡哲读英文《医生之爱心论》,预科生朱竹生读《医生与看护之责任论》、顾丽正读英文《女子之责任论》。立论俱有至理,诠解亦极详明。②

此次毕业生共4名,即正科生吴彝珠、陈衡哲,预科生朱竹生、顾丽正。与庞大的观礼队伍相比,四人未免显得寂寥。

在1905年见报的女子中西医学院招生简章中,学制原是6年(预科1年、正科5年),此后大约经过调整。陈衡哲1908年1月的那次毕业礼,当是预科毕业,1909年初重入学堂时,即升入正科。

陈衡哲在自传中,她对女子中西医学院的校长兼西医教师张竹君颇具恶感。然而,学生时代的陈衡哲与张竹君的关系并不紧张。1911年1月21日毕业之后,张竹君与她应该还有联系。在张氏的引领下,陈衡哲很可能加入上海的保界运动。

1911年的保界运动源于当年初云南、新疆的边疆危机。2月,云南成立"中国保界会"。3月11日,上海发起"中国保界分会"。在

---

① 《志谢》,《民立报》1911年1月19日。
② 《女医学堂毕业志盛》,《民立报》1911年1月23日。

张园安垲第举行的成立大会上,来宾不下千人,叶惠钧、周葆元、朱少屏、王九龄、沈缦云、"陈衡吉"、杨衡玉、杨千里、张竹君先后发表演说。据《时报》的消息,"陈衡吉"演说"词极痛切"。①

次日,她又出席了上海商团在西园举行的联合大会。据《申报》消息,此次会议到会者1400余人,"先由诸君商议,定名'会国商团联合会';次由胡季梅君报告开会宗旨;继由沈缦云等十余人相继演说,语多沉痛。上海医院女医张竹君亦到会看护,并请陈衡吉女士代为演说"。②"全国商团联合会"是一个由上海各行业商团组织的政治性的武装团体③,宋教仁曾在此次会上演说,详述英国侵占云南片马、沙俄侵略蒙古新疆之害,谓"小之关乎一地,大之关乎全国,亡灭瓜分之祸,悉系此焉",强调的即是保界要务。而"陈衡吉"的演讲内容,则是希望"有父母兄弟者,均各相鼓舞当兵,力除积习",亦合大会的保界主题。④

根据《时报》的报道,张竹君率"女医学生"赴此次商团联合会,所指很可能是演说者"陈衡吉",因此在这两次会议中,"陈衡吉"又极有可能是"陈衡哲"之讹,二字由于音近而致误。从人际关系看,沈缦云出席了陈衡哲在女子中西医学院的两次毕业典礼,对陈衡哲应该十分熟悉;随后被推选为"全国商团联合会"会长的李平书⑤是陈衡哲就读学校的创办者和师长;张竹君则是陈衡哲在医学院的校长,陈衡哲的与会,很可能是出于张竹君的邀请。张竹君请陈衡哲"代为演说"的举动,证明了张氏对她的垂青以及陈衡哲在学校表现的抢眼。

综上所述,陈衡哲在上海的求学岁月,并未如她回忆中的只是3年,而是在女子中西医学院由预科升到正科,历经了两次毕业典礼。在长达5年的学习生涯中,陈衡哲的表现出众,英文成绩尤为不俗,

---

① 《中国保界大会纪事》,《时报》1911年3月12日。
② 《商团会开会纪略》,《申报》1911年3月13日。
③ 关于上海商团在辛亥革命中的活动,可参见沈渭滨、杨立强《上海商团与辛亥革命》,《历史研究》1980年第3期。
④ 《全国商团联合会记》,《时报》1911年3月13日。
⑤ 《商团联合大会详志》,《时报》1911年4月10日。

这为她日后负笈重洋提供了至为关键的条件。而陈衡哲在保界运动中的积极姿态，象征着上海女学界对政治事件的高度关切，预示着上海的女学生在接下来的大革命中即将有精彩表现。对于陈衡哲个人来说，这种举动也是她此时的爱国热情的真实表露。① 尤为重要的是，经过校园生活的磨砺，再加上师长的提携，演说台上的陈衡哲别具风采，渐已成为上海女界中小有名气的人物。

三 陈衡哲在女子中西医学院的文艺活动与国文习作

陈衡哲回忆，她在医学院的生活并不美好，"选择这条道路对我来说是极大的不幸"②。西医教材艰涩难懂，再加上教师张竹君性情古怪，喜怒无常，教学又不得法，同学们对西医都不感兴趣。陈衡哲多次表示，她对学医全无欲望，"不管以后我学什么做什么，总之一定要跟医学完全无关"③。相反，其志趣乃在"文艺方面"④，尤其是在阅读梁启超的作品之后，对文学创作十分热衷。

不过，今天看来，作为一个在新文学领域卓有成绩的学者型作家，20世纪30年代的陈衡哲对写入回忆录中的早年生活素材，显然是经过了选择。因为过滤掉了诸多细节，很容易让人对其在医学院的生活产生不如意的结论。在我看来，陈衡哲的医学院生活可能比她写入自传中的经历要丰富得多，不仅与她的文艺志趣并非全无相干，对此后的文学道路亦多有裨益。

陈衡哲在自传中提到的医学院课程，仅有西医、中医和英文，然而根据医学院章程，预科生功课有修身、国文、算学、理化、西语（即英文）、音乐、中医课本七门，正科生有中医课本、西医课本、

---

① 《陈衡哲早年自传》提到，她曾在1911年春天特意赴上海，以哭闹的方式从三舅庄蕴宽那里要了一百块钱购买汉川铁路的公债。见该书第157—158页。
② 《陈衡哲早年自传》，第99页。
③ 同上书，第109页。
④ 同上书，第166页。

修身、国文、算学、理化、西语、音乐八门。① 学校在草创之时，这些课程或许未能全部开设，但肯定不止陈衡哲提到的三门。李平书即在回忆中叙述，医学院开校之际，"余课中医，女士（张竹君）课西医，其他理化、算学、英文、国文诸课，别请教员分授"②。

在这些课程中，对女学生的校园生活影响最大的，可能当属音乐一门。晚清女学堂的乐歌，不仅活跃了校园氛围，传递了时代的信息，密切了学校与家庭的联系，而且对女学生主体人格的塑造，都有极大的效用。③ 女学生之所以乐于接受音乐文化的熏陶，还有一直接原因：课堂上学唱的乐歌，很快又可以在学校的文艺活动中派上用场。

与今日的中小学相似，晚清的女学堂的校园活动也较为丰富，运动会、游艺会、恳亲会、慈善会、展览会、欢迎会、演说会、休业会、毕业会是常见的形式。这种类似公共空间的场域，可以展示学校的办学成果和女学生的精神面貌，增强社会对学校的了解，因而受到校内外人士的欢迎。在这些场合中，多半会有女学生的文艺表演。如女子中西医学院1908年初为陈衡哲等人举行的毕业礼上，仪式程序内便有数项是女学生的文艺演出：唱歌（第七项）；初级甲乙班生唱歌（第10项）；初级游戏（第11项）；唱歌，散会（第12项）。④ 大约第七项是毕业生的演唱，第10项和第11项是初级班的表演，而第12项则为全校学生的合唱。

在陈衡哲的追忆中，医学院的生活十分单调，更未提到学校的文艺活动，但就我接触到的新闻材料而论，女子中西医学院并未如陈衡哲叙述的那般枯燥。在陈衡哲的第一个暑假到来时，学堂即举行了颇为隆重的休业会：

> 昨日为新马路女子中西医学堂暑假之期。午后一点钟，女医

---

① 《女子中西医学院简章》，《申报》1905年1月23日。
② 李平书：《且顽老人七十岁自叙》，第441页。
③ 夏晓虹：《晚清女报中的乐歌》，《中山大学学报》（社会科学版）2008年第2期；李静：《娴雅勇健：近代歌乐文化对"新女性"的塑造》，《文艺研究》2011年第3期。
④ 《中西女医学堂毕业式秩序》，《上海报》1908年1月19日。

学生齐集堂中，抚洋琴唱休业歌。旋由李平书先生演说与女士张竹君倡办女医学堂之宗旨，并发明中西医学贯通之理。次由女士张竹君率同女医学生宣讲全体学，指点详明，听者忘倦。①

《申报》记参加此次"盛典"的男女宾客"逾数百人"，虽然溽暑蒸人，但观众"兴会无不飚举"。女学生"抚洋琴唱休业歌"的演出，证明了学校平日即有音乐课程；而师生"宣讲全体学"，大概是指朗读医学教材。自然，在这两项表演中，都少不了陈衡哲的身影。

女子中西医学院为《申报》关注的另一次活动，是1906年底在张园举行的赈灾会。1906年夏，江苏、安徽境内发生特大水灾，上海绅、商、学乃至妓界都有赈灾举动。女子中西医学院的主事者李平书、张竹君向来热心公益，在两人带动下，医学院学生也为赈灾尽绵薄之力：

> 新马路女子中西医学堂经理张竹君女士及各女学生以淮徐海各属水灾颇重，贫家女子非冻馁而死，即被人掠卖他乡，不禁心焉悯之，特于昨日午后借张园开特别大会。先由李君平书报告开会宗旨；次女学生唱歌；次来宾穆杼斋、马湘伯二君演说饥民受苦之情形及吾人应尽之义务，激昂慷慨，闻者颇为感动，争以银券洋蚨遥掷之；次女学生演说；次女学生演剧，于灾民鬻女卖妻之惨象描绘入微，闻者几为泪下；次西女士鼓琴，全队女学生游戏、体操及种种跳舞术；然后散会。是日男女来宾约有千人，捐输颇为踊跃，盖因各学生不惜牺牲名誉，赈救同胞，故观者无不感其诚而争先捐助也。②

因为此前媒体和清廷学部对女学生在公共场合抛头露面颇有微词，故《申报》称其"不惜牺牲名誉"，然此则消息整体上对医学院学生之举持赞赏态度。李平书、穆湘瑶、马湘伯在上海士绅中极具威

---

① 《记女子中西医学堂放假盛仪》，《申报》1905年7月13日。
② 《纪女医学堂学生演剧赈灾事》，《申报》1906年12月31日。

望，由他们出面提倡公益，自然会一呼百应。不过，新闻中的主角无疑当属医学院的女生们，观众踊跃捐款，主要是受她们在舞台上的演说和唱歌、舞蹈等卖力演出的激励、感染。

在学生们的演出中，其重头戏应该是"女学生演剧"一段。就其"于灾民鬻女卖妻之惨象描绘入微"的表演内容、效果和观众的反应看，此处所演应该是写实性的文明新剧表演，而非程式化的京戏或昆曲。学生们在舞台上模拟灾民的苦难生活场景，主要依靠形体动作和人物对白，而不是专业性的、以抒情为主的唱腔表演。值得注意的是，这次演出早于留日学生组织的春柳社的第一次公演，而后者通常被认为是中国现代话剧的发轫，故女子中西医学院此次在张园的公演，可视为中国话剧史的重要史料。

在正式演出之前，女学生们应该进行了较长时间的排练。而要再现受灾场景和"鬻女卖妻"之内容，则需要较多的人员配备。考虑到女子中西医学院直到1907年年底全校学生才14人，① 参与此次文明新剧表演的演员，应该涵盖了全体女学生，陈衡哲自然也在其中。

需要指出的是，这类为赈灾而开展的文艺表演，在女子中西医学院并非仅有的一次。1909年夏，该校亦开展活动赈济甘肃旱灾。② 只是由于材料所限，不能得知活动的具体情形。此时陈衡哲作为正科生亦在校就读。

就陈衡哲个人志业发展的道路看，医学院课程对她影响最大的，当属英文与国文。英文的重要性自不待言，而国文课对她的意义在于，陈衡哲早年的阅读训练得到很好的展示和提升，并开始展露出其在写作方面的能力。她在英文和国文、中医课程上的优异表现，也确立了陈衡哲优等生的地位，受到了老师们的青睐。而对于现代文学研究者来说，更重要的意义是，陈衡哲的国文习作曾在报纸发表，这是迄今为止能见到的陈衡哲公开发表的最早文字。

---

① 《沪滨风土志（六十）》，《上海报》1907年12月18日。
② 《女子保险会长张竹君由女医学堂、育贤女学堂募捐甘肃振［赈］款清单》，《民呼日报》1909年7月7日。

陈衡哲提到，她"生平的第一篇文章发表在1916年的《中国学生季刊》上"①。这里指的可能是1915年3月在《留美学生季报》发表的《致某女士书》。赵慧芝则发现，早在1912年8月陈衡哲便于《东方杂志》上发表了译文《改历法译》。② 而就我所见，这个"第一"当属1908年发表的习作《论竞争与倾轧之别》。

前已提及，1908年1月19日的《上海报》曾经报道了陈衡哲等人的毕业仪式。5天后，该报又在第一版"论说"栏刊出了署名"中西女医学堂学生陈衡哲稿"的短文《论竞争与倾轧之别》。而稍后上海出版的《女报》也刊发了陈衡哲的同学姚明珮的同题文章，③ 可见二文应该是国文课的习作或毕业答卷。陈衡哲文共581字，为保存史料，特录如下：

> 竞争非倾轧比也。竞争者，奋勇以求必胜，不患他人之优，惟恐一己之劣。其所凭者公理，有公理者必不挟私心，进步速而人才出，至有益之事也。倾轧者，怠惰而希人败，惟患他人之优，不恤一己之劣。其所据者私心，有私心者必不顾公理，群力涣而奸［讦？］风盛，至无益之事也。二者形式略同，而考其内容，实有公私之别。失之毫厘，谬以千里。
>
> 迂儒不察，见倾轧之有损无益也，乃并竞争而非之，是亦误矣。夫学务不竞争，则难以宏智识；商业不竞争，则难以谋生计；兵事不竞争，则难以保国家。战国之世，或以法术称，或以刑名著，或以阴阳形势传。诸子大兴，百家并起。人才之所以众多者，以其能竞争故耳。今欧西各国，地丑德齐，莫不持竞争之宗旨，以对峙于优胜劣败之场，故国势日以□进。吾国之人，则藉竞争之名，以倾轧同类，但求有利于己，不□□□人，于是竞争之势日衰，而倾轧之风乃日盛，出乎此则入乎彼。人心之险诈如此，天下尚安有公理耶？

---

① 《陈衡哲早年自传》，第50页。
② 《陈衡哲年表》，见《任鸿隽陈衡哲家书》，第239页。
③ 上海女子中西医学［医学］院生姚明珮：《论竞争与倾轧之别》，《女报》1909年第1卷第2号。

玉生于山，而碔砆之类即生于山石之中，不知者误以碔砆为美玉，而于是售其欺矣。事有似同而实异者，其斯之类欤？夫人情莫不好胜，君子与小人同焉者也。然而君子之好胜以义，小人之好胜以利。为小人者，且欲破坏君子之义，以达其谋利之目的。东汉之党狱兴矣，李膺、陈蕃之徒，目之以清流，而为孙程、单超等所压制，是倾轧也，而可谓之竞争乎？北宋之党籍起矣，司马光、苏轼之徒称之以守旧，而为章惇、蔡京辈所挤排，是倾轧也，而可谓之竞争乎？夫借竞争之名，行倾轧之实，充其祸之所至，不止及于一身，而必及于一国。方今时事日危，立于社会者，不竞争则归于陶［淘］汰。若以倾轧为竞争，则治丝益棼，而国事更不堪问。呜呼！可不慎哉！①

此文以粗浅文言写就。陈衡哲开门见山，详陈竞争与倾轧的本质区别。继而论述当下之世竞争的必要性，结尾则出入古今，就义、利谈君子、小人之别，更以国势日危的局面作为收束，则作者对竞争与倾轧的取舍已不言自明。

晚清学堂国文课程的写作教育，仍带有科举时代的遗风，重论说而轻叙述。② 陈衡哲此文，有理有据，开合有致，然而明显带有八股、策论写作的套路，属于"为文造情"之作。整体的对偶结构和大量骈俪句法的使用，令文章文气充沛，而诸多事典的运用及中西国情的对比，既避免了文章的空虚，也展示了作者对时事的关切。就内容看，该文显示了陈衡哲对文史掌故的熟悉，而在写作技巧上，则可直接视为她在医学院里的国文课上所受训练的成果。

四 结缘世界语：陈衡哲在常熟

世界语是波兰籍犹太人柴门霍夫博士于 19 世纪 80 年代在印欧语

---

① 中西女医学堂学生陈衡哲稿：《论竞争与倾轧之别》，《上海报》1909 年 1 月 24 日。原文未分段。□处文字模糊，不能辨认。

② 潘新和：《中国写作教育思想论纲》，人民教育出版社 1998 年版，第 168 页。

系基础上创立的一种语言，旨在为来自不同民族的、没有共同母语的人们提供一种通用的交流工具。世界语因其核心词汇数量较少，是一种容易记忆的外来语，所以在全世界范围受到学习者的欢迎，并于20世纪初传入中国，吴稚晖、刘师培、蔡元培、鲁迅、陈独秀、胡愈之、巴金都是世界语运动的热心参与者。

1909年，陆式楷、盛国成等人在上海发起成立中国世界语会，1912年5月，改组为"中华民国世界语会"。① 由于陆、盛诸人的中国社会党背景，世界语会的实际掌控者为中国社会党，该会本部即在上海西新桥的中国社会党会所。② 世界语会设议事部与执行部，执行部则分中央事务所（位于上海西门外林荫路49号）与地方事务所二部。③ 为了推广世界语，扩大世界语会的影响，该会还开展函授教育，由中央事务所内特设一人专门负责。④ 世界语会的活动得到了彼时报界的大力支持，《民立报》《申报》《大共和日报》《绍兴公报》《越铎日报》《天声报》《禹鼎报》都曾开辟专栏，登载该会总部和地方事务所的会务消息。⑤

世界语会的章程规定，一地只要有会员10人以上，即可设立地方事务所。⑥ 而在该会众多的地方事务所中，常熟事务所可能是第一批设立的：1913年4月7日《申报》所载的《中华民国世界语会消息》刊登了来自常熟的13位"会员题名"，第一位"爱真"（蒋爱真）的通信地址是"常熟石梅邑庙花园内本会事务所"，可见其时世界语会常熟事务所已经设立。诸人的会员号从17排到29，陈衡哲亦出现在名单中，会员号是22。

陈衡哲加入世界语会，继而以函授方式学习世界语，很可能最先

---

① 侯志平：《世界语运动在中国》，中国世界语出版社1985年版，第21、22页。
② 《中华民国世界语会讲习函授部规约》，《申报》1912年5月22日。
③ 《中华民国世界语会暂定章程》，《申报》1912年6月19日。
④ 同上。
⑤ 《中华民国世界语会消息》，《申报》1913年5月18日。
⑥ 《中华民国世界语会暂定章程》，《申报》1912年6月20日。

是受了堂妹陈纫宜的影响。① 两人在世界语会的活动，可见下表。

1913年《申报》所载《中华民国世界语会消息》中的陈纫宜、陈衡哲活动

序号	刊载日期	所属消息细目	事项
1	4月3日	本会纪事	4月1日，"常熟陈纫宜女士答函授讲义练习题"
2	4月7日	会员题名	陈衡哲入会，通讯处常熟西门内赵园，会员号22
3	4月13日	本会函授部月考案	陈衡哲在第三次月考中居超等第一名
4	4月19日	本会纪事	4月12日，"常熟陈纫宜女士等答函授讲义练习题"
5	4月30日	本会纪事	4月18日，"常熟陈衡哲女士改通讯处，问讲义"
6	5月10日	本会纪事	4月21日，"常熟陈纫宜女士等续缴函授费并交考卷及答练习题共二十九件"
7	5月15日	本会纪事	4月24日，"常熟陈衡哲女士函催讲义"
8	5月27日	本会纪事	5月3日，"常熟陈衡哲女士等答函授练习题共十三件"

---

① 陈衡哲回忆录中未提到陈纫宜。两人关系之考证，颇费周折，兹叙如下。一、女诗人陈德音（字孟徽，湖南衡山人，常熟赵宾旸室）曾有诗《寄陈衡哲吾侄十五韵》（单士厘编：《清闺秀正始再续集》第3卷，聚珍仿宋印书局，印刷时间不详。书中将"陈"字误排为"汪"），可知陈德音为陈衡哲姑母。二、马海平在上海档案馆的上海美专学籍档案（档案号Q250—1—121）中发现，1920年9月插入上海美术学校西洋画科二年乙级的27岁的衡阳籍学生"陈慎宜"乃上海务本女学中学文科肄业，入学保护人为其姑母赵德音（住址常熟彭家场赵园）。（马海平：《上海美专的女学生和女先生们——上海美专"开放女禁"始末》，刘伟冬、黄惇主编：《上海美专研究专辑》，南京大学出版社2010年版，第449页）则"陈慎宜"与陈衡哲为堂姐妹关系。三、1911年7月8日上海务本女学举行毕业典礼，高等小学毕业生的名单内有湖南衡山籍学生"陈纫宜"，（《务本女塾举行毕业式》，《申报》，1911年7月9日）则"陈慎宜"与"陈纫宜"或是同一人，或为姐妹。四、1911年10月，已是上海女界协赞会会员的陈纫宜等人在常熟发起成立常熟女界协赞会，开会地点是水吾园（亦称赵园），而这正是陈衡哲姑母陈德懿、陈德音的住所，被推选为干事长的陈德善可能也是二陈姊妹。（谈社英：《中国妇女运动通史》，妇女共鸣社1936年版，第46—47页）这更证实了陈衡哲与陈纫宜的关系。

续表

序号	刊载日期	所属消息细目	事项
9	6月8日	本会纪事	5月6日,"常熟陈纫宜女士等来质疑书十件"
10	6月15日	本会函授部月考案	陈纫宜在第一次月考中居超等第一名,获赠《德国世界语报》一本
11	6月16日	本会函授部月考案	陈纫宜在第二次月考中居特等第二名
12	6月17日	本会函授部月考案	陈衡哲在第四次月考中居超等第一名,获赠《法国世界语文学报》一册
		本会纪事	6月6日,"本会常熟事务所报告,推定陈衡哲君为主任干事"
13	6月27日	本会纪事	6月11日,"常熟陈纫宜女士催寄第八期讲义"

　　由于《申报》自1913年7月16日以后基本中止了对世界语会消息的刊载,再加上世界语会会员和函授学员众多,他们的活动不可能全被记载,因而此表也难以复原陈衡哲在常熟结缘世界语时的全部行迹。即便如此,我们依然可以做出一些合理的推测。

　　首先,陈衡哲应是先被吸纳进尚在组织中的常熟事务所,再以集体会员的身份加入世界语会。其次,陈纫宜参加世界语会函授学习在先。在《申报》的《中华民国世界语会消息》中,她是第一位出现的函授学员。此时陈纫宜很可能与陈衡哲一同居住在姑母陈德懿家中。在她的影响下,陈衡哲稍后才函授学习世界语。再次,二人学习十分认真,不仅按时寄送练习题和月考答卷,还催促逾期未至的函授讲义,① 陈纫宜甚至寄信商榷疑难。再加上陈衡哲已经有一定的英文功底,掌握世界语可以事半功倍,故而学习成绩十分优异。消息中提到的月考,陈衡哲两次都是超等第一名,陈纫宜则分别是超等第一名

---

① 世界语会自1912年7月开始出版函授讲义,至1914年11月才出齐全部28册。(《谢赠》,《申报》1914年11月30日)每册讲义可供自学两星期。因为承印讲义的商务印书馆排印"颇费时日",所以早期函授学员往往不能按时收到讲义。(《中华民国世界语会消息》,《申报》1913年4月19日)

和特等第二名。登在消息中的考试成绩分为超等、特等和优等，超等要求尤严，苟有涉及文法之错误，"均不列入超等"。① 最次，陈衡哲在常熟事务所的作用日益重要，在入会两月后，已被推举为主任干事。这首先归因于她在学习世界语时的优异表现，堪为同人榜样；另外一种可能是，陈衡哲已经逐渐参与到事务所的日常管理中来。

根据世界语会的规定，函授学习需时1年。② 以陈衡哲的个性，当会坚持完成学习。但奇怪的是，陈衡哲在回忆录和其他文字中从未提及与世界语的这一段缘分，因而今人也难以直接得知她自学世界语的真实动机。在时人看来，世界语是"考求学术之津梁，输入文明之导线"③，因而陈衡哲在闲居常熟的日子里，于阅读古代经典和高级英国文学作品之外，还函授学习世界语，其意旨除了消磨时光、充实平日生活，应该还有更为长远的打算。世界语于她，不仅仅是一种语言工具，更重要的可能是，陈衡哲意识到其背后所代表的世界意识和新的文化选择。借助世界语，她在寻找改变命运的转机，以期走向更为广阔的天地。④ ——这也即陈衡哲所说的"我跑到乡下的姑母家里去，等待着一个镜花水月似的求学的新机会"⑤之意。

五 小结

对于个体来说，自传的写作是一个对已经过往的岁月重新构建的历程。作者因为同时又身兼传主的权威，所以在选材与叙述时拥有极大的自由度。陈衡哲的这本自传，其预想中的阅读对象是英文世界的读者，即所谓"我在欧洲和美国的很多好友"。虽然陈衡哲自言，

---

① 《中华民国世界语会消息》，《申报》1913年4月13日。
② 《中华民国世界语会讲习函授部规约》，《申报》1912年5月22日。
③ 《南市女子世界语传习所招生》广告，《民立报》1912年3月3日。
④ 《大公报》1910年有作者以白话激励女性学世界语时言："吾现在劝你们女子，学世界语，没有别的缘故，不过望你们，能得懂些世界语，借了世界语的力，从外国有学问的女子那边，得些正当的知识。"《劝国人学世界语（附劝女界学世界语）》，《大公报》1910年8月15日。
⑤ 陈衡哲：《纪念一位老姑母——为〈东方杂志〉写"我的生活的一页"》，《衡哲散文选》，第310页。

"在完成他们这个愿望的过程中，我试图描绘中国的本来面目，既不虚饰它的长处也不夸张它的短处"①，尽量对自己生活的时代和文化取客观公正的态度，然而特殊的受众的存在，仍然会对陈衡哲的文化立场和写作方法产生微妙的影响。

具体而论，陈衡哲会在其经历之外，更多呈现大革命前后的世相，凸显她离开之前的大家庭内复杂的人际关系。而基于其性别意识，她在文本中展现旧时代女性的于自己身体（缠足）和婚姻（父母专婚）都不能自主的遭遇，感慨姑母一辈女性的命运。对女性陋俗的批评，陈衡哲还有直接的现实目的，她认为："这几年无论在中国还是在世界上，民众解放尤其是女性解放的车轮正在倒退。"因此中国传承下来的这些古老文化，并不值得留恋，她还用"毒蛇噬臂，壮士断腕"的比喻，表示她对旧观念、旧习俗的决绝之态。②

与一般自传不同的是陈衡哲文本中"自我"的意义。她坦言，"我写这本自传的动机不是为了展示自我"，因而"自我"在这部书中只是"一个标本""一面镜子"，用来揭示时代的危流中"一个生命的痛楚和欢愉"，"反映这个自我从属的时代和社会以及它力图挣脱它们的禁梏的挣扎"③。在此目的下，陈衡哲显然缺乏足够的耐心对她的早年岁月做全面认真的梳理和再现——她甚至没来得及提到她在医学院有过两次毕业仪式。在有限的篇幅中，它点染的是自己对缠足、包办婚姻的反抗，过早被逼识字、记诵《尔雅》与《黄帝内经》的痛楚（文字中也流露出对自己早慧的得意），以及在误入的医学院内不如意的学习生涯（如课程的落后、张竹君对她的斥责、夜晚被迫随同接生的场面的血腥）。这种印象，大体与陈衡哲对旧时代的批判态度吻合。她在文本世界中建立起来的是一个色调灰暗的挥手道别的过去，这与她后来的留学经历判然有别。

本文钩沉出来的，是陈衡哲进入女子中西医学院之后、远涉重洋之前的被她忽略掉的活动和细节。可以看到，在上海长达5年的求学

---

① 《陈衡哲早年自传》前言，第1页。
② 同上书，第3页。
③ 同上书，第4—5页。

时光中,她是一个学习刻苦、成绩优秀、备受老师器重的学生。在课堂上,陈衡哲初步展现了她的语言天赋和写作才能。作为学校甚至是上海女学界的代表,陈衡哲在就读时和毕业后参加上海的大型集会并发表演讲,已略具演说家和社会活动家的风范,在上海女界中崭露头角。她对政治事件的热情,也符合学校师长及上海各界对女学生的期待,异于此后的"头脑冷静、不抱任何幻想"①的态度。而毕业之后在常熟的经历,可看作她校园生活的延续,也是她留学生活开始之前的重要过渡。函授学习世界语及参与世界语会常熟事务所会务的经验,使陈衡哲避免了与社会隔绝的危险,成功地融入同人组织中。更为紧要的是,世界语传递的世界情怀和价值观念,很可能让陈衡哲对欧西文明生发出急切的向往。

　　陈衡哲在自传中深切怀念姑母陈德懿,感叹她的生不逢时:"要是她晚生四十年甚至三十年,她一定能以自己杰出的人格、知识和才能证明中国女性在事业和领导方面可以攀登的高峰。"② 其实,这句话也可以看成陈衡哲反省自身际遇的关键所在。她的人生选择和志业成就,固然是她勇于"造命"的积极的人生态度的回报,但前提是当时社会已经提供了一个可供表演的舞台。事实上,陈衡哲她们这一代女性,与上辈相比,最幸运之处是她们欣逢其时,恰好赶上了社会化的女子教育在中国的发端与推广,她们可以经由女学校从闺阁走向他乡甚至是异国。我们看到,陈衡哲的精彩人生,起步于女子中西医学院,而陈德懿只能感叹自己"少年失学"③。从这个意义上说,陈衡哲想努力修正的这一段生活,正是她破茧化蝶前值得浓墨重彩的成长岁月。

---

　　① 《陈衡哲早年自传》,第161页。
　　② 同上书,第135页。
　　③ 陈德懿诗中有句:"女学沉埋愤可知,鬌龄浪掷怕追思。"(自注:懿少年失学。)衡山陈德懿女士:《和外》6首之一,《中华妇女界》1915年第1卷第1期。

《中国近代小说编年史》补遗

李 云[*]

华东师范大学陈大康教授所著《中国近代小说编年史》2014年1月由人民文学出版社出版。它以逾300万字的篇幅，网取了与近代小说相关的史料，包括作家概况、地域分布、新作问世、旧作再版、读者反馈、官方态度，还有小说理论及报纸、杂志、书局等出版机构，为再现这一时期小说创作的整体面貌提供了信实的基础。这部巨著对天津近代小说也进行了关注，刊载了《大公报》《津报》《中国报》《天津日日新闻》《中外实报》等报刊上与小说相关的资料，但是有所遗漏，笔者对此进行了补充。笔者还发现了《民兴报》《天津白话报》《醒华日报》《中国萃报》等天津报刊亦刊载与小说相关的资料，这些是《中国近代小说编年史》没有关注到的，遂按书中体例一并进行补充，以期使这部巨著更加完善。

咸丰朝
二年（壬子，1852年）
发生于本年但月份不详之事件

沈兆沄《篷窗附录》于此年开始创作。沈兆沄，字云巢，天津人。他在《篷窗附录叙》中言："余舟中书籍无多，经史而外子集，辄捡夙好者携之，随意摘抄，或书作者姓氏或不书作者姓氏，杂论词章书画，兼载药方梦卜，暨大人先生诸遗事，无一语涉及戏谑闺阃，而以格言因果终焉。"此书来源以抄录前者为主，但是也有作者自己

---

[*] 李云，天津科技大学文法学院副教授，文学博士，研究方向为中国近代小说。

的创作在内，书中记叙了一些关于天津的志怪故事，为文言笔记小说。如：宝坻王子铨瑛，任惠州太守时，与僧灵源辈，饮于官署，署后遍山木棉，因以"朝霞一片木棉花"为题，诗未竟，座客有索西瓜者，忽见一人担瓜数十在旁，详视其貌，虬髯碧瞳，迥异凡相，王心异之，遂尽买其瓜而去。历三十年，王官浙江温处道，解组，寓姑苏，患痢颇剧，召仙问方，有降乩诗云："朝霞一片木棉花，太守筵前曾卖瓜，屈指于今三十载，劝君依旧服胡麻。"盖王少年患痢，曾服胡麻丸而愈，因再服之，果瘥。担瓜之人已成乩仙异矣。

七年（丁巳，1857年）
发生于本年但月份不详之事件

沈兆沄《蓬窗随录》刊刻成书，天津师范大学图书馆有藏。

九年（庚午，1859年）
发生于本年但月份不详之事件

郝福森《津门闻见录》约成书于此年，手稿本，未刊印，现藏于天津图书馆。郝福森，字东园，据卷一第42则载，其"先人世职事于御舟坞"，可知他是一位地道的天津人。《津门闻见录》向来被归入史部，但其中的《东园实纪》两卷实是文言小说。《东园实纪》卷一90则，卷二94则，共184则，计约3万字，有许多关于狐仙鼠精、鬼魂神灵、神话传说、扶乩梦验、因果报应的故事，文体近似《阅微草堂笔记》，多为篇幅短小的志怪小说，极具虚幻色彩，确是一部文言小说集，且十分具有津门地域色彩。

光绪朝
四年（戊寅，1878年）
发生于本年但月份不详之事件

《天津事迹纪实闻见录》全二册，不分卷，不著撰人。最初约写于同治九年（1870年），成书于光绪四、五年间（1878年、1879年），其间至少经历了八九年的写作时间。其中《名宦》《人物事迹》《节烈》中的条目接近笔记小说，以人物为中心，记其事迹，近似于六朝志人小说，语言简练，粗陈梗概。

十年（甲申，1884年）
发生于本年但月份不详之事件

《津门杂记》初刻于此年，作者张焘，字赤山，（《海国妙喻》的作者）。籍属钱塘，生长北京，幼年随父侨寓天津近30年。他"工书善绘，知岐黄、识洋字，诵读之余，每每留心时事，凡耳目见闻，身所经历，事有可记，悉登诸简，积久成帙，名之曰《津门杂记》"。

李庆辰开始创作《獭祭甲编》。《獭祭编》11册，分别以创作年甲、乙、丙、丁、戊、己、庚、辛、壬、癸等命名（从1884年至1897年）。其中的小说篇目《獭祭乙编》：《产妖》《邑人》《羊怪》。《獭祭戊编》：《鲁班》《武清乙》《张某》《地震》《树生卵》《木怪》《津人》《志怪》《张氏》。《獭祭己编》：《守宫》《黄鼠》《竹生花》《风变》《蛇异》《僵尸怪》《鼠友》《返魂》《东塔寺》《二童》《尸哭》《控鬼》《缸异》。《獭祭庚编》：《孽报》《千里井》《泥鬼》《薙发匠》《蜈蚣》《天雨粟》《疟鬼》《鼋神》《尸变》《产蛆》《古印》《古钱》《水灾》《铁路》《蚊□》《蛙鼓》。《獭祭辛编》：《猪异》《杜醒山》《张绅士》《郭氏妇》《役夫》《浙生》《分水箭》《树仙》《夜游神》《女子生须》《高烈妇》。《獭祭壬编》：《斩蛇将》《牛龙》《魂归》《蓝怪》《疾异》《狐降妖》《醉狐》《判官》《卖书叟》《天将》《茵陈木》《怪雨》《妖星》《宅仙》《说梦》《青灵子》《独眼龙》《人印》《某生》《天榜》《醉茶自序》。《獭祭癸编》：《鬼应茶》《仙结婚》《鬼救人》《落龙》《秋口批》《张殿甲》《狻猊角》《小手》《大面》《灵鼋》《比邱》《半面人》《过龙表》《灵龙甲》《王青天》《老槐》《口虫》《水灾》《徐某》《迷魂汤》《巡更夫》《姜某》《梦神》《古印》《鼠异》《龙屑石》《朱氏茔》《心如火灼》《鱼精》《忽生》《僵尸》《红魔》。《獭祭馀编》：《张某》《人异》《南宦乙》《僵尸生火》《地动》《化生》《诗梦》《易形》《龙异》《田巫》《陈神仙》《九河》《负尸》《画妖》《地动》《雷语》《捕鬼》。

十二年（丙戌，1886年）
九月

十七日（10月5日）　天津《时报》刊载"新书《津门杂记》"广告："凡天津风俗地理事情人情雅俗巨细，无不备载，每部洋半元。天津文美斋紫竹林新园盆塘寄卖，上海三马路格致书室，又申报馆代售。"随后此广告刊登多日。

二十年（甲午，1894年）
四月

十三日（5月17日）　天津《京津泰晤士报》（*Peking and Tientsin Time*）刊载征文广告："启者本馆创办京津英字新闻，情殷搜□，志切表彰。惟望公卿大夫文人学士所作佳什瑶章、新语异说，或论文涉之政事，或评中外之人情，皆足新一时之耳目，而成当世之见闻，请录送本馆，注明姓字即当详细翻译，排印登报，莫谓高山流水知音乏人，君有奇闻何妨共欣赏也，不胜企□，望之谨以布闻。本馆谨启。"

二十二年（丙申，1896年）
发生于本年但月份不详之事件

天津降雪斋刻印《节相壮游日录》二册，清桃谿渔隐，惺新盦主辑。

二十七年（辛丑，1901年）
发生于本年但月份不详之事件

刘孟扬完成《天津拳匪变乱纪事》一册，有图，后由民兴报馆刊印，117页，现藏于天津师范大学图书馆。

二十八年（壬寅，1902年）
五月

十二日（6月17日）　天津《大公报》创刊，刊载"天津李茂林乡祠经售各报"广告："新闻大公报、天津直报、日日新闻、北清新报、顺天时报、京话报一至六册全、上海中外日报、新闻报、申报、同文沪报、苏报、商务日报、普通学报、蒙学报、万国公报、外交报、选报、译林报、新民丛报、苏州白话报。"随后此广告刊登多日。刊载"紫气堂出售各种日报旬报时务新书各色彩票"广告："启者：本堂经售各报已二十余载，实开北方风气之先声，兹当新政重兴改变科举，阅报为识时要务，本堂消息灵通，诸君定购各书各报订期不误，风雨毋阻，外埠赐函，原班回件，真实无欺，并承办各行登报告白，格外便宜，一切交宜先行付资，空函恕不应奉。日报列目：申报、苏报、新闻报、同文沪报、中外日报、广东世说编、胶州报、商务日报、游戏报、采风报、笑林报、寓言报、奇新报、世界繁华报、花月报、方言报、华英合文报、顺天时报、北京公报、天津直报、天津日日新闻、本津新出大公报。旬报列目：北京论摺汇存、史学报、外交报、译林、中西教会报、时术丛谈、选报、画报、童蒙易知草。新书列目：其中有泰西说部丛书。各报总处梁子亨、天津府署东时务书局紫气堂全启。"随后此广告刊登多日。

十三日（6月18日） 天津《大公报》刊载"上海商务印书馆新译华英各种书籍"广告。

六月

初二日（7月6日） 天津《大公报》"附件"栏目刊载《漆室女》一则小说，先引《烈女传》中的漆室女故事，以讽刺今人的麻木不爱国。未署作者名。

初五日（7月9日） 天津《大公报》"附件"栏目刊载《诗丐》，开端为："明朝时候，有一个讨饭的乞丐，好题诗，总不写出姓名来。"以三个乞丐作的诗，鼓励今人奋发有为。未署作者名。

十八日（7月22日） 天津《大公报》第36号，"附件"栏目刊载《廉颇蔺相如》，讲廉蔺的故事，再讲对今人的启发意义。未署作者名。

二十二日（7月26日） 天津《大公报》第40号，"附件"栏目刊载《西班牙修发匠》，幽默故事。未署作者名。

二十四日（7月28日） 天津《大公报》第42号，"附件"栏目刊载《西洋种菜人》，幽默故事。未署作者名。

二十五日（7月29日）　天津《大公报》第43号，"附件"栏目刊载《律师》，未署作者名。

七月

初九日（8月12日）　天津《大公报》"附件"栏目刊载《刘景》，借唐朝刘景作刺史的故事讽刺国人，未署作者名。

初十日（8月13日）　天津《大公报》刊载"寄售新书"广告："新到《新民丛报》、《时术丛谭》、《康南海传》，愿阅者请至大公报馆及梁子亨总报处购取可也。"

十七日（8月20日）　天津《大公报》刊载广告："北京启蒙画报馆第一月画报已经装订成册出售。"

十月

二十七日（11月26日）　天津《大公报》"附件"栏目开始连载《观活搬不倒儿记》，连载四次，十月二十七日、二十九日、三十日、十一月初五日（1902年11月26日、28日、29日、12月4日），先笑后哭生稿，为白话小说。现已明确作者为丁竹园，曾刊登在1909年6月的《北京爱国报》中，亦被收在《竹园白话五种》中。在天津《大公报》是首次刊发。小说讲述了北京镖师吴刚因打擂被外国人欺凌，又因两位弟弟的蒙骗，以及自身的软弱，成为一个没手没脚的废人，最终沦落为街头的活搬不倒儿，供人观看取乐为生。开端为："北京城有一宗玩物是用纸裱糊成的，上半截是一个人身子的样儿，仿佛是坐着似的，下半截是泥捏的圆底，头轻底重，统共不过一尺多高，把他放在床上，教那小孩子们摆弄，把他搬倒了，他又坐起来，前仰后合的乱晃，总也搬不倒他，故此叫个搬不倒儿。"结尾"我"说："吴耻，吴耻，你不必哭了，你们是自作自受哇，天生一家人来，不知道振奋精神，合力御侮，反倒互相猜忌，兄弟阋墙有病不求良医，反至割股肱手足，苟延残喘，自作自受，决不可怜。""那几个外国人都追出来了，心里一急，就喊了一声真气死人哪，将才喊了个真气二字，揉揉眼睛一看，原来身在屋内床上，才知道是大梦初醒。"

二十九年（癸卯，1903年）
发生于本年但月份不详之事件

天津上洋书局石印《拳匪纪略》八，附前后编二卷，图录12面，章图各20面。

三十年（甲辰，1904年）
三月

初一日（4月16日） 天津《大公报》第647号"附件"刊载"《敝帚千金序》（现在装订，不日出书）"："中国近几年来，外侮内乱，岌岌可危，自庚子以后，更弄得国不成国了，推求这个根源，总是民智不开的原故，民智不开，故此见识乖谬，行为狂妄。有利不知兴，有弊不懂除，恶习不能改，好事不肯做，更加上信异端，喜邪说，没有远大的志气，就知道自私自利，绝没有合群爱国的意思。把从前报上所登的，另印成一本书，共分五类：一开智，二辟邪，三合群，四劝戒缠足，五寓言。起个名字叫敝帚千金……这白话出于在下写的，约十分七八，其余长篇大论多是竹园主人及清醒居士所作，如今也不一条条的分析出来。"

四月

十二日（5月26日） 天津《大公报》刊载"第二本敝帚千金四月十五日出书"广告："说理透辟，趣味浓深，较前书尤胜。"

六月

初六日（7月18日） 天津《大公报》刊载《温柔乡记》，标"游戏文章"，为文言小说，未署作者名。小说开端为"有一少年姓贾名英雄字国民，民日以救国为目的，平等自由之论刊遍报章，民权独立之倡，著为书说不知凡几已"。讽刺空谈爱国之人。

八月

二十八日（10月7日） 天津《大公报》"附件"栏目刊载《守着干粮挨饿》，未署作者名，为白话小说，共连载三次完。小说开始为："有一个人名叫斗世泰，他同一个朋友名叫蒋玉岩的，二人最称莫逆。"

九月

初六日（10月14日）　天津《大公报》连载《守着干粮挨饿》完毕。

三十一年（乙巳，1905年）
五月

初四日（6月6日）　天津《大公报》"附件"栏刊载《早干什么去啦》，未署作者名。白话小说，讲了一个全家上下人终日间都迷迷糊糊的故事，有人来放火，护院的人喊也喊不醒，醒来后，火势已太大，无法再救火。结尾说："以上这段白话，是寓言不是实事，请天津的众商民人等猜猜，说的是什么。"

九月

十一日（10月10日）　天津《大公报》报头右侧刊载"本馆代售各种书籍广告"：其中有"《新译华生包探案》、《德意志文豪六大家列传》、《新小说》"。

十二日（10月11日）　天津《大公报》报头右侧刊载"本馆代售各种书籍广告"，所列内容与前相同，增加了《绣像小说》。

十一月

二十九日（12月25日）　天津《大公报》刊载《天津商报》出版广告。

三十二年（丙午，1906年）
三月

初七日（3月31日）　天津《大公报》刊载"敝帚千金代售处"广告："本册续出第六七八九册敝帚千金，如有购至十部者九折，五十部者八折，百部者七折。"

九月

初八日（10月25日）　天津《大公报》刊载《盛京时报》广告。

十月

二十三日（12月8日） 天津《大公报》刊载"快看《豫报》"广告："本报经日本预省同人所组织，每月一册，第一期现已出版，欲购者请至各代派处定购。天津中州学堂沈竹白君，豫报社谨启。"

三十三年（丁未，1907年）
正月

二十五日（3月9日） 天津《大公报》刊载"中国妇人会小杂志出版第一册"广告："此杂志乃中国妇人会一部分之组织。内容极为完善，为女界报志中独一无二之作，纯用官字白话，阅者不但增进智识，鼓励热血，且能研究普通文字话语，而印刷精工，纸墨佳美，尤能使女界快心悦目。每月二次，朔望出版，每册铜元三枚，北京、天津、上海各大书坊发行。"

三月

二十二日（5月4日） 天津《大公报》刊载"《中国新报》第一号已出版"广告："看看看，杂志界之霸王出现。"刊载"出版预告"，其中有：《新小说汇编西国》三元，《冒险小说地底旅行》三角。

四月

初五日（5月16日） 天津《大公报》刊载"中国妇人会收到振捐，由'醒俗画报馆'交到贰百元"。

五月

初八日（6月18日） 天津《大公报》"杂俎"栏目刊载《诡言二则》，一为《能言鸟》一为《再醮妇》，笑者亨氏稿。

六月

二十七日（8月5日） 天津《人镜画报》第3册刊载《有求必应》，未署作者名，标"俳谐"。

七月

初四日（8月12日） 天津《人镜画报》第4册刊载《优胜劣

败》，未署作者名，标"俳谐"。

十一日（8月19日）　天津《人镜画报》第5册刊载《晚凉新话》，未署作者名，标"俳谐"。

十八日（8月26日）　天津《人镜画报》第6册刊载《东海旧家》，未署作者名，标"俳谐"。

八月

初二日（9月9日）　天津《人镜画报》第8册刊载《鸦雀谈心》，未署作者名，标"俳谐"。

初八日（9月15日）　天津《人镜画报》第9册刊载《屠子为官》，未署作者名，标"俳谐"。

十五日（9月22日）　天津《人镜画报》第10册刊载《臭虫对语》，未署作者名，标"俳谐"。

二十二日（9月29日）　天津《人镜画报》第11册刊载《妾辩》，未署作者名，标"俳谐"。

二十九日（10月6日）　天津《人镜画报》第12册刊载《恶奴》，未署作者名，标"俳谐"。

九月

初七日（10月13日）　天津《人镜画报》第13册刊载《俳谐》，未署作者名。刊载《海天奇遇·夜间之大风雨》，标"新译小说"。

二十一日（10月27日）　天津《人镜画报》第15册刊载《中国》，未署作者名，标"俳谐"。刊载《海天奇遇·卜居之计画》，未署作者名，标"新译小说"。

二十八日（11月3日）　天津《人镜画报》第16册刊载《孩子大人》，未署作者名，标"俳谐"。刊载《海天奇遇记·卜居之计画》，未署作者名，标"新译小说"。

十月

初五日（11月10日）　天津《人镜画报》第17册刊载《说坤鞋》，未署作者名，标"俳谐"。

十二日（11月17日）　天津《人镜画报》第18册刊载《海天

奇遇·卜居之计画其二》，未署作者名，标"新译小说"。

十九日（11月24日）　天津《人镜画报》第19册刊载《海天奇遇·卜居之计画》，未署作者名，标"新译小说"。

二十六日（12月1日）　天津《人镜画报》第20册刊载《俳谐》，未署作者名。

十一月

初四日（12月8日）　天津《人镜画报》第21册刊载《贿赂公行》，未署作者名，标"俳谐"。刊载《海天奇遇·黎吉老人之来历》，未署作者名，标"新译小说"。

十一日（12月15日）　天津《人镜画报》第22册刊载《过班》，未署作者名，标"俳谐"。刊载《桑梓》未署作者名，标"俳谐"。刊载《海天奇遇·黎吉老人之来历》，未署作者名，标"新译小说"。

十八日（12月22日）　天津《人镜画报》第23册刊载《速成》，未署作者名，标"俳谐"。刊载《海天奇遇·黎吉老人之来历》，标"新译小说"。

三十四年（戊申，1908年）
三月

十五日（4月15日）　天津《大公报》刊载《荆钗裙布》，寓言故事。

宣统朝
元年（己酉，1909年）
四月

二十日（6月17日）　天津《大公报》刊载"国报四月二十八日出版"广告："津门杂录……花国春秋载花丛韵事、神州佚史载古今故事、嫏嬛小志载各国异闻、优孟衣冠载戏剧盛事，诙谐新语载有趣味笑话，奇文苑载可惊可喜文字，新食谱……共八门。天津宫北宣家胡同报社谨启。"

五月

二十七日（7月14日）　天津《民兴报》连载《最新官场现形记》第四回：入国籍富户等平民，开报馆小人欺大吏。主人公有：单鸿仁、汪监督、单启仁。

六月

初七日（7月23日）　天津《忠言报》刊载《记义丐武七》，传记栏目，未署作者名。

十三日（7月29日）　天津《民兴报》连载《最新官场现形记》，第五回：隐名山采菊逢敲竹，倡公论接木巧移花。开端为："单鸿仁又访游崇隆，果然又答应日本钱了。在别人一定心满意足，谁想游崇隆又变卦了。说道：'我有五千部印出来的书，都按七折卖给令兄。'单鸿仁道：'五千部书非同小可，没有三两年……'"

十四日（7月30日）　天津《民兴报》刊载短言《李德顺》（4），未署作者名。

七月

二十一日（9月5日）　天津《中国萃报》连载《恶少大闹桐花庄》（甲）绝好的战场，标"官场小说"，国报原文，麋瘦演义。

二十三日（9月7日）　天津《中国萃报》连载《恶少大闹桐花庄》（丙）极热闹的交手仗，标"官场小说"，"演说"栏目，国报原本，麋瘦演义。

二十七日（9月11日）　天津《中国萃报》连载《恶少大闹桐花庄》（己）大闹桐花庄的结局，标"官场小说"，"演说"栏目，大同报原本，麋瘦演义。

八月

初四日（9月17日）　天津《民兴报》连载短言《李德顺》（五），未署作者名。

十一日（9月24日）　天津《民兴报》连载短言《李德顺》（六），内容为："李德顺有三乐而道台不与焉。以无赖子而暴得数百万金，一乐也。以如许之赃款，而丝毫未没入官，二乐也。大丈夫不能流芳千古，尚能遗臭万年，三乐也。故曰李德顺有三乐而道台不与焉。"

十二日（9月25日）　天津《民兴报》刊登"《新编李德顺小说》出版预告"："直隶团体同人争议津浦铁路一案，为我国路政极有关系之事，实亦为直隶民气大见发达之征验，而此案造因者确为李德顺一人，今此案业经办结，不可无所撰著以传述之。鄙人费月余之力，将此案自发起至完结，源源本本编辑成书，名曰李德顺，行将付梓，以广流传，先此登报布闻，以告愿闻此案之原委者。仁寿轩主谨白。"随后此广告刊登多日。

十三日（9月26日）　天津《民兴报》刊登广告："本报小说《最新官场现形记》第一、二册出版，本馆发售每册小洋二角，代售处府署东紫气堂。"随后此广告刊登多日，直到十一月二十一日还有。

三十日（10月13日）　天津《中国萃报》刊载广告："阅报诸君请看，顾叔度先生文章书法久为社会所欢迎，本报承先生扶助，担任论说演小影言各门，是爱读先生文章者已能如愿，惟先生之书法久重鸡林，多有以得说片纸只字为憾者，本馆爱又敦请先生赏赐墨宝付之石印与古今名媛小未说（按：原文即如此）等间杂附送，已承先生允许，不日当即上石，随报附送，特先奉告，本报谨启。"刊载广告："看！看！看！本馆特别广告。看！看！看！本馆自发行以来，虽蒙诸君所欢迎，究以篇幅太小不胜抱歉，兹订自八月初一日起，每日加送极精细之石印附页一张，不取分文，以飨诸君之雅望，本馆谨启。本报加之附页计有三种（一）名媛今影（二）古名媛影（三）绘图小说（以上共）三种皆由陈恭甫先生担任绘画，每日附送一种。（诸君务须按日保存以便装订。）"刊载广告："爱读无双谱者请看：本报所发之正续无双谱久为社会所欢迎，现在旧报所存无几，而索购者尚多，实不足以供所求，爰又重为上石，精印大册单行本，现已装订成书，廉□出售以饷阅者，刷印无多，请速购取。醒华报馆谨启。每部二册，定价四角，每本定价二角，总发行所天津河东醒华报。"

九月

二十九日（11月11日）　天津《中国报》刊载《滑稽诗话》广告，天津宫北宣家胡同。《精印曾文正公日记手迹》广告，北京琉璃厂土地祠中国图画公司谨启。刊载《我是你》《夫妻进士》，作者：

我，标"文言短小说"。刊载《如是我闻》，"都门杂俎"栏目，作者：戏。

三十日（11月12日）　天津《中国报》（六版）刊载《乡下人》，"燕云随录"栏目，作者：安。《喝尿》作者：安。《一阵香风》作者：果。皆为文言小说。（二版）刊载文言小说《桃花源里人家》。（二版）刊载告白："阅报诸君注意：本报都门杂俎改为燕云随录，移在二张六页第一栏。时评改为大陆春秋，移在一张三页第六栏。滑稽诗话新世界谐谈改为曼倩闲话，仍在二张七页第六栏。"

十月

初三日（11月15日）　天津《中国报》刊载广告："新出历朝一百三十五种说部大观。是书为明云间陆氏编辑，□山书院集部汇刻。分说选、说渊、说略、说纂四大部，都一百三十五种。蒐罗繁富，蔚为大观……北京集成图画公司谨告。"

初五日（11月17日）　天津《民兴报》刊载"新著《袁世凯》出版预告"："是篇为时闻报馆总理佐藤雪田氏所著，搜罗之富为撰述中所罕睹，自袁氏少年时代以迄免官，所有事绩暨其徒党诸人之恶劣状态无不秉笔直书，及内治外交之得失亦详载焉，作支那近三十年大事记观亦可，凡三百余页，现已付印，准本月内出版，海内各大书庄愿寄售，□请即赐函。天津日本租界时闻报馆。"刊载"李茂林新接各报广告"，所列报刊有："《大公报》、《日日新闻报》、《商报》、《民兴报》、《中国报》、《醒华三日报》、《古今画萃报》、《京都日报》、《通报》、《东三省日报》。"

十一日（11月23日）　天津《民兴报》刊登《天津白话报》出版预告。

同日，天津《中国报》（三版）刊载"《燕报》出版广告"："内容：一上论，二宫门钞，三社说，四专件，五小说，六要闻，七杂录，八闲评，九文苑，十花事。天津大胡同金家窖燕报社启，北京通信处五道庙派报社。"

十四日（11月26日）　天津《民兴报》刊登广告："本报小说《最新官场现形记》第一二三册出版。"

十一月

初八日（12月20日）　天津《中国报》刊载《卖脸》保定某学堂，"燕云随录"栏目，未署作者名。

二年（庚戌，1910年）
正月

十五日（2月24日）　天津《中国报》刊载《载鬼一车》，"燕云随录"栏目，文言故事，作者：狐。

二月

十七日（3月27日）　天津《民兴报》第376号，刊载"《晨钟白话报》出版"广告："本馆开设天津奥租界大马路。此报纯用白话，开通民智，共助宪政为宗旨，今择于二月十五日出版，如欲阅本报者来函定购，必不失阅者之望也，特此预告，本馆告白。"刊载"《三枚球》出版预告"："本报逐日登载傲霜、毋我两君合译之泰西名家小说三枚球，大为社会所欢迎，近连接阅诸君来函嘱将已见报之前三章先为刊印成书，廉值出售，以省东翻西阅之苦云云。爰徇其请，不日出书，本馆仅白。"

二十九日（4月8日）　天津《中国报》（八版）刊载"最新小说《天津名伶小传》出版"广告："此书内容丰富，调查确实，词藻雅训，宗旨纯正，藉梨园之轶事作当世之针砭，凡有周郎痴者自当先睹为快妙。每部一册，定价大洋两角。批发处大胡同文明书局。"随后此广告刊登多日。

三月

初六日（4月15日）　天津《民兴报》刊载"《李德顺》小说大减价"广告："拙著李德顺小说原印五千部，自发行以来颇蒙社会欢迎，旬月之间已售出三千余部，现在鄙人急欲回里，拟将余下之一千余部贬价售出，原定每册价洋三角，今减价为小洋二角，有愿知津浦铁路一案之源委者，盍速购之。寄售处，天津民兴报馆，府署东紫气堂，西马路文元书局，河北大胡同文明书局，龙文阁书庄，河北大胡同大街燕报社，北京琉璃厂商务印书馆，大栅栏屈臣氏大药房，山海关志新派报处。"

十五日（4月24日）　天津《民兴报》刊载广告："《三枚球》小说第一册出版。"此广告刊登多日。

十六日（4月25日）　天津《民兴报》刊载广告："本报小说《官场现形记》第一二三四册出版。本馆发售每册小洋二角，代售处府署东紫气堂。"此广告刊登多日。

十八日（4月27日）　天津《民兴报》刊载《笨老婆养孩子》，作者：竹园。

二十九日（5月8日）　天津《中国报》（四版）刊载"《北方日报》广告"："四月初一日出版，内容分论旨、社说、专电、要闻、京津新闻、直隶各州府县新闻、各省新闻、时评、文苑、插画、调查、白话、晴窗漫录、宪政刍言、自治琐谈、奏议、专件、来函、小说等二十门。每日两张，每月售小洋六毛。外埠另加邮费，天津送阅三日，送登告白。天津河东奥界大马路十号至十四号楼房。"

四月

初三日（5月11日）　天津《大公报》刊登"《北方日报》广告"："本报已于四月初一日出版，因特别事故，暂停发行，不日仍再出版，访员诸君仍请逐日寄稿本社收发信件仍在原处，此布。"随后此广告刊登多日。刊载"《劝业日报》出版"广告："本报之特色有七（一）忠实之言论（二）正确之主张（三）统系之记载（四）丰富之材料（五）灵敏之机关（六）浅显之文字（七）低廉之价格。"

十二日（5月20日）　天津《民兴报》刊载"三枚球小说第一二册出版"广告。

五月

十四日（6月20日）　天津《大公报》刊登新出《京津时报》广告。

六月

初三日（7月9日）　天津《民兴报》刊登"《三枚球》小说第一、二、三、四册出版"广告："每册定价小洋壹角，本馆谨白。"

七月

初九日（8月13日） 天津《中外实报》第2126号七版，刊载广告："请看大文豪家南海吴趼人君尚影并墨宝《还我魂灵记》，上海中法大药房谨识。"随后此广告刊登多日。

发生在本年但月份不详之事件

天津民兴报馆出版《国朝遗事纪闻》，作者汤殿三。书前有序："予友汤捷南先生，笃学好古，近主讲唐山路校，教授之暇，辄闲网罗国朝二百数十年间，得遗事纪闻一卷，其言简而不略，详而不冗，洵叙记之妙品，文章之能事也。而篇中所述其人其事万能使是非褒贬确得其平，绝无一意为出入之笔，谓为信史，谁曰不宜。冬十月，走适有关东之行，道出唐山因得读其全稿，且藉知先生之将以付梓也，爰志数言，用告读者，俾供知先生著录之要旨，而不以稗官说部目之。是则走区区贡言之微意也夫。宣统庚戌十月望前三日竹勋识于唐山车次。"还有自序："是编者就所著搜闻录而增删以成之者也。持示友人金曰，此国朝短史也。盍刊行之。予惭其言之不文，而虑其事之不实也。诚不敢遽持以问世。然数月以来，笔秃墨枯，亦颇费心力，使久而散佚，不复能存。亦殊负著录之初志。故勉思友言，强以付梓，若遂名以为史，则诚非予之所敢居也。盖此编记载躬所亲者十二三，耳代目者十五六，采诸其他记志者亦十一二焉。传闻异词，既所不免，且率皆节取一人一事，不足为全豹之窥。儗之以史，其相去又岂可以道里计耶。印既成，因署曰国朝遗事纪闻。宣统二年冬十月捷南自序于唐山之刘村。"目录：夔鸿礽三进退、吴棠之奇遇、张壮武公国梁遗事、陈国瑞遗事三则、李壮勇公轶事、卞颂臣制军、张文襄公之去恩、马玉昆北包之战、袁大升与江人镜、程仪洛兴史念祖、黄漱兰属封、王益吾买官、端溉阳之详审、端溉阳之恐慌、端溉阳惨案之别闻、石赞清太守遗事、杨文敬公遗事、陈璧之幸免、刘燕翼之笔柄、龙殿扬、永山、岑云阶宫保近事、岑宫保近事续记、岑云阶於郑孝胥、岑云阶於强鸣岐、岑云阶於李准、徐怀礼、汪中、戴彬元冯尔昌、岳武穆遗像、黄精忠、胡元炜、黄祖诒案之王宪章、汪笑侬、谢元福、三省巡抚、某大臣不知时务、王直刺能持大体、津保两德人、扬州三太守、百令提督、一日侍郎、外国状元、闱外进士、劝学编救命、发售讲义文凭、盗行官令、马草生员、合肥常熟、风田芳、人怪三则、血异二则、江水清、风渡山、金山、丹徒故城、嘉山园山、瓜州故城、胡桐泪、彭郎夺小姑、角花笺囗、裮褴布、蒙古活屋、水梯水桥、榆赛柳边、带卫归海、子母丸、天蛇、地豬、雁字、天津拳祸遗闻十六则。第一册载有：高宗南巡遗闻、高宗入试、张京江遗事三则、郑板桥先生遗事二则、曾文正公隐憾、左文襄公遗事三则。

三年（辛亥，1911年）
八月

初一日（9月22日）　天津《醒华日报》连载《痴情小史》第四十三回。王铭原稿，松风补著。刊载益智机甲编：《赵卿》。

初二日（9月23日）　天津《醒华日报》连载《痴情小史》第四十三回。

初三日（9月24日）　天津《醒华日报》刊载说部杂碎巳编五奇：《濮氏女》。连载《痴情小史》第四十三回。

初五日（9月26日）　天津《醒华日报》刊载《痴情小史》第四十四回：痴情子孤灯闷坐，慧侍儿即景联诗。

初六日（9月27日）　天津《醒华日报》说部杂碎巳编五奇：《髳艄公》。刊载古列女传：《卫宣公姜》。

初八日（9月29日）　天津《醒华日报》连载《痴情小史》第四十四回。

十一日（10月2日）　天津《醒华日报》刊载《痴情小史》第四十五回：异明月刁茗忘倦，叹孤苦月儿伤心。

十二日（10月3日）　天津《醒华日报》刊载古列女传：《鲁庄哀姜》。

十三日（10月4日）　天津《醒华日报》刊载益智机甲编：《张恺》。

十五日（10月6日）　天津《醒华日报》刊载说部杂碎巳编五奇：《石哈生》。刊载古列女传：《晋献骊姬》。刊载《痴情小史》第四十五回。

二十一日（10月12日） 天津《醒华日报》刊载古列女传：《鲁宣缪姜》。

二十三日（10月14日） 天津《醒华日报》连载《痴情小史》第四十六回。刊载《益智机》甲编：《吴书生》。

二十四日（10月15日） 天津《醒华日报》刊载说部杂碎巳编五愚：《奇奴》。

二十五日（10月16日） 天津《醒华日报》刊载益智机甲编：《周金》。

二十七日（10月18日） 天津《醒华日报》刊载说部杂碎巳编五愚连载：《奇奴》。刊载古列女传：《陈女夏姬》。刊载《痴情小史》第四十七回：因疾病锦屏索残食，定长幼姐妹序年庚。

二十八日（10月19日） 天津《醒华日报》刊载益智机甲编：《乔白严》。

二十九日（10月20日） 天津《醒华日报》连载《痴情小史》第四十七回。

三十日（10月21日） 天津《醒华日报》刊载说部杂碎巳编五愚：《荣小儿》。刊载古列女传：《齐灵声姬》。连载《痴情小史》第四十七回。

九月

初一日（10月22日） 天津《醒华日报》刊载益智机甲编：《梅衡湘》。刊载说部杂碎巳编五愚：《郭六》。连载《痴情小史》第四十七回。

初三日（10月24日） 天津《醒华日报》刊载说部杂碎巳编五愚：《郑成仙》。刊载古列女传：《齐东郭姜》。

初四日（10月25日） 天津《醒华日报》刊载说部杂碎巳编五悲：《颍州耕者》。刊载甲编《益智机》广告，张寿著。天津醒华报馆石印。

初五日（10月26日） 天津《醒华日报》刊载《痴情小史》第四十八回：郭姨妈提议猜灯谜，曾翠菱演说骂官场。

初六日（10月27日） 天津《醒华日报》刊载说部杂碎巳编五

逸：《打卦》。刊载古列女传：《齐二乱女》。

初七日（10月28日） 天津《醒华日报》刊载说部杂碎巳编五逸：《草荐先生》。刊载《益智机》甲编目录：司马邈、王戎、怀丙、陈平、邱琥、管仲、戴颙、曹冲、陶鲁、尹见心、曹克明、虞世基、杨佐、黄炳、赵葵、吴质、顾琛、黄震、罗巡抚、胡松、曹冲、余朱敞、何承矩、秦桧、文彦博、海瑞、狄青、智医、宋太宗、赵卿、刘元佐、孙权、雷笠天、张恺、张良、二面商、吴书生、周金、乔白严、梅衡湘。

初九日（10月30日） 天津《醒华日报》刊载说部杂碎巳编五逸：《樵烟野客》。连载古列女传：《齐二乱女》。连载《痴情小史》第四十八回。

初十日（10月31日） 天津《醒华日报》刊载说部杂碎巳编：《跣足佣者》。刊载益智机乙编：《崔巨伦》。

十二日（11月2日） 天津《醒华日报》刊载说部杂碎巳编：《张星象》。刊载古列女传：《赵灵吴女》。

十三日（11月3日） 天津《醒华日报》刊载益智机乙编：《杨琁》。

十五日（11月5日） 天津《醒华日报》刊载说部杂碎巳编：《吉龙大妻》。

十六日（11月6日） 天津《醒华日报》刊载说部杂碎巳编：《姚磐儿》。刊载益智机乙编：《陈子昂》。

十八日（11月8日） 天津《醒华日报》刊载说部杂碎巳编：《张有》。刊载益智机乙编：《雄山僧》。

十九日（11月9日） 天津《醒华日报》刊载益智机乙编：《种世衡》。刊载短篇小说《说部杂碎》巳编广告，醒华报馆印。刊载《说部杂碎》巳编目录：五义：王全、陈确、王良梧、李生春、濮氏女；五奇：髯艄公、侯老道、吕尚义、石哈生、田世享；五愚：徐三瘸脚、奇奴、荣小儿、郭六、郑成仙；五逸：颍州耕者、打卦、草荐先生、樵烟野客、跣足佣者。五悲：张星象、严循闲妻、吉龙大妻、姚磐儿、张有。

二十一日（11月11日） 天津《醒华日报》刊载说部杂碎庚

编:《情之误》。刊载益智机乙编:《王尼》。

二十二日(11月12日) 天津《醒华日报》连载说部杂碎庚编:《情之误》(二)。刊载益智机乙编:《王羲之》。连载《痴情小史》第四十八回。

二十四日(11月14日) 天津《醒华日报》刊载说部杂碎庚编:《情之误》(三)。刊载益智机乙编:《李穆》。刊载《痴情小史》第四十九回:庆中秋群芳酌酒,闻打趣众美填词。

二十五日(11月15日) 天津《醒华日报》刊载说部杂碎庚编:《侠客》(四)。刊载益智机乙编:《徐达》。

二十七日(11月17日) 天津《醒华日报》刊载说部杂碎庚编:《侠客》(五)。刊载益智机乙编:《周玄素》。连载《痴情小史》第四十九回。

二十八日(11月18日) 天津《醒华日报》刊载说部杂碎庚编:《大肥佬》。刊载古列女传:《楚孝李后》。

三十日(11月20) 天津《醒华日报》刊载说部杂碎庚编:《都督解》。刊载益智机乙编:《淮南相》。

十月

初一日(11月21日) 天津《醒华日报》连载说部杂碎庚编:《都督解》。署:民立报。

刊载益智机乙编:《王隋》。连载《痴情小史》第四十九回。

初三日(11月23日) 天津《醒华日报》刊载说部杂碎庚编:《浪荡子》。刊载古列女传:《赵悼倡后》。连载《痴情小史》第四十九回。

初五日(11月25日) 天津《醒华日报》刊载益智机乙编:《王旦》。连载《痴情小史》第四十九回。

初六日(11月26日) 天津《醒华日报》刊载说部杂碎庚编:《笑丐》。古列女传卷七终,天津张寿较录。刊载《痴情小史》第四十九回。

同日,天津《民兴报》刊载广告:"《偷魂记》小说出版,每部一册,售价小洋一角五分。"刊载"苦情小说《三枚球》"广告:"每部八册,减价六角。"

初七日（11月27日）　天津《醒华日报》刊载说部杂碎：《沈翘翘》。刊载益智机：《程卓》。

初八日（11月28日）　天津《醒华日报》刊载《痴情小史》第五十回：漏尽灯残姐妹投宿，风凄月境主婢清谈。王铭原稿，松风补著。

初九日（11月29日）　天津《醒华日报》刊载说部杂碎：《油煤人》，署：曲园居士。刊载益智机：《阿豺》。

初十日（11月30日）　天津《醒华日报》刊载说部杂碎：《催眠术》。刊载益智机：《程琳》。

十一日（11月31日）　天津《醒报》刊载《专制剑》，标"家庭小说"，第一回：新演讲老儒乍舌，宛平郭心培养田（究竟）著。

十五日（12月4日）　天津《民兴报》刊载广告："《最新官场现形记》每部四册，减价六角。"刊载"《李德顺》小说大减价"广告："每部售铜子十五枚。"刊载"《睡狮镜》小说出版"广告："每部三册，定价小洋三角。"刊载"《国朝遗事纪闻》第一册出书"广告："甘泉汤捷南先生著，定价大洋三角。"

十一月

初二日（12月21日）　天津《醒华日报》连载《痴情小史》第五十三回。

十四日（1912年1月2日）　天津《醒报》刊载"文明书局"广告："上海科学会编译部出版各种书籍，喜蒙学界欢迎，各大商埠均已设立分局，惟京津汉口现尚阙如。该会现与本局议妥各种书籍均由本局发行。如蒙贵士商大宗批发，折扣格外从廉。特此布告。北京琉璃厂，天津大胡同，汉口黄波街，本局谨白。"刊载《民意报》启示："本报以传布民党意见，铸成共和为宗旨，已于初一日出版，编辑发行所在天津法租界。购阅者诸君请向本社函订。"刊载"本报同人启事"："本社同人均束身自爱，办事一秉大公，想早为社会所共悉，如有在外藉本社名义或鄙人等名义希图招摇讹诈者，请送该管官署惩治，或径扭送本社，以便凭官究办均可。本报经理王建侯，经理马秋画，总编辑郭养田主笔董荫狐谨白。"

二十二日（1月10日）　天津《醒华日报》刊登广告短篇小说

《说部杂碎庚编》广告，醒华报馆印。刊载目录：侠客、大腹老、都督解、浪荡子、印人不驾加冕、笑丐、沈翘翘、油煤人、催眠术、狗熊奇案、短夏德传、无米炊、女飞行家之趣事、临江仙词、郭节妇、革命思想之幼童、古磁、太监、一技长。

二十四日（1月12日） 天津《醒华日报》刊载《益智机乙编》广告。刊载说部杂碎辛编《袁观察》，庐阳李复生。

二十六日（1月14日） 天津《醒华日报》刊载《益智机乙编》目录：崔巨伦、雄山僧、王羲之、周立素、王旦、程琳、赵令邦、杨琁、种世衡、李穆、淮南相、程车、崔祐甫、唐肃、陈子昂、王尼、徐达、王随、阿豺、刘坦、郭子仪、邵雍、孔子、柳玭、御史台老隶、王子猷、赵忭、胡霆桂、柳公绰、李孝寿、徐存斋、裴度、楚庄王、李允刚、张飞、张耳、杨士奇、郭曲、何真。

三十日（1月18日） 天津《醒华日报》刊载说部杂碎辛编：《覆舟记》。

同日，天津《醒报》连载《专制剑》第三回：闲话连篇小说出世，郭究竟著。刊载"《花界龌龊史》出售预告"："鄙人现拟将天宝李妈、德庆孙太太、宝乐部王金顺、董玉铃、同庆部曹玉卿不名誉之历史荟萃成书，阅者如有知其种种污秽情状者请赐函醒报社，交鄙人手收，一俟脱稿，即行付印，特此预告。花界阎罗启。"刊载"蒋君缨跂声明"："本社紧要志明，本社添延大文豪蒋君缨跂担任编辑事宜，以后本报内容，力求精进，以飨阅者之望，特此声明。"

发生在本年但月份不详之事件

天津《醒华日报》出版《痴情小史》，松风补，王铭撰。共三册，未完，共五十七回。正文前有《痴情小史序》："近年小说，多自西文译来，其意多乖，其辞不爽，往往开卷闲文占全书三分之一。虽西书体格若是，然我辈观之未免有向隅之叹，近由敝友处得朽稿数十卷，是书其一也。乃仍其旧微有加减，刷印成书，公诸同好，窃冀好是者赐顾云，附规则十条。"每回后有筱田评语。目录为：第一回：刁月桥投入曾公宅，尤夫人游览寓芳园；第二回：聚仙庭群芳会萃，助酒兴众美联诗；第三回：敏翠琴藉茶谈戏语，趣梦菱巧喻刺酸情；第四回：临溪馆刁茗听密语，倚云亭姐妹钓游鱼；第五回：痴锦屏隔窗暗听情人语，敏紫菱路途巧慰玉蝉心；第六回：乃翠琴舌战尖舌女，慧刁茗情动重情人；第七回：情姊妹情辞锐比目，假奔腾假势追狐狸；第八回：交窗课公子饯行，喜吟诗君芳结社；第九回：紫菱假路途密路，锦屏指鹦鹉传辞；第十回：义梦菱义语感刁茗，情公子情词劝锦屏；第十一回：锦屏因刁茗染病，刁茗为锦屏延医；第十二回：临溪馆牡丹谈笑话，护芳院锦屏独凄凉；第十三回：松儿路途说病态，梦菱笑语警迷人；第十四回：锦屏娇语道衷情，刁茗胡言猜细事；第十五回：苦锦屏病中惊恶梦，敏牡丹乘间进良言；第十六回：渡仙桥公子伤情，赏荷亭众芳扫兴；第十七回：护芳院姊妹细谈心，渡仙桥主仆同扑蝶；第十八回：何夫人饰修迷蜻馆，柳梦菱总理寓芳园；第十九回：情妹妹情语劝哥哥，直姐姐直言训弟弟；第二十回：刁公有意返故乡，锦屏伤心思后事；第二十一回：病锦屏梦游扑蝶乡，慈舅氏落泪护芳院；第二十二回：抽闲暇玉蝉话别，听骊歌紫菱伤情；第二十三回：柳荫堂苹儿寻手帕，翠竹轩刁茗受谶言；第二十四回：翠竹轩何氏叮咛，临溪馆紫菱闲话；第二十五回：情哥娣情词相解劝，慎媪婢慎语自生殃；第二十六回：游月景趁迹生疑念，发酒情醉手触芳肩；第二十七回：翠竹轩主婢闲话，依云馆姊妹戏言；第二十八回：见匾额姊妹赞字，因闲话奎菱寻根；第二十九回：梦菱好辩姊妹相警戒，士子忘廉群美叹时风；第三十回：弱奎菱乘舟垂钓，慧牡丹脱口成词；第三十一回：美菱不抛闺阁事，玉藤略说索银由；第三十二回：慧橙儿善体主人心，敏紫菱杜撰新酒令；第三十三回：违酒令罚依金谷数，因空理巧度牡丹心；第三十四回：姊妹咸集柳荫堂，群芳探病护芳院；第三十五回：群婆暗立赌博场，翠竹窃读西厢记；第三十六回：翠菱敬赠琉璃枕，刁茗情摔琥珀杯；第三十七回：相余暇玉蝉闲话，拟起社翠菱谈诗；第三十八回：护芳院立婢相参议，翠竹轩姐弟巧弥缝；第三十九回：玉蝉冷言责狂妇，黄氏暖语慰孤儿；第四十回：慈主母和语慰贫婆，慧翠菱妙法挽孤媪；第四十一回：叹孤苦锦屏落泪，恤贫困翠菱说情；第四十二回：设巧言方得留贫妇，因竹月忽尔发诗情；第四十三回：公子冷言刺翠竹，牡丹至理劝茗哥；第四十四回：痴情子孤灯闷坐，慧侍儿即景联诗；第四十五回：异明月刁茗忘倦，叹孤苦月儿伤心；第四十六回：海棠喧言惊刁茗，刁茗暖语慰海棠；第四十七回：因疾病锦屏索残食，定长幼姐妹序年庚；第四十八回：郭姨妈提议猜灯谜，曾翠菱演说骂官场；第四十九回：庆中秋群芳酌酒，闻打趣众美填词；第五十回：漏尽灯残姐妹投宿，风凄月暗主婢清谈。第五十一回：清静女夜讽金刚经，是非人怒数橙儿过；第五十二回：因细故佯狂发秽语，知大礼设法止闲言；第五十三回：巧玉蝉巧中藏巧，疯春燕疯里生疯；第五十四回：倚云别馆姊妹闲谈，待月山庄群婆聚赌；第五十五回：留香馆痴婢击蜂房，惜残亭疯儿放鹤侣；第五十六回：刁茗怜丫头遭遇，牡丹戒公子流连；第五十七回：慰主意翠琴知大理，题罗巾淑女寄闲情。

法螺生三变化

卢兆勋[*]

一 绪言

  由启蒙目的出发的趣味性是使晚清科学小说区别于中国政治小说而成为一个单独品目的重要因素。武田雅哉的《中国科学幻想文学史·清朝末期SF创作》一章以梁启超1902年发表的《新中国未来记》为清末科幻小说创作之先声而置于章首，但仍称其为"中国政治小说的先驱性作品"，足见其政治性过于夺目。梁启超自己也在绪言里头说这部小说"往往多载法律、章程、演说、论文等，连编累牍，毫无趣味，知无以餍读者之望矣，愿以报中他种之有滋味者偿之：其有不喜政谈者乎，则以兹覆瓿焉可也"。[①] 但梁启超等人并非小说写作能手，著《新中国未来记》之类的小说也只是因为"确信此类之书，于中国前途，大有裨助"[②]，是为实现其小说界革命之宗旨，在创作内容的择取上自然和后来者如荒江钓叟、海上独啸子不同。实际上由荒江钓叟的《月球殖民地小说》和海上独啸子的《女娲石》起，清末的科学幻想小说创作便开始摆脱梁启超从清末政治小说那儿继承来的"演说"手法，而更接近于日本押川春浪的军事科

---

[*] 卢兆勋，天津师范大学文学院硕士研究生。
[①] 引自梁启超《新中国未来记》"绪言"部分，附于陆士谔《新中国》，九州出版社2010年版，第102页。
[②] 《新中国》，九州出版社2010年版，第101页。

学小说，只可惜未完书者众多。梁启超之后涌起的这一批较成熟的原创科学小说，虽说未完成作品很多，但可以说改革、立宪、女权、教育、科学等当时提倡的共同的未来主题，是以充分考虑娱乐元素的形式创作的，并非梁启超那种枯燥乏味的演讲小说，[1] 在不坠小说界革命的志向的同时变得更加平易近人。而面世以来便广受好评且对后世中国近代科学幻想小说创作者具有深远影响的《新法螺先生谭》无疑是其中的佼佼者。

《新法螺先生谭》是中国的第一部完整的科学小说，且其对晚清科学幻想小说创作具有由形到神的深远影响，这一论断在当今中国近代科学小说研究中几乎是不争的事实。这种影响的最为表象的体现就在于后世创作者对"法螺生"这一角色的延用及对其内涵的丰富。但令人惋惜的是，就目前可查找到的资料而言，仍没有学者对"法螺生"这一能指在中国近代科学小说中的所指变迁做讨论，这也使得学界对于《新法螺先生谭》文本价值的阐释缺少了更多的可能性。于是，笔者将通过对天笑生译的《法螺先生谭》（及《续谭》）、徐念慈创作的《新法螺先生谭》以及高阳不才生的《电世界》的文本细读，以这三部小说为代表探讨"法螺生"在线性时间上的三重面目及其相互之间的关系，呈现"法螺生"这一能指在中国近代文学史中落地生根而成为文学史地标的过程，以期从文本阐释出发，对徐念慈这部早已在文学史上有一席之地的小说的要旨及其独特性、重要性做出一些新解。

二 《法螺先生谭》中的"吹牛大王"

《法螺先生谭》即《敏豪生奇遇记》，在现代汉语语境中，更为人熟知的译名是《吹牛大王历险记》。《吹牛大王历险记》是以德国民间怪诞传说为底本，经由德国学者埃里希·拉斯培（1737—1794）加以整理和再创作的古典文学名著。其英文本"*The Surprising Adven-*

---

[1] 武田雅哉、林久之：《中国科学幻想文学史》，李重民译，浙江大学出版社2017年版，第104—105页。

tures of Munchausen"于 1786 年（或 1785 年底）匿名出版，当即引起公众注意，并再版多次。同年，由德国诗人 G. A. 毕尔格翻译加工的德文译本也紧随其后匿名出版。自此之后，主人公"敏豪生"的大名日益提升，几与西班牙的"堂吉诃德"和英国的"鲁滨逊"鼎足。① 日本人岩谷小波由德文本译为日文时将其命名为"法螺吹き男爵"，1903 年包天笑将这《法螺吹き男爵》经日文译为中文时取名"法螺先生谭"。"法螺吹"，依汉语的语法逻辑来理解应是"吹法螺"，法螺是佛教在举行宗教仪式时吹奏的一种唇振气鸣乐器。佛教经典里常用法螺之音来譬喻佛陀说法之无上妙音，如《法华经·序品》有言："今佛世尊欲说大法，雨大法雨、吹大法螺。"② 又如《法华经·化城喻品第七》："唯愿天人尊，转无上法轮，击于大法鼓，而吹大法螺。"③ 后来这"吹大法螺"又被引申出了一层"说大话"的戏谑意味，佛法从西弘扬至东，中国和日本都深受佛教文化影响，这层戏谑意味在两个语境中自然都能领会。或许包天笑译介时选择直采岩谷小波之"法螺"，给这德国男爵冠上"法螺先生"这个独具东方宗教意味与幽默色彩的语词作名号正是因此。

《新法螺先生谭》相比较于当时的其他科学小说——无论是译介的还是原创的——而言，都是特别的。其特别之处就在于这"东方"二字。《新法螺先生谭》是文言短篇小说，体裁上与包天笑之《法螺先生谭》之译本无二，但难以忽视的是二者内容之乖离——《新法螺先生谭》绝非止增笑耳的幽默故事。④ 实际上在《法螺先生谭》中，除去几个地理名词外，时空背景对于整个故事的阅读并不会产生任何的影响，读者甚至不需要知道俄土战争这一大背景，都可以从《法螺先生谭》

---

① 赵霞：《笑声中的思考——论〈吹牛大王奇游记〉的狂欢艺术》，《昆明学院学报》2009 年第 2 期。
② 鸠摩罗什等：《佛教十三经》，中华书局 2010 年版，第 375 页。
③ 同上书，第 403 页。
④ 《法螺先生谭》在被翻译成中文时确实被作为幽默故事，见天笑生译作《法螺先生谭》："天笑生曰：'癸卯残冬，围炉团坐，我妇震苏，手日本岩谷小波之滑稽谭，名曰法螺先生者。泥予口述，予披是书，其原本出自德文，读之能助人奇想，而日之"法螺"两字，此言荒诞不经，其名义实亦传自西域译文，述法螺先生竟。'"于润琦：《清末民初小说书系：科学卷》，中国文联出版公司 1997 年版，第 21 页。

中获取欢笑以及感受其幻想的趣味。这是因为《法螺先生谭》中的喜剧效果的生成主要依赖于漫画式的荒诞想象与情节构成，如：

> 明日早起，见门外有一小池，碧水涟漪，清澈见底；而狎浪翻波，有无数之鸭，喋喋其中。余素好食此，见之，不觉馋涎欲滴，颇思一染食指，乃急携一小铁炮而出，心机神忙，头触于柱，拍然作响，觉眼前火星乱迸，金丝闪烁，神定久之，奔至池边，则忘带引火之电管，夫既无此物，则弹丸即不能飞出，欲重往携取，而池中之鸭将尽行逃散。此时颇觉左右为难，猛然忽思顷者头触于柱，却见眼前火星迸射，则岂我额上乃能出火耶？思至此，乃即握拳猛向额上一击，顿觉眼前火花飞出，即以铁炮移近其旁，燃着硝药，轰然一声，直射鸭身，再接再厉，弹丸即连珠飞出。予乃检点其数，共得十羽之鸭。①

法螺生急于出门而碰到柱子，顿时"觉眼前火星乱迸"，而这夸张譬喻的修辞竟被作为切实的场景描写加以利用，成为引燃火药的火源，这一连串的场景构成以及人物的思维逻辑都是超越日常生活而显得滑稽戏谑的。"火星乱迸"类似于漫画中常见的增强画面表现力的处理方式，如在物品碰击处加上小星星；敏豪生后续的思维逻辑及行为将第一次出现的"觉眼前火星乱迸"在读者习惯中形成的作为夸张譬喻修辞存在的印象给颠覆了，读者读到后来的"却见眼前火星迸射，则岂我额上乃能出火耶"时才恍然大悟，一连串生动的连环画式的场景便回溯性地在脑海中补完，顿觉说故事者的高明之处，不禁捧腹大笑。而文中的大多数喜剧场景都依赖于诸如此类的手法。②

若从获取欢笑之愉悦这一目的出发，读者大可以对《法螺先生谭》进行碎片化的阅读，不仅可以将俄土战争这一串联事件的线抽掉，只关注一个又一个的小事件，甚至可以仅停留在对如上文所举例的幽默场景的想象，因为这丝毫不影响他们满足自己的期待视野。因

---

① 于润琦：《清末民初小说书系：科学卷》，中国文联出版公司1997年版，第22页。
② 此言"诸如此类"倒并不特指这样的生成模式，而是一种漫画式的想象。

此"法螺生"一词在此处的运用的妙处在于更大程度上淡化其时空背景，相较于敏豪森这一生僻的德国名字及其背后暗示着的在空间距离上遥远的异域，"法螺"这一具有东方宗教意味与幽默色彩的语词更具引导中国读者建构其期待视野的功用，即让敏豪生及其背后的实际模糊化，让读者的感知超越故事发生的现实的地域限制及经验而接近自己的日常，借由该语词先入为主地预设该故事是个纯粹的幻想笑话。无论是日文的首译者岩谷小波还是延用这一语词的包天笑，或许都具有这样模糊化的目的。具有童话作家身份的岩谷小波预设的读者群体是孩子，自然需要减少故事与受众之间的隔阂；而包天笑延用"法螺"而舍弃"男爵"，则将模糊化的效果完成得更加彻底。

至于"读之能助人奇想"的翻译目的，天笑生的友人徐念慈着实由此发了一场精彩的梦。

三 《新法螺先生谭》中的"卫道者"

《新法螺先生谭》在使用"法螺生"这一能指时沿袭了岩谷小波及包天笑所言之"法螺先生"中的将西方故事东方化的意识。作为一部"东施效颦"以娱乡人之作①，徐念慈必然要使其文章故事同《法螺先生谭》一般亲近可人。但在《新法螺先生谭》中，或许出于徐念慈创作该文章的主观目的，与《法螺先生谭》中"法螺生"一词的模糊化目的不同，"法螺生"在此篇中的运用被赋予了一层对西方意识形态的反抗意味。

《新法螺先生谭》讲了这么个故事：对现代科学抱有不满的法螺先生，有一天他的灵魂和肉体分开了。此后他离开了地球，先后到了月球、水星和金星，经历了一番奇奇怪怪的遭遇之后又回到了地球。在地

---

① 引东海觉我《新法螺先生谭》小序："觉我曰：'甲辰夏，我友吴门天笑生以所译日本岩谷小波君所译《滑稽谭法螺先生》前后二卷见示。余读之，惊奇诡异。暑热乘凉，窃攫之与乡人团坐，作豆棚闲话，咸以为闻所未闻，候惊候喜，津津不倦，至三日而毕。次夜集者益众，余不获辞，乃为东施效颦，博梓里一粲，不揣简陋，附诸篇末，大雅君子，尚其谅诸。'"见于润琦《清末民初小说书系：科学卷》，中国文联出版公司1997年版，第1页。

球，他访问了地底之中国，在那里目睹了地面之中国（原误）腐朽透顶的现状。他回到上海后，对"脑电"（今所谓精神感应）产生了兴趣。在进行了研究之后，为了教育的方便，设立学校教"脑电"。他的学生越来越多。由于推广"脑电"之后，所有的通讯设备都不需要了，而且对工商业方面的打击也太大，失业者越来越多。因此，反对他的人要杀死他，法螺先生终于被迫逃离上海。① 作为一部"滑稽谭"的续作，《新法螺先生谭》自然延续了其荒诞不经、离奇诡异的故事色彩，有灵肉分离、地底游历，又有太空漫游、未来世界，比之前作，有过之而无不及。然而较之前作，《新法螺先生谭》的幽默色彩就少了许多，与梁启超《新中国未来记》之类相比自然仍算有趣，但喜剧效果并不突出。或许受清末小说界革命之启蒙目的影响，《新法螺先生谭》仍逃不出说教的桎梏，只不过面目和善可亲了许多，但在字里行间透露对当时世道堕落的痛心及对"改革"而通向美好未来之憧憬。但此"改革"，又并非当时流行之改革。

这也是《新法螺先生谭》的特殊之处，即一种堪称"复兴"的改革愿景。在《余之小说观》中觉我有言：

> 小说者文学中之以娱乐促进社会之发展，深性情之刺戟者也。昔冬烘头脑，恒以鸩毒霉菌视小说，而不许读书子弟，一尝其鼎，是不免失之过严；近今译籍稗贩，所谓风俗改良，国民进化，咸惟小说是赖，又不免誉之失当。余为平心之论，则小说固不足创造社会，而唯有社会始成小说也。社会之前途无他，一为势力之发展，一为欲望之膨胀，小说者，适用此二者之目的，以人生之起居动作，悲欢离合，铺张其形式，而其精神湛洁处，决不能越此二者之范。故谓小说与人生，不能沟而分之。②

---

① 武田雅哉：《东海觉我徐念慈〈新法螺先生谭〉小考——中国科学幻想小说史杂记》，王国安译，《复旦学报》（社会科学版）1986年第6期。《复旦学报》（社会科学版）中刊载文章原文说"在地球，他访问了地底国，目睹了那里腐朽透顶的现状"与具体小说情节不符，不知是武田氏原文之错误，抑或翻译有误，故依原文改之。

② 觉我（徐念慈）：《余之小说观》，《小说林》第9期，光绪三十四年（1908）。

好友杨世骥称"其说殆极尽乎写实主义，五四前后胡适诸人对于小说的认识，也没有超出他所认识的范围"①，不无道理。因此徐念慈自然不会在《新法螺先生谭》中大谈改革方针，启蒙者的说教面目自然和善。

然而这"复兴"又何以见得呢？

首先要说明的是，这里的"复兴"更倾向于"中体西用"的阐释意味，而非保留旧有的一切。相反，于"法螺生"而言，"我国深染恶习之老顽固"是可憎的，于是徐念慈在《新法螺先生谭》中发明了一种"水星球上之造人术"：

> 余过时，见有二三人，系一头发斑白，背屈齿秃之老人于木架，老人眼闭口合，若已死者然。从其顶上凿一大穴，将其脑汁，用匙取出；旁立一人，手执一器，器中满盛流质，色白若乳，热气蒸腾。取既毕，又将漏斗形玻管，插入顶孔，便将器内流质倾入，甫倾入，而老人已目张口开，手动足摇，若欲脱絷而逃者，迨既倾毕，用线缝伤口，则距余已远，不能再见。②

"法螺生"灵魂路过水星时目睹了这一切，便以为妙哉，可见其时之中国于徐念慈而言已是一老翁，而使其重获青春生气是十分必要的。这观点不免有进化论的嫌疑，且和梁启超的"少年中国"说如出一辙，无甚新奇创见。但在之前的"地底漫游"中，"法螺生"对另一老翁的态度却有着天翻地覆的差别。这另一老翁便是"黄种

---

① 杨世骥：《文苑谈往第一集》，中华书局1936年版，第19—20页。

② 于润琦：《清末民初小说书系·科学卷》，中国文联出版公司1997年版，第11页。将造人术之要义归结为换脑，这样的想象与"灵魂——躯壳"这一模式的古典的想象同时出现于徐念慈的小说并不稀奇。1877年《格致汇编》发表了长达6万字的译文《格致略论》，该文译自钱伯斯兄弟公司（W. & R. Chambers）出版的《钱伯斯教育丛书》（"Chambers's Educational Course"）的《科学入门》（"Introduction to the Sciences"）。《格致略论》共分301节，其中第282至301节为"论人之灵性"。该文首先阐述了灵性与大脑的关系，即"人之智慧灵性莫不出乎脑也，然灵性虽出乎脑，而脑实非灵性，脑体不过为灵性之府"。【阎书昌：《中国近代心理学史（1872—1949）》，上海教育出版社2015年版，第35页。】徐念慈显然可以通过如《格致略论》这样的读物获得有关大脑的解剖学知识，而令现代与古典的两种想象并行不悖。

祖","国中四万万男女"皆是他的子孙。"法螺生"因火山爆发而落入地底，终点恰好是这一位黄种祖的床上，令其惊醒，而后黄种祖向其介绍地底之中国的计时方法，方使其确信目前之白首老翁确为黄种人之祖先。后来黄种祖带他观看"外观镜"，以视地面之中国；他检测地面之中国的"风气"，发现其中"最洁净，最光明，社会中能自立，能爱群，及能转移风俗者"仅余万分之三，次一等的"光明洁净，社会中明白事理，而不能有为，乏躬行之力者"也只余万分之五，最多的却是"合百分之六十五"的"使人消磨志气、瘦削肌肤、促短寿命"的"最毒之品"吗啡。

后来"法螺生"问有无补救方法时，黄种祖称：

> 余与君现皆未睡，不知我子孙此时宵梦方酣也。余老矣，发声不亮，惜无人代余唤醒之耳。①

而"法螺生"也受其启发，立志要"炼成一不可思议之发声器"。若视"法螺生"为徐念慈本人之代言，"复兴"二字之内涵便容易阐释得多。在徐念慈看来，中国人有着纯良的本质，所谓的将国人从睡梦中唤醒，作为譬喻，其背后的真意则是唤醒国人"最洁净，最光明，社会中能自立，能爱群，及能转移风俗"的本心，这些都是被遗忘的祖先的馈赠；而作为最毒之品的"吗啡"，该语词则由西语译成。可见基于民族的立场，西学虽有可鉴之处，但西方意识形态及所谓"奇技淫巧"的入侵仍令徐念慈感到不安。因此在《新法螺先生谭》中，我们可以很轻易地发现鲜明的相互对立且褒贬明确的语词，如以"宗教"蔑视"科学"，以"虚空界之发明"超越"物质之发明"，"自然"又居于"机械"之上，更有"其科学之尚，为幼稚时代也"②的发言，明显有着力图使用东方传统文明挑战且战胜西方

---

① 于润琦：《清末民初小说书系：科学卷》，中国文联出版公司1997年版，第11页。
② 据《新法螺先生谭》："一时光明照澈欧美洲人咸大惊异，若天文家，若理化家，若博物家，因见凡物皆失其影也，于是各凭其所学，而推究发光之源，议论纷纭，辨驳杂作，或以远镜窥测；或以量光器试验；或以照相器映像，终以光点匀排，未得端倪。余固笑其科学之尚，为幼稚时代也。"见《清末民初小说书系：科学卷》，第4页。

现代科技的意味。

正如吗啡作为致幻剂可令人沉迷，反之亦可成为药品救人性命，西方科技话语于徐念慈而言或许正如吗啡，使用得当便可对东方文明的重获新生大有裨益。于是在文中常有这样"别扭"的表达，如：

> 余灵魂之一人，诸君闻之，必然失笑。其形若径一寸之球，其质为气体，用一万万亿之显微镜始能现其真相，其重量与氢气若一百与一之比例，无眼、无耳、无鼻、无舌，而视倍明，而听倍聪，而嗅倍灵，而辨味倍真；无手无足，而取攫倍便，而行走倍捷，身中绝无循环系统、呼吸系统、消食系统、神经系统，而一切功用无不全备。①

这段话明明是在描述"灵魂"这一宗教名，却用了诸多现代科学的术语进行否定性的描述。这看似矛盾的行为恰是其启蒙的要义：透过他者明确自身。这明确自身的方式便是用西方科技话语重新建构东方传统文明的诸多概念，如宗教的"灵魂"以及"地狱"。读者阅读时或许会发现一件吊诡之事："法螺生"探访的地底中国究竟是一个虚构出来的实在的空间，亦或是同神话传说中"地狱"一般的他界？会有如此的疑问，是因为法螺生是从火山口跌入其中的，跌入过程中顺带还介绍了"地层"这一概念，然而在黄种祖的口中，又将"该处"称为地狱。而这是徐念慈意图用科学的话语对传统宗教中"地狱"这一概念做新诠释的努力，正如他竭力使用诸如神经系统等现代医学词汇描写灵魂的状貌一般。新学潮流将西方现代科学话语中最为核心的实证主义带进了中国的知识阶层中，一切可证的踏实感仿佛成为解决现实焦虑的出路。晚清知识分子亦步亦趋地追随着这些远离古典的意识形态，即使是徐念慈这样立志要成为国人之"导火"者亦不免要借西方现代化的火种。东方文明的现代化嬗变之阵痛由此可见一斑。这也预示着中国在往后百年向现代化的大步迈进，及与传统的彻底分道扬镳。

---

① 于润琦：《清末民初小说书系：科学卷》，中国文联出版公司1997年版，第2页。

"法螺生"的灵魂和躯壳分离后进行了同时的两个空间的旅行，一个下了地狱，一个去了太空，最后灵魂躯壳合二为一，两条故事线汇合后，小说进入了尾声。两个空间的游历花费十数年，法螺生重返中国时中国已摆脱积贫积弱。回国的法螺生以其虚空界之发明"脑电"传授学生，因被受到此发明冲击的各行业从业者打骂而潜归故里。于是这位赤诚的"卫道者"在未来的新日子里依旧碰了一鼻子灰，留下一个仓皇又苍凉的背影。值得玩味的是，"法螺生"的被驱逐并非发生于所谓积贫积弱的时代，恰恰是处于海军舰队已建成，国富而民强有望之际。又或许，这里的"国富民强"本身就可疑。此时若假借后来者的文章，倒是可以将这可疑处看得分明一些。

四 《电世界》中的"史官"

至于这后来者，便是 1909 年《小说时报》第一期中刊登的《电世界》。《小说时报》第一期出版时徐念慈已去世一年，小说林书社也在这一年倒闭。当初并未在《小说林》最后一期暨徐念慈追悼号上留下只言片字的包天笑，却在其编辑的新杂志《小说时报》上刊载《电世界》，也许可视为一种对友人别样的追悼。而选择《电世界》作为吊礼，可谓深情至极。

《电世界》共十六回，初回标题是"廿一纪重登新舞台 中昆仑初试电气厂"，这"新舞台"很容易令人联想起徐念慈翻译的、押川春浪原著的小说《新舞台》。第一回中有诗曰：

> 虚空世界任游行，官礼麟经想太平。
> 寄语小儒休咋舌，先生本号法螺生。①

这"虚空世界任游行"很有些书承上文的意味，分明是要接着常常在作品中使用"虚空界"或"虚空世界"的徐念慈的话头，这"先生本号法螺生"更是暗示了作者许指严——即高阳不才生——对

---

① 高阳不才生（许指严）：《电世界》，《小说时报》第 1 期，宣统元年（1909）。

徐念慈《新法螺先生谭》的某种继承关系。

不过这叙事的主人公却换了一人。《电世界》的故事由大清帝国宣统一〇一年讲起，这年正是帝都迁至上海的百年纪念。从清国昆仑省建立的大电厂和电学大学堂着手，不久便完成了全部电气化的"电世界"。建立"电世界"的，正是故事的主人公，有着"电王"美誉的天才科学家黄震球。这部作品全十六回，在《小说时报》杂志上一次刊完。

这部小说的"法螺生"在一开始便登了场，作为"正从南方一个新国叫什么华胥国里游历回来"至上海的返乡人，旁观并记叙了中国由即日起发生的大革命的全程，整篇故事都出自"法螺生"之口。这延续了《法螺先生谭》及《新法螺先生谭》的叙事传统，不同之处在于，这个"法螺生"讲的不是自己的故事，而是作一个"史官"，由"电王"在中国这片土地上各领域中贡献的种种，对"电王"其人与其丰功伟业进行记叙和歌颂。

电王之丰功伟绩的基础是"自然电"。高阳不才生笔下的电王虽不再做虚空界的发明，但其"自然电"源于天外来的陨石，而非地球产物，而后从陨石中提炼磁精以及从磁精中提炼"锃"，又由"锃"和空气摩擦发出远胜"机械电"的"自然电"。这一行为逻辑仍是东方哲学的"道法自然"，依旧延续着徐念慈"自然"居于"机械"之上的观点。况且在最后的演讲中，电王说道：

> 我们不但用电，而且要学电的性质，方才可称完全世界，方才可称完全世界里的完全人。如今诸同胞看得世界好像已达到文明极点了，实在把电的性质比起来，缺点还多着哩。①

实际上"虚空"这一语词源于佛教的无为法，说一切有部建立择灭、非择灭、虚空三种无为，有部学者分虚空为两种：一是可见的，如六界中的空界，是有为色法。二不可见的无障碍性，才是虚空无为。而这虚空无为，近乎现在所说的"真空"；不是身眼所感触到的

---

① 高阳不才生（许指严）：《电世界》，《小说时报》第1期，宣统元年（1909）。

虚空，而是物质生灭中的能含容性，是本来如此的真常性。它不是物质，而与物质不相碍；而且没有这虚空，物质就无法活动。徐念慈的"虚空"显然是第二种。呈现于文章中的几组比对，"虚空"与"物质"，"自然"与"机械"，其中的"虚空"和"自然"的意涵在徐念慈的叙述中几乎如出一辙。虽然高阳不才生没有如东海觉我那般继续畅想虚空界之发明，但其"自然电"的内在精神及所谓"电的性质"和"虚空界之发明"是同本同源的。

但电王这一伟丈夫的形象却将徐念慈"复兴"愿景中本不十分鲜明的民族主义立场发扬光大。电王在帝国大电厂成立当天的演讲中，开口便谈及二十世纪中国之伟业，失地尽收，军力强盛，学堂兴办，然而机械发明仍不长进，与他国无异，进而立下豪言壮语——以其"自然电"必能创成一大同的"电世界"。他也的确说到做到，仅凭一人之力就歼灭拿破仑舰队，而后中国也真执欧美人牛耳，只不过凭借的不是"文化"，而更倾向于"武功"。徐念慈的"法螺生"之憾，在电王身上以另一种方式得到了圆满。而背后方式的乖离，正是许指严之"电王"与徐念慈之"法螺生"的形象的差异之处。

在高阳不才生这个更新的"法螺生"的叙述中，电王无所不能，又宽厚仁德，至于能和宣统皇帝一同印到金币上，在世俗秩序里已是登峰造极，可称为"素王"。篇末总评有云：

> 电王初出茅庐时有皇帝到场，后来送别时，皇帝却没有替他祖饯，所谓神龙见首不见尾也。①

是以皇帝为真龙天子而见首不见尾，在末了添上一笔倒是有点此地无疑三百两的意思。

上一节说到，自视为东方传统宗教思想的卫道者与传道者的"法螺生"试图通过"虚空界之发明"以超越"物质之发明"，徐念慈却给了这一虚拟的实验以悲观的结局：中国人终究会被西方人带来的一切给熏染成愚物。文明的堕落仿佛是一道打开就关不上的门，即使在

---

① 高阳不才生（许指严）：《电世界》，《小说时报》第1期，宣统元年（1909）。

物质上有满足与丰富，若人变得贪恋现代文明带来的种种，而视"虚空境界"及其派生为威胁，文明的前途将一片苍凉。高阳不才生则试图在电王身上挽回一些颓势。于是，电王看似在做机械之发明，遵循的却仍是"虚空"的方法，在即将离去前的演讲中，鼓励世人学习"电的性质"，这是文明内核上的传承；更为重要的是电王之本事不仅在于发明，更在于军事、政治、经济等各个领域的文治武功。

高阳不才生的故事延续的不是徐念慈由《法螺先生谭》继承的滑稽谭，而更偏向于徐念慈本人更为推崇的押川春浪式的军事科学小说[1]与陆士谔之《新野叟曝言》式的"理想小说"的结合。《电世界》的第三话至第五话讲的都是电王的武功，且文中电王一人提锃枪歼灭西威国舰队，其英勇神武实在是有押川式军事科学小说中的"尚武风俗"。后面关于其各领域的改革治理则与《新野叟曝言》中"拯庶会"依靠科学治理国家的思维一致。电王不仅是科学家、发明家，更是以其科学发明经世济民，大家最终依旧安居乐业，和和气气，从而避免了徐念慈的"法螺生"的悲剧结局。

《左传·文公十八年》曰："昔高阳氏有才子八人，苍舒、隤敱、梼戭、大临、尨降、庭坚、仲容、叔达，齐圣广渊，明允笃诚，天下之民谓之八恺。"[2] 高阳氏就是颛顼，高阳不才子一名有羡艳八恺之意。所以电王理所当然地承载了许指严笔名中的政治抱负，被塑造成了一个圣人乃至超人，二百余岁仍为人类道德心之圆满去做太空游历。"自然电"始于大陨石，而电王终向太空而去，颇有羽化登仙的意味。而此时，"法螺生"正同代表的三万多人及围观的三百多万人众，在公园中仰望着这位伟丈夫的离去，正如许指严望着徐念慈逝去的身影，然后在如千吨炮响的掌声中，电王消失得无影无踪。

---

[1] 徐念慈在《余之小说观》中如此论述了他嗜好的小说流派："日本蕞尔三岛，其国民咸以武侠自命，英雄自期，故博文馆发行之押川春浪各书，若《海底军舰》，则二十二版；若《武侠之日本》，则十九版；若《新造军舰》、《武侠舰队》（即本报所译之《新舞台》三）、《新日本岛》等，一书之出，争先快睹，不匝年而重版十余次矣。以少于我十倍之民族，其销书之数，千百倍于我如是。"徐念慈：《余之小说观》，《小说林》第一期，光绪三十三年（1907）一月。

[2] 杨伯峻：《春秋左传注》，中华书局2016年版，第695页。

五 结语

后来者所译著之科学小说，虽鲜见"法螺"或"法螺生"的具体语词，然徐念慈以科学小说之趣味启发民智及东方文明复兴之志向，在他们译著的小说里得到光大，这是更为内在的传承。除去许指严的《电世界》，还有早其一年创作的碧荷馆主人的《新纪元》，其中对中国军队的描写堪称高科技兵器的盛宴，趣味十足；只不过后世的科学小说都走向了一种"以暴制暴"的民族国家战争叙事模式。徐念慈最为推崇的军事科学小说真正兴盛后，却鲜少有人关注他同样提倡的"虚空界之发明"的想象。而缺乏对东方文明内核思考的大多数的后世科学幻想小说，就更像是民族主义的荒唐美梦了。

这自然与清末至共和国建立这一段时间内的乱局有着表里关系。但论及徐念慈笔下那个被逼无奈而隐居乡里的"法螺生"形象能成为中国科学幻想文学史的标志之一的原因，除去《新法螺先生谭》在文学史上的开荒者地位外，从文本自身的价值而言，也许我们应该对其无心之中超越民族对抗的藩篱而触及古典与传统的远去及现代人在资本社会异化的悲哀，给予同样的关注。

由《法螺先生谭》到《新法螺先生谭》，再到《电世界》，中国人一步步学着讲属于本民族的科学幻想故事，越讲越离奇有趣。然而徐念慈最初在《新法螺先生谭》中所倡导的"复兴"的要义，其"虚空界之发明"的重要，在其身后不几年就被后来者搁置了。《电世界》的最后，"法螺生"仰望着远去的电王，贤人将去"自然电"的来处追寻电的性质；而许指严终于没有等到他的电王，自己自然也没有成为电王，在1923年便于贫困潦倒之中草草结束了自己的一生。二位"法螺生"的下场，成为渐渐远去的传统与滚滚向前的历史洪流的注脚。